Plus noir que noir

STEPHEN KING

Plus noir que noir

NOUVELLES

Traduites de l'anglais (États-Unis)
par Jean Esch

Albin Michel

Ce livre est un ouvrage de fiction. Les noms, les personnages, les lieux et les événements relatés sont le fruit de l'imagination de l'auteur et sont utilisés à des fins de fiction. Toute ressemblance avec des faits avérés, des lieux existants ou des personnes réelles, vivantes ou décédées, serait purement fortuite.

Édition originale américaine parue sous le titre :
YOU LIKE IT DARKER
Chez Scribner, an imprint of Simon & Schuster, Inc. à New York

DEUX CRAPULES
PLEINES DE TALENT

1

Mon père – mon *célèbre* père – est mort en 2023, à l'âge de quatre-vingt-dix ans. Deux ans avant de mourir, il a reçu un mail d'une journaliste indépendante nommée Ruth Crawford qui sollicitait une interview. Je lui ai lu ce mail, comme je le faisais pour l'ensemble de sa correspondance, professionnelle et privée, car il avait renoncé alors à utiliser tous ses appareils électroniques : d'abord son ordinateur de bureau, puis son ordinateur portable, et enfin son cher téléphone. Il avait conservé une bonne vue jusqu'à la fin, mais il disait que regarder l'écran de l'iPhone lui donnait des migraines. Au cours de la réception qui a suivi les obsèques, le Dr Goodwin m'a confié que mon père avait peut-être fait plusieurs mini-AVC avant l'attaque fatidique.

À peu près à l'époque où il avait abandonné son téléphone – cinq ou six ans avant sa mort –, j'avais pris ma retraite anticipée de mon poste de directeur de l'école de Castle County pour me mettre au service de mon père à temps plein. Il y avait de quoi faire. Certes, il avait une gouvernante, mais je la remplaçais le soir et le week-end. Je l'aidais à s'habiller le matin et à se déshabiller le soir. Je faisais le plus gros de la cuisine et je nettoyais quand il n'avait pas eu le temps d'arriver aux toilettes durant la nuit.

Il avait un homme à tout faire également, mais Jimmy Griggs approchait des quatre-vingts ans lui aussi, et finalement j'en étais venu à le remplacer pour certaines tâches : ça allait de pailler les parterres chéris de mon père à déboucher les canalisations obstruées. La possibilité d'engager une aide à domicile n'avait jamais été évoquée, Dieu sait pourtant que papa avait les moyens : une douzaine de méga-best-sellers sur une période de quarante ans l'avaient mis à l'abri du besoin.

Il avait quatre-vingt-deux ans quand le dernier de ses « pavés captivants » (Donna Tartt dans le *New York Times*) avait été publié. Il s'était livré au jeu des interviews de rigueur et avait posé pour les photos obligatoires, avant d'annoncer sa retraite. De manière élégante devant la presse, « avec cet humour qui le caractérise » (Ron Charles dans le *Washington Post*). En privé, il m'avait dit : « Dieu soit loué, j'en ai fini avec ces conneries. » Exception faite de cette interview informelle, devant une clôture, accordée à Ruth Crawford, il ne s'est plus jamais exprimé officiellement. On le lui a souvent demandé et il a toujours refusé, affirmant qu'il avait dit tout ce qu'il avait à dire, et même des choses qu'il aurait mieux fait de garder pour lui.

« Quand tu donnes un certain nombre d'interviews, m'a-t-il dit un jour, tu as toutes les chances de mettre les pieds dans le plat une ou deux fois. Et c'est toujours ce qui reste. Plus tu vieillis, plus le risque est grand. »

Ses livres ont continué à se vendre malgré tout, et il fallait gérer ses affaires. J'épluchais les contrats de renouvellement de droits, je validais avec lui les projets de couvertures ou d'adaptations pour le cinéma ou la télé et je lui lisais scrupuleusement toutes les demandes d'interview depuis qu'il ne pouvait plus le faire lui-même. Il disait toujours non, y compris à la proposition de Ruth Crawford.

« Adresse-lui la réponse standard, Mark : Je suis flatté, mais non merci. »

Je le vis hésiter cependant, car c'était un peu différent cette fois.

Crawford voulait écrire un article sur mon père et son très vieil ami David « Butch » LaVerdiere, qui était mort en 2019. Papa et moi avions affrété un Gulfstream pour assister à son enterrement sur la côte Ouest. Papa avait toujours été près de ses sous – pas radin, mais pas loin –, et le coût exorbitant de cet aller-retour en disait long sur la nature de ses sentiments pour cet homme que j'appelais Oncle

Butch depuis que j'étais gamin. Des sentiments indéfectibles, même si les deux hommes ne s'étaient pas vus depuis dix ans, ou plus.

On avait demandé à mon père de prendre la parole lors des obsèques. Je ne pensais pas qu'il accepterait – son rejet des projecteurs ne se limitait pas aux interviews – et j'avais tort. Il n'était pas monté sur l'estrade, toutefois, se contentant de se lever en prenant appui sur sa canne. Il avait toujours été un bon orateur, et l'âge n'y avait rien changé.

« Butch et moi, on s'est connus gamins dans une école à classe unique, avant-guerre. On a grandi dans un patelin où il n'y avait pas de routes goudronnées ni de feux rouges. On réparait des voitures et on les retapait, on faisait du sport, et plus tard on a été entraîneurs. Adultes, on a fait un peu de politique au niveau local et on s'est occupés de la décharge municipale… deux choses très similaires, maintenant que j'y pense. On allait à la chasse et à la pêche, on éteignait les feux de broussailles en été et on déneigeait les routes en hiver. Et je dois avouer qu'on a renversé un bon paquet de boîtes aux lettres avec le chasse-neige. J'ai connu Butch quand personne ne connaissait son nom, ni le mien, au-delà d'un rayon de trente kilomètres. J'aurais dû venir le voir ces dernières années, mais j'étais accaparé par mes affaires. Et je me disais : on a le temps. C'est toujours ce qu'on se dit, il me semble. Puis le temps passe. Butch était un grand artiste, mais aussi un type bien. Et c'est le plus important. Certaines personnes ici ne sont peut-être pas de cet avis. Peu importe. Ce que je veux dire, c'est que j'ai toujours été là pour lui, et réciproquement. »

Il s'est tu, tête baissée, il réfléchissait.

« Dans ma petite ville du Maine, il y a une expression pour décrire ce genre d'amitié : on fait corps. »

Et on pouvait dire qu'ils avaient appliqué ce principe, jusque dans leurs secrets.

Ruth Crawford possédait de solides références, j'avais vérifié. Elle avait écrit des articles, essentiellement des portraits de personnalités, pour une dizaine de publications, surtout locales ou régionales

(*Yankee*, *Downeast*, *New England Life*), mais aussi nationales, dont un reportage sur la misérable ville de Derry, publié dans le *New Yorker*. Concernant Laird Carmody et Dave LaVerdiere, il me semblait qu'elle avait trouvé un angle intéressant. L'idée lui était venue en survolant des articles sur mon père et Oncle Butch, et elle voulait creuser ce sillon : deux hommes originaires de la même petite ville du Maine devenus célèbres l'un et l'autre dans deux domaines culturels différents. Mais il n'y avait pas que cela. Carmody et LaVerdiere avaient connu la gloire après quarante ans, à un âge où la plupart des hommes et des femmes ont renoncé à leurs ambitions de jeunesse. Et se sont installés dans une routine, comme l'a dit papa un jour, pour commencer à la meubler. Ruth souhaitait explorer cette coïncidence improbable… à supposer qu'il s'agisse d'une coïncidence.

« Il y a forcément une explication ? demanda papa quand j'eus fini de lire la lettre de Mme Crawford. C'est ce qu'elle sous-entend ? Je suppose qu'elle n'a jamais entendu parler des frères jumeaux qui gagnent le gros lot à la loterie le même jour, chacun dans son État respectif ?

– En l'occurrence, il ne s'agissait peut-être pas forcément d'une véritable coïncidence, dis-je. Si on part du principe, évidemment, que tu ne viens pas d'inventer cette histoire à l'instant. »

Je lui laissai le temps de se défendre, mais il se contenta de m'adresser un sourire qui pouvait signifier n'importe quoi. Ou rien. Alors j'insistai :

« C'est vrai, quoi, ces jumeaux ont peut-être grandi dans un foyer où le jeu tenait une grande place. Ce qui rendrait la chose un peu moins improbable, non ? Et que fais-tu de tous les tickets perdants qu'ils avaient achetés avant ?

– Je ne vois pas où tu veux en venir, Mark, répondit-il, toujours avec ce petit sourire en coin. Et je me demande si tu le sais toi-même.

– Je dis juste que je comprends pourquoi cette femme s'intéresse au fait que deux gars comme Dave et toi originaires de Nullepartville ont connu le succès au milieu de leur existence. » Je levai les mains devant mon visage comme si j'encadrais un gros titre de journal. « Serait-ce… le *destin* ? »

Mon père réfléchit en massant les poils blancs de sa barbe naissante sur sa joue creusée de rides. Je crus réellement qu'il allait changer d'avis et accepter cette interview. Mais il secoua la tête.

« Écris-lui une de tes gentilles lettres pour lui dire que je décline sa proposition et souhaite-lui bonne chance pour la suite de sa carrière. »

Ce que je fis. Toutefois, quelque chose me frappa dans le regard de papa. Le regard d'un homme qui aurait pu dire un tas de choses sur la manière dont son ami Butch et lui avaient connu la gloire et la fortune… et qui préférait ne pas les dire. Qui choisissait, de fait, de faire corps.

Ruth Crawford fut certainement déçue par le refus de mon père de se laisser interviewer, mais elle ne renonça pas à son projet pour autant. Pas même lorsque je refusai à mon tour de répondre à ses questions, sachant que cela ne plairait pas à papa. En outre, tout ce que je savais, c'était qu'il avait toujours adoré les histoires. Il lisait énormément, il ne se déplaçait jamais sans un livre fourré dans sa poche arrière. Le soir, avant que je dorme, il me racontait des histoires extraordinaires, et parfois même il les écrivait dans des cahiers à spirale. Quant à Oncle Butch ? Il avait peint une fresque sur le mur de ma chambre : des garçons qui jouaient au football, des garçons qui attrapaient des libellules, des garçons qui tenaient des cannes à pêche. Ruth voulait voir cette fresque, évidemment, mais la pièce avait été repeinte depuis longtemps, quand j'étais devenu trop grand pour ces trucs d'enfant. À l'époque où papa d'abord puis Oncle Butch avaient connu un succès fulgurant, deux envols simultanés, je préparais un diplôme d'enseignant à l'Université du Maine. Selon cette bonne vieille plaisanterie : ceux qui ne savent rien faire enseignent, et ceux qui ne savent pas enseigner enseignent aux enseignants. Le succès de mon père et de son meilleur ami fut, je l'ai dit, une surprise pour moi, et pour tout le monde en ville. Il existe une autre vieille plaisanterie, qui dit que rien de bon ne peut sortir de Nazareth.

J'expliquai tout ça dans ma lettre à Mme Crawford car je m'en voulais – un peu – de ne pas lui accorder cette interview. Je lui dis que les deux amis nourrissaient certainement des rêves, comme la plupart des hommes, et que, comme la plupart des hommes, ils les avaient gardés pour eux. J'avais toujours pensé que les histoires de papa et les tableaux joyeux d'Oncle Butch étaient des passe-temps, comme on sculpte un bout de bois ou on gratte une guitare, jusqu'à ce que l'argent se mette à affluer. Je tapai tout ça et ajoutai un post-scriptum à la main : *Et tant mieux pour eux !*

Castle County se compose de vingt-sept municipalités. Castle Rock est la plus grande, vient ensuite Gates Falls. Harlow, où j'ai grandi, moi le fils de Laird et Sheila Carmody, ne figure même pas dans le top dix. Cependant, elle s'est considérablement développée depuis, et parfois mon père – qui avait passé toute sa vie à Harlow lui aussi – disait qu'il ne reconnaissait pas sa ville natale. Son école n'avait qu'une seule salle de classe à l'époque ; la mienne en avait quatre (et deux niveaux par salle). Aujourd'hui, il y a huit salles de classe, chauffées et climatisées grâce à la géothermie.

Quand mon père était gamin, il n'y avait que des routes de terre, à l'exception de la Route 9, qui conduisait à Portland. Quand je suis né, seules Deep Cut et Methodist Road n'avaient pas encore été goudronnées. Aujourd'hui, toutes les routes le sont. Dans les années 1960, il n'y avait qu'un seul commerce, chez Brownie's, où les vieux s'asseyaient autour d'un véritable tonneau de saumure. Aujourd'hui, il y en a deux ou trois, réunis dans une sorte de centre-ville (si on peut employer ce terme) dans Quaker Hill Road. Nous avons également une pizzeria, deux salons de coiffure et – croyez-le si vous voulez – un bar à ongles qui semble être une affaire rentable. Toujours pas de lycée, en revanche. Voilà une chose qui n'a pas changé. Les gamins de Harlow ont le choix entre Castle Rock High, Gates Falls High ou Mountain View Secondary, plus connu sous le nom de Bigots Académie. Nous sommes des péquenauds, des gars de la campagne qui conduisent des pick-up, écoutent de la country, mettent de la gnôle dans leur café et votent plutôt républicain. Nous n'avons pas grand-chose à mettre en avant, hormis deux hommes nés ici : mon père et son ami Butch LaVerdiere. Deux crapules pleines de talent, comme l'a dit papa au cours de sa brève conversation au-dessus de la clôture avec Ruth Crawford.

Vos parents ont passé toute leur vie ici ? pourrait s'étonner un citadin. *Et VOUS aussi ? Vous êtes cinglé ?*

Nullement.

Robert Frost a écrit que chez soi, c'est l'endroit où, si vous devez y aller, on doit vous accueillir. C'est également l'endroit où tout commence et où, si on a de la chance, tout finit. Butch est mort à Seattle : un étranger dans une ville inconnue. Et peut-être que ça lui convenait, mais je ne peux pas m'empêcher de me demander si, en définitive, il n'aurait pas préféré une petite route de terre et la forêt au bord du lac baptisée 30-Mile Wood.

Bien que la plupart des recherches de Ruth Crawford – son *enquête* – se déroulent à Harlow, le bled où ont grandi ses sujets, il n'y avait pas de motel, ni même un bed and breakfast, aussi avait-elle installé sa base opérationnelle au Gateway Motel de Castle Rock. En revanche, Harlow avait une maison de retraite, et c'est là qu'elle avait interrogé le dénommé Alden Toothaker, qui était allé à l'école avec mon père et son ami. C'était Alden qui lui avait appris d'où Dave tirait son surnom. Gamin, il trimbalait toujours dans sa poche arrière un tube de gel coiffant Lucky Tiger Butch et s'en servait fréquemment pour que sa coupe en brosse reste bien droite. Il avait conservé cette coiffure (ce qu'il en restait) toute sa vie. C'était devenu son signe distinctif. Avait-il encore du gel Butch dans sa poche une fois devenu célèbre ? Je n'en sais pas plus que vous. Je ne sais même pas si ça existe toujours.

« En primaire, ils étaient inséparables, lui avait dit Alden. Deux gamins qui aimaient aller à la pêche ou à la chasse avec leurs pères. Ils avaient grandi dans un environnement où on bossait dur, et ils ne s'attendaient pas à autre chose. Vous interrogerez peut-être des gens de mon âge qui vous diront que ces deux gars-là étaient destinés à réussir, mais j'en fais pas partie. C'étaient des gamins ordinaires, jusqu'à ce que ça change. »

Laird et Butch avaient étudié à Gates Falls High. Où ils avaient suivi ce qu'on appelait « un enseignement général », destiné aux élèves qui n'avaient nullement l'intention d'aller à la fac. Personne n'avait déclaré qu'ils n'étaient pas assez intelligents, c'était une chose entendue, voilà tout. Ils avaient des cours intitulés « mathématiques au quotidien » ou « anglais commercial » et plusieurs pages de leur manuel expliquaient, schémas à l'appui, comment bien plier un courrier professionnel. Ils passaient beaucoup de temps à l'atelier de menuiserie et de mécanique. L'un et l'autre jouaient au football et au basket, mais mon père était plus souvent sur le banc que sur le terrain. L'un et l'autre avaient obtenu un B de moyenne et décroché leur diplôme le 8 juin 1951.

Dave LaVerdiere était parti travailler avec son père, plombier de son état. Laird Carmody et son père réparaient sur la ferme familiale des voitures qu'ils revendaient chez Peewee's Car Mart à Gates Falls. Ils tenaient également sur la route de Portland un stand de vente de légumes qui leur rapportait pas mal d'argent.

Oncle Butch et son père ne s'entendaient pas aussi bien, et Dave avait fini par voler de ses propres ailes : il réparait et installait des canalisations, parfois il creusait des puits, à Gates et à Castle Rock. (Son père exerçait un monopole à Harlow, et pas question de partager.) En 1954, les deux amis avaient fondé la société Transports L&D, qui s'occupait surtout de transporter les merdes des estivants à la décharge. En 1955, ils avaient racheté celle-ci à la municipalité, qui fut bien contente de s'en séparer. Ils l'avaient nettoyée, s'étaient mis à faire brûler les ordures en suivant le protocole réglementaire, avaient instauré un programme de recyclage et éliminé les nuisibles. La municipalité leur versait une subvention qui s'ajoutait à leurs revenus réguliers. Les déchets métalliques, notamment les fils de cuivre, leur rapportaient également de l'argent. En ville, les gens les surnommaient les Jumeaux Poubelle. Toutefois, Alden Toothaker et d'autres anciens à la mémoire intacte avaient tenu à préciser à Ruth Crawford que c'étaient des moqueries bon enfant, perçues comme telles.

La décharge, d'une superficie de deux hectares environ, était entourée d'une palissade. Dave l'avait décorée, année après année, de fresques représentant des scènes de la vie quotidienne. Si cette palissade a depuis longtemps disparu (la décharge accueille à présent un site d'enfouissement de déchets), il reste des photos. Ces fresques évoquent dans l'esprit des gens les dernières œuvres de Dave. Des ateliers de patchwork qui se fondaient dans des matchs de baseball, qui eux-mêmes se fondaient dans des caricatures d'habitants de Harlow morts il y a belle lurette, ou dans des scènes d'ensemencement au printemps et de récolte à l'automne. Tous les aspects de la vie d'une petite ville étaient représentés, mais Oncle Butch avait tenu à ajouter Jésus, suivi des apôtres (Judas fermait la marche, avec un sourire de faux cul). Ces scènes n'avaient rien de particulièrement remarquable, mais elles débordaient d'énergie et de bonne humeur. C'étaient des *signes annonciateurs*, diraient certains.

Peu de temps après le décès d'Oncle Butch, un tableau signé LaVerdiere représentant Elvis Presley et Marilyn Monroe déambulant main dans la main dans l'allée couverte de sciure d'une petite fête foraine de province s'était vendu trois millions de dollars. Ce tableau était mille fois supérieur aux fresques qui ornaient la palissade de la décharge, mais il y aurait été à sa place : même sens de l'humour tordu, avec un arrière-goût de désespoir, voire de mépris. Les fresques de la palissade étaient le bourgeon, *Elvis et Marilyn* l'efflorescence.

Oncle Butch ne s'était jamais marié. Mon père, si. Au lycée, il avait une amoureuse nommée Sheila Wise, partie à l'Université du Vermont après son diplôme pour apprendre le métier d'enseignante. Quand elle était revenue à Harlow pour faire cours aux élèves de fin de primaire et de sixième, mon père avait découvert avec joie qu'elle était toujours célibataire. Il l'avait courtisée et avait obtenu sa main. Ils s'étaient mariés en août 1957. Dave LaVerdiere avait été le témoin de mon père. J'étais né un an plus tard, et le meilleur ami de papa était devenu Oncle Butch.

Dans une critique du premier roman de mon père, *L'Orage foudroyant*, le chroniqueur écrivait ceci : « Il ne se passe pas grand-chose dans les cent premières pages du récit à suspense de M. Carmody, mais le lecteur se laisse entraîner car il y a des violons. »

Je trouvais que c'était un résumé astucieux. En revanche, peu de violons pour les oreilles de Ruth Crawford : le tableau peint par Alden et d'autres habitants de Harlow montrait deux hommes respectables et intègres, qui n'avaient rien à se reprocher sur le plan de l'honnêteté. Deux gars de la campagne qui vivaient comme on vit à la campagne. Un homme marié et un « célibataire endurci » disait-on en ce temps-là, sans le moindre parfum de scandale autour de sa vie privée.

La sœur cadette de Dave, Vicky, qui avait accepté d'être interviewée, confia à Ruth que son frère se rendait parfois « en ville », comprenez à Lewiston, pour faire le tour des clubs *beer and boogie* de Lisbon Street. « Il faisait des folies au Holly, dit-elle, se référant au Holiday Lounge (disparu depuis longtemps). Il y allait surtout pour écouter Little Jonna Jaye. Oh, bon sang, il en pinçait pour elle. Il ne l'a jamais ramenée chez lui – il n'a pas eu cette chance ! –, mais il ne rentrait pas toujours seul. »

Vicky s'était arrêtée là, me confia Ruth par la suite, puis elle avait ajouté :

« Je sais bien ce que vous pensez, *Miz* Crawford. De nos jours, la plupart des gens ont la même réaction quand un homme ne passe pas toute sa vie avec la même femme, mais vous vous trompez. Même si c'était un artiste célèbre, Dave n'était absolument pas *homo.* »

Les deux hommes étaient très appréciés, tout le monde le disait. Surtout, ils se comportaient en bons voisins. Quand Philly Loubird avait été victime d'un infarctus alors que son champ était à moitié moissonné seulement et que l'orage menaçait, papa l'avait conduit à l'hôpital de Castle Rock, pendant que Butch rassemblait quelques-uns de ses potes de la décharge pour finir le travail avant les premières gouttes de pluie. Tous les deux combattaient les feux de broussailles, et parfois même les incendies de maisons, au sein de la brigade des pompiers volontaires. Papa accompagnait maman dans sa collecte pour les pauvres, comme on disait alors, s'il n'avait pas trop de voitures à réparer ou trop de boulot à la décharge. Ils entraînaient les équipes de jeunes. Et ils cuisinaient côte à côte lors du banquet de côtes de porc des pompiers volontaires au printemps et du grand barbecue de poulet qui marquait la fin de l'été.

Deux gars de la campagne qui vivaient comme on vit à la campagne.

Sans violons.

Jusqu'à ce que tout un orchestre débarque.

Je savais tout cela, ou presque. J'en appris davantage de la bouche de Ruth Crawford en personne, au Korner Koffee Kup, situé en face du Gateway Motel, à moins d'un pâté de maisons du bureau de poste. C'était là que papa recevait son courrier et généralement, il y en avait un gros paquet. Après l'avoir récupéré, je m'arrêtais toujours au Koffee Kup. Leur café est correct, sans plus, mais leurs muffins à la myrtille ? Vous n'en avez jamais mangé de meilleurs.

J'étais occupé à faire le tri dans le courrier, entre le bon grain et l'ivraie, quand quelqu'un demanda : « Je peux m'asseoir ? »

C'était Ruth Crawford, svelte et pimpante dans un pantalon blanc et un débardeur rose, avec un masque assorti (c'était la première année du Covid). Sans attendre ma réponse, elle se glissait déjà sur la banquette opposée, et je m'en amusai.

« Vous ne renoncez jamais, hein ?

– La timidité n'a jamais permis à une gente demoiselle de décrocher le prix Nobel, répondit-elle, avant d'ôter son masque. Comment est le café ici ?

– Pas trop mauvais. Mais vous devez le savoir puisque vous logez juste en face. Les muffins sont meilleurs. Mais pour l'interview, c'est toujours non. Désolé, miss Crawford. Je ne peux pas.

– Pas d'interview, c'est noté. Tout ce qu'on dira restera strictement off. D'accord ?

– Autrement dit, vous ne pourrez pas vous en servir ?

– Exactement. »

La serveuse, Suzie McDonald, vint à notre table. Je lui demandai si elle s'en sortait avec ses cours du soir. Elle sourit derrière son masque et répondit par l'affirmative. Ruth et moi commandâmes des cafés et des muffins.

« Vous connaissez absolument tout le monde dans les trois villes du coin ? demanda Ruth, une fois la serveuse repartie.

– Non, pas tout le monde. Je connaissais plus de gens autrefois, quand j'étais encore directeur d'école. Tout ça est off, hein ?

– Absolument.

– Suzie a accouché quand elle avait dix-sept ans et ses parents l'ont flanquée à la porte. Des évangélistes de l'Église du Christ rédempteur. Elle est allée vivre chez sa tante à Gates. Depuis qu'elle a fini le lycée, elle suit des cours dans le cadre de la formation continue, en lien avec Bates College. Elle veut devenir vétérinaire. Je pense qu'elle y arrivera. Et sa fillette se porte à merveille. Et vous ? Vous vous amusez bien ? Vous découvrez un tas de choses sur mon père et Oncle Butch ? »

Elle sourit.

« J'ai appris que votre père était un fou du volant avant d'épouser votre mère… Toutes mes condoléances, d'ailleurs.

– Merci », dis-je.

Même si, en cet été 2021, ma mère était morte depuis cinq ans déjà.

« Il conduisait une vieille Dodge de fermier et on lui a retiré son permis pendant un an, précisa-t-elle. Vous le saviez ? »

Je l'ignorais, et je le lui dis.

« J'ai appris que Dave LaVerdiere aimait bien les bars de Lewiston et qu'il en pinçait pour une chanteuse locale qui se faisait appeler Little Jonna Jaye. J'ai appris qu'il avait quitté le parti républicain après l'affaire du Watergate, contrairement à votre père.

– Papa votera républicain jusqu'à la fin de ses jours. Toutefois… » Je me penchai en avant. « C'est toujours off, hein ?

– Totalement ! »

Elle souriait, mais la curiosité faisait pétiller son regard.

Ma voix n'était plus qu'un murmure.

« Il n'a pas voté Trump la seconde fois. Il ne pouvait pas se résoudre à voter pour Biden, mais il en avait soupé du Donald. Je compte sur vous pour emporter ce secret dans la tombe.

– Je le jure. J'ai appris que Dave a gagné le concours annuel du plus gros mangeur de tartes de 1960 à 1966, date à laquelle il s'est retiré de la compétition. J'ai appris que votre père s'est assis sur la chaise à plongeon lors des Old Home Days[1] jusqu'en 1972. Il existe d'amusantes photos de lui en costume de bain d'autrefois, coiffé d'un chapeau melon… waterproof, je suppose.

– J'étais mort de honte, avouai-je. Ce que j'ai pu me faire charrier à l'école.

– J'ai appris que lorsque Dave a émigré vers l'Ouest, il a fourré dans les sacoches de sa Harley-Davidson tout ce dont il pensait avoir besoin, et le voilà parti. Vos parents ont bradé le reste de ses affaires et lui ont envoyé l'argent. Et votre père s'est occupé de revendre sa maison.

– Avec un joli bénef, précisai-je. Et tant mieux. À cette époque, Oncle Butch se consacrait à la peinture à plein temps, et il a vécu avec cet argent jusqu'à ce qu'il commence à vendre ses œuvres.

– À cette même époque, votre père, lui, se consacrait à l'écriture à plein temps.

– Oui, mais il continuait à gérer la décharge. Jusqu'à ce qu'il la revende à la municipalité au début des années 1990. C'est à ce moment-là qu'ils l'ont transformée en site d'enfouissement.

– Il a également acheté, puis revendu, Peewee's Car Mart. Il a fait don de l'argent à la municipalité.

– Ah bon ? Il ne me l'a jamais dit. »

Toutefois, j'étais sûr que ma mère était au courant.

« Eh bien, oui. Et pourquoi pas, d'ailleurs ? Il n'avait pas besoin de cet argent. Il avait fait de l'écriture son métier, et tout ce qui concernait la ville, c'était juste un hobby.

– Les bonnes actions ne sont jamais un hobby.

– C'est votre père qui vous a enseigné ça ?

– Ma mère.

– Justement, que pensait-elle de cette chance qui vous souriait subitement ? Sans même parler du changement dans la vie de votre Oncle Butch ? »

1. Fête locale destinée mettre en valeur l'histoire et le patrimoine de la région. (*Toutes les notes sont du traducteur.*)

Je réfléchis à cette question pendant que Suzie nous apportait nos muffins et nos cafés. Finalement, je dis :

« Je ne tiens pas à évoquer ce sujet, miss Crawford.

– Appelez-moi Ruth.

– Soit. Mais je ne tiens pas à parler de ça… Ruth. »

Elle beurra son muffin. Elle me dévisageait avec une perplexité pénétrante – je ne sais pas comment dire ça autrement – qui me mettait mal à l'aise.

« Grâce à tout ce que j'ai rassemblé, je peux écrire un bon article et le vendre au magazine *Yankee*, dit-elle. Dix mille mots, avec une bonne dose de couleur locale et des anecdotes amusantes. Et toutes les expressions typiques du Maine dont les gens raffolent. J'ai des photos de la fresque peinte par Dave LaVerdiere sur la palissade de la décharge. J'ai des photos de votre père – le célèbre auteur – en costume de bain des années 1920, que des gens du coin tentent de faire tomber dans un réservoir plein d'eau.

– Deux dollars les trois lancers au Ducking Lever. Tous les bénéfices étaient reversés à différentes œuvres caritatives. Les gens applaudissaient chaque fois qu'il se retrouvait à la baille.

– J'ai des photos des deux amis en train de servir du poulet à des touristes et à des vacanciers. Ils portent des tabliers et des fausses toques sur lesquelles il est écrit : VOUS POUVEZ EMBRASSER LE CUISTOT.

– Et beaucoup de femmes ne s'en privaient pas.

– J'ai des histoires de pêche, des histoires de chasse, des histoires de bonnes actions, comme la fois où ils ont rentré le foin de cet homme qui avait fait un infarctus. J'ai Laird qui fait du rodéo avec sa voiture et perd son permis. J'ai tout ça… et je n'ai *rien*. Je veux dire par là rien de consistant. Les gens adorent raconter des anecdotes sur ces deux hommes. J'ai connu Laird Carmody *quand ceci…*, j'ai connu Butch LaVerdiere *quand cela…*, mais aucune n'explique qu'ils soient devenus célèbres. Vous comprenez ? »

Je dis que je comprenais.

« Vous savez forcément des choses, Mark. Qu'est-ce qui s'est passé, bordel ? Pourquoi vous ne voulez pas me raconter ?

– Il n'y a rien à raconter. »

Je mentais, et je pense qu'elle le savait.

Je me souviens de l'appel que j'ai reçu à l'automne 1978. La surveillante de dortoir (eh oui, ça existait à l'époque) était montée jusqu'au deuxième étage de la résidence Roberts Hall, tout essoufflée, pour m'annoncer que ma mère était au téléphone, et dans tous ses états apparemment. Je dévalai l'escaler jusqu'au petit logement de Mme Hathaway en redoutant ce que j'allais entendre.

« Maman ? Tout va bien ?

– Oui. Non. Je ne sais pas. Il est arrivé quelque chose à ton père pendant qu'ils étaient à la chasse à 30-Mile Wood. » Et comme après coup, elle ajouta : « Et à Butch aussi. »

Mon estomac se noua et je sentis mes testicules qui montaient le rejoindre.

« Ils ont eu un accident ? Ils sont blessés ? Est-ce que quelqu'un… ? »

Je n'osai pas achever ma phrase, comme si demander si quelqu'un était mort allait provoquer le drame.

« Ils vont bien tous les deux. Physiquement. Mais il s'est passé quelque chose. On dirait que ton père a vu un fantôme. Et Butch… pareil. Ils m'ont raconté qu'ils s'étaient perdus, mais c'est du baratin. Ces deux-là connaissent 30-Mile Wood comme leur poche. Je voudrais que tu viennes, Mark. Pas tout de suite, ce week-end. Peut-être que tu pourras lui tirer les vers du nez. »

Mais quand j'interrogeai mon père, il réaffirma qu'ils s'étaient perdus et avaient fini par retourner à Jilasi Creek (américanisation d'un mot de la tribu des Micmacs qui voulait dire bonjour, prononcé sans articuler), et ils étaient ressortis derrière le cimetière de Harlow, tout fiers.

Pas plus que ma mère, je ne crus à cette histoire. Je repris la fac et avant les vacances de Noël, une effroyable idée fit surface dans mon esprit : l'un des deux avait tué un autre chasseur (cela arrivait plusieurs fois chaque année) et ils l'avaient enterré dans les bois.

Le soir du réveillon, alors que maman était partie se coucher, je trouvai le courage de poser la question à mon père. Nous étions assis dans le salon, face au sapin. Papa parut surpris tout d'abord… puis il éclata de rire.

« Grands dieux, non ! Si une telle chose s'était produite, on l'aurait signalé, et on en aurait assumé les conséquences. On s'est perdus, c'est tout. Ça arrive même aux meilleurs, fiston. »

Le mot de ma mère me revint à l'esprit, et je faillis le prononcer à voix haute : baratin.

Mon père possédait un humour pince-sans-rire, et il en fit la brillante démonstration le jour où son comptable venu de New York (c'était à peu près à l'époque de la publication de son dernier roman) lui annonça que ses revenus avaient dépassé les dix millions de dollars. Ce n'était pas un chiffre à la J.K. Rowling (ni même à la James Patterson), mais c'était néanmoins considérable. Après réflexion, mon père dit : « Il faut croire que les bouquins ne servent pas qu'à meubler une pièce. »

Le comptable parut désorienté, mais j'avais saisi l'allusion et je m'esclaffai.

« Je ne te laisserai pas sans le sou, Markey. »

Sans doute me vit-il grimacer, ou peut-être avait-il simplement pris conscience de ce qu'impliquaient ses paroles. Il se pencha vers moi et me tapota la main, comme il le faisait quand j'étais gamin et que quelque chose me tracassait.

Je n'étais plus un gamin, mais j'étais seul. En 1988, j'avais épousé Susan Wiggins, une avocate affectée au bureau du procureur du comté. Elle affirmait qu'elle voulait des enfants, mais ne cessait de retarder le moment. Peu de temps avant notre douzième anniversaire de mariage (je lui avais acheté un collier de perles à cette occasion), elle m'avait annoncé qu'elle me quittait pour un autre homme. C'était un peu plus compliqué que ça, comme toujours j'imagine, mais vous n'avez pas besoin d'en savoir plus, car cette histoire ne me concerne pas, enfin pas vraiment. Mais quand mon père fit cette remarque, je pensai (et je crois qu'il pensait la même chose) : à qui allais-je léguer ces dix millions de dollars, ou ce qu'il en resterait, quand mon heure viendrait ?

Sans doute à l'administration scolaire du Maine, district 19. Les écoles ont toujours besoin d'argent.

« Vous savez forcément, me dit Ruth ce jour-là au Koffee Kup. Forcément. Souvenez-vous, c'est off.

– Off ou pas, je ne sais rien. »

Je savais uniquement qu'il était arrivé quelque chose à mon père et à Oncle Butch en ce mois de novembre 1978, lors de leur partie de chasse annuelle. Après cela, mon père était devenu un auteur de best-sellers, en écrivant ce qu'on appelait des « pavés », et Dave LaVerdiere, illustrateur tout d'abord, avait connu la gloire en tant que peintre « qui combine le surréalisme de Frida Kahlo et l'idéal américain de Norman Rockwell » (*ArtReview*).

« Peut-être qu'ils sont arrivés à la croisée des chemins, dit-elle. Vous savez, comme dans la chanson de Robert Johnson. Et ils ont signé un pacte avec le diable. »

Je ris, mais je mentirais en disant que cette idée ne m'avait jamais traversé l'esprit, surtout les nuits d'orage, en été, quand les grondements du tonnerre m'empêchaient de dormir.

« Dans ce cas, dis-je, c'était un contrat de plus de sept ans. Le premier roman de mon père a été publié en 1980, l'année même où le portrait de John Lennon par Butch a fait la couverture de *Time*.

– Oui. Presque quarante ans pour LaVerdiere, dit Ruth, songeuse. Quant à votre père, il a pris sa retraite, mais il est toujours au top.

– Je n'irais pas jusque-là, répondis-je en pensant aux draps pleins de pisse que j'avais changés ce matin-là avant de filer à Castle Rock. Disons qu'il s'accroche. Et vous, alors ? Combien de temps encore vous allez rester ici, dans notre cambrousse, pour essayer de débusquer des ragots sur Carmody et LaVerdiere ?

– Ce n'est pas très gentil de dire ça.

– Désolé. C'était une mauvaise plaisanterie. »

Elle avait fini son muffin (je vous avais dit qu'ils étaient excellents) et elle rassemblait les miettes du bout de son index.

« Encore un jour ou deux. J'ai envie de retourner à la maison de retraite à Harlow, et peut-être de réinterroger la sœur de LaVerdiere, si elle veut bien. Ensuite, je repartirai avec un article tout à fait monnayable, mais ce n'est pas ce que je voulais, loin s'en faut.

– Vous vouliez peut-être une chose qu'on ne peut pas trouver. Peut-être que la créativité doit rester un mystère. »

Elle plissa le nez et dit :

« Gardez votre métaphysique pour refroidir votre porridge. Je peux payer l'addition ?

– Non. »

Tout le monde à Harlow connaît notre maison dans Benson Street. Parfois, des fans de papa, en vacances dans le coin, s'arrêtent pour jeter un coup d'œil, et ils sont souvent déçus. C'est juste une « saltbox » typique de la Nouvelle-Angleterre, dans une localité qui en regorge. Un peu plus grande que la plupart cependant, et posée au fond d'un jardin de bonne taille, parsemé de massifs. Ma mère les avait plantés et s'en était occupée jusqu'à sa mort. Aujourd'hui, c'était Jimmy Griggs, notre homme à tout faire, qui les arrosait et les taillait. Exception faite des lys d'un jour qui poussaient le long de la clôture de devant. Papa aime s'en occuper lui-même car maman les adorait. Quand il les arrose, ou simplement quand il passe devant lentement, appuyé sur sa canne, je pense qu'il se souvient de la femme qu'il a toujours appelée « ma tendre Sheila ». Parfois, il se penche pour caresser une fleur, ces couronnes qui se forment à l'extrémité d'une tige sans feuilles qu'on appelle une hampe. Les fleurs sont jaunes, roses et orange, mais il aime particulièrement les rouges, qui lui rappellent les joues de sa femme quand elle rougissait, m'a-t-il confié. S'il donne l'image d'un homme bourru, un peu cynique – sans oublier cet humour pince-sans-rire –, au fond de lui, il a toujours été un romantique, parfois même un peu cucul. Un jour, il m'a avoué qu'il cachait cette partie de lui-même car elle était sensible aux coups.

Ruth savait où se trouvait cette maison, évidemment. Je l'avais vue passer devant à plusieurs reprises, au volant de sa petite Corolla. Une fois, elle s'était même arrêtée pour prendre des photos. Je parie qu'elle savait également que mon père pouvait encore marcher jusqu'à la clôture pour venir admirer les lys du jour, en milieu de matinée, et si vous n'avez pas encore compris, à ce stade, que c'était une personne très déterminée, c'est que j'ai mal fait mon travail.

Deux jours après notre conversation « off » au Koffee Kup, elle passa au ralenti dans Benson Street, et au lieu de poursuivre son chemin, elle se gara sur le bas-côté, à la hauteur des deux petites pancartes fixées de part et d'autre du portail : MERCI DE RESPECTER NOTRE INTIMITÉ et M. CARMODY NE SIGNE PAS D'AUTOGRAPHES. J'accompagnais mon père ce jour-là, comme toujours quand il va voir ses fleurs. Il avait eu quatre-vingt-huit ans en cet été 2021, et malgré sa canne, il lui arrivait de vaciller.

Ruth descendit de voiture et s'approcha de la clôture, sans essayer d'ouvrir le portail. Tenace, certes, mais consciente des limites à ne pas franchir. Pour ça, elle me plaisait bien. En fait, elle me plaisait bien, point. Elle portait un masque à motif floral. Papa, lui, n'en portait pas : il affirmait que ça l'empêchait de respirer. Mais il ne s'était pas opposé aux vaccins.

Il la regarda d'un air intrigué, avec un léger sourire. Il faut dire qu'elle était belle, surtout dans la lumière de ce matin d'été. Chemise à carreaux, jupe en jean, socquettes blanches et tennis, les cheveux attachés en queue-de-cheval à la manière d'une adolescente.

« Comme l'indique cette pancarte, miss, je ne signe pas d'autographes.

– Oh, dis-je, ce n'est pas ce qui l'intéresse, je crois. »

Son culot m'amusait.

« Je m'appelle Ruth Crawford, monsieur. Je vous ai écrit pour solliciter une interview. Vous avez refusé, mais j'ai eu envie d'essayer de nouveau, en personne, avant de reprendre la route de Boston.

– Ah, fit papa. Butch et moi, hein ? Sous l'angle du heureux hasard, c'est ça ?

– Oui. Même si je pense que je ne percerai jamais le cœur du mystère.

– Le cœur des ténèbres, dit mon père en riant. C'est une plaisanterie littéraire. J'en ai tout un stock en réserve, mais je crains qu'elles n'aient pris la poussière depuis que j'ai cessé de donner des interviews. Une promesse que je me suis faite et que j'ai l'intention de respecter, même si vous me paraissez charmante, et si Mark ici présent m'assure que vous êtes digne de confiance. »

Je fus à la fois surpris et ravi de voir mon père lui tendre la main par-dessus la clôture. Elle aussi parut surprise, mais elle prit la main qu'il lui tendait, en faisant attention à ne pas serrer trop fort.

« Merci, monsieur. Je sentais qu'il fallait que je tente ma chance. Vos fleurs sont magnifiques, soit dit en passant. J'adore les lys d'un jour.

– Vraiment ? Ou bien vous dites ça comme ça ?

– Non, vraiment.

– Ma femme les adorait elle aussi. Et puisque vous avez la gentillesse de complimenter ce que ma tendre Sheila aimait tant, je vous fais une proposition de conte de fées. »

Les yeux de mon père pétillaient. Le charme – et peut-être le culot – de Ruth l'avait requinqué, comme un peu d'eau semblait requinquer les fleurs de sa tendre Sheila.

Elle sourit.

« De quoi s'agit-il, monsieur Carmody ?

– Je vous accorde trois questions, et vous pourrez publier mes réponses dans votre article. Qu'en dites-vous ? »

J'étais ravi, et Ruth aussi, de toute évidence.

« Parfait.

– Dans ce cas, allez-y, chère demoiselle.

– Accordez-moi une seconde. Vous me mettez la pression.

– Exact. Mais c'est la pression qui crée des diamants à partir du charbon. »

Elle ne lui demanda pas si elle pouvait l'enregistrer, et je trouvai cela malin de sa part. Elle tapota ses lèvres avec son index, sans quitter papa des yeux.

« OK. Première question. Qu'est-ce qui vous plaisait le plus chez M. LaVerdiere ? »

Il répondit sans hésiter.

« Sa loyauté. Sa fiabilité. Ce qui revient au même, je suppose, ou presque. Un homme peut s'estimer heureux quand il a ne serait-ce qu'un seul ami. Les femmes, me semble-t-il, en ont davantage… mais vous le savez mieux que moi. »

Ruth réfléchit.

« Je pense que j'ai deux amies à qui je pourrais confier mes secrets les plus intimes. Non… trois.

– Alors, vous avez de la chance. Question suivante. »

Ruth hésita, sans doute parce qu'elle avait au moins cent questions en tête et que cette brève interview, de part et d'autre d'une clôture, sans qu'elle ait eu le temps de se préparer, serait sa seule et unique occasion. Et le sourire de mon père, pas totalement bienveillant, indiquait qu'il avait conscience de la position dans laquelle il la mettait.

« Les minutes s'écoulent, miss Crawford. Je vais bientôt devoir rentrer pour reposer mes vieilles guiboles.

– Bon… Quel est le meilleur souvenir que vous conservez de votre ami ? J'aimerais bien connaître le plus mauvais également, mais je préfère économiser ma dernière question. »

Mon père rit.

« Je vous en fais cadeau, parce que j'aime bien votre persévérance, et parce que vous êtes agréable à regarder. Mon plus mauvais souvenir, c'était à Seattle, sans doute mon dernier voyage à l'autre bout du pays, pour aller voir un cercueil, en sachant que mon vieil ami se trouvait à l'intérieur. Sa main droite si talentueuse, immobile pour toujours.

– Et le meilleur, alors ?

– Nos parties de chasse à 30-Mile, répondit-il immédiatement. Tous les ans, la deuxième semaine de novembre, depuis l'époque où on était adolescents, jusqu'à ce que Butch enfourche son cheval d'acier pour galoper vers l'Ouest doré. On logeait dans une cabane au milieu des bois, construite par mon grand-père. Butch affirmait que son grand-père à lui avait donné un coup de main pour le toit, ce qui était peut-être vrai, ou pas. Elle était située à environ cinq cents mètres au-delà de Jilasi Creek. On avait une vieille jeep Willys, et jusqu'en 54 ou 55, on traversait le pont de planches avec, on se garait de l'autre côté et on crapahutait jusqu'à la cabane avec nos sacs et nos fusils. Mais au bout d'un moment, on n'a plus eu confiance dans le pont, à cause des inondations qui l'avaient endommagé. Alors on s'arrêtait devant et on finissait à pied. »

Il soupira, le regard vague. Et poursuivit :

« À cause des opérations de déboisement menées par Diamond March et des projets immobiliers au bord de Dark Score Lake, l'ancien territoire des Noonan, 30-Mile Wood devrait s'appeler 20-Mile Wood désormais. Mais en ce temps-là, il restait suffisamment de forêt pour permettre à deux jeunes garçons… puis deux jeunes hommes… de randonner. Parfois, on tirait un cerf. Une fois, on a tué un dindon, mais il était dur et aigre. En fait, la chasse n'était qu'un prétexte. On aimait surtout se retrouver seuls pendant une petite semaine. Pas mal d'hommes partent dans les bois, je crois, pour pouvoir picoler et fumer, ou bien traîner dans les bars et ramener une nana pour la nuit, mais pas nous. Oh, certes, on buvait un peu, mais si on emportait une bouteille de Jack, elle nous faisait la semaine, et il en restait. On le balançait dans la cheminée pour voir les flammes jaillir. On parlait de Dieu, des Red Sox, de politique et du risque de voir le monde disparaître dans le feu nucléaire…

« Un jour, je m'en souviens, on était assis sur un rondin, et un cerf, un énorme dix-huit cors, le plus gros que j'aie jamais vu, et que personne ait jamais vu peut-être, dans cette région du moins – ce cerf a traversé le marécage en contrebas, avec grâce. J'ai épaulé mon fusil, mais Butch a posé sa main sur mon bras, et il a dit : “Non. S'il te plaît. Pas celui-ci.” Alors, je n'ai pas tiré.

« Le soir, on allumait un feu dans la cheminée et on s'enfilait un verre ou deux de Jack. Butch apportait un carnet à croquis. Et parfois, pendant qu'il dessinait, il me demandait de lui raconter une histoire. D'ailleurs, l'une d'elles est devenue mon premier roman, *L'Orage foudroyant.* »

Je voyais que Ruth s'efforçait de tout mémoriser. Pour elle, c'était de l'or. Et pour moi aussi. Papa ne m'avait jamais parlé de cette cabane.

« Je suppose, poursuivit-il, que vous n'avez jamais lu un essai intitulé "Come Back to the Raft Ag'in, Huck Honey[1]" ? »

Ruth secoua la tête.

« Non ? Bien sûr que non. Plus personne ne lit Leslie Fiedler, et c'est bien dommage. C'était un excentrique, pourfendeur de vaches sacrées, et un type très marrant, donc. Dans cet essai, il affirme que l'homo-érotisme est le grand moteur de la littérature américaine, et que toutes ces histoires d'amitié masculine parlent en fait de désir sexuel refoulé. Des conneries, évidemment. Ça en dit sûrement plus sur Fiedler que sur la sexualité masculine. Car… L'un de vous deux peut m'expliquer pourquoi ? »

Ruth semblait avoir peur de briser l'envoûtement (qu'il avait déployé sur lui-même autant que sur elle), alors je décidai de répondre :

« C'est une idée superficielle. Qui transforme l'amitié masculine en blague salace.

– C'est trop simpliste, mais pas faux. Butch et moi, on était amis, pas amants, et durant ces quelques semaines passées dans les bois, on savourait cette amitié sous sa forme la plus pure. Ce qui est une forme d'amour. Cela ne voulait pas dire pour autant que j'aimais moins Sheila, ou que Butch n'appréciait pas ses virées en ville – il était dingue de rock and roll, qu'il appelait bop –, mais à 30-Mile, les tourments, l'agitation, le vacarme du monde s'envolaient.

« Vous faisiez corps, dis-je.

– Exactement. Dernière question, miss. »

Cette fois, elle n'hésita pas.

« Que s'est-il passé ? Comment se fait-il que deux hommes connus dans leur petite ville soient devenus célèbres dans le monde entier ? Des icônes culturelles ? »

1. Que l'on pourrait traduire par : « Remonte sur le radeau, Huck chéri. »

L'expression de mon père se modifia, et je repensai à ce coup de téléphone affolé de ma mère quand j'étais à la fac : *On dirait que ton père a vu un fantôme*. Dans ce cas, il venait de le revoir. Puis il sourit et le fantôme disparut.

« On était deux crapules pleines de talent. Voilà tout. Sur ce, il faut que je rentre, me mettre à l'abri de ce soleil éclatant.

– Mais…

– Non », la coupa-t-il sèchement, et elle eut un petit mouvement de recul. « C'est terminé.

– Je pense que vous n'en espériez pas autant, dis-je. Vous pouvez être contente.

– Il faudra bien. Merci, monsieur Carmody. »

Papa répondit d'un geste de sa main déformée par l'arthrite. Je le ramenai à la maison et l'aidai à gravir les marches du perron. Ruth Crawford s'attarda un instant, avant de remonter dans sa voiture et de repartir. Je ne la revis plus jamais, mais bien évidemment, je lus son article sur papa et Oncle Butch. C'était vivant et bourré d'anecdotes amusantes, même si ça manquait d'une vision. Le magazine *Yankee* lui avait accordé le double du nombre de pages habituel. Et je suis sûr qu'elle avait obtenu plus que ce qu'elle espérait en s'arrêtant devant la maison avant de quitter la ville. Y compris le titre : « Deux crapules pleines de talent ».

Ma mère – Sheila Wise Carmody, Notre-Dame des Lys d'un jour – mourut en 2016, à soixante-dix-huit ans. Ce fut un choc pour son entourage. Elle ne fumait pas, elle buvait un verre de vin pour les grandes occasions, elle n'était ni en sous- ni en surpoids. Sa mère avait vécu jusqu'à quatre-vingt-dix-sept ans et sa grand-mère jusqu'à quatre-vingt-dix-neuf. Mais elle fut victime d'un violent infarctus au volant, alors qu'elle rentrait de l'IGA de Castle Rock, le coffre rempli de provisions. Elle s'arrêta sur le bas-côté dans Sirois Hill, tira le frein à main, coupa le moteur, croisa ses mains sur ses genoux et plongea dans les ténèbres qui entourent cet éclat lumineux qu'on appelle la vie. Si mon père fut ébranlé par la disparition de son vieil ami Dave LaVerdiere, le décès de sa femme le laissa inconsolable.

« Elle aurait dû vivre encore, dit-il à ses obsèques. Quelqu'un a commis une terrible erreur au niveau de l'administration. » Ce n'était pas très éloquent, il avait fait mieux, mais il était sous le choc.

Pendant six mois, papa dormit au rez-de-chaussée dans le canapé-lit. Finalement, sous ma pression, on débarrassa la chambre où ils avaient passé plus de vingt et un mille nuits ensemble. La plupart de ses vêtements furent donnés au Goodwill de Lewiston (une des œuvres de bienfaisance préférées de maman). Mon père distribua ses bijoux à ses amies, à l'exception de sa bague de fiançailles et de son alliance, qu'il garda sur lui, dans le gousset de son jean, jusqu'à son dernier jour.

Cette opération de rangement par le vide fut une épreuve pour lui (et pour moi), mais quand il fallut débarrasser son petit bureau (à peine plus grand qu'un placard, à côté du vestibule), il refusa catégoriquement.

« Je ne peux pas, Mark, me dit-il. C'est impossible. Ça me détruirait. Tu vas devoir t'en charger. Fourre tous ses papiers dans des cartons et descends-les à la cave. J'irai jeter un coup d'œil plus tard, et je déciderai ce qu'il faut garder. »

À ma connaissance, il ne l'a jamais fait. Et ces cartons sont toujours là où je les ai laissés, à savoir sous la table de ping-pong dont personne ne s'est servi depuis l'époque où nous faisions des parties endiablées, ma mère et moi. Elle jurait comme un charretier quand je faisais un smash qu'elle ne parvenait pas à renvoyer. Vider son « cabinet de réflexion », comme elle l'appelait, fut douloureux. Voir cette table de ping-pong poussiéreuse, avec son filet vert distendu, plus douloureux encore.

Un jour ou deux après l'extraordinaire interview au-dessus de la clôture, je me souvins que j'avais avalé un Valium pour me donner du courage avant d'entrer dans son cabinet de réflexion avec des cartons vides. En ouvrant le tiroir du bas de son bureau, je découvris une pile de cahiers à spirale, et en feuilletant l'un d'eux, je reconnus l'écriture penchée vers la gauche de mon père, si caractéristique. Ces carnets étaient antérieurs à l'époque où il avait percé, quand chacun de ses romans, y compris le premier, avait été un best-seller.

Ses trois premiers romans, écrits avant que les ordinateurs et les logiciels de traitement de texte deviennent monnaie courante, l'avaient été sur une IBM Selectric, qu'il rapportait chaque après-midi de la mairie de Harlow. Il m'avait fait lire ces manuscrits dactylographiés et je m'en souvenais bien. Il avait rayé des mots ou il en avait ajouté entre les lignes, il avait barré un paragraphe ou deux si ça lui semblait trop long. C'était ainsi qu'on procédait avant l'invention de la touche « Effacer ». Parfois, il utilisait la touche « x » de la machine à écrire, et d'*Une belle et agréable journée* il ne restait qu'*Une xxxxxxxx agréable journée.*

Si j'insiste là-dessus, c'est qu'il y avait peu de corrections et d'ajouts sur les manuscrits définitifs de *L'Orage foudroyant*, de *La Génération terrible* et de *Highway 19*. En revanche, les carnets à spirale étaient pleins de mots ou de paragraphes rayés, avec tant de vigueur parfois que le stylo avait traversé la feuille. D'autres pages avaient été couvertes d'une écriture presque illisible, dans une sorte de frénésie. Des notes figuraient dans les marges, du style *Qu'est devenu Tommy ?* ou *Ne pas oublier la commode !!!*. Il y avait une douzaine de carnets en tout, et celui qui se trouvait en dessous était très clairement une ébauche de *L'Orage foudroyant*. Ce n'était pas nul… mais pas très bon non plus.

Avec en tête la dernière question de Ruth – et le coup de fil affolé de ma mère en 1978 –, je retrouvai le carton qui contenait ces vieux carnets. Je sortis celui qui m'intéressait et me mis à lire, assis par terre en tailleur sous une ampoule nue.

Un orage approchait !

~~Jason~~ Jack, sur la terrasse, regardait les nuages noirs se former à l'ouest. Le tonnerre grondait ! Des éclairs ~~frappaient partout~~ martelaient le sol tels des béliers de feu ! Le vent se mit à ~~souffler~~ mugir. Jack était mort de peur, mais il ne pouvait détourner le regard. Le feu avant la pluie, pensa-t-il. LE FEU AVANT LA PLUIE !

Il y avait une image dans ce passage, un récit, mais c'était éculé, au mieux. Sur cette page et les suivantes, je voyais papa qui s'efforçait de décrire ce qu'il voyait. Comme s'il savait que ce qu'il écrivait n'était pas très bon, mais essayait encore et encore, pour mieux faire. Le résultat était douloureux car il *voulait* être bon... et ne l'était pas.

Je redescendis chercher un exemplaire de *L'Orage foudroyant* sur l'étagère des exemplaires d'auteur dans le bureau de papa. Je l'ouvris à la première page et lus ceci :

> Un orage se préparait.
>
> Sur la terrasse, les mains dans les poches, Jack Elway regardait les nuages noirs s'élever à l'ouest, comme de la fumée qui masquait les étoiles naissantes. Le tonnerre grommelait. Des éclairs illuminaient les nuages, les faisant ressembler à des cerveaux, pensait-il. Le vent se leva. Le feu avant la pluie, se dit le garçon. Le feu avant la pluie. Cette idée le terrorisait, sans qu'il puisse détacher les yeux de ce spectacle.

En comparant la version manuscrite, médiocre (mais qui se donnait beaucoup de mal pour être bonne), et le roman achevé, je me surpris à repenser d'abord à la fresque de Butch LaVerdiere peinte sur la palissade de la décharge, puis à son tableau montrant Elvis et Marilyn à la fête foraine, vendu trois millions de dollars. Une fois de plus, je songeai qu'il y avait d'un côté le bourgeon et de l'autre, la fleur.

Dans tout ce pays – et dans le *monde* entier –, des hommes et des femmes peignent des tableaux, écrivent des histoires, jouent d'un instrument de musique. Certains de ces aspirants à la célébrité participent à des séminaires ou à des ateliers. D'autres engagent un prof particulier. Leurs proches et leurs amis ne manquent pas d'admirer le fruit de leurs efforts en faisant des commentaires du genre : *Ouah, c'est super !*, puis ils oublient aussitôt. Quand j'étais gamin, j'adorais toutes les histoires de mon père. Elles me captivaient, et je pensais : *Ouah, c'est super, papa !* Et je suis certain que les gens qui, en passant devant la décharge, voyaient la fresque culottée et animée d'Oncle Butch qui dépeignait le quotidien de leur petite ville se disaient :

Ouah, c'est super !, puis ils passaient leur chemin. Car il y a toujours quelqu'un qui peint un tableau, quelqu'un qui raconte une histoire, quelqu'un qui interprète « Call Me the Breeze » à la guitare. C'est souvent médiocre. Parfois passable. Très rarement inoubliable. Pour quelle raison ? Je l'ignorais. Et comment ces deux gars de la campagne étaient passés de pas mal à bien et de bien à génial – ça aussi je l'ignorais.

Mais je l'ai découvert.

Deux ans après cette brève interview avec Ruth Crawford, alors qu'une fois encore j'inspectais avec mon père les lys d'un jour qui poussaient le long de la clôture et qu'il me montrait les intrus qui avaient commencé à poindre derrière le grillage, et même de l'autre côté de Benson Street, j'entendis un craquement sourd. Je crus tout d'abord qu'il avait marché sur une branche morte. Il me regarda, les yeux écarquillés, la bouche grande ouverte, et je songeai (je m'en souviens parfaitement) : *Voilà à quoi il ressemblait quand il était enfant.* Puis il bascula sur le côté. Il voulut se retenir à la clôture. Je voulus le retenir. Nous manquâmes notre cible l'un et l'autre. Il tomba dans l'herbe et se mit à hurler.

Je n'avais pas toujours mon portable sur moi (je n'appartiens pas à cette génération qui ne sortirait jamais sans, pas plus qu'elle ne sortirait sans slip), mais ce jour-là, je l'avais dans ma poche. J'appelai les secours et leur annonçai que j'avais besoin d'une ambulance au 29 Benson Street car mon père venait d'avoir un accident.

Je m'agenouillai à côté de lui et tentai de redresser sa jambe. Il hurla de plus belle : non, non, Markey, ça fait trop mal ! Il était aussi blanc que de la neige fraîche, que le ventre de Moby Dick ou que l'amnésie. Il était rare que je me sente vieux, sans doute parce que l'homme avec qui je vivais était beaucoup plus vieux que moi, mais à cet instant, j'avais mille ans. Je me répétais que je ne devais pas m'évanouir. Que je ne devais pas faire un infarctus. Et je priais pour que le break des services d'urgence de Harlow (acheté avec l'argent de mon père et de Butch) se trouve dans les parages car une ambulance venant de Gates Falls mettrait une demi-heure à arriver, et si elle venait de Castle Rock, ce serait peut-être encore plus long.

Aujourd'hui encore, j'entends les hurlements de mon père. Juste avant l'arrivée du véhicule des urgences de Harlow, il s'évanouit. Ce fut un soulagement. Ils le hissèrent à l'arrière grâce à un brancard hydraulique et le conduisirent à St. Stephen's, où ils le stabilisèrent (si tant est que l'on puisse stabiliser un homme de quatre-vingt-dix ans) et lui firent passer des radios. Sa hanche gauche s'était brisée. Sans raison apparente. Et il ne s'agissait pas d'une simple fracture, m'expliqua l'orthopédiste. La hanche avait explosé.

« Je ne sais pas trop quoi faire, m'avoua le Dr Patel. S'il avait votre âge, je recommanderais la pose d'une prothèse, évidemment, mais M. Carmody souffre d'ostéoporose à un stade avancé. Ses os sont cassants comme du verre. Tous. Et bien évidemment, il est très âgé. » Il écarta les mains au-dessus des radios étalées devant lui. « J'ai besoin de votre avis.

– Il est réveillé ? »

Le Dr Patel passa un coup de téléphone. Posa la question. Écouta la réponse. Et raccrocha.

« Il est un peu vaseux à cause des antalgiques, mais il est conscient et il peut répondre aux questions. D'ailleurs, il veut vous parler. »

Même si l'épidémie de Covid était sur le déclin, les places étaient chères à St. Stephen's. Mon père avait eu droit, malgré tout, à une chambre individuelle. Parce qu'il pouvait payer, mais aussi parce que c'était une célébrité. Très appréciée à Castle County. Un jour, je lui avais offert un T-shirt sur lequel on pouvait lire ÉCRIVAIN ROCK STAR et il le portait.

Son teint n'avait plus la blancheur du ventre de Moby Dick, mais il paraissait ratatiné. Son visage hâve luisait de sueur. Ses cheveux étaient en bataille.

« Ma foutue hanche s'est pétée, Markey. » Sa voix ressemblait à un murmure. « Le toubib pakistanais dit que c'est un miracle que ça ne soit pas arrivé il y a cinq ans, quand on était à l'enterrement de Butchie. Tu te souviens ?

– Évidemment que je me souviens. »

Je m'assis à côté de lui et sortis mon peigne de ma poche.

Il m'arrêta d'un geste impérieux. *Stop.*

« Je ne suis pas un bébé.

– Je sais, mais tu as une tête de fou. »

Sa main retomba sur le drap.

« Bon, d'accord. Mais seulement parce que j'ai changé tes couches pleines de merde quand tu étais bébé. »

Je me doutais que c'était sans doute maman qui s'en chargeait, mais je ne relevai pas, me contentant de le recoiffer comme je pouvais.

« Papa, le chirurgien ne sait pas s'il doit te poser une hanche ar…

– Tais-toi. Mon pantalon est dans le placard.

– Il n'est pas question que tu ailles… »

Il leva les yeux au ciel.

« Je sais bien, nom d'un chien. Apporte-moi mon trousseau de clés. »

Je le trouvai dans sa poche avant gauche, sous quelques pièces de monnaie qui tintèrent. Il l'approcha de ses yeux d'une main tremblante (je ne supportais pas de voir ces tremblements) et fit défiler les clés jusqu'à ce qu'il trouve celle qu'il cherchait : une toute petite clé argentée.

« Elle ouvre le tiroir du bas de mon bureau. Si je ne réchappe pas de ce merdier…

– Allons, papa, tout va… »

Il leva la main qui tenait le porte-clés. Toujours le même geste.

« Si je n'en réchappe pas, tu trouveras l'explication de mon succès – et de celui de Butch – dans ce tiroir. Tout ce qui intriguait cette femme – j'ai oublié son nom. Elle n'y aurait pas cru, et tu n'y croiras pas non plus. Mais c'est la vérité. Considère ça comme ma dernière missive adressée au monde.

– Très bien. Compris. Pour en revenir à l'opération… ?

– Voyons voir. Réfléchissons. Si je ne passe pas sur le billard, qu'est-ce qui m'attend ? Un fauteuil roulant ? Et une infirmière, je suppose. Mais pas une jolie fille, un type taillé comme un joueur de foot, couvert de poils et le crâne rasé, qui se parfume avec English Leather. Car tu ne seras sûrement pas capable de me trimbaler ici et là, à ton âge. »

Il avait sans doute raison.

« Alors, je crois que je vais choisir l'opération. Au risque d'y passer. Si je m'en sors, je suis bon pour six semaines de rééducation, après quoi je pourrai me briser l'autre hanche. Ou le bras. Ou la clavicule. Dieu a un sens de l'humour abominable. »

Si ses os étaient fragiles, son cerveau, lui, fonctionnait encore très bien, même camé jusqu'aux yeux. Je me réjouissais qu'il ne fasse pas porter sur mes épaules la responsabilité de la décision et ses conséquences.

« Je vais informer le Dr Patel.

– Vas-y, et dis-lui de préparer un bon stock d'antalgiques. Je t'aime, fiston.

– Moi aussi je t'aime, papa.

– Si je m'en sors, tu me rapporteras mes clés. Sinon, ouvre le tiroir.

– Promis.

– C'était quoi le nom de cette femme, déjà ? Crockett ?

– Crawford. Ruth Crawford.

– Elle voulait une réponse mordicus. Une explication. La théorie des champs unifiés de la création, God Save the Queen. En définitive, tout ce que j'aurais pu lui offrir, c'est un plus grand mystère encore. » Ses paupières se fermèrent. « Je ne sais pas ce qu'ils m'ont refilé, mais c'est fort. Je ne ressens aucune douleur pour l'instant. Ça va revenir, mais pour l'instant, je crois que je vais réussir à dormir. »

Il s'endormit, en effet. Pour ne plus jamais se réveiller. Le sommeil se transforma en coma. Quelques années plus tôt, il avait signé un ordre de ne pas ranimer. J'étais assis à son chevet et je lui tenais la main quand son cœur cessa de battre à 19 h 19 le lendemain. Il n'eut même pas droit à la première place dans la rubrique nécrologique du *New York Times* car un ex-secrétaire d'État était mort dans un accident de voiture le même soir. Rien de neuf, en somme, aurait dit mon père : dans la vie comme dans la mort, la politique prend souvent le pas sur l'art.

Tous les habitants de Harlow, ou presque, assistèrent aux obsèques dans l'église baptiste, ainsi qu'un fort contingent de journalistes. Ruth Crawford se trouvant en Californie, elle n'était pas présente, mais elle fit livrer des fleurs et écrivit une très gentille lettre de condoléances. Fort heureusement, le directeur des pompes funèbres savait à quoi s'attendre, et il avait fait installer des haut-parleurs devant l'église, sur la pelouse, pour les personnes qui ne pouvaient pas entrer. Il avait proposé d'ajouter des écrans vidéo, mais j'avais refusé : ce n'était pas un concert de rock. La cérémonie au cimetière fut plus courte, et attira moins de monde, et quand j'y retournai une semaine plus tard avec un bouquet de fleurs (des lys d'un jour, évidemment), j'étais seul : la dernière feuille de l'arbre généalogique des Carmody, et elle commençait déjà à prendre des couleurs automnales. *Sic transit gloria mundi.*

Je m'agenouillai pour caler le bouquet contre la stèle.

« Salut, papa. J'ai la clé que tu m'as donnée. Je vais respecter tes dernières volontés et ouvrir ce tiroir, mais s'il ne contient rien qui puisse fournir la moindre explication, je serai… C'était quoi ton expression ?… Une couille de singe. »

La première chose que je trouvai en ouvrant le tiroir, ce fut une enveloppe en papier kraft. Ce vieux renard n'avait pas totalement renoncé à utiliser son ordinateur, finalement, ou bien il avait demandé à quelqu'un de la bibliothèque de lui faire un tirage car la première feuille rangée dans cette enveloppe était un article du magazine *Time* daté du 23 mai 2022. Le gros titre indiquait : « LE CONGRÈS PREND ENFIN AU SÉRIEUX LES OVNIS ».

En le survolant, j'appris que les ovnis s'appelaient désormais des « phénomènes aérospatiaux non identifiés ». Ces auditions au Congrès, dirigées par Adam Schiff, étaient les premières consacrées à ce sujet, depuis le projet Livre Bleu, cinquante ans plus tôt, et les personnes appelées à témoigner prenaient soin de souligner qu'il ne s'agissait pas de s'intéresser aux petits hommes verts venus de Mars ou d'ailleurs. Toutes s'accordaient à dire que si l'existence d'engins d'origine extraterrestre n'était pas à exclure, elle était fortement improbable. Ce qui les inquiétait beaucoup plus, en revanche, c'était la possibilité que d'autres pays – la Russie, la Chine – aient mis au point une technologie hypersonique supérieure à la nôtre.

Sous cet article, je découvris des coupures de presse, jaunies et un peu friables, datant de septembre et octobre 1978. Celle découpée dans le *Press Herald* était titrée : « DE MYSTÉRIEUSES LUMIÈRES APERÇUES AU-DESSUS DE MARGINAL WAY ». Et celle du *Castle Rock Call* : « UN "OVNI" EN FORME DE CIGARE SIGNALÉ AU-DESSUS DE CASTLE VIEW ». Une photo des lieux accompagnait l'article. On y voyait l'Escalier aux suicidés, rouillé (disparu depuis longtemps lui aussi, à l'instar de la fresque d'Oncle Butch), qui zigzaguait à flanc de colline. Mais aucune trace du White Owl[1] en question.

Sous la chemise contenant les articles se trouvait un carnet à spirale. Je l'ouvris, m'attendant à découvrir d'autres essais laborieux de mon père : un premier jet de *La Génération terrible* ou de *Highway 19*, peut-être. C'était bien son écriture penchée, reconnaissable, mais il n'y avait aucune rature, aucun passage supprimé ou ajouté. Rien à voir avec les premiers carnets que j'avais découverts après la mort de ma mère. J'avais face à moi un Laird Carmody en pleine possession de ses talents d'écrivain, même si certaines lettres paraissaient un peu tremblantes. Je ne pouvais pas l'affirmer avec certitude, mais il me semblait que ce récit avait été écrit alors qu'il affirmait avoir pris sa retraite.

Papa était un romancier avant tout, respecté pour ses dons de conteur, et trois pages me suffirent pour comprendre qu'il s'agissait là aussi d'une histoire inventée, mais avec des personnes réelles – Laird Carmody et Dave LaVerdiere – en guise de protagonistes. De la métafiction, en d'autres termes. Un genre assez répandu. Un

1. Marque de cigares.

certain nombre de bons écrivains avaient cédé à cette tentation (d'aucuns parleraient de prétention). Dave ne pourrait pas protester, avait dû se dire papa, son vieil ami étant mort. Et s'il m'avait affirmé sur son lit d'hôpital qu'il s'agissait d'une histoire vraie, c'était parce qu'il avait l'esprit brouillé par les médicaments et la douleur. On avait déjà vu ça. À la fin de sa vie, Nathaniel Hawthorne ne se prenait-il pas pour le révérend Dimmesdale ? Emily Dickinson n'avait-elle pas quitté ce monde en disant : « Il faut que je rentre, le brouillard se lève » ?

Mon père n'avait jamais écrit de fantasy ni de métafiction, et ce texte réunissait les deux, mais cela ne l'avait pas empêché de retrouver son vieux savoir-faire. Happé instantanément, je lus toutes les pages du carnet d'une traite. Pas uniquement parce que je connaissais les deux personnages et le décor. Laird Carmody s'y entendait pour raconter une histoire, même les critiques les plus sévères à son endroit le reconnaissaient, et celle-ci était très bonne. Mais était-elle vraie ?

Pour moi, c'étaient des conneries.

2

Autrefois, quand nous gérions la décharge, Butch et moi, nous avions organisé le Mardi des Chiffonniers. Une idée de Butch. (Nous avions également le Samedi des Rats, mais c'est une autre histoire.)

« Puisque de toute façon, ils viennent se servir, on devrait les laisser faire pendant une journée, en les surveillant pour éviter qu'un alcoolo ou un camé s'entaille la jambe et se chope une septicémie. »

Parmi tous les vieux poivrots qui débarquaient le mardi, plus souvent qu'à son tour, il y avait Rennie Lacasse. Ce que les gens d'ici appellent un babillard. Sans doute qu'il continuait à jacasser jusque dans son sommeil. Chaque fois qu'il se mettait à parler du bon vieux temps, il commençait toujours par : « Cette image est restée gravée dans ma caboche. »

Eh bien, voilà ce que je ressens quand je pense à cette expédition de chasse en 1978, celle qui a changé nos vies. Ces images sont restées gravées dans ma caboche.

Nous partîmes le 11 novembre, en prévoyant de rentrer le 17 ou le 18, ou plus tôt si lui ou moi, ou tous les deux, avions accroché un cerf à notre tableau de chasse. Auquel cas nous aurions grandement le temps de le faire parer à la boucherie Ordway de Gates Falls. Tout le monde appréciait le gibier pour Thanksgiving, surtout Mark, et il devait arriver le 21 de la fac.

Butch et moi nous étions cotisés au début des années 1950 pour acheter une vieille jeep Willys dans un surplus de l'armée. En 1978, elle était devenue une vieille dame, mais toujours parfaite pour transporter notre matériel et les provisions, et rouler à fond dans les bois. Chaque année, Sheila me disait que NellyBelle allait couler une bielle, ou bien que la transmission allait lâcher, quelque part au beau milieu de 30-Mile, mais ça n'est jamais arrivé. La Willys nous a toujours menés à destination, jusqu'à ce que Butch fiche le camp dans l'Ouest. Mais après 1978, nous ne sommes plus trop allés à la chasse. Nous évitions même ce sujet. Ce qui ne nous empêchait pas d'y penser, évidemment. Difficile de faire autrement. J'avais vendu mon premier roman à ce moment-là, et Butch gagnait de l'argent grâce à des bandes dessinées et des romans graphiques. Rien à voir avec ce qu'il gagnerait plus tard, mais c'était déjà un beau paquet, aurait dit Rennie Lacasse.

J'embrassai Sheila, Butch la serra dans ses bras, et nous voilà partis. Chapel Road nous mena à Cemetery Road, puis nous empruntâmes trois autres routes forestières, chacune moins dégagée que la précédente. Nous roulions au cœur de 30-Mile à présent, et bientôt nous entendîmes Jilasi Creek. Certaines années, ce n'était qu'un gargouillis, mais nous avions eu énormément de pluie cet été et cet automne-là et la vieille Jilasi grondait.

« J'espère que le pont est toujours là », dit Butch.

Il était toujours là, mais il penchait un peu à tribord. Une pancarte jaune, clouée à un poteau de soutènement, indiquait : DANGER.

L'année suivante, les ruissellements l'emporteraient entièrement. Dès lors, il faudrait descendre trente kilomètres plus bas pour traverser la Jilasi. Presque jusqu'à Bethel, nom d'un chien.

Nous n'avions pas besoin de cette mise en garde. Cela faisait des années que nous n'osions plus traverser ce pont en voiture. À présent, nous hésitions même à le franchir à pied.

« Ah, la vache, dit Butch. Pas question de me taper trente bornes sur la Route 119 et trente bornes dans l'autre sens.

– Tu te ferais arrêter par les flics à coup sûr, dis-je en tapant sur le flanc de la Willys. NellyBelle n'est pas passée au contrôle technique depuis 1964. »

Il prit son sac à dos, son sac de couchage et avança jusqu'au vieux pont en bois branlant. Il s'arrêta et se retourna.

« Tu viens ?

– Je crois que je vais attendre de voir si tu arrives de l'autre côté. Si le pont s'effondre, je te repêcherai. Et si le courant t'emporte avant, je te dirai au revoir de loin. »

En vérité, je ne voulais pas qu'on traverse tous les deux en même temps. Nous aurions tenté le sort.

Butch s'engagea sur le pont. Le bruit sourd de ses talons sur les planches couvrait le grondement de la rivière. Arrivé de l'autre côté, il posa son barda et baissa son pantalon pour me montrer ses fesses.

En traversant à mon tour, je sentis le pont trembler comme une créature vivante, et souffrante. Nous rebroussâmes chemin, l'un après l'autre, pour aller rechercher les provisions. Des cartons remplis de choses que les hommes mangent dans les bois : ragoût de bœuf en conserve, soupe en boîte, sardines, œufs, bacon, crèmes dessert, café, une grosse quantité de pain de mie Wonder Bread, deux packs de six bières et notre bouteille annuelle de Jack Daniel's. Plus deux biftecks d'aloyau. Nous étions de gros mangeurs en ce temps-là, à défaut de manger sainement. Au dernier voyage, nous transportâmes nos fusils et le kit de premiers secours. Imposant. Nous étions tous les deux pompiers volontaires au sein de la brigade de Harlow et la formation aux gestes et soins d'urgence était obligatoire. Sheila avait insisté pour que nous emportions toute la valise des sapeurs-pompiers pour cette semaine de chasse, car des accidents pouvaient se produire dans les bois, affirmait-elle. Graves, parfois.

Alors que nous bâchions NellyBelle pour éviter que la pluie la transforme en baignoire, Butch dit :

« C'est maintenant que l'un de nous deux va tomber à la baille, tu vas voir. »

Il n'en fut rien, alors même que nous avions été contraints d'effectuer ce dernier voyage à deux, en tenant chacun un côté du kit de premiers secours, grand comme un casier de vestiaire, et qui pesait quinze kilos. Nous avions envisagé de le laisser dans la jeep, mais finalement non.

De l'autre côté du pont, il y avait une petite clairière où il aurait été agréable de pêcher, malheureusement, la Jilasi traversait deux bleds, Mexico et Rumford, avant d'arriver jusque-là et tous les poissons que nous aurions attrapés auraient été toxiques à cause des rejets des usines de textile. Au-delà de cette clairière, un chemin envahi par la végétation menait à notre cabane, à moins de cinq cents mètres. Elle était assez bien tenue à l'époque. Il y avait deux chambres, un poêle à bois dans la cuisine, qui occupait la moitié de la pièce principale, et des toilettes sèches derrière. Pas d'électricité, évidemment, mais une petite pompe permettait d'avoir de l'eau. Bref, tout ce dont deux super chasseurs pouvaient avoir besoin.

Le temps que nous transportions tout notre matériel, il faisait presque nuit. Je préparai le repas (Butch était toujours disposé à participer, mais voilà un type qui aurait été capable de faire brûler de l'eau, dixit Sheila), pendant que Butch allumait un feu dans la cheminée. Je m'installai avec un livre (rien de tel qu'un Agatha Christie quand on est dans les bois) et Butch sortit son cahier d'esquisses Strathmore, qu'il remplirait de personnages de bande dessinée, de caricatures et de scènes de la forêt. Son Nikon était posé sur la table à côté de lui. Nos fusils étaient appuyés contre le mur dans un coin, déchargés.

Comme toujours quand nous nous retrouvions là-bas, nous parlâmes de choses et d'autres, du passé et de nos espoirs pour l'avenir. Des espoirs qui commençaient à s'estomper à présent car nous n'étions plus très jeunes, mais qui paraissaient toujours un peu plus réalistes, un peu plus réalisables, ici dans les bois, où tout était toujours si calme, et où la vie semblait moins… animée ? Non, ce n'est pas tout à fait exact. Moins encombrée. Pas de téléphones qui sonnent et pas de sinistres à combattre, au sens propre comme au sens figuré. Je ne crois pas que nous allions dans les bois pour chasser, pas véritablement, mais si un cerf passait à portée de fusil, comment dire non ? Je pense que nous allions là-bas pour offrir notre meilleur visage… Le plus honnête, en tout cas. J'essayais toujours d'offrir mon meilleur visage à Sheila.

Ce soir-là, je me souviens de m'être couché et d'avoir remonté les couvertures jusque sous mon menton en écoutant le vent soupirer dans les arbres. Je me souviens d'avoir pensé que la disparition des espoirs et des ambitions s'effectuait sans douleur. Tant mieux. En même temps, c'était affreux. Je voulais devenir écrivain, et je commençais à me dire que je ne possédais pas les qualités nécessaires. Mais le monde continuerait à tourner. Vous desserriez le poing, vous ouvriez la main… et quelque chose s'envolait. Je me souviens d'avoir pensé : *C'est peut-être aussi bien.*

Par la fenêtre, à travers les branches qui dansaient, j'apercevais quelques étoiles.

Ces images sont restées gravées dans ma caboche.

Le 12, nous enfilâmes nos gilets et nos chapeaux orange et nous enfonçâmes dans les bois. Le matin, nous nous séparions et nous nous retrouvions à l'heure du déjeuner pour dresser un bilan : ce que nous avions vu et ce que nous n'avions pas vu. Ce premier jour, nous nous retrouvâmes à la cabane et je préparai une plâtrée de pâtes avec du fromage et une demi-livre de bacon. (J'appelais ça un goulash hongrois, mais tout Hongrois digne de ce nom qui aurait vu ça aurait mis sa main devant ses yeux.) Cet après-midi-là, nous chassâmes ensemble.

Le lendemain, nous pique-niquâmes dans la clairière, face à Nelly-Belle restée de l'autre côté de la rivière, qui ressemblait davantage à une rivière ce jour-là. Butch fit les sandwiches (c'était une tâche que l'on pouvait lui confier). Nous avions l'eau de notre puits en guise de boisson, et pour le dessert des tartelettes Hostess : aux myrtilles pour moi, aux pommes pour Butch.

« Tu as vu des cerfs ? » me demanda-t-il en léchant le sucre glace sur ses doigts.

Ces tartelettes aux fruits ne sont pas véritablement *glacées*, mais elles sont couvertes d'un glaçage succulent.

« Non, aucun. Ni aujourd'hui, ni hier. Mais tu sais ce que disent les anciens : les cerfs savent quand arrive le mois de novembre, et ils se cachent.

– Eh bien, je commence à croire que c'est vrai. Ils ont tendance à disparaître après Halloween. Et des coups de feu ? Tu en as entendu ? »

Je réfléchis.

« Quelques-uns hier. Aucun aujourd'hui.

– Tu veux me faire croire qu'on est les seuls à chasser à 30-Mile ?

– Grand Dieu, non. Les bois entre ici et Dark Score Lake sont certainement le meilleur terrain de chasse de toute la région, tu le sais bien. J'ai aperçu deux types ce matin, peu de temps après être parti, mais ils ne m'ont pas vu. Je crois que l'un des deux était cet abruti de Freddy Skillins. Celui qui aime se prendre pour un charpentier. »

Butch acquiesça.

« Moi, je suis monté sur la crête, et j'ai vu trois types sur l'autre versant. On aurait dit des mannequins dans une pub pour L.L. Bean's, avec des fusils à lunette. Des *flatlanders*[1], je parie. Et pour chaque chasseur qu'on voit, il doit y en avoir cinq ou dix fois plus. Et donc, ça devrait tirer dans tous les coins. Les cerfs n'ont quand même pas tous décidé de foutre le camp au Canada, si ?

– Ça m'étonnerait. Ils sont là, quelque part, Butchie.

– Dans ce cas, pourquoi on ne les voit pas ? Et écoute ça !

1. Terme désignant les nouveaux venus dans le Maine, le New Hampshire et le Vermont.

– Qu'est-ce que tu veux que j'écoute, nom…

– Ferme-la une minute et tu vas entendre. Ou plutôt, tu ne vas rien entendre. »

Je la fermai. J'entendis le grondement de la Jilasi, qui rongeait en ce moment même les poteaux de soutènement du pont pendant que nous finissions nos tartelettes aux fruits assis dans l'herbe. J'entendis le bourdonnement lointain d'un avion, qui volait sans doute vers l'aéroport de Portland. Mais à part ça, rien.

Je regardai Butch. Il me regardait lui aussi, et il affichait un air grave. Solennel.

« Il n'y a aucun oiseau, dis-je.

– Exact. Alors que les bois devraient en être remplis. »

Pile à ce moment, un corbeau poussa un unique croassement.

« Ah, quand même, dis-je, soulagé.

– Tu parles ! *Un* corbeau. Où sont les rouges-gorges ?

– Ils ont migré vers le sud ?

– Pas déjà, pas tous. On devrait entendre des sittelles, des cardinaux. Un chardonneret peut-être, et des mésanges en pagaille. Mais il n'y a même pas un putain de pivert. »

Habituellement, je ne prête pas attention à la bande-son de la forêt – on finit par s'y habituer –, mais maintenant que Butch le faisait remarquer… Où étaient passés tous les oiseaux ? Et ce n'était pas tout.

« Les écureuils, dis-je. Ils devraient cavaler dans tous les coins, pour se préparer à l'arrivée de l'hiver. Je crois en avoir vu un ou deux… »

Je laissai mourir ma phrase car je n'étais même pas certain de ce que j'avançais.

« C'est les extraterrestres, dit Butch en prenant une voix d'outre-tombe pour plaisanter. Si ça se trouve, ils s'approchent de nous, sans bruit, dans les bois. Avec leurs pistolets lasers désintégrateurs.

– Toi, tu as lu cette histoire dans le journal, dis-je. L'article sur la soucoupe volante.

– Ce n'était pas une soucoupe, c'était un cigare volant, dit Butch.

– Le Tiparillo venu de la Planète X, dis-je.

– Pour draguer les Terriennes ! »

Nous nous regardâmes en ricanant.

Cet après-midi-là, j'eus une idée de roman (qui devint beaucoup plus tard *La Génération terrible*), et le soir venu, je pris des notes dans un de mes cahiers à spirale. Je cherchais un nom pertinent pour le jeune type infâme qui était au cœur du récit quand la porte de la cabane s'ouvrit avec fracas et Butch se rua à l'intérieur.

« Amène-toi, Lare. Il faut que tu voies ça ! »

Il se saisit de son appareil photo.

« Quoi donc ?

– Viens, je te dis ! »

Il avait les yeux écarquillés. Je posai mon carnet et le suivis dehors. Durant les cinq cents mètres qui nous séparaient de la clairière et de la rivière, Butch m'expliqua qu'il était allé voir si le pont penchait plus que la veille (s'il s'était effondré, nous l'aurions entendu), mais en découvrant ce spectacle dans le ciel, il avait totalement oublié le pont.

« Regarde », me dit-il, doigt tendu, quand nous atteignîmes la clairière.

Il tombait un crachin. Il faisait nuit noire, et normalement je n'aurais pas dû voir les nuages menaçants, et pourtant je les voyais car ils étaient éclairés par des cercles de lumière intense qui se déplaçaient lentement. Cinq tout d'abord, puis sept, puis neuf. De différentes tailles. Le plus petit mesurait peut-être dix mètres de diamètre. Le plus grand une trentaine de mètres. Toutefois, ils ne se reflétaient pas dans les nuages, comme un projecteur ou une puissante lampe torche l'auraient fait : ils étaient *dans* les nuages.

« C'est quoi ? demandai-je dans un murmure.

– Aucune idée. En tout cas, c'est pas des Tiparillo.

– Ni des White Owl », ajoutai-je, et nous éclatâmes de rire.

Pas comme lorsqu'on entend un truc amusant. Non. Comme lorsqu'on est estomaqué.

Butch prit des photos. C'était des années avant que la micro-informatique permette une satisfaction immédiate, mais je découvris les clichés par la suite, quand il les eut tirés dans sa chambre noire. Ils étaient décevants. Des gros cercles lumineux au-dessus de la silhouette sombre des arbres. Depuis, j'ai vu des photos d'ovnis (ou de phénomènes spatiaux non identifiés, si vous préférez), et là aussi, c'est généralement décevant. On distingue des formes floues qui pourraient être n'importe quoi, y compris des trucages réalisés par des mauvais plaisants. Il fallait être sur place, ce soir-là, pour apprécier ce spectacle merveilleux et étrange : d'immenses lumières qui semblaient valser à l'intérieur des nuages, en silence.

Mais ce dont je me souviens surtout – outre le sentiment d'émerveillement teinté de stupeur –, c'est combien j'étais partagé durant les cinq ou dix minutes que dura ce phénomène. J'avais envie de savoir d'où venaient ces lumières – et en même temps, non. J'avais peur, voyez-vous, que nous soyons en présence d'objets – peut-être même d'êtres intelligents – venant d'un autre monde. Une idée qui m'exaltait et me terrifiait. Rétrospectivement, en repensant à ce premier contact (car il s'agissait bien de cela), je pense que Butch et moi avions eu le choix entre rire ou hurler. Si j'avais été seul, j'aurais certainement hurlé. Et fui pour aller me cacher sous mon lit, comme un enfant, en refusant de croire ce que j'avais vu. Mais parce que nous étions deux, et adultes, nous choisîmes d'en rire.

Je dis cinq ou dix minutes, mais c'était peut-être un quart d'heure. Je ne sais pas. En tout cas, le crachin eut le temps de se transformer en véritable pluie. Deux des cercles lumineux diminuèrent, puis disparurent. Puis deux ou trois autres en firent autant. Le plus grand cercle resta plus longtemps, avant de commencer à décroître à son tour. Sans se balancer de droite à gauche, il rétrécit simplement, jusqu'à avoir la taille d'une assiette, puis d'une pièce de cinquante *cents*, puis d'un penny, puis ce fut un point brillant… puis plus rien. Comme projeté vers le ciel.

Nous restâmes plantés là, sous la pluie, à attendre qu'il se passe autre chose. En vain. Au bout d'un moment, Butch posa sa main sur mon épaule, et je poussai un cri strident.

« Désolé, désolé, marmonna-t-il. Rentrons. Le son et lumière est terminé et on est trempés. »

Nous rentrâmes donc. Je n'avais pas pris la peine d'enfiler une veste avant de sortir, alors je rallumai le feu presque éteint et ôtai ma chemise mouillée. Je me frictionnai les bras en grelottant.

« On peut raconter aux gens ce qu'on a vu, mais ils ne nous croiront pas, dit Butch. Ou alors, ils hausseront les épaules en expliquant que c'était un phénomène météorologique bizarre.

– Et c'est peut-être le cas. Ou alors… On est loin de l'aéroport de Castle Rock ?

– C'est au moins à trente ou quarante bornes d'ici.

– Les lumières de la piste d'atterrissage… peut-être qu'avec les nuages… l'humidité de l'air… il est possible que… par un effet de prisme… »

Assis sur le canapé, son appareil photo sur les genoux, Butch me regardait. Avec un demi-sourire. Sans rien dire. C'était inutile.

« N'importe quoi, c'est ça ? dis-je.

– Oui. J'ignore ce qu'on a vu, mais ce n'étaient pas les lumières de l'aéroport, ni un putain de ballon-sonde. Il y avait huit ou dix trucs lumineux, peut-être une douzaine, et ils étaient *énormes*.

– Il y a d'autres chasseurs dans les bois. J'ai aperçu Freddy Skillins, et toi tu as repéré un groupe, sans doute des *flatlanders*. Ils ont peut-être vu la même chose que nous.

– Oui, peut-être, mais ça m'étonnerait. Je me suis retrouvé au bon endroit – dans cette clairière au bord de la rivière – au bon moment. Quoi qu'il en soit, c'est terminé. Je vais me coucher. »

Le lendemain, il plut toute la journée. On devait être le 14 novembre. Aucun de nous deux n'avait envie de sortir et de se faire tremper pour partir à la recherche de cerfs qu'on ne trouverait pas. Je lus un peu, puis travaillai sur mon idée de roman. J'essayais toujours de trouver un nom pour mon sale type, et je coinçais. Peut-être parce que je ne savais pas très bien ce qui faisait de lui un sale type, justement. Butch passa presque toute la matinée avec son carnet à croquis. Il réalisa trois dessins des lumières dans les nuages, avant de renoncer, écœuré.

« J'espère qu'on verra mieux sur les photos, soupira-t-il. Parce que là, c'est nul. »

J'examinai ses dessins et lui dis que je les trouvais bien. C'était un mensonge. Sans être nuls, ils ne parvenaient pas à exprimer l'étrangeté de ce que nous avions vu. L'*énormité* de la chose.

Je revins à ma liste de noms barrés. *Trig Adams.* Non. *Vic Ellenly.* Non. *Jack Claggart.* Pas assez subtil. *Carter Cantwell.* Beurk. Mon histoire manquait de substance. J'avais une idée, mais rien de plus. Rien à quoi m'accrocher. Cela me rappelait ce que nous avions vu la veille. Il y avait bien quelque chose là-bas, mais impossible de savoir quoi. À cause des nuages.

« Qu'est-ce que tu fais ? me demanda Butch.

– Je perds mon temps. Je vais aller faire une sieste.

– Et le déjeuner ?

– Pas faim. »

Il réfléchit en regardant par la fenêtre la pluie incessante. Il n'y a rien de plus froid que la pluie de novembre. Je songeai que quelqu'un devrait écrire une chanson à ce sujet… et quelque temps plus tard, quelqu'un s'en chargea.

« Oui, une sieste s'impose », dit Butch. Il posa son carnet et se leva. « Je vais te dire un truc, Lare. J'aurai beau passer ma vie à dessiner, je ne serai jamais un artiste. »

La pluie cessa aux alentours de seize heures. À dix-huit heures, les nuages s'étaient dissipés et nous apercevions dans le ciel quelques étoiles et un mince croissant de lune : l'ongle de Dieu, disaient les anciens. Au dîner, nous mangeâmes nos steaks (avec une grosse quantité de Wonder Bread pour saucer), après quoi nous retournâmes à la clairière. Sans nous concerter, spontanément. Nous y restâmes une demi-heure peut-être, à nous dévisser le cou. Mais aucune lumière, aucun ovni, aucun cigare volant. Nous regagnâmes la cabane. Butch dénicha un jeu de cartes Bicycle dans le placard du salon et nous fîmes des parties de cribbage jusqu'à presque vingt-deux heures.

« J'entends la Jilasi d'ici, dis-je à la fin de la dernière levée.

– Oui, je sais. Toute cette pluie, ça ne va pas arranger le pont. Et d'ailleurs, il sort d'où ce putain de pont ? Tu ne t'es jamais posé la question ?

– Je suppose que quelqu'un avait un projet immobilier dans les années 1960. Ou alors, c'est les bûcherons. Ils ont dû déboiser ce coin avant la Première Guerre.

– Qu'est-ce que tu dirais de chasser encore une journée et de rentrer ? »

Je devinais qu'il pensait surtout à rentrer, bredouille très certainement. La vision de ces lumières dans les nuages avait produit un effet sur lui. Et sur nous deux peut-être. Je ne parlerais pas d'une révélation divine. C'est juste qu'un jour vous découvrez quelque chose, des lumières dans le ciel, ou une ombre à un moment précis de la journée, sur votre chemin. Vous y voyez un signe et décidez de suivre cette piste. Vous vous dites : *Quand j'étais gamin, je parlais comme un gamin, je comprenais et je réfléchissais comme un gamin, mais vient un moment où il faut mettre de côté les trucs de gamin.*

Ou peut-être que ce n'était rien du tout.

« Lare ?

– OK. Encore un jour et on rentre. Il faut que je nettoie les gouttières avant l'arrivée de la neige et je n'arrête pas de remettre à plus tard. »

Le lendemain, le temps était idéal pour chasser : frais et dégagé. Pourtant, ni Butch ni moi ne vîmes la queue d'un seul cerf de Virginie. Et à l'exception d'un croassement épisodique, je n'entendis aucun chant d'oiseau. Je guettais les écureuils, mais là encore, je n'en vis pas un seul. Pas même un tamia, alors qu'ils auraient dû gambader dans tous les coins. J'entendis quelques coups de feu, en revanche, qui venaient de loin, du côté du lac, et quand un chasseur tire un coup de feu, ça ne veut pas dire qu'il vise un cerf. Parfois, les gars s'ennuient et ils ont juste envie de balancer une cartouche ou deux, surtout quand ils savent qu'ils ne risquent pas de faire fuir un gibier inexistant.

Nous nous retrouvâmes à la cabane pour déjeuner, et nous ressortîmes ensemble dans l'après-midi. Nous n'espérions plus voir des cerfs, et de fait, nous n'en vîmes aucun, mais c'était une belle journée pour se promener. Après avoir suivi la rivière pendant deux kilomètres environ, nous nous assîmes sur un tronc couché et nous ouvrîmes deux Bud.

« Tout ça n'est pas naturel, dit Butch. Et ça ne me plaît pas. Je reprendrais bien la route dès cet aprèm, mais le temps qu'on charge la jeep, il fera nuit, et je ne fais pas confiance aux phares de NellyBelle sur ces routes forestières. »

Une brise soudaine agita les feuilles des arbres. Je sursautai et jetai un œil par-dessus mon épaule. Butch également. Puis nous nous regardâmes et éclatâmes de rire.

« Nerveux ? demandai-je.

– Un peu. Tu te souviens de la fois où on avait fait le pari d'aller chez le vieux Spier ? Ça devait être en 1946, non ? »

Je m'en souvenais, oui. Le vieux Spier était revenu d'Okinawa avec un œil en moins, et il s'était fait sauter la cervelle dans son salon avec un fusil de chasse. En ville, tout le monde ne parlait que de ça.

« Les gens racontaient que la maison était hantée, dis-je. On avait quoi… treize ans ?

– Je pense. On est entrés et on a piqué des trucs pour prouver à nos potes qu'on l'avait fait.

– Moi, j'avais pris un tableau. Une sorte de paysage accroché au mur. Et toi ?

– Un coussin de canapé merdique, dit Butch en riant. J'étais vraiment con ! Je repense à la baraque de Spier car je ressens exactement ce que j'ai ressenti à l'époque. Pas de cerfs, pas d'oiseaux, pas d'écureuils. Peut-être que cette maison n'était pas hantée, mais ces bois… »

Il haussa les épaules et but une gorgée de bière.

« On pourrait partir aujourd'hui. Je suis sûr que les phares feront l'affaire.

– Non. Demain. On range tout ce soir, on se couche tôt et on lève le camp à la première heure. Si ça te va.

– Ça me va. »

Notre vie aurait été bien différente si nous avions fait confiance aux phares de NellyBelle. Parfois, je me dis que c'est ce qui s'est passé. Je me dis qu'il existe un double de Laird et un double de Butch qui mènent d'autres vies. Le double de Butch n'est jamais parti à Seattle. Le double de Laird n'a jamais écrit un seul roman, et certainement pas une douzaine. Ces doubles sont des types bien qui mènent des existences banales à Harlow. Ils gèrent la décharge, ils possèdent une petite société de transport, et ils contrôlent les finances de la ville, comme cela devait être fait, ce qui veut dire que les comptes présentés lors du conseil municipal au mois de mars sont équilibrés, pour contrer les conservateurs pur jus qui auraient aimé rogner les aides aux plus démunis. Le double de Butch s'est marié avec une fille rencontrée dans un club de bop de Lewiston, et ils ont eu une tripotée de gamins.

Aujourd'hui, je me dis que c'est très bien que rien de tout cela ne soit arrivé. Butch pensait la même chose. Je le sais car nous en parlions au téléphone, et plus tard sur Skype ou FaceTime. Oui, c'était tant mieux. Évidemment. Nous sommes devenus célèbres. Et riches. Nos rêves se sont réalisés. Il n'y a rien de mal à ça, et si parfois je m'interroge sur ce que j'ai fait de ma vie, tout le monde peut en dire autant, non ?

Pas vous ?

Ce soir-là, Butch balança des restes dans une marmite et qualifia le résultat de « ragoût ». Nous le mangeâmes avec du Wonder Bread, en faisant passer le tout avec l'eau du puits, le meilleur élément du repas.

« Je ne te laisserai plus jamais cuisiner, dis-je, alors que nous faisions notre petite vaisselle.

– Après ce désastre, je saurai te le rappeler », répondit Butch.

Après avoir rangé toutes nos affaires, nous les déposâmes près de la porte. Butch balança un coup de pied dans l'énorme caisse de premiers secours en passant.

« Tu peux me dire pourquoi on se trimbale toujours ce truc ?

– Parce que Sheila insiste. Elle est convaincue que l'un de nous deux va tomber dans une doline et se casser la jambe, ou qu'on va se faire tirer dessus. Probablement par un *flatlander* muni d'un fusil à lunette.

– Tu parles. Je pense plutôt que c'est de la superstition. Elle est persuadée que si un jour on ne l'emporte pas, c'est ce jour-là qu'on en aura besoin. Tu veux retourner jeter un coup d'œil ? »

Je n'avais pas besoin de lui demander de quoi il parlait.

« Tant qu'à faire. »

Nous marchâmes jusqu'à la clairière pour scruter le ciel.

Il n'y avait aucune lumière dans le ciel. En revanche, il y avait quelque chose sur le pont. Quelqu'un, plus exactement. Une femme, couchée à plat ventre sur les planches.

« Nom de Dieu ! » s'exclama Butch, et il se précipita.

Je lui emboîtai le pas. Je n'aimais pas trop le fait que nous soyons trois sur le pont, en même temps et proches les uns des autres. Mais nous ne pouvions pas la laisser là, inconsciente. Ou morte. Elle avait de longs cheveux noirs. C'était une nuit légèrement venteuse, et je remarquai que les petites rafales soulevaient sa chevelure d'un seul tenant, comme si toutes les mèches étaient collées. Pas d'épis rebelles, juste cette masse de cheveux.

« Prends les pieds, m'ordonna Butch. Il faut se grouiller avant que ce putain de pont s'écroule dans cette putain de rivière. »

Il avait raison. J'entendais les piliers de soutènement gémir et le grondement de la Jilasi, gonflée par toute cette pluie.

Je pris les pieds de la femme. Elle portait des bottes et un pantalon en velours côtelé, mais ils avaient quelque chose de bizarre. Il faisait nuit, j'avais peur et j'étais impatient de retrouver le plancher des vaches. Butch la souleva par les aisselles et poussa un cri de dégoût.

« Quoi ? lançai-je.

– Non, rien. Dépêchons-nous. »

Nous la transportâmes jusque dans la clairière. À seulement vingt mètres de là, mais cela nous parut une éternité.

« Pose-la ! Pose-la, bordel ! Oh, nom de Dieu ! »

Butch la lâcha et elle retomba la tête la première, mais il s'en fichait. Il croisa les bras et frotta ses mains sous ses aisselles, comme s'il voulait se débarrasser d'un truc répugnant.

Alors que je reposais les jambes de la femme, je me figeai, n'en croyant pas mes yeux. On aurait dit que mes doigts s'étaient enfoncés dans ses bottes, comme si elles n'étaient pas en cuir, mais en argile. J'eus un mouvement de recul et regardai bêtement les marques laissées par mes doigts s'effacer.

« Bon sang !

– On dirait… Oh, putain, on dirait qu'elle est en pâte à modeler… ou je ne sais quoi.

– Butch…

– Quoi ?… *Quoi*, nom de Dieu ?

– Ses fringues… C'est pas des fringues. C'est comme… si elles étaient peintes sur son corps. Une sorte de camouflage… »

Butch se pencha vers elle.

« Il fait trop sombre. Tu as une…

– Une lampe torche ? Non. Je ne l'ai pas prise. Ses cheveux… »

Je les touchai et retirai aussitôt ma main. Ce n'étaient pas des cheveux. C'était une matière solide, mais malléable. Pas une perruque, plutôt un truc sculpté. Je n'avais aucune idée de ce que ça pouvait être.

« Elle est morte ? demandai-je. Elle est… ? Tu crois que… ? »

À cet instant, la femme prit une longue inspiration rauque. Une de ses jambes tressaillit.

« Aide-moi à la retourner », dit Butch.

Je pris une jambe, en essayant de faire abstraction de cette étrange malléabilité. Une image – *Gumby*[1] – traversa mon esprit à la vitesse d'un météore et disparut. Butch agrippa son épaule. Nous la retournâmes. Malgré l'obscurité, nous voyions bien qu'elle était jeune, mignonne et d'une épouvantable blancheur. Mais autre chose sautait aux yeux. Son visage était celui d'un mannequin de grand magasin, totalement lisse. Elle avait les yeux fermés. Les deux seules taches de couleur étaient ses paupières, comme contusionnées.

1. Personnage d'animation en pâte à modeler de couleur verte.

Ce n'est pas un être humain, pensai-je.

Elle prit une autre inspiration rauque, qui sembla rester accrochée dans sa gorge quand elle expira. Il n'y en eut pas d'autre.

Je crois que je serais resté là, pétrifié, jusqu'à ce qu'elle meure. Ce fut Butch qui la sauva. Il se mit à genoux, écarta sa mâchoire avec deux doigts et plaqua sa bouche sur la sienne. Après lui avoir pincé le nez, il insuffla de l'air. Je vis sa poitrine se soulever. Butch tourna la tête, cracha et gonfla ses poumons. Il répéta l'opération et la poitrine de la femme se souleva de nouveau. Il releva la tête et me regarda, les yeux exorbités.

« J'ai l'impression d'embrasser du plastique », dit-il avant de poursuivre le bouche-à-bouche.

Pendant qu'il était penché au-dessus d'elle, la femme ouvrit les yeux. Elle me regarda à travers la coupe en brosse de Butch. Quand il recula, elle avala une nouvelle bouffée d'air gutturale.

« Le kit, dit Butch. L'EpiPen. L'Inogen aussi. Vite ! Fonce, nom de Dieu ! »

Je titubai et l'espace d'un instant, je crus que j'allais m'évanouir. Je me giflai pour m'éclaircir les pensées, puis fonçai vers la cabane. *Cette femme, si c'en est une, sera morte avant que je revienne*, pensai-je. (Je vous le répète : ces images sont restées gravées dans ma caboche.) *Et c'est peut-être pas plus mal.*

Le kit de secours était juste à côté de la porte, sous nos affaires. Je les poussai pour ouvrir la caisse. Il y avait deux tiroirs superposés. Celui du haut contenait trois EpiPen. J'en pris deux et en refermant le tiroir, je me coinçai l'index droit. Par la suite, l'ongle allait noircir et tomber, mais sur le moment, je ne sentis même pas la douleur. Ça cognait à l'intérieur de mon crâne. J'avais l'impression d'avoir de la fièvre.

La bouteille d'oxygène Inogen, avec son masque et son régulateur, se trouvait tout au fond, à côté des fusées, des bandes, des compresses, d'une gouttière en plastique, d'une attelle pour cheville, de différents flacons et pommades. Il y avait également un stylo-lampe. Je le pris et repartis en courant. Le faisceau lumineux se balançait devant moi sur le chemin.

Butch était toujours agenouillé au sol. Et la femme continuait à émettre des râles intermittents. Elle avait toujours les yeux ouverts. Quand je me laissai tomber à genoux à côté de Butch, elle cessa de nouveau de respirer.

Il se pencha en avant, plaqua sa bouche sur la sienne encore une fois et recommença à lui insuffler de l'air. Il releva la tête et s'écria :

« Dans la cuisse ! Dans la cuisse !

– Je sais ! J'ai suivi les cours moi aussi.

– Alors, fais-le ! »

Il gonfla ses poumons et recommença. Je fis sauter le bouchon de l'EpiPen, appuyai l'extrémité du stylo contre sa cuisse (ça ressemblait à du velours côtelé, mais ce n'en était pas, c'était sa peau) et je guettai le clic. Puis je comptai jusqu'à dix. À cinq, son corps se raidit.

« Continue d'appuyer, Lare. Appuie !

– J'appuie. Tu crois que je devrais utiliser la deuxième ?

– Non, garde-la. Elle respire. Ah, nom de Dieu, je ne sais pas à quoi on a affaire, mais elle a un goût *bizarre*. Comme ces bâches transparentes qu'on met sur les meubles. Tu as pris l'oxygène ?

– Tiens. »

Je lui tendis la bouteille et le masque. Il le posa sur le nez et la bouche de la femme. J'actionnai l'interrupteur du régulateur et la lumière verte s'alluma.

« Débit maximum ?

– Oui, vas-y, envoie tout ! »

Je vis une goutte de sueur perler sur son front et tomber sur le masque en plastique. Elle coula sur le côté telle une larme.

Je poussai le curseur au maximum. L'oxygène se mit à siffler. En mode haut débit, la bouteille serait vide en cinq minutes. Il y avait tout en double dans la valise de secours (si elle était aussi lourde, il y avait une raison), mais c'était l'unique Inogen. Butch et moi nous regardâmes au-dessus de la créature étendue au sol.

« Ce n'est pas un être humain, dis-je. Je ne sais pas ce que c'est, peut-être un cyborg classé secret-défense, mais elle n'est pas humaine.

– Ce n'est pas un cyborg. »

Il dressa le pouce en direction du ciel.

Quand il n'y eut plus d'oxygène, Butch retira le masque et la femme – autant l'appeler ainsi – continua à respirer par ses propres moyens. Les râles s'estompèrent. Je braquai le stylo-lampe sur son visage et le faisceau lumineux l'obligea à fermer les yeux.

« Regarde, dis-je. Regarde son visage, Butchie. »

Il s'exécuta, et se retourna vers moi.

« Il a changé.

– Il paraît plus humain, tu veux dire. Et regarde ses vêtements. Ils font plus… vrais, eux aussi.

– Qu'est-ce qu'on va faire d'elle ? »

J'éteignis le stylo-lampe. Elle rouvrit les yeux.

« Vous m'entendez ? » dis-je.

Elle hocha la tête.

« Qui êtes-vous ? »

Ses paupières se refermèrent. Je la secouai par l'épaule, sans que mes doigts s'y enfoncent cette fois.

« Qui êtes-vous ? » demandai-je.

Pas de réponse. Je regardai Butch.

« Conduisons-la à la cabane, dit-il. Je vais la porter. Prépare l'autre EpiPen au cas où elle recommencerait à suffoquer. »

Il la souleva dans ses bras. Je l'aidai à se relever, mais une fois debout, il la porta sans trop de peine. Sa longue chevelure brune pendait, et dansait quand soufflait une brise, comme des cheveux normaux, et non plus comme une touffe compacte.

J'avais laissé la porte de la cabane ouverte. Butch entra et déposa son fardeau sur le canapé. Penché en avant, les mains sur les genoux, il reprenait son souffle.

« Il me faut mon appareil photo. Il est dans mon sac. Tu veux bien me l'apporter ? »

Je le trouvai enveloppé dans des T-shirts et le lui apportai. La femme (elle ressemblait presque à une vraie femme à présent) levait vers lui ses yeux d'un bleu délavé comme les genoux d'un vieux jean.

« Faites-moi un beau sourire », dit Butch.

Elle demeura de marbre. Il prit la photo quand même.

« Comment vous vous appelez ? » demandai-je.

Pas de réponse.

Butch prit une autre photo. Je me penchai vers elle et posai ma main dans son cou. Je pensais qu'elle allait avoir un mouvement de recul, mais non. Ça ressemblait à de la peau (à condition de ne pas regarder de trop près), mais au toucher, c'était différent. Je laissai ma main appuyée pendant une vingtaine de secondes, puis la retirai.

« Elle n'a pas de pouls.

– Ah bon ? »

Butch ne semblait pas très surpris, et je ne l'étais pas davantage. Nous étions en état de choc, nos capacités de traitement étaient en surcharge.

Butch tenta de glisser sa main dans la poche avant droite du pantalon en velours côtelé, sans y parvenir.

« Ce n'est pas une vraie poche, déclara-t-il. Comme tout le reste. On dirait… un déguisement. Elle-même ressemble à un déguisement.

– Qu'est-ce qu'on va faire, Butch ?

– Aucune idée.

– On prévient la police ? »

Il leva les bras et les laissa retomber. Un geste d'indécision qui ne lui ressemblait pas du tout.

« Pour trouver un téléphone, il faut marcher jusque chez Brownie's. À presque deux kilomètres. Et ça ferme à dix-neuf heures. Je serai obligé de la porter jusqu'à la jeep…

– Je te relaierai », dis-je d'un ton assez convaincant, même si je ne cessais de repenser à la manière dont mes doigts s'étaient enfoncés dans ses bottes qui n'en étaient pas.

« Et ça voudrait dire tester la solidité du pont encore une fois. Pour ce qui est de la déplacer, son état semble stabilisé, mais… Quoi ? Pourquoi tu souris ? »

Je montrai la femme – ce qui y ressemblait – étendue sur le canapé.

« Elle n'a pas de pouls, Butchie. Elle est cliniquement morte. Difficile d'être plus stabilisé.

– Mais elle respire ! Et elle... » Il vérifia. « Elle nous regarde. Écoute-moi, Laird. Est-ce que tu te sens prêt à faire la une de tous les journaux et à passer sur toutes les chaînes de télé, pas seulement dans le Maine, ni même en Amérique, mais dans le monde entier ? Car c'est ce qui va se passer si on la montre. C'est une *alien.* Elle vient d'une putain d'autre planète, nom de Dieu ! Et ce n'est pas pour draguer les Terriennes.

– Sauf si elle est lesbienne », dis-je.

Et on se mit à rigoler, comme lorsqu'on essaie de ne pas devenir fou. Elle continuait à nous regarder. Sans sourire, sans froncer les sourcils, sans la moindre expression. Une femme qui n'était pas une femme, qui n'avait pas de pouls mais qui respirait, qui portait des vêtements qui n'en étaient pas, mais qui y ressemblaient de plus en plus. Je devinais que Butch aurait pu glisser la main dans sa poche désormais. Peut-être même qu'il aurait trouvé des pièces de monnaie, ou un rouleau de pastilles de menthe entamé.

« Que faisait-elle sur le pont ? Que lui est-il arrivé, à ton avis ?

– Je ne sais pas. Je crois que... »

Je n'eus pas l'occasion d'entendre la fin de ma phrase. Car à cet instant, une lumière venue de la fenêtre, orientée à l'est, inonda la pièce. Mes pensées se bousculaient, tels des dominos tombant les uns à la suite des autres. Première pensée : le temps s'était écoulé sans qu'on s'en aperçoive et le soleil se levait. Deuxième pensée : le soleil n'était jamais aussi éclatant dans notre cabane, car il y avait trop d'arbres de ce côté. Troisième pensée : une organisation gouvernementale venait chercher la femme et cette lumière était celle des projecteurs. Quatrième pensée : quelqu'un venait la chercher, en effet, mais ce n'était pas le gouvernement.

La lumière s'intensifia encore. Buch plissa les yeux et leva la main pour se protéger. Je l'imitai. En me demandant si nous étions en train de recevoir une forte dose de radioactivité. Juste avant que la pièce soit envahie d'une lumière si aveuglante que tout devint blanc, je regardai la femme allongée sur le canapé. Souvenez-vous, je vous disais, comme le vieux Rennie Lacasse, que les images étaient restées gravées dans ma caboche. Eh bien, c'est la seule exception : je n'ai aucun souvenir de ce que je vis quand je la regardai dans cette terrible brillance. Ou peut-être que mon esprit a refoulé cette image. Quoi qu'il en soit, je pense que ce n'était pas *elle* que je regardais. Je regardais *en* elle. Concernant ce que je vis, je me souviens qu'un mot, un seul, me vint à l'esprit : *ganglions*.

Je me cachai les yeux. En vain. La lumière traversait mes mains et mes paupières closes. Elle ne dégageait aucune chaleur, et pourtant je savais qu'elle allait réduire mon cerveau en cendres. J'entendis Butch hurler. C'est alors que je m'évanouis, et je m'en réjouis.

Quand je revins à moi, l'épouvantable lumière avait disparu. La femme également. Sur le canapé, à sa place, était assis un homme d'une trentaine d'années, peut-être moins, aux cheveux blonds soigneusement peignés. Sa raie était aussi droite qu'une règle. Il portait un chino et un gilet matelassé sans manches. Une sacoche en bandoulière battait son flanc. Ma première pensée fut que c'était un chasseur, un *flatlander* avec des munitions dans sa sacoche et un fusil à lunette posé quelque part.

Puis je songeai : *Non, sans doute pas.*

Nous avions emporté une demi-douzaine de lampes à batteries rechargeables et il les avait toutes allumées. Elles diffusaient énormément de lumière, mais rien à voir avec cette brillance surnaturelle (au sens propre) qui avait envahi notre cabane précédemment. Que signifiait « précédemment » en l'occurrence ? Je n'aurais su le dire. D'ailleurs, je n'étais même pas certain que ce soit la même nuit. Je jetai un coup d'œil à ma montre. Elle s'était arrêtée.

Allongé par terre, Butch se redressa et regarda autour de lui. Il me vit, puis il vit l'intrus. Il posa alors une question qui était à la fois complètement délirante et, compte tenu des circonstances, parfaitement logique :

« Vous êtes elle ?

– Non, répondit l'homme. Celle-là est partie. »

Je testai la position verticale. Pas de problème. Je ne ressentais ni gueule de bois ni confusion. Au contraire, j'étais comme revigoré. Et après avoir vu des dizaines de films sur des envahisseurs extraterrestres, je n'avais pas le sentiment que ce jeune homme était animé de mauvaises intentions à notre égard. D'ailleurs, je ne pensais pas non plus que c'était véritablement un jeune homme, de même que la jeune femme du pont n'était pas une jeune femme.

Il restait une bouteille d'eau et trois canettes de bière dans notre petite glacière. Après réflexion, j'optai pour une bière.

« File-m'en une », dit Butch.

Je lui lançai une canette, qu'il saisit au vol d'une main.

« Et vous, monsieur ? demandai-je.

– Pourquoi pas ? »

Je tendis la dernière bière à notre visiteur. Il paraissait tout ce qu'il y a de plus normal – un jeune type parti chasser avec ses amis ou son père –, je pris soin néanmoins de ne pas toucher ses doigts. Je peux mettre des mots sur ce qui s'est passé, mais concernant ce que j'éprouvais… c'est beaucoup plus compliqué. Je peux juste répéter que je ne me sentais pas menacé. Ultérieurement, Butch me dirait la même chose. Mais évidemment, nous étions en état de choc.

« Vous n'êtes pas humain, hein ? » dit Butch.

Le jeune homme ouvrit sa bière.

« Non.

– Toutefois, vous êtes en meilleure forme qu'elle.

– Elle était grièvement blessée. Vous lui avez sauvé la vie. C'est ce que vous appelez “la chance”, je crois. Car vous auriez pu tout aussi bien lui injecter un produit fatal.

– Mais l'EpiPen a fonctionné, dis-je.

– C'est le nom que vous lui donnez ? Epi ? EpiPen ?

– Le diminutif d'épinéphrine. J'en conclus que c'est une allergie qui l'avait mise dans cet état.

– Une piqûre de guêpe peut-être, dit Butch en haussant les épaules. Vous savez ce qu'est une guêpe ?

– Oui. Vous lui avez donné votre souffle aussi. C'est *ça* qui l'a sauvée. Le souffle, c'est la vie. Plus que la vie.

– J'ai fait ce qu'on nous a appris. Laird en aurait fait autant. »

J'aime penser que c'est vrai.

Le jeune homme but une gorgée de bière.

« Pourrai-je emporter cette canette en partant ? »

Butch s'assit sur l'accoudoir d'un de nos deux vieux fauteuils.

« Ça va me coûter cinq *cents* de consigne, mon vieux, mais vu les circonstances, faites donc. C'est bien parce que vous venez d'une autre planète, vous en êtes conscient ? »

Notre visiteur sourit comme le font les gens qui sentent bien qu'il s'agit d'une plaisanterie, mais qui ne la comprennent pas. Il s'exprimait sans accent (en tout cas, sans l'accent nasillard des gens du coin), et pourtant, j'étais sûr d'avoir devant moi quelqu'un qui parlait une langue qui n'était pas la sienne. Il ouvrit sa sacoche. Elle n'avait pas de fermeture éclair. Il fit courir son doigt d'un bout à l'autre et elle s'ouvrit. Il fourra la canette de Bud à l'intérieur.

« La plupart des gens n'auraient pas fait ce que vous avez fait. Ils se seraient enfuis.

– L'instinct, dit Butch. Et un peu de formation. Laird et moi, on est pompiers volontaires. Vous comprenez ce que ça veut dire ?

– Vous avez arrêté la combustion avant qu'elle se propage.

– Oui, on peut dire ça. »

Le jeune homme plongea la main dans sa besace et en sortit un objet qui ressemblait à un étui à lunettes. Gris, orné d'une sorte d'onde sinusoïdale argentée, comme une petite vague, en relief. Il le posa sur ses genoux et répéta :

« La plupart des gens n'auraient pas fait ce que vous avez fait. Nous avons une dette envers vous. Pour Ylla. »

Je connaissais ce nom, et même s'il le prononçait *Yella*, je connaissais la bonne orthographe. Et je voyais dans son regard qu'il savait que je savais.

« C'est dans les *Chroniques martiennes*, dis-je. Pourtant, vous ne venez pas de Mars, monsieur ? »

Il sourit.

« Non, absolument pas. Et nous ne sommes pas ici pour draguer les Terriennes. »

Butch posa délicatement sa canette, comme s'il craignait de la broyer dans sa main.

« Vous lisez dans nos pensées.

– Parfois. Pas toujours. C'est comme ceci. » D'un doigt, il suivit le tracé de la vague sur l'étui gris. « Pour nous, les pensées importent peu. Elles vont, elles viennent, d'autres les remplacent. Elles sont éphémères. Nous nous intéressons davantage au moteur qui les actionne. Pour les créatures douées d'intelligence, c'est l'élément… central ? Puissant ? Significatif ? Je ne connais pas le terme adéquat. Peut-être que vous n'en avez pas.

– Primordial ? » suggérai-je.

Il hocha la tête en souriant et but une autre gorgée de bière.

« Oui. Primordial. Excellent.

– D'où venez-vous ? demanda Butch.

– Peu importe.

– Pourquoi ? Pourquoi êtes-vous ici ?

– Voilà une question plus intéressante. Et parce que vous avez sauvé Ylla, je vais y répondre. Nous récoltons.

– Quoi donc ? » Je repensai à ces histoires que j'avais lues (et vues à la télé) : des aliens qui enlevaient des gens et leur enfonçaient des sondes dans le cul. « Des humains ?

– Non. D'autres trucs. Des objets. Mais pas comme celui-ci. » Il ressortit de sa besace la canette de bière vide. « Ça, c'est juste pour moi, ça n'a aucune signification. Il existe un joli mot pour ça, en français, je crois. Un *venir**[1] ?

– Souvenir, corrigeai-je.

– Oui. Eh bien, c'est mon souvenir de cette nuit remarquable. Nous faisons le tour des vide-greniers.

– Vous plaisantez, dis-je.

– Ils portent différents noms selon les pays. En Italie, on dit *vendita in cantiere*. Aux îles Samoa, *fanua fa'tau*. Nous emportons certains

1. Toutes les expressions suivies d'un astérisque sont en français dans le texte.

de ces objets pour nous souvenir, d'autres pour les étudier. Nous possédons un film de l'assassinat de votre Kennedy. Nous avons une photo dédicacée de Juhjudi…

– Attendez, le coupa Butch. Vous voulez parler du juge Judy ?

– Oui, Juhjudi. Nous avons aussi une photo d'Emmett Till, un jeune homme au visage détruit. De Mickey Mouse et de son Club. Nous avons un moteur à réaction. Il vient d'un dépôt d'objets abandonnés. »

Ces extraterrestres sont des chiffonniers, pensai-je. *Pas très différents de Rennie Lacasse.*

« Nous rassemblons toutes ces choses pour nous souvenir de votre monde, qui bientôt n'existera plus. Nous en faisons autant dans d'autres mondes, mais ils ne sont pas très nombreux. L'univers est un endroit froid. La vie intelligente est rare. »

Je me fichais pas mal de savoir si elle était rare ou pas.

« Dans combien de temps allons-nous disparaître ? Vous le savez, ou bien ce sont juste des suppositions ? » Et sans lui laisser le temps de répondre : « Vous ne *pouvez pas* le savoir. Avec certitude.

– Ça peut être dans ce que vous appelez un siècle, si vous êtes… "chanceux", comme vous dites. Un battement de paupières, à l'échelle du temps.

– Je n'y crois pas, déclara Butch, d'un ton catégorique. On a nos problèmes, certes, mais on n'est pas suicidaires. » Pensant peut-être à ces moines bouddhistes qui s'étaient immolés par le feu au Vietnam récemment, il ajouta : « Dans notre grande majorité.

– C'est inévitable », répondit le jeune homme, et il semblait le déplorer. Peut-être pensait-il à *La Joconde* ou aux Pyramides. Ou peut-être simplement à la disparition des canettes de bière ou à des photos dédicacées de Juhjudi. « Quand l'intelligence dépasse la stabilité émotionnelle, ce n'est plus qu'une question de temps. » Il montra le coin de la cabane. « Vous êtes des enfants qui jouent avec des armes. » Il se leva. « Je dois m'en aller. Ceci est pour vous. Cadeau. Notre manière de vous remercier pour avoir sauvé Ylla. »

Il tendit l'étui gris. Butch le prit et l'examina.

« Je ne vois pas comment ça s'ouvre. »

Je le lui pris des mains. Il avait raison. Il n'y avait ni charnières ni couvercle.

« Soufflez sur la vague, dit le visiteur. Non, pas maintenant. Après mon départ. Nous vous donnons un souffle clé car vous avez donné le vôtre à Ylla. Vous lui avez donné un peu de votre vie.

– C'est pour nous deux ? » demandai-je.

Après tout, seul Butch avait fait du bouche-à-bouche à cette femme.

« Oui.

– Et ça a quel effet ?

– Il n'existe pas de mot pour le décrire, hormis *primordial.* C'est un moyen d'utiliser ce que vous n'utilisez pas, à cause de… » Il se pencha en avant, front plissé, puis releva la tête. « À cause du *bruit* dans vos *vies.* À cause de vos *pensées.* Des pensées inutiles. Pire même : dangereuses. »

J'étais perplexe.

« Cet objet exauce des vœux ? Comme dans les contes de fées ? »

Il rit, puis parut surpris… Comme s'il ignorait qu'il était capable de rire.

« Rien ne peut vous donner ce qui n'existe pas déjà. Cela va de soi. »

Il marcha jusqu'à la porte, puis se retourna.

« J'ai de la peine pour vous. Votre monde est un souffle de vie dans un univers rempli essentiellement de fenêtres closes. »

Sur ce, il disparut. Je m'attendais à ce que la lumière aveuglante envahisse la cabane, mais rien ne se produisit. N'eût été cet étui gris que Butch tenait à la main, tout cet intermède aurait pu ne jamais avoir lieu.

« Lare… Est-ce qu'on a rêvé ? »

Je montrai l'étui.

Il sourit. Je reconnus ce sourire qui datait du temps où nous étions gamins, quand on s'amusait à descendre et à remonter à toute allure l'Escalier aux suicidés à Castle Rock, en le sentant trembler sous nos baskets.

« Tu veux l'essayer ? dit Butch.

– Il y a un vieux dicton : “Il faut se méfier des Grecs, même quand ils apportent un cadeau…”

– OK. Et alors ?

– Oh, et puis merde. Je suis partant. Allez, Butchie, répands ton précieux souffle primordial. »

Il sourit, secoua la tête et me tendit l’étui.

« Après toi. Si ce truc te tue, je te promets de m’occuper de Sheila et de Mark.

– Mark a presque l’âge de se débrouiller seul. Bon, OK. Sésame, ouvre-toi. »

Je soufflai doucement sur la vague. L’étui s’ouvrit. Il était vide. Mais en inspirant, je sentis une légère odeur de menthe poivrée. Et ce fut tout, je crois.

L’étui se referma tout seul. Rien ne séparait le couvercle du reste de l’étui, et il n’y avait aucune charnière. On aurait dit un objet d’un seul bloc.

« Rien ? demanda Butch.

– Rien. Vas-y, essaie. »

Je lui rendis l’étui.

Il le prit et souffla à son tour sur la petite vague argentée. L’étui s’ouvrit. Butch se pencha en avant, inspira timidement, puis prit une grande inspiration. L’étui se referma.

« Wintergreen ?

– Je pensais plutôt menthe poivrée, mais c’est un peu la même chose, je pense.

– Bon, c’est pas “les Grecs porteurs de cadeaux”. Lare… Ce n’était pas un canular, hein ? Une fille et un gars qui se font passer pour… Tu vois, quoi… Une farce. » Il se tut. « Non, hein ?

– Non. »

Il posa l’étui gris sur la table basse, à côté de son cahier.

« Qu’est-ce que tu vas dire à Sheila ?

– Rien, a priori. J’aime autant que ma femme ne pense pas que je suis devenu cinglé. »

Il s’esclaffa.

« Bonne chance. Elle lit en toi comme dans un livre ouvert. »

Il avait raison, évidemment. Et lorsque Sheila insista pour connaître la vérité, je lui avouai que non, nous ne nous étions pas perdus, mais nous l'avions échappé belle. Un chasseur avait tiré sur ce qu'il croyait être un cerf, et la balle était passée entre Butch et moi. Nous n'avions jamais su d'où ça venait, précisai-je. Et quand elle interrogea Butch, il confirma mon récit. Sans doute un *flatlander*, dit-il. D'ailleurs, il en avait aperçu un ou deux, et ça c'était la vérité.

Butch bâilla.

« Je vais me coucher.

– Tu vas réussir à dormir ? » Je bâillai à mon tour. « Il est quelle heure, au fait ? »

Il regarda sa montre et secoua la tête.

« Elle s'est arrêtée. Et la tienne ?

– Aussi. Pourtant… » Nouveau bâillement. « … c'est une automatique. Elle devrait marcher.

– Lare ? Ce qu'on a inhalé… Je pense que c'était une sorte de sédatif. Et si c'était un poison ?

– Dans ce cas, on mourra, dis-je. Bon, je vais me coucher. »

Ce que nous fîmes.

Je rêvai d'un incendie.

Il faisait grand jour quand nous nous réveillâmes. Butch était dans la partie cuisine de la grande pièce. La cafetière s'énervait sur le feu. Il me demanda comment je me sentais.

« Bien, répondis-je. Et toi ?

– Bon pied, bon œil, comme on disait dans le temps. Café ?

– Oui. Ensuite, on ferait bien d'aller voir si le pont est toujours là. Et dans ce cas, on lève le camp. On rentrera plus tôt que prévu.

– Ce qui nous est déjà arrivé certaines années », dit Butch, et il remplit nos tasses.

Un café noir bien fort. Exactement ce qu'il nous fallait après une rencontre avec des créatures venues d'un autre monde. En plein jour, tout cela aurait dû ressembler à une hallucination, eh bien non. Pas pour moi. Et quand j'interrogeai Butch, il me dit la même chose.

Il n'y avait plus de Wonder Bread. En revanche, il restait deux tartelettes aux fruits. J'imaginais Sheila secouant la tête en disant qu'il n'y avait que des hommes dans les bois pour manger des tartelettes Hostess au petit déjeuner.

« C'est bon, commenta Butch, la bouche pleine.

– Oui, excellent. Dis-moi, Butchie, tu as fait des rêves après avoir respiré ce truc, hier soir ?

– Non… Pas que je me souvienne, en tout cas. Mais regarde ça… »

Il prit son cahier et fit défiler les dessins qu'il avait réalisés chaque soir, les esquisses et les caricatures habituelles, dont une de moi en train de retourner des galettes d'avoine dans une poêle, avec un grand sourire sur ma grosse tête. Un peu avant la fin du cahier, il s'arrêta et me le tendit. Il avait dessiné notre jeune visiteur de la veille : cheveux blonds, gilet matelassé, chino, sacoche. Ce n'était pas une caricature, c'était notre homme (autant l'appeler comme ça) dans les moindres détails – à une exception près. Butch avait remplacé ses yeux par des étoiles.

« Oh, la vache, c'est super ! m'exclamai-je. Tu es debout depuis longtemps ?

– Une heure environ. J'ai fait ça en vingt minutes. Je savais exactement ce que je devais faire. Comme si le dessin était déjà là, sur la feuille. Pas un seul coup de gomme. C'est dingue, non ?

– Dingue », confirmai-je.

Je faillis lui confier que j'avais rêvé d'une grange en feu. Dans les moindres détails. J'avais essayé plusieurs débuts pour cette histoire d'orage infernal qui me trottait dans la tête depuis un moment. Des années, à vrai dire. Elle m'était venue à l'époque où j'avais à peu près l'âge qu'avait mon fils à présent. J'avais essayé avec tel personnage, puis tel autre, puis j'avais commencé par une description de la ville où je voulais situer mon histoire. À un moment donné, j'avais même commencé par un bulletin météo.

Rien ne fonctionnait. J'étais comme un gars qui tente d'ouvrir un coffre-fort dont il a oublié la combinaison. Et puis, ce matin-là, grâce à mon rêve, j'avais vu un éclair frapper la grange. J'avais vu la girouette, un coq, rougir sous l'effet de la chaleur, tandis que les doigts de feu couraient sur le toit. Je pensais que tout le reste suivrait. Non, je le *savais.*

Je pris l'objet qui ressemblait à un étui à lunettes là où nous l'avions laissé la veille au soir et le fis passer d'une main à l'autre.

« C'est grâce à ça », dis-je, et je le lançai à Butch.

Qui l'attrapa au vol.

« Obligé. Quoi d'autre ? »

Tout cela s'est déroulé il y a plus de quarante ans, mais jamais le temps qui passe ne m'a incité à mettre en cause ma mémoire. Le doute ne s'est jamais insinué en moi et c'est resté gravé dans ma caboche.

Butch n'avait rien oublié lui non plus : Ylla, la lumière, l'évanouissement, le jeune homme, l'étui à lunettes. Étui resté dans la cabane, pour autant que je sache. Nous y sommes retournés plusieurs fois, toujours en novembre, avant que Butch parte dans l'Ouest, et tour à tour nous avons soufflé sur la petite vague argentée, mais l'étui ne s'est plus jamais ouvert. Et il ne s'ouvrira plus jamais, pour personne, j'en suis convaincu. À moins que quelqu'un l'ait volé – et pourquoi faire ça ? –, il est toujours sur le dessus de la cheminée, là où Butch l'a posé lors de notre dernière visite.

Avant que nous quittions la cabane ce jour-là, Butch me confia qu'il ne voulait plus dessiner dans son cahier, pendant quelque temps du moins.

« J'ai envie de peindre, me dit-il. J'ai des milliers d'idées. »

Moi, je n'en avais qu'une seule – la grange en feu qui constituait la scène d'ouverture de *L'Orage foudroyant* –, mais j'étais certain que d'autres suivraient. La porte était ouverte. Je n'avais qu'à franchir le seuil.

Parfois, la certitude d'être un imposteur me hante. Avant de mourir, Butch a dit la même chose dans plusieurs interviews.

Est-ce surprenant ? Je ne pense pas. En quittant les bois en ce mois de novembre 1978, nous n'étions plus les mêmes qu'en y entrant quelques jours plus tôt. Nous étions devenus ce que nous sommes maintenant. La question, me semble-t-il, concerne le talent. L'avions-nous déjà en nous, ou bien nous a-t-il été offert, comme une boîte de chocolats, parce que nous avions sauvé Ylla ? Pouvions-nous être fiers de ce que nous avions accompli, dans le style « Je me suis fait à la force du poignet », ou n'étions-nous que deux poseurs qui s'attribuaient le mérite de ce qu'ils n'auraient jamais réussi sans les événements de cette nuit-là ?

Et d'abord, c'est quoi, le talent ? Je me pose la question parfois quand je me rase ou bien – jadis, quand j'assurais le service après-vente – en attendant de passer à la télé pour promouvoir mon dernier excédent de fiction ou en arrosant les lys de ma défunte épouse. Surtout dans ces moments-là. Non mais vraiment, c'est quoi ? Pourquoi serais-je choisi, alors que tant d'autres travaillent dur et donneraient tout pour être choisis ? Pourquoi sommes-nous si peu nombreux au sommet de la pyramide ? La réponse est censée être : le talent. Mais d'où vient-il, et comment se développe-t-il ? Et *pourquoi* ?

Voici ce que je me dis : *Nous appelons ça un cadeau du ciel, et nous disons que nous sommes doués, mais les cadeaux sont rarement mérités, n'est-ce pas ? On vous le donne. Le talent, c'est la grâce rendue visible.*

Le jeune homme avait dit : *Rien ne peut vous donner ce qui n'existe pas déjà. Cela va de soi.*

Je m'accroche à ces mots.

Mais évidemment, il a également dit qu'il avait de la peine pour nous.

3

Le récit de mon père s'arrêtait là. Peut-être s'était-il désintéressé finalement de cette version fantastique de leur expédition de chasse de 1978, mais je ne le pense pas. Ces dernières lignes ressemblaient à un point d'orgue à mes yeux.

Je pris un exemplaire de *L'Orage foudroyant* sur l'étagère au-dessus de son bureau, le même peut-être que celui que j'avais consulté peu de temps après la mort de ma mère.

> Un éclair déchiqueté frappa la grange. Avec un bruit sourd, comme un coup de fusil étouffé par une couverture. Jack eut à peine le temps de l'enregistrer avant que le grondement du tonnerre mugisse. Il vit la girouette – un coq en fer – rougir sous l'effet de la chaleur et se mettre à tournoyer, tout en commençant à ployer, alors que des ruisseaux de feu dévalaient la pente du toit.

Cela ne correspondait pas exactement à la version manuscrite, mais c'était assez proche. Et meilleur, pensai-je.

Ce qui ne signifie rien, me dis-je. *Il a gardé ce passage, cette* image *parce qu'elle était bonne… ou pas trop mal. Ça ne signifie rien d'autre.*

Je repensai au coup de téléphone de ma mère, en ce jour de novembre 1978. C'était il y a fort longtemps, mais je n'avais pas oublié ses paroles : *Il est arrivé quelque chose à ton père pendant qu'ils étaient à la chasse… et à Butch.* Elle ne me demandait pas de venir sur-le-champ car ils allaient bien l'un et l'autre. Mais le week-end suivant, oui. Ils affirmaient s'être perdus, disait-elle, alors qu'ils connaissaient trop bien 30-Mile Wood pour que cela soit possible.

« Comme leur poche, murmurai-je. Voilà ce qu'elle avait dit. Mais… »

Je me replongeai dans le manuscrit de mon père.

> Je lui avouai que […] nous l'avions échappé belle. Un chasseur avait tiré sur ce qu'il croyait être un cerf […] la balle était passée entre Butch et moi.

Quelle version était la bonne ? D'après le manuscrit, aucune des deux. Je crois que c'est à ce moment-là que j'ai commencé à croire à l'histoire de mon père… Non, ce n'est pas tout à fait exact, car tout cela restait trop fantastique. Disons qu'à cet instant, la porte de la croyance s'est ouverte.

Avait-il confié à ma mère ce qu'il croyait être la véritable histoire ? Était-ce possible ? Oui. Le mariage repose sur la franchise, c'est un entrepôt rempli de secrets partagés.

Il n'avait rempli que la moitié de ce cahier à spirale : les pages suivantes étaient vierges. Quand je voulus le ranger dans le tiroir du bas, une feuille de papier glissée entre la dernière page et la couverture s'échappa. Je la ramassai. Il s'agissait d'un reçu délivré par la municipalité de Harlow, au nom des Transports L&D, une société que je croyais fermée depuis cinquante ans, peut-être même plus. Les Transports L&D avaient payé les impôts fonciers des années 2010 à 2050 (« au taux de 2010 ») pour un terrain qui bordait la Jilasi, sur la parcelle TR-90. Un versement libératoire unique.

Je me rassis dans le fauteuil de mon père, les yeux fixés sur le montant indiqué. Je crois avoir laissé échapper un « putain de merde ». Payer ses impôts fonciers en avance au taux de 2010 était sûrement une très bonne affaire, mais verser *quarante* ans d'avance, surtout dans une petite ville où la plupart des gens payaient leurs impôts *en retard*, c'était du jamais vu. Les Transports L&D – Laird Carmody et Dave LaVerdiere, autrement dit – avaient déboursé plus de cent dix mille dollars. Certes, ils avaient les moyens à l'époque, mais pourquoi ?

Une seule réponse semblait s'imposer : ils voulaient protéger leur petite cabane de chasse des promoteurs. Oui, mais pourquoi ? Parce que cet étui à lunettes venu d'un autre monde était resté là-bas ? C'était peu probable. À mon avis, des charognards avaient depuis longtemps dépouillé la cabane de tout ce qui possédait un tant soit peu de valeur. En revanche, ce qui me paraissait vraisemblable – et un peu plus facile à croire désormais –, c'était que mon père et son ami avaient décidé de préserver le lieu où ils avaient rencontré des extraterrestres.

Je décidai de me rendre sur place.

Le réseau de routes forestières que papa et Oncle Butch avaient emprunté jadis pour se rendre jusqu'à la Jilasi a disparu depuis longtemps. Remplacé par un lotissement et un parc pour caravanes, l'un et l'autre baptisés Hemlock Run. De même, la parcelle TR-90 a été avalée par la petite ville de Pritchard, du nom d'un héros local mort au Vietnam. 30-Mile Wood figure encore sur les cartes et le GPS, mais désormais, il ne couvre plus que quinze kilomètres de forêt, peut-être moins. Plutôt cinq. Le pont branlant a disparu lui aussi, remplacé par un autre, plus étroit, mais plus solide, légèrement en aval. Sa *raison d'être** est l'église baptiste de la Grâce, construite au bord de la rivière, du côté de Pritchard. Je le traversai et me garai sur le parking de l'église, même si, ce jour-là, le niveau de la Jilasi était si bas que j'aurais pu la franchir à pied, si j'avais pensé à mettre mes cuissardes.

En remontant vers l'amont, je découvris les vestiges brisés du vieux pont, à moitié ensevelis sous les mauvaises herbes et les fougères. Je bifurquai et avisai le chemin qui menait à la cabane, envahi à présent par les buissons et les ronces. Et signalé par une pancarte qui proclamait : ACCÈS INTERDIT PAR ORDRE DU GARDE-CHASSE. Je me frayai un passage prudemment, car je craignais le sumac grimpant ou le sumac vénéneux. Moins de cinq cents mètres de marche, avait écrit papa, et je savais pour être venu quelques fois (mais pas très souvent car tirer sur des créatures qui ne pouvaient pas répliquer ne m'intéressait pas) que c'était à peu près conforme à la réalité.

J'arrivai devant un portillon verrouillé dont je n'avais pas le souvenir. On y avait fixé une autre pancarte représentant une grenouille, sous laquelle était écrit : HOP HOP HOP FICHEZ LE CAMP DE CHEZ MOI ! Une des clés du trousseau de mon père ouvrait le portillon. À la sortie d'un coude, la cabane m'apparut. Personne ne l'avait entretenue. Le toit ne s'était pas écroulé, malgré des années de chutes de neige, sans doute parce qu'il était en partie protégé par les entrelacs de branches de vieux pins et d'épicéas, mais il s'était creusé et sans doute qu'il ne résisterait plus très longtemps. Le bardage autrefois peint en marron était d'une couleur indéfinissable. La poussière et le pollen avaient opacifié les fenêtres. Ce lieu offrait l'image même de l'abandon, et pourtant il n'avait pas été vandalisé, ce qui m'apparaissait comme une sorte de miracle. Les vers de quelque vieux poème, sans doute appris au lycée, me revinrent en mémoire : *Trois fois tissez un cercle autour de lui, et fermez vos yeux, avec une sainte terreur.*

Là encore, je trouvai la bonne clé sur le trousseau et entrai dans une atmosphère de moisissure, de poussière et de chaleur. Faisant détaler en tous sens les habitants actuels : des souris ou des tamias. Probablement les deux. Un jeu de cartes Bicycle avait été éparpillé sur la table à manger et sur le sol, sans doute par le vent qui s'engouffrait dans la cheminée. Jadis, mon père et son ami avaient joué au cribbage avec ces cartes. Les cendres se déployaient en éventail devant l'âtre. Mais aucun graffiti, aucune canette ou bouteille d'alcool vides.

On a tissé un cercle autour de cette cabane, pensai-je.

Je suis ridicule, me réprimandai-je. Mais peut-être que non. Hemlock Run, le bourg et le parc pour caravanes se trouvaient à proximité. Nul doute que des gamins s'étaient aventurés jusqu'ici dans les bois, et ce n'était certainement pas la pancarte HOP HOP HOP FICHEZ LE CAMP DE CHEZ MOI ! qui pouvait les décourager. Et pourtant, ils s'étaient tenus à l'écart.

Mon regard se posa sur le canapé. Si je m'y asseyais, j'allais soulever un nuage de poussière et provoquer sans doute la fuite des souris réfugiées dessous. Mais j'imaginais un jeune homme blond assis là, un étranger qu'Oncle Butch avait dessiné avec des étoiles à la place des yeux. C'était plus facile de croire que tout cela s'était réellement produit maintenant que je me trouvais entre ces murs, dans une cabane que mon père et son vieil ami avaient voulu protéger jusqu'au milieu du siècle.

Oui, beaucoup plus facile.

L'un des deux était-il retourné là-bas pour récupérer ce qui ressemblait à un étui à lunettes ? Pas Butch en tout cas, du moins pas après qu'il avait fichu le camp sur la côte Ouest… Mon père non plus, pensais-je. Ils avaient tiré un trait sur cette histoire, et bien que je sois l'héritier de papa, j'avais l'impression d'être un intrus.

Je traversai la pièce en direction de la cheminée, sans aucune attente, mais l'étui gris était là, couvert d'un voile de poussière. Je tressaillis en le prenant dans ma main, comme si je craignais de recevoir une décharge électrique. J'ôtai la poussière, faisant apparaître la petite vague argentée, estampée sur ce qui était peut-être du daim gris. Mais au toucher, ça ne ressemblait pas à du daim, ni vraiment à du métal. Il n'y avait aucune démarcation. L'objet était parfaitement lisse.

Il m'attendait, pensai-je. *Tout dans ce récit était vrai, jusqu'au dernier mot, et aujourd'hui il fait partie de mon héritage.*

Croyais-je à l'histoire de mon père, alors ? Presque. Avait-il laissé cet étui à mon intention ? La réponse est plus compliquée. Je ne pouvais pas poser la question aux deux crapules pleines de talent venues ici en novembre 1978 pour chasser, car ces deux amis étaient morts. Ils avaient laissé leur empreinte sur la Terre, avec des tableaux et des histoires, et ils l'avaient quittée.

Le jeune homme qui n'en était pas un leur avait fait ce cadeau, avait-il expliqué, car papa avait injecté de l'épinéphrine à la femme qui n'en était pas une et Oncle Butch lui avait offert son « souffle précieux ». Mais il n'avait pas précisé que ce cadeau était *seulement* pour eux, si ? Et si le souffle de mon père avait ouvert cet étui, pourquoi cela ne marcherait-il pas avec le mien ? Même sang, même ADN ? Sésame s'ouvrirait-il pour moi ? Oserais-je essayer ?

Que vous ai-je raconté sur moi ? Voyons voir… Vous savez que j'ai été directeur d'école à Castle County pendant des années, avant de prendre ma retraite pour devenir le secrétaire de mon père… et aussi celui qui changeait ses draps quand il s'était oublié durant la nuit. Vous savez que j'ai été marié et que ma femme m'a quitté. Vous savez que le jour où je me suis retrouvé en train de contempler un étui gris venant d'un autre monde, dans une cabane délabrée, j'étais seul au monde : mes parents étaient morts, mon épouse était partie et je n'avais pas d'enfant. Voilà ce que vous savez, mais il y a une infinité de choses que vous ignorez. Et je suppose qu'on peut en dire autant de n'importe quel homme ou femme. Je n'ai pas l'intention de tout vous raconter, car non seulement ce serait trop long, mais surtout, ça vous ennuierait. Si je vous racontais que je buvais trop après le départ de Susan, ça vous ferait une belle jambe. Ou que j'avais vécu une brève histoire d'amour avec la pornographie sur Internet ? Que j'avais pensé au suicide, mais jamais sérieusement ?

Alors je vous dirai seulement deux choses, même si cela me fait – presque – honte. Des choses tristes. Les rêveries des hommes et des femmes « d'un certain âge » sont toujours tristes, me semble-t-il, car elles vont à l'encontre des avenirs ordinaires et insipides qui nous attendent.

Je possède un petit talent d'écrivain (comme le montreront ces mémoires, je l'espère) et j'ai toujours rêvé d'écrire un grand roman qui passerait à la postérité. J'aimais mon père, et je l'aime toujours, mais vivre dans son ombre était devenu pénible. Je rêvais d'entendre un critique dire : « Comparée à la profondeur du roman de Mark Carmody, l'œuvre de son père paraît minable. L'élève a clairement dépassé le maître. » C'est une pensée que je m'efforce de repousser, et la plupart du temps j'y parviens. Cependant, une partie de moi-même le pense, et le pensera toujours. Cette partie de moi-même est un homme des cavernes qui grimace beaucoup, mais ne sourit jamais.

Je joue du piano, mais pas très bien. On me demande d'accompagner les cantiques à l'église seulement quand Mlle Stanhope est en déplacement ou vraiment patraque. Je massacre les touches. Et mon niveau de solfège est celui d'un enfant du cours élémentaire. Je maîtrise seulement les trois ou quatre morceaux que j'ai appris par cœur, mais les gens en ont marre de les entendre.

Je rêve d'écrire un grand roman, comme je le disais, mais ce n'est pas mon rêve le plus cher. Dois-je vous dire ce que c'est ? Au point où j'en suis, pourquoi pas ?

Je me trouve dans un club, et tous mes amis sont présents. Mon père aussi. Le groupe est sorti de scène et je demande si je peux jouer un morceau au piano. Pas de problème, me répond le leader du groupe. Mon père soupire : « Oh, non, Markey, pas encore "Bring It On Home to Me" » et je lui réponds (en toute modestie, comme il convient) : « Non, j'ai appris un nouveau morceau », et j'attaque le standard d'Albert Ammons « Boogie Woogie Stomp ». Mes doigts volent sur le clavier ! Dans la salle, les conversations cessent ! Les gens me regardent, stupéfaits et admiratifs ! Le batteur reprend sa place et se calque sur le tempo. Le sax alto se lance dans un riff génial, comme dans « Tequila ». Les spectateurs tapent des mains. Certains se mettent à danser. Et quand je me lève pour le glissando final de la main droite, à la Jerry Lee Lewis, tous se lèvent et réclament un bis.

Vous ne pouvez pas me voir, mais je rougis en écrivant ces lignes. Pas seulement parce que c'est mon fantasme le plus précieux, mais parce que c'est affreusement banal. Partout dans le monde, à cet instant même, des filles singent Joan Jett sur des guitares imaginaires et des hommes font mine de diriger la *Cinquième* de Beethoven dans leur salle de jeux. Ce sont les fantasmes ordinaires de ceux qui donneraient tout pour être choisis, et ne le sont pas.

Dans cette cabane poussiéreuse sur le point de s'écrouler, où deux hommes ont rencontré un jour un être venu d'ailleurs, je songeais que j'adorerais jouer « Boogie Woogie Stomp » comme Albert Ammons, juste une fois. Une fois me suffirait, me disais-je en sentant que ça ne suffirait pas. Ce n'est jamais suffisant.

Je soufflai sur la vague. Un trait apparut sur le côté de l'étui… Un instant… avant de disparaître. Je restai là un moment, l'étui à la main, puis le reposai sur la cheminée.

Je repensai aux paroles du jeune homme : *Rien ne peut vous donner ce qui n'existe pas déjà.*

« C'est aussi bien », dis-je avec un petit rire.

Non, ce n'était pas bien, ça faisait mal, mais je savais que la douleur ne durerait pas. Je reprendrais le cours de ma vie et la douleur s'effacerait. Je devais gérer les affaires de mon célèbre père, cela suffirait à m'occuper, et je ne manquerais pas d'argent. Peut-être que j'irais à Aruba. C'est normal de désirer ce qu'on ne peut pas avoir. Il faut apprendre à vivre avec.

Voilà ce que je me dis, et je ne suis pas loin d'y croire.

LA CINQUIÈME ÉTAPE

Harold Jamieson, autrefois ingénieur en chef au service du ramassage des ordures de la ville de New York, savourait sa retraite. Il savait, par son petit groupe d'amis, que ce n'était pas le cas de tout le monde, alors il s'estimait heureux. Il possédait, dans le nord de Manhattan, un demi-hectare de terrain qu'il partageait avec plusieurs horticulteurs qui avaient les mêmes goûts que lui, il avait découvert Netflix et il effectuait quelques incursions dans les livres qu'il s'était toujours promis de lire. Sa femme lui manquait toujours (elle avait succombé à un cancer du poumon cinq ans plus tôt), mais à l'exception de cette douleur permanente, il menait une existence bien remplie. Chaque matin, avant de se lever, il se rappelait qu'il devait profiter de cette nouvelle journée. Âgé de soixante-huit ans, il aimait croire qu'il lui restait un bon bout de chemin à faire, mais il ne pouvait nier que la route avait commencé à se rétrécir.

Ce qu'il préférait dans ses journées – à condition qu'il ne pleuve pas, ne neige pas ou ne fasse pas trop froid –, c'était sa promenade jusqu'à Central Park, à neuf rues de là, après le petit déjeuner. Bien qu'il possède un téléphone portable et même une tablette (dont il était devenu dépendant, soit dit en passant), il continuait à lire la version papier du *New York Times*. Arrivé dans le parc, il s'installait sur son banc favori et consacrait une heure à la lecture de son journal, de la dernière à la première page, en se disant qu'il passait du sublime au grotesque.

Un matin de la mi-mai, alors que le temps était encore frais, mais parfait pour lire le journal dehors, Jamieson fut agacé, en levant les yeux de son *New York Times*, de voir un type s'asseoir au bout de son banc, alors qu'il y avait un tas d'autres bancs inoccupés dans les parages. L'envahisseur de son intimité matinale avait entre quarante-cinq et cinquante ans et n'était ni beau ni laid, à vrai dire, il possédait un physique quelconque. Idem pour son habillement : baskets New Balance aux pieds, jean, casquette des Yankees et sweat-shirt à capuche. Jamieson lui lança un regard en biais et s'apprêta à changer de place.

« Non, ne partez pas, dit l'homme. S'il vous plaît. Je me suis assis là parce que j'ai un petit service à vous demander. Ce n'est pas grand-chose, et je vous paierai. »

Il glissa la main dans la poche kangourou de son sweat-shirt et en sortit un billet de vingt dollars.

« Je ne rends pas de services à des inconnus », répondit Jamieson, et il se leva.

« C'est justement ça, l'intérêt… On ne se connaît pas. Écoutez-moi simplement. Si vous refusez ensuite, pas de problème. Mais écoutez-moi, s'il vous plaît. Vous pouvez… » Il se racla la gorge et Jamieson s'aperçut que le type était nerveux, ou peut-être pire : effrayé. « Vous pouvez me sauver la vie. »

Jamieson réfléchit et se rassit. Le plus loin possible du gêneur, tout en gardant les deux fesses sur le banc.

« OK. Je vous accorde une minute, mais si vous commencez à délirer, je m'en vais. Et rangez votre argent, je n'en veux pas. »

L'homme baissa les yeux sur le billet, comme surpris de s'apercevoir qu'il l'avait toujours dans la main. Il le remit dans sa poche kangourou, posa ses mains à plat sur ses genoux et les regarda au lieu de regarder Jamieson.

« Je suis un alcoolique. Mais je ne bois plus depuis quatre mois. Quatre mois et douze jours pour être précis.

– Félicitations », dit Jamieson.

Il était sincère, tout en restant prêt à se lever. Et à quitter le parc si nécessaire. Ce type paraissait sain d'esprit, mais Jamieson savait d'expérience que les cinglés ne se révélaient pas toujours du premier coup.

« J'ai déjà fait trois tentatives, et une fois, j'ai tenu presque un an. Je crois que c'est ma dernière chance de décrocher la médaille de bronze. Je suis inscrit aux A.A. C'est…

– Oui, je connais. C'est quoi votre nom, Monsieur Je-n'ai-pas-bu-depuis-quatre-mois ?

– Vous pouvez m'appeler Jack. Chez les A.A., on s'appelle par nos prénoms. »

Jamieson le savait. Dans les séries Netflix, un tas de gens avaient des problèmes avec l'alcool.

« Eh bien, qu'est-ce que je peux faire pour vous, Jack ?

– Les trois premières fois, je n'avais pas de parrain… Quelqu'un qui vous écoute, qui répond à vos questions, et qui parfois vous dit ce que vous devez faire. Cette fois, j'en ai un. Un gars que j'ai rencontré dans une réunion au Bowery Sundown. J'ai bien aimé son discours. Et sa façon d'être, aussi. Abstinent depuis douze ans, les pieds sur terre. Il travaille dans la vente, comme moi. »

Il s'était tourné vers Jamieson en disant cela, mais il reporta son regard sur ses mains.

« Dans le temps, j'étais un sacré vendeur. Pendant cinq ans, j'ai dirigé le département vente d'un… Peu importe, mais c'était un gros poste. Je suis sûr que vous connaissez cette enseigne. C'était à San Diego. Aujourd'hui, j'en suis réduit à fourguer des cartes de vœux et des boissons énergisantes dans des supérettes, aux quatre coins de la ville. Le bas de l'échelle.

– Venez-en au fait », dit Jamieson sans agressivité. Il commençait à s'intéresser à cette histoire, malgré lui. Ce n'était pas tous les jours qu'un inconnu s'asseyait sur votre banc pour vous déballer toute sa vie. Surtout à New York. « Je m'apprêtais à regarder le résultat des Mets. Ils font un bon début de saison. »

Jack frotta sa paume sur sa bouche.

« J'aimais bien ce gars rencontré au Sundown. Alors, après une réunion, j'ai pris mon courage à deux mains et je lui ai demandé d'être mon parrain. C'était en mars. Il m'a jaugé et il a répondu qu'il voulait bien, à deux conditions. Je devais faire tout ce qu'il me disait et l'appeler dès que j'avais envie de boire. Dans ce cas, j'ai dit, je vais vous appeler tous les soirs. Et il a rétorqué : "Eh bien, vous m'appellerez toutes les nuits, et si je ne décroche pas, parlez au répondeur." Et il m'a demandé si je suivais les étapes du Programme. Vous savez ce que c'est ?

– Vaguement.

– Je lui ai avoué que je n'avais pas encore commencé. Si je voulais qu'il soit mon parrain, a-t-il dit, je devais commencer. Il a ajouté que les trois premières étapes étaient à la fois les plus difficiles et les plus faciles. On pouvait les résumer ainsi : "Je ne peux pas arrêter seul, mais avec l'aide de Dieu, je peux, alors je vais Le laisser m'aider." »

Jamieson émit un grognement.

« Je lui ai dit que je ne croyais pas en Dieu. Et ce type – il s'appelle Randy – m'a répondu qu'il n'en avait rien à foutre. Il m'a dit de m'agenouiller chaque matin et de demander à ce Dieu auquel je ne crois pas de m'aider à ne pas boire un jour de plus. Et si je réussissais, je devais m'agenouiller avant de me coucher et remercier Dieu pour cette journée de sobriété. Randy voulait savoir si j'étais prêt à faire ça, et j'ai dit oui. Sinon, il m'aurait lâché. Vous comprenez ?

– Oui. Vous étiez désespéré.

– Exactement ! Aux A.A., ils appellent ça le "cadeau du désespoir". Randy a ajouté que si je disais que je faisais ces prières alors que je les faisais pas, il le saurait. Parce qu'il avait passé trente ans à mentir tant qu'il pouvait sur à peu près tout.

– Alors, vous l'avez fait ? Même si vous ne croyez pas en Dieu ?

– Oui, je l'ai fait, et ça a marché. Quant au fait de ne pas croire en Dieu… Plus je reste sobre, plus je m'interroge.

– Si vous voulez me demander de prier avec vous, laissez tomber. »

Jack sourit à ses mains toujours posées sur ses cuisses.

« Non. Je suis toujours un peu gêné quand je m'agenouille, même seul. Le mois dernier, en avril donc, Randy m'a demandé de passer à la Quatrième Étape. Ça consiste à dresser un inventaire moral – approfondi et courageux – de sa personnalité.

– Et vous l'avez fait ?

– Oui. Randy m'a expliqué que je devais d'abord noter tous mes défauts, puis tourner la page et dresser la liste de tout ce qu'il y avait de bien chez moi. Pour les défauts, ça m'a pris dix minutes. Et plus d'une heure pour trouver des qualités. Finalement, j'ai écrit : "Au moins, j'ai le sens de l'humour." Ce qui est vrai. Et à partir de là, j'ai pensé à d'autres trucs. Quand j'ai confié à Randy que je ne me voyais aucune force de caractère, il m'a répondu que c'était normal. "Vous avez bu pendant presque trente ans. Ça laisse beaucoup de cicatrices et de bleus sur l'image qu'on a de soi. Mais si vous restez sobre, les blessures guériront." Ensuite, il m'a dit de brûler la liste. En affirmant que ça me ferait du bien.

– Et alors, ça a marché ?

– Bizarrement, oui. Bref, tout cela nous amène à ce que m'a demandé Randy ce mois-ci.

– Je dirais plutôt "ce qu'il a exigé" », plaisanta Jamieson.

Il replia son journal et le posa à côté de lui.

Jack sourit à son tour.

« Je crois que vous avez saisi la nature des rapports parrain-filleul. Randy m'a dit qu'il était temps de passer à la Cinquième Étape.

– À savoir ?

– "Reconnaître devant Dieu, nous-même et une autre personne la nature exacte de nos défauts", expliqua Jack en mimant des guillemets avec ses doigts. D'accord, j'ai dit. Je ferais une liste, que je lui lirais. Dieu pourrait en profiter pour écouter. D'une pierre deux coups, en quelque sorte.

– Je parie qu'il a refusé.

– Il a refusé. Il m'a demandé d'aborder un parfait inconnu. D'abord, il a suggéré un prêtre ou un pasteur, mais je n'ai pas mis les pieds dans une église depuis mes douze ans, et je n'ai aucune envie d'y retourner. Je ne sais pas si je commence à croire, ni en quoi, mais je n'ai pas besoin d'aller m'asseoir sur un banc d'église pour ça. »

Jamieson, qui n'était pas davantage pratiquant, acquiesça.

« Randy m'a dit : "Dans ce cas, abordez quelqu'un dans Grant Park ou Washington Square Park ou Central Park et demandez-lui d'écouter la liste de vos défauts. Au besoin, proposez-lui quelques dollars pour le convaincre. Insistez jusqu'à ce que quelqu'un accepte." Il a dit également que le plus difficile, ce serait de demander, et il avait raison.

– Et je suis votre… » Jamieson faillit dire : *votre première victime*, mais il songea que ce serait méchant. « Je suis la première personne que vous abordez ?

– La seconde. Hier, j'ai essayé avec un chauffeur de taxi et il m'a envoyé sur les roses. »

Jamieson repensa à une vieille plaisanterie new-yorkaise. Un gars de passage aborde un passant dans Lexington Avenue et lui dit : « Pouvez-vous m'indiquer comment me rendre à City Hall ou bien dois-je aller me faire foutre ? » Il décida de ne pas envoyer ce supporter des Yankees se faire foutre. Il allait l'écouter, et la prochaine fois qu'il irait déjeuner avec son pote Alex (retraité, lui aussi), il aurait un truc intéressant à lui raconter.

« OK, allez-y. »

Jack sortit de la poche de son sweat un papier qu'il déplia.

« Quand j'étais en primaire…

– Si vous avez l'intention de me raconter toute votre vie, je crois que je vais prendre les vingt dollars, finalement… »

Jack glissa dans sa poche la main qui ne tenait pas la liste, mais Jamieson l'arrêta d'un geste.

« Je plaisantais.

– Vous êtes sûr ?

– Oui. Mais essayez de faire court. J'ai un rendez-vous à huit heures trente. »

C'était faux, et Jamieson se félicita de ne pas avoir de problème avec l'alcool car, d'après les réunions auxquelles il avait assisté par le biais de la télé, la franchise jouait un rôle capital.

« OK, compris, je fais vite. Alors, voilà… En primaire, je me suis battu avec un gamin. Je l'ai fait saigner du nez et de la bouche. Quand on a été convoqués chez le directeur, j'ai dit qu'il avait insulté ma mère. Il a nié, évidemment, mais on a été renvoyés chez nous tous les deux, avec un mot pour nos parents. Ma mère en l'occurrence, car mon père nous a quittés quand j'avais deux ans.

– Et cette insulte ?

– C'était un mensonge. Je passais une mauvaise journée, et je me suis dit que ça irait mieux si je me battais avec ce garçon que je n'aimais pas. Même si je ne saurais dire pourquoi je ne l'aimais pas. Il y avait forcément une raison, mais j'ai oublié. L'important, c'est que j'ai pris l'habitude de mentir.

« Plus tard, au collège, j'ai commencé à boire. Ma mère gardait une bouteille de vodka au congélateur. Je buvais une gorgée et je remettais de l'eau à la place. Elle a fini par me prendre sur le fait, et la bouteille a disparu. Je savais où elle la planquait, sur une étagère, au-dessus de la cuisinière, mais je n'y ai plus jamais touché. De toute façon, il devait surtout rester de l'eau, je parie. J'économisais mon argent de poche et ce que je gagnais en faisant des corvées, et je demandais à un vieux poivrot de m'acheter des mignonnettes. Il m'en achetait quatre et en gardait une pour lui. Par conséquent, il picolait grâce à moi. C'est ce que dirait mon parrain. »

Jack secoua la tête.

« J'ignore ce qu'est devenu ce gars, reprit-il. Il s'appelait Ralph, mais dans ma tête, je l'appelais Ralph le Déchet. Les gamins peuvent se montrer cruels. Si ça se trouve, il est mort, et je l'ai aidé à crever.

– Ne vous faites pas de film. Je suis sûr que vous avez suffisamment de bonnes raisons de culpabiliser pour ne pas avoir besoin d'en inventer. »

Jack leva la tête et sourit. Jamieson remarqua alors qu'il avait les larmes aux yeux. À deux doigts de couler.

« J'ai l'impression d'entendre Randy.

– Et c'est bien ?

– Oui, je crois. J'ai de la chance d'être tombé sur vous. »

Jamieson s'aperçut qu'il s'en félicitait, lui aussi.

« Bon, qu'est-ce que vous avez d'autre sur cette liste ? L'heure tourne.

– J'ai fait mes études à Brown et j'ai obtenu mon diplôme avec mention honorable, mais essentiellement parce que j'ai menti et triché. J'étais très doué pour ça. Mais il y a mieux encore, si je puis dire. Figurez-vous que mon conseiller pédagogique en dernière année était accro à la coke. Je ne vous raconterai pas comment je l'ai découvert car, comme vous l'avez fait remarquer, l'heure tourne. J'ai conclu un marché avec lui. De bonnes appréciations en échange d'un k de coke. Qu'il me paierait, évidemment. Je ne faisais pas dans le caritatif.

– Un k comme… kilo ? »

Les sourcils de Jamieson remontèrent presque jusqu'à la naissance de ses cheveux.

« Oui. Je l'ai passé à la frontière canadienne, caché dans la roue de secours de ma vieille Ford. En essayant de jouer l'étudiant qui a profité des vacances pour aller s'amuser et s'envoyer en l'air à Toronto. Mais mon cœur cognait dans ma poitrine et je parie que ma tension frôlait les sommets. Au poste frontière, ils ont démonté entièrement la voiture de devant, et moi, ils m'ont fait signe de passer quand je leur ai montré mon permis de conduire. Évidemment, c'était beaucoup plus cool en ce temps-là. » Après une pause, il ajouta : « Je lui ai fait payer le kilo au prix fort. Et j'ai empoché la différence.

– Mais vous-même, vous n'en consommiez pas ?

– Non, ça n'a jamais été mon truc. Il m'est arrivé de sniffer une ou deux fois, mais ce que j'aimais – et ce que j'aime encore –, c'est les alcools forts. J'ai menti à mes patrons, mais ça a fini par se voir. Ce n'était pas comme à la fac, et personne n'avait besoin d'un dealer. Pas à ma connaissance, en tout cas.

– Qu'est-ce qu'on vous reprochait, exactement ?

– Je truquais mes chiffres de vente. J'inventais des rendez-vous bidon afin de justifier mes absences quand la gueule de bois m'empêchait de venir travailler. Je gonflais mes notes de frais. Ce premier boulot, c'était le rêve. Il n'y avait aucune limite. Et j'ai tout foutu en l'air.

« Quand ils se sont séparés de moi, j'ai décidé que j'avais besoin de changement. Aux A.A. on appelle ça une cure géographique. Ça ne marche jamais, mais je l'ignorais. Pourtant, ça me paraît évident maintenant. Si vous faites monter un connard dans un avion à Boston, c'est un connard qui descend à L.A. Ou à Denver. Ou à Des Moines. J'ai foutu en l'air un deuxième boulot, en beauté là aussi. C'était à San Diego. À ce moment-là, j'ai décidé que je devais me marier et me poser. J'étais certain que ça résoudrait le problème. Alors j'ai épousé une chic fille qui méritait mieux. Ça a duré deux ans, pendant lesquels j'ai menti jusqu'au bout au sujet de mon alcoolisme. Là encore, j'inventais des rendez-vous professionnels pour me justifier quand je rentrais tard à la maison. J'inventais des symptômes pour faire croire que j'avais la grippe quand j'arrivais en retard au boulot, ou quand je n'y allais pas du tout. J'aurais dû acheter des actions de toutes les sociétés qui fabriquent des pastilles de menthe : Altoids, Breath Savers... Est-ce que ma femme était dupe ?

– J'imagine que non, dit Jamieson. On approche bientôt de la fin ?

– Oui. Cinq minutes encore. Promis.

– OK.

– Nos disputes étaient de plus en plus violentes. On s'envoyait des trucs au visage. Un soir où je suis rentré sur le coup de minuit complètement bourré, elle m'a dit mes quatre vérités. Tous les reproches habituels, vous voyez le genre. Et tout était vrai. J'avais l'impression qu'elle me visait avec des fléchettes empoisonnées. Dans le mille à chaque fois. »

Jack regardait ses mains de nouveau. Les coins de sa bouche s'étaient affaissés, à tel point que Jamieson crut se retrouver face à Emmett Kelly, le célèbre clown triste.

« Et vous savez à quoi je pensais pendant qu'elle me criait dessus ? À Glenn Ferguson, le garçon que j'avais tabassé en primaire. Au plaisir que j'avais ressenti. Comme quand on expulse le pus d'un furoncle. Je pensais combien ce serait agréable de la tabasser elle aussi, et cette fois, personne ne me renverrait chez moi avec un mot pour ma mère, pour la bonne raison que ma mère était morte un an après que j'avais obtenu mon diplôme à Brown.

– Eh ben. »

Le plaisir que prenait jusqu'alors Jamieson à écouter cette confession fâcheuse se volatilisa. Remplacé par un sentiment de malaise. Il n'était pas certain de vouloir connaître la suite.

« Je suis parti, reprit Jack. Mais j'avais suffisamment peur pour savoir que je devais régler mon problème avec l'alcool. C'est là que j'ai testé les A.A. pour la première fois, à San Diego. Quand je suis rentré à New York, je ne buvais plus, mais ça n'a pas duré. J'ai fait une nouvelle tentative, et là encore, ça a échoué. Idem la troisième fois. Mais maintenant, j'ai Randy, et ce coup-ci, ça va peut-être marcher. En partie grâce à vous. »

Il tendit la main.

« Euh, de rien, dit Jamieson en la lui serrant.

– Une dernière chose », dit Jack. Il avait de la poigne et il regardait Jamieson droit dans les yeux, en souriant. « J'ai quitté ma femme, mais avant de partir, j'ai égorgé cette salope. Je n'ai pas arrêté de boire pour autant, mais ça m'a aidé à me sentir mieux. Comme je m'étais senti mieux après avoir tabassé Glenn Ferguson. Et ce poivrot dont je vous ai parlé ? Ça me faisait du bien également de l'humilier. Je ne sais pas si je l'ai tué, mais une chose est sûre : je l'ai sacrément amoché. »

Jamieson voulut reprendre sa main, mais Jack serrait trop fort. Son autre main avait disparu dans la poche de son sweat des Yankees.

« Je veux vraiment arrêter de boire mais je ne peux pas franchir la Cinquième Étape si je n'avoue pas que je prends plaisir à... »

Ce qui ressemblait à un trait de lumière blanche brûlante s'insinua entre les côtes de Jamieson, et quand Jack retira le pic à glace dégoulinant de sang pour le remettre dans sa poche, Jamieson s'aperçut qu'il ne pouvait plus respirer.

« ... tuer les gens. C'est une tare, je sais. Et sans doute mon plus vilain défaut. »

Il se levà du banc.

« Merci, monsieur. Je ne connais pas votre nom, mais vous m'avez beaucoup aidé. »

Il s'éloigna en direction de Central Park West, puis se retourna vers Jamieson, qui cherchait à tâtons son *New York Times* – comme si la lecture du cahier Arts et Loisirs pouvait tout arranger.

« Vous serez dans mes prières ce soir », dit Jack.

WILLIE LE TORDU

La mère et le père de Willie trouvaient leur fils étrange avec sa manie d'étudier les oiseaux morts et de collectionner les insectes morts, ou de contempler les nuages pendant une heure au minimum, mais seule Roxie osait le dire à voix haute. Un soir, à table, elle l'appela « Willie le Tordu » alors qu'il dessinait (ou du moins, essayait) un clown dans sa purée, avec de la sauce pour représenter les yeux. Willie avait dix ans. Roxie douze, et elle commençait à avoir des seins, dont elle était très fière. Sauf quand Willie les reluquait car ça lui foutait les jetons.

« Ne l'appelle pas comme ça », dit Mère. Sharon de son prénom.

« C'est la vérité », répondit Roxie.

Père dit :

« Je suis sûr qu'il l'entend suffisamment à l'école. »

Lui, c'était Richard.

Parfois – souvent – la famille parlait de Willie comme s'il n'était pas là. À l'exception du vieil homme assis en bout de table.

« On t'appelle vraiment comme ça à l'école ? » demanda Grand-Père.

Il passa son index entre son nez et sa lèvre supérieure, un tic quand il posait une question (ou y répondait). Grand-Père, c'était James. En temps ordinaire, il restait silencieux durant les repas de famille. Parce que c'était dans sa nature, et aussi parce que manger était devenu pour lui une corvée. Finir sa tranche de rosbif lui prenait un temps fou. Il avait perdu presque toutes ses dents.

« Je sais pas, répondit Willie. Des fois, oui, peut-être. »

Il étudiait sa purée. Le clown affichait maintenant un large sourire marron, et des petits globules de gras représentaient les dents.

Le repas terminé, Sharon et Roxie débarrassèrent. Roxie aimait faire la vaisselle avec sa mère. C'était une répartition des tâches sexiste, assurément, mais cela leur permettait de discuter de choses sérieuses sans être dérangées. De Willie, par exemple.

Roxie dit :

« C'est vrai qu'il est tordu, avoue. C'est pour ça qu'il suit des cours de soutien. »

Sharon jeta des regards autour d'elle pour s'assurer qu'elles étaient seules. Richard était parti se promener et Willie s'était retiré dans la chambre de Grand-Père, avec l'homme que Rich appelait parfois « le vieux », parfois « le locataire ». Jamais « papa » ni « mon père ».

« Willie n'est pas comme les autres garçons, dit Sharon. Mais on l'aime quand même, hein ? »

Roxie prit le temps de réfléchir.

« Oui, sûrement. Mais je ne peux pas vraiment dire que je l'apprécie. Il a une bouteille remplie de lucioles dans la chambre de Papy. Il dit qu'il aime les regarder s'éteindre quand elles meurent. *Ça*, c'est tordu. Il pourrait illustrer un bouquin intitulé : *L'Enfance des serial-killers.*

– Je t'interdis de dire une chose pareille, la réprimanda sa mère. Il sait se montrer très gentil. »

Roxie n'avait jamais été témoin de la « gentillesse » de son frère, mais elle jugea préférable de garder cette réflexion pour elle. D'autant qu'elle pensait encore aux lucioles, dont les petites lumières s'éteignaient l'une après l'autre.

« Et Papy regarde ça avec lui. Ils passent leur temps dans sa chambre, à bavarder. Papy ne parle à personne d'autre, quasiment.

– Ton grand-père a eu une vie difficile.

– Ce n'est pas vraiment mon grand-père, en plus. Par le sang, je veux dire.

– C'est tout comme. Papy James et Mamie Elise ont adopté ton père quand il était encore bébé. Ce n'est pas comme s'il avait grandi dans un orphelinat jusqu'à douze ou treize ans.

– Papa dit qu'après la mort de Mamie Elise, Papy ne lui parlait presque plus. Certains soirs, il paraît qu'ils n'échangeaient pas plus de six mots. Mais depuis qu'il est venu vivre avec nous, Willie et lui s'enferment dans sa chambre pour se raconter un tas de choses.

– C'est bien qu'ils aient réussi à établir un lien, dit Sharon, mais elle regardait d'un air soucieux l'eau savonneuse dans l'évier. Ça aide ton grand-père à garder le contact avec la réalité. Il est très âgé. Quand on leur a confié ton père, Elise et lui avaient déjà la cinquantaine.

– Je ne savais pas qu'on autorisait des personnes aussi âgées à adopter, dit Roxie.

– Ne me demande pas comment ça marche. »

Mère ôta la bonde et l'eau savonneuse fut aspirée par le trou d'évacuation en gargouillant. Il y avait un lave-vaisselle, mais il était en panne et Père – Richard – tardait à le réparer. Les temps étaient durs depuis que Grand-Père était venu vivre avec eux car sa contribution se limitait à sa misérable retraite. De plus, Roxie le savait, ses parents mettaient de l'argent de côté pour l'envoyer à l'université. Mais probablement pas Willie, étant donné qu'il était dans une classe renforcée. Il aimait les nuages, les oiseaux morts et les lucioles mortes, mais ce n'était pas un intello.

« Je crois que papa n'aime pas beaucoup Papy », dit-elle à voix basse.

Mère parla encore plus bas, et sa voix couvrit à peine les derniers gargouillis de l'évier.

« C'est vrai. Mais tu sais quoi, Rox ?

– Quoi ?

– C'est comme ça dans les familles. Ne l'oublie pas quand tu seras mère à ton tour. »

Roxie n'avait nullement l'intention d'avoir des enfants, mais si ça se produisait, et si l'un d'eux ressemblait à Willie, elle s'imaginait tentée de l'emmener dans une forêt sombre où elle le laisserait descendre de voiture avant de repartir en le laissant là. Comme une méchante belle-mère dans un conte de fées. Elle se demanda, fugacement, si cela faisait d'elle aussi une tordue, et décréta que non. Un jour, elle avait entendu son père dire à Mère que Willie finirait aux caisses chez Kroger's pour ranger les courses dans les sacs en papier.

James Jonas Fiedler – alias Grand-Père, alias Papy, alias le vieux – sortait de sa chambre (que Sharon appelait « sa tanière » et Richard « son antre ») pour les repas, et parfois il s'asseyait sur la terrasse derrière la maison pour fumer une cigarette (trois par jour), mais la plupart du temps, il restait dans sa chambre, au fond de la maison, qui avait été le bureau de Mère jusqu'à l'année précédente. Il regardait le petit téléviseur posé sur la commode (trois chaînes seulement, sans le câble) ou bien il dormait, ou, assis tranquillement dans un des deux fauteuils en osier, il regardait par la fenêtre.

Mais quand Willie venait le voir, il fermait sa porte et devenait loquace. Willie l'écoutait, et lorsqu'il posait des questions, Grand-Père y répondait toujours. Willie savait bien que la plupart de ces réponses étaient mensongères, comme il savait que les conseils de Grand-Père étaient de mauvais conseils (Willie était en classe renforcée parce que cela lui offrait plus de temps pour réfléchir aux choses importantes, pas parce qu'il était idiot), mais il appréciait malgré tout ces réponses et ces conseils. Et plus c'était délirant, mieux c'était.

Ce soir-là, pendant que sa mère et sa sœur parlaient d'eux dans la cuisine, Willie demanda à Grand-Père, une fois de plus (pour voir si ça collait avec les versions précédentes), quel temps il faisait à la bataille de Gettysburg.

Grand-Père promena son index sous son nez, comme s'il caressait les quelques poils de moustache naissante, et replongea dans ses souvenirs.

« Le premier jour, c'était nuageux et il faisait dans les 20 degrés. Ça allait. Le lendemain, c'était partiellement couvert et il faisait 27. Le surlendemain, le jour de la charge de Pickett, il faisait 30 et le soleil cognait comme un marteau. Et n'oublie pas qu'on portait des uniformes en laine. On puait la transpiration. »

Le bulletin météo collait. Impeccable pour le moment.

« Tu y étais vraiment, Papy ?

– Oui », répondit Grand-Père sans la moindre hésitation. Une fois de plus, il passa son doigt entre son nez et sa lèvre, puis entreprit de curer avec un ongle jauni les dents qu'il lui restait, d'où il retira quelques filaments de rosbif. « Et j'ai survécu pour pouvoir le raconter aujourd'hui. Contrairement à beaucoup. Tu veux que je te parle de la fête de l'Indépendance, le 4 juillet ? Les gens ont tendance à oublier ce jour-là, parce que la bataille était terminée. » Il n'attendit pas la réponse de Willie. « Il tombait des trombes d'eau, la boue aspirait nos bottes, des hommes pleuraient comme des bébés. Lee était sur son cheval…

– Traveler.

– Oui, Traveler. Il nous tournait le dos. Il y avait du sang sur son chapeau et sur les fesses de son pantalon. Mais ce n'était pas le sien. Il était indemne. Cet homme était le diable incarné. »

Willie alla chercher la bouteille sur le bord de la fenêtre (l'étiquette à moitié effacée indiquait : Vinaigrette Heinz) et il l'inclina dans un sens et dans l'autre. Il adorait le bruissement sec des lucioles mortes. Il imaginait que cela ressemblait au son du vent dans l'herbe d'un cimetière par une chaude journée de juillet.

« Parle-moi du porte-drapeau. »

Grand-Père passa son index entre son nez et sa lèvre.

« Tu as déjà entendu cette histoire au moins vingt fois.

– Juste la fin. La partie que je préfère.

– Il avait douze ans. Il gravissait la colline à côté de moi, en brandissant le *Stars and Bars* qui flottait au vent. L'extrémité de la hampe était enfoncée dans un gobelet en fer-blanc accroché à sa ceinture. C'était mon pote Micah Leblanc qui l'avait fabriqué. On avait atteint le milieu de Cemetery Hill quand le gamin a été touché en pleine gorge.

– Parle-moi du sang !

– Il avait la bouche entrouverte. Les dents serrées. À cause de la douleur, je suppose. Mais le sang jaillissait quand même.

– Et il brillait…

– Exact. » L'index effectua un rapide passage sous le nez et revint s'occuper des dents, où un fichu filament restait coincé. « Il brillait comme…

– Comme des rubis au soleil. Et tu étais là pour de vrai.

– Je te l'ai déjà dit, non ? C'est même moi qui ai ramassé le drapeau confédéré quand le gamin est tombé. Et j'ai réussi à faire encore vingt pas avec, avant qu'on soit refoulés à moins d'un jet de pierre de la paroi rocheuse derrière laquelle se cachaient les tuniques bleues. Et quand on a détalé, je suis redescendu de la colline avec. J'ai essayé d'enjamber les corps, mais c'était impossible, il y en avait trop.

– Parle-moi du gros. »

Papy se frotta la joue – *scritch* –, puis le dessus de la lèvre encore une fois – *scratch*.

« Quand j'ai marché sur son dos, il a pété. »

Un rire silencieux tordit le visage de Willie, qui avait noué ses bras autour de son torse. C'était sa réaction quand quelque chose l'amusait, et chaque fois que Roxie était témoin de ce rictus et de cette posture, elle *savait* que son frère était tordu.

« Tiens ! s'exclama Papy, qui avait enfin réussi à déloger un long filament de bœuf. Donne-le à manger aux lucioles. »

Il remit le petit bout de viande à Willie, qui le déposa par-dessus les bestioles mortes dans la bouteille Heinz.

« Maintenant, parle-moi de Cléopâtre.

– Quel épisode ?

– La barge.

– Ah ah, la barge, hein ? » Grand-Père caressa son philtrum, avec son ongle cette fois : *scritch*. « Si tu veux. Le Nil était si large qu'on voyait à peine la rive opposée, mais ce jour-là, il était aussi lisse qu'un ventre de bébé. Je tenais le gouvernail… »

Willie se pencha en avant, fasciné.

Un jour, peu de temps après le rosbif et la purée au visage de clown, Willie était assis au bord du trottoir après un orage. Il avait loupé le car pour rentrer chez lui, mais ce n'était pas grave. Il observait une taupe morte dans le caniveau, curieux de savoir si l'eau tumultueuse allait l'entraîner dans une bouche d'égout. Deux gars plus âgés arrivèrent en échangeant des bourrades et des plaisanteries vulgaires. Apercevant Willie, ils s'arrêtèrent.

« Hé, mate un peu ce gamin qui se pelote tout seul, dit l'un.

– Parce qu'aucune fille normale ne ferait un truc pareil, répondit l'autre.

– C'est le taré, dit le premier. Regarde ces petits yeux roses.

– Et la coupe de cheveux, ajouta le second. On dirait que quelqu'un l'a scalpé. Hé, le mongolien ! »

Willie déplia ses bras et leva les yeux vers les deux garçons.

« Ta tronche ressemble bizarrement à mon cul », dit le premier, et il tapa dans la main que lui offrait son camarade.

Willie reporta son attention sur la taupe morte. Elle se déplaçait vers la bouche d'égout, mais très lentement. *Elle ne l'atteindra pas*, pensait-il. *À moins qu'il se remette à pleuvoir.*

Le garçon numéro un lui décocha un coup de pied dans la hanche et suggéra de le tabasser.

« Fous-lui la paix, répondit Numéro deux. Sa sœur me plaît. Elle est bien foutue. »

Sur ce, ils s'éloignèrent. Willie attendit qu'ils aient disparu pour se lever, il tira sur le fond de son pantalon mouillé qui lui collait aux fesses et rentra chez lui à pied. Ses parents étaient encore au travail. Roxie était quelque part, sans doute avec une copine. Papy était dans sa chambre, il regardait un jeu à la télé. Il s'empressa d'éteindre le poste quand Willie entra.

« Tu louches de la guibole, dit Papy.

– Quoi ?

– Tu boites. Viens, allons sur la terrasse. J'ai envie de fumer. Qu'est-ce qui t'est arrivé ?

– Un grand m'a filé un coup de pied. Pendant que j'observais une taupe. Elle était morte. Je voulais savoir si elle allait finir dans l'égout ou pas.

– Et alors ?

– Non. Ou peut-être après mon départ, mais ça m'étonnerait.

– Il t'a donné un coup de pied, tu dis ?

– Ouais.

– Ah », fit Papy, façon de clore le sujet.

Ils sortirent sur la terrasse de derrière. Papy alluma une cigarette et recracha la première bouffée dans une quinte de toux.

« Parle-moi du volcan sous Yellowstone, demanda Willie.

– Encore ?

– Oui, s'il te plaît.

– Eh bien, c'est un énorme volcan. Le plus gros du monde peut-être. Et un jour, il va exploser. Il emportera tout le Wyoming, plus une partie de l'Idaho et la majeure partie du Montana.

– Mais c'est pas tout, dit Willie.

– Non. » Papy tira sur sa cigarette et toussa. « Il va projeter un milliard de tonnes de cendres dans l'atmosphère. Les récoltes mourront dans le monde entier. Des *gens* mourront dans le monde entier. Et cet Internet dont tout le monde est si fier… Boum !

– Et ceux qui ne meurent pas de faim mourront étouffés », dit Willie. Ses yeux brillaient. Il referma ses mains autour de son cou en faisant *aaaargh.* « Ça pourrait causer un phénomène d'extinction, comme celui qui a tué les dinosaures. Mais cette fois, ce serait nous.

– Exact, répondit Grand-Père. Et ce garçon qui t'a donné un coup de pied n'aura plus envie de recommencer. Il réclamera sa maman en pleurant.

– Mais sa maman sera morte.

– Exact. »

Cet hiver-là, une maladie apparue en Chine, brièvement évoquée dans les journaux télévisés du soir, se transforma en une épidémie qui commença à tuer des gens dans le monde entier. Les hôpitaux et les morgues débordaient. En Europe, les gens ne sortaient plus de chez eux, ou bien avec des masques sur le visage. En Amérique aussi les habitants portaient des masques, surtout pour aller au supermarché. Ça ne valait pas une éruption volcanique dans le parc national de Yellowstone, mais Willie trouvait ça chouette quand même. Il suivait la progression du nombre de morts sur son téléphone. Les établissements scolaires furent rapidement fermés. Roxie pleura car elle manquerait le bal de fin d'année, mais Willie, lui, s'en fichait. Quand on était en classe renforcée, il n'y avait pas de bal à la fin de l'année.

Au mois de mars, Grand-Père se mit à tousser beaucoup plus, et parfois même du sang. Père l'emmena chez le médecin, où ils durent attendre sur le parking qu'on les appelle, à cause de ce virus qui tuait les gens. Mère et Père étaient convaincus que Papy avait attrapé le virus, sans doute rapporté à la maison par Roxie ou Willie. La majorité des enfants ne tombaient pas malades, apparemment, ou pas *très* malades, mais ils pouvaient transmettre le virus, et quand des personnes âgées l'attrapaient, elles en mouraient généralement. À en croire les infos, les hôpitaux new-yorkais stockaient les corps dans des camions réfrigérés. Surtout des corps de personnes âgées, comme Papy. Willie se demandait à quoi ressemblait l'intérieur de ces camions. Les morts étaient-ils enveloppés dans des draps, ou enfermés dans des sacs ? Et si l'un d'eux était congelé vivant ? Willie se disait que ça ferait un super téléfilm.

Il s'avéra que Papy n'avait pas le virus. Il avait un cancer. Le médecin expliqua que la tumeur était apparue dans le pancréas et avait gagné les poumons. Mère expliqua tout ça à Roxie pendant qu'elles faisaient la vaisselle, et Roxie le répéta à Willie. En temps ordinaire, elle n'aurait pas fait ça, car habituellement, comme à Las Vegas, ce qui se passait dans la cuisine après dîner restait dans la cuisine. Mais Roxie avait hâte d'annoncer à Willie le Tordu que son cher Papy allait casser sa pipe.

« Papa a demandé s'il devait aller à l'hôpital, raconta-t-elle, et le médecin a répondu : "Si vous ne voulez pas qu'il meure dans quinze jours mais plutôt dans six mois ou un an, ramenez-le à la maison." Il lui a expliqué que l'hôpital est un nid à microbes, et que tous ceux qui y travaillent doivent s'habiller comme dans un film de science-fiction. C'est pour ça qu'il est toujours ici.

– Ah », fit Willie.

Roxie lui donna un coup de coude.

« Tu n'es pas triste ? C'est ton seul ami, non ? À moins que tu sois copain avec d'autres tordus comme toi dans ton école ? Mais ton école est fermée… » Roxie produisit une sonnerie de trompette. « … comme la mienne !

– Qu'est-ce qui va se passer quand il pourra plus aller aux toilettes ?

– Oh, rassure-toi, il continuera à faire caca et pipi jusqu'à sa mort. Mais il le fera au lit. Il sera obligé de porter des *couches*. Maman dit qu'ils aimeraient bien l'envoyer dans un centre de soins palliatifs, malheureusement, ils n'ont pas les moyens.

– Ah, fit Willie.

– Tu devrais pleurer, dit Roxie. Tu es vraiment un putain de tordu.

– Papy a été flic dans un endroit qui s'appelait Selma il y a longtemps. Il tapait sur les Noirs. Il dit que ça ne lui plaisait pas, mais il était obligé. Les ordres, c'est les ordres.

– Oui, évidemment, dit Roxie. Et avant ça, il y a *très* longtemps, il avait des oreilles pointues, des chaussures à bout recourbé et il travaillait dans l'atelier du Père Noël.

– C'est faux. Le Père Noël n'existe pas. »

Roxie se prit la tête à deux mains.

Grand-Père ne vécut pas un an, ni six mois, ni même quatre. Il déclina très vite. Au milieu du printemps, il était cloué au lit et portait des couches Pampers adulte sous sa chemise de nuit. Changer les couches incombait à Sharon, évidemment. Richard affirmait qu'il ne supportait pas l'odeur.

Quand Willie proposa de l'aider si elle lui montrait comment faire, sa mère le regarda comme s'il était fou. Elle portait un masque quand elle allait changer ses couches ou lui faire prendre ses repas, réduits en purée dans le mixeur. Ce n'était pas le virus qui l'inquiétait, car il ne l'avait pas. C'était à cause de l'odeur. Qu'elle appelait « la puanteur ».

Willie ne détestait pas cette odeur. Dire qu'il l'*aimait*, ce serait aller trop loin, mais il ne la détestait pas. Ce mélange d'urine, de Vicks et de lente décomposition était intéressant, comme observer les oiseaux morts ou regarder le cadavre de la taupe effectuer son dernier voyage dans le caniveau : une sorte d'enterrement au ralenti.

Il y avait deux fauteuils en osier dans la chambre de Papy, mais un seul servait encore. Willie l'approchait du lit pour parler à Grand-Père.

« Tu es près de la fin ? lui demanda-t-il un jour.

– Tout près. »

Grand-Père passa un doigt tremblant sous son nez. Un doigt jaune. Comme tout le reste de son corps car il souffrait de ce qu'on appelait une jaunisse, en plus du cancer. Il avait dû arrêter de fumer.

« Ça fait mal ?

– Quand je tousse. » Sa voix, plus grave et râpeuse, ressemblait à un grognement de chien. « Les médocs sont efficaces, mais quand je tousse, j'ai l'impression que ça me déchire à l'intérieur.

– Et quand tu tousses, tu sens le goût de ta merde, dit Willie avec détachement.

– Exact.

– Tu es triste ?

– Non. Je suis fin prêt. »

Dehors, Sharon et Roxie étaient dans le jardin, penchées en avant, si bien que Willie voyait uniquement leurs culs dressés. Et ça lui plaisait.

« Quand tu mourras, est-ce que tu le sauras ?

– Oui, si je suis réveillé.

– À quoi tu aimerais penser au tout dernier moment ?

– Je ne sais pas trop. Peut-être au petit porte-drapeau à Gettysburg. »

Willie était un peu déçu que ça ne soit pas à lui, mais sans plus.

« Je pourrai regarder ?

– Si tu es là.

– J'aimerais bien voir. »

Papy ne dit rien.

« Tu crois qu'il y aura une lumière blanche ? »

Papy massa sa lèvre supérieure en réfléchissant à la question.

« Possible. Quand le cerveau s'arrête, ça produit une réaction chimique. Les gens qui croient que c'est une porte qui s'ouvre sur un au-delà magnifique se font des illusions.

– Mais l'au-delà, ça existe, hein, Papy ? »

James Jonas Fiedler passa de nouveau son long doigt jaune sur la petite bande de peau sous son nez et dévoila ses quelques dents restantes dans un sourire.

« Tu serais surpris.

– Parle-moi des nichons de Cléopâtre.

– Non. Je suis trop fatigué. »

Une semaine plus tard, au dîner, Sharon servit des côtes de porc à sa famille et leur demanda de bien en profiter. « Savourez chaque bouchée », dit-elle.

« Il n'y aura plus de côtes de porc avant un moment, ajouta-t-elle. Plus de bacon non plus. L'usine de transformation de viande de porc va fermer car tous les employés ont attrapé le virus. Les prix explosent.

– *Vie et mort d'un cochon* ! s'exclama Roxie en coupant sa viande.

– Quoi ? fit Père.

– C'est le titre d'un bouquin. J'ai fait une fiche de lecture dessus. Et j'ai eu B+. » Elle fourra un morceau de viande dans sa bouche et se tourna vers Willie, tout sourire. « Tu as lu un bon livre d'éveil dernièrement ?

– C'est quoi, ça ?

– Fiche-lui la paix », dit Mère.

Père était dans une période nichoirs. Une boutique de cadeaux du coin les lui prenait en dépôt et en avait vendu quelques-uns. Après le dîner, il alla retrouver son petit atelier dans le garage pour construire un nouveau nichoir. Mère et Roxie partirent faire la vaisselle en bavardant. Willie avait pour mission de débarrasser la table. Quand il eut terminé, il se rendit dans la chambre de Papy. James Fiedler n'était plus désormais qu'un squelette, surmonté d'une tête de mort couverte de peau. Willie songea que si des bestioles s'introduisaient dans son cercueil, elles n'auraient pas grand-chose à manger. L'odeur de chambre de malade était toujours là, mais celle de la décomposition semblait avoir presque disparu.

Papy leva la main pour demander à Willie d'approcher. Quand Willie s'assit dans le fauteuil à côté du lit, Papy lui fit signe de venir plus près encore.

« Ça y est, murmura-t-il. C'est le grand jour. »

Willie rapprocha le fauteuil. Il plongea son regard dans celui de Papy.

« Alors, ça fait quoi ?

– C'est bon », dit Papy tout bas.

Willie se demanda si, aux yeux du vieil homme, il paraissait de plus en plus loin et sombre. Il avait vu ça dans un film.

« Approche encore. »

Ne pouvant pas approcher davantage son fauteuil, Willie se pencha en avant, presque assez pour embrasser les lèvres desséchées de Papy.

« Je veux te regarder partir. Je veux être la dernière chose que tu voies.

– Je veux te regarder partir, répéta Papy. Je veux être la dernière chose que tu voies. »

Sa main se dressa et se referma sur la nuque de Willie avec une force surprenante. Ses ongles s'enfoncèrent dans sa peau. Il l'attira vers lui.

« Tu veux voir la mort ? Tiens, goûtes-y. »

Quelques minutes plus tard, Willie s'arrêta devant la porte de la cuisine et entendit Sharon qui disait :

« Demain, on l'emmène à l'hôpital. » Elle paraissait au bord des larmes. « Peu importe ce que ça coûtera, je n'en peux plus. »

Roxie marmonna quelques paroles compatissantes.

Willie entra dans la cuisine.

« Pas la peine de l'emmener à l'hôpital, déclara-t-il. Il vient de mourir. »

Elles se retournèrent avec la même expression de stupeur et d'espoir naissant.

« Tu es sûr ? demanda Mère.

– Oui », répondit Willie, et son index caressa la bande de peau entre sa lèvre et son nez.

LE MAUVAIS RÊVE
DE DANNY COUGHLIN

C'est un mauvais rêve. Danny a déjà fait des cauchemars, ça arrive à tout le monde, de temps à autre. Mais celui-ci est le pire de tous. Au début, il ne se passe rien d'inquiétant, mais peu importe, le sentiment d'un drame imminent est si fort qu'il en a le goût dans la bouche : l'impression de sucer des pièces de monnaie.

Il marche sur le bas-côté d'une route de terre que l'on a tassée et huilée pour stabiliser la poussière. Il fait nuit. Un quartier de lune vient d'apparaître. Danny trouve qu'elle ressemble à un sourire en coin. Ou à un rictus. Il passe devant un panneau qui indique : COUNTY ROAD F, *mais le O et le Y ont été barrés et on a peint à la bombe un* UCK *dans le maigre espace à droite du F, si bien qu'on peut lire :* CUNT[1] ROAD FUCK. *Il y a quelques impacts de balles pour faire bonne mesure.*

Des champs de maïs s'étendent de part et d'autre de la route, pas aussi hauts que les yeux d'un chameau, mais de plus d'un mètre, signe que nous sommes au début de l'été. County Road F gravit en ligne droite une légère montée (au Kansas, il n'y a que des légères montées). Au bout se dresse la masse noire d'une construction qui emplit Danny d'une terreur irraisonnée. Un machin en ferraille fait ding-ding-ding. *Il a envie de s'arrêter, il ne veut pas s'approcher de cette forme noire cubique, mais ses jambes l'entraînent malgré lui. Impossible de les maîtriser. Il ne contrôle plus rien. Le maïs agité par la brise produit un bruit d'os qui*

1. Terme argotique : « la chatte ».

s'entrechoquent. Une sensation de froid sur ses joues et son front lui fait prendre conscience qu'il transpire. Dans un rêve !

Lorsqu'il arrive en haut de la pente (parler d'une crête serait idiot), il y a suffisamment de lumière pour éclairer l'enseigne fixée sur le mur en parpaings : HILLTOP TEXACO. Devant, il reste deux terre-pleins en béton, lézardés, qui accueillaient autrefois les pompes à essence. Le ding-ding-ding *provient des panneaux rouillés fixés à un poteau. L'un d'eux indique : ORD. 1,99 $, un autre : INTERM. 2,19 $ et celui du bas : SUPER 2,49 $.*

Aucune raison de s'inquiéter, *songe Danny.* Aucune raison d'avoir peur. *D'ailleurs, il n'est pas inquiet. Il n'a pas peur. Il est terrorisé.*

Ding-ding-ding, *font les pancartes qui annoncent des prix d'une autre époque. La fenêtre du bureau est brisée, idem pour le panneau vitré de la porte. Danny remarque que les mauvaises herbes ont poussé autour des éclats de verre où se reflète le scintillement de la lune, et il devine que ces dégradations ne datent pas d'hier. Après s'être amusés, les vandales – des gamins du coin qui s'ennuyaient, très probablement – sont passés à autre chose.*

Dan passe à autre chose, lui aussi. Il fait le tour de la station-service désaffectée. Ce n'est pas un choix, il est obligé. Il ne contrôle rien. Soudain, il perçoit un autre bruit : des grattements et des halètements.

Je ne veux pas voir ça, *se dit-il. Formulée à voix haute, cette pensée aurait pris l'apparence d'un gémissement.*

Il contourne le bâtiment en écartant à coups de pied deux bidons d'huile vides (Havoline, la marque de Texaco) qui se trouvent sur son chemin. Il y a une poubelle métallique renversée, d'où s'échappent d'autres bidons, des bouteilles de Coors et des papiers qui n'ont pas été emportés par le vent. Derrière le bâtiment, un chien errant famélique creuse avec sa truffe le sol maculé d'huile. Entendant Danny approcher, il tourne la tête. Ses yeux sont deux cercles argentés au clair de lune. Il retrousse ses babines et émet un grognement qui ne peut signifier qu'une seule chose : c'est pour moi. Pour moi.

« Non, ce n'est pas pour toi », dit Danny. En songeant : J'aimerais que ça ne soit pas pour moi non plus, mais je crains que si.

Le chien baisse l'arrière-train, comme s'il allait bondir, mais Danny n'a pas peur (pas du cabot, en tout cas). Il a beau être devenu un citadin, il a grandi à la campagne, dans le Colorado, où il y a des chiens errants partout, et il sait reconnaître une fausse menace. Il se baisse pour ramasser un bidon d'huile vide, et son rêve est si réel, si précis, qu'il sent la pellicule grasse sur le côté. Il n'a pas besoin de lancer le bidon, le bruit suffit. Le chien lui tourne le dos et décampe en boitillant : il a un problème à une patte arrière, ou bien un de ses coussinets est entaillé.

Les jambes de Danny l'entraînent vers l'avant. Il découvre que le chien a déterré une main et un bout d'avant-bras. Deux doigts ont été rongés jusqu'à l'os. La partie charnue de la paume a disparu elle aussi, dans l'estomac du chien. Autour du poignet – non comestible et donc sans intérêt pour lui – pend un bracelet à breloques.

Danny ouvre la bouche, avale une grande bouffée d'air et

2

pousse un hurlement qui le réveille en sursaut, assis dans son lit, ce qui ne lui était encore jamais arrivé. Dieu merci, il vit seul, et personne ne l'a entendu. Tout d'abord, il ne sait même pas où il est : la station-service délabrée ressemble à la réalité, et la lumière du matin qui filtre à travers les rideaux appartient au rêve. Il frotte sa main sur son T-shirt des Royals, avec lequel il s'est couché, pour essuyer l'huile qui avait coulé sur le bidon de Havoline qu'il a ramassé. Son corps est couvert de chair de poule de la tête aux pieds. Ses couilles sont remontées et ratatinées comme des noix. Et puis, il reconnaît sa chambre et s'aperçoit que rien de tout cela n'était réel, contrairement aux apparences.

Il se débarrasse de son T-shirt, retire son caleçon et se rend dans la minuscule salle de bains de la caravane pour chasser ce rêve en se douchant et en se rasant. Ce qu'il y a de bien avec les mauvais rêves, songe-t-il en étalant la mousse, c'est qu'ils ne durent jamais longtemps. Ils sont comme la barbe à papa : ils fondent et disparaissent.

3

Seulement, celui-ci ne fond pas. Il conserve toute sa précision sous la douche, pendant que Danny enfile un pantalon et une chemise Dickies propres, qu'il accroche son trousseau de clés à sa ceinture, et pendant qu'il se rend au lycée au volant de son vieux pick-up Toyota qui roule toujours, même si le compteur va bientôt revenir à zéro, pour la deuxième fois. À l'automne, peut-être.

Les parkings des professeurs et des élèves du lycée Wilder High sont presque déserts car les cours ont pris fin quelques semaines plus tôt. Danny fait le tour du bâtiment et se gare à son emplacement habituel, près du terminus du car de ramassage scolaire. Rien n'indique que cette place est réservée au responsable de l'entretien, mais tout le monde le sait.

C'est l'époque de l'année qu'il préfère, quand on bosse et que ça reste propre… pendant quelque temps. Un sol ciré dans un couloir brillera pendant une semaine, peut-être même deux. On peut gratter tous les chewing-gums collés par terre dans les vestiaires des garçons et des filles (elles sont pires que les garçons, à ce niveau-là) sans être obligé de recommencer avant le mois d'août. Les vitres fraîchement lavées ne seront pas maculées par des traces de doigts d'adolescents. De l'avis de Danny, les grandes vacances sont une très belle chose.

Il existe des cours d'été à Hinkle High, le lycée du comté voisin, qui emploie trois agents d'entretien à temps plein. Grand bien leur fasse, se dit Danny. On lui a attribué deux jeunes pour l'été. Le meilleur des deux, Jesse Jackson, est justement en train de pointer quand Danny entre dans la réserve. Aucun signe de l'autre garçon qui, de l'avis de Danny, n'est vraiment pas top.

Top, pense-t-il. *Hilltop Texaco.*

« Où est Pat ? »

Jesse hausse les épaules. C'est un grand Noir svelte qui se déplace avec élégance. Taillé pour le baseball et le basket, pas pour le football.

« Je ne sais pas. Sa voiture n'est pas là. Peut-être qu'il a décidé de commencer le week-end avec un jour d'avance. »

Ce qui serait une mauvaise idée, songe Danny, mais il devine que Pat Grady est le genre de gamin qui déborde de mauvaises idées en tout genre.

« Aujourd'hui, on va cirer les salles de classe dans la nouvelle aile. En commençant par la salle 12. Déplace toutes les tables d'un côté. Et empile-les deux par deux. Ensuite, tu fais pareil dans la 10. Je te suivrai avec la cireuse. Si Pat daigne se montrer, demande-lui de t'aider.

– Bien, monsieur Coughlin.

– Ne m'appelle pas monsieur, petit. Danny, ça suffira. Tu crois que tu t'en souviendras ? »

Jesse sourit.

« Oui, monsieur. Euh… Danny.

– Allez, file. Sauf si tu veux un café d'abord, pour démarrer.

– Non, j'en ai déjà bu un à la station Total en venant.

– À la bonne heure. Faut que j'aille vérifier un truc à la bibliothèque. Et après ça, je m'y mets moi aussi.

– Vous voulez que je sorte la cireuse ? »

Danny sourit à son tour. Ce gamin lui plaît bien.

« Tu cherches à avoir une augmentation ?

– Y a peu de chances, répond Jesse en riant.

– Tant mieux. Ici, à Wilder County, c'est les Républicains qui tiennent les cordons de la bourse, et ils sont du genre radin. Oui, tu peux sortir la cireuse et la pousser jusqu'à la 12. Ça fait un moment que je voulais te demander si on t'a donné ce nom-là par rapport à l'autre Jesse Jackson. Le célèbre.

– Oui, monsieur… Danny.

– Tu deviendras célèbre toi aussi. J'ai foi en toi. »

Danny emporte sa thermos de café à la bibliothèque, autre avantage des vacances d'été.

4

Il allume un des ordinateurs et entre le mot de passe de la bibliothécaire pour le déverrouiller. Celui qu'utilisent les élèves bloque tout ce qui ressemble à du porno, et les réseaux sociaux. Avec le code de Mme Golden, on peut accéder à n'importe quel site, mais Danny n'a pas l'intention d'aller sur Pornhub. Il ouvre Firefox et tape *Hilltop Texaco*. Son doigt hésite au-dessus de la touche « Entrée », puis il ajoute *County Road F*, pour faire bonne mesure. Son rêve reste aussi limpide qu'à son réveil et ça le tracasse (à vrai dire, ça lui fait même un peu peur, malgré la lumière du jour qui entre par les fenêtres), et en faisant chou blanc, espère-t-il, son angoisse disparaîtra.

Il appuie sur la touche, et une seconde plus tard, il a devant les yeux un bâtiment en parpaings gris. Mais sur cette photo, il est neuf, et l'enseigne Texaco nickel. La baie vitrée et la porte sont intactes. Les pompes à essence étincellent. Les prix sur les pancartes annoncent 1,09 $ pour l'essence normale et 1,21 $ pour le carburant intermédiaire. Apparemment, on ne pouvait pas faire le plein de super à la station Hilltop Texaco quand cette photo a été prise, il y a certainement fort longtemps. La voiture arrêtée devant les pompes est une Buick de la taille d'un bateau, et on aperçoit non pas un chemin de terre, mais une route goudronnée à deux voies, et Danny pense que cette Buick a quitté les chaînes de montage de Detroit autour de 1980.

La County Road F traverse la petite ville de Gunnel. Danny n'en a jamais entendu parler, mais cela n'a rien de surprenant : le Kansas est vaste et il existe sans doute des centaines de bleds dont il ignore l'existence. D'ailleurs, Gunnel se trouve peut-être de l'autre côté de la frontière, dans le Nebraska. La station-service est ouverte de six heures à vingt-deux heures. Normal pour une station de campagne. Sous les horaires, en rouge, un seul mot : FERMÉ.

Danny contemple ce rêve devenu réalité avec un désarroi si profond qu'il confine à la peur. Peut-être même que ç'en est. Il voulait juste s'assurer que Hilltop Texaco (et la main qui dépassait du sol, n'oublions pas la main) n'était qu'une connerie inventée par son esprit endormi, et regardez ça. Regardez un peu ça.

J'ai dû passer par là à un moment ou un autre, raisonne-t-il. *Oui, c'est forcément ça. N'ai-je pas lu quelque part que le cerveau n'oublie jamais rien ? Il stocke les choses inutiles sur des étagères dans un coin.*

Il cherche d'autres infos sur Hilltop Texaco, en vain. Seulement

Hilltop Bakery (à Des Moines), Hilltop Subaru (à Danvers dans le Massachusetts) et quarante-sept autres Hilltop, dont une ferme pédagogique dans le New Hampshire. Pour chacune de ces réponses, la mention *Texaco County Road F* est rayée, ce qui signifie que ce paramètre n'a pas été trouvé. Et pourquoi y aurait-il davantage d'infos, d'abord ? Ce n'est qu'une station-service quelque part en pleine cambrousse. À Pétaouchnok, disait son père. Une franchise Texaco qui a sans doute fait faillite dans les années 1990.

Plusieurs options figurent au-dessus du premier résultat : ACTUALITÉS, VIDÉOS, PRODUITS et… IMAGES. Danny clique sur cet onglet et s'enfonce dans son fauteuil, effaré par ce qui apparaît à l'écran. De nombreuses photos montrent différents Hilltop, dont quatre de la station-service Texaco. La première est identique à celle figurant sur la première page, mais sur une autre photo, la station-service est abandonnée : les pompes ont disparu, les vitres sont brisées, les détritus épars. C'est celle qu'il a visitée dans son rêve, exactement la même. Aucun doute possible. La seule question est de savoir s'il y a, ou non, un cadavre enterré derrière, dans la terre gorgée d'huile.

« Bordel de merde. »

C'est tout ce qu'il trouve à dire. Danny est un homme de trente-six ans qui a fini le lycée mais n'est jamais allé à la fac, divorcé, sans enfant, un bosseur, supporter des Rotales et des Chiefs, qui évite les bars désormais, après avoir un peu trop aimé la bouteille, ce qui a conduit – en partie du moins – à sa séparation d'avec Marjorie. Il conduit un vieux pick-up, il fait ses journées de boulot, il touche sa paie et s'offre à l'occasion une orgie de séries sur Netflix, il rend visite à son frère Stevie de temps en temps, il ne suit pas l'actualité, il ne fait pas de politique et ne s'intéresse pas aux phénomènes psychiques. Il n'a jamais vu de fantôme, il a l'impression de perdre son temps en regardant des films de démons et de malédictions et il n'hésiterait pas à traverser un cimetière à la nuit tombée si c'est un raccourci. Il ne va pas à l'église, il ne pense pas à Dieu, ni à l'au-delà, il prend la vie comme elle vient et n'a jamais douté de la réalité.

Jusqu'à ce matin. Et pas qu'un peu.

Le bêlement d'une voiture au pot d'échappement défectueux, ou inexistant, l'arrache à son état proche de l'hypnose. Levant les yeux de l'écran, il voit une vieille Mustang pénétrer sur le parking des élèves. Pat Grady, l'autre assistant qu'on lui a collé pour l'été, a finalement décidé d'honorer de sa présence le personnel d'entretien de Wilder High. La montre de Danny indique huit heures moins le quart.

Garde ton calme, se dit-il en se levant. C'est un « conseil avisé », car son tempérament lui a déjà valu des ennuis. C'est à cause de ça qu'il a passé une nuit au poste et arrêté de boire. Quant à son mariage, il aurait pris fin de toute façon… Mais il aurait peut-être pu continuer clopin-clopant pendant encore un an ou deux.

Il avance jusqu'à la porte située à l'extrémité de la nouvelle aile. Jesse est allé chercher la cireuse, comme promis, et il est en train de déplacer et d'empiler les tables de la salle 12. Danny le salue d'un geste de la main, et Jesse lui répond de la même manière.

Pat marche tranquillement vers la porte – aucune raison de s'en faire – en jean, T-shirt aux manches coupées et une casquette Wilder Wildcats vissée à l'envers sur la tête. Danny est là pour l'accueillir. Il retient son tempérament d'une poigne de fer, mais le je-m'en-foutisme du garçon lui tape sur les nerfs. Et avec ses bottes de moto, il risque de laisser des éraflures sur le sol.

« Salut, Dan, quoi de neuf ?

– Tu es en retard, répond Danny. Et ça, ce n'est pas neuf. On commence à sept heures trente. Et il est bientôt huit heures.

– 'Scusez. »

Pat lui adresse un haussement d'épaules du genre « désolé », et passe devant lui, le jean en bas des hanches.

« C'est la troisième fois. »

Pat se retourne. Son petit sourire indolent a disparu.

« Je me suis pas réveillé, et j'avais oublié de mettre mon réveil sur mon téléphone, ça arrive, quoi.

– Je vais te dire ce qui va arriver. Si tu pointes en retard encore une fois, c'est la porte. Pigé ?

– Vous déconnez ? Tout ça pour vingt minutes de retard ?

– Mercredi dernier, c'était une demi-heure. Alors, non, je ne déconne pas. Va pointer et grouille-toi d'aller filer un coup de main à Jesse dans la nouvelle aile.

– Le chouchou », dit Pat en levant les yeux au ciel.

Danny ne répond pas, car il sait très bien que tout ce qu'il pourra dire à partir de maintenant sera une erreur. Ses deux assistants estivaux sont payés par l'administration du lycée. Danny ne veut pas dire ou faire quoi que ce soit qui permette à Pat Grady (ou à ses parents) d'aller voir le directeur pour se plaindre d'être harcelé sur son lieu de travail. Alors, il ne traitera pas Pat de petit crétin paresseux. Et d'ailleurs, ce n'est peut-être pas nécessaire. Pat le lit sur son visage et se dirige vers la réserve pour pointer, en remontant son jean d'une main. Danny ne sait pas s'il est en train de lui faire un doigt d'honneur avec son autre main, collée contre sa poitrine, mais cela ne l'étonnerait pas.

Ce gamin aura fichu le camp à la rentrée, se dit-il. *Et j'ai d'autres chats à fouetter, non ?*

Jesse se tient sur le seuil de la salle 12. Danny le regarde en haussant les épaules. Le garçon répond par un sourire prudent et continue à déplacer les tables. Danny branche la cireuse. Quand Pat revient après avoir pointé – toujours de cette même démarche indolente –, Danny lui ordonne de déplacer les tables dans la salle 10. En songeant que si Pat fait le malin, il le virera sur-le-champ. Mais le garçon la ferme.

Il n'est peut-être pas totalement crétin, tout compte fait.

Danny laisse son téléphone dans la boîte à gants de son Tundra pour ne pas être tenté de le consulter pendant ses heures de travail (comme il a vu Jesse et Pat le faire : Jesse une seule fois, Pat d'innombrables fois). Au moment de la pause-déjeuner, il prend le temps d'aller se renseigner sur la ville de Gunnel. Elle est située à Dart County, à environ cent cinquante kilomètres au nord. Non pas dans le Nebraska, mais tout près de la frontière. Il jurerait qu'il n'a jamais mis les pieds à Dart County de toute sa vie, ni même à Republic County, au nord, et pourtant, il a bien dû y aller un jour. Il lance son téléphone dans la boîte à gants et rejoint Jesse, qui déjeune – son portable à la main – assis à une des tables de pique-nique, à l'ombre du gymnase.

« Vous avez oublié de fermer votre bagnole. J'ai pas entendu le bip. »

Danny sourit.

« Si quelqu'un essaie de voler quelque chose, je lui souhaite bonne chance et bien du courage. Même le pick-up a fait son temps. Il a bientôt deux cent mille bornes au compteur.

– Mais vous l'aimez. Comme mon père aime son vieux Ford 250.

– Oui, on peut dire ça. Tu as vu Pat ? »

Jesse hausse les épaules.

« Il mange dans sa voiture, je parie. Il adore cette vieille Mustie. Je pense qu'il devrait en prendre plus soin, mais c'est juste mon avis. On va finir de cirer la nouvelle aile ?

– On va essayer, répond Danny. Sinon, il nous restera toujours lundi. »

5

Ce soir-là, il appelle son ex-femme, ce qui lui arrive de temps en temps. En avril dernier, il s'est rendu à Wichita pour son anniversaire. Il lui a offert une écharpe – bleue pour aller avec ses yeux – et il a même partagé une part de gâteau et de la glace avec son nouveau mec. Margie et Danny s'entendent beaucoup mieux depuis leur séparation. Parfois, il trouve ça dommage. Parfois, il se dit que c'est dans l'ordre des choses.

Ils discutent un peu, de tout et de rien, des gens qu'ils connaissent, du glaucome de la mère de Margie, du frère de Danny qui s'épanouit dans son boulot, et puis il lui demande s'ils sont déjà allés dans le Nord tous les deux, dans le Nebraska peut-être, à Franklin ou à Beaver City. N'ont-ils pas déjeuné un jour à Beaver City ?

Elle rit. Ce n'est pas ce rire mauvais qui le rendait fou de rage autrefois, mais presque.

« Jamais je ne serais allée avec toi dans le Nebraska, Danno. Tu trouves qu'on s'ennuie pas assez comme ça dans le Kansas ?

– Tu es sûre ?

– Sûre et certaine », répond Margie, puis elle l'informe que Hal – son nouveau mec – va bientôt lui faire sa demande, à son avis.

Est-ce qu'il accepterait d'assister au mariage ?

Danny répond par l'affirmative. Elle lui demande s'il prend soin de lui. Comprenez : est-ce qu'il a arrêté la picole ? Oui, dit-il, et il lui conseille de bien regarder des deux côtés avant de traverser (une vieille plaisanterie entre eux). Puis il raccroche.

Jamais je ne serais allée avec toi dans le Nebraska, Danno.

Danny s'est rendu deux ou trois fois à Lincoln, et une fois à Omaha, mais ces deux villes sont situées à l'est de Wilder, alors que Gunnel est plein nord. Pourtant, il a bien dû y aller, et il a oublié. À l'époque où il picolait peut-être ? Sauf qu'il ne prenait jamais le volant quand il était bourré, de peur de perdre son permis ou de blesser quelqu'un.

J'y suis allé. Forcément. Du temps où cette route était encore goudronnée, et pas en terre battue.

Ce soir-là, il se couche plus tard qu'à l'accoutumée et il se retourne longtemps dans son lit avant de s'endormir enfin, en craignant que le rêve revienne. Cela ne se produit pas, mais le lendemain, le cauchemar est aussi vivace et précis que jamais : la station-service abandonnée, le quartier de lune, le chien errant, la main, le bracelet à breloques.

6

Contrairement à beaucoup d'hommes de son âge et de son milieu, Danny ne boit pas (plus, du moins), il ne fume pas et ne chique pas. Il aime le sport professionnel et il peut lui arriver de miser cinq dollars sur le Super Bowl pour pimenter un peu la chose, mais en règle générale, il ne joue pas, pas même deux dollars pour un ticket à gratter le jour de la paie. Ce n'est pas non plus un coureur de jupons. Il rend parfois visite à une femme qui vit dans le même camp de caravanes que lui. Dans les faits, Becky est ce qu'on appelle une « femme seule », mais entre eux, il s'agit plus d'une amitié sans obligation que d'une « relation », comme ils disent dans les talk-shows de l'après-midi. Il lui arrive de passer la nuit dans la caravane de Becky. Parfois, il lui apporte des provisions, ou bien il garde sa fille si Becky a une course à faire ou un rendez-vous chez le coiffeur en début de soirée. Beaucoup de choses les rapprochent, mais l'amour n'en fait pas partie.

Ce samedi matin, il dépose dans sa lunch-box deux sandwiches et une part du gâteau que lui a apporté Becky pour le remercier d'avoir rafistolé le pot d'échappement de sa vieille Honda Civic. Il remplit sa thermos de café noir et prend la direction du nord. Il se dit qu'il aura certainement envie de manger un morceau s'il ne trouve rien derrière la station-service abandonnée. En revanche, s'il revoit ce qu'il a vu dans son rêve, il risque de perdre l'appétit.

Grâce au GPS de son téléphone il arrive à Gunnel à dix heures trente. Une journée typique du Kansas : chaude et lumineuse, claire, et pas très intéressante. La ville en elle-même se compose d'une épicerie, d'un magasin de matériel agricole, d'un café et d'un château d'eau rouillé sur le côté duquel est inscrit : GUNNEL. Dix minutes plus tard, il atteint County Road F et s'y engage. C'est du goudron, pas de la terre battue. Malgré cela, il a le ventre noué et son cœur bat si fort qu'il le sent dans son cou et ses tempes.

Le maïs l'enserre de part et d'autre. Du maïs pour le bétail. Comme dans son rêve, il est moins haut qu'un œil de chameau, mais déjà beau pour un mois de juin, et quand viendra le mois d'août, il mesurera presque deux mètres de haut.

La route est goudronnée, ce n'est pas comme dans ce putain de rêve, pense-t-il, mais trois kilomètres plus loin seulement, l'asphalte cède la place à de la terre battue. Moins de deux kilomètres après, il pile net (ce n'est pas un problème car il n'y a pas de circulation). Devant lui se dresse un panneau routier tagué à la bombe de peinture et qui indique désormais CUNT ROAD FUCK. Il n'a pas pu voir ça dans son rêve. Impossible. Et pourtant, si. La route monte à présent. Dans cinq cents mètres, peut-être moins, il va découvrir la forme trapue de la station-service abandonnée.

Fais demi-tour, se dit-il. *Tu n'as pas envie d'aller là-bas, et personne ne t'y contraint, alors fais demi-tour et rentre chez toi.*

Mais il ne peut pas. La curiosité est trop forte. Et puis, il y a le chien. S'il est toujours là, il finira par déterrer entièrement le corps, infligeant de nouveaux sévices à cette fille ou à cette femme qui a déjà subi le pire : être tuée. S'il laissait faire, cela le hanterait davantage – et plus longtemps – que le rêve lui-même.

Est-il certain que cette main appartient à une femme ? Oui, à cause du bracelet à breloques. Est-il certain qu'elle a été assassinée ? Pourquoi l'enterrer derrière une station-service abandonnée, sinon ? Quelque part au nord de nulle part ?

Il continue à rouler. La station-service est là. Les panneaux en fer rouillés indiquent 1,99 $ pour l'essence ordinaire, 2,19 $ pour l'intermédiaire et 2,49 $ pour le super, comme dans son rêve. Une légère brise souffle en haut de la montée et les panneaux cognent contre le poteau métallique, *ding-ding-ding.*

Danny se gare sur le bitume craquelé d'où jaillissent des touffes de mauvaises herbes, en prenant soin de ne pas rouler sur les éclats de verre. Ses pneus ne sont pas neufs, on peut même dire qu'ils sont usés jusqu'à la corde par endroits. Et s'il y a une chose dont il n'a pas envie – vraiment pas –, c'est de se retrouver coincé ici.

Il descend de son pick-up en claquant la portière, et ce bruit le fait sursauter. C'est idiot, mais il ne peut pas s'en empêcher. Il est mort de trouille. Quelque part au loin, un tracteur bêle. Il pourrait tout aussi bien se trouver sur une autre planète. Danny ne se souvient pas de s'être un jour senti aussi seul.

Faire le tour de la station-service, c'est comme pénétrer de nouveau dans son rêve : ses jambes semblent se mouvoir de leur propre chef, sans recevoir de directives de la salle de contrôle. Il donne un coup de pied dans un bidon d'huile. Havoline, évidemment. Il voudrait s'arrêter au coin du bâtiment en parpaings, le temps d'imaginer qu'il ne verra rien derrière la station-service, absolument rien, mais ses jambes ne marquent pas l'arrêt. Le conduisent inexorablement. La poubelle rouillée est là, renversée, dégueulant ses ordures. Le chien est là lui aussi. Au bord du champ de maïs, et il regarde Danny.

Ce satané bâtard m'attendait, pense-t-il. *Il savait que j'allais venir.*

Une idée ridicule a priori, eh bien non. En ce lieu, à des kilomètres de l'être humain le plus proche (un être humain *vivant*, s'entend), Danny sait à quoi s'en tenir. Il a rêvé du chien, et le chien a rêvé de lui. Simple.

« Dégage ! » hurle-t-il en tapant dans ses mains.

Le chien lui lance un regard sinistre et disparaît entre les épis de maïs en boitillant.

Danny tourne à gauche et voit la main, ou ce qu'il en reste. Pas uniquement, hélas. Le chien errant n'a pas chômé. Il a exhumé une partie de l'avant-bras. Les os brillent à travers la chair et les insectes, mais il reste suffisamment de peau pour indiquer à Danny que la personne enterrée est blanche, et qu'elle porte un tatouage au-dessus du bracelet : une corde ou un anneau de fil barbelé. Il pourrait le savoir en s'approchant, mais il n'en a aucune envie. Ce qu'il veut, c'est foutre le camp d'ici.

Mais s'il s'en va, le chien va revenir. Danny ne le voit pas, mais il le sait tout près. L'animal l'observe, il attend de se retrouver seul avec son déjeuner.

Danny regagne son pick-up, prend son téléphone dans la boîte à gants et le regarde. S'il s'en sert, il aura l'air coupable. Mais cette saloperie de clebs !

Une idée lui vient. La poubelle est couchée sur le côté. Il la renverse totalement, vidant sur le sol un amas de détritus (mais pas de rat, Dieu merci). La couche de rouille cache de l'acier et la poubelle pèse au moins quinze kilos. Il la soulève, la colle contre son torse, le visage ruisselant de sueur, et la transporte jusqu'au bras qui sort de terre. Il la pose dessus et recule, en frottant la rouille sur sa chemise. Est-ce que ce sera suffisant ? Ou bien le chien parviendra-t-il à la renverser ? Difficile à dire.

Danny retourne devant la station-service et arrache deux gros morceaux de béton du mur qui s'effrite. Et il retourne derrière pour les empiler sur la poubelle renversée. Ce sera suffisant cette fois ? Oui, sans doute. Temporairement, du moins. Et si le chien décide de se jeter sur ce fût métallique pour atteindre ce qui se trouve dessous, un des morceaux de béton pourrait lui tomber sur la tête.

Un problème de réglé. Et maintenant ?

7

Lorsqu'il regagne son pick-up, il a l'esprit un peu plus clair, et une idée de la façon de procéder. Il démarre et fait demi-tour pour repartir vers le sud, en veillant encore une fois à ne pas rouler sur les débris de verre. Il voit passer un fermier qui roule vers le nord en tractant une remorque remplie de planches. Casquette de baseball enfoncée jusqu'aux oreilles, il regarde droit devant lui d'un air morose, sans faire attention à Danny. Et c'est tant mieux. Quand le véhicule a disparu, Danny repart dans la direction d'où il est venu.

Aux abords de Thompson, il s'arrête dans un magasin Dollar General et demande s'ils vendent des téléphones prépayés (dans les séries qu'il regarde, ils appellent ça des *burners*). Il n'a jamais acheté ce genre de choses, et il suppose que l'employé va le diriger vers une autre boutique, le Walmart de Belleville, par exemple, mais non : il lui montre l'allée 5. Il y a de nombreux modèles, mais le Tracfone est le moins cher, il n'y a pas de frais de mise en service, et il est vendu avec un mode d'emploi.

Danny sort son portefeuille de sa poche arrière pour payer avec sa carte Visa, puis il se demande s'il n'est pas un peu débile. Il range son portefeuille et sort les billets pliés dans sa poche avant.

L'employé est un jeune type avec de l'acné et une barbichette clairsemée. Il adresse à Danny un grand sourire et lui demande s'il a l'intention de « choper de la loute » sur Tinder. Il appelle Danny « mon gars ».

Celui-ci ne comprend rien à ce qu'il raconte, et après avoir payé, il dit seulement qu'il n'a pas besoin de sac.

Le jeune gars n'insiste pas. Il encaisse Danny et lui donne son ticket. Une fois sorti, Danny jette le ticket dans une poubelle toute proche. Il ne veut garder aucune trace de cette transaction. Tout ce qu'il veut, c'est signaler le corps. Et laisser faire, ensuite, ceux dont c'est le métier d'enquêter. Plus vite il pourra tirer un trait sur cette affaire, mieux ce sera. Pas un instant il ne songe à laisser tomber purement et simplement. Car tôt ou tard, ce chien – aidé par d'autres peut-être – renversera la poubelle pour dévorer ce qui se trouve dessous. Il ne peut pas laisser faire ça. L'épouse ou la fille de quelqu'un est enterrée derrière cette station-service abandonnée.

8

Après avoir roulé trois kilomètres, il se gare sur une petite aire de repos. Il y a deux tables de pique-nique et des toilettes de chantier.

C'est tout. Il ouvre l'emballage en plastique du Tracfone et survole les instructions. Elles sont assez simples, et le téléphone est déjà chargé à cinquante pour cent. Trois minutes plus tard, il est prêt à fonctionner. Danny envisage de noter par écrit ce qu'il va dire, puis décide que c'est inutile. Il va rester bref, afin qu'on ne puisse pas localiser l'appel.

Il a d'abord pensé à appeler la police de Belleville, mais c'est un autre comté, et il connaît par cœur le numéro des urgences de la Kansas Highway Patrol : il est affiché dans le bureau du lycée et dans les halls des deux ailes, l'ancienne et la nouvelle. Comme dans tous les établissements scolaires d'un bout à l'autre de l'État, suppose-t-il. Personne ne précise que c'est en cas de fusillade, tout le monde a compris.

Il appuie sur #47. Il n'y a qu'une seule sonnerie. Puis :

« Kansas Highway Patrol. C'est pour une urgence ?

– Je veux signaler un corps enterré. Je pense qu'un meurtre a été commis.

– Comment vous appelez-vous, monsieur ? »

Il s'en est fallu de peu qu'il donne son nom. Quel idiot.

« Le corps se trouve derrière une station-service Texaco abandonnée dans la ville de Gunnel.

– Puis-je connaître votre nom, monsieur ?

– Vous prenez la County Road F. Vous arrivez dans une montée. La station-service est tout en haut.

– Monsieur…

– Écoutez-moi. Le corps est derrière la station-service, d'accord ? Un chien a commencé à ronger la main de la personne qui est enterrée là. Une femme, ou une jeune fille. J'ai recouvert la main avec une poubelle, mais je suis sûr que le chien va réussir à la faire tomber.

– Monsieur, j'ai besoin de connaître votre nom et l'endroit d'où vous nous appe…

– Gunnel. County Road F, à environ cinq kilomètres de l'autoroute. Derrière la station Texaco. Dépêchez-vous. S'il vous plaît. Quelqu'un recherche sûrement cette personne. »

Il coupe la communication, son cœur fait le marteau-piqueur dans sa poitrine. La sueur coule sur son visage et imbibe sa chemise. Il a l'impression d'avoir couru un marathon et le téléphone dans sa main lui semble radioactif. Il va le jeter dans une poubelle située entre les deux tables de pique-nique, puis se ravise. Il le récupère, l'essuie soigneusement avec sa chemise et le jette pour de bon. Il a parcouru une petite dizaine de kilomètres avant de songer (à cause des séries télé là encore) qu'il aurait peut-être dû ôter la carte SIM. Sans trop savoir ce que c'est. Mais pas question de faire demi-tour maintenant. Il ne pense pas que la police soit capable de localiser ces téléphones prépayés. Néanmoins, il ne veut pas courir le risque de retourner sur la scène du crime.

Quel crime ? C'est toi qui as signalé *un crime, nom d'un chien !*

Quoi qu'il en soit, il a hâte de rentrer chez lui, de s'asseoir devant la télé et d'oublier tout ce qui s'est passé. Il envisage de manger les sandwiches qu'il a emportés, mais il n'a pas faim.

9

Maintenant qu'il a cessé de boire, Danny ne fait plus la grasse matinée, même le week-end. Ce dimanche matin, il est debout à six heures trente, et après avoir avalé un bol de céréales, il allume la télé pour regarder le flash de sept heures sur KSNB. La grosse info du jour est un carambolage entre neuf voitures sur la I-70, à l'ouest de Wilson. Pas un mot sur la découverte d'un corps derrière une station-service abandonnée. Alors qu'il s'apprête à éteindre la télé, le présentateur du dimanche matin, qui est sans doute obligé de montrer une pièce d'identité pour commander une bière dans un bar, déclare : « Nous venons juste d'apprendre qu'un corps a été découvert derrière un bâtiment inoccupé dans la petite ville de Gunnel, non loin de la frontière du Nebraska. La police a fermé une route secondaire au nord de la ville afin d'effectuer des recherches. Nous vous tiendrons informés des derniers développements sur notre site Internet et dans les flashs du soir. »

Danny se rend à plusieurs reprises sur le site au cours de la matinée, ainsi que sur celui de KAAS, la chaîne de Salina. À midi moins le quart, ce site poste une vidéo de quarante-cinq secondes montrant des véhicules de police qui bloquent l'accès à County Road F. Nouvel élément par rapport au flash du matin : le corps retrouvé est celui d'une jeune femme. Pour Danny, ce n'est pas un scoop.

Il traverse le camp de caravanes pour rendre visite à Becky. La fille de celle-ci, une petite de neuf ans prénommée Darla Jean, mignonne comme un cœur, lui saute au cou. Becky lui demande s'il veut bien aller chercher des burgers au Snack Shack.

« Tu peux prendre ma voiture, dit-elle.

– Je veux y aller aussi ! dit Darla Jean.

– D'accord, dit sa mère, mais va te changer d'abord. Ce T-shirt est plein de taches.

– Pas la peine, dit Danny. Je passerai par le drive. »

Ils reviennent avec des burgers, des frites et des sodas au citron vert et déjeunent à l'ombre de la caravane de Becky. Un endroit agréable. Becky possède un jacaranda qu'elle arrose en permanence car, dit-elle, « ce type de végétation n'existe pas au Kansas ». Elle demande à Danny s'il est préoccupé car à deux reprises elle est obligée de répéter ce qu'elle vient de dire.

« Ou alors, ajoute-t-elle, tu deviens sénile.

– Je pense juste à ce que j'ai à faire la semaine prochaine.

– Tu es sûr que tu ne penses pas à Margie, plutôt ?

– Je lui ai parlé hier. Elle pense que son petit ami va bientôt la demander en mariage.

– Tu en pinces toujours pour elle, c'est ça ? »

Danny répond en riant.

« Sûrement pas.

– Hé, Danny ! s'écrie Darla Jean. Regarde ma double roulade ! »

Il obéit.

10

Ce soir-là, KSNB a envoyé une journaliste sur place. Elle paraît peu sûre d'elle. Une remplaçante du week-end, sans aucun doute. Elle se tient devant les voitures de police qui barrent l'accès à County Road F à partir de l'embranchement.

« Alertés par un informateur anonyme, les agents de la KHP se sont rendus hier après-midi sur le site d'une ancienne station-service, dans la petite ville de Gunnel. Là, ils ont découvert le corps d'une inconnue enterré derrière la station-service qui… » Elle consulte ses notes et repousse une mèche de cheveux devant ses yeux. « … a fermé en 2012, quand la Route 19 a été élargie à quatre voies. Si la femme a été identifiée, la police ne le dit pas. On peut penser que son nom sera transmis à la presse seulement lorsque les proches auront été informés. De même, la KHP refuse d'indiquer si cette femme a été assassinée, mais dans ce lieu isolé… » Son haussement d'épaules semble dire : *c'est obligé, non ?* « À vous, Pete. »

Ils vont bientôt l'identifier, se dit Danny. Le plus important, c'est que *lui* ne le soit pas. Il n'est qu'un « informateur anonyme ».

Ma B.A. de l'année. Mais qui a dit qu'une bonne action ne restait jamais impunie ?

Pour ne prendre aucun risque, il touche du bois.

11

La semaine suivante, Pat Grady arrive tous les jours à l'heure au travail. Danny ose espérer qu'il a retenu la leçon, mais quoi qu'il en soit, ce ne sera jamais un bosseur comme Jesse Jackson. Autrefois, les anciens auraient dit : ce jeune homme n'a pas les deux pieds dans le même sabot.

Pendant ce temps, les informations concernant la fille du rêve de Danny s'accumulent. Si son nom reste secret, on apprend qu'elle avait vingt-quatre ans et vivait à Oklahoma City. D'après une amie, elle en avait marre de ses parents et de son lycée professionnel, et elle avait l'intention de se rendre en stop à Los Angeles pour s'inscrire dans une école de coiffure, et peut-être faire des extras sur les plateaux de cinéma ou de télé. Elle n'est pas allée plus loin que le Kansas. Son corps était enterré là depuis longtemps. Les enquêteurs de la KHP n'ont pas précisé combien de temps, mais suffisamment pour être « dans un état de décomposition avancée ».

Le chien y est peut-être pour quelque chose, songe Danny.

D'après une source policière, elle a été « poignardée à plusieurs reprises ». Et « agressée sexuellement », manière polie de dire qu'elle a été violée.

C'est la fin des infos du jeudi soir, sur la chaîne de télé locale, qui a mis Danny mal à l'aise. L'envoyé spécial était plus âgé que sa collègue du week-end, et il appartenait manifestement à l'équipe première. Il se tenait devant la station-service, dont l'accès était bloqué par des rubalises jaunes.

« Les enquêteurs du Kansas Bureau of Investigation recherchent activement l'homme qui a appelé la police pour signaler la présence de ce corps. Ils demandent à toute personne connaissant son identité de se manifester. Ou à toute personne qui reconnaîtrait sa voix. Écoutez-la. »

Sur l'écran apparaît ce portrait en ombre chinoise qu'utilisent certains comptes sur les réseaux sociaux pour masquer leur identité. Et Danny entend sa propre voix. Affreusement nette, à peine déformée : *Le corps se trouve derrière une station-service Texaco abandonnée dans la ville de Gunnel… County Road F, à environ cinq kilomètres de l'autoroute. Derrière la station Texaco. Dépêchez-vous. S'il vous plaît. Quelqu'un recherche sûrement cette personne.*

Il commence à regretter de ne pas avoir laissé les choses en l'état. Même si c'était un état de décomposition avancée. Il éteint la télé et s'adresse à sa caravane vide :

« Ce que je voudrais surtout, c'est n'avoir jamais fait ce putain de rêve. » Après un silence, il ajoute : « Et j'espère ne jamais en faire d'autre. »

12

Le vendredi après-midi, Danny se sert d'un long balai à franges pour nettoyer le haut des réglettes de néons dans le bureau du directeur quand une berline bleu nuit débarque sur le parking des professeurs. Une femme en chemisier blanc et pantalon bleu en descend.

Elle glisse à son épaule un sac à main de la taille d'un cartable. Un homme en veste noire et jean à la papa qui lui pend aux fesses quitte le siège passager. En les voyant marcher vers l'entrée du lycée, Danny pense aussitôt : *Je suis cuit.*

Il pose le balai dans un coin pour venir à leur rencontre. La seule chose qui le surprend, c'est qu'il n'est pas surpris. Comme s'il s'y attendait.

Du rock jaillit des haut-parleurs du gymnase. Jesse et Pat sont en train de nettoyer toutes les cochonneries qui apparaissent quand on repousse les gradins contre les murs. L'objectif, c'est de passer une nouvelle couche de vernis sur le parquet lundi, une opération qui lui flanque toujours la migraine. Ils laisseront les fenêtres ouvertes toute la journée de mardi, le 4 juillet, jour de la fête nationale. Et soudain, il se demande s'il sera encore ici la semaine prochaine. Il a beau se dire que c'est ridicule, qu'il n'a rien à se reprocher, peine perdue. Une formule tirée d'une vieille sitcom lui vient à l'esprit : *Tu vas devoir t'expliquer.*

La femme ouvre la porte extérieure et laisse passer l'homme. Danny sort du bureau et avance dans le couloir. Les visiteurs sont dans le hall, devant la vitrine des trophées, au-dessus de laquelle est accrochée la banderole bleue et or FIERS DE NOTRE ÉQUIPE. La femme a une trentaine d'années et les cheveux tirés en arrière en un chignon serré. Elle porte un pistolet à la ceinture, du côté gauche, la crosse tournée vers l'extérieur. À droite est accroché son insigne bleu et jaune, frappé des lettres KBI au centre. Elle est plutôt jolie, dans le style sévère, mais c'est l'homme qui capte l'attention de Danny, sans qu'il puisse dire pourquoi. Plus tard, il comprendra que vous reconnaissez instinctivement un ennemi juré au moment où celui-ci fait irruption dans votre vie. Il essaiera de chasser cette pensée en la qualifiant de stupide, mais il sait très bien ce qui occupait son esprit alors qu'il marchait vers eux : *Méfie-toi de ce type.*

La moitié masculine du duo est plus âgée que la féminine, mais de combien au juste ? Habituellement, Danny est très doué pour deviner les âges, à une ou deux années près, mais avec ce type, impossible à dire. Il pourrait avoir quarante-cinq ans. Il pourrait approcher de la retraite. Il pourrait être malade, ou juste fatigué. Une péninsule de cheveux rêches et épais, où le roux et le gris se mélangent à parts égales, descend presque jusqu'à la plus haute ride de son front. Ils sont coiffés en arrière et soulignent une implantation en V très marquée. De chaque côté, son crâne luit d'un blanc crémeux sans tache. Ses yeux sombres sont enfoncés et bordés de poches. Sa veste noire est lustrée aux coudes, comme si elle avait été nettoyée à sec des dizaines de fois. Lui aussi porte un insigne KBI à la ceinture, mais pas d'arme. Heureusement, songe Danny, car le poids risquerait de faire tomber son jean sur ses chevilles, laissant voir un large caleçon de grand-père. Il n'a pas de ventre, pas de hanches, et s'il se retournait, Danny pense que son jean s'affaisserait sur un cul plat, caractéristique de nombreux Blancs maigrelets du Midwest. Ne manque plus qu'une boulette de tabac à mâcher gonflant sa lèvre inférieure.

Le flic s'avance, main tendue.

« Daniel Coughlin ? Je suis l'inspecteur Franklin Jalbert, Kansas Bureau of Investigation. Et voici ma collègue, l'inspectrice Ella Davis. »

Sa poignée de main est ferme et brûlante, comme s'il avait de la fièvre. Danny répond par un geste symbolique. La femme se contente de le jauger du regard. Comme si elle le voyait déjà exécuter cette triste danse connue sous le nom de « parade de l'accusé », et pourtant Danny est moins troublé que par le regard de Jalbert. Celui-ci a quelque chose d'usé, comme s'il avait déjà vu mille versions de Danny.

« Savez-vous pourquoi nous sommes là ? » demande Ella Davis.

Danny connaît ce genre de questions (c'est comme demander à un type s'il continue à tabasser sa femme) pour lesquelles il n'existe pas de bonne réponse.

« Vous allez me le dire. »

Avant qu'un des deux visiteurs ait le temps de répondre, une porte s'ouvre en grinçant à l'extrémité de l'ancienne aile et se referme en claquant. C'est Jesse.

« On a fini de tout nettoyer sous les gradins, Danny. Vous auriez dû voir le… »

Découvrant l'homme à la veste noire décolorée et la femme au pantalon bleu, il s'arrête.

« Jesse, tu devrais… »

La porte grince et claque de nouveau avant que Danny achève sa phrase. Cette fois, c'est Pat, jean sous les fesses, casquette à l'envers, dans son style je-m'en-foutiste. Planté à côté de Jesse, il observe les deux compagnons de Danny, la tête penchée sur le côté. Il remarque le pistolet de la femme, puis les deux insignes, et un petit sourire apparaît sur ses lèvres.

Danny fait une nouvelle tentative :

« Et si vous commenciez votre week-end en avance, les gars ? Je pointerai pour vous à quatre heures.

– Sans déc ? » dit Pat.

Jesse lui demande s'il est sûr. Pat lui tape sur l'épaule, avec l'air de dire : *Fous pas tout en l'air, mec.* Sans cesser de sourire. Non pas à l'idée de finir une heure plus tôt, mais parce que ça l'amuse que son patron puisse avoir des ennuis avec la police.

« Oui, je suis sûr. Si vous avez laissé des affaires dans la réserve, vous les récupérez en partant. »

Les deux adolescents s'en vont. Jesse jette un coup d'œil par-dessus son épaule, et Danny est ému par l'inquiétude qu'il lit dans son regard. Quand la porte claque, il se retourne vers Jalbert et Davis et répète :

« Vous allez me le dire. »

Davis esquive.

« Nous voulons juste vous poser quelques questions, monsieur Coughlin. Ça ne vous ennuie pas de venir faire un petit tour en voiture avec nous ? La police de Manitou a gentiment mis sa salle de repos à notre disposition. On peut y être dans vingt minutes. »

Danny fait non de la tête.

« Je viens de promettre à ces deux jeunes gens de pointer pour eux à quatre heures. Allons discuter à la bibliothèque. »

Ella Davis jette un bref regard à Jalbert, qui hausse les épaules et lui adresse un sourire qui dévoile momentanément ses dents blanches. *Pas de tabac à mâcher, donc*, pense Danny. Mais si petites qu'elles ressemblent à des canines d'enfant. *Ce type grince des dents*, songe Danny. *Voilà pourquoi.*

« La bibliothèque, ça me semble très bien, dit Jalbert.

– Par ici. »

Danny les entraîne dans le couloir, sans les devancer : Jalbert marche à sa droite, Davis à sa gauche. Dès qu'ils sont assis autour d'une table, Davis demande à Danny si ça l'ennuie qu'ils enregistrent leur petite conversation. Danny répond que ça ne le gêne pas. Elle plonge la main dans son sac, en sort son téléphone et le pose sur la table. Devant Danny.

« Pour info, dit-elle. Vous n'êtes pas obligé de répondre à nos questions. Vous avez le droit de garder le silence. Tout ce que vous direz… »

Jalbert décolle deux doigts de la table et elle se tait aussitôt.

« Je pense que M. Coughlin… Puis-je vous appeler Danny ? »

Celui-ci hausse les épaules.

« Ça m'est égal.

– Je pense qu'il est inutile de lui lire ses droits pour le moment. Il les a déjà entendus, pas vrai, Danny ?

– Oui. »

Il aimerait ajouter : *Les charges ont été abandonnées, Margie était d'accord, j'avais arrêté de boire et de la harceler à cette époque.* Mais il pense que Jalbert le sait déjà. Il pense que ces deux flics savent depuis un certain temps déjà qui a informé la police. Assez longtemps pour fouiller dans son passé, assez longtemps pour savoir que Margie avait réclamé une mesure d'éloignement contre lui.

Ils attendent qu'il ajoute quelque chose. Comme rien ne vient, Davis fouille dans son sac qui ressemble à un cartable et en sort une tablette électronique. Elle lui montre une photo. Celle d'un Tracfone dans un sachet en plastique sur lequel figurent la date à laquelle il a été découvert et le nom de l'agent – *G.S. Laing, police scientifique KBI* – qui l'a trouvé.

« Avez-vous acheté ce téléphone au Dollar General de Byfield Road, dans la ville de Thompson ? » demande Davis.

Inutile de mentir. Ces deux-là ont montré à l'employé du Dollar General sa photo d'identité judiciaire, prise lorsqu'il avait été arrêté pour non-respect de la mesure d'éloignement.

« Oui, soupire-t-il. J'aurais dû retirer la carte machin-chose.

– Ça n'aurait rien changé », dit Jalbert.

Il ne regarde pas Danny. Il regarde par la fenêtre les deux adolescents. Mort de rire, Pat donne une grande tape sur l'épaule de Jesse et marche vers sa voiture…

« La standardiste qui a reçu votre appel avait le numéro du téléphone sur son écran, et les coordonnées de l'antenne-relais où il a borné.

– Ah. Je n'ai pas bien réfléchi, hein ?

– Non, Danny, vous n'avez pas bien réfléchi. » Davis le regarde d'un air sévère, sans sourire, tout en lui laissant comprendre qu'elle pourrait sourire, s'il voulait bien lui en donner plus. « On a presque l'impression que vous vouliez vous faire prendre. C'est ça que vous vouliez ? »

Après réflexion, Danny trouve cette question stupide.

« Non. Je n'ai pas réfléchi, voilà tout.

– Mais vous reconnaissez avoir passé cet appel, n'est-ce pas ? Pour indiquer où se trouvait Yvonne Wicker ? C'est ainsi qu'elle s'appelle. La victime.

– Oui. »

Il est dans le pétrin, et il le sait. Il ne pense pas qu'ils puissent l'arrêter pour meurtre, c'est absurde. La pire chose qu'il ait jamais faite dans sa vie, c'est de se rendre au domicile de son ex-femme et de l'insulter, jusqu'à ce qu'elle appelle la police de Wichita. Les deux premières fois, ils l'avaient simplement forcé à quitter les lieux. La troisième fois – après qu'il avait enfreint la mesure d'éloignement –, ils l'avaient arrêté et il avait passé la nuit derrière les barreaux.

Ils attendent qu'il continue. Danny croise les bras et reste muet. Il va devoir s'expliquer, c'est certain, mais il redoute ce moment.

« Donc, vous vous êtes rendu à la station Texaco de Gunnel ? demande Jalbert.

– Oui.

– Combien de fois ? »

Deux, pense Danny. *Une fois dans mon sommeil et une autre fois en étant réveillé.*

« Une seule fois.

– Avez-vous posé une poubelle sur le cadavre de cette pauvre fille afin de la protéger de toute déprédation d'origine animale ? »

Le ton feutré de Jalbert invite aux confidences.

Danny ne connaît pas le mot *déprédation*, mais le contexte est évident.

« Oui. Il y avait un chien. Vous savez ce qu'il est devenu ?

– Il a été éliminé, répond Ella Davis. Les agents arrivés sur place n'ont pas réussi à le décourager, et ils ne voulaient pas attendre la fourrière de Belleville, alors… »

Jalbert pose la main sur son bras, une main délicate, et elle se fige, en rougissant légèrement. *On ne donne pas d'informations à un suspect*, songe Danny. Il le sait, même si cette femme l'ignore. Et de nouveau, il se dit : *Méfie-toi de ce gars.*

Davis fait glisser son index sur sa tablette, sans doute pour afficher une autre photo.

« Possédez-vous un Toyota Tundra blanc de 2011 ?

– Oui. De 2011. Je me gare derrière le lycée, près de l'arrêt de car. »

Ils ne l'ont donc pas vu, mais ils connaissent la marque et le modèle. Et il sait ce que l'on voit sur cette photo, avant même que Davis la lui montre. C'est son pick-up, sur le parking du Dollar General où il a acheté le téléphone. On distingue nettement la plaque d'immatriculation.

« Caméra de surveillance ?

– Oui. J'en ai d'autres où vous êtes au volant. Vous voulez les voir ? »

Danny secoue la tête.

« Soit. Toutefois, il y en a une qui pourrait vous intéresser. »

Il s'agit d'une photo en noir et blanc cette fois, en haute résolution : des empreintes de pneus sur le macadam lézardé de la station-service.

« Si nous comparons ces empreintes avec celles de vos pneus, est-ce qu'elles seront identiques ?

– Je suppose. »

Pas un seul instant Danny n'avait pas pensé qu'il pouvait avoir laissé des traces de pneus, mais il aurait dû s'en douter. Car après la partie goudronnée, County Road F est une route de terre. Il songe alors que vous pouvez vous montrer sacrément négligent en essayant de masquer vos traces (au sens propre), quand vous n'avez commis aucun crime.

Davis hoche la tête.

« Par ailleurs, un fermier nommé Delroy Ferguson a vu un pick-up blanc garé devant la station-service. Le jour où vous avez passé ce coup de téléphone de Thompson. Il a contacté la police de la route pour signaler une tentative d'effraction. Ou un deal de drogue. »

Danny soupire. Il aurait pourtant juré que le fermier n'avait pas tourné la tête au volant de sa camionnette qui transportait des planches sur cette route de campagne déserte. Une fois de plus, il se dit : *Je suis dans le pétrin.*

« Oui, c'était mon pick-up, j'étais bien là. J'ai acheté le téléphone et j'ai appelé la police. Alors, si on arrêtait de tourner autour du pot ? Demandez-moi ce que je faisais là-bas et je vous le dirai. »

Il a envie d'ajouter : *Et vous ne me croirez pas*, mais à quoi bon formuler une évidence ?

Il se dit que Davis va lui poser la question, mais l'homme à la veste noire intervient :

« Curieusement, toutes les empreintes ont été effacées sur ce téléphone.

– Oui, c'est moi. Même si, à vous entendre, ça n'aurait rien changé.

– Exact. D'un autre côté, vous aviez payé en liquide, souligne Jalbert avec l'air de ne pas y toucher. C'était malin. Sans cette caméra de surveillance, on ne vous aurait pas identifié aussi vite. Peut-être même jamais.

– Je vous le répète : je n'ai pas réfléchi à tout ça. »

Il fait frais dans la bibliothèque, pourtant il commence à transpirer. Le rouge lui vient aux joues. Il se sent idiot. Aucune B.A. ne reste impunie, en effet.

Jalbert regarde Pat Grady quitter le parking en faisant rugir son moteur qui crache un nuage noir d'huile frelatée. Puis il braque son regard usé sur Danny.

« Vous vouliez qu'on vous arrête, n'est-ce pas ?

– Non », dit Danny, même si, au fond de lui, il s'interroge. Le regard de Jalbert le transperce. *Je sais ce que je sais*, dit ce regard. *Je suis dans le métier depuis longtemps, mon gars, et je sais ce que je sais.* « Je ne voulais pas être obligé d'expliquer comment je savais que cette femme était là-bas, voilà tout. Je me disais que personne ne me croirait. Si c'était à refaire, j'écrirais une lettre anonyme. »

Ayant dit cela, il regarde ses mains et se mordille la lèvre. Finalement, il relève la tête et dit la vérité.

« En fait, non. Je referais la même chose. À cause du chien. Il s'en prenait à elle. Et il aurait continué. Peut-être que d'autres chiens seraient venus, maintenant qu'il avait déterré la main et le bras. Ils auraient flairé le… »

Il s'interrompt. Jalbert lui vient en aide.

« Le corps. Le corps de cette pauvre Mlle Yvonne.

– Je voulais empêcher ça. »

Il doit encore s'habituer à ce prénom. Yvonne. Un joli prénom.

Ella Davis le regarde comme s'il était porteur d'une maladie, mais le regard usé de Jalbert demeure inchangé. Il dit :

« Expliquez-nous, alors. Comment saviez-vous qu'elle était là ? »

Alors, Danny leur parle de son rêve. Il leur parle du panneau routier vandalisé afin de lui faire dire CUNT ROAD FUCK, de la lune, du *ding-ding-ding* des pancartes qui cognaient contre le poteau. Il leur parle de ses jambes qui avançaient de leur propre chef. Il leur parle de la main, du bracelet à breloques, du chien. Il leur raconte tout cela, sans réussir à transmettre la *clarté* de son rêve, si semblable à la réalité.

« Je pensais qu'il finirait par s'effacer, comme la plupart des rêves, au réveil. Mais non. Finalement, j'ai décidé d'aller sur place car je voulais voir de mes propres yeux que c'était juste un film fou qui passait dans ma tête. Sauf que… elle était bien là. Et le chien aussi. Alors, j'ai décidé d'appeler la police. »

Les deux inspecteurs restent muets, ils le regardent. Ils le jaugent. Ella Davis ne demande pas : *Vous espérez vraiment nous faire gober ça ?* Pas la peine. Son expression parle pour lui.

Le silence s'éternise. Danny sait qu'il est censé y mettre fin, il est censé essayer de les convaincre en leur fournissant davantage de détails. Il est censé bredouiller, chercher ses mots. Mais il ne dit rien. Au prix d'un gros effort.

Jalbert sourit. Et curieusement, c'est un sourire sincère, chaleureux.

Le regard, lui, ne change pas. Sur le ton d'un homme qui profère une vérité profonde, il s'exclame :

« Vous êtes un médium ! Comme Miss Cleo ! »

Davis lève les yeux au ciel.

Danny secoue la tête.

« Absolument pas.

– Si ! Si ! Ah, bon sang ! Trois ! Je parie que vous avez déjà aidé la police dans d'autres enquêtes, comme cette Nancy Weber ou ce Peter Hurkos. Si ça se trouve, vous savez ce que pensent les gens ! »

En disant cela, il tapote sa tempe où palpite un entrelacs de petites veines bleues.

Danny sourit et montre Ella Davis.

« Je n'ai jamais entendu parler de cette Nancy Weber ni de ce Peter Hurkos, mais je peux vous dire ce qu'elle, elle pense. Elle pense que je suis un baratineur. »

Davis lui rend son sourire, sans aucun humour.

« Bien vu. »

Danny se tourne vers Jalbert.

« Je n'ai jamais aidé la police. Avant l'autre jour, évidemment.

– Ah bon ?

– Et je n'avais jamais fait ce genre de rêve non plus.

– Jamais de visions ? Vous n'avez jamais dit à un ami qu'il y avait un truc dans l'escalier de la cave et de faire attention s'il ne voulait pas se casser la figure ?

– Non.

– Ou bien : “Pour l'amour du ciel, ne sors pas de chez toi le 12 mai” ?

– Non.

– “La bague perdue est sur l'armoire de toilette dans la salle de bains” ?

– Non.

– Juste cette fois, alors ! » Jalbert s'efforce de paraître stupéfait. Mais ses yeux ne le sont pas. Ils sillonnent le visage de Danny. Qui sent presque leur poids. « Juste une !

– Oui. »

Jalbert secoue la tête – toujours cette fausse stupéfaction – et se tourne vers sa collègue.

« Qu'est-ce qu'on va faire de ce type ?

– Si on l'arrêtait pour le meurtre d'Yvonne Wicker, qu'est-ce que t'en dis ?

– Oh, allons ! s'exclame Danny. C'est moi qui vous ai dit où se trouvait le corps. Pourquoi j'aurais fait ça, si j'étais le meurtrier ?

– Pour la publicité ? » Davis crache presque ces mots. « Qu'est-ce que vous dites de ça ? C'est fréquent chez les pyromanes. Ils mettent le feu, ils signalent l'incendie, ils le combattent et ils ont leur photo dans le journal. »

Soudain, Jalbert se penche en avant et prend la main de Danny. La sensation est désagréable : sèche et brûlante. Danny tente de se libérer, mais l'inspecteur a de la poigne.

« Vous jurez, dit-il dans un murmure, sur le ton de la confidence, vous jurez, jurez, jurez – trois fois, une fois et encore deux fois – que vous n'avez pas tué Mlle Yvonne Wicker ?

– Oui ! »

Danny retire sa main d'un geste brusque. Si au début il était gêné et effrayé, c'est carrément la panique maintenant. Ce Franklin Jalbert est peut-être cinglé si ça se trouve. Il s'agit sans doute d'un numéro, mais comment savoir ?

« Dans mon rêve, j'ai vu l'endroit où se trouvait le corps et c'est tout !

– Vous savez quoi ? répond Ella Davis. Dans ce métier, j'en ai entendu des alibis à la noix, mais celui-là, il remporte la palme. Bien mieux que le chien qui a bouffé la dissertation. »

De son côté, Jalbert secoue la tête d'un air triste – mais son regard ne change pas. Ses yeux rampent sur le visage de Danny, dans tous les sens.

« Ella, je pense qu'il faut innocenter cet homme.

– Il savait où était le corps ! »

Ils récitent un texte, se dit Danny. *J'en mettrais ma main au feu.*

Jalbert continue à secouer la tête.

« Non… Non… Il faut l'innocenter. Il faut innocenter ce concierge-médium d'un jour.

– Je suis agent d'entretien ! » corrige Danny, et il se sent bête juste après.

« Pardon. Cet agent d'entretien-médium d'un jour. Nous pouvons l'innocenter car l'homme qui a violé Mlle Yvonne Wicker n'avait pas mis de préservatif et il a laissé une mine de traces ADN. Accepteriez-vous de nous donner un échantillon de salive, Danny ? Pour que nous puissions vous éliminer de la liste des suspects ? Ça ne fait pas mal. On frotte juste un coton-tige à l'intérieur de votre bouche. Qu'est-ce que vous en dites ? »

C'est en changeant de position sur son siège que Danny s'aperçoit qu'il se tenait raide comme un piquet.

« Oui ! Allez-y ! »

Davis replonge immédiatement la main dans son sac. C'est une bonne élève qui a préparé son cartable. Elle sort un paquet d'écouvillons. Danny regarde Jalbert et voit sur son visage – peut-être – une brève lueur de déception. Il ne pourrait pas l'affirmer, mais il pense que Jalbert bluffait : le violeur-meurtrier avait mis une capote.

« Ouvrez grand la bouche, monsieur l'agent d'entretien-médium », dit Davis.

Danny s'exécute et elle promène l'écouvillon à l'intérieur de sa joue. Elle jette un regard approbateur au coton-tige géant et le glisse dans le récipient.

« L'ADN ne ment pas, dit-elle.

– La remorqueuse est là », annonce Jalbert.

Danny regarde par la fenêtre et voit un camion pénétrer sur le parking. Ella Davis regarde son collègue. Il lui adresse un hochement de tête et elle replonge la main dans son sac. Cette fois, elle en sort deux fines liasses de feuilles, maintenues par des trombones.

« Mandats de perquisition. Pour le pick-up et pour votre domicile au… » Elle consulte l'un des deux documents. « … 919 Oak Drive. Vous voulez les lire ? »

Danny secoue la tête. Pouvait-il s'attendre à autre chose ?

Jalbert ordonne :

« Va leur dire que le pick-up est derrière. Filme-les en train de charger le véhicule sur le camion pour que notre agent d'entretien ne puisse pas nous accuser ensuite d'y avoir planqué quoi que ce soit. »

Davis récupère son téléphone et se lève, puis paraît hésiter. Jalbert lui sourit, dévoilant les quenottes qui lui servent de dents, et agite la main en direction de la porte.

« Tout ira bien. N'est-ce pas, Danny ?

– Si vous le dites.

– Les clés ? demande Davis.

– Sous le siège. » Il secoue le trousseau de clés accroché à un passant de son pantalon. « J'ai déjà suffisamment de clés pour ici, pas besoin d'en rajouter. Le pick-up n'est pas fermé. »

Et pour une fois, il a son téléphone sur lui.

Davis hoche la tête et sort. Dès que la porte se referme, Jalbert explique :

« Ce camion va transporter votre pick-up à Great Bend, où ils vont l'examiner du pare-chocs avant au pare-chocs arrière. Allons-nous retrouver des choses appartenant à Mlle Yvonne ?

– Non. Sauf si vous en mettez.

– Un cheveu ? Un unique cheveu blond ?

– Non ? Sauf si…

– Sauf si on l'y met, oui. On va quand même aller faire un tour finalement, Danny. Mais pas au poste de Manitou. Chez vous. Par curiosité, est-ce qu'il y a des chênes au camp pour caravanes d'Oak Grove[1] ? Quatre ou cinq ? Peut-être trois seulement ?

– Non.

– Je m'en doutais. Il y aura déjà des agents et des gars de la scientifique. La clé de chez vous est sur le porte-clés avec celle du pick-up ?

– Oui, mais la porte est ouverte. »

Jalbert hausse ses sourcils, qui sont du même roux teinté de gris que ses cheveux à l'implantation en V prononcée.

« Vous êtes du genre confiant.

– Je ferme seulement la nuit. Dans la journée… » Danny hausse les épaules. « Il n'y a rien à voler.

1. Littéralement : « bosquet de chênes ».

– Vous voyagez léger, hein ? Vous n'êtes pas seulement médium, vous êtes également un disciple de Thoreau ! »

Danny ignore de qui il s'agit, de même qu'il ne sait pas ce qu'est Tinder. Et il suppose que Jalbert l'a deviné. Son regard ne cesse d'aller et venir sur son visage. Danny comprend d'où lui vient cette impression que ces yeux sont usés. Ils n'ont aucun éclat, aucune étincelle, juste une certaine avidité. *Cet homme est comme un bruit blanc*, se dit-il. Une drôle de comparaison, mais curieusement appropriée. Il se demande si Jalbert rêve parfois.

« J'ai une question pour vous, Danny, une question que je vous ai déjà posée, et à laquelle vous avez répondu, mais cette fois, je vais vous lire vos droits avant. Vous avez le droit de garder le silence. Si vous décidez de parler – même si vous n'y êtes pas obligé –, tout ce que vous direz pourra être retenu contre vous. Vous avez droit à un avocat. Si vous n'avez pas les moyens, nous pouvons vous en fournir un. » Il marque une pause. Les petites dents réapparaissent. « Je suis sûr que vous connaissez déjà la chanson.

– Oui. »

Danny songe que lorsqu'ils arriveront devant sa caravane, les flics seront déjà là. Les résidents qui ne sont pas au boulot se passeront le mot : la police fouille la caravane de Danny Coughlin. À la tombée de la nuit, la nouvelle aura fait tout le tour d'Oak Grove.

« Vous avez compris vos droits ?

– Oui. Mais vous n'avez pas enregistré. Elle a emporté son téléphone.

– Peu importe. C'est entre nous. » Jalbert se lève et se penche en avant, ses doigts forment une pyramide sur la table de la bibliothèque, ses yeux scrutent le visage de Danny. « Je vous le demande de nouveau. Avez-vous tué Yvonne Wicker ?

– Non. »

Pour la première fois, le sourire de Jalbert semble authentique. D'une voix douce, presque caressante, il dit :

« Je pense que vous l'avez tuée. Je le sais. Vous êtes sûr que vous ne voulez pas en parler ? »

Danny consulte sa montre.

« Ce que je veux, c'est pointer pour mes deux gars. Et pour moi. »

13

Comme l'a imaginé Danny, deux voitures de patrouille et une camionnette blanche de la police scientifique stationnent devant sa caravane. Autour de laquelle sont rassemblés une demi-douzaine de ses voisins. Ella Davis est là elle aussi, en compagnie de quatre agents en uniforme et de deux types de la scientifique qui ont enfilé des combinaisons, des bottes et des gants blancs. Danny suppose qu'elle s'est fait déposer par la remorqueuse venue chercher son pick-up. Ce qui veut dire que ses voisins ont également pu assister à ce spectacle. Super. Au moins, Becky n'est pas là, c'est un soulagement. Le lundi, le mercredi et le vendredi, elle travaille à mi-temps à la laverie Freddy's. Darla Jean fait du coloriage ou lit un livre pendant que Becky vide les lave-linge et les séchoirs, fait de la monnaie et plie les affaires.

Mais elle va apprendre ce qui se passe, se dit Danny. *Quelqu'un se fera un plaisir de tout lui raconter. Probablement ce moulin à paroles de Cynthia Babson.*

Bien que la porte de sa caravane ne soit pas fermée à clé, ils ont attendu Jalbert. Davis marche vers la voiture. En voyant Danny descendre de l'avant et non de l'arrière, elle lance un regard accusateur à Jalbert, qui se contente de hausser les épaules.

Elle demande :

« Va-t-on découvrir des armes à l'intérieur, monsieur Coughlin ? »

Plus de Danny. Et elle a parlé suffisamment fort pour que tous les curieux l'entendent. Veut-elle leur faire comprendre que Danny Coughlin est soupçonné d'un crime grave ? Bien sûr que oui.

« Un .38 semi-automatique dans la table de chevet. Un Colt Commander. »

Il aimerait ajouter qu'il a parfaitement le droit de posséder cette arme de défense chez lui, n'ayant jamais été condamné, mais il s'abstient. Il aperçoit Bill Dumfries devant sa caravane : il a croisé ses bras épais sur sa poitrine et observe tout cela d'un air impassible. Danny se promet d'aller lui parler dès qu'il le pourra.

« Chargé ?

– Oui.

– Va-t-on trouver de la drogue, des seringues ou d'autres substances ?

– Uniquement de l'aspirine. »

Davis adresse un signe de tête aux gars de la scientifique, qui entrent avec leurs mallettes. Un policier muni d'une caméra vidéo les suit. Il porte des bottes et des gants en nitrile, mais pas de combinaison.

« Je peux entrer aussi ? » demande Danny.

Davis secoue la tête.

« Laisse-le regarder du seuil, dit Jalbert. Il ne fait rien de mal. »

Ce qui lui vaut un autre regard mauvais de sa collègue, mais Danny est prêt à parier qu'ils ont déjà exécuté ce numéro. Pas le duo gentil flic-méchant flic, mais flic agressif et flic neutre. Toutefois, il doute que Jalbert soit neutre. Pas plus que Davis.

Il gravit les marches. Des parpaings en l'occurrence, car après trois ans, il continue à considérer cette caravane comme du provisoire, mais il y a des fleurs de chaque côté. Il avait donné de l'argent à Becky pour qu'elle achète des graines. Qu'il avait semées avec Darla Jean.

Du seuil, donc, il regarde les hommes de la police scientifique envahir son intimité, ouvrir tous les tiroirs et placards. Ils regardent à l'intérieur du frigo, de la cuisinière, du four à micro-ondes posé sur le comptoir. C'est exaspérant. Il ne cesse de se répéter : *Voilà ce qui arrive quand on essaie d'aider.*

Dans son dos, Jalbert dit :

« Ils vous remettront un reçu pour toutes les choses qu'ils emportent. »

Danny sursaute. Il n'a pas entendu l'inspecteur approcher. Discret, ce salopard.

Finalement, ils ne prennent que son arme et un couteau de boucher. Un des deux gars en combinaison les dépose dans des sachets en plastique et l'autre les photographie. La vidéo ne suffit pas, apparemment. Danny possède trois couteaux à steak, mais ils les laissent. Il suppose que les lames à dents ne correspondent pas aux blessures infligées à Yvonne Wicker.

Danny redescend les marches en parpaings. Davis et Jalbert sont penchés l'un vers l'autre. Elle glisse un mot à l'oreille de son collègue, qui l'écoute sans quitter Danny des yeux. Il acquiesce, puis dit quelque chose à son tour, et tous les deux marchent vers Danny. Sous les regards fascinés. Il n'est pas rare que la police débarque ici, dans le camp, mais c'est la première fois qu'ils viennent pour Danny.

D'un ton détaché, comme si elle demandait l'heure, Davis interroge :

« Avez-vous tué d'autres personnes, Danny ? Ou bien était-ce devenu trop dur à supporter ? C'était la culpabilité, plus que la publicité ? La fille Wicker, c'était la goutte d'eau ? »

Danny la regarde droit dans les yeux et répond :

« Je n'ai tué personne. »

Davis sourit.

« Il faut que vous veniez au poste de Manitou demain. Nous avons d'autres questions à vous poser. Dix heures, ça vous va ? »

C'est exactement ce que j'avais prévu pour occuper mon samedi matin.

« Et si je refuse ? »

Davis ouvre de grands yeux.

« Libre à vous. Pour le moment du moins. Mais si vous n'avez fait que signaler le corps, je suppose que vous avez envie de régler cette affaire.

– Et hop, on n'en parle plus, ajouta Jalbert en frottant ses mains l'une contre l'autre. Alors, on dit dix heures ?

– Au cas où vous ne l'auriez pas remarqué, vous m'avez pris mon véhicule.

– On vous enverra une voiture, répond Jalbert.

– Peut-être que je pourrais en louer une chez Budget et vous envoyer la facture.

– Bon courage pour vous faire rembourser. La bureaucratie. » Ses dents d'enfant envoient un bref éclat et disparaissent. « Mais vous pouvez toujours essayer.

– Restez dans les parages, ajoute Davis. Vous pouvez quitter la ville, mais pas le comté. » Elle sourit. « On vous surveille.

– J'en suis sûr. » Après un moment d'hésitation, Danny ajoute : « Si vous réagissez de cette manière quand quelqu'un vous rend service, je n'ose pas imaginer votre réaction si on vous fait une crasse.

– Nous *savons* que… »

Danny est à bout.

« Non, vous ne savez rien, inspectrice Davis. Alors allez-vous-en maintenant. Tous les deux. »

Nullement troublée, elle ouvre la poche latérale de son sac-cartable et lui tend une carte de visite.

« C'est mon numéro de portable. Je suis joignable jour et nuit. Appelez-moi si vous décidez finalement de ne pas venir au poste demain. Mais je vous le déconseille. »

Les deux inspecteurs montent dans la berline bleu nuit. Et roulent vers l'entrée du camp, en passant devant un panneau sur lequel on peut lire : NOUS AIMONS NOS ENFANTS. RALENTISSEZ.

Danny s'approche de la caravane de Bill Dumfries.

« Qu'est-ce qui se passe, bordel ? demande celui-ci.

– Pour faire court, j'ai découvert le corps d'une fille assassinée dans un bled au nord d'ici. Gunnel. J'ai essayé de le signaler de manière anonyme. Ils m'ont retrouvé. Et maintenant, ils pensent que c'est moi le meurtrier. »

Bill secoue la tête.

« Ah, putain, les flics ! »

C'est bon à entendre. Le doute qu'il croit percevoir dans le regard de Bill est peut-être un effet de son imagination. Peu importe. Ancien entrepreneur, Bill a pris sa retraite il y a trois ans, et si quelqu'un à Oak Grove connaît un avocat dans le coin, c'est lui. Danny lui pose la question, Bill consulte son téléphone et Danny a un nom et un numéro avant même que la berline bleue ait atteint la nationale. Il les enregistre dans ses contacts.

« Je m'étonne qu'ils n'aient pas confisqué mon portable. Si je l'avais laissé dans la boîte à gants de mon pick-up comme je le fais toujours, ils l'auraient embarqué aussi. »

Bill répond qu'à son avis, il leur fallait un autre mandat pour le téléphone. Et il ajoute :

« Ils vont peut-être te le réclamer demain. Alors, s'il y a des trucs à l'intérieur que tu ne veux pas qu'ils voient, je te conseille de les effacer.

– Il n'y a rien », répond Danny, un peu trop fort.

Les gens continuent à l'observer et la porte de sa caravane est restée ouverte. Il le vit comme un viol, et il a beau se répéter que c'est idiot, ce sentiment demeure. Parce que ce n'est pas idiot.

« Billy ! » Mme Dumfries est apparue sur le seuil de leur caravane, la plus grande et la mieux aménagée du camp. « Dépêche-toi, ton dîner refroidit ! »

Bill s'éloigne sans se retourner, mais il fait un petit signe à Danny, pouce levé. C'est mieux que rien.

14

Une fois la porte de la caravane refermée, Danny est pris d'une crise de tremblements qui l'oblige à s'asseoir. C'est la première fois que ça lui arrive depuis l'époque où il buvait, quand il avait la tremblote le lendemain matin, jusqu'à ce qu'il avale une tasse de café. Et des aspirines. Et la fois où il s'était réveillé dans cette cellule à Wichita, évidemment. Sans café ni aspirine pour y remédier. C'est ce jour-là qu'il avait décidé d'arrêter de boire, de peur d'avoir des ennuis encore plus sérieux. Alors, il a arrêté, et regardez dans quel pétrin il se trouve à présent. Aucune B.A., etc.

Il ne prend pas la peine de faire du café, mais il y a un pack de Pepsi dans le frigo. Il vide une canette d'un trait, laisse échapper un rot sonore et les tremblements commencent à s'atténuer. L'avocat s'appelle Edgar Ball et c'est un gars du coin. Danny n'espère pas tomber sur lui à dix-sept heures passées, surtout un vendredi, mais le message enregistré sur le répondeur donne un numéro d'urgence. Danny tente sa chance.

« Allô, oui ?

– Vous êtes bien Edgar Ball ? L'avocat ?

– Exact, mais je m'apprête à emmener ma femme dîner au Happy Jack's. Alors dites-moi pourquoi vous m'appelez et soyez bref.

– Mon nom est Daniel Coughlin. Je crois que la police me soupçonne d'avoir assassiné une fille. » Il se reprend. « Non, je sais qu'ils me croient coupable. Mais ce n'est pas moi qui l'ai tuée, je leur ai juste indiqué où se trouvait le corps. Je suis convoqué au poste de Manitou demain pour être interrogé…

– La police de Manitou veut…

– Non, le KBI. Ils vont juste utiliser une salle du poste pour m'interroger. Ils me laissent mariner cette nuit, mais je pense que demain matin, ils vont m'arrêter. J'ai besoin d'un avocat. J'ai eu votre nom par Bill Dumfries. »

Une voix de femme se fait entendre à l'arrière-plan. Ball répond qu'il arrive « en moins de deux ».

« Je suis avocat spécialisé dans l'immobilier, Bill ne vous l'a pas dit ? Je n'ai pas traité de dossier criminel depuis que j'ai vissé ma plaque, et à l'époque c'étaient surtout des affaires de conduite en état d'ivresse ou des larcins.

– Je ne connais pas d'autre…

– À quelle heure a lieu votre interrogatoire ?

– Ils m'ont dit de venir à dix heures.

– Au poste de Rampart Street ?

– Si vous le dites.

– OK, j'accepte de vous représenter lors de l'interrogatoire.

– Merci infi…

– Mais s'ils persistent et signent, je vous recommanderai à un collègue spécialisé dans les affaires criminelles. »

Danny voudrait le remercier de nouveau, et peut-être lui demander s'il accepterait de le conduire au poste, hélas, Ball a déjà raccroché.

Ce n'est pas grand-chose, mais c'est déjà ça. Il appelle Becky.

« Salut, Beck. J'ai un petit problème et je me demandais si…

– Je suis au courant de ton petit problème. Si on peut parler d'un "petit problème". J'étais au téléphone avec Cynthia Babson à l'instant. »

Évidemment, songe Danny.

« D'après elle, les flics pensent que tu as assassiné cette fille qu'ils ont retrouvée dans le Nord. »

Becky s'arrête là, elle attend qu'il déclare que ce n'est pas lui, que tout ça est ridicule, mais il ne devrait pas avoir besoin de démentir. Elle le connaît depuis trois ans, ils couchent ensemble une fois par semaine, parfois deux, il va chercher sa fille à l'école… Alors non, il ne devrait pas être obligé de démentir, point.

« Je suis convoqué au poste de police de Manitou demain, pour être interrogé par ces deux inspecteurs du KBI, et je me demandais si tu pouvais me prêter ta voiture. Ils ont embarqué mon pick-up à Great Bend, et je ne sais pas quand je pourrai le récupérer. »

Il y a un long silence, puis Becky dit :

« J'emmène DJ au High Banks Hall of Fame demain. Tu sais bien qu'elle adore ces voitures rigolotes. »

Danny connaît ce musée, même s'il n'y est jamais allé. Il sait également que Darla Jean n'a jamais exprimé le moindre intérêt pour ces bagnoles de course miniatures, en sa présence en tout cas. S'il s'agissait d'un musée de poupées, ce serait différent.

« OK. Pas de problème.

– Tu n'as rien à voir avec cette fille, hein, Danny ? »

Il soupire.

« Non, Beck. Je savais où elle était, voilà tout.

– Mais comment ? Comment tu l'as su ?

– J'ai fait un rêve. »

Cela éveille sa curiosité.

« Comme Letitia dans *Inside View* ?

– Oui. Pareil. Bon, il faut que je te laisse.

– Prends soin de toi, Danny.

– Toi aussi, Beck. »

Au moins, elle a cru à mon histoire de rêve, se dit-il. Il est vrai que Becky semble croire tout ce qu'elle lit dans son tabloïd de supermarché préféré, y compris que le fantôme de la reine Élisabeth II hante le château de Balmoral et qu'un peuple fourmi doué d'intelligence vit dans les profondeurs de la forêt amazonienne.

15

Ella Davis conduit son collègue à son hôtel situé à Lyons et s'arrête sous l'auvent défraîchi. Jalbert récupère sa vieille mallette (compagne de plus de vingt années d'enquêtes, d'un bout à l'autre du Kansas, de haut en bas) et lui donne rendez-vous au poste de police de Manitou le lendemain à neuf heures. Inutile de venir le chercher, il prendra sa voiture personnelle. Cela leur laissera le temps de peaufiner leur plan d'attaque avant l'arrivée de Coughlin à dix heures. De son côté, Davis se rend à Great Bend, où elle loge chez sa sœur. Une grande fête d'anniversaire l'attend. Sa fille va avoir huit ans.

« On a de quoi l'arrêter, Frank ?

– On verra ce que trouve la scientifique dans son pick-up.

– Pour vous, ça ne fait aucun doute ? C'est lui.

– Aucun. Sois prudente sur la route. »

Elle redémarre. Jalbert lui adresse un petit geste de la main et se dirige vers sa chambre, en tapotant le toit de sa Chevy Caprice au passage. Comme sa mallette, cette voiture l'a accompagné dans de nombreuses enquêtes, de Kansas City à Scott City, à l'autre extrémité de l'État.

La « suite », composée d'une chambre et d'un salon, loin d'être luxueuse, s'apparente au « style sobre du Kansas ». Il flotte une odeur de désinfectant et des relents de moisissure. Les toilettes ont tendance à glouglouter quand on tire la chasse d'eau, sauf si on abaisse plusieurs fois la poignée. Le climatiseur émet un léger bruit de crécelle. Il a connu mieux, mais il a également connu bien pire. Jalbert pose sa mallette sur le lit et ouvre la serrure à combinaison. Il en sort un dossier portant la mention WICKER. Il vérifie que les rideaux sont bien fermés. Il tourne le verrou de la porte et met la chaîne de sécurité. Sur ce, il se déshabille entièrement en pliant chacun de ses vêtements sur sa mallette au fur et à mesure. Puis il s'assoit sur la chaise près de la porte.

« Un. »

Il marche vers la chaise installée devant le bureau minuscule (et presque inutilisable) et s'assoit.

« Un plus deux plus trois : six. »

Il va s'asseoir sur le lit à côté de sa mallette et de ses vêtements pliés.

« Un plus deux plus trois plus quatre plus cinq plus six, qui font vingt et un. »

Il se rend dans la salle de bains et s'assoit sur le couvercle des toilettes. Le plastique est froid sous ses fesses décharnées.

« Un plus deux plus trois plus quatre plus cinq plus six plus sept plus huit plus neuf plus dix : cinquante-cinq. »

Il retourne vers la première chaise – son pénis se balance comme un pendule – et s'y assoit.

« Maintenant, j'ajoute onze, douze, treize, quatorze et quinze, et ça donne cent vingt. »

Il effectue un autre tour complet, et il s'estime satisfait. Parfois, il doit faire dix ou vingt tours avant que son esprit lui dise que ça suffit. Il s'autorise enfin à pisser. Ça faisait longtemps qu'il se retenait. Puis il se lave les mains en comptant jusqu'à dix-sept. Il ignore pourquoi dix-sept est le chiffre parfait pour se laver les mains. C'est comme ça. Ça fonctionne pour le brossage des dents également. Pour le shampoing, en revanche, il doit compter jusqu'à vingt et un, depuis qu'il est ado.

Il sort sa valise de sous le lit et enfile des vêtements propres. Ceux qu'il a retirés et pliés vont dans la valise. La valise retourne sous le lit. À genoux, il récite :

« Seigneur, faites que je serve la population du Kansas. Demain, si telle est Votre volonté, j'arrêterai l'homme qui a tué cette pauvre Mlle Yvonne. »

Il emporte le dossier jusqu'à la chaise installée devant le bureau inutile et l'ouvre. Il observe les photos de Mlle Yvonne, il les fait défiler cinq fois (un et cinq côte à côte, ça fait quinze). C'est affreux. Affreux, affreux. Ces photos briseraient le cœur de l'être le plus insensible. Mais ce qui accapare toute son attention, c'est le bracelet, auquel il manque plusieurs breloques apparemment, et la terre dans ses cheveux. Pauvre Mlle Yvonne ! Vingt ans, violée et assassinée ! La douleur qu'elle a dû ressentir ! La peur ! Le pasteur de Jalbert affirme que toutes les douleurs et les terreurs vécues sur terre sont effacées par les joies qui nous attendent au ciel. C'est une belle idée, toutefois Jalbert n'est pas convaincu. Il pense que certains traumatismes peuvent transcender même la mort. C'est une pensée effroyable, mais elle lui semble juste.

Il consulte le rapport du légiste, qui pose un problème. En effet, ce rapport stipule que Mlle Yvonne est restée enterrée dans ce sol gorgé d'huile pendant une dizaine de jours, avant que son corps soit exhumé par la police, et impossible de déterminer avec précision quand elle a été tuée. Coughlin a très bien pu l'enterrer immédiatement derrière cette station-service abandonnée, ou garder le corps un certain temps – sans doute parce qu'il ne savait pas comment s'en débarrasser, ou bien parce que c'est un psychopathe. Sans information précise concernant le jour et l'heure du décès, Coughlin n'a pas besoin d'alibi, c'est une cible mouvante.

« D'un autre côté, réfléchit-il à voix haute, il veut se faire prendre. Voilà pourquoi il s'est manifesté. C'est comme une fille qui dit non-non avec la bouche, mais oui-oui avec les yeux. »

Une comparaison qu'il se garderait bien de faire en public, et surtout pas devant Ella Davis. En ces temps de #CroireLesFemmes.

Je crois en Mlle Yvonne.

Il enrage qu'ils ne disposent pas de plus de preuves et il envisage de refaire le tour des chaises, mais il se retient. Au lieu de cela, il marche jusqu'au Snack Shack pour acheter un cheeseburger et un milk-shake. Il compte ses pas et les additionne. Ce n'est pas aussi efficace que les chaises, mais ça l'apaise. Il regagne sa suite décorée dans le « style sobre du Kansas » qu'il oubliera dès qu'il l'aura quittée, comme il a oublié tant d'autres logements temporaires. Il mange son burger. Il boit son milk-shake jusqu'à ce que la paille racle contre le fond du gobelet. Il pense à Coughlin, qui affirme avoir rêvé de l'endroit où était enterrée Mlle Yvonne. C'est la partie de son cerveau qui veut se confesser. Quand il aura avoué, il sera soulagé.

16

Danny regarde sans vraiment regarder un truc sur Netflix quand son téléphone sonne. Voyant que c'est Becky, il songe qu'elle a changé d'avis et qu'elle accepte de lui prêter sa voiture. Erreur. En vérité, elle lui annonce qu'ils devraient prendre leurs distances. Le temps que la police l'innocente dans l'affaire Wicker, comme ils vont le faire, évidemment.

« Le problème, Danny, explique-t-elle, c'est qu'Andy parle de retourner devant le tribunal et de m'attaquer en justice... Ou je ne sais pas comment on dit... Pour avoir la garde de Darla Jean. Et si son avocat peut affirmer que je fréquente quelqu'un qui est suspecté de... Avec cette histoire de fille... Il risque de convaincre le juge.

– Sérieusement, Beck ? Tu ne m'as pas dit qu'il n'avait pas versé la pension alimentaire depuis six mois ? Je ne pense pas qu'un juge ait très envie de confier DJ à un père mauvais payeur, si ?

– Je sais, mais... Je t'en prie, Danny, essaie de comprendre... Si Andy obtient la garde de DJ, il ne sera pas obligé de payer une pension. En fait... Je ne sais pas trop comment ça se passe, mais c'est *moi* qui pourrais être obligée de payer.

– Depuis quand il n'a pas pris DJ, ne serait-ce qu'un week-end ? »

Là aussi elle a une réponse toute prête, encore du baratin, et Danny ne comprend pas pourquoi il s'accroche. Entre eux, ça n'a jamais été une histoire d'amour, plutôt un arrangement entre deux célibataires qui vivent dans des caravanes et approchent de l'âge mûr. Elle ne veut pas s'impliquer ? Soit. Mais il sait que Darla Jean lui manquera. Elle l'a aidé à semer des fleurs pour décorer tant bien que mal les marches en parpaings. C'est une fillette adorable et...

Une idée le frappe de plein fouet. Douloureuse, mais plausible. Douloureusement plausible.

« Tu as peur que je fasse du mal à DJ ? C'est ça, Becky ? Que je l'agresse ou un truc dans le genre ? C'est la vraie raison ?

– Non, pas du tout ! »

Il l'entend dans sa voix, ou il croit l'entendre, ce qui revient au même.

« Prends soin de toi, Beck.

– Danny... »

Il coupe la communication et se rassoit devant la télé, où un idiot explique à une idiote que c'est compliqué.

« Comme tu dis. »

Danny expédie le programme aux oubliettes d'un coup de télécommande. Assis face à l'écran noir, il songe : *Je refuse de m'apitoyer sur mon sort. J'ai merdé en voulant signaler ce que j'avais découvert, je ne peux pas m'apitoyer sur mon sort.*

Puis il revoit les yeux de Jalbert qui se promenaient sur son visage.

« Méfie-toi de ce type », dit-il.

Pour la première fois depuis deux ans, il s'aperçoit qu'il a envie d'une bière.

17

Allongé dans son lit, raide comme un piquet, Jalbert écoute le vent de la prairie souffler dehors, en pensant à l'interrogatoire du lendemain. Il ne veut pas y penser, il a besoin de dormir pour être frais et dispos au matin. C'est *Coughlin* qui devrait s'agiter dans son lit toute la nuit, sans trouver le sommeil.

Mais parfois, impossible d'éteindre la machine.

Il balance ses jambes hors du lit, prend son téléphone et appelle George Gibson, qui dirige l'unité scientifique du KBI depuis sept ans. Gibson a pris l'avion à Wichita aussitôt que le juge a signé les mandats de perquisition et il était prêt à se mettre au boulot dès qu'on lui a apporté le pick-up de Coughlin. Ce coup de téléphone est une erreur : Gibson l'appellera s'il trouve quelque chose d'intéressant. Mais Jalbert ne peut s'en empêcher. Parfois, comme à cet instant, il sait ce que ressentent les junkies.

« George, c'est Frank. Alors, ça donne quoi ? On a la preuve que cette fille est montée à bord ?

– Rien pour l'instant, répond Gibson. Mais on continue à chercher.

– Je laisse mon portable allumé. Appelle-moi si tu as du sérieux. À n'importe quelle heure.

– Promis. Je peux retourner bosser maintenant ?

– Oui. Désolé. C'est juste que… On fait tout ça pour cette fille, George. Pour Mlle Yvonne. Nous sommes ses…

– Ses défenseurs. Merci de me le rappeler.

– Désolé. Pardon. Retournes-y. »

Jalbert coupe la communication et se rallonge. Il se met à compter et à additionner. Un et deux ça fait trois, plus trois ça fait six, plus quatre ça fait dix, plus cinq ça fait quinze. Quand il arrive à plus dix-sept égale cent cinquante-trois, il a enfin réussi à se détendre. Et arrivé à plus vingt-huit ça fait quatre cent six, il commence à s'endormir.

18

Son téléphone le réveille à deux heures. C'est Gibson.

« Donne-moi une bonne nouvelle, George.

– Je le ferais si je pouvais. » Gibson paraît exténué. « Le pick-up est clean. Je rentre chez moi tant que je peux encore garder les yeux ouverts. »

Jalbert s'est redressé dans son lit.

« *Rien du tout* ? Tu plaisantes ?

– Jamais après minuit.

– Tu l'as mis sur le pont élévateur ? Tu as examiné le châssis ?

– Ce n'est pas à un vieux singe qu'on apprend à faire la grimace, Frank. »

Gibson est sur le point de perdre son calme. Jalbert sait qu'il devrait en rester là. Mais il ne peut pas.

« Il a tout nettoyé, hein ? Ce salopard a nettoyé son pick-up et il l'a certainement envoyé au lavage.

– Pas récemment, en tout cas. Il reste de la terre de son expédition à Gunnel. Et aucune trace d'eau de Javel, ni dans la cabine ni sur le plateau. »

Jalbert espérait davantage. Il espérait quelque chose. Véritablement.

Gibson ajoute :

« Trouver des empreintes, des cheveux, une fibre de vêtement… Ç'aurait été l'idéal. Formidable. Mais ça ne veut pas dire pour autant qu'il n'a pas enlevé la fille. Soit il a fait un super boulot de nettoyage, soit…

– Elle n'est jamais montée dans son pick-up. » Jalbert couve une migraine et se rendormir est probablement exclu à présent. « Il a pu se servir d'un autre véhicule pour la transporter. On sait qu'il a une petite amie dans ce camp de caravanes. Il a pu utiliser sa bagnole. S'il n'avoue pas, on sera peut-être obligés de…

– Il existe une troisième possibilité, dit Gibson.
– Laquelle ?
– Il pourrait être innocent. »

La stupéfaction réduit Jalbert au silence pendant plusieurs secondes. Puis il éclate de rire.

19

Lorsque Jalbert arrive au poste de police de Manitou le lendemain matin – vêtu d'un jean propre, d'une chemise propre et de sa veste noire fétiche –, il découvre Ella Davis qui l'attend sur le perron, une cigarette aux lèvres. Voyant arriver son supérieur, elle s'empresse de la jeter et de l'écraser avec son pied. Elle songe à lui faire remarquer qu'il paraît fatigué, puis se ravise. Elle lui demande s'il a du nouveau au sujet du pick-up de Coughlin.

« Ils n'ont rien découvert, répond-il en déposant sa mallette entre ses chaussures confortables. Ça veut dire qu'on va devoir se retrousser les manches.

– Ça pourrait vouloir dire également qu'Yvonne Wicker n'est pas sa première victime. Vous avez pensé à ça ? »

Évidemment qu'il y a pensé. Souvent les serial killers bâclent leur premier meurtre, mais s'ils ne se font pas prendre, ils apprennent de leurs erreurs. Il pourrait confier à Davis qu'il n'y avait aucun résidu d'eau de Javel à l'intérieur du pick-up, ce qui signifie que Coughlin n'a pas essayé d'effacer des traces de sang, de liquide organique quelconque ou d'ADN, mais il n'y pense même pas, car ça n'a pas d'importance. Coughlin a tué cette fille. Cette histoire de rêve est une tentative pitoyable pour se mettre en valeur – tel le pyromane qui aide à combattre le feu qu'il a lui-même allumé, comme l'a dit Davis – ou parce que la culpabilité est devenue trop lourde à supporter et qu'il veut se confesser. Jalbert penche pour la seconde explication, et il se fera un plaisir de l'aider à se soulager.

« Mlle Yvonne passe la nuit du 31 mai dans un refuge d'Arkansas City, résume Jalbert. Sa signature figure dans le registre. Le lendemain matin, elle s'offre un café et un friand au Gas-n-Go près de l'intersection de la I-35 et de… aide-moi, Ella.

– La Route 166. On la voit sur les images de vidéosurveillance. En gros plan. L'employé a vu sa photo dans l'*Oklahoman* et a prévenu la police. Un bon point pour lui. »

Jalbert hoche la tête.

« Le 1er juin au matin, un peu après huit heures. Après quoi, elle fait du stop sur la 35. C'est la dernière fois que quelqu'un a vu Mlle Yvonne, jusqu'à ce que Coughlin se rende à Gunnel et signale la présence du corps. Nous sommes d'accord ? »

Davis hoche la tête.

« Donc, quand nous interrogerons Coughlin, nous devons lui demander où il était et ce qu'il faisait entre le 1er et le 24 juin, jour où il a passé ce coup de téléphone.

– Il répondra qu'il ne s'en souvient pas. Et c'est crédible. Il n'y a qu'à la télé que les gens se souviennent où ils étaient tel ou tel jour. Si vous me demandiez où j'étais le 5 juin… ou le 10… je ne pourrais pas vous le dire. Avec certitude.

– Il pointe quand il va travailler au lycée. Ça permet déjà d'avoir une idée. »

Voyant que Davis va dire quelque chose, il l'arrête en levant deux doigts.

« Je sais ce que tu penses. Une pointeuse ne sait pas ce que tu fais après avoir pointé, mais il y a ces deux jeunes qui bossent pour lui. On va les interroger. On saura si Coughlin les a laissés seuls quelques heures, ou même une journée entière. »

Davis sort de son gros sac à main un carnet dans lequel elle se met à griffonner. Sans lever la tête, elle dit :

« Le lycée était encore ouvert durant la première semaine de juin. J'ai vérifié sur Internet. Un tas de gens l'auront vu, s'il était là.

– On va interroger tout le monde. Seulement toi et moi, Ella. On doit essayer de découvrir où il était et ce qu'il a fait durant ces trois semaines. Trouver les failles. Les incohérences. Tu es partante ?

– Oui.

– En supposant, évidemment, qu'il ne passe pas aux aveux ce matin. Et je me dis que ce n'est pas impossible.

– Il y a juste une chose qui me tracasse, dit Davis. C'est sa réaction quand je lui ai dit que le meurtrier avait laissé des traces de sperme. Ce que j'ai vu sur son visage à ce moment-là... C'était du soulagement. De la joie, presque. Il avait hâte de me donner un échantillon de salive. »

Jalbert lève les mains, paumes en avant, comme s'il repoussait physiquement cette idée.

« Pourquoi est-ce qu'il s'inquiéterait à cause de l'ADN ? Il savait que c'était du bluff car il a mis un préservatif avant de la violer. »

Davis ne dit rien, mais quelque chose dans son expression fait tiquer Jalbert.

« Quoi ?

– C'était du soulagement, répète-t-elle. Comme s'il n'était pas au courant pour le préservatif. Comme s'il pensait que l'analyse de l'ADN permettrait de le disculper. »

Jalbert trouve ça risible.

« Certains de ces salopards sont d'excellents comédiens. Ted Bundy avait une petite amie. Dennis Rader a réussi à duper sa propre épouse. Pendant des *années*.

– Oui, sans doute, mais notre homme n'a pas été très malin avec le téléphone prépayé. »

Jalbert fronce les sourcils de nouveau.

« Allons, Ella, il voulait qu'on le retrouve. Bon, est-ce qu'on veut obtenir justice pour Mlle Yvonne ce matin ? »

Davis réfléchit. Jalbert est inspecteur au KBI depuis vingt ans. Elle occupe ce poste depuis cinq ans seulement. Et elle fait confiance à l'instinct de son supérieur. Et puis, cette histoire de rêve, c'est vraiment n'importe quoi.

« Oui », dit-elle.

Jalbert lui donne une petite tape sur l'épaule.

« Bravo, collègue. Garde bien ça en tête. »

20

Danny n'a aucune envie qu'une autre voiture de police s'arrête devant sa caravane, c'est pourquoi, à neuf heures trente, posté à l'entrée d'Oak Grove, les mains dans les poches, il attend qu'on vienne le chercher. Il se dit qu'il a sacrément merdé avec cet appel anonyme ; il n'a réussi qu'à se fourrer dans le pétrin. Et il pense à Jalbert. Sa collègue ne l'inquiète pas. Contrairement à lui. Car Jalbert s'est déjà fait une opinion, et face à cela, Danny ne dispose que d'une histoire de rêve à laquelle seules quelques personnes (les lecteurs d'*Inside View*, comme Becky) pourraient croire.

Toutefois, il y a quand même un élément qui penche en sa faveur : il n'a pas tué cette fille.

Il s'avère qu'il aurait pu attendre dans sa caravane, car le flic qui vient le chercher arrive au volant d'une voiture banalisée. Certes, il porte un uniforme, mais assis au volant, sa casquette posée sur le siège passager, on pourrait le prendre pour un quidam ordinaire.

Il abaisse sa vitre.

« Coughlin ?

– Oui. Je peux m'asseoir devant avec vous ?

– Euh, je ne sais pas. » C'est un jeune flic, pas plus de vingt-cinq ans certainement. Et bien qu'on soit au Kansas, il a un petit côté décontracté, style surfeur. « Vous n'allez pas m'agresser ? »

Danny sourit.

« Je n'agresse jamais personne avant le milieu de l'après-midi.

– OK, vous pouvez vous asseoir devant comme un grand, mais soyez sympa : laissez vos mains bien en évidence. »

Danny monte. Il boucle sa ceinture. L'ordinateur de bord est éteint, mais la radio maugrée de manière ininterrompue.

« Et donc, dit le jeune flic, vous allez être interrogé par le KBI dans notre modeste poste de police. C'est excitant, hein ?

– Pas pour moi.

– Vous avez tué cette fille ? Celle qu'ils ont retrouvée à Gunnel ? Ça restera entre nous.

– Non.

– Oui, évidemment, vous n'allez pas dire le contraire », rétorque le flic en riant. Et Danny se surprend à rire avec lui. « Comment vous saviez qu'elle était là-bas, si vous l'avez pas tuée ? »

Danny soupire. Et voilà, c'est parti. Comme disait Elvis : c'est ton bébé, c'est à toi de le bercer[1].

« Je l'ai vue en rêve. Alors, je suis allé sur place, et elle était là. »

Il s'attend à ce que le flic dise qu'il n'a jamais rien entendu d'aussi débile, mais non.

« Il se passe des trucs bizarres des fois. Vous connaissez Red Bluff, à une centaine de kilomètres à l'ouest d'ici ?

– J'en ai entendu parler, c'est tout.

– Une vieille dame est allée raconter à la police qu'elle avait eu une vision. Elle avait vu un petit garçon tomber dans un vieux puits. C'était il y a sept ou huit ans. Et vous savez quoi ? Le gamin était bien là. Vivant. Ça a fait les gros titres dans tout le pays. Dites à ces agents du KBI de se renseigner sur Google. Red Bluff, le gamin dans le puits. Ils trouveront. *Mais...*

– Quoi ?

– Si vous n'avez pas tué cette fille, tenez-vous-en à votre explication. Si vous changez de version, ils vont vous crucifier.

– Vous n'êtes pas très fan du KBI, on dirait. »

Le jeune flic hausse les épaules.

« Y a rien à redire dans l'ensemble. Ils nous prennent pour des bouseux, mais c'est ce qu'on est, quand on y réfléchit. Une brigade de six agents et un seul radar installé à la sortie de la ville. C'est tout. Notre chef a dit à ces agents qu'ils pouvaient utiliser la salle de repos pour vous poser des questions. On s'en sert pour les interrogatoires nous aussi, en cas de besoin, alors il y a une caméra et un micro. »

Il s'arrête devant le poste. Dont la porte s'ouvre pour laisser apparaître Jalbert sur le perron. Dans sa veste noire aux coudes lustrés.

« Une dernière chose, monsieur Coughlin. On connaît bien Frank Jalbert. Il ne renonce jamais. Pour les gars de la Highway Patrol,

1. « It's Your Baby You Rock It », Elvis Presley.

c'est une putain de légende. Et si vous voulez mon avis, il ne croit pas aux rêves.

– J'avais remarqué. »

21

Danny gravit les marches. Jalbert lui tend la main. Danny hésite, puis la prend. Comme la veille, sa main est rêche et fébrile.

« Merci d'être venu, Danny. Allons-y, si vous voulez bien. Et essayons d'éclaircir cette affaire. Un agent vient de faire du café.

– Pas tout de suite. »

Jalbert fronce les sourcils.

« Il n'est que dix heures moins cinq. J'attends quelqu'un.

– Oh.

– Un avocat. »

Jalbert hausse les sourcils.

« Généralement, les personnes qui estiment avoir besoin d'un avocat sont coupables.

– Ou intelligentes. »

Jalbert ne relève pas.

Edgar Ball arrive à dix heures pétantes. Juché sur une gigantesque Honda Gold Wing. Le moteur est tellement silencieux que Danny entend le vieux standard qui sort des enceintes intégrées : « Take It On the Run » de REO Speedwagon. Ball s'arrête, met la béquille et descend de sa monture. Danny est immédiatement séduit, en partie à cause de l'énorme moto, mais aussi parce que ce type d'un certain âge porte un polo de golf qui ne cache rien de ses seins de mec et un vieux short kaki qui lui descend jusqu'aux genoux. Jamais un avocat spécialisé dans le droit immobilier n'a aussi peu ressemblé à un avocat spécialisé dans le droit immobilier.

« Je suppose que vous êtes Daniel Coughlin, dit-il en lui tendant une main aux doigts boudinés.

– Lui-même, répond Danny en lui serrant la main. Merci d'être venu. »

Ball porte son attention sur l'homme à la veste noire.

« Eddie Ball, avocat. Et vous êtes… ?

– Inspecteur Franklin Jalbert, Kansas Bureau of Investigation. » Le regard fixé sur la rue principale et quasiment déserte de Manitou, il semble ne pas voir la main tendue de Ball. « Entrons. Nous avons des questions à poser à Danny.

– Allez-y, dit Ball. Nous vous rejoignons tout de suite. J'aimerais m'entretenir avec mon client d'abord. »

Jalbert grimace.

« Nous n'avons pas toute la journée. Je suis pressé d'en finir, et je suis sûr que Danny également.

– Certainement, mais c'est une affaire sérieuse, répond Ball, toujours aussi jovial. Et si ça doit prendre toute la journée, ça prendra toute la journée. J'ai le droit de parler à mon client avant que vous l'interrogiez. Si vous appartenez au KBI, vous le savez. Estimez-vous heureux, inspecteur, que j'accepte de faire ça ici, sur les marches du poste de police, au lieu d'emmener mon client à mon cabinet, à l'arrière de ma bécane.

– Cinq minutes », dit Jalbert. Puis, s'adressant à Danny : « Vous aggravez votre cas, mon gars.

– Oh, je vous en prie, dit Ball, toujours aussi débonnaire, épargnez-nous votre cinéma. »

Un bref rictus dévoile les petites dents de l'inspecteur. *Voilà à quoi il ressemble à l'intérieur*, songe Danny.

Une fois Jalbert parti, Ball lâche :

« Un vrai Ostrogoth, hein ? »

Danny ne connaît pas ce mot, et il se demande si Ball vient d'insulter Jalbert.

« Oui, il n'est pas commode. À vrai dire, il me fait peur. Je n'ai pas tué cette fille et lui est persuadé que si. »

Ball l'arrête d'un geste.

« Holà, pas de déclaration. Je vous ai présenté comme mon client, mais vous ne l'êtes pas. Pas encore, du moins. Mes honoraires pour ce matin sont de quatre cents dollars. Je devrais vous réclamer moitié moins car j'ai oublié presque tout ce que j'ai appris sur le droit pénal, mais on est samedi matin et j'aimerais mieux être sur le green. Cette somme vous convient ?

– Oui, mais je n'ai pas mon ché…

– Vous avez un dollar ?

– Oui.

– C'est suffisant comme avance. Aboulez le fric. » Danny lui ayant remis un dollar, Ball enchaîne : « Maintenant, vous êtes mon client. Racontez-moi exactement ce qui s'est passé, et pour quelle raison l'inspecteur Jalbert vous a dans le collimateur. N'ajoutez pas de détails superflus, mais n'omettez rien qui pourrait revenir vous hanter plus tard. »

Danny lui parle de son rêve. Il lui parle de son escapade à Gunnel et de la station Texaco. Il lui parle du chien. Il lui parle de la main et de la poubelle renversée. Tout cela n'a ni queue ni tête, mais la honte le submerge seulement quand il avoue son comportement stupide au moment de passer ce coup de téléphone anonyme.

« De mon point de vue, cela joue en votre faveur, dit Ball. Vous ne saviez pas ce que vous faisiez. Et le fait de vouloir rester anonyme, compte tenu de la manière dont vous avez obtenu cette information, est totalement compréhensible.

– J'aurais dû réfléchir un peu plus. Je supposais que… Vous savez ce qu'on dit sur les suppositions ?

– Oui, les suppositions, c'est pour les cons. Un vieux dicton qui a du bon. Dites-moi, Daniel, aviez-vous déjà eu des expériences de nature psychique ?

– Non.

– Réfléchissez bien. Ce serait une bonne chose si vous aviez déjà eu…

– Non. C'était la première fois. »

Ball soupire en se balançant d'avant en arrière. Il porte des bottes de moto et des bas de contention qui rejoignent son short XL. Danny trouve ça amusant.

« Bien, dit-il. Il faut faire avec ce qu'on a. Encore un vieux dicton. »

Ella Davis sort à son tour du poste de police.

« Danny, si vous ne voulez pas vous taper deux heures de route jusqu'à Great Bend pour répondre à nos questions là-bas, on ferait bien de s'y mettre. »

Ball lui sourit.

« Vous êtes… ?

– Inspectrice Davis, KBI, et je commence à perdre patience. Frank aussi.

– Oh, on ne voudrait surtout pas que ça arrive, hein ? Et puisque votre temps précieux est également le temps précieux de mon client, je suis convaincu que Daniel se fera un plaisir de vous aider dans votre enquête pour pouvoir vaquer à ses occupations du samedi. »

22

Dans la salle de repos du poste de police de Manitou, il y a un distributeur de sodas qui ronronne bruyamment. Un comptoir sur lequel sont posées une cafetière et quelques viennoiseries. Au-dessus desquelles une pancarte dit : À VOTRE BON CŒUR. Sur un des murs, une plaque proclame : NOTRE MISSION : SERVIR ET PROTÉGER. Sur un autre mur, un poster montre O.J. Simpson et son avocat Johnnie Cochran, accompagnés de cette légende : ÇA NE VEUT RIEN DIRE SI LE GANT NE LUI VA PAS. Au centre de la pièce, il y a une table, avec deux chaises de chaque côté, et un micro au milieu. Entre le distributeur de sodas et le comptoir, l'œil rouge d'une caméra montée sur un trépied clignote.

Jalbert montre deux des chaises. Danny et son avocat s'y assoient. Ella Davis prend place en face d'eux et sort un carnet de son sac. Jalbert reste debout, pour le moment. Il indique la date, l'heure et les noms des personnes présentes. Après quoi, il lit ses droits à Danny, de nouveau, et lui demande s'il a compris.

« Oui, répond celui-ci.

– Attention, *spoiler*, madame et monsieur de la police, dit Ball. Je suis avocat spécialisé dans l'immobilier. Je m'occupe donc de propriétés, je travaille avec un certain nombre de banques du coin, je sers de lien entre les vendeurs et les acheteurs, je rédige des contrats et parfois même des testaments. Je ne suis pas Perry Mason ni Saul Goodman. Je suis ici pour m'assurer que vous gardez l'esprit ouvert et une attitude respectueuse.

– Qui est ce Saul Goodman ? » demande Jalbert, méfiant.

Ball soupire.

« C'est un personnage de série. Laissez tomber. Posez vos questions.

– En parlant de respect, dit Jalbert, il y a une personne qui méritait le respect : Yvonne Wicker. Au lieu de cela, elle a été violée, poignardée à plusieurs reprises et assassinée. »

Ball se rembrunit pour la première fois.

« Vous n'êtes pas là pour instruire le procès, inspecteur. Vous êtes là pour enquêter. Alors remballez votre plaidoirie et posez vos questions, que l'on puisse sortir d'ici. »

Jalbert montre ses dents de nouveau, dans ce qu'il croit être un sourire sans doute.

« Pour que les choses soient bien claires, maître Ball. Et présentes dans votre esprit. Nous parlons du meurtre de sang-froid d'une jeune femme sans défense.

– C'est noté. »

Ball ne semble pas impressionné (aux yeux de Danny du moins), mais il a perdu sa bonhomie.

Jalbert adresse un signe de tête à sa collègue, qui demande :

« Comment vous sentez-vous ce matin, Danny ? Tout va bien ? »

Danny songe : *Il y a donc bien le gentil flic et le méchant flic.*

« Si on met de côté le fait que tout le monde à Oak Grove pense que j'ai des ennuis avec la police, tout va bien. Et vous ?

– Ça va, merci.

– Et ils ne vont pas tarder à apprendre de quel genre d'ennuis il s'agit, n'est-ce pas ?

– Pas par nous, dit Davis. Nous ne parlons jamais de nos enquêtes avant qu'elles soient bouclées. »

Certes, mais ils l'apprendront par Becky, se dit Danny. Et une fois qu'elle en aura parlé à Cynthia Babson, ça deviendra viral.

« Nous aimerions jeter un coup d'œil à votre téléphone, reprend Davis. Simple routine. Vous êtes d'accord ? » Elle le regarde droit dans les yeux, en souriant. « Un simple coup d'œil à vos déplacements pourrait suffire à vous disculper. Ça nous ferait gagner du temps et ça vous éviterait des ennuis.

– Mauvaise idée, dit Ball à Danny. Je pense qu'il leur faut un mandat spécifique pour votre téléphone. Sinon, ils vous l'auraient déjà confisqué. »

Ignorant cette intervention, et sans se départir de son plus beau sourire qui proclame : *Faites-moi confiance*, Davis ajoute : « Et vous devrez le déverrouiller, évidemment. Apple est très à cheval sur le respect de la vie privée. »

Jalbert a battu en retraite vers le comptoir des viennoiseries. Il laisse le gentil flic mener le bal, pour le moment. En se servant une tasse de café, il dit :

« Ce serait un grand pas vers l'instauration d'une relation de confiance, Danny. »

Danny a envie de répondre : *Votre confiance en moi ne va pas plus loin que le bout de cette salle.* Toutefois, il n'a pas besoin de Ball – sympathique, mais manifestement dépassé – pour savoir que moins il en dit, mieux c'est. Les remarques hostiles n'arrangeront rien, mais elles lui brûlent la langue. Il peut dire la vérité sans que cela lui attire des ennuis. En revanche, essayer d'*expliquer* la vérité pourrait lui coûter cher.

Danny sort son téléphone de sa poche pour avoir l'heure. 10 h 23 déjà. *Comme le temps file quand on s'amuse*, pense-t-il, et il le range.

« Je préfère attendre de voir comment ça se passe, dit-il.

– En vérité, nous n'avons pas besoin de mandat », affirme Jalbert.

Maintenant qu'il a son café, il a reculé jusqu'au poster d'O.J. et de son avocat.

« Je parie que c'est du pipeau, rétorque Ball. Mais je pourrais appeler un collègue pour vérifier. Vous voulez que je le fasse ?

– Je suis certaine que Danny fera le bon choix », dit Davis.

La femme au regard d'acier qui avait débarqué à Wilder High avec Jalbert a disparu. Cette femme-ci est plus jeune, plus jolie, et elle émet des ondes qui semblent dire : *Je suis de votre côté.*

Du moins, elle essaie, pense Danny.

« Votre véhicule ne possède pas d'enregistreur de données, dit-elle. Savez-vous de quoi il s'agit ?

– Ce foutu pick-up n'a même pas de caméra de recul. Quand vous faites une marche arrière, vous êtes obligé de tourner la tête pour regarder par la vitre.

– Donc, vous allez devoir nous aider à reconstituer vos déplacements au cours de ces dernières semaines. C'est possible ?

– Je n'ai pas beaucoup bougé. Je suis allé voir mon frère à Boulder le week-end juste après la fermeture du lycée. J'ai pris l'avion.

– On parle du week-end du… »

Jalbert consulte déjà son téléphone.

« Du 3 et 4 juin ?

– Oui, ça doit être ça. Il travaille au King Soopers de Table Mesa. »

Il a envie d'en dire plus car il est très fier de Stevie, mais il se retient.

Concentrée, les yeux grands ouverts et toujours souriante, Ella Davis dit :

« Essayons d'être précis, Danny. C'est important. »

Là encore, il se retient pour ne pas répondre : *Vous croyez que je ne le sais pas ? Vous avez ma vie entre vos mains.*

« J'ai décollé le vendredi après-midi. Sur United Airlines. Je suis rentré le dimanche, mais mon avion pour Great Bend avait du retard et je suis arrivé chez moi à minuit passé. On peut donc dire que c'était déjà lundi matin quand je me suis couché.

– Merci. Nous vérifierons tout ça. D'autres déplacements ? »

Danny réfléchit.

« Je suis allé à Wichita un dimanche, pour voir mon ex. C'était avant le rêve. »

Jalbert émet un reniflement de mépris.

Ball, les yeux fixés sur son propre téléphone, demande :

« Ça pourrait être le 11 juin ? »

Danny réfléchit de nouveau.

« Oui, sûrement. À part ça, je n'ai pas bougé. Sauf les trajets pour aller au lycée et revenir, ou faire des courses. J'ai emmené DJ à l'école une ou deux fois…

– DJ ? demande Davis.

– Darla Jean. La fille de mon amie Becky. Une chouette gamine. » Cette fois, il ne peut s'empêcher d'ajouter : « Grâce à vous, je crois que je ne vais pas la revoir avant un bon moment. »

Davis ignore cette remarque.

« Pour que les choses soient bien claires, vous avez rendu visite à votre ex-femme Marjorie Coughlin le 11 juin ?

– Onze, onze, onze, répète Jalbert plusieurs fois, comme pour bien l'enregistrer.

– Margie, oui. Mais elle a repris son nom de jeune fille. Gervais. »

Il ne précise pas qu'elle en avait marre des plaisanteries sur le nom de son mari que tout le monde appelait coqueluche. Une fois que vous avez décidé de ne pas raconter votre vie, ça devient plus facile.

« Vous avez été arrêté pour l'avoir harcelée, n'est-ce pas ? » dit Davis comme si elle parlait du beau temps.

Ball s'agite sur sa chaise, mais Danny pose sa main sur son bras avant qu'il puisse dire quoi que ce soit.

« Faux. J'ai été arrêté pour avoir enfreint la mesure d'éloignement. Et pour trouble à l'ordre public. Mais Margie a retiré sa plainte.

– Parfait. Et maintenant, vous vous entendez bien ! »

Davis a dit cela avec enthousiasme, comme s'il s'agissait d'un exploit digne d'un accord de paix entre la Russie et l'Ukraine.

Danny répond par un haussement d'épaules.

« Mieux en tout cas que durant notre dernière année de mariage. On a déjeuné ensemble ce jour-là et j'ai réparé ses clignotants. Un problème de fusibles. Alors oui, on s'entend bien.

– Tant mieux, tant mieux, dit Davis de son ton chaleureux et concerné. Pouvez-vous nous expliquer maintenant comment les empreintes d'Yvonne Wicker se sont retrouvées sur le tableau de bord de votre pick-up ? »

Danny réfléchit à la question et se rappelle qu'il est dans une salle d'interrogatoire et non pas dans une cellule. Il sourit à Davis et dit :

« Je vois votre nez qui s'allonge.

– Vous vous croyez malin, hein ? » lance Jalbert du fond de la pièce.

Davis lui jette un regard noir. Jalbert hausse les épaules et lui fait signe de poursuivre. Et sans raison aucune (pour Danny en tout cas), il ajoute :

« Un, trois, six.

– Hein ?

– Non, rien. Allez-y, débitez votre histoire. »

En insistant sur le mot *histoire*.

Davis demande :

« Vous avez mauvais caractère, n'est-ce pas, Danny ?

– Je buvais. J'ai arrêté.

– Ce n'est pas une réponse, dit-elle d'un ton de reproche. Si nous interrogeons votre ex-femme, et nous le ferons, que nous dira-t-elle sur votre mauvais caractère ?

– Elle vous dira que j'avais mauvais caractère justement. Dans le temps.

– Oh. C'est fini ? »

Elle attend. Danny ne dit rien.

« Vous est-il arrivé de frapper votre ex-femme ?

– Non. » Et il s'oblige à préciser, parce que c'est la vérité : « Un jour, je l'ai attrapée par le bras. Et ça lui a fait un bleu. C'était juste avant qu'elle me flanque dehors.

– Vous ne l'avez jamais saisie par le cou ? » Elle sourit et se penche vers lui pour l'inciter à se confier. « Dites-nous la vérité, et faites honte au diable.

– Non.

– Vous ne l'avez jamais violée ?

– Allons, intervient Ball. Souvenez-vous : du respect.

– Je suis obligée de poser la question. La fille Wicker a été violée.

– Je n'ai jamais violé ma femme », déclare Danny.

Et une fois de plus, il est frappé par un sentiment d'irréalité. Et il songe : *Hé, c'est moi qui vous ai aidés, les gars. Sans moi, cette fille servirait encore de repas à un chien errant.*

« Quand êtes-vous allé à Arkansas City pour la dernière fois ? »

Ce changement de sujet lui fait l'effet d'une gifle.

« Hein ? Je n'ai jamais mis les pieds dans l'Arkansas.

– Non, Arkansas City dans le *Kansas*. Près de la frontière de l'Oklahoma.

– Jamais.

– Non ? Évidemment, on ne peut pas vérifier grâce à l'enregistreur de données de votre véhicule, n'est-ce pas. Ils ont commencé à les installer sur les Toyota Tundra un an après le vôtre. En revanche, on pourrait vérifier sur votre téléphone. »

Danny fait la même réponse :

« Voyons d'abord ce que ça donne.

– Et Hunnewell ? C'est également dans le Kan…

– Je connais de nom, mais je n'y suis jamais allé.

– Et le Gas-n-Go, au croisement de la I-35 et de la SR 166 ? Vous y êtes allé ?

– Pas dans celui-ci, je ne crois pas. Mais ils se ressemblent tous plus ou moins, pas vrai ?

– Vous ne croyez pas ? Allons, Danny. C'est sérieux.

– Si le Gas-n-Go dont vous parlez est à Hunnewell, alors je n'y suis jamais allé. »

Davis note quelque chose dans son carnet et lève vers lui un regard accusateur.

« Si nous pouvions juste consulter votre téléphone… »

Danny en a marre. Il ressort son portable de sa poche et le fait glisser sur la table. Jalbert s'approche et se jette dessus, comme s'il craignait que Danny change d'avis.

« Le code est 7813. Et quand je le récupérerai, je demanderai à un pote spécialiste de l'informatique de vérifier que vous n'avez rien ajouté dedans. »

C'est du pur bluff. Il ne connaît aucun « spécialiste de l'informatique ».

« Ce n'est pas dans nos habitudes, répond Davis.

– De même que vous n'avez pas menti au sujet des empreintes, rétorque Danny. Ou de l'ADN identifié grâce au sperme, soi-disant. »

L'espace d'un instant, Davis semble perdre pied. Mais elle se penche de nouveau vers lui avec son sourire qui signifie : *Vous pouvez tout me dire.*

« Parlons de votre rêve, d'accord ? »

Danny ne répond pas.

« Vous avez souvent ce genre de fantasmes ? »

Ball intervient :

« Il ne s'agit aucunement d'un fantasme puisque le corps de cette femme se trouvait réellement à cet endroit. »

Nouveau reniflement de Jalbert.

« Vous avouerez que c'est extrêmement commode, dit Davis.

– Pas pour moi. Regardez où ça m'a mené.

– Ça ne vous ennuie pas, Danny, de nous parler encore de ce... *rêve* ? »

Il n'a aucun mal à leur raconter son rêve encore une fois car celui-ci est toujours bien net dans sa mémoire, et même si la réalité qu'il a découverte sur place est semblable à son rêve, il n'y a aucune contamination mutuelle. Le rêve a son existence propre, aussi réelle que la pancarte À VOTRE BON CŒUR au-dessus des viennoiseries. Aussi réelle que l'implantation particulière des cheveux laineux de Jalbert ou son regard avide et néanmoins terne.

Son récit terminé, Davis lui demande – pour l'enregistrement sans doute, car elle lui a déjà posé la question – s'il a déjà eu des flashs psychiques. Il répond par la négative.

Jalbert vient s'asseoir à côté de sa collègue. Il glisse le téléphone de Danny dans la poche de sa veste noire.

« Accepteriez-vous de vous soumettre au détecteur de mensonge ?

– Oui, sans doute. Mais je suppose que pour cela je devrai me rendre à Great Bend, hein ? Il faudra donc que ce soit après le boulot. Et évidemment, il faudra que je récupère mon pick-up.

– Dans l'immédiat, laver les vitres et nettoyer par terre, c'est le cadet de vos soucis.

– Bon, nous avons fini ? demande Ball. Je crois que M. Coughlin a répondu à toutes vos questions, et bien plus poliment que je l'aurais fait à sa place. Veillez à ce qu'il récupère son téléphone le plus vite possible.

– Encore deux ou trois petites choses, dit Davis. Nous pouvons confirmer vos déplacements dans le Colorado et à Wichita, Danny, mais cela laisse énormément de temps entre le 1er et le 23. Non ?

– Vous n'avez qu'à regarder dans mon téléphone. Quand je ne suis pas chez moi, il est généralement dans la boîte à gants de mon pick-up. Et les deux gars qui travaillent avec moi au lycée vous confirmeront que j'étais là tous les jours, de sept heures trente à seize heures. Ça occupe une bonne partie de mon emploi du temps. »

Edgar Ball n'est pas pénaliste, mais il n'est pas idiot non plus. Il se tourne vers Jalbert.

« Oh, bon sang. Vous ne savez pas quand elle a été tuée, hein ? Ni même quand elle a été enlevée ! »

Jalbert pose sur lui un regard impénétrable. Davis a le rouge aux joues. Elle dit :

« Cela n'a aucun lien avec cette discussion. Nous essayons d'éliminer Danny de la liste des suspects.

– Non, c'est faux, rétorque Ball. Vous essayez de lui coller le meurtre sur le dos, au contraire. Mais vous n'avez rien, ou pas grand-chose. Même pas le jour ni l'heure du décès. »

Jalbert retourne se placer devant le poster d'O.J. et de Johnnie Cochran. Davis demande à Danny les noms des deux adolescents qui travaillent avec lui.

« Pat Grady et Jesse Jackson. Comme l'homme politique des années 70. »

Davis griffonne dans son carnet.

« Votre petite amie pourra peut-être nous aider à déterminer les jours où…

– C'est mon amie, pas ma petite amie. » *Du moins, elle l'était.* « Et ne mêlez pas DJ à tout ça. C'est une gamine. »

Jalbert ricane.

« Vous n'êtes pas en position de donner des ordres.

– Écoutez-moi, Danny, dit Davis.

– Vous savez quoi ? répond-il. Je commence à ne plus supporter d'entendre mon prénom dans votre bouche. Nous ne sommes pas amis, Ella. »

Cette fois, c'est Ball qui pose sa main sur le bras de son client.

Davis poursuit comme si de rien n'était. Elle dévisage Danny, son sourire a disparu.

« Vous portez un poids sur les épaules. Je peux presque le voir. C'est pour ça que vous avez inventé cette histoire de rêve. »

Il ne dit rien.

« Avouez que c'est extrêmement bizarre. Essayez de vous mettre à notre place. Je pense que même votre avocat n'y croit pas, pas une seule seconde.

– N'en soyez pas si sûre, répond Ball. Il y a plus de choses dans le ciel et sur la terre que n'en rêve votre philosophie. Dixit Shakespeare.

– Conneries, lâche Jalbert devant son poster. Dixit moi. »

Danny soutient le regard de l'inspectrice. Jalbert est une cause perdue. Davis, peut-être pas, malgré son intransigeance.

« Vous éprouvez du remords, je le sais. Le fait de placer cette poubelle sur le corps d'Yvonne pour que le chien ne puisse pas continuer à la dévorer, c'est une marque de remords. »

Danny reste muet, mais si Davis croit vraiment ce qu'elle dit, c'est peut-être une cause perdue elle aussi. Car c'était de la compassion, et non du remords. De la compassion envers une femme morte qui portait un bracelet à breloques autour de son poignet mutilé. Mais Davis est partie sur sa lancée et il la laisse continuer.

« Nous pouvons vous aider à vous soulager de ce poids. Une fois que vous aurez commencé à parler, ce sera plus facile. Et si vous soulagez votre conscience, nous pourrons peut-être vous aider. La peine de mort existe toujours au Kansas et…

– Elle n'a pas été appliquée depuis plus de quarante ans, la coupe Ball. Hickock et Smith, les deux gars sur qui Truman Capote a écrit un livre, ont été les derniers.

– Elle pourrait resservir pour le meurtrier de la fille Wicker. » Danny remarque avec intérêt que la *jeune femme* est devenue la *fille*. Car bien évidemment, c'est le terme qu'emploierait le procureur. La fille sans défense. « Mais si vous reconnaissez votre geste, la peine de mort serait certainement écartée. Alors, rendez service à tout le monde. Racontez-nous ce qui s'est réellement passé.

– Je viens de vous le raconter. J'ai fait un rêve. Je suis allé sur place pour me prouver que c'était juste un rêve, mais la fille était bien là. J'ai prévenu la police. Vous ne me croyez pas, je comprends, mais je vous dis la vérité. Alors cessons de tourner autour du pot. Vous allez m'arrêter, oui ou non ? »

Silence. Davis continue à l'observer avec cette même intensité chaleureuse. Puis son expression change. Elle ne devient pas froide, mais vide. Professionnelle. Elle se renverse contre le dossier de sa chaise et se tourne vers Jalbert.

« Pas pour le moment », déclare celui-ci.

Mais ses yeux ternes disent : *Bientôt, Danny. Bientôt.*

Danny se lève. Comme dans son rêve, il a l'impression que ses jambes ne lui obéissent plus et qu'elles pourraient l'emmener n'importe où. Ball se lève à son tour. Ensemble, ils se dirigent vers la porte. Danny devine que sa démarche est chancelante ou son teint livide car l'avocat a refermé sa main sur son bras. Malgré son envie de quitter cet endroit au plus vite, il se retourne vers Davis.

« L'homme qui a assassiné cette femme court toujours, dit-il. C'est à vous que je m'adresse, inspectrice Davis, car discuter avec votre collègue ne sert à rien. Son opinion est faite. Malgré vos belles paroles, je pense que vous avez des doutes. Alors attrapez ce type. Arrêtez de vous intéresser à moi et cherchez l'homme qui a fait ça. Avant qu'il recommence. »

Il croit voir quelque chose sur le visage de Davis. Peut-être.

Ball le tire par le bras.

« Venez, Danny. Allons-nous-en. »

23

Après leur départ, Jalbert éteint la caméra et le magnétophone.

« C'était intéressant. »

Davis acquiesce.

Il la dévisage.

« Tu as des doutes ?

– Non.

– Une ou deux fois, j'ai eu l'impression qu'il avait réussi à te convaincre.

– Non, je n'ai aucun doute. Il savait où était la fille parce que c'est lui qui l'a enterrée là. Logique. Cette histoire de rêve, c'est du bidon. »

Jalbert sort de sa poche le téléphone de Danny. Il tape le code, fait défiler les différentes applis, puis l'éteint.

« On va le refiler au labo le plus vite possible pour qu'ils épluchent tout ça. Et pas uniquement ses déplacements depuis le 1er juin. Les mails, les SMS, les photos, l'historique. Ils vont le cloner et ils le lui rendront demain ou lundi.

– Vu la manière dont il nous l'a remis sans rechigner, je parie qu'on ne trouvera rien, dit Davis. Je ne m'attendais pas à ça.

– Ce salopard est sûr de lui, mais il a peut-être oublié un truc. Un simple texto peut suffire. »

Davis se souvient que Jalbert lui a déjà dit ça, ou quelque chose d'approchant : un seul cheveu retrouvé dans le pick-up suffirait. Mais ils n'ont rien trouvé. Elle dit :

« Il y a aura juste la trace de son trajet jusqu'à Gunnel. Et vous le savez bien. Son téléphone était resté dans sa caravane quand il a tué et enterré cette fille, en même temps ou à deux moments différents. On peut le parier.

– Quatre.

– Quoi ?

– Non, rien. Je réfléchissais à voix haute. On l'aura, Ella. Son assurance… Son arrogance… C'est ce qui va causer sa perte.

– Vous étiez sérieux au sujet du détecteur de mensonge ? »

Jalbert émet un rire sans joie.

« Ce type est un sociopathe de première. Tu ne l'as pas senti ? »

Davis réfléchit.

« À vrai dire, je n'en suis pas sûre.

– Moi, si. Je connais ce genre d'individus. Neuf fois sur dix, ils réussissent à tromper le détecteur. Du coup, ça ne servirait à rien. »

Ils sortent de la salle et marchent dans le couloir. Le jeune flic qui a amené Coughlin leur demande comment ça s'est passé.

« On met la pression », répond Davis.

Une réponse qui plaît à Jalbert. Il lui donne une petite tape sur le bras.

Dès qu'ils se retrouvent dehors, Davis cherche ses cigarettes dans son sac et en propose une à Jalbert, qui secoue la tête, mais lui dit de ne pas se gêner pour lui. Elle allume sa cigarette avec son briquet Bic et tire une longue bouffée.

« L'avocat avait raison. On n'a pas grand-chose, hein ? »

Jalbert contemple Main Street, où il ne se passe quasiment rien, comme très souvent à Manitou.

« Ça va venir, Ella. Sois-en sûre. Indépendamment du reste, il veut avouer. Tu as failli le ferrer. Je l'ai vu faiblir. »

Davis n'a pas eu cette impression, mais elle ne le dit pas. Jalbert fait ce métier depuis longtemps et elle a plus confiance dans l'instinct de son supérieur que dans le sien.

« Deux petits détails continuent à me tracasser, confie-t-elle.

– Lesquels ?

– Son soulagement quand vous lui avez parlé de l'ADN laissé par le meurtrier. Et son sourire quand je lui ai annoncé qu'on avait trouvé les empreintes de la victime sur son tableau de bord. Il savait que je mentais. »

Jalbert passe la main dans les vestiges de ses cheveux roux grisonnants.

« Il savait que tu bluffais.

– Oui, mais le coup de l'ADN, sa réaction était tellement…

– Tellement quoi ?

– *Immédiate.* Comme s'il se savait tiré d'affaire. »

Jalbert pose son regard sur elle.

« Pense au rêve, Ella. Est-ce que tu y as cru une seule seconde ? »

Elle répond sans aucune hésitation :

« Non. Il nous ment. Ce rêve n'existe pas. »

Jalbert hoche la tête.

« Concentre-toi sur ça, et tout ira bien. »

24

Jalbert possède un petit ranch de cinq pièces à Lawrence, à un jet de pierre du siège du KBI à Kansas City, mais il a décidé de ne pas y retourner tant que Coughlin n'aura pas été arrêté, inculpé et jugé. Sa suite de deux pièces à Lyons est proche à la fois de Manitou et de Great Bend. Enfin… Proche selon les critères en vigueur au Kansas. Car c'est un État immense, le treizième plus grand du pays. Jalbert aime bien connaître ce genre de choses.

Debout devant la fenêtre en ce samedi soir, il regarde le crépuscule céder la place à la nuit en repensant à l'interrogatoire de Coughlin. Ella a fait du bon travail, lui-même n'aurait pas fait mieux. Néanmoins, c'était frustrant. Il ne s'attendait pas à ce que Coughlin vienne avec un avocat, il s'attendait à ce qu'il passe aux aveux.

La prochaine fois, se dit-il. *Il faut continuer à mettre la pression.*

Et il est doué pour ça, mais ce soir, il n'a pas d'os à ronger. Il n'a rien à faire. Il ne regarde pas la télé et il a déjà fait les chaises deux fois. Il a acheté deux Hot Pockets à l'épicerie d'en face, qu'il a réchauffés au micro-ondes. Trois minutes. Cent quatre-vingts secondes. De un à dix-huit (inclus) et il restait neuf. Jalbert n'aime pas qu'il reste des chiffres, mais parfois il faut savoir faire avec. Les Hot Pockets n'étaient pas très savoureux. Il voyage tous frais payés, il pourrait commander des plats au room service. Mais à quoi bon ? La nourriture n'est qu'un carburant pour le corps.

Il ne s'est jamais marié, il n'a pas d'amis (il aime bien Davis, mais c'est une collègue et elle le restera) et il n'a pas d'animal domestique. Enfant, il avait eu une perruche, qui était morte. Il n'a aucun vice, à moins de compter la masturbation, qu'il pratique une fois par semaine. Le problème Coughlin le tracasse. Ce type est une mouche qui ne cesse d'échapper au coup de journal roulé.

Il décide de se coucher. Il sera réveillé à quatre heures du matin, mais tant pis. Il aime bien le petit jour, et peut-être qu'il verra plus clairement le problème Coughlin. Il se déshabille lentement, en comptant jusqu'à onze chaque fois qu'il enlève un vêtement. Deux chaussures, deux chaussettes, un pantalon, un caleçon, une chemise et un maillot de corps. Ce qui fait quatre-vingt-huit. C'est un mauvais chiffre, prisé par les néofascistes. Il sort sa valise de sous le lit et enfile le short qu'il met pour dormir. Ce qui l'amène à quatre-vingt-dix-neuf. Il va s'asseoir sur la chaise du bureau pour ajouter un. Le voilà à cent. Un bon chiffre, auquel on peut faire confiance. Il se rend dans la salle de bains. Il n'y a pas de pèse-personne. Il en réclamera un demain. Il se brosse les dents en comptant à rebours à partir de dix-sept. Il urine, se lave les mains et s'agenouille au pied du lit. Il demande à Dieu de l'aider à obtenir justice pour Mlle Yvonne. Puis il s'allonge dans le noir, les mains jointes sur son torse étroit, et attend le sommeil.

On n'a pas grand-chose, a dit Ella, et elle a raison. Ils savent que c'est lui, mais le pick-up était clean, la caravane aussi, et il s'est présenté avec un avocat. Pas un as du barreau, certes, mais un avocat c'est un avocat. Le téléphone leur fournira peut-être des éléments, mais vu la manière dont Coughlin le leur a remis…

« Pas immédiatement, dit Jalbert. Il a pris le temps de réfléchir, non ? Pour s'assurer que c'était sans danger. »

Mais pourquoi l'avocat ? Peut-être qu'il ne voulait pas passer aux aveux avant d'avoir connu son quart d'heure de gloire, dans le rôle du cinglé qui a vu dans son rêve l'endroit où le corps était enterré. Il recherchait la publicité ?

« Si c'est ce qu'il veut, il va l'avoir », promet Jalbert, et peu de temps après, le sommeil l'emporte.

25

Pour Danny, la semaine du 4 juillet est un enfer.

Le lundi matin, Pat Grady ne vient pas travailler. Danny demande à Jesse si Pat est malade.

« Aucune idée. On bosse ensemble, mais on se voit jamais sinon. Comme c'est férié demain, peut-être qu'il fait le pont. »

Danny n'est pas surpris. Jesse Jackson est un garçon qui ira loin. Pat Grady, lui, n'ira nulle part. Sauf peut-être dans les bars de Manitou, quand il aura l'âge requis. Il y en a un certain nombre. Et Danny les a tous fréquentés à une époque.

Pat débarque sur le coup de dix heures et commence à débiter une histoire comme quoi il a dû aider son père. Danny lui annonce qu'il est viré.

Pat n'en revient pas.

« Vous n'avez pas le droit !

– Je viens de le faire. »

Le garçon le regarde d'un air abasourdi, rouge de colère, les boutons d'acné sur son front s'enflamment. Il se précipite vers la sortie. Arrivé à la porte, il se retourne et lance :

« Allez vous faire foutre !

– Toi aussi », réplique Danny.

Pat sort en claquant la porte. Danny se retourne et voit Jesse passer près de l'entrée du gymnase en faisant rouler un seau à serpillière. Il s'arrête le temps de faire un signe à Danny, pouce dressé, ce qui le fait sourire. Pat sort du parking en faisant hurler le moteur de sa pauvre vieille Mustang martyrisée. Il laisse dix mètres de gomme sur le bitume. *Tes pneus ne vont pas apprécier*, songe Danny. Pat Grady est un caillou en moins dans sa chaussure.

En rentrant chez lui en fin de journée (déposé par Jesse), il découvre son pick-up garé devant sa caravane. Il reste des traces de poudre à empreintes dans toute la cabine et il flotte comme une odeur d'éther, sans doute le produit qu'ils utilisent pour faire apparaître les traces de sang. Les clés sont dans le porte-gobelet et son téléphone sur le siège du passager.

Le mardi – glorieux 4 Juillet –, Danny s'offre une grasse matinée. Alors qu'il prend un petit déjeuner tardif, il se souvient qu'il a laissé son téléphone dans le pick-up. Il va le chercher, avant tout pour voir si Margie lui a envoyé un texto, un truc avec un feu d'artifice, peut-être. Non, pas de « Joyeuse fête nationale » de la part de son ex-femme, ni de mail. En revanche, il a un message vocal de son avocat, qui lui demande de le rappeler. Il croit deviner de quoi il s'agit. Il souhaite un joyeux 4 Juillet à Ball. Qui en fait autant.

« Vous m'avez appelé pour vos honoraires, je parie. Ils m'ont rendu mon véhicule hier seulement. » Il a la désagréable impression d'entendre Pat Grady. « Je passerai vous déposer un chèque cet après-midi à votre cabinet.

– Je n'appelais pas pour ça. On parle de vous dans le journal. »

Danny fronce les sourcils.

« Comment ça ? Le journal de Belleville ?

– Non, pas dans le *Telescope*. Dans *Plains Truth*. »

Danny repousse son bol de céréales.

« Le gratuit ? Le truc rempli de bons de réduction ? Je ne le prends jamais.

– C'est cela même. Sarah, mon assistante, m'a appelé pour me prévenir, alors j'ai pris un exemplaire en allant acheter mon doughnut du matin. C'est entièrement financé par la pub, pour pouvoir être distribué gratuitement. Et il faut croire que ça rapporte car on le trouve partout, dans les supermarchés, les épiceries, les magasins de bouffe pour animaux, les stations-service. Dans les quatre comtés. Quant au contenu – si on peut employer ce terme –, c'est surtout des infos de sport locales, des éditoriaux d'extrême droite et deux ou trois pages de courrier des lecteurs, dans le genre coups de gueule et délires. Concernant les nouvelles, ils publient ce qu'ils veulent. Ainsi, dans le dernier numéro, ils donnent le nom de la femme assassinée.

– Ils l'ont imprimé ?

– Ouais. Yvonne Wicker, d'Oklahoma City. Écoutez ça : "La police a reçu un coup de téléphone anonyme qui l'a conduite jusqu'au corps d'une pauvre jeune femme enterrée sommairement derrière un bâtiment abandonné de Gunnel, une petite ville située près de la frontière du Nebraska. Grâce à une source fiable, *Plains Truth* peut révéler l'identité de l'informateur. Il s'agit de Daniel M. Coughlin, actuellement agent d'entretien au lycée Wilder. On dit qu'il aiderait les inspecteurs du KBI dans leur traque du meurtrier." »

Danny est stupéfait.

« Ils ont le droit de faire ça ? De publier mon nom alors que je n'ai même pas été inculpé ?

– C'est une pratique journalistique qui n'est pas tolérée, mais *Plains Truth* n'est pas vraiment un journal, plutôt un truc qu'on lit aux chiottes. Ce n'est pas tout. Je vous lis la suite. "Interrogée pour savoir comment M. Coughlin pouvait connaître l'emplacement du corps, notre source n'a pipé mot." Ils ne demandent pas aux lecteurs d'en tirer leurs propres conclusions, mais ce n'est pas vraiment nécessaire, hein ?

– Jalbert », dit Danny.

D'une main il tient le téléphone, de l'autre il serre le poing.

« Supposons que je partage votre avis. Davis ou lui…

– Non, pas elle. Lui.

– Essayez donc de le prouver. Une demi-douzaine de flics du poste de Manitou sont au courant, ils nous ont vus arriver. Plus celui qui est venu vous chercher. Et puis, il y a tous les résidents d'Oak Grove. Ils ont très bien pu deviner pourquoi les flics étaient là. »

Oui, bien sûr. Et Becky le savait, elle aussi. Il lui avait même parlé du rêve. N'empêche…

« Comme il n'a pas de quoi m'arrêter, voilà ce qu'il a trouvé.

– Inutile de tirer des conclusions hâtives…

– Oh, allons. Vous l'avez vu ? Vous l'avez entendu ? »

Ball soupire.

« Danny, il vous faut un avocat capable de vous conseiller mieux que moi. Un pénaliste.

– Je vous garde pour le moment. Peut-être que tout ça va finir par se calmer.

– Possible. »

Un simple petit mot, mais suffisant pour faire comprendre à Danny ce que pense Ball : c'est peu probable. Voire absurde.

26

Le mercredi de cette semaine infernale, Danny apprend qu'il va perdre son travail.

À midi, il va chercher sa lunch-box dans son pick-up afin de s'installer avec Jesse à une des tables de pique-nique derrière le lycée. Il en profite pour récupérer son téléphone dans la boîte à gants et consulter ses mails. Il perd immédiatement l'appétit. Il a reçu trois mails. Un du *Telescope*, le quotidien de Belleville, et un de *Plains Truth*, qui souhaite l'interroger sur ses liens avec le meurtre d'Yvonne Wicker. Et lui demande de confirmer ou de démentir « l'information selon laquelle un rêve vous aurait conduit sur la tombe de Mlle Wicker ».

Il efface les deux messages. Le troisième émane du responsable des établissements scolaires de Wilder County. Qui l'informe qu'en raison de coupes budgétaires, son poste de responsable de l'entretien au lycée Wilder High a été supprimé. On lui demande de terminer la semaine, mais dès lundi prochain, il sera au chômage.

« Toutefois, compte tenu de la regrettable soudaineté de cette restructuration, poursuit le mail, vous continuerez à percevoir votre salaire jusqu'à la fin du mois de juillet et durant la première semaine d'août. »

S'il a des questions, il doit s'adresser à la directrice adjointe et contrôleuse des écoles du comté, Susan Eggers. Il y a un numéro de téléphone et même un lien Zoom.

Danny relit plusieurs fois ce « Allez vous faire foutre » standard pour être sûr de bien comprendre. Puis il balance le téléphone dans la boîte à gants et traverse le gymnase afin de rejoindre les tables de pique-nique.

« Vous voulez du chili ? lui propose Jesse. Ma mère m'en donne toujours trop. Je l'ai fait réchauffer au micro-ondes.

– Non merci. J'ai de la saucisse de foie au fromage. »

Jesse plisse le nez d'un air dégoûté.

« Et puis, on dirait que j'ai été viré. »

Jesse pose sa cuillère en plastique.

« Hein ?

– Tu as bien entendu. Je termine vendredi.

– Pourquoi ? » Et puis, après un silence : « C'est à cause de la fille ?

– Tu es courant ?

– Tout le monde est au courant. »

Évidemment.

« Ils ne l'ont pas précisé. Mais ils ne peuvent pas me virer pour ça, pas vrai ? Étant donné que je n'ai rien fait, à part signaler un corps. Ils parlent de coupes budgétaires. »

Il s'attend à d'autres questions au sujet du corps et de la manière dont il l'a découvert, mais Jesse est peut-être la seule personne de Wilder ou de Republic County qui ne meure pas d'envie d'en savoir plus sur son cauchemar. Il a d'autres soucis. *Que Dieu le bénisse*, se dit Danny.

« Oh, merde alors, dit le garçon. On devait vernir le parquet du gymnase ! Je peux pas faire ça tout seul ! J'y connais rien !

– C'est pas sorcier. On fera ça demain. Le plus important, c'est de ne pas t'arrêter une fois que tu as commencé. Et de mettre un bandana devant la bouche, ou un masque anti-Covid. On ouvrira toutes les fenêtres, mais ça puera quand même.

– Ils ne peuvent pas me laisser seul ! » s'exclame Jesse. C'est presque une supplication. « J'ai pas les clés. Et j'en veux pas ! Putain, Danny, je suis *noir* ! Si jamais il y a un problème – des produits d'entretien qui disparaissent ou des trucs à la cantine –, qui va porter le chapeau, à votre avis ?

– Oui, je comprends. Je vais essayer de savoir ce qu'ils ont prévu. Ils m'ont donné un numéro à appeler. Je m'occuperai de toi, si je peux.

– Ils ont le droit de faire ça ? Vous ne pouvez pas leur coller un procès ?

– Non, je ne pense pas. D'après la législation du Kansas, mon employeur n'est pas obligé de justifier mon licenciement.

– C'est dégueulasse ! »

Danny sourit.

« Pour toi ou pour moi ?

– Pour nous deux, mec ! Ah, putain !

– Je vais prendre un peu de chili, finalement. »

27

Cet après-midi-là, il n'appelle pas Susan Eggers, il la contacte par Zoom. Il veut la regarder droit dans les yeux. Mais avant cela, il a consulté le budget de Wilder County de l'année précédente, et celui de l'année en cours. Aucune surprise.

Eggers est une femme d'un certain âge avec un casque de cheveux gris, des lunettes rondes cerclées d'or et un visage étroit. Un visage de comptable, songe Danny. Elle est assise à son bureau, derrière lequel est accrochée une reproduction géante d'une couverture de *La Petite*

Maison dans la prairie. Deux fillettes assises à l'arrière d'un chariot Conestoga, terrorisées.

« Monsieur Coughlin, dit-elle.

– Lui-même. L'homme que vous avez viré. »

Eggers croise les mains devant elle et fixe la caméra de son ordinateur.

« Licencié, monsieur Coughlin. Et alors que rien ne nous y contraignait, nous vous avons fourni un motif justifiant…

– Oui, je sais : les coupes budgétaires. Sauf que les crédits alloués aux établissements scolaires cette année n'ont pas diminué par rapport à l'année dernière. Au contraire, ils ont même augmenté de dix pour cent. J'ai vérifié. »

Elle lui adresse un sourire crispé qui dit : *Oh, pauvre ignorant.*

« L'inflation nous a pris de vitesse.

– Si on arrêtait le baratin, madame Eggers ? Vous ne m'avez pas licencié, vous m'avez viré. Et pas pour des raisons budgétaires. À cause des rumeurs concernant un crime que je n'ai pas commis et pour lequel je n'ai pas été inculpé. Alors dites la vérité, nom d'un chien. »

Manifestement, Susan Eggers n'est pas habituée à ce qu'on lui parle sur ce ton. Le rouge lui vient aux joues et une ride barre son front parfaitement lisse auparavant.

« Vous voulez réellement aller sur ce terrain ? Soit. Sachez que l'on m'a appris des choses fort déplaisantes à votre sujet, monsieur Coughlin. Outre votre situation actuelle, vous avez été arrêté pour avoir enfreint une mesure d'éloignement après avoir harcelé votre ex-épouse. Je crois savoir que vous avez été incarcéré à Wichita. »

En effet, mais il avait seulement passé une nuit en cellule, et c'était pour ivresse sur la voie publique et comportement agressif. Mais apporter cette précision ne plaidera pas en sa faveur… même s'il n'a pas à se défendre.

« Vous avez discuté avec un certain Jalbert, n'est-ce pas ? Vous ou bien votre supérieur. Un inspecteur du KBI. Il porte toujours une veste noire et un jean trop large. »

Susan Eggers ne répond pas, mais elle cligne des yeux. C'est une forme de réponse.

« Monsieur Coughlin, j'estime pour ma part que l'administration scolaire s'est montrée plus que généreuse envers vous. Nous vous verserons l'intégralité de votre salaire de juillet pour...

– N'oubliez pas la première semaine d'août.

– Oui. Tout juillet et la première semaine d'août pour un travail que vous n'accomplirez pas. » Elle hésite, elle se demande s'il est sage de poursuivre, mais il l'a piquée au vif. S'il veut connaître la foutue vérité, il va l'avoir. « Admettons, de manière purement hypothétique, que votre... situation actuelle ait joué un rôle. Votre nom a été cité dans la presse, en lien avec un crime effroyable. Vous-même, que diriez-vous si vous appreniez qu'un homme travaillant dans un lycée de votre secteur, un homme en contact quotidiennement avec des adolescentes, condamné pour violences conjugales, était à présent interrogé par la police au sujet d'un viol et d'un meurtre ? »

Il pourrait répondre que Margie ne l'a jamais accusé de violences conjugales ; elle voulait juste qu'il arrête de brailler sur sa pelouse à deux heures du matin *Reviens, Margie ! Je vais changer !*. Il pourrait lui répondre qu'il ignore qui a tué Yvonne Wicker. Il pourrait lui dire qu'il est quasiment certain que c'est l'inspecteur Jalbert qui a livré son nom à ce torchon distribué gratuitement car Jalbert savait qu'ils n'auraient aucun scrupule à le publier. Mais tout cela ne changerait absolument rien aux yeux de cette femme.

« Avons-nous terminé, monsieur Coughlin ? J'ai du travail.

– Pas tout à fait, car visiblement vous n'avez pas réfléchi à ce qui va se passer à Wilder High une fois que je ne serai plus là. Comment vous appelez ça ? Les dommages collatéraux ? Je n'ai qu'un seul assistant pour l'été, un jeune gars nommé Jesse Jackson. Un chouette garçon et un bosseur, mais il ne peut pas se taper tout le boulot seul. Premièrement, il ne sait pas comment faire. Deuxièmement, il n'a que dix-sept ans. Trop jeune pour assumer une telle responsabilité. Et troisièmement, il va reprendre les cours en septembre.

– Nous allons nous séparer de lui également, répond Eggers. Quand vous fermerez l'établissement vendredi, vous remettrez les clés au principal, M. Coates. Il habite à Manitou, je crois.

– Jesse sera payé jusqu'à la fin juillet et la première semaine d'août lui aussi ? »

Danny connaît la réponse à cette question, mais il veut l'entendre de vive voix.

S'il espérait provoquer la gêne d'Eggers, il en est pour ses frais. Il n'obtient qu'un demi-sourire condescendant.

« Je crains que non.

– Il a besoin de cet argent. Il aide sa famille.

– Je suis sûre qu'il trouvera un autre travail. » Comme si les petits boulots couraient les rues à Wilder County. Elle prend une feuille sur son bureau, la survole et la repose. « Je crois que l'on vous avait attribué un autre assistant, Patrick Grady. Ses parents ont déposé plainte. Ils ont appelé M. Coates pour l'informer que leur fils avait démissionné suite à vos menaces. »

Tout d'abord, Danny est tellement estomaqué et furieux qu'il reste sans voix. Puis il rétorque :

« Pat Grady a été renvoyé pour retards chroniques et travail bâclé. Je ne l'ai pas menacé. Ce n'est qu'un vulgaire fainéant. Jesse vous dirait la même chose si vous lui posiez la question. Ce que vous ne ferez pas.

– C'est inutile. Cela ne fait que compléter le portrait peu reluisant d'un homme au mauvais caractère, monsieur Coughlin. Estimez-vous heureux d'être licencié pour raisons économiques. Cela présentera mieux sur votre CV quand vous chercherez un autre poste. Et maintenant, comme je suis très occupée…

– Le lycée va rester à l'abandon jusqu'à la fin de l'été ? » Toute autre considération mise à part, Danny trouve cette idée révoltante. Wilder High est une charmante vieille dame et beaucoup de choses se dégradent au cours d'une année scolaire. On est à peine en juillet et il vient tout juste de se mettre au travail. « Et à l'automne ?

– Cela ne vous regarde pas, répond Eggers. Merci de votre appel, monsieur Coughlin. J'espère que vos problèmes actuels finiront par s'arranger. Au revoir.

– Non, attendez un… »

Inutile, elle a coupé la communication.

28

En ce début de soirée du jeudi de sa semaine infernale, Danny fait ses courses hebdomadaires à l'IGA de Manitou. Il choisit le jeudi pour cette corvée car la plupart des gens ont les poches vides quand arrive le vendredi, et par conséquent, il y a moins de monde au supermarché. Sa paie (une des cinq ou six dernières) sera versée directement sur son compte à la Citizens National le lendemain. Il lui reste un peu plus de trois mille dollars sur un livret d'épargne, mais ils vont vite s'envoler. S'il ne verse pas de pension alimentaire à son ex, il lui envoie cinquante ou soixante dollars toutes les semaines ou tous les quinze jours. Il lui doit bien ça après tous les ennuis qu'il lui a causés. Hélas, il ne pourra pas continuer très longtemps et il redoute le coup de téléphone pour lui expliquer la situation. Même si elle est sans doute déjà au courant. Les bonnes nouvelles prennent la diligence, les mauvaises prennent l'avion. Heureusement, il n'est plus obligé d'aider Stevie. Son jeune frère vit toujours dans ce centre d'hébergement de Melody Heights, et il gagne sans doute mieux sa vie que lui.

Si ça se trouve, c'est Stevie qui va m'aider. Ce serait rigolo.

Il est au rayon boucherie, où il hésite entre un paquet d'une livre ou d'un kilo de bourguignon haché (ce qu'il y a de moins cher) quand une voix forte retentit dans son dos.

« Daniel Coughlin ? J'ai quelques questions à vous poser. »

Jalbert. Évidemment. Il a troqué sa veste noire trop grande contre un coupe-vent bleu marine frappé du logo KBI sur la poitrine. Si Danny ne voit pas son dos, il sait que les mêmes lettres s'y trouvent, en plus gros. Jalbert aurait pu l'aborder sans hurler, il aurait pu également choisir le parking. Les autres clients du rayon boucherie se retournent, ce qui était le but recherché.

« J'ai déjà répondu à vos questions. » Danny dépose un paquet de viande dans son chariot (une livre au lieu d'un kilo : il est temps de commencer à faire des économies). « Si vous en avez d'autres, j'exige que mon avocat soit présent.

– C'est votre droit », répond Jalbert sans baisser d'un ton.

Danny songe que ses cheveux laineux un peu roux ressemblent presque à une pointe de flèche ou à l'extrémité d'une lance rouillée. Les yeux profondément enfoncés le dévisagent comme s'il était une espèce d'insecte inconnue.

« Vous avez le droit d'être assisté d'un avocat. Toutefois, vous devrez l'attendre au poste de police. »

Toujours cette voix trop forte. Des clients ont commencé à se rassembler aux deux extrémités de l'allée, certains poussent leur chariot, d'autres assistent à la scène avec des yeux de merlan frit.

« Ou bien on peut faire ça ici. À vous de choisir. »

Alors que tout le monde nous écoute. Ça vous plairait, hein ?

« Coupons la poire en deux, propose Danny. Allons sur le parking. »

Sans laisser à Jalbert le temps de protester, il passe devant lui (en résistant à l'envie de lui balancer un coup d'épaule au passage) et se dirige vers la sortie du supermarché. L'inspecteur ne risque pas de le retenir de force : Danny pèse au moins vingt kilos de plus que lui. Et Jalbert, une fois encore, n'est pas armé. Il ne porte que son insigne à la ceinture. Et son badge autour du cou. Danny ne prend pas la peine de se retourner pour voir si Jalbert le suit.

Les caissières se sont arrêtées de travailler. Il en connaît deux, des lycéennes. Il connaît beaucoup d'élèves du lycée car il travaille à Wilder High depuis qu'il a quitté Wichita. La porte coulissante s'ouvre devant lui et en émergeant dans la douce nuit naissante du Kansas, il prend conscience qu'aucune des personnes qu'il a croisées dans les allées ne l'a salué, alors qu'il en a reconnu plusieurs, dont un couple d'enseignants.

Après avoir dépassé les lumières blanches du supermarché qui éclairent le trottoir, il se retourne vers Jalbert.

« Vous me traquez.

– Je mène mon enquête. Si quelqu'un a été traqué, c'est cette pauvre Mlle Yvonne. Vous l'avez traquée jusqu'à la mort. N'est-ce pas ? »

Repensant à une série télé judiciaire, Danny rétorque :

« L'accusé a déjà répondu.

– Nous avons épluché votre téléphone. Il y a beaucoup de trous dans les données de géolocalisation. Vous allez devoir fournir des explications. Si vous le pouvez.

– Non. »

Les sourcils de Jalbert – aussi laineux et emmêlés que ses cheveux – se dressent sur son front dégarni. Une étrange pensée traverse alors l'esprit de Danny : *Il est possible qu'il me traque, mais peut-être que je le hante moi aussi ? Ses cernes sous les yeux sont plus marqués et plus sombres, on dirait.*

« Non ? Non ? Vous ne voulez pas être innocenté, Danny ?

– Moi si, mais pas vous. Surtout pas. » Il montre le flocage jaune vif sur le coupe-vent de l'inspecteur. « Vous pourriez tout aussi bien brandir une pancarte. Dites, vous n'auriez pas maigri ? »

Jalbert fait un gros effort pour ne pas paraître surpris par cette question inattendue, mais Danny pense avoir visé juste. Prend-il ses désirs pour la réalité ? Peut-être.

« J'ai besoin que vous combliez ces trous, Danny. Autant que…

– Non.

– Dans ce cas, vous allez me revoir souvent. Vous le savez ?

– Et le détecteur de mensonge ? J'ai récupéré mon pick-up, et dès la semaine prochaine je pourrai me déplacer à ma guise, puisque vous avez fait en sorte que je perde mon travail. »

Jalbert dévoile ce qui lui sert de dents. *Il doit manger énormément d'aliments mous*, songe Danny.

« C'est intéressant de voir que les gens de votre espèce, les sociopathes, cherchent toujours à rejeter la faute sur les autres.

– Le détecteur de mensonge, inspecteur. Alors ? »

Jalbert agite la main devant son visage, comme s'il chassait une mouche agaçante.

« Les sociopathes réussissent presque toujours à tromper la machine, dit-il. C'est prouvé.

– Ou bien vous avez peur qu'elle prouve que je dis la vérité.

– Vingt et un.

– Pardon ?

– Non, rien.

– Tout va bien ? »

Poser cette question procure un énorme plaisir à Danny. C'est mesquin, c'est bas, mais il vient d'être humilié devant ses concitoyens. Ses anciens concitoyens, plus exactement.

« Vous l'avez tuée.

– Non.

– Allez, avouez. Libérez-vous, Danny. Vous vous sentirez mieux. Il n'y a que vous et moi. Je ne porte pas de micro, vous pourrez nier par la suite. Faites-le pour moi et pour vous. Soulagez-vous de ce fardeau.

– Il n'y a rien à avouer. J'ai fait un rêve. Je suis allé à l'endroit où la fille était enterrée. J'ai alerté la police. C'est tout. »

Jalbert rit.

« Vous êtes tenace, Danny. Je dois le reconnaître. Mais moi aussi.

– J'ai une idée. Puisque vous pensez que je suis coupable, inculpez-moi. Arrêtez-moi. »

Jalbert ne dit rien.

« Vous ne pouvez pas, hein ? Je parie que vous avez interrogé le procureur de Wilder City, qui vous a expliqué que vous n'aviez pas assez d'éléments. Aucune preuve scientifique, aucune image, aucun témoin. Un vieil homme m'a vu à la station Texaco, mais c'était le jour où j'ai signalé le corps, alors il ne peut pas vous aider. En gros, inspecteur, vous êtes baisé. »

Et c'est marrant, se dit Danny, car lui aussi est baisé. Jalbert y a veillé.

L'inspecteur pointe son doigt sur Danny avec un grand sourire. Qui lui rappelle le croissant de lune de son rêve.

« C'est vous. Je le sais et vous le savez. Vingt-huit.

– Je vais retourner faire mes courses. Vous pouvez me suivre si vous voulez. Je ne peux pas vous en empêcher et le mal est fait. Depuis le jour où vous avez balancé mon nom à ce torchon. »

Jalbert ne nie pas et il ne suit pas Danny à l'intérieur du supermarché. Son travail est terminé. Dans les rayons, tous les clients regardent Danny. Certains font un écart avec leur chariot en le voyant approcher.

29

Il regagne sa caravane à Oak Grove. Il range ses courses. Il s'est offert un petit plaisir, un paquet de Nabisco Pinwheels, ses biscuits préférés, avec l'intention d'en manger un ou deux devant la télé. À présent, il n'a plus envie de regarder la télé, et encore moins de manger un biscuit. Il craint de s'étrangler avec. Jamais il n'a été aussi furieux depuis la fois où il s'était fait martyriser par un plus grand que lui au collège, et jamais il ne s'est senti à ce point…

« Acculé », murmure-t-il.

Parviendra-t-il à dormir ce soir ? Seulement s'il arrive à se calmer d'abord. Comment faire ? Comment retrouver le contrôle de ses émotions ? Jalbert a la tête d'un type qui ne dort pas, et il aimerait bien que Danny l'imite. *Allez, Danny, fais un truc stupide à cause du manque de sommeil. Si tu essayais de me frapper ? Imagine le bien que ça te ferait ! Essaie !*

Y a-t-il une chose qu'il puisse faire pour évacuer la pression ? Oui, peut-être.

Il fouille dans son portefeuille. Les deux enquêteurs du KBI lui ont remis chacun une carte de visite avec leur numéro professionnel et même leur numéro de portable au dos. Au cas où il en aurait assez de cette invraisemblable histoire de rêve et déciderait de leur raconter ce qui s'est réellement passé. Il remet la carte de Jalbert dans son portefeuille et appelle le portable de Davis. Elle répond dès la première sonnerie. Son « Allô » est presque noyé par le vacarme qui l'entoure. Une version dissonante de « Happy Birthday » chantée par des enfants.

« Bonsoir, inspectrice Davis. Ici Danny Coughlin. »

S'ensuit un moment de silence, comme si elle ne savait pas quelle attitude adopter. Un appel du principal suspect sur son téléphone personnel. Il se dit qu'il l'a prise au dépourvu, comme Jalbert l'a fait avec lui au supermarché, et dans son état de fureur, il se dit que c'est un juste retour des choses. Le silence se prolonge, accompagné en fond sonore par *Happy birthday, dear Laurie, happy birthday to you*, puis Davis dit :

« Accordez-moi une seconde. » Elle s'adresse à des invités (Danny suppose qu'il s'agit d'une fête) : « Il faut que je réponde. »

Les voix s'atténuent lorsqu'elle dirige cet appel inattendu dans un endroit plus calme. Danny a le temps de réfléchir au choix des mots. Jalbert lui a-t-il *parlé* ? Non. L'a-t-il *questionné* ? Non, pas du tout. *Interrogé* ? Oui... Mais non. Soudain, il le tient.

« Eh bien, que puis-je pour vous, Danny ?

– Il y a une demi-heure, votre collègue m'a tendu une embuscade au supermarché pendant que je faisais mes courses. »

Nouveau silence. Puis Davis dit :

« Nous avons encore quelques questions à vous poser au sujet de vos déplacements durant ces trois semaines. J'ai interrogé votre frère, qui a confirmé que vous lui aviez rendu visite le premier week-end de juin. Il est autiste ? »

Danny espère qu'elle n'a pas perturbé Stevie (il panique facilement dès qu'il sort de sa zone de confort), mais il ne veut pas se laisser entraîner sur un autre terrain.

« Il avait troqué sa veste noire contre un coupe-vent portant l'inscription KBI devant et derrière. Et il n'avait pas de mégaphone, mais il n'en avait pas besoin, il parlait suffisamment fort. Il n'y a pas beaucoup de clients le jeudi soir, mais tous ceux qui étaient là ont tout entendu. Et vu.

– Vous me semblez un peu paranoïaque, Danny.

– Se faire humilier devant trente personnes, ce n'est pas de la paranoïa. Je lui ai demandé de me suivre sur le parking quand j'ai compris où il voulait en venir. Et vous savez quoi ? Il n'avait aucune question à me poser. Une fois dehors, il m'a sorti le même refrain : avouez que c'est vous, vous vous sentirez mieux.

– Et c'est vrai, dit Davis en toute sincérité.

– Je vous appelle pour vous poser quelques questions.

– Ce n'est pas à moi de répondre à vos questions, Danny. C'est l'inverse.

– Il ne s'agit pas de l'enquête, en fait. Pas directement. Je dirais plutôt que ça concerne la procédure. Première question : est-ce que vous m'auriez abordé à l'IGA avec votre blouson du KBI en veillant à ce que tout le monde entende ce que vous disiez ? »

Elle ne répond pas.

« Allons, c'est une question simple. Est-ce que vous chercheriez à m'humilier devant mes voisins ? »

Cette fois, sa réponse est immédiate, prononcée à voix basse et chargée de colère.

« Vous n'avez pas seulement humilié Yvonne Wicker. Vous l'avez *violée.* Vous l'avez *assassinée* !

– Où est passé le principe de l'accusé considéré comme innocent tant qu'il n'a pas été jugé coupable, inspectrice Davis ? J'ai simplement retrouvé son corps. Mais nous avons déjà évoqué mille fois ce sujet, et ça n'a rien à voir avec ce que je vous demande. Auriez-vous agi comme Jalbert, d'autant qu'il n'avait rien de nouveau à me demander ? »

Danny perçoit les échos de la fête durant le nouveau silence qui suit. Finalement, Davis dit :

« Chaque enquêteur a ses méthodes.

– C'est votre réponse ? »

Elle émet un ricanement teinté d'exaspération.

« Je ne suis pas dans un tribunal. Et personne ne vous a demandé de m'interroger. Et puisque vous n'avez rien à me dire, je vais devoir mettre fin à…

– Est-ce que le nom de Peter Andersson vous dit quelque chose ? Andersson avec deux *s.*

– Ça devrait ?

– Il écrit dans un journal gratuit qui s'appelle *Plains Truth.* Ils ont publié le nom de Mlle Wicker. Est-ce la procédure habituelle ? Dévoiler les noms des personnes assassinées avant d'avoir informé la famille ?

– Je… La famille a été informée ! » Enfin, Davis paraît troublée. « La semaine dernière !

– Pourtant, le *Telescope* n'a pas révélé son identité, s'il la connaissait. Contrairement à *Plains Truth.* Et mon nom ? Ils l'ont publié également. Livrer à la presse les noms des personnes qui n'ont pas été inculpées fait partie des méthodes du KBI ? »

Nouveau silence. Danny entend un léger *pop*. Peut-être un ballon de baudruche qui vient d'éclater.

« Votre nom a été publié ? C'est ce que vous êtes en train d'affirmer ?

– Procurez-vous un exemplaire et vérifiez par vous-même. Nous savons d'où vient la fuite, n'est-ce pas ? Et nous savons pourquoi. Il n'a rien de concret, uniquement une histoire de rêve à laquelle il refuse de croire. Il en est incapable. Il n'a pas assez d'imagination. Idem en ce qui vous concerne, mais au moins, vous n'avez pas livré mon nom au seul torchon qui oserait le publier. C'est pour cette raison que je vous appelle.

– Danny, je… »

Elle s'interrompt. Danny ignore ce qu'elle allait dire, mais s'il devait parier, il miserait sur « Je m'excuse ».

Elle fait marche arrière.

« Plusieurs autres personnes ont pu livrer votre nom à la presse. Probablement un de vos voisins à Oak Grove. C'est ridicule de croire que Jalbert vous persécute.

– Vraiment ?

– Oui.

– Laissez-moi vous dire ce que je sais sur *Plains Truth*. J'ai pris un exemplaire en rentrant du boulot. Je finis à la fin de la semaine, d'ailleurs. J'ai été viré. Là encore, c'est vous que je dois remercier. »

Davis ne dit rien.

« C'est essentiellement des pages de pub entrecoupées de quelques infos locales… et de faits divers criminels. Ils en raffolent. Ça va du renversement de vaches aux incendies volontaires. Ça incite les gens à prendre ce foutu canard.

– Danny, je pense que cette conversation a suffisamment duré. »

Il poursuit sur sa lancée.

« Il n'y a pas de journalistes d'investigation à *Plains Truth*. Ils ne mènent pas d'enquêtes. Andersson et ses deux ou trois collègues restent le cul sur leur chaise en attendant que les infos viennent à eux. En l'occurrence, le nom de la victime et le mien. Quelqu'un a décroché son téléphone pour les rencarder.

– Si vous avez l'intention de me demander de découvrir qui a fait ça, vous rêvez. Les journalistes protègent leurs sources. »

Danny ne peut s'empêcher de rire.

« Qualifier de journalistes les types qui bossent pour ce torchon, c'est comme mettre sur le même plan un gamin qui suit des cours de soutien en maths et… Einstein. Je pense que Peter Andersson vous donnera un nom, s'il le connaît. Il vous suffit de le bousculer un peu, comme vous l'avez fait avec moi. »

Silence encore. Toutefois, Davis n'a pas coupé la communication. Il entend toujours les bruits de la fête d'anniversaire en fond sonore. Cette Laurie est sa fille ? Sa nièce ?

« Un nom, pas forcément *le* nom, insiste Danny. À supposer qu'Andersson lui ait posé la question, Jalbert aura répondu qu'il appartient à la police de Manitou ou à la Highway Patrol, avant de raccrocher. Un journal respectable n'aurait jamais publié une information anonyme sans la recouper, mais *Plains Truth* l'a fait, avec la plus grande joie. C'est *lui,* inspectrice Davis. Je le sais, et je pense que vous le savez aussi.

– Bonsoir, Danny. Ne me rappelez plus. Sauf pour passer aux aveux, évidemment. »

C'est le moment du saut dans le vide.

« Est-ce qu'il lui arrive de débiter des chiffres, comme ça, en pleine conversation ? Sans aucun rapport avec le sujet. Spontanément. »

Pas de réponse.

« Vous ne voulez pas parler de ça, hein ? OK. Souhaitez un joyeux anniversaire à la petite fille qui… »

Elle a raccroché.

Il appelle immédiatement Stevie à Boulder. Son frère répond de manière habituelle, comme un message enregistré sur un répondeur :

« Vous avez composé le numéro de Steven Albert Coughlin…

– Salut, Stevie, c'est…

– Je sais, je sais, dit Stevie en riant. Danny-Danny-bo-banny-banana-fanna-fo-fanny. Comment ça va, frangin ? »

Danny est rassuré. Ella Davis n'a pas dit à Stevie que son grand frère était soupçonné de meurtre. Elle a fait preuve de… prudence ?

Plus que ça. Le mot qu'il cherche est peut-être *diplomatie*. Il refuse d'accorder le moindre crédit à cette femme, mais il n'est pas insensible à son geste. Certes, Stevie possède des dons particuliers et il a appris, lentement, à se comporter en société, mais il demeure fragile.

« Je vais très bien, Stevie. Est-ce que mon amie Ella Davis t'a appelé ?

– La dame ? Oui. Elle m'a dit qu'elle était inspectrice de police et que tu les aidais dans une enquête. C'est vrai que tu les aides, Danny-bo-banny ?

– J'essaie », répond Danny, et il tente d'entraîner la conversation sur un autre terrain.

Ils parlent de Nederland, où Stevie part randonner le week-end. Ils parlent du bal où Stevie est allé avec sa copine Janet et après lequel ils se sont embrassés trois fois en rentrant chez eux. Quelqu'un écoute de la musique à fond et Stevie lui crie de baisser le son, une chose qu'il n'aurait jamais faite adolescent. Il se serait frappé les tempes jusqu'à ce qu'on l'oblige à arrêter.

Danny dit qu'il doit raccrocher. Sa colère a presque disparu. C'est l'effet Stevie. Avant de dire au revoir à son frère, Stevie n'oublie pas leur rituel :

« Vas-y, demande-moi un truc ! »

Danny s'est préparé.

« Folgers Torréfaction Corsée. »

Stevie rit. C'est un son magnifique, joyeux. Quand il est heureux, il l'est réellement.

« Allée 5, étagère du haut, sur la droite quand tu vas vers le rayon boucherie. Douze dollars et neuf *cents*. Mais c'est Torréfaction Classique maintenant. » Il prend un ton de conspirateur : « Ils ont arrêté le Folgers Torréfaction Corsée.

– Bravo, Stevie. Bon, faut que je te laisse.

– OK, Danny-bo-banny. Je t'aime.

– Moi aussi je t'aime. »

Il se réjouit que ce soit Davis qui ait interrogé Stevie. Imaginer que Jalbert puisse seulement s'approcher de son frère le glace jusqu'aux os.

30

Ella Davis range son téléphone dans la poche de son pantalon et rejoint la fête. Sa sœur distribue des parts de gâteau et de la glace à une demi-douzaine de fillettes coiffées de chapeaux rigolos. La fille de Davis, star du jour, ne cesse de lancer des regards avides en direction des cadeaux empilés sur le buffet. Laurie a huit ans aujourd'hui. Elle va bientôt les ouvrir, et les oublier aussitôt, à l'exception peut-être de la poupée Andora, qui a coûté à sa mère quarante dollars durement gagnés. Les fillettes, gavées de sucre et bien décidées à s'éclater, vont faire des jeux dans le salon et leurs cris stridents empliront la maison de sa sœur. À vingt heures, elles commenceront à s'endormir devant la télé, en regardant pour la énième fois *La Reine des neiges.*

« Qui était-ce ? interroge sa sœur. C'était pour ton enquête ?

– Oui. »

Quelqu'un a déjà renversé sa glace. Mitzi, la beagle de la maison, se jette dessus.

« Ce n'était quand même pas lui, si ? demande Regina tout bas. Coughlin ?... Sers-toi de ta fourchette, Olivia !

– Non, ment Davis.

– Quand allez-vous l'arrêter ?

– Je ne sais p...

– Arrêter QUI ? » claironne une des fillettes. Mary ou Megan, Ella ne s'en souvient plus. « Arrêter QUI ?

– Personne, répond Regina. Mêle-toi de tes oignons, Marin.

– Je ne sais pas, Reg. Ça ne dépend pas de moi. »

Une fois le gâteau et la glace servis, pendant que les fillettes s'empiffrent, Davis s'excuse et sort sur la terrasse derrière la maison pour fumer une cigarette. Elle est troublée d'apprendre que Frank a abordé Coughlin au supermarché, le désignant volontairement aux yeux de toutes les personnes présentes : *C'est lui, c'est l'homme qui a tué cette jeune femme, regardez-le bien.*

Elle est encore plus troublée à l'idée que Jalbert ait pu livrer le nom de Coughlin à l'unique journal susceptible de le publier. Elle refuse de croire qu'il soit capable de faire ça, et elle y parvient presque, mais on ne peut nier que Frank se concentre uniquement sur Coughlin. Il est obsédé.

Non, ce n'est pas le mot qui convient, se dit-elle. *Le bon mot, c'est* impliqué.

Elle est surtout troublée par Coughlin lui-même. Il a paru bel et bien soulagé quand Frank lui a fait croire qu'ils possédaient des traces d'ADN et il s'est empressé de fournir un échantillon de salive pour effectuer une comparaison. Et il *savait* qu'elle avait menti à propos des empreintes de la victime retrouvées sur le tableau de bord de son pick-up. Mais peut-être était-ce parce qu'il les avait effacées. Ou bien parce que Wicker – la pauvre Mlle Yvonne, comme dit Jalbert – n'est jamais entrée dans cette cabine. Il a pu envelopper son corps dans une bâche et le déposer à l'arrière. S'il s'est débarrassé de la bâche ensuite, cela expliquerait pourquoi ils n'ont retrouvé ni cheveux, ni empreintes, ni ADN. Mais alors, pourquoi n'a-t-il pas enterré le cadavre avec la bâche ?

Ou bien Yvonne Wicker ne s'est jamais retrouvée à bord de ce pick-up, ni devant ni derrière.

Non. Je n'accepte pas cette hypothèse.

En outre, Coughlin a proposé de se soumettre au détecteur de mensonge, il a presque supplié. Frank a repoussé cette idée, non sans raison, toutefois…

Sa sœur la rejoint sur la terrasse.

« Laurie va ouvrir ses cadeaux, annonce-t-elle d'un ton où perce une légère pointe de causticité. Tu viens ? »

Où est passé le principe de l'accusé considéré comme innocent tant qu'il n'a pas été jugé coupable, inspectrice Davis ?

« Oui, dit Ella en écrasant sa cigarette. Évidemment. »

Reggie la prend par les épaules.

« Tu as l'air soucieuse, ma chérie. C'était *lui*, hein ?

– Oui, soupire Ella.

– Pour clamer son innocence ?

– Oui.

– Tu te sentiras soulagée quand il sera derrière les barreaux.

– Oui. »

Plus tard, alors que les fillettes sont toutes allongées par terre dans le salon, en pyjama, fascinées comme toujours quand Elsa et Anna chantent « Le renouveau », Ella demande à sa sœur si elle a déjà vécu une expérience psychique. Un rêve qui devient réalité.

« Non, pas moi, mais mon amie Ida a rêvé que Horst allait faire une crise cardiaque, et quinze jours plus tard, c'est arrivé.

– Vraiment ?

– Oui !

– Donc, tu y crois ? »

Reggie réfléchit.

« Je ne pense pas qu'Ida soit une menteuse, mais je la croirais plus facilement si elle m'avait parlé de ce rêve *avant* que Horst fasse sa crise cardiaque. Et il faut dire qu'il l'avait bien cherché, obèse comme il est. Hé, regarde ta gamine, Els ! Elle adore cette poupée ! »

Laurie berce sa poupée aux cheveux auburn contre elle et Davis est soudain frappée par une vision elle aussi : Danny Coughlin poignarde Yvonne Wicker, encore et encore, puis il s'allonge sur elle dans un champ de maïs et il la viole, alors même qu'elle se vide de son sang. Ils savent que cela s'est passé là car ils ont retrouvé des soies de maïs dans ses cheveux.

Si Coughlin a commis ce meurtre, il mérite tout ce que lui fait subir Frank, pense-t-elle. À cet instant, sur le seuil du salon à côté de sa sœur, elle s'aperçoit que ce mot de deux lettres redoutable (et déloyal, aussi) s'est immiscé dans ses pensées pour la première fois.

Et puis, il y a également autre chose, et elle veut bien s'avouer – mais à elle seule – que c'est ce qui l'a le plus ébranlée. *Est-ce qu'il lui arrive de débiter des chiffres, comme ça, en pleine conversation ? Sans aucun rapport avec le sujet. Spontanément.* Elle l'a entendu plusieurs fois, surtout depuis qu'ils enquêtent sur ce meurtre. Sans doute que cela ne veut rien dire, mais Frank a maigri et il est obsédé par Coughlin…

Non, n'utilise pas ce mot ! Il est impliqué. *Il est le défenseur d'Yvonne Wicker, il veut lui rendre justice.*

Mais peut-être que le bon mot, c'est justement *si*.

31

À mi-chemin de Lyons, Jalbert se gare sur le parking lézardé et creusé de nids-de-poule d'un centre commercial abandonné. Il sent que s'il ne descend pas de voiture pour compter, il va exploser. Il ne fera pas nuit avant vingt et une heures. Non loin de là, des fillettes gloussent en regardant *La Reine des neiges*.

« Il joue la montre, murmure-t-il. Ce salopard cherche à gagner du temps. »

Oh, sa pauvre tête ! Ça cogne là-dedans. Il passe ses mains dans ses cheveux et sent de chaque côté de leur implantation en pointe de minuscules gouttes de sueur. Il a besoin de compter. Cela l'apaisera. Comme toujours. Et lorsqu'il sera de retour dans sa suite au Celebration Center, il pourra faire les chaises. Sans cela, il sait qu'il ne réussira pas à dormir. Ce qui avait commencé comme un jeu est devenu à présent une nécessité.

Il marche de sa voiture jusqu'à une boutique de prêteur sur gages abandonnée elle aussi. Trente-trois pas. Dix-sept plus seize. Il revient. Quinze et quatorze. Il retourne à la boutique : treize, douze, onze… Les trois derniers pas sont tout petits car le total donne trente-six et il faut que ça tombe juste. Il commence à se sentir mieux. Dix, neuf, huit et sept le ramènent à sa voiture. Poing serré, il frappe vingt et une fois sur le capot, en comptant à voix basse.

Il ne peut pas arrêter Coughlin dans l'immédiat. Sans parler du procureur, le directeur du KBI a mis le holà. Et, Jalbert doit bien l'admettre, le directeur a raison. Cette histoire de rêve ne tient pas debout, certes, mais en l'absence d'autres éléments, même cet avocaillon d'Edgar Ball serait capable d'obtenir l'abandon des poursuites.

Pire encore : si le procureur était assez stupide pour porter cette affaire bancale devant le tribunal, Coughlin serait déclaré innocent et il ne pourrait plus jamais être jugé. Dossier classé. Jalbert a besoin d'un levier capable d'ouvrir Coughlin en deux pour que le monde entier découvre le psychopathe derrière ce regard incrédule qui clame son innocence. Il doit le broyer. Il doit mettre la pression.

Il décide de faire le tour du centre commercial en comptant soigneusement, de zéro. Il est arrivé à vingt-six (trois cent cinquante et un en tout) quand, en revenant à son point de départ, il découvre un véhicule de la Highway Patrol, gyrophare allumé, garé à côté de sa Ford. Un policier se sert du micro fixé sur son épaule pour contrôler son immatriculation. Entendant approcher Jalbert, il se retourne et pose instinctivement la main sur la crosse de son Glock. Puis il remarque le coupe-vent KBI de Jalbert et se détend.

« Bonsoir, monsieur. J'ai vu votre véhicule arrêté et…

– Et vous avez fait votre devoir. Comme il convient. Vingt-six. Je vous félicite. Je vais glisser la main dans ma poche pour vous montrer ma pièce d'identité. »

Le policier secoue la tête avec un grand sourire.

« Inutile. Frank Jalbert, c'est bien ça ?

– Oui. »

Il tend la main au policier, qui la serre trois fois, le nombre parfait pour une poignée de main.

« Comment vous appelez-vous, officier ?

– Henry Calten, monsieur. Vous enquêtez sur le meurtre de cette fille ?

– Mlle Yvonne, oui. » Jalbert secoue la tête. « Pauvre Mlle Yvonne. Je me suis arrêté pour me dégourdir les jambes et réfléchir.

– À mon avis, c'est le type qui a appelé pour signaler le corps.

– C'est aussi mon avis. Mais il tient bon. » Jalbert secoue la tête encore une fois. « Si vous voulez savoir la vérité, il se moque de nous.

– Ah, ça me fout en rogne.

– On doit le broyer. Accentuer la pression.

– Bon, je vous laisse réfléchir en paix, dit Calten. Mais… si je peux faire quelque chose pour aider. Je sais bien que c'est peu probable…

– Qui sait ? Dans ce monde, tout est possible. Seize.

– Pardon ?

– Non, rien, c'est un nombre porte-bonheur. En parlant de ça, donnez-moi donc votre numéro.

– Avec plaisir », répond Calten, ravi. Il sort de sa poche de poitrine

une carte de la KHP et griffonne au dos son numéro de portable.
« Vous savez, je pensais à postuler pour entrer au KBI moi aussi.
– Quel âge avez-vous ? »
Jalbert prend la carte.
« Vingt-quatre ans.
– Trois fois huit, parfait. Vous voulez un conseil ? N'attendez pas trop. Ne remettez pas au lendemain. Je vous souhaite une bonne nuit.
– Moi de même. Et si je peux aider, d'une manière ou d'une autre…
– C'est noté. Il se pourrait que je vous appelle. »
Au moment de remonter dans sa voiture, l'agent Calten se retourne vers Jalbert avec un petit rictus.
« Coincez-le, inspecteur.
– C'est prévu. »

32

De retour à l'hôtel, Jalbert s'arrête à la réception pour savoir s'ils ont des chaises pliantes. L'employé pense que oui, dans la salle de séminaire. Jalbert lui demande de bien vouloir en apporter trois dans la chambre 521.

« Réflexion faite, je vais aller les chercher moi-même », dit-il, et il joint le geste à la parole.

Il y a au moins une douzaine de chaises pliantes appuyées contre un mur, alors il en prend quatre. Quatre est un bon chiffre, meilleur que trois. Difficile d'expliquer pourquoi, mais le quatre met toujours une branlée au trois. Il prend deux chaises dans chaque main et marche jusqu'à l'ascenseur, sans se soucier du regard interrogateur de l'employé de la réception.

Il en déplie deux dans le petit salon et deux dans la chambre. Il a maintenant huit chaises (en incluant le lit et le siège des toilettes). De un à huit, ça fait trente-six si on additionne les chiffres et les nombres ; de un à vingt-quatre, ça fait trois cents ; et de un à quarante, huit cent vingt. Les gens (la plupart) ne peuvent pas comprendre, mais c'est une merveille, une sorte de pyramide inversée qui vous rapporte des dividendes, non pas sous forme d'argent, mais de clairvoyance.

Alors qu'il approche de la fin de son cinquième tour de chaises, il sait à présent quelle doit être sa prochaine manœuvre. Il replie les chaises trouvées dans la salle de séminaire et les range à côté du petit bureau. Elles peuvent encore servir. Il récupère sa valise sous le lit et l'ouvre. D'une pochette en plastique, il sort une paire de gants en caoutchouc fin et les enfile. Il est temps de le passer à la moulinette. Il appelle l'agent Calten. Il est temps de le hacher menu.

33

Dans la nuit du jeudi au vendredi de cette semaine infernale, Danny est réveillé en sursaut par un fracas métallique sourd, suivi du vrombissement d'un moteur de voiture au pot d'échappement défectueux, ou carrément sans pot. Le réveil sur sa table de chevet indique 2 h 19. Il se lève, prend la lampe torche qu'il garde à portée de main en cas de coupure de courant et s'approche de la fenêtre du salon. Dehors, rien ne bouge, hormis un nuage de papillons de nuit tourbillonnant autour du lampadaire qui se dresse entre la réception et la laverie. Oak Grove (où il n'y a pas de chênes) dort à poings fermés. Le bruit n'a réveillé personne d'autre, pour la bonne raison qu'il lui était destiné.

Danny ouvre la porte. Il oublie parfois de la verrouiller la nuit, mais il se dit qu'après l'article de *Plains Truth* et le petit numéro de Jalbert à l'IGA, la veille, il va devoir changer ses habitudes. Il descend les quelques marches en parpaings, allume sa lampe et cherche l'origine de ce bruit. C'est vite fait. La carrosserie en aluminium de la caravane est enfoncée, juste sous la fenêtre en verre dépoli de la salle de bains. Fenêtre que visait sans doute son visiteur nocturne, devine Danny.

L'impact a laissé une traînée rouge dans la tôle. Danny promène le faisceau de sa lampe devant la caravane. Une brique repose au milieu des graviers. Un message est enroulé autour, maintenu avec du fil de fer. Danny sait déjà de quoi il s'agit, il s'accroupit néanmoins pour retirer la feuille. Le message est bref, rédigé au crayon gras ou au feutre noir.

FOUS LE CAMP SALOPERIE DE MEURTRIER OU SINON…

La première réaction de Danny est : *Jamais de la vie !* Puis : *Oh, vraiment ? On est dans un film ? Tu te prends pour Clint Eastwood ?*

À cet instant, au beau milieu de la nuit, un message menaçant dans la main et à ses pieds la brique qui a servi à l'envoyer, l'idée de quitter Manitou ne paraît pas uniquement raisonnable, mais séduisante. Son amie Becky (et plus si affinités) ne veut plus entendre parler de lui, et elle empêchera l'adorable petite DJ de l'approcher, comme s'il avait la peste bubonique. Il a perdu son boulot. Cerise sur le gâteau, il semblerait que la moitié de la ville ait attrapé le Covid. Certes, il n'apprécie pas trop le fait d'être chassé de chez lui comme Caïn après le meurtre de son frère, mais sa caravane ne correspond pas vraiment à l'idée qu'il se fait du paradis. Alors, le moment est peut-être venu d'essayer le Colorado. Stevie serait ravi.

Il se demande si cette voiture qu'il a entendue pétarader était la Mustang de Pat Grady. Oui, très certainement, mais quelle importance ?

Danny retourne se coucher, non sans avoir verrouillé la porte de sa caravane.

34

Pour son dernier jour en tant qu'employé de l'administration scolaire de Wilder County, Danny transfère les manuels stockés dans la réserve jusque dans la salle des professeurs, qui accueille de facto les départements d'histoire et d'anglais. Les manuels y seront empilés en attendant d'être distribués aux élèves à la rentrée en septembre – date à laquelle Danny espère être loin d'ici.

Jesse, qui était occupé à récurer les plinthes dans la nouvelle aile, remonte le couloir en trottinant. Il rejoint Danny à l'entrée de la bibliothèque et lui dit :

« Pour info : le flic de l'autre jour vient vous voir. Celui qui a une drôle de… » Jesse frotte deux doigts sur son front pour symboliser les oreilles de chat de Jalbert. « Il s'est garé derrière.

– La femme est avec lui ?

– Non, il est seul.

– Merci, Jesse.

– On peut dire que ce type ne vous lâche pas, hein ?

– Je viendrai t'aider dès que j'en aurai terminé avec tous ces bouquins. »

Jesse insiste :

« Il ne va pas vous arrêter, si ? »

Danny s'oblige à sourire.

« Je crois qu'il ne peut pas, et ça le rend dingue. Allez, au boulot. Pour notre dernier jour. »

Jesse repart. Jalbert est dans le hall, il admire la vitrine des trophées comme la première fois. Il tient à la main ce qui ressemble à un journal roulé.

Peut-être qu'il veut me donner une tape sur le nez, se dit Danny. Et cette réflexion est une touche d'humour bienvenue face à la terreur que lui inspire Jalbert. Évidemment, il sait que c'est exactement le but recherché, et il aimerait bien supprimer ce sentiment s'il le pouvait. Hélas, c'est impossible. Il marche vers le hall, juste au moment où Jalbert pousse la porte à double battant.

« Eh bien, vous avez passé un bon 4 Juillet ? » demande l'inspecteur.

Danny ignore cette question.

« Que venez-vous faire ici, tout seul ? »

À son grand étonnement, Jalbert lui répond :

« La fille de ma collègue est malade. Trop de gâteau et de glace, pense-t-elle. Je veux que vous alliez à Great Bend cet après-midi.

– Je suis en état d'arrestation ? »

Jalbert montre ses petites dents.

« Pas encore. C'est juste pour enregistrer votre déposition officielle. Vous pourrez nous parler de votre *rêve*. Et une fois que tout le monde sera au courant, je parie que vous serez invité à la télé. Vous aurez droit à toute la publicité dont vous avez toujours… *rêvé* justement. Dommage que Jerry Springer soit mort, vous auriez été à votre place au milieu des putes et des bons à rien.

– Vous m'accusez de rechercher la publicité, alors que c'est vous qui faites fuiter mon nom ? C'est vraiment dégueulasse, même venant de vous.

– Ce n'est pas moi, répond Jalbert, sans se départir de son sourire. Jamais je ne ferais une chose pareille. Sûrement un de vos voisins. »

Danny pourrait lui dire qu'un de ses voisins justement (à moins que ce soit Pat Grady) a lancé une brique sur sa caravane cette nuit ; il pourrait même lui montrer le mot (il l'a dans sa poche), mais ce serait inutile.

Au lieu de cela, il demande à Jalbert pourquoi celui-ci a attendu si longtemps pour réclamer une déposition officielle.

« Parce que vous espériez mieux, hein ? Vous ne vouliez pas une déposition, mais des aveux. Seulement, vos supérieurs n'auraient pas trouvé ces aveux très convaincants. Réfléchissez, inspecteur. Je ne sais pas où cette fille a été poignardée, ni combien de fois, ni avec quoi.

– Vous avez été pris d'une folie meurtrière. » Jalbert croit à sa culpabilité avec la même ferveur que sa mère croyait au Christ Rédempteur. « C'est fréquent chez les tueurs psychopathes. C'est une vieille dénomination, pas très politiquement correcte, je suppose, mais elle me plaît. Et elle vous décrit parfaitement.

– Je n'ai pas tué cette fille. Je l'ai juste découverte. »

Une fois encore, Jalbert dévoile ce qui lui reste de dents.

« Parlez-moi du Père Noël, Danny. J'adore cette histoire.

– Je termine mon travail à seize heures. Ce qui veut dire que je ne pourrai pas être à Great Bend avant dix-huit heures trente, si je respecte les limitations de vitesse. Et j'en ai bien l'intention.

– Je vous attendrai. Ella Davis également. Ou alors, vous pouvez finir un peu plus tôt, vu que c'est votre dernier jour. »

Danny ne supporte plus ce type.

« Et j'ai pensé que ça vous ferait plaisir de voir ça également », dit Jalbert en déroulant le journal.

C'est un exemplaire de l'*Oklahoman*. Il l'ouvre à peu près au milieu et le tend à Danny. Un article est coiffé de ce gros titre : LA FILLE ASSASSINÉE RENTRE CHEZ ELLE. Il y a une photo. C'est ce que Jalbert voulait lui montrer. D'ailleurs, Danny est persuadé qu'il est venu uniquement pour ça.

Cette photo exprime à elle seule tout ce qu'il y a à savoir sur la douleur humaine. Le père d'Yvonne Wicker serre dans ses bras sa femme, qui enfouit sa tête contre sa poitrine. Il tend le visage vers le ciel. Un rictus déforme sa bouche. Les veines de son cou sont saillantes. Il ferme les yeux de toutes ses forces. Derrière eux, à côté d'une longue Cadillac noire portant l'inscription POMPES FUNÈBRES HEARST sur le côté, se tient un jeune homme qui semble porter un blouson de lycéen frappé d'une grosse lettre. Et une casquette de baseball. La visière dissimule son visage baissé. Danny devine qu'il s'agit du petit frère d'Yvonne.

Il se dit qu'il est en train de contempler une chose que les films et les séries télé abordent et comprennent rarement : le drame de l'être humain. Le coup de massue du chagrin et la stupidité de la disparition. Le naufrage.

Ses yeux s'emplissent de larmes. Il s'attarde sur la photo et ce gros titre : LA FILLE ASSASSINÉE RENTRE CHEZ ELLE, puis revient sur Jalbert. Et le surprend en train de sourire.

« Oh, regardez ! ironise l'inspecteur. Le meurtrier qui pleure ! On se croirait dans un opéra italien ! »

Danny doit se retenir pour ne pas le frapper. Mais il imagine qu'il lui casse le nez d'un crochet, faisant gicler le sang de part et d'autre de sa bouche, comme une moustache à la Fu Manchu. La seule chose qui le retient, c'est la certitude que Jalbert n'attend que ça. Alors, il sèche ses larmes, simplement.

« Dites-moi au moins que ses parents ne savent pas pour le chien. Dites-le-moi.

– Aucune idée, répond Jalbert d'un ton presque enjoué. Ce n'est pas moi qui leur ai annoncé la nouvelle, c'est un inspecteur d'Oklahoma City. Moi, mon travail, c'est d'enquêter sur cette affaire. Autrement dit, sur *vous*. »

Danny tient toujours le journal. Il le défroisse tant bien que mal et le colle sous le nez de Jalbert.

« Vous voulez voir une autre photo comme celle-ci, avec d'autres parents ? Car celui qui a tué cette fille ne va peut-être pas s'arrêter là. Il pourrait en tuer encore deux ou trois pendant que vous faites une fixette sur moi. »

Jalbert a un mouvement de recul, comme si Danny avait fait mine de le gifler.

« Je ne fais pas une fixette. Je fais mon devoir. Je sais que c'est vous, Danny. Ce rêve n'existe pas. Vous n'aviez pas besoin d'un rêve pour vous rendre à l'endroit où elle était enterrée, car c'est vous qui l'avez enterrée là. Mais n'insistons pas. Soyez à Great Bend à dix-huit heures trente ou je transmets votre identité et votre numéro d'immatriculation à la Highway Patrol. Venez avec votre avocat si vous voulez. Vous pouvez garder le journal. Vous aurez peut-être envie de vous vanter de ce que vous avez fait à cette famille. Quatre victimes pour le prix d'une. »

Il pivote, faisant voltiger les pans de sa veste noire, et se dirige vers le hall.

« Inspecteur Jalbert ! »

Il se retourne, sourcils dressés. Son crâne lisse de part et d'autre de cette curieuse implantation de cheveux est d'une blancheur laiteuse.

« Est-ce que vous grincez des dents ?

– Hein ?

– Vos dents. Elles sont usées. Peut-être que vous devriez acheter une gouttière en caoutchouc. Ils en vendent au Walgreens.

– Je ne vois pas en quoi ma dentition…

– Ça vous fait du bien quand vous comptez ? »

Pour la première fois, Jalbert semble véritablement ébranlé.

« Je me suis renseigné ce matin avant de venir travailler, poursuit Danny. Ça s'appelle l'arithmomanie. C'est ça, votre truc ? Vous faites ça quand vous vous réveillez en pleine nuit parce que vous grincez des dents ? »

C'est la première fois également que Danny voit une veine palpiter sur la tempe droite de Jalbert. Tic-tic-tic.

« Vous l'avez tuée, espèce de petit malin. On le sait bien, vous et moi. Et vous allez plonger. »

Après son départ, Danny reste planté dans le couloir, le journal à la main, essayant de retrouver son calme. Chaque rencontre avec Jalbert est plus dévastatrice que la précédente. Il essuie ses yeux avec la manche de sa chemise d'agent d'entretien. Puis retourne s'occuper des manuels. C'est son dernier jour, il faut finir le travail.

35

Profitant de la pause déjeuner, il va chercher son téléphone dans le pick-up. Il doit appeler Margie pour lui expliquer qu'il a perdu son boulot et que le Kansas a perdu son charme, à ses yeux du moins. Et qu'il pense aller s'installer à Boulder. Elle comprendra, elle aime bien Stevie. Si elle a besoin d'argent, il pourra peut-être piocher dans ses économies, modestement. Car il va devoir vivre avec ce qu'il a mis de côté le temps de retrouver un travail. Et puis, elle va bientôt se marier, non ?

Il ouvre la portière du côté passager, en songeant qu'il doit payer Edgar Ball également, et récupère son portable dans la boîte à gants. Il regagne le bâtiment en consultant ses messages, tête baissée, et soudain, il se fige. Il repense à ce que lui a dit Jesse : *Il s'est garé derrière.* Pourquoi Jalbert se serait-il donné cette peine alors que le parking des professeurs est plus près de l'entrée ? Danny ne voit qu'une seule explication.

Il retourne au Tundra. Il jette un rapide coup d'œil à l'arrière où se trouve uniquement sa boîte à outils, toujours cadenassée. La cabine, en revanche, n'est jamais verrouillée, et Jalbert l'a peut-être remarqué. Ou bien Danny le leur avait dit, à lui et à sa collègue. Il ne s'en souvient plus.

Il fouille parmi toutes les cochonneries accumulées dans la boîte à gants (c'est incroyable comme ça s'entasse), persuadé qu'il ne va rien trouver, et il a raison. Jalbert ne choisirait pas cet endroit, surtout après avoir vu que Danny y laissait son téléphone. La console centrale lui paraît plus probable, mais rien là non plus – à l'exception d'un paquet de M&M's qu'il voulait offrir à Darla Jean la prochaine fois qu'elle obtiendrait un A. DJ a souvent des A, c'est une gamine intelligente.

Il regarde dans les vide-poches des portières : rien. Sous le siège passager : rien. Sous le siège du conducteur… Il est là. Un petit sachet en papier cristal contenant de la poudre blanche qui ne peut être que de la cocaïne, de l'héroïne ou du fentanyl. Le Kansas ne plaisante pas avec la drogue, Danny le sait bien : les élèves ont droit régulièrement à des discours sur ce sujet. Ce sachet ne contient pas une quantité suffisante pour qu'on puisse l'accuser de trafic, mais dans cet État, la simple possession de substance prohibée peut vous valoir deux ans de prison.

Jalbert veut-il l'envoyer derrière les barreaux pendant deux ans pour possession de drogue ? Non, mais il veut l'envoyer à l'ombre pour pouvoir le travailler au corps. Chaque jour. Avec l'aide des gardiens, si besoin est.

Il y a derrière son siège un espace où s'entassent toutes sortes de cochonneries là aussi. Dont un sac en papier de chez McDonald's froissé. Il contient un emballage de hamburger et une de ces petites pochettes en carton dans lesquelles sont vendus leurs apple pies. C'est pile la bonne taille. Il prend le sachet de drogue par un coin et le fait glisser dans le carton, en l'écartant bien pour que le sachet ne frotte pas. La présence d'empreintes est peu probable, mais possible. Il remet l'emballage en carton dans le sac McDonald's et le sac dans sa lunch-box. Le temps qu'il regagne le bâtiment, Jesse est installé à la table de pique-nique.

« J'arrive tout de suite », lui lance Danny, et il entre dans le lycée.

Il dépose le sac sur l'étagère du haut de la réserve, derrière des produits d'entretien. Après quoi, il appelle Edgar Ball.

« Vous êtes toujours mon avocat ?

– Jusqu'à ce que vous ayez besoin d'un pro. Je trouve ça intéressant. »

Ils bavardent quelques instants. Edgar Ball promet de passer au lycée aux alentours de quatorze heures et de rejoindre Danny dans les locaux du KBI à Great Bend à dix-huit heures trente. De son côté, Danny promet de lui apporter un chèque de quatre cents dollars.

« Disons plutôt cinq cents, compte tenu de ce que vous me demandez de faire », répond Ball.

OK, dit Danny. C'est normal, même si cette somme va sérieusement entamer son pécule. Il appelle Margie ensuite pour lui annoncer qu'il ne pourra peut-être pas l'aider, ou très peu, pendant quelque temps car il a perdu son travail. Elle dit qu'elle comprend.

« Envoie-les-moi, ces flics, dit-elle. Je leur expliquerai que tu es un gueulard, mais pas un meurtrier. L'idée que tu puisses tuer quelqu'un, c'est du grand n'importe quoi. »

Danny lui dit qu'elle est adorable. Margie – Margie-Margie-bo-bargie comme l'appelle Stevie – lui répond qu'elle le sait bien. Il emporte son sandwich et sa thermos et rejoint Jesse pour passer un moment agréable.

« Ce lycée va me manquer, dit le garçon. C'est chelou, mais c'est vrai. Et je regretterai de ne plus bosser avec vous. Vous êtes un chouette patron, Danny.

– Tu trouveras autre chose. J'aimerais bien t'écrire une lettre de recommandation, mais… vu les circonstances.

– Ouais, j'ai capté », dit Jesse en riant.

Edgar Ball arrive à quatorze heures quinze. Danny lui remet le chèque et le sac McDonald's.

« Vous êtes sûr de vouloir la jouer de cette façon ? demande l'avocat. Vous allez vous exposer.

– Je suis déjà dans le viseur », répond Danny.

36

Ils pointent à seize heures trente, soit trente minutes avant l'heure habituelle. Danny verrouille le lycée, sans oublier une seule des sept portes. Jesse lui offre une accolade, que lui rend Danny, en ajoutant quelques tapes dans le dos. Il dit au garçon de prendre soin de lui et de garder le contact. Vous aussi, dit Jesse.

Danny retourne à Oak Grove, en gardant un œil dans le rétroviseur. Aucun flic à l'horizon. En arrivant devant sa caravane, il trouve un mot scotché sur la porte. Bref et direct. *Barre-toi. On veut pas de toi ici.* Il l'arrache, le balance dans la poubelle de la cuisine, prend une douche et enfile des vêtements propres. Puis il appelle Ella Davis.

« C'est encore Danny Coughlin.

– Que puis-je pour vous ?

– Me faire confiance, juste un peu. »

Danny lui explique ce qu'il attend d'elle. Elle ne dit pas oui… mais elle ne dit pas non.

Sur ce, il remonte dans son pick-up, direction Great Bend. Il a fait une cinquantaine de kilomètres quand un véhicule de la police de la route débouche d'un chemin de terre juste derrière lui, gyrophare allumé. Le policier ajoute même un petit coup de sirène, totalement inutile puisque Danny a déjà commencé à se garer sur le bas-côté. Il baisse sa vitre et pose les deux mains sur le volant, « bien en évidence ».

Le policier se nomme H. Calten. Il approche du pick-up la main sur la crosse de son Glock. Il a retiré la patte de sécurité.

« Permis de conduire et papiers du véhicule, s'il vous plaît.

– Mon permis est dans mon portefeuille. Je vais le sortir de ma poche arrière. » Danny s'exécute, très lentement. Après avoir remis son permis à l'agent Calten, il dit : « Maintenant, je vais ouvrir la boîte à gants pour prendre les papiers à l'intérieur.

– Avez-vous une arme dans la boîte à gants ?

– Non.

– Dans la console centrale ?

– Non.

– Allez-y. »

Au ralenti, là encore, Danny ouvre la boîte à gants et sort les papiers.

« Avez-vous un certificat d'assurance ?

– Oui. »

De nouveau, il tend la main vers la boîte à gants.

« Laissez tomber. Ne bougez pas, monsieur Coughlin. »

Calten regagne son véhicule de patrouille pour communiquer par radio. Danny ne bouge pas. Cinq minutes passent. Il va arriver en retard à Great Bend, mais ce n'est pas grave : Jalbert est persuadé qu'il ne viendra pas.

Après avoir vérifié que le Tundra de 2011 qu'il a arrêté appartient bien à Daniel Coughlin (ce que Calten savait déjà, Danny en est convaincu), le policier revient vers le Toyota avec les papiers de Danny. Toutefois, il ne les lui rend pas.

« Savez-vous pourquoi je vous ai arrêté, monsieur Coughlin ? »

Danny répond qu'il l'ignore.

« Vous zigzaguiez sur la chaussée. »

Danny sait bien que c'est faux, mais il ne dit rien.

« Avez-vous bu aujourd'hui, monsieur Coughlin ?

– De l'alcool, vous voulez dire ? Non.

– Seriez-vous prêt à vous soumettre à un éthylotest ?

– Oui.

– Avez-vous consommé de la drogue ? Herbe ? Ecstasy ? Cocaïne ?

– Non.

– Acceptez-vous que je fouille votre véhicule ?

– Il ne faut pas un mandat pour ça ?

– Non. Pas si j'ai repéré une conduite dangereuse de votre part. Vous pouvez autoriser la fouille ou je peux confisquer votre véhicule.

– OK. » Danny ouvre sa portière. « J'ai un rendez-vous, alors allez-y. »

Calten se met à fouiller la cabine en faisant tout un cinéma. Il a gardé le siège du conducteur pour la fin. Et il passe un long moment à regarder dessous, allant même chercher sa lampe torche dans son véhicule. Finalement, il claque la portière et pose sur Danny un regard torve.

« Et l'éthylotest ? demande celui-ci.

– Vous faites le malin, monsieur ? »

Danny ne saurait dire si le policier est rouge de colère ou s'il a attrapé un coup de soleil.

« Non. Mais je ne zigzaguais pas et vous le savez aussi bien que moi.

– Je vais vous dresser un PV pour conduite dangereuse.

– Si j'étais vous, je ne ferais pas ça. Car dans ce cas, on se verra au tribunal. Et là, mon avocat vous demandera si vous avez parlé à l'inspecteur Jalbert, du KBI, avant de m'arrêter. Vous aurez alors le choix entre dire la vérité ou commettre un parjure. Ce qui pourrait se retourner contre vous. C'est ce que vous voulez ? »

Calten s'accorde une minute de réflexion pour décider s'il veut aller plus loin. Plus aucun doute : ce n'est pas un coup de soleil. Danny se dit que c'est agréable de ne pas jouer en défense pour une fois. Calten lui rend son permis de conduire et sa carte grise.

« Essayez de rester du bon côté de la route, monsieur. »

Danny a envie d'en rajouter en demandant à Calten s'il ne veut pas lui coller un avertissement, mais il se retient. Trop, c'est trop. Calten est armé, et il n'a toujours pas remis la patte de sécurité sur la crosse de son Glock de service.

« Promis, monsieur l'agent. »

Calten le suit sur une dizaine de kilomètres, presque collé à son pare-chocs, puis il bifurque. Le reste du trajet jusqu'à Great Bend s'effectue sans incident.

37

Edgar Ball l'attend à l'extrémité du parking du siège du KBI. Il demande à Danny comment s'est passé le trajet. Danny lui parle de l'agent Calten.

« Incroyable, dit l'avocat. Vous êtes sûr de vouloir remettre la came à sa place ?

– Il n'y a plus aucun risque maintenant. Jalbert a joué son atout. »

Danny espère ne pas se tromper, et il espère ne pas se faire arrêter ultérieurement par Davis.

Ball ouvre son coffre et rend à Danny le sac McDonald's. Danny le dépose dans la console centrale, et cette fois, il ferme son pick-up à clé.

« Allons-y, dit-il. Observez bien la tête de Jalbert en me voyant. Ce sera intéressant. »

Espoir déçu. Ils remarquent à peine une étincelle de surprise dans le regard de l'inspecteur, aussitôt envolée. La pièce, équipée d'un matériel d'enregistrement audio et vidéo, est bondée. Outre Jalbert et Davis, il y a là un type chauve et grassouillet nommé Albert Heller et un malabar en costume nommé Vernon Ramsey. Heller est le procureur de Wilder County et Ramsey un inspecteur de la police d'Oklahoma City. Six personnes entassées dans cette salle rendent l'atmosphère étouffante. Il existe certainement dans ce bâtiment un espace plus grand où il serait plus agréable de discuter, mais Jalbert et Heller ne sont pas là pour discuter. Ce qu'ils veulent, c'est faire craquer Danny. Maintenant qu'il est là.

On fait les présentations. On échange des poignées de main (Danny et Jalbert s'abstiennent). On lit ses droits au suspect (cette fois, c'est le procureur qui s'en charge). Enfin, Heller précise pour l'enregistrement : « M. Coughlin est accompagné de son avocat. »

C'est encore Heller qui mène la danse, en revenant sur tous les éléments déjà abordés au cours du précédent interrogatoire de Danny. Les deux hommes sont assis face à face. Edgar Ball a pris place à côté de son client et Ella Davis à côté du procureur. Ramsey est debout, adossé au mur, impassible. Jalbert se tient dans un coin, bras croisés.

Danny raconte son rêve une fois de plus. Il raconte qu'il s'est rendu à la station-service abandonnée à Dart County. Il raconte sa tentative maladroite pour prévenir la police anonymement. Quand Heller lui demande pour quelle raison il a appelé la police, Danny parle du chien.

« Il était en train de la déterrer. Pour la manger. Je suis sûr que vous avez vu les photos. »

Heller dit qu'ils ont besoin d'en savoir plus au sujet de ses déplacements durant les trois premières semaines du mois de juin. Danny répond qu'il est disposé à les aider, mais il n'a pas d'agenda.

Heller ayant épuisé son stock de questions, Vernon Ramsey, le flic d'Oklahoma City, s'avance.

« Avez-vous tué Yvonne Wicker ?

– Non. »

Ramsey recule. Il n'a pas d'autre question. Jalbert lui glisse quelque chose à l'oreille et Ramsey hoche la tête, toujours aussi impassible.

En conclusion, Heller demande à Danny de ne pas quitter le comté.

« En fait, répond celui-ci, j'ai l'intention de quitter le comté et même l'État. Un journal gratuit a publié mon nom. Je suis le suspect numéro un et quelqu'un tenait à le faire savoir à tous les habitants du Kansas. »

En disant cela, Danny se tourne vers Jalbert. Qui lui renvoie un regard vide.

« Je peux vous assurer qu'aucune personne impliquée dans cette enquête n'a donné votre nom à la presse, dit Heller. C'est malencontreux. Toutefois, ce serait une très mauvaise idée de quitter la ville de Manitou, et à plus forte raison le Kansas. Cela aurait des consé…

– Arrêtez-moi dans ce cas. Si vous voulez m'obliger à rester au Kansas, arrêtez-moi. »

Heller ouvre des yeux comme des soucoupes. Ella Davis regarde ses mains, croisées sur la table. Ramsey contemple le plafond. Jalbert le foudroie ouvertement du regard.

« Mais vous ne pouvez pas, ajoute Danny. Vous n'avez aucune preuve que j'aie tué Yvonne Wicker, pour la bonne raison que je ne l'ai pas tuée. Je n'ai fait que signaler le corps. Alors, ne venez pas me parler de conséquences.

– En l'occurrence, il y aurait effectivement des conséquences, intervient Ball en ayant l'air de s'excuser. Des poursuites pour arrestation illicite. Engagées par moi-même.

– Je vous conseille fortement de demeurer où vous êtes, insiste Heller. En partant, vous paraîtriez plus coupable encore. »

Du coin de la salle, Jalbert déclare, froidement :

« Il *est* coupable. »

Danny sort de sa poche arrière une feuille de papier pliée qu'il fait glisser sur la table, non pas vers Heller, mais vers Davis.

« Il est écrit : "Fous le camp saloperie de meurtrier ou sinon." Ce message était enroulé autour d'une brique. Une brique que quelqu'un a lancée sur ma caravane en pleine nuit. *Voilà* une conséquence de la publication de mon nom dans le journal, monsieur Heller. Le puits a été empoisonné. » De nouveau, son regard vient se poser sur Jalbert. « La prochaine brique pourrait atteindre ma tête. »

Ramsey demande :

« Où pensez-vous aller ?

– Dans le Colorado. J'ai un frère là-bas, et je ne le vois pas assez.

– Peu importe où vous allez, dit Jalbert. Mlle Wicker vous suivra partout comme une mauvaise odeur. Une odeur qu'on ne peut pas faire disparaître. »

Danny sait que c'est probablement vrai. Il se retourne vers Ramsey.

« Avez-vous d'autres suspects ? N'importe qui ? Un petit ami qu'elle aurait largué et qui n'était pas content ? Des problèmes familiaux ?

– La brigade criminelle de la police de l'Oklahoma n'a pas pour habitude de partager ses informations avec les suspects. »

Danny ne s'attendait pas à une autre réponse. Il devine qu'ils ne s'intéressent à aucun suspect dans l'Oklahoma, et ceci pour une bonne raison : Ramsey pense qu'il n'existe aucun lien entre Yvonne Wicker et son meurtrier. Elle faisait du stop, elle a été prise par la mauvaise personne et cela lui a coûté la vie.

Il se lève.

« Je m'en vais. »

Personne ne l'arrête, mais Jalbert lance :

« Vous reviendrez. »

38

Sur le parking, Danny serre la main de son avocat, venu de Manitou sur son énorme Honda. Il n'a pas dit grand-chose au cours de cet interrogatoire – à l'exception de cette intervention surprise sur l'arrestation illicite. Bien joué. À part ça, qu'y avait-il à dire ?

Ball demande :

« Vous êtes sûr de vouloir tenter le coup avec Davis ? »

Danny hausse les épaules.

« Vous croyez qu'elle va m'arrêter pour possession quand je lui montrerai la coke ? Comparé à l'épée de Damoclès suspendue au-dessus de ma tête, c'est un risque mineur. »

Ball se balance d'avant en arrière sur la pointe des pieds.

« Si vous ne l'avez pas tuée, vous êtes le plus formidable menteur que j'aie jamais vu. Encore plus fort que mon oncle Red, et je croyais que c'était impossible.

– Je ne l'ai pas tuée. » Danny commence à en avoir marre de le répéter.

39

Il n'y a qu'une poignée de kilomètres entre le siège du KBI et l'endroit où il a rendez-vous avec Ella Davis, mais Danny choisit de faire un détour en passant par le centre-ville de Great Bend, si on peut l'appeler ainsi, en jetant de fréquents coups d'œil dans son rétroviseur pour s'assurer, autant que possible, qu'il n'est pas suivi. Il est vingt heures trente quand il arrive enfin au Coffee Hut. Il y a un parking pavé devant et un autre en terre battue derrière. C'est là qu'il se gare, à côté d'un SUV RAV4. Il est prêt à parier qu'il appartient à Davis. Il y a une figurine sur le siège passager, qu'il reconnaît grâce à Darla Jean : il s'agit d'Elsa, le personnage de *La Reine des neiges*.

Il entre dans le restaurant. Davis est assise dans un box au bout du comptoir, là où une personne qui entre par-devant ne peut pas la voir.

« Je pensais que vous ne viendriez pas, dit-elle. J'allais partir.

– Je voulais être sûr que je n'étais pas suivi. Autant que je pouvais l'être, du moins. »

Elle semble surprise.

« Vous êtes parano, hein ?

– C'était dans votre intérêt autant que dans le mien. Jalbert n'aimerait pas savoir qu'on se voit dans son dos, je pense. »

L'arrivée de la serveuse lui évite de répondre. Danny, qui n'a rien mangé depuis son sandwich du midi, commande une tranche de jambon fumé au jus de viande et un Coca.

« Ce truc va vous boucher les artères, dit Davis après le départ de la serveuse.

– C'est mieux qu'une brique sur la tête.

– Jalbert pense que vous avez écrit ce message vous-même.

– Évidemment.

– Pourquoi sommes-nous ici, Danny ? J'ai une baby-sitter et le compteur tourne. »

Danny lui parle de la visite de Jalbert au lycée, prétendument pour l'informer qu'il devait faire une déposition officielle. Et lui montrer la photo de la famille Wicker éplorée publiée dans l'*Oklahoman*.

« Mais il y avait une autre raison. Et je ne l'aurais pas découverte si Jesse – le jeune gars qui travaille avec moi – ne m'avait pas dit que Jalbert s'était garé derrière, alors que le parking des profs est à deux pas de l'entrée, et vide en été. Cela a éveillé mes soupçons. En fouillant dans mon pick-up, j'ai découvert un petit sachet sous le siège du conducteur. » Il fait glisser l'emballage d'apple pie vers elle. « Il est là-dedans. C'est peut-être de l'héroïne, mais je penche plutôt pour de la coke. »

Pour la première fois depuis qu'il l'a rencontrée, il voit le vernis professionnel de Davis se fissurer. Elle soulève un des rabats de l'emballage et jette un rapide coup d'œil à l'intérieur.

« J'ai pris le sachet par un coin. Je doute qu'il ait laissé des empreintes, il est trop intelligent pour ça, mais au cas improbable où il aurait merdé, vous pouvez toujours vérifier. »

Elle se ressaisit très vite.

« Voyons si j'ai bien compris. Vous accusez Frank Jalbert, inspecteur du KBI depuis plus de vingt ans, une demi-douzaine de citations à son actif, dont deux fois pour actes de bravoure, d'avoir caché de la drogue dans votre véhicule.

– Oh, je suis certain que c'est un super flic, mais il est persuadé que j'ai tué cette femme. » Et il n'y a pas que ça. « Ça vire à l'obsession. Et je serais très surpris que vous ne l'ayez pas remarqué.

– Vous avez très bien pu cacher cette drogue vous-même, Danny.

– Attendez, je n'ai pas fini. » Il lui parle de ce contrôle bidon sur la route, effectué par l'agent Calten qui s'est acharné sous le siège du conducteur. « Il a fait semblant de fouiller ailleurs car il savait où il était censé trouver la drogue. Pour ce qui est de l'avoir cachée moi-même… Demandez à Jesse Jackson si Jalbert ne s'est pas garé derrière. Il vous le confirmera. »

La serveuse revient avec le plat de Danny. Davis fait glisser l'emballage en carton dans son sac, avec le tranchant de la main. Une fois la serveuse repartie, elle montre le contenu de l'assiette.

« On dirait qu'un chien a été malade. »

Danny éclate de rire et s'attaque à son plat puis dit :

« Ah, voilà ! Enfin, vous vous comportez comme un être humain.

– Je suis un être humain. Seulement, il se trouve que je travaille pour le Kansas Bureau of Investigation, ce qui fait de moi un saint Thomas qui doute.

– Jalbert a livré mon nom à ce torchon : *Plains Truth*.

– C'est vous qui le dites. Il vous obsède autant que vous l'obsédez.

– Pas le choix, il essaie de me coller sur le dos un crime que je n'ai pas commis. Qu'est-ce que je peux faire pour riposter ? Dégonfler ses pneus ? Coller un Post-it BOTTEZ-MOI LE CUL dans le dos de sa veste noire ? Je peux juste m'adresser à vous, et en faisant cela, je prends un risque. Mon avocat m'a expliqué que vous pouviez m'arrêter pour possession de substance prohibée.

– Je ne vais pas vous arrêter. »

Elle le regarde manger en tripotant la petite croix en or qu'elle porte autour du cou.

« Supposons, pure hypothèse, que Frank ait livré votre nom au seul journal susceptible de le publier, et qu'il ait caché de la cocaïne dans votre véhicule. En supposant, là encore, que ça ne soit pas du talc ou du Mannitol. Supposons. Est-ce que cela prouve que vous n'avez pas violé et assassiné Yvonne Wicker ? Absolument pas, selon moi. »

Danny ne peut pas dire le contraire.

« Je ferai analyser le contenu de ce sachet, et j'interrogerai le type de *Plains Truth*, Andersson. Envoyez-moi par texto le numéro de votre jeune assistant et je le contacterai lui aussi. Sur ce, il faut que j'y aille. »

Elle commence à se lever.

« Cette petite croix en or... C'est juste pour la frime ou bien vous êtes croyante ?

– Je vais à l'église, répond-elle, méfiante.

– Donc, vous êtes capable de croire en Dieu, mais pas que j'aie pu voir le corps d'Yvonne Wicker en rêve. C'est bien ça ? »

Elle touche brièvement la petite croix en or.

« Jésus a accompli trente miracles, Danny. Vous n'avez fait qu'un seul rêve. Enfin, c'est ce que vous dites. L'addition est pour vous, je n'ai pris qu'un café.

– Vous ne pouvez pas savoir combien je regrette d'avoir fait ce putain de... Non, ce putain de bordel de rêve. »

Ella Davis s'arrête. Elle sourit presque.

« Vous êtes un homme sympathique, Danny. Raisonnable. Chaleureux. Du moins, c'est le visage que vous montrez au monde. J'ignore ce que cache cette façade. Mais je vais vous confier un secret. » Elle se penche vers lui, les doigts écartés sur la table, sa petite croix se balance. « J'*aimerais* vous croire. Et peut-être que je le pourrais, mais il se trouve que *vous n'avez jamais eu d'autres visions.* Alors, pourquoi vous ? Voilà ce que je me demande.

– Excellente question. Les personnes qui gagnent à la loterie doivent se demander la même chose. Sauf qu'ici, c'est l'inverse. Je ne sais pas pourquoi moi. Du coup, c'est plus facile pour vous de croire que j'ai tué cette femme, hein ?

– Beaucoup plus.

– Faites-moi plaisir. Méfiez-vous de Jalbert. Je pense qu'il peut être dangereux. Je ne parle pas juste de la drogue planquée sous mon siège ou de mon nom livré à la presse. Cette manie de compter, c'est bizarre. Je me suis renseigné. Ça s'appelle…

– L'arithmomanie », dit-elle, et elle semble aussitôt le regretter.

Elle part sans se retourner, son gros sac se balançant sur son épaule. La serveuse revient et dit :

« Gardez une petite place pour notre gâteau aux myrtilles.

– Je vais essayer. »

40

En regagnant son hôtel, Jalbert se sert d'un *burner* pour passer un appel.

« Il n'y avait pas de drogue dans son véhicule, lui annonce Calten. Ni sous son siège, ni ailleurs.

– Ce n'est pas grave, répond Jalbert qui n'en pense pas un mot. Il l'a trouvée et il s'en est débarrassé, voilà tout. Comme un loup qui flaire un piège. Quant à vous, agent Calten, vous ne savez rien, d'accord ? Vous l'avez arrêté car il zigzaguait sur la route.

– Exact.

– Il serait peut-être sage d'effacer cet appel.

– C'est noté, inspecteur. Désolé que ça n'ait pas marché.

– Merci pour votre aide. »

Jalbert coupe la communication et remet le *burner* sous son siège. Il va le conserver quelque temps, dix jours peut-être (cinq plus cinq, six plus quatre…) puis il le balancera et en prendra un autre.

Coughlin sait-il que c'est lui qui a caché la drogue ? Évidemment. Peut-il faire quelque chose ? Non. La police dirait qu'il a lui-même planqué la cocaïne. Mais comment l'a-t-il découverte ? Coughlin est véritablement un loup, capable de sentir un piège, si bien dissimulé soit-il. Et si on ne l'arrête pas, il tuera de nouveau. Il *faut* l'arrêter. Pas seulement pour la pauvre Mlle Yvonne. Mais pour les autres malchanceuses qui pourraient croiser son chemin.

Et s'il s'en va dans le Colorado, on risque de perdre sa trace. Les animaux savent se cacher. Ils savent disparaître dans les buissons.

Il faut l'arrêter ici, au Kansas.

« *Arrêtez-moi* », singe Jalbert, et il abat son poing sur le volant. Bam ! « Cette arrogance. Cette insolence. Mais vous savez quoi, monsieur Coughlin ? Nous n'en avons pas terminé, vous et moi. Loin de là. » Il revoit ce visage innocent et ces dénégations permanentes. Quel culot !

Arrêtez-moi.

Jalbert a besoin de se poser pour réfléchir à la suite. Il a besoin de compter.

41

L'employé du Celebration Center est occupé à feuilleter un catalogue de choses bizarres intitulé *What on Earth*. Il s'arrête sur un T-shirt qui proclame POUR LES OURS, LES PERSONNES DANS DES SACS DE COUCHAGE SONT DES TACOS MOELLEUX. Il est interrompu par un client qui marche à grands pas vers la réception… Pas n'importe quel client : c'est cet inspecteur du KBI. Et il semble en colère, très en colère. Cramoisi de part et d'autre de cette touffe de cheveux ébouriffée de manière presque risible… Mais l'employé n'a pas envie de rire. L'inspecteur a les yeux exorbités, comme injectés de sang. L'employé s'empresse de glisser le catalogue de vente par correspondance sous l'avancée du comptoir, en demandant à l'inspecteur ce qu'il peut faire pour lui.

« Les chaises ont disparu.

– Quelles chaises, monsieur ?

– Les pliantes. J'avais pris quatre chaises pliantes dans votre salle de réunion ou de séminaire, je ne sais pas comment vous appelez ça. Je les avais disposées exactement où je voulais, et elles ont disparu !

– La femme de chambre a dû…

– *J'avais accroché l'écriteau* Ne pas déranger *sur ma porte !* » braille Jalbert.

Une femme qui se rend à la boutique de souvenirs lui lance un regard étonné.

« Ces écriteaux sont vieux, explique le réceptionniste en se demandant si l'inspecteur est armé. Parfois, ils se décrochent, et la femme de chambre ne voit pas que…

– *L'écriteau n'est pas tombé !* »

À vrai dire, Jalbert ignore s'il est tombé ou pas, il est trop énervé. Il avait hâte de retrouver ces chaises.

« Je vais envoyer quelqu'un pour…

– Non, pas la peine. Je m'en charge. »

Jalbert s'oblige à baisser d'un ton, conscient d'avoir passé les bornes. Mais quand même… Entrer dans sa petite suite et découvrir que les chaises ont disparu ! Quel choc.

Il va de nouveau chercher cinq chaises dans la salle de séminaire. Seulement, trois dans une main et deux dans l'autre, ça ne va pas. Il est déséquilibré. Il envisage d'en prendre six… ou d'en reposer une. Choix difficile car il ne cesse de repenser à Coughlin, à son petit air insolent quand il leur a dit : *Si vous voulez m'obliger à rester au Kansas, arrêtez-moi.* Et pour couronner le tout, cette conclusion horripilante : *Mais vous ne pouvez pas.* Horripilante parce que vraie.

Dans l'immédiat, songe Jalbert.

Il opte finalement pour quatre chaises et se dirige vers l'ascenseur en comptant ses pas quatre par quatre, à voix basse. « *Un* deux trois quatre, *deux* deux trois quatre, *trois* deux trois quatre. » Il sait que cette manie de compter est un peu bizarre, mais elle est inoffensive. C'est un moyen d'atténuer les pensées contre-productives et de remettre de l'ordre dans son esprit. Il en est à neuf deux trois quatre quand il atteint la réception. Trente-six pas au total. Il dit à l'employé :

« Pardonnez-moi, je me suis emporté.

– Y a pas de mal », répond l'employé, puis il regarde l'inspecteur regagner l'ascenseur.

On dirait qu'il marmonne des trucs. L'employé se dit qu'il faut de tout pour faire un monde. Une pensée qu'il trouve originale. Il se dit que ça ferait bien sur un T-shirt.

42

De retour dans sa suite, Jalbert dispose les chaises de façon à pouvoir passer de l'une à l'autre. Il sait qu'il le fait souvent ces temps-ci, peut-être trop, mais ça l'aide. Véritablement. Et peut-être qu'il le faisait déjà trop souvent avant Coughlin, alors c'est peut-être un problème : les chaises et les nombres. Il a conscience que les nombres sont devenus omniprésents dans son esprit – il les additionne, il les divise… –, comme une forme d'addiction. Parfois, pendant qu'il est en train de compter, un nombre jaillit de sa bouche, tel un diablotin de sa boîte. C'est arrivé avec Calten et peut-être aussi avec le réceptionniste, mais il n'en est pas certain. Une chose est sûre : ce type a dû le trouver bizarre avec ses chaises. Il devrait réagir avant que la situation lui échappe – l'hypnose peut-être ? –, et il se promet de le faire dès que Coughlin aura été inculpé pour le meurtre de Mlle Yvonne. En attendant, il doit établir une nouvelle stratégie. Et pour cela, il a besoin des nombres. Et des chaises.

Il passe d'une chaise pliante au lit, ce qui fait quatre pas. Du lit au siège des toilettes : onze pas de plus. Quinze au total. Soit tous les chiffres de 1 à 5 additionnés. Ensuite, la chaise du bureau. Quatorze pas de plus. Ce qui fait…

L'espace d'un instant, il n'arrive plus à calculer et une sorte de panique l'envahit. La pauvre Mlle Yvonne a besoin de lui, sa famille aussi, et s'il n'est plus capable d'effectuer un simple calcul, comment pourrait-il…

Vingt-neuf, se dit-il, et le soulagement l'envahit.

Tout ça, c'est à cause de Coughlin. « Arrêtez-moi, murmure Jalbert, assis droit comme un I sur une des chaises pliantes. Vous ne pouvez pas. Vous ne pouvez pas. »

Coughlin va quitter cet État ? Jalbert a beau compter tant qu'il veut, il n'avait pas compté sur ça. Comment continuer à mettre la pression sur Coughlin si celui-ci plie bagage ?

Il compte. Il additionne. Parfois il divise. L'idée de tuer Coughlin lui traverse l'esprit, et ce n'est pas la première fois. Il est convaincu qu'il pourrait s'en tirer sans être inquiété s'il agissait avec prudence, et il éviterait à d'autres filles de subir le sort de cette pauvre Mlle Yvonne. Mais en l'absence de preuves concrètes de la culpabilité de Coughlin (ou encore mieux : d'aveux), ce salopard mourrait innocent.

Inacceptable.

Jalbert passe d'une chaise de la chambre à la suivante, au lit, à une chaise pliante, au siège des toilettes, à une autre chaise pliante. Il s'allonge, en espérant dormir, mais dès qu'il ferme les yeux, il voit le visage insolent de Coughlin. *Arrêtez-moi. Vous ne pouvez pas, hein ?*

Il se relève d'un bond et recommence à passer d'une chaise à l'autre. *Une dernière fois*, se dit-il. *Je réussirai à dormir ensuite. Et en me réveillant, je saurai ce que je dois faire.*

Assis sur le siège des toilettes, il enfouit son visage dans ses mains et murmure :

« Je fais ça pour vous, mademoiselle Yvonne. Uniquement pour vous. »

C'est un mensonge, et il le sait. On ne peut plus rien pour Mlle Yvonne. Danny Coughlin, lui, est toujours vivant. Et libre.

43

Le samedi matin, Ella Davis se rend à Manitou. Sa fille, attachée à l'arrière, est absorbée par l'iPad Mini qu'elle a reçu pour son anniversaire. Ella a expliqué à Danny Coughlin qu'elle avait pris une babysitter et que le compteur tournait. C'était un mensonge. Pourtant, elle n'éprouve aucune honte. Car après tout, lui aussi ment à propos d'Yvonne Wicker, et c'est un plus gros mensonge.

Es-tu sûre qu'il mente ? Totalement sûre ?

Ella et Laurie logent chez Regina à Great Bend. Reggie a une fille à peu près de l'âge de Laurie, et cette fête d'anniversaire était une idée à elle. Elle adore Laurie et elle se réjouit de la garder quand Ella doit travailler.

Sûre à cent pour cent ?

Oui, se dit Davis. Toutefois, elle est de moins en moins convaincue qu'il ait signalé l'endroit où était enterré le corps à cause du remords et du désir d'être puni pour ce crime épouvantable. Car dans ce cas, il aurait déjà avoué. Elle penche désormais pour une forme d'arrogance.

« Il joue au plus malin, murmure-t-elle.

– Tu dis quoi, maman ?

– Rien, ma chérie.

– On arrive bientôt ?

– Dans cinq ou six kilomètres.

– Bien. Je suis en train de gagner à Beer Pong.

– Hein ?

– Avec mon doigt, j'envoie des petites balles dans des gobelets pleins de bière. Quand elles tombent dedans, ça éclabousse partout et je marque des points.

– C'est bien, Laurie. »

Ella pense : *Beer Pong. Ma fille de huit ans joue à Beer Pong.* Puis elle pense : *Et s'il disait la vérité ? Si ce rêve existait réellement ?*

Il raconte toujours la même histoire, sans variation significative, sans aucun de ces signes qu'elle a appris à déceler chez les menteurs : regarder vers la gauche, passer sa langue sur ses lèvres, parler fort, comme si c'était plus convaincant. Il ne se lance pas non plus dans d'interminables explications, au risque de se prendre les pieds dans ses mensonges. Se pourrait-il qu'il se soit convaincu lui-même à force ? Que son esprit rationnel, horrifié par ce que le monstre enfoui en lui a fait, ait bâti sa propre réalité alternative ?

Est-il possible qu'il dise la vérité ?

Ce matin, elle a appelé les Jackson à Manitou pour demander à Jesse s'il était disposé à lui parler. Il a dit oui sans la moindre hésitation. Et la voilà qui s'engage dans leur allée. Elle n'est pas là parce qu'elle croit à cette histoire de rêve. Non, elle est là parce qu'elle croit *presque* à ce que lui a dit Danny au sujet de Jalbert. Si Frank a réellement fait ce dont l'accuse Danny, cela pourrait foutre en l'air toute l'enquête. Mais surtout, c'est malhonnête. Ce n'est pas professionnel. Le sentiment de malaise que lui inspire son supérieur ne cesse de croître. Elle n'est pas loin d'éprouver de la colère à son égard.

C'est des conneries, tu es déjà en colère après lui.

« C'est vrai.

– Tu as dit quoi, maman ?

– Rien, chérie. »

Mme Jackson est en train d'étendre du linge. Non loin, un petit garçon, du même âge que Laurie, fait de la balançoire en chantant cette abominable chanson, « Baby Shark ». Quand Davis ouvre la portière arrière pour laisser descendre sa fille, le petit garçon saute de la balançoire et se précipite vers les visiteuses. Laurie reste près de sa mère, une main posée sur sa cuisse. Mme Jackson se retourne vers Ella et la salue.

« Bonjour, je suis l'inspectrice Davis. Je viens voir Jesse.

– Il est à l'intérieur. Jesse ! La dame est là ! »

Le petit garçon dit :

« Je m'appelle Luke. C'est un iPad Mini ?

– Oui, répond Laurie. Je l'ai eu pour mon anniversaire.

– Trop bien !

– Je m'appelle Laurie Rose Davis. J'ai huit ans.

– Moi aussi. Tu veux faire de la balançoire ? »

Laurie regarde sa mère.

« Je peux, maman ?

– Oui, mais fais attention. Ne casse pas ton iPad.

– T'inquiète ! »

Les deux enfants courent vers la balançoire.

« Mignonne, dit Mme Jackson. Moi, je n'ai que des garçons. Je paierais cher pour en avoir une comme ça.

– Elle sait être pénible, parfois, répond Ella.

– Dans le genre pénible, Luke se pose là lui aussi, croyez-moi. »

Elle continue à étendre son linge.

Jesse sort de la maison, vêtu d'un jean et d'un simple T-shirt blanc. Il marche vers Davis sans hésitation et lui serre la main.

« Ravi de répondre à vos questions si ça concerne Danny. Mais je vous le dis d'entrée de jeu : il n'a pas fait ce que la police dit qu'il a fait. C'est un chic type. »

Davis a déjà entendu cela plusieurs fois, y compris dans la bouche de Becky Richardson, la petite amie de Danny à l'occasion. Elle ne veut plus entendre parler de lui, évidemment, ce qui ne l'a pas empêchée d'affirmer : « C'est l'homme le plus gentil que vous pouvez espérer rencontrer. » En outre, elle croit à la théorie du rêve.

« Je ne viens pas pour parler de Danny Coughlin, pas directement du moins. Est-il exact que l'inspecteur Frank Jalbert est passé le voir au lycée hier ?

– Oui. Et ce gars-là, il ne me plaît pas.

– Oh ? Pourquoi ?

– Il a déjà tranché. Je l'ai bien vu à la façon dont il regardait Danny. »

Moi aussi, non ? pense-t-elle.

« Danny dit que tu as vu l'inspecteur Jalbert se garer derrière le lycée.

– Exact. Pourquoi vous me demandez ça ?

– S'est-il garé à côté du pick-up de Danny ?

– Non, près des bus scolaires, mais c'est tout près. Hé, est-ce qu'il a déposé quelque chose dans le pick-up de Danny ? Pour le coincer ? Ça m'étonnerait pas de lui. Il avait l'air vraiment chargé à bloc.

– Vous l'avez vu de vos yeux mettre quelque chose dans le pick-up de Danny ?

– Non...

– Vous l'avez vu s'en approcher ? Le regarder ? Comme certains hommes regardent des véhicules, parfois ?

– Non. Dès que je l'ai vu descendre de voiture, je suis allé le dire à Danny. Et je suis retourné bosser. Danny disait que même si c'était notre dernier jour, c'était pas une raison pour flemmarder.

– Désolée que tu aies perdu ton travail à cause de Coughlin. »

Le visage de Jesse s'assombrit.

« C'est pas sa faute. C'est ces enfoirés de l'administration scolaire qui l'ont renvoyé, et moi aussi par la même occasion. Ils ont inventé des raisons à la con…

– Jesse, surveille ton langage, dit sa mère. Tu parles à un agent de police.

– Ça me rend dingue, voilà tout. Je parie qu'ils ont inventé un prétexte débile, vu qu'ils ne pouvaient pas le virer à cause de cette femme. Je croyais qu'on était innocent tant qu'on n'avait pas été déclaré coupable. »

Je n'arrête pas d'entendre ça, songe Ella.

« Comme il est parti, j'ai dû en faire autant. Je comprends. Je suis encore un gamin. Mais j'avais besoin de ce fric pour mes études.

– Tu trouveras un autre emploi.

– C'est déjà fait. À la scierie. » Jesse grimace. « C'est mieux payé. Tant que je n'y laisse pas une main.

– Y a pas intérêt, dit sa mère. Tu as besoin de tes deux mains. »

Laurie et Luke ont abandonné les balançoires. Assis à l'ombre de l'unique arbre du jardinet, ils sont penchés au-dessus de l'iPad Mini, collés l'un à l'autre. Au moment où Davis jette un coup d'œil dans leur direction, ils ricanent en regardant l'écran. Ella se réjouit soudain d'être venue. Après tout ce temps passé en compagnie de Jalbert, elle a l'impression de sortir d'une pièce qui sent le renfermé pour avaler une grande bouffée d'air frais.

« Reprenons, dit-elle en sortant son carnet. Tu as vu l'inspecteur Jalbert se garer derrière…

– Oui. Alors que le parking de devant est beaucoup plus près de l'entrée.

– Mais tu ne l'as pas vu s'approcher du véhicule de Danny Coughlin, et encore moins y toucher ?

– Je vous le répète, je suis retourné bosser.

– OK, compris. » Elle sourit et lui remet sa carte. « Si quelque chose te revient…

– Vous auriez dû le voir ! s'emporte Jesse. Il agitait son journal sous le nez de Danny. Une honte ! Alors que Danny vous a rendu un sacré service ! Je crois que ce type se fiche pas mal de savoir qui a fait ça, tout ce qu'il veut, en fait, c'est envoyer Danny en prison. »

Sa mère intervient de nouveau :

« Assez, Jesse ! Reste correct.

– Ce type, Jalbert, ne l'a pas été, lui ! »

C'est sans doute vrai, songe Davis. Mais excusable. Quand vous êtes face à un violeur doublé d'un assassin, vous avez tendance à oublier vos bonnes manières.

« Merci d'avoir répondu à mes questions. Viens, Laurie, on s'en va.

– On vient d'arriver ! proteste la fillette. Avec Luke, on joue à Corgi Hop ! C'est trop marrant !

– Bon, cinq minutes alors. »

Son ex affirme qu'elle est trop coulante avec leur fille, et il a sans doute raison, se dit-elle. Mais Laurie est tout pour elle, elle l'aime follement. Imaginer Coughlin poser ses mains ensanglantées sur sa fille – ou n'importe qui d'autre – la glace d'effroi.

« Madame Jackson, puis-je vous aider à étendre votre linge pendant qu'ils terminent leur jeu ?

– Si vous voulez, répond la femme, à la fois étonnée et ravie. Les pinces sont dans ce filet. »

À deux, c'est vite fait, et elles finissent en étendant les deux derniers draps ensemble. Davis repense à cette histoire de parking. Elle ne croit pas, elle ne *peut pas* croire, que Danny Coughlin ait vu en rêve l'endroit où se trouvait le corps d'une jeune femme assassinée, mais jamais elle n'a été aussi tentée de croire que Frank Jalbert, inspecteur décoré, a caché de la drogue et chargé ensuite un policier d'arrêter Danny sur la route de Great Bend. Seulement, elle ne peut pas le prouver, pas plus qu'elle ne peut prouver que Danny Coughlin a assassiné Yvonne Wicker.

Laisse tomber, se dit-elle en refermant la dernière pince à linge sur le dernier drap.

Un bon conseil, sans doute. Qu'elle ne suivra pas. Si Jalbert a franchi la ligne rouge, elle ne peut pas rester simple spectatrice. En outre, il lui reste quelqu'un à interroger. Ça ne donnera probablement rien, mais elle pourra au moins dire qu'elle a essayé.

« Vous voulez un verre de thé glacé ? propose Mme Jackson en ramassant son panier à linge.

– C'est tentant », répond Davis en suivant la femme vers la maison.

Une chose est sûre : ce sera sa dernière enquête avec Frank. Car tout le reste mis à part, Danny a raison sur un point : cette manie de compter, cette arithmomanie, c'est flippant. D'autant que ça empire.

44

Le dimanche matin, à dix heures trente, quelqu'un frappe à la porte de la caravane de Danny. Il s'attend à voir Jalbert ou Davis, mais c'est Bill Dumfries, l'entrepreneur à la retraite qui l'a mis en contact avec Edgar Ball. Les bras croisés, le regard fuyant, il semble mal à l'aise. Danny devine qu'il n'est pas venu l'inviter à dîner.

« Salut, Danny.

– Salut. Qu'est-ce que je peux faire pour toi ? »

Bill soupire.

« C'est pas facile à dire, alors je vais pas y aller par quatre chemins. La plupart des habitants du camp pensent qu'il vaudrait mieux que tu t'en ailles. »

Danny a déjà pris la décision de partir, on pourrait donc penser que tout va bien – ou presque –, eh bien non.

« Tu veux entrer boire un café ? Bavarder un peu ?

– Non, vaut mieux pas. »

Dumfries jette un coup d'œil en direction de sa caravane et Danny aperçoit Althea Dumfries qui les observe du seuil. Sans doute veut-elle s'assurer que Danny ne sort pas son couteau de meurtrier pour poignarder son mari. Ce qui pourrait prêter à rire, songe Danny, car s'il décidait de s'en prendre à Bill, celui-ci le briserait en deux sans peine.

« On a eu une sorte de réunion hier soir », explique Dumfries. La rougeur remonte dans son cou et se répand sur ses joues. « Les gens voulaient faire une pétition, mais je les ai rembarrés. J'irai lui parler, j'ai dit. Je lui expliquerai dans quel sens souffle le vent. »

Danny pense à sa mère, qui possédait des dictons pour chaque occasion. Parmi lesquels : *C'est un vent mauvais qui ne souffle rien de bon.* Eh bien, ce vent s'est levé, et il connaît le nom du sorcier maléfique qui l'a créé. Pourtant, malgré la colère que lui inspire Jalbert, Danny ne veut pas lui faire du mal. Cela ne ferait qu'aggraver la situation. Tout ce qu'il désire, c'est sortir de sa zone d'influence. Et le plus tôt sera le mieux.

« Va dire aux gens de ne pas s'inquiéter. » Danny adresse un signe de la main à Althea, résistant à l'envie de lui faire un doigt d'honneur. Elle ne répond pas. « Je serai bientôt parti. Vous ne voulez pas que je reste ici, et je n'ai pas envie de rester. Ma mère dirait que ça prouve simplement qu'une B.A. ne reste jamais impunie.

– Tu l'as vraiment pas tuée.

– Non, Bill, vraiment pas. Et le seul qui est presque prêt à me croire, c'est l'avocat que tu m'as recommandé. Je ne sais pas si on peut parler d'ironie.

– Où tu vas aller ? »

Bill Dumfries n'a pas besoin de savoir que Danny n'a pas encore fait son choix, mais parce qu'il a eu le courage de venir lui dire les choses en face (tout en fuyant son regard, c'est vrai), Danny referme délicatement la porte de sa caravane, au lieu de la lui claquer au nez.

De nouveau seul, il appelle son frère sur FaceTime en sachant que c'est l'heure de sa pause. Stevie a une vie réglée comme du papier à musique et le moindre changement le perturbe. *En ce sens*, se dit Danny, *il est une version joyeuse de Jalbert.*

Stevie, assis sur un carton de PQ, mange un Twinkie. Son visage s'illumine en voyant Danny sur l'écran.

« Hé, quoi de neuf, Danny-bo-banny ?

– J'envisage de venir vivre dans le Colorado. Qu'est-ce que tu penses de ça ? »

Stevie semble à la fois ravi et inquiet.

« Euh… OK. Mais pourquoi ?

– J'en ai marre du Kansas. »

C'est la vérité. Soudain, Danny comprend pourquoi Stevie paraît soucieux, et pourquoi il a cessé de manger son Twinkie. Stevie

Coughlin est un être de routine. C'est cette routine qui le protège. Sa devise est : *Garder les chromes en l'air et la gomme au sol.* Autrement dit : rouler prudemment. Il occupe le poste de responsable de l'information chez King Soopers, il a même un badge qui l'indique, et il adore sa chambre et ses amis du centre d'hébergement.

« Je ne suis pas en train de t'annoncer qu'on va s'installer ensemble, précise Danny. Peut-être même que je ne vivrai pas à Boulder. J'ai repéré quelques endroits à Longmont, sur Internet… »

Stevie affiche un grand sourire de soulagement.

« Longmont, c'est sympa ! »

Danny devine que son frère n'y a jamais mis les pieds.

« Oui, à ce qu'il paraît. Et les loyers ne sont pas chers… Enfin, moins chers. On pourrait dîner ensemble de temps en temps… Aller au ciné… Tu pourrais m'emmener en randonnée…

– West Magnolia ! Mud Lake ! Je pourrais te montrer tout ça ! Des super randos ! La vie sauvage ! Si je te disais combien j'ai pris de photos, tu ne me croirais pas. Mud Lake, le lac boueux, je sais que c'est moche comme nom, mais en fait, c'est très beau !

– Ce serait chouette », dit Danny, et il ajoute : « Tu me manques, Stevie. »

Ce n'est rien d'autre que la vérité.

Maintenant qu'il sait qu'il ne sera pas obligé de renoncer à son foyer (ni à Janet, peut-être), Stevie semble presque extatique.

« Toi aussi tu me manques, Danny-bo-banny. Il faut que tu viennes ! *Rocky Mountain High in Col-o-raaado*[1] ?

– Ça fait envie. Je te tiendrai au courant quand j'en saurai plus.

– OK. Allez, demande-moi un truc. Mais dépêche-toi, ma pause est presque terminée. »

Là encore, Danny s'est préparé.

« Sardines King Oscar. »

Stevie éclate de rire.

« Tout au bout de l'allée 6, étagère du haut sur la gauche. Vendues par packs de quatre. Neuf dollars et quatre-vingt-dix-neuf *cents.*

1. Paroles d'une chanson de John Denver.

– Tu es le meilleur, Stevie. Ils ont de la chance de t'avoir.

– Oui, je sais », répond Stevie en gloussant.

45

Le lundi, Jalbert est convoqué à Wichita pour livrer son rapport sur l'affaire Yvonne Wicker. Les haut gradés seront présents, ainsi que le procureur de Wilder County. Dart County n'a même pas son propre procureur, précise-t-il à Davis.

« Vous voulez que je vous accompagne ? propose-t-elle.

– Non. Ce que je *veux*, c'est que tu bouscules Coughlin pour savoir ce qu'il a fait et où il était durant ces trois premières semaines de juin. Et je veux que tu ailles frapper aux portes des caravanes. Que tu interroges Becky Richardson…

– C'est fait. »

Il a un geste du tranchant de la main qui ne lui ressemble pas.

« Eh bien, retournes-y. Et interroge sa fille. Demande-lui si Coughlin l'a déjà mise mal à l'aise. Est-ce qu'il l'a… touchée.

– Bon sang, Frank !

– Quoi, bon sang ? Tu crois que ce qu'il a fait à Mlle Yvonne, ça sortait de nulle part ? Il y avait forcément des signes. Tu es avec moi sur ce coup-là, oui ou non ?

– Oui, bien sûr.

– Tant mieux. Dix-neuf.

– Hein ?

– C'est le seul bon nombre premier, répond Jalbert, et il refait ce geste de karatéka. Peu importe. Va frapper aux portes. Trouve *quelque chose*. On ne peut pas le laisser quitter Wilder County, et encore moins le Kansas. Laisse-moi gérer Wichita.

– Vous pouvez les convaincre d'arrêter Coughlin ?

– Je vais essayer, mais n'espère pas trop. »

Il s'en va. Davis se rend à Oak Grove pour frapper aux portes, comme elle en a reçu l'ordre, mais pas à celle de Danny Coughlin. Après leur conversation au Coffee Hut, elle ne se sent pas prête à lui parler. Becky Richardson était sur le point de sortir, elle explique qu'elle doit rendre un service à une amie. De toute façon, elle n'a rien à ajouter. Coughlin et elle ont eu une relation, mais c'est terminé. La fille, Darla Jean, assise devant la télé, observe Davis avec de grands yeux. Celle-ci n'essaie même pas de l'interroger.

À onze heures, après plusieurs discussions infructueuses qui ne lui ont rien appris de nouveau, si ce n'est que Danny a accepté de quitter le camp, elle appelle *Plains Truth.* Elle s'attend à tomber sur une messagerie, mais un homme avec une voix d'ado lui répond :

« Yell-o ?

– J'aimerais parler à Peter Andersson, je vous prie.

– C'est moi.

– Monsieur Andersson, je suis l'inspectrice Ella Davis du Kansas Bureau of Investigation. Je voudrais vous interroger au sujet de Daniel Coughlin. »

Il s'ensuit un long silence. Si long que Davis s'apprête à demander à Andersson s'il est toujours là, quand il répond, d'une voix encore plus juvénile :

« On m'a refilé un bon tuyau et je l'ai publié. Et si c'était mal de donner son nom, je le savais pas, OK ? »

Nul n'est censé ignorer la loi, songe Davis, mais il n'existe aucune loi en l'occurrence, uniquement une pratique communément admise.

« Mais si la suite pose un problème, je pourrais publier une rétractation. Si c'est faux, évidemment. »

Quelle suite ?, se demande Davis, et elle note mentalement qu'elle doit se procurer le dernier numéro de *Plains Truth.*

« Ce que je veux savoir, monsieur Andersson, c'est qui vous a transmis cette information.

– Un flic. » Après un nouveau silence, il avoue : « Du moins, il a dit qu'il était flic, et je l'ai cru car il connaissait l'enquête de l'intérieur. Il disait que si on publiait l'identité du type, ça lui mettrait la pression, pour le pousser à avouer, vous voyez.

– Ce mystérieux policier ne vous a pas donné son nom ?

– Non.

– Mais vous avez quand même publié l'info.

– C'est la vérité, non ? » Andersson essaie de prendre un ton pugnace. « C'est pas ce Coughlin que vous soupçonnez d'avoir tué la fille ?

– Monsieur Andersson, je crois qu'il est préférable que je vienne vous voir.

– Oh, la vache. »

Il fait plus ado que jamais.

« Quelle heure vous arrange ? demande Davis.

– Je suis au bureau. Vous pouvez passer maintenant. Vous connaissez l'adresse ? On est à Cathcart.

– Oui, je l'ai.

– *Plains Truth* fonctionne avec une seule personne, grosso modo. Dites-moi juste un truc : j'ai enfreint la loi en publiant son nom ?

– Pas que je sache. Ce n'était pas illégal, juste dégueulasse. Je passerai dans l'après-midi. »

46

Danny ignore quelle sera sa prochaine étape – peut-être Denver, peut-être Longmont, peut-être Arvada –, mais après presque trois ans passés à Oak Grove, ses deux petites valises ne suffiront pas à contenir toutes les affaires qu'il veut emporter. Il décide de faire un saut chez Manitou Fine Liquors pour voir s'ils n'ont pas des cartons vides pour ses vêtements. Il y a une chance pour qu'ils ne le reconnaissent pas car même du temps où il picolait, il s'en tenait généralement à la bière.

Peu après midi, il ouvre sa porte et s'immobilise en haut des marches. Darla Jean a installé sa maison de poupée sur le bitume, à l'ombre de la réception. C'est une énorme maison, presque un manoir. DJ a dû en baver pour la transporter jusque-là. Becky l'avait commandée sur Amazon pour les sept ans de sa fille et avait levé les mains au ciel en découvrant qu'il fallait l'assembler. Danny s'en était chargé, avec l'aide de DJ qui lui passait les pièces, et tous les deux chantaient en écoutant la radio. Une chouette journée.

Elle a neuf ans maintenant et Danny n'a pas vu la Maison idéale de Marigold depuis presque un an. Sans doute joue-t-elle avec dans sa chambre. Ou bien elle est trop grande maintenant. Mais si elle l'a traînée jusqu'ici, il ne peut y avoir qu'une seule raison.

« Salut, DJ, qu'est-ce que tu racontes de beau ? »

Habituellement, cette question lui vaut un sourire, mais pas aujourd'hui. La fillette le regarde d'un air empreint de gravité.

« Elle est partie, si c'est pour ça que tu voulais pas sortir. »

Danny n'a pas besoin de lui demander de qui elle parle. Ella Davis était là tout à l'heure, à frapper aux portes et à interroger tous ceux qui étaient chez eux. Il pensait qu'elle lui rendrait visite à lui aussi, mais non. Elle a retiré son masque anti-Covid et est repartie.

« Où est ta maman ?

– Elle a été obligée de remplacer Marielle au *diner*. Elle a un impé-ti-go. » DJ détache chaque syllabe de ce mot. « Maman a dit que je pouvais rester seule et qu'elle me rapporterait une part de gâteau. Mais moi, j'en veux pas, du gâteau. Même si j'en mange plus jamais, je m'en fiche. Elle m'a interdit d'aller frapper à ta porte, alors je suis venue ici. Pour te voir quand tu sors. »

Il descend les marches et rejoint DJ. La porte ouverte de la maison de poupée laisse voir Barbie et Ken assis autour de la table de la cuisine. Barbie a les jambes bizarrement tordues car ses genoux ne se plient pas très bien. Un jour, DJ et Danny ont longuement discuté des caractéristiques improbables – peau en plastique et cheveux flippants – de ses différentes poupées.

« Pourquoi tu restes planté là ? » demande DJ.

Parce qu'il sent les regards, évidemment. Le meurtrier et la petite fille sans défense. La plupart des gens sont au travail à cette heure, mais certains sont dans leur caravane, ceux que l'inspectrice Davis a interrogés, et ils l'observent. Peut-être qu'il devrait s'en foutre, mais il ne peut pas.

Avant qu'il puisse inventer une réponse, elle dit :

« Maman m'a demandé si tu m'avais agressée. Je sais ce que ça veut dire, ça veut dire qu'il faut se méfier des inconnus, et j'ai répondu que Danny peut pas m'agresser parce que c'est mon *ami*. »

Darla Jean se met à pleurer.

« Oh, mon Dieu, DJ, ne…

– Tu n'as pas tué cette fille. »

Ce n'est pas une question.

Merde aux curieux. Il s'accroupit à côté de la fillette.

« Non. Ils pensent que c'est moi parce que j'ai rêvé de l'endroit où elle était enterrée, mais je ne l'ai pas tuée. »

DJ essuie ses yeux avec son bras.

« Maman dit que j'ai plus le droit d'aller dans ta caravane et que tu peux plus venir me chercher à l'école. Elle dit que la police va t'arrêter ou que tu vas t'en aller. C'est vrai qu'ils vont t'arrêter ?

– Ils ne peuvent pas car je n'ai rien fait de mal.

– Tu vas t'en aller, alors ?

– Je suis obligé. Je n'ai plus de travail et la plupart des gens ne veulent plus que je reste ici.

– Moi, si ! Et si maman veut que Bobby redevienne son petit ami ? Il ne saura pas réparer la voiture, lui, si elle tombe encore en panne. Je le déteste. Un jour, il m'a envoyée dans ma chambre sans manger, et maman l'a laissé faire ! »

Elle se remet à sangloter. Merde et re-merde aux curieux. Danny passe son bras autour de ses épaules et l'attire contre lui. Le visage de la fillette est chaud et mouillé contre sa chemise, mais ce n'est pas grave. Au contraire.

« Elle ne reprendra pas Bobby, dit-il. Elle sait à quoi s'en tenir. »

Il ignore si c'est vrai, mais il l'espère. Il n'a jamais rencontré son prédécesseur, et si ça se trouve, c'est un comptable maigrelet et binoclard qui aime envoyer les petites filles dans leur chambre, mais il imagine plutôt un colosse avec une coupe en brosse et des tatouages partout. Un individu qui peut aisément effrayer une fillette.

« Emmène-moi avec toi », dit DJ, la bouche collée contre sa chemise.

Danny ébouriffe ses cheveux blond foncé en riant.

« Là, ils m'arrêteraient, pour le coup. »

Elle lève les yeux vers lui et esquisse un sourire. C'est à cet instant qu'Althea Dumfries sort de sa caravane.

« Lâchez cette enfant ! hurle-t-elle. Lâchez immédiatement cette enfant ou j'appelle la police ! »

DJ se lève d'un bond, le visage mouillé de larmes.

« Va te faire foutre ! VA TE FAIRE FOUTRE, GROSSE VACHE ! »

Danny est horrifié, et admiratif. Et même si Darla Jean vient de s'attirer un paquet d'ennuis, il ne peut s'empêcher de penser qu'il n'aurait pas mieux dit.

47

Ella Davis n'imaginait pas qu'il existait encore des endroits comme Cathcart, même au fin fond du Kansas. C'est un bled poussiéreux situé à une bonne soixantaine de kilomètres de Manitou. Il y a un Kwik Shop en face du château d'eau rouillé (BIENVENUE À CATHCART OÙ TOUTES LES VIES COMPTENT, peut-on lire sur le côté). Davis s'offre un RC Cola et prend un exemplaire de *Plains Truth* sur le présentoir à côté de la caisse. Danny Coughlin fait la une, coincé entre une pub pour Royal Tires et une autre pour un entrepôt de meubles discount où C'EST TOUS LES JOURS LES SOLDES. En gros titre : « TOUT CELA N'ÉTAIT QU'UN RÊVE », AFFIRME LE SUSPECT.

De retour dans sa voiture, Davis pousse la clim et lit l'article avant de descendre Main Street. Il est signé Peter Andersson (comme tous les autres articles apparemment, à l'exception des infos sportives), et de toute évidence, le *New York Times* ne risque pas de le contacter avant longtemps. Si Andersson a voulu se montrer ironique, il a échoué, ne parvenant qu'à exprimer un scepticisme lourdaud. Par un effet pervers, cela donne presque envie à Davis de croire la version de Danny. Elle balance cette misérable parodie de journal à l'arrière.

Les locaux de *Plains Truth* se trouvent au rez-de-chaussée d'un bâtiment à la façade brute situé au milieu de Main Street, coincé entre un Dollar Tree et un Western Auto fermé depuis un bail. Il aurait besoin d'un coup de peinture. Les planches sont branlantes et les clous ont laissé des traînées de rouille. La porte est verrouillée. Formant des œillères avec ses mains, elle regarde à travers la vitre et découvre une unique et vaste pièce, encombrée, où trône un vieil ordinateur de bureau, tel un dieu antique. Si la chaise placée devant semble neuve, tous les autres meubles pourraient provenir d'un vide-grenier ou d'une décharge. Un grand panneau d'affichage disparaît sous des publicités et d'anciens articles, certains jaunis et cornés par les ans.

« Bonjour-bonjour, vous êtes Davis ? »

Elle se retourne et découvre un jeune gars très grand, presque deux mètres. Maigre comme un clou. D'une pâleur surprenante à cette époque de l'année où la plupart des gens du coin présentent au moins un léger hâle. Une mèche de cheveux noirs, à la Hitler, cache un œil. Il la repousse et elle retombe aussitôt.

« Elle-même, confirme Davis.

– Une minute, j'ouvre. » Il s'exécute et ils entrent. Le local sent le désodorisant et, derrière, des relents d'herbe. « J'étais allé voir ma mère au bout de la rue. Elle est diabétique. L'an dernier, elle a perdu un pied. Vous voulez une boisson fraîche ? Je crois qu'il en reste dans… »

Elle lui montre sa bouteille de RC.

« Oh. OK, OK. Super. Pour ce qui est des trucs à grignoter, j'ai peur que le placard soit vide. » Il rit (il ricane, plus exactement) et repousse sa mèche, qui s'empresse de retomber. « Désolé pour la chaleur. La clim est naze. Il y a toujours un truc qui déconne, hein ? Mais on doit pousser notre rocher, comme Sisyphe et tout ça. »

Davis ne comprend rien à ce qu'il raconte, mais elle s'aperçoit d'une chose : il est mort de trouille. Tant mieux.

« Je ne suis pas venue pour grignoter.

– Non, non, bien sûr. Vous êtes là pour Coughlin, l'article sur Coughlin.

– Les deux articles, plus exactement.

– Oui, les deux, oui. Comme je vous l'ai expliqué au téléphone, je croyais que c'était un tuyau venant de quelqu'un impliqué dans l'enquête. Un policier. C'est ce qu'il m'a dit. KHP.

– Pas KBI ? Le Kansas Bureau of Inves…

– Non, non, il m'a dit qu'il appartenait à la Highway Patrol. J'en suis sûr, sûr et certain, à cent pour cent. »

La mèche tombe sur son œil. Il la repousse.

« C'est lui également qui vous a donné l'information sur le rêve ?

– Oui, exact. Il a même suggéré que je la garde sous le coude pour le numéro suivant. En disant que ça me permettrait même de devancer les vrais journaux. J'ai trouvé que c'était une super-idée.

– Vous avez l'habitude de suivre les conseils d'informateurs anonymes, monsieur Andersson ? »

Toujours ce ricanement énervant. Davis l'imagine plus facilement dans le rôle du tueur que Coughlin. Dans un téléfilm, il incarnerait à merveille un serial killer portant un étrange pseudonyme, genre le Reporter.

« Je reçois rarement des infos, madame Davis. On est surtout un journal de pubs…

– *Inspectrice* Davis, corrige-t-elle, non pas parce qu'elle est attachée à ce grade, mais pour lui rappeler qui mène la danse.

– Je vous repose la question… inspectrice Davis : ai-je publié une fausse information ?

– Je ne suis pas autorisée à vous répondre, et d'ailleurs la question n'est pas là. Même si ce que vous avez fait est tellement irresponsable que j'aurais eu du mal à le croire si je ne l'avais pas vu de mes propres yeux.

– Oh, allons, vous êtes un peu…

– Je suppose que vous n'avez pas enregistré cet appel mystérieux ? »

Elle n'a guère d'espoir de ce côté-là.

Sa question lui vaut un regard hébété et un nouveau ricanement.

« J'enregistre *tout.* »

Elle croit avoir mal entendu.

« Tout ? Vraiment ? Tous les appels que vous recevez ?

– Obligé. On n'a pas beaucoup de moyens, madame… inspectrice. Je travaille également à mi-temps à la scierie à la sortie de la ville. Vous avez dû passer devant en venant. Wolf Lumber ? »

Elle n'a pas fait attention. Elle pensait à Jalbert. Elle fait signe à Andersson de poursuivre.

« Quand je bosse là-bas, ou que je m'occupe de ma mère – elle a toujours besoin de moi –, tous les appels que je reçois, pour des pubs la plupart du temps, ou bien de Hurd Conway, le gars qui s'occupe des sports, sont enregistrés et envoyés directement sur le Cloud.

– Vous ne les effacez pas ? »

Ricanement.

« Pourquoi je m'embêterais. Il y a un max de place sur le Cloud. De nombreuses demeures, comme dit la Bible. Mon âme a de la place, dixit Shakespeare. Notre installation ne marcherait pas pour un quotidien d'une grande ville, mais pour nous, c'est parfait. Tenez, je vais vous montrer. »

Andersson réveille son ordinateur et entre son mot de passe. Davis n'est pas une obsédée du rangement informatique, mais l'écran du bureau est tellement surchargé d'icônes que ça donne mal aux yeux. Andersson fait glisser le curseur sur celle du téléphone et clique dessus. Les haut-parleurs disposés de chaque côté de la pièce hurlent un message. Il grimace et baisse le son.

« Vous êtes bien au siège de *Plains Truth*, la voix du Kansas et le support le plus rentable pour votre publicité. Nous sommes un hebdomadaire – parfois bihebdomadaire – d'infos et de sport distribué gratuitement dans plus de six mille lieux, dans les six comtés. »

Si c'est vrai, je veux bien manger mon chapeau, songe Davis.

« Si vous avez une info, appuyez sur 5. Si c'est pour des résultats sportifs, appuyez sur 4. Si vous voulez signaler un accident, appuyez sur 3. Si vous voulez passer une publicité, appuyez sur 2. Si vous avez des questions concernant les tarifs, appuyez sur 1. 5 pour les infos, 4 pour le sport, 3 pour les accidents, 2 pour passer une pub et 1 pour les tarifs. Et n'ayez pas peur d'être coupé ! » Toujours ce ricanement qu'elle connaît trop bien déjà. « *Plaiiiiins Truth*, le journal où seule la vérité compte ! »

Andersson se retourne vers elle.

« Pas mal, hein ? La totale. Rien n'est laissé de côté. »

En d'autres circonstances, Davis, de nature curieuse, aurait sans doute demandé à Andersson quels revenus générait *Plains Truth*. Mais pas aujourd'hui.

« Pouvez-vous retrouver cet appel anonyme ?

– Oui, pas de problème. Dites-moi juste à quelle date je dois chercher. »

Elle n'en sait rien.

« Essayez entre le 30 juin et le 4 juillet. »

Andersson ouvre un dossier.

« Ça représente un paquet d'appels, mais peut-être… » Il plisse le front, ce qui fait retomber sa mèche. « Un type a appelé au sujet d'un feu de cheminée. Je crois que c'était après. Oui, j'en suis quasiment sûr. »

Il clique, écoute l'enregistrement, secoue la tête, clique de nouveau. Enfin, il tombe sur un type affublé d'un accent de la campagne à couper au couteau, qui déclare avoir vu « une ch'minée qu'était en train d'cramer » en passant sur la Farm Road 17. Il fait signe à Davis, pouce dressé, et passe au message suivant. Elle a approché sa chaise de l'ordinateur.

« C'est bizarre…

– Chut ! »

Andersson pose son index sur ses lèvres : motus et bouche cousue.

C'est bizarre parce que le correspondant anonyme utilise un appareil qui modifie la voix, un vocoder peut-être. On dirait un homme, puis une femme, puis de nouveau un homme.

« Hello, *Plains Truth.* J'appartiens à la Kansas Highway Patrol. Je n'enquête pas sur le meurtre d'Yvonne Wicker, mais j'ai lu les rapports. Vos lecteurs seront peut-être ravis de savoir que l'homme qui a découvert le corps est un certain Daniel M. Coughlin. Agent d'entretien au lycée de Wilder. Il vit dans une caravane à Oak Grove Park…

– Je n'ai jamais publié son adresse, fait remarquer Andersson. J'ai pensé que ça serait…

– *Chut !* Revenez en arrière. »

Andersson tressaille et fait quelque chose avec la souris.

« … au lycée de Wilder. Il vit dans une caravane à Oak Grove Park, dans la ville de Manitou. Vous devriez publier cette info immédiatement. » Une pause. « Cet homme est le principal suspect du KBI car il prétend avoir vu en rêve l'endroit où se trouvait le corps. Les enquêteurs ne le croient pas. Vous pourriez peut-être garder ça pour un autre article. Simple suggestion. » Nouvelle pause. Et la voix déformée ajoute : « Quinze. Au revoir. »

Un déclic, puis quelqu'un souhaite informer *Plains Truth* que les

festivités du 4 Juillet à Wilder County ont été reportées au 8. Désolé.
Andersson coupe le son et regarde Davis.

« Ça ne va pas, madame ?

– Si, si. » En vérité, elle a envie de vomir. « Repassez-moi cet appel. »

Elle sort son téléphone et appuie sur « Enregistreur ».

48

De retour dans sa voiture, clim à fond, Davis réécoute le message. Elle éteint son téléphone et contemple, à travers le pare-brise, la rue principale, poussiéreuse, de Cathcart. Elle repense à une affaire d'incendie criminel sur laquelle elle avait travaillé avec Jalbert, au printemps. Dans un bourg de campagne baptisé Lindsborg. En se rendant sur place, ils étaient passés devant un champ où broutaient plusieurs vaches. Ella, qui voyageait à la place du mort, les avait comptées à voix haute, pour s'occuper.

« Sept.

– Vingt-huit », avait répondu Jalbert du tac au tac.

Voyant l'étonnement de sa collègue, il lui avait expliqué qu'en ajoutant tous les chiffres de un à sept, on obtenait vingt-huit. Compter de cette manière, avait-il ajouté, l'aidait à tuer le temps et à exercer son esprit. Elle s'était dit alors que son supérieur avait peut-être un léger problème de TOC. Elle avait même cherché sur son téléphone le nom de ce besoin obsessionnel, avant de passer à autre chose. Tout le monde a ses petites manies, non ? Elle-même ne réussissait pas à dormir si sa vaisselle n'était pas faite et rangée… Mais elle n'avait jamais eu l'idée de la compter.

Assise au volant, elle repense au message d'annonce de Peter Andersson. Cinq choix, et quand on additionnait un plus deux plus trois plus quatre plus cinq, on obtenait…

« Quinze, dit-elle. C'était *lui.* Putain. *Putain !* »

Elle reste longuement immobile, à essayer de se convaincre qu'elle se trompe. Impossible. Rien à faire. Alors, elle appelle le peloton C de la Kansas Highway Patrol, s'identifie et demande que l'agent Calten la contacte au plus vite.

En attendant cet appel – qu'elle redoute –, elle se demande ce qu'elle va faire de ce qu'elle vient de découvrir.

49

Danny trouve tous les cartons vides dont il a besoin chez Manitou Fine Liquors. Ainsi qu'une bouteille de Jim Beam. À seize heures, ils sont empilés dans sa chambre et la bouteille de bourbon est posée sur le comptoir de la cuisine. Assis à table, il la contemple, les mains jointes devant lui. Il essaie de se souvenir quand il a bu du bourbon pour la dernière fois. Ce n'était pas le soir où il avait été arrêté pour tapage nocturne devant chez Margie : il n'avait bu que de la bière cette fois-là. Il s'était enfilé presque une caisse de Coors entre Manitou et Wichita. Il se revoit encore en train de tout vomir dans les toilettes en inox de la cellule où ils l'avaient enfermé, avant de s'allonger non pas sur la couchette, mais dessous, comme s'il voulait s'infliger une pénitence en dormant sur le béton.

Il parvient à la conclusion que la dernière fois qu'il s'est attaqué à du sérieux, c'était au cours de cette partie de pêche avec Deke Mathers. Ils étaient tellement ivres l'un et l'autre qu'ils n'avaient retrouvé la Route 327 qu'à la tombée de la nuit, et à ce moment-là, en proie à une effroyable gueule de bois, ils s'étaient juré de ne jamais recommencer. Plus jamais. Il ignore ce qu'est devenu Deke, il a perdu le contact quand il s'est installé à Oak Grove. De son côté, il n'a pas touché au poison ambré depuis. Et il n'a pas bu une seule bière depuis deux ans non plus.

Jim Beam ne résoudra pas ses problèmes, il le sait bien. Ils seront toujours là quand il se réveillera mardi matin, avec une gueule de bois par-dessus le marché. En revanche, il effacera le visage triste de DJ, quelque temps du moins. *Et si maman veut que Bobby redevienne son petit ami,* a-t-elle dit. *Il ne saura pas réparer la voiture, lui, si elle tombe encore en panne. J'en veux pas, du gâteau. Même si j'en mange plus jamais, je m'en fiche.* (Curieusement, ce sont ces dernières paroles qui l'attristent le plus, allez comprendre pourquoi !)

« Ce rêve. Ce putain de rêve. »

Mais le rêve n'est pas le véritable problème. Le problème, c'est Jalbert. Jalbert a répandu sur sa vie un « agent orange » de sa fabrication. Il essaie de tout empoisonner, y compris une fillette qui pensait qu'elle avait une chouette vie jusqu'alors : sa mère avait enfin trouvé un petit ami que DJ aimait bien, qui ne criait jamais et ne l'envoyait pas dans sa chambre sans manger.

Jalbert.

Encore et toujours Jalbert.

Danny dévisse le bouchon, penche la bouteille vers lui et hume longuement les vapeurs d'alcool. Il se souvient de sa partie de rigolade avec Deke Mathers, au bord de la rivière. Tout allait bien à ce moment-là. Et puis, il se souvient de leurs jurons quand ils avaient dû franchir ce roncier pour atteindre la route. Ils étaient couverts d'égratignures et la sueur ravivait la sensation de brûlure.

Jalbert aimerait que tu sois ivre. Et que tu fasses un truc débile.

Il prend la bouteille, se rend dans la salle de bains, verse le bourbon dans les toilettes et tire la chasse. Après quoi, il commence à plier ses vêtements dans les cartons. Il n'a aucun moyen de vaincre Jalbert si ce n'est en partant, alors c'est ce qu'il va faire. Il pourra passer du temps avec Stevie, qui sait où tout se trouve dans les rayonnages du King Soopers de Table Mesa. Quant à Darla Jean… Elle devra trouver sa voie. La plupart des gamins finissent par y arriver. C'est ce qu'il se dit.

50

Je ne suis pas en colère, pense Jalbert au volant de sa voiture en regagnant son hôtel à Lyons. *Juste contrarié.*

La réunion à Wichita s'est mal passée. Il a plaidé pour l'arrestation de Coughlin. Quarante-huit heures, pas plus, a-t-il dit. On peut présenter cela comme une mesure de protection, pour lui-même.

Laissez-moi le mettre sur le gril. Je réussirai à le briser. Il est mûr. Je le sens.

Pour le protéger de qui ? a demandé Tishman, le directeur du département. Assis à côté de lui, Nerville, le sous-directeur, hochait la tête comme une marionnette. *Du meurtrier ? Coughlin n'a jamais affirmé qu'il le connaissait. Il prétend juste qu'il savait où se trouvait le corps grâce à un rêve.*

Jalbert a alors demandé à toutes les personnes présentes, parmi lesquelles figurait Ramsey, le colossal et mutique inspecteur de l'Oklahoma, si quelqu'un croyait à cette histoire de rêve. Personne. Coughlin était le meurtrier. Mais sans aveux, sans preuve concrète le rattachant à ce crime…

Etc.

Jalbert a besoin de compter. Ça le calmera. Et quand il aura les idées claires, il pourra décider de la suite. Dès qu'il sera de retour à l'hôtel, il fera les chaises, il prendra une douche et il appellera Ella. Elle a peut-être déniché une piste au camp. Ou bien Coughlin a laissé échapper un indice. C'est peu probable. Ce type est un malin – il s'est débarrassé de la drogue, non ? –, mais il le paie cher. Il a perdu son boulot et ses voisins se sont retournés contre lui. Il est forcément en colère, et la colère pousse à commettre des erreurs.

Moi, *je ne suis pas en colère. Juste contrarié. Et pourquoi ? Parce qu'il a tué cette fille, et qu'il va recommencer.*

« Ils ne le voient donc pas ? demande-t-il à voix haute en frappant le volant. Ils sont aveugles à ce point ? »

Réponse : non.

Toutes les images de vidéosurveillance entre Arkansas City, où Mlle Yvonne a passé sa dernière nuit, et le Gas-n-Go où on l'a vue pour la dernière fois ont été épluchées. Plusieurs pick-up Tundra sont apparus, mais aucun blanc parmi eux, et tous plus récents que celui de Danny.

Il s'est servi d'un autre véhicule pour l'enlever, conclut Jalbert. Voilà pourquoi on n'a découvert ni ADN ni aucun autre indice dans son pick-up. C'est malin, très malin.

Jalbert a cru tout d'abord, et Ella aussi, que Danny était motivé par le désir de devenir une vedette médiatique ou le besoin de se confesser. Ella y croyait peut-être encore, mais plus lui. *Pour Coughlin, tout cela est un jeu. Il nous provoque en disant : allez-y, prouvez que c'est moi, arrêtez-moi, arrêtez-moi, ha-ha, vous ne pouvez pas, hein ? Vous savez que mon histoire est complètement bidon, mais vous ne pouvez absolument rien faire.*

Le poing de Jalbert s'abat de nouveau sur le volant.

Il y a dix ou quinze ans, les règles du jeu étaient différentes. Coughlin se serait retrouvé dans une petite pièce avec lui et Davis, et ils l'auraient cuisiné jusqu'à ce qu'il craque. Dix heures, douze heures, aucune importance. À tour de rôle. Bam-bam-bam. Ils auraient été les avocats de la pauvre Mlle Yvonne et de toutes les filles qui pouvaient lui succéder, alors ils l'auraient interrogé inlassablement, dans une pièce sans horloge.

Tu dois avoir faim ? Donne-nous quelque chose et on enverra quelqu'un te chercher à manger. Tu aimes Burger King ? Il y en a un dans la rue. Whopper, frites, milkshake au chocolat. Ça te plairait ? Dis-nous au moins quand *tu l'as enterrée. De jour ou de nuit ? Non ? OK, on reprend tout depuis le début.*

Et voilà.

Pour tuer le temps, Jalbert se met à compter les granges, les silos et les fermes. Il en est à vingt-trois (ce qui, additionné en progression arithmétique donne deux cent soixante-seize) lorsque son téléphone sonne. C'est Ella. Il s'attend à ce qu'elle lui demande comment ça s'est passé à Wichita, mais non. Elle veut savoir quand il pense être de retour à son hôtel. Elle parle d'un ton sec. Il ne la reconnaît pas. Serait-ce dû à l'excitation parce qu'elle a découvert quelque chose ?

Une piste, c'est tout ce que je demande. Une piste que l'on pourra suivre. Jusqu'en enfer, s'il le faut.

« Je devrais arriver dans quarante minutes, dit-il. Qu'as-tu appris ?

– Je reviens de Manitou. Je vous retrouve à votre hôtel.

– Allez, raconte. » Il passe la main dans la péninsule de ses cheveux. « Coughlin t'a dit quelque chose ?

– Pas au téléphone.

– Je serai là dans une demi-heure », dit Jalbert en accélérant.

51

Ella l'attend dans le hall quand Frank arrive à l'hôtel. Elle redoute la conversation qui va suivre, mais elle fera ce qui doit être fait. Ce serait plus terrible encore si elle avait de la sympathie pour Frank. Elle a essayé pourtant, sans y parvenir. Jusqu'à ces derniers jours, cependant, elle le respectait. Et d'une certaine manière, elle le respecte encore. Il se consacre corps et âme à son métier, il veut obtenir justice pour cette femme qu'il appelle « la pauvre Mlle Yvonne », coûte que coûte. Hélas, son engagement l'a conduit à franchir la limite, et à partir de ce moment-là, la donne a changé.

Il lui sourit, dévoilant ces dents usées qui auraient réellement besoin de couronnes. L'épais triangle de ses cheveux est ébouriffé, comme s'il y avait passé la main, ou avait tiré dessus.

« Allons dans ma prétendue suite. Ce n'est pas très luxueux, et la fenêtre donne sur le parking, mais ça ne dépasse pas le montant des notes de frais. »

Ella le suit. Elle ignore pourquoi il a développé une telle obsession pour la fille Wicker… À moins que l'objet de cette obsession soit en réalité Coughlin ? Mais elle sait que cette affaire a exercé une pression sur une fêlure fondamentale de sa personnalité. Fine comme un cheveu auparavant, c'est devenu une fissure.

Il ouvre la porte. Elle le précède dans la chambre et se fige en balayant du regard le salon exigu et cubique.

« C'est pour quoi faire, toutes ces chaises pliantes ?

– Rien. C'est juste… Non, rien. »

Jalbert s'empresse d'aller fermer les deux chaises du salon. Il disparaît dans la chambre et revient avec deux autres chaises pliantes. Il les appuie contre le mur, à côté de la télé.

« Il faut que je les rapporte dans la salle de séminaire. J'ai oublié. Tu veux un soda ? Il y en a plein dans le minibar.

– Non, merci.

– Alors, c'est Coughlin ? Il a laissé échapper une info ?

– Je ne lui ai pas parlé. »

Jalbert fronce les sourcils.

« Je t'ai demandé expressément de le réinterroger, Ella. » Son front se détend. « C'est Becky, alors ? La petite amie ? Ou la gamine ! Elle a…

– Écoutez-moi, Frank. Ce n'est pas facile à dire. Vous devez vous retirer de cette affaire. Avant toute chose. »

Il lui adresse un petit sourire interrogateur. Il n'a aucune idée de ce qu'elle raconte.

« Ensuite, il est temps de prendre votre retraite. Vous avez vos vingt annuités. Même plus.

– Je ne…

– Et vous devez vous faire aider. »

Le petit sourire est toujours là.

« Tu délires, Ella. Je n'ai absolument pas l'intention de prendre ma retraite. Je n'y pense même pas. Ce que je vais faire – ce qu'*on* va faire –, c'est arrêter Coughlin et l'envoyer derrière les barreaux jusqu'à la fin de ses jours. »

Sa propre fureur la prend par surprise, mais par la suite, elle songera qu'elle était là depuis le début.

« Vous fichez en l'air nos chances de le faire condamner ! Vous avez livré son nom à *Plains Truth*, Frank ! »

Le sourire faiblit.

« D'où sort cette idée complètement folle ?

– Ce n'est pas une idée folle, c'est la vérité. Vous l'avez dénoncé et vous vous êtes dénoncé vous-même avec votre manie de compter. À la fin du message que vous avez laissé, vous avez dit "quinze". Ça sortait de nulle part. Mais si on additionne les chiffres correspondant aux choix sur le répondeur, de un à cinq, on obtient quinze. »

Le sourire a disparu.

« Sur la base d'un nombre, tu tires des conclusions que je…

– Parfois, des chiffres ou des nombres sortent de votre bouche… Et la moitié du temps, vous ne vous en rendez même pas compte. Comme sur cet enregistrement que m'a fait écouter Peter Andersson. Vous pouvez l'écouter vous aussi, si vous voulez. Je l'ai sur mon téléphone. »

Un rictus dévoile de nouveau ces dents érodées. *Il grince des dents*, pense Davis. *C'est évident.*

« Je ne veux pas faire de rapport sur ces fausses accusations, Ella. Tu as toujours été une bonne équipière, je ne pouvais pas demander mieux. Mais si tu persistes, je serai obligé. Tu n'as pas pu reconnaître la voix de ce correspondant anonyme. *Personne* ne pourrait la reconnaître. Car elle était modifiée par une sorte de gadget.

– C'est exact. Mais comment le savez-vous ? »

Jalbert cligne des yeux et laisse percevoir une très courte hésitation. Avant de répondre :

« Parce que je lui ai posé la question. À Andersson. Je l'ai interrogé.

– Pas pendant que j'étais avec vous.

– Non. Je l'ai appelé d'ici.

– Il le confirmera.

– Moi, je te le confirme, là maintenant.

– Je lui poserai quand même la question. S'il le faut. Et on sait très bien, vous et moi, ce qu'il dira, n'est-ce pas ? »

Jalbert ne répond pas. Il la regarde comme s'il voyait une étrangère. *Et sans doute qu'à cet instant, c'est ce qu'il ressent.*

Elle montre les chaises.

« Vous les comptez ? Ou bien vous les disposez ici ou là pour compter vos pas de l'une à l'autre ?

– Je pense que tu devrais t'en aller.

– Je vois vos lèvres bouger des fois, quand vous comptez. Il existe un nom pour ça : arithmomanie.

– Sors d'ici. Réfléchis à ce que tu racontes et on en reparlera quand tu seras… calmée. »

Davis n'a plus la force de rester debout. Comment imaginer que ce genre de confrontation pouvait être aussi épuisant ? Elle s'assoit et pose son sac à main ouvert sur le petit bureau. À l'intérieur, son téléphone enregistre.

« C'est vous également qui avez caché de la drogue dans le véhicule de Coughlin. Au lycée. »

Jalbert a un mouvement de recul, comme si elle lui avait décoché un coup de poing.

« C'est une accusation scandaleuse !

– Ce qui est scandaleux, c'est d'avoir fait ça. Coughlin s'est douté de quelque chose quand le garçon qui travaille avec lui vous a vu vous garer derrière l'établissement, plutôt que sur le parking des professeurs. Alors, il a fouillé son pick-up, il a découvert la drogue et il me l'a remise.

– Quoi ? Quand ?

– Je l'ai retrouvé dans un restaurant de Great Bend, après la réunion au cours de laquelle il nous a mis au défi de l'arrêter. C'était impossible alors, et ça l'est toujours, comme vous avez dû vous en apercevoir à Wichita.

– Ce type est un menteur ! Et tu as agi dans mon dos ! Merci, collègue ! »

Elle rougit. C'est plus fort qu'elle.

Jalbert passe les mains dans son épaisse chevelure dégarnie sur les côtés.

« S'il y avait de la drogue dans son véhicule, c'est lui-même qui l'a mise. Il est rusé, oh que oui. Et toi, tu as cru à son histoire ? »

Jalbert secoue la tête. Il a adopté un ton condescendant, mais ce que Davis voit dans ses yeux, c'est une fureur à peine masquée. *Méfie-toi de cet homme*, se dit-elle. *Danny avait raison sur ce point.*

« J'ignorais que tu étais aussi crédule, Ella. Il a réussi à te vendre son histoire de rêve aussi ? Tu es de son côté maintenant ?

– J'ai interrogé l'agent Calten. »

Jalbert accuse le coup.

« Coughlin a vu son nom sur son badge. J'ai appelé Calten et je lui ai dit que je savais qui avait planqué la drogue et organisé cette fouille bidon. J'ai promis de taire son rôle dans cette affaire s'il me racontait tout. Ce qu'il a fait. »

Jalbert marche jusqu'à la fenêtre, regarde dehors, puis revient vers Davis.

« Je ne voulais pas le coincer pour possession de drogue. Je voulais le coincer pour le meurtre de Mlle Yvonne. Je voulais l'envoyer en taule pour pouvoir augmenter la pression. Où est la drogue maintenant ?

– En lieu sûr. »

Elle trouve cette dernière question un peu effrayante. Elle doute que Frank soit capable de lui faire du mal, mais il est dérangé. C'est certain.

Il retourne vers la fenêtre, puis revient. Ses lèvres remuent. Il est en train de compter. En a-t-il seulement conscience ? Elle pense que non.

« Il l'a tuée. Il l'a violée et il l'a tuée. Tu le sais. »

Davis se souvient de la question de Danny au sujet de sa croix : la portait-elle pour la frime ou par croyance ? Elle pouvait croire en Dieu, mais pas en son rêve ?

« Écoutez-moi bien, Frank. Pour l'instant, peu importe de savoir s'il l'a tuée ou pas. Une seule chose compte : je veux que vous me promettiez d'écrire un mail à Don Tishman, dans lequel vous lui expliquerez que vous devez prendre un congé pour raisons personnelles, et que vous envisagez de partir à la retraite.

– Jamais ! »

Il serre et desserre les poings.

« Sinon, poursuit Davis, j'irai trouver Tishman et je lui raconterai ce que vous avez fait. L'appel anonyme à Andersson ne justifiera peut-être pas votre renvoi, mais le coup de la drogue, certainement. En outre, cela entachera toute notre enquête, à tel point que même un avocat de seconde zone comme Ball réussira à obtenir la relaxe de Danny Coughlin.

– Tu ferais ça ?

– C'est vous qui avez foutu en l'air notre enquête ! s'écrie Davis en se levant. Vous vous êtes mis dans le pétrin, et moi aussi par la même occasion ! Quel gâchis !

– On ne peut pas le laisser s'en tirer. » Jalbert regarde partout autour de lui, sans que son attention puisse se fixer où que ce soit. « C'est lui !

– Si vous en êtes convaincu, ne bousillez pas nos chances de le coincer. Je vous laisse réfléchir. C'est une décision importante, je le sais. La nuit porte conseil.

– Comment veux-tu que je dorme ?

– Je vous appellerai demain matin. Pour savoir si tout va bien. Mais pour moi, le choix est très clair. Si vous vous retirez, on a encore une chance de faire inculper Coughlin. On évitera les sales histoires de preuves truquées et vous pourrez toucher votre pension.

– *Tu crois que je me soucie de ma pension !* »

Les veines de son cou saillent. Davis garde les yeux rivés aux siens. Elle a peur de regarder ailleurs.

« Peut-être que vous vous en fichez à cet instant, dans le feu de l'action, mais plus tard, vous verrez les choses différemment. Et je sais que vous réclamez justice pour Yvonne Wicker. Réfléchissez bien, Frank. Si vous vous retirez, je passerai l'éponge. Sinon, tout ressortira, et ça ne sentira pas bon. »

Elle se dirige vers la porte. Ce sont peut-être les mètres les plus longs de sa vie car à chaque instant, elle s'attend à ce qu'il se jette sur elle. Mais non. Dans le couloir, ayant refermé la porte, elle relâche sa respiration, qu'elle retenait sans en avoir conscience. Elle ferme son sac lorsqu'un fracas se produit derrière elle. Quelque chose vient de se briser. Veut-elle savoir ce que c'est ? Non. Elle s'éloigne dans le couloir, d'un pas lent et régulier.

Une fois dans sa voiture, elle baisse la tête et fond en larmes. Pendant un instant, un court instant, elle a bien cru qu'il allait la tuer.

52

Franklin Jalbert a dormi dans des centaines de chambres de motel au cours de sa carrière d'inspecteur qui l'a conduit à sillonner le Kansas du nord au sud et d'est en ouest. Dans presque toutes, il y a les mêmes verres en plastique, emballés dans des sachets sur lesquels il est écrit un truc du genre DÉSINFECTÉ POUR VOTRE SÉCURITÉ. Il se trouve que ceux posés sur le minibar dans sa petite suite du Celebration Center sont véritablement en verre. Quand il prend conscience du poids de celui qu'il a dans sa main, il est trop tard (et sans doute que cela ne l'aurait pas arrêté, de toute façon). Lancé contre la porte que Davis vient de fermer, il se brise en mille morceaux.

Mieux vaut que ce soit le verre qu'elle, pense-t-il. *Même si jamais je ne lui ferais du mal.*

Bien sûr que non. C'est peut-être une traîtresse, mais ils ont fait du bon boulot ensemble. Ils ont arrêté leur lot de criminels, hommes et femmes. Il a été son professeur et elle ne demandait qu'à apprendre. Mais elle n'a pas suffisamment appris, à l'évidence. Elle n'a pas compris combien Coughlin était dangereux. Il se demande si après leur petit rendez-vous en traître dans ce restaurant, ils sont allés ailleurs. Dans un motel par exemple ?

Non, non, elle ne ferait jamais ça. Pas avec le suspect numéro un dans une affaire de meurtre.

Jamais ? Vraiment ? *Jamais ?*

Coughlin n'est pas vilain et il a ce petit air ingénu de celui qui clame son innocence. Certaines femmes pourraient trouver cela séduisant. Est-il vraiment inconcevable qu'elle… et qu'il… dans une sorte de version malsaine du syndrome de Stockholm ?

Malgré ce coup de poignard dans le dos, il ne peut pas croire ça d'elle. Et ne pensons plus à Ella. Elle est sur la touche. La question est : que va-t-il faire au sujet de Coughlin ?

La réponse semble être… rien. Il est pieds et poings liés. *Il a fallu que ce foutu policier crache le morceau !*

L'idée de prendre sa retraite, comme elle l'a suggéré, est insupportable. Comme si on l'obligeait à marcher vers le bord d'une falaise. Il ne peut concevoir de sauter dans le vide. Il n'a aucun hobby, hormis les mots croisés dans le journal et un puzzle à l'occasion. Ses vacances consistent à errer sans but à bord d'un camping-car d'occasion, pour visiter des lieux qui ne l'intéressent pas et prendre des photos qu'il ne regarde presque jamais ensuite. Chaque heure semble en durer trois. La retraite multiplierait par mille ces heures interminables, puis par deux mille, puis par dix mille. Et chacune de ces heures serait hantée par l'image de Coughlin assis face à lui, avec ses grands yeux d'innocent qui ne ferait pas de mal à une mouche et répétant : *Arrêtez-moi. Vous ne pouvez pas, hein ?* Et par l'idée que Danny Coughlin a fait une halte dans un autre État pour s'en prendre à une jeune femme qui faisait du stop, sac au dos.

Mais que puis-je faire ?

Il peut commencer par ramasser le verre brisé. Il va chercher la poubelle, s'agenouille et se met au travail. Très vite, il arrive à cinquante-sept éclats de verre. Soit mille six cent cinquante-trois quand on additionne les chiffres les uns aux autres.

Je ne lui aurais pas fait de mal, en aucun cas. Mais pendant une seconde...

Une vive douleur lui transperce le gras du pouce. Une goutte de sang apparaît. Il s'aperçoit qu'il a perdu le fil. Il hésite à reprendre depuis le début.

53

La dernière semaine de Danny Coughlin à Manitou lui procure un sentiment de tristesse et de soulagement.

Le mardi, il découvre une énorme merde de chien dans sa boîte aux lettres. Il enfile une paire de gants en caoutchouc pour la retirer, avant de nettoyer l'intérieur. Il se dit qu'un autre locataire voudra se servir de cette boîte après son départ.

Le mercredi, il se rend chez Food Town pour acheter quelques dernières provisions, dont un steak qu'il projette de manger le vendredi en guise de dîner d'adieu. Il ne reste pas longtemps dans le magasin, mais quand il ressort, ses deux pneus arrière sont à plat.

Au moins, ils ne sont pas crevés, se dit-il, sans doute parce que la personne qui a fait ça n'avait pas de couteau sous la main. Il appelle Jesse, car le jeune garçon figure dans ses contacts, et il ne voit pas qui d'autre pourrait l'aider. Jesse lui répond que son père a laissé un tas de trucs quand il a abandonné sa famille, parmi lesquels un compresseur Hausbell.

« Accordez-moi vingt minutes. »

Pendant qu'il attend à côté de son pick-up, Danny s'attire un certain nombre de regards mauvais. Enfin, Jesse arrive au volant de sa Caprice cabossée et les pneus arrière du Tundra sont regonflés en un tournemain. Danny le remercie, affolé de sentir monter les larmes.

« De rien, dit Jesse en lui tendant la main. Faut que je vous le redise : je sais que vous n'avez pas tué cette fille.

– Merci pour ça aussi. Comment ça se passe à la scierie ? En passant en voiture, je t'ai vu transporter des troncs dans un pick-up. »

Jesse hausse les épaules.

« Faut bien gagner sa vie. Et vous, Danny ? C'est quoi vos projets ?

– Je quitte la ville ce week-end. Je pense me poser à Nederland pour commencer. Je vais camper. J'ai du matériel. Et je chercherai un boulot. Et un toit. »

Jesse soupire.

« C'est sûrement mieux, étant donné la situation. Envoyez-moi un texto quand vous serez installé. » En disant cela, il adresse à Danny un regard qui exprime toute la timidité de ses dix-sept ans. « On reste en contact.

– Promis. Et toi, fais gaffe à tes doigts à la scierie. »

Jesse sourit.

« Ma mère m'a donné le même conseil. Elle dit que c'est moi l'homme de la maison maintenant. »

Le jeudi, la plupart de ses affaires sont dans des cartons, prêtes à partir, et la caravane lui paraît nue. Il reçoit un appel d'Edgar Ball alors qu'il boit sa première tasse de café. Ball dit :

« J'ai une mauvaise nouvelle, une bonne et une très bonne. Du moins, je crois. Je commence par laquelle ? »

Danny repose bruyamment sa tasse.

« Ils l'ont arrêté ? Le type qui a tué cette fille ?

– C'est une bonne nouvelle, mais pas à ce point. La mauvaise nouvelle, c'est que *Plains Truth* n'est plus tout seul. Vous êtes dans le *Telescope*, le *Wichita Eagle*, le *Kansas City Star* et l'*Oklahoman*. Avec une photo.

– Putain de merde.

– La bonne nouvelle, c'est que la photo en question a au moins dix ans. Vous avez les cheveux jusqu'aux épaules et une moustache de biker. Vous posez devant un bar, apparemment, mais si je dis ça, c'est peut-être parce que vous tenez une bouteille de bière dans chaque main.

– Sûrement le Golden Rope à Kingman. Avant d'épouser Margie, j'allais souvent dans ce bar. Je crois qu'il a brûlé.

– Je l'ignore, dit Ball d'un ton enjoué. En tout cas, cette photo ne vous ressemble pas du tout. Bon, vous êtes prêt pour la très bonne nouvelle ?

– Je vous écoute.

– Je la tiens d'une amie qui travaille au peloton F de la Highway Patrol. C'est à Kechi, près de Wichita. Il se trouve que j'ai fréquenté cette amie en question, mais c'était dans une autre vie. Elle sait que vous m'avez engagé. Alors, elle m'a appelé hier soir pour m'informer que Frank Jalbert avait demandé un congé. D'après les rumeurs, il va carrément prendre sa retraite. »

Danny sent un grand sourire élargir son visage. Le premier véritable sourire depuis qu'il s'est réveillé de ce foutu rêve. Jalbert hante son esprit. Même quand il discute avec Stevie, il ne parvient pas à chasser entièrement l'inspecteur de ses pensées. Il lui évoque une sorte d'animal – un serval peut-être ? – dont on dit qu'il ne lâche jamais la proie dans laquelle il a planté ses dents, même mort.

« C'est vraiment une très bonne nouvelle, en effet.

– Ça vous dirait d'aller fêter ça avec un bon petit déjeuner au Dabney's ? C'est moi qui régale. »

Il se dit qu'il ne devrait pas être embêté au Dabney's, situé deux villes plus loin, surtout si, comme l'affirme Ball, la photo date de l'époque où il voulait ressembler à Dave « Lonesome » Peverett, du groupe Foghat.

« Bonne idée. Il se peut que j'amène un ami. Le gamin avec qui je bossais. »

Malheureusement, Jesse explique qu'il ne peut pas l'accompagner, même s'il en aurait envie. Il pointe à huit heures.

« Et puis, ajoute-t-il, ma mère était furax que je vous aie aidé hier. Je lui ai expliqué que vous n'aviez pas fait ce qu'ils disent, et elle m'a répondu que ça n'avait pas d'importance parce que je suis un jeune Noir et vous…

– Un Blanc accusé de meurtre. Je comprends.

– N'empêche, je viendrais quand même si j'étais pas obligé d'aller bosser.

– Je te remercie, Jesse. Mais ta maman a sans doute raison. »

Quand il arrive au Dabney's, Ball est déjà là. Ils commandent deux petits déjeuners pantagruéliques qu'ils engloutissent jusqu'à la dernière bouchée. Danny propose de partager l'addition, mais Ball refuse d'en entendre parler. Il demande à Danny ce qu'il compte faire maintenant. Danny lui parle de son projet de s'installer dans le Colorado pour se rapprocher de son frère autiste. Un psychologue qui l'a examiné à la fin de l'adolescence a décelé chez lui un don particulier baptisé « reconnaissance globale ». En gros, il voit mentalement l'endroit où se trouve chaque chose. Ils parlent de lui quelques minutes.

« J'ai une idée qui me trotte dans la tête, confie Ball alors qu'ils quittent le restaurant. En fait, j'y pense depuis notre premier entretien avec ce maboul de Jalbert. Et quand j'ai lu les commentaires dans l'*Eagle* et le *Telescope*, je me suis dit que ça pouvait marcher.

– Je ne vois pas du tout de quoi vous parlez. Quels commentaires ?

– Je suppose que vous ne les lisez pas. C'est l'équivalent du courrier des lecteurs dans le temps. Après avoir lu l'article, vous pouvez envoyer un commentaire. Et il y en a énormément à propos des articles qui vous concernent.

– Pendez-le haut et court, dit Danny.

– Oui, il y en a dans ce style, évidemment, mais vous seriez surpris du nombre de personnes qui croient que vous avez réellement vu en rêve l'endroit où se trouvait le corps. Tout le monde – parmi les gens qui vous croient, je veux dire – a une histoire de grand-mère qui savait que la bonbonne de gaz allait exploser et qui a fait sortir tout le monde de la maison ou quelqu'un qui savait que l'avion allait s'écraser, alors il a pris un vol plus tard…

– Ce sont des rêves prémonitoires », dit Danny. Il a lu des trucs là-dessus. « Ce n'est pas la même chose.

– En effet. Mais il y a également des commentaires de personnes qui ont vu en rêve où se trouvait une bague perdue, un chien et même un enfant porté disparu. Une femme prétend avoir rêvé que le gamin des voisins tombait dans un vieux puits, et en effet, il était là. Vous n'êtes pas un cas unique, Danny. Les gens adorent ces histoires, ça leur donne le sentiment que le monde ne se limite pas à ce qu'ils connaissent. » Il s'interrompt. « Évidemment, il y a aussi des gens pour qui vous êtes un baratineur de première. »

Cette remarque fait rire Danny.

Arrivé devant le pick-up, Ball ajoute :

« Bon, voilà à quoi je pense. Ça pourrait vous faire gagner un peu d'argent, mais c'est accessoire. Ce serait surtout une bonne façon de riposter.

– Vous pensez à… une action en justice ?

– Exactement. Pour harcèlement. Quelqu'un a lancé une brique sur votre caravane, n'est-ce pas ?

– Oui.

– On a mis de la merde de chien dans votre boîte aux lettres, on a dégonflé vos pneus…

– C'est mince. Et puis, je croyais que les flics étaient à l'abri de ce genre de poursuites. Jalbert va peut-être partir en retraite, mais quand il a décidé de s'en prendre à moi, il avait une bonne réputation.

– Il a caché de la drogue dans votre véhicule, et si on peut envoyer au tribunal le flic qui vous a arrêté sur la route et le faire témoigner sous serment… Je propose qu'on retourne à votre caravane pour en discuter. Qu'est-ce que vous avez d'autre à faire ?

– Pas grand-chose, admet Danny. On peut toujours en discuter. »

Il regagne Oak Grove, suivi de Ball sur sa Honda. En se garant devant sa caravane, Danny aperçoit quelqu'un assis sur les marches en parpaings, tête baissée, les mains pendantes entre les genoux. Il descend de son pick-up, ferme la portière et marque un temps d'arrêt, habité par un sentiment de déjà-vu. Son jeune visiteur porte un blouson de lycéen frappé d'une grosse lettre. La Gold Wing de Ball s'arrête derrière le pick-up. Le gamin se lève et redresse la tête. Danny se souvient alors. C'est le gamin sur la photo dans le journal, devant le corbillard, derrière ses parents accablés de chagrin.

« Ordure, tu as tué ma sœur ! »

Il glisse la main dans la poche droite de son blouson et en sort un revolver.

Derrière Danny, Ball éteint le moteur de la Gold Wing et met pied à terre, mais cela se déroule dans un autre univers.

« Hé, petit, je n'ai pas… »

Danny n'a pas le temps d'en dire plus. Une première balle l'atteint au ventre. Il recule d'un pas, puis la douleur surgit, comme les pires brûlures d'estomac qu'il ait jamais connues. Elle monte dans sa gorge et descend dans ses cuisses. Il cherche à tâtons, derrière lui, la poignée de la portière de son Tundra et la sent à peine dans sa main. Ses jambes flageolent. Il leur interdit de se dérober. Une sensation de chaleur se répand dans son ventre. Sa chemise et son jean virent au rouge.

« Hé ! hurle Ball dans cet autre univers. Il a une *arme* ! »

Sans blague ? songe Danny. Aidée par le poids de son corps, la portière du Tundra s'ouvre. Si Danny ne s'écroule pas sur place, c'est uniquement parce qu'il a descendu sa vitre en revenant du Dabney's. Pour profiter de l'air frais du matin. Dans une autre vie. Il passe son coude par l'ouverture et pivote telle une stripteaseuse sur sa barre de pole dance. Le gamin tire une seconde fois. *Plong*, fait la balle en heurtant la portière, sous la vitre ouverte.

« Homme armé ! Homme ARMÉ ! » braille Edgar Ball.

La balle suivante entre par la vitre baissée et frôle l'oreille droite de Danny en sifflant. Il remarque que les joues du gamin sont luisantes de larmes. Il aperçoit Althea Dumfries sur le perron de sa caravane : *la plus luxueuse du camp*, pense Danny. C'est dingue ce qui peut vous passer par la tête quand on vous tire dessus. On dirait qu'elle tient à la main un toast entamé.

Danny tombe à genoux. La douleur dans l'abdomen est insoutenable. Il entend un nouveau *plong* lorsqu'une quatrième balle frappe la portière du pick-up. Puis il s'écroule. Il voit les pieds du garçon. Chaussés de Converse. Il voit le revolver quand le gamin le laisse tomber par terre. Ball continue à hurler. *Ball a les boules*, s'amuse-t-il, puis le monde sombre dans les ténèbres.

54

Il reprend connaissance sur une civière. Penché au-dessus de lui, Edgar Ball le regarde d'un air hébété. Il a des traces de terre sur les joues et le front. Il prononce quelques mots qui pourraient être *Accrochez-vous, mon vieux*, puis la civière heurte un obstacle et la douleur explose, elle envahit le monde entier. Danny veut hurler, mais ne peut que gémir. Il aperçoit le ciel pendant un instant, puis un toit, et il songe : *Ce doit être une ambulance, comment elle est arrivée si vite, combien de temps je suis resté dans les vapes ?*

Quelqu'un dit :

« Un petit pincement et vous vous sentirez mieux. »

Il sent un pincement. Puis les ténèbres.

55

Quand elles se dispersent, il voit des lumières défiler au-dessus de lui. Comme dans un film. Un haut-parleur réclame le Dr Broder. *Dr Broder, d'urgence.* Danny essaie de parler, il essaie de dire : *C'est comme dans* The Good Doctor, *à la télé*, pour plaisanter, il sait bien que non, mais tout ce qui sort, ce sont quelques marmonnements étouffés parce qu'on lui a mis un masque sur la bouche et le nez. Des portes claquent. Il voit des lumières plus vives et des murs au carrelage vert. Il devine qu'il s'agit d'une salle d'opération et il a envie de leur expliquer qu'il n'est pas certain de pouvoir s'offrir une intervention car il a perdu son travail. Des mains le soulèvent et – Oh, nom de Dieu, ce que ça fait mal.

Il sent un pincement. Puis les ténèbres.

56

Il est dans un lit à présent. Un lit d'hôpital, forcément. Il y a toujours de la lumière, mais ce n'est plus la lumière cruelle de cette salle aux murs carrelés verts qui annonce : *On va vous ouvrir le ventre.* Non, c'est la lumière du jour. Margie, son ex, est assise à son chevet. Elle s'est pomponnée, et Danny comprend que si elle a fait un effort pour lui, ça signifie qu'il va mourir. Son abdomen est dur comme du bois. Les bandages, sans doute. Et une perfusion est reliée à un sachet suspendu à un pied. Il se dit : *S'ils m'injectent des trucs, peut-être que je ne vais pas mourir.* Margie demande : « Comment tu te sens, Danno ? » comme au bon vieux temps, quand ils s'entendaient bien, comme dans « *Book'em Danno*[1] », et il essaie de répondre, en vain.

Ténèbres.

57

Il ouvre les yeux. Edgar Ball est assis à son chevet. Il n'a plus de terre sur le visage, il a dû se laver. Combien de temps s'est écoulé ? Il n'en a aucune idée.

« C'était moins une, mais vous allez vous en tirer. »

Ils disent toujours ça. D'un autre côté, c'est peut-être vrai.

« Vous avez bien fait de vous cacher derrière la portière. Si le gamin avait utilisé une arme de plus gros calibre, les balles l'auraient traversée. Mais c'était du .32.

– Le gamin, parvient-il à articuler.

– Albert Wicker. Le frère d'Yvonne Wicker. »

Oui, j'avais compris, essaie de dire Danny.

« Il a tiré trois ou quatre fois, il a lâché son arme et il est passé devant moi. Il est retourné dans la rue et il s'est assis au bord du trottoir pour attendre la police. Dans un film, je lui aurais sauté dessus, mais la vérité, c'est que je me suis jeté au sol derrière ma moto dès le premier coup de feu. Désolé.

– OK, dit Danny. Vous… Pas de problème.

– Merci de réagir comme ça. Maintenant, on a vraiment de quoi aller au procès, Danny. Dès que vous irez mieux. »

Danny essaie de sourire. Il ferme les yeux.

Ténèbres.

---

1. Réplique culte de la série *Hawaii 5-0*.

58

Jesse est-il le visiteur suivant ? Ou bien est-ce un rêve ? Difficile à dire avec toute la drogue qu'ils lui donnent. Mais il est certain (*presque* certain) de voir une main à la peau marron foncé posée sur sa peau blanche.

59

Quand il refait surface, c'est Ella Davis qui est là. Il a repris des forces et elle, de son côté, paraît un peu plus jeune en jean et T-shirt à encolure bateau. Elle a défait ses cheveux. Et elle sourit.

« Danny ? Vous êtes réveillé ?

– Oui. » C'est un simple coassement. « De l'eau… »

Elle lui tend un gobelet. D'où dépasse une paille coudée. Il boit. Le paradis coule dans sa gorge.

« On le tient, Danny.

– Le gamin ? Edgar disait que la police…

– Non, pas le gamin. *Lui.* L'homme qui a tué Yvonne Wicker. Il… vous m'entendez ? Vous comprenez ce que je vous dis ?

– Oui. »

Éprouve-t-il du soulagement ? De la colère ? Il ne saurait le dire. Il ne sait même pas s'il est grièvement blessé, ni s'il s'en remettra un jour. Et s'il doit chier dans un sac jusqu'à la fin de sa vie ?

« Il a avoué, Danny. Pour le meurtre de Wicker et de deux autres victimes. Les polices de l'Illinois et du Missouri cherchent les corps.

– Très bien. »

Il est épuisé. Il a envie qu'elle s'en aille.

« Je suis allée à l'église et j'ai prié pour vous.

– Quand on croit, ça aide. »

Il sent qu'elle prend sa main, sa peau est fraîche sur la sienne. Il pense qu'il devrait lui dire qu'il ne lui en veut pas, mais l'idée même de rejeter la faute sur quelqu'un lui semble dérisoire à cet instant. Il tourne la tête. Et part à la dérive.

Ténèbres.

60

Le troisième jour, il souffre, mais il est de retour dans le monde réel. Il comprend qu'il se trouve au Regional Hospital de Great Bend, et qu'il va y rester au moins une semaine. La balle lui a perforé l'estomac. On l'a recousu, mais Broder, le médecin qui s'occupe de lui, affirme que s'il essaie de marcher, ne serait-ce que pour aller aux toilettes, la blessure risque de se rouvrir. « Estimez-vous heureux, lui a-t-il dit. Si ç'avait été une balle à pointe creuse, ou d'un plus gros calibre, elle aurait causé beaucoup plus de dégâts. Vous allez devoir vous nourrir d'aliments mous pendant quelque temps. J'espère que vous aimez les œufs brouillés et les yaourts. »

Être alité, cela signifie utiliser le bassin, mais l'indignité de cette pratique est atténuée par le fait qu'on lui a épargné le cathéter et le sac de colostomie. Il apprend que Margie a été autorisée à lui rendre visite dès les premiers temps car elle a prétendu être sa femme, ce qui n'est pas vrai. Edgar Ball a été autorisé à lui rendre visite car il a affirmé être son avocat, ce qui est vrai. Ella Davis a été autorisée à lui rendre visite car elle appartient au KBI, et parce qu'elle avait une bonne nouvelle à lui annoncer, très bonne même. Et Jesse ? C'était peut-être une hallucination provoquée par la drogue, mais il ne le pense pas. Il pense que Jesse a réussi à se faufiler dans sa chambre, d'une manière ou d'une autre, et lui a pris la main. Il faudra qu'il lui pose la question, à l'occasion.

Stevie n'est pas au courant, et tant mieux. Il serait paniqué. Danny devra tout lui raconter, bien évidemment, mais plus tard.

Dans l'après-midi de son quatrième jour d'hospitalisation, on l'autorise à se mettre à la fenêtre de sa chambre. Quelques petits pas, soutenu par deux aides-soignants. Alors qu'il savoure la chaleur du soleil sur son visage, Edgar Ball revient le voir. Il s'assoit sur le lit et demande à Danny comment il se sent.

« Pas trop mal. La came est excellente.

– Qu'est-ce que vous voulez savoir ?

– Tout.

– Cela dépasse mes capacités de synthèse. Ils m'accordent seulement vingt minutes. Ensuite, ils devront vous remettre au lit pour vous irriguer. » L'avocat grimace. « Je ne veux même pas savoir ce que ça veut dire.

– Davis est venue m'annoncer qu'ils avaient arrêté le meurtrier d'Yvonne Wicker, mais je me suis évanoui avant qu'elle puisse me donner les détails. Alors, commencez par là.

– Il s'appelle Andrew Iverson, sans domicile fixe. Un homme à tout faire itinérant. Il roulait vers l'ouest, au volant d'une petite camionnette bleue avec marqué ANDY I. PLOMBERIE ET CHAUFFAGE sur le côté. Elle apparaît sur les vidéos à la fois à Arkansas City, où Wicker a passé sa dernière nuit, et au Gas-n-Go, où elle a été vue pour la dernière fois. On le voit également à Great Bend, à Manitou et à Cawker City.

– Cawker, c'est près de Dart County, non ?

– Exact. On peut penser que Wicker était déjà morte à l'arrière de la camionnette quand il est passé là. Il cherchait un endroit tranquille pour l'enterrer.

– Et il l'a trouvé.

– La photo d'Iverson devrait figurer dans une encyclopédie, à la rubrique Serial Killers. Il roule, il s'arrête quelque temps, il bosse un peu… Paiement en liquide uniquement, a-t-il expliqué à la police, car le cash ne parle pas.

– Vous tenez ça de Davis ?

– Oui. Nous avons eu une longue conversation. Toute cette histoire l'a chamboulée. »

Elle n'est pas la seule, songe Danny.

« Iverson a assassiné une fille dans l'Illinois et une autre dans le Missouri. Il les a enterrées en pleine campagne. Les flics en ont retrouvé une, ils cherchent encore l'autre. Il en a agressé une quatrième qui faisait du stop dans le Wyoming, à la sortie d'un bled appelé Glenrock. Il s'est arrêté au bord d'une petite route pour essayer de la violer. La fille avait un couteau dans sa botte. Et pendant qu'il baissait son froc, elle l'a poignardé quatre fois.

– Bravo à elle », dit Danny. Il repense au chien qui dévorait la main d'Yvonne Wicker. « Je la félicite.

– D'après Davis, c'est une coriace. Elle a balancé le type hors de la camionnette, elle a roulé en direction de Casper jusqu'à ce qu'elle ait du réseau et elle a appelé la police. Iverson n'était plus à l'endroit indiqué à leur arrivée, mais ils ont suivi les traînées de sang jusqu'à une écurie voisine. Il était dans un box, inconscient. Davis dit qu'il va s'en tirer.

– Il a avoué ? Elle m'a dit qu'il avait avoué. Mais j'ai peut-être rêvé.

– Non, vous n'avez pas rêvé. Comme vous le savez sans doute, les blessures ça fait souffrir. Vous avez reçu une balle. Iverson, lui, a reçu quatre coups de couteau : dans la joue, dans l'épaule, dans le flanc et dans la cuisse. Il voulait des antalgiques. La police voulait des informations. Tout le monde a obtenu ce qu'il voulait.

– C'est Davis qui vous a raconté tout ça ?

– Oui. Et elle m'a chargé de vous le répéter. Je crois qu'elle a peur de se retrouver face à vous.

– Je comprends, mais je suppose qu'elle a fait son boulot, en définitive.

– Elle a tenu tête à Jalbert, si c'est ce que vous voulez dire, mais gardons ça pour une autre fois. Mes vingt minutes sont presque écoulées. Vous vous souvenez du bracelet à breloques que portait la fille Wicker ? »

Danny s'en souvient, oui. Il l'a vu deux fois, une première fois dans son rêve, et de nouveau dans la réalité.

« Iverson avait deux de ces breloques dans sa gibecière. Des trophées de chasse. Parmi divers objets appartenant aux deux autres filles.

– Où est le gamin qui m'a tiré dessus ?

– Albert Wicker est actuellement dans un motel de Manitou avec ses parents. Il a été libéré sous caution. Payée par ses parents. Je connais l'avocat qui le représentait lors de l'audience. Il dit que les Wicker ont hypothéqué leur maison pour réunir la somme réclamée. »

Danny réfléchit. La fille assassinée, le fils accusé de meurtre, des parents ruinés. Et moi, je me retrouve à l'hosto avec un trou dans le bide. Le plombier voyageur a causé de sacrés dégâts. Et ce n'est que le cercle de souffrances qui entoure cette jeune femme que Jalbert appelait « la pauvre Mlle Yvonne ». Danny regrette que la fille qui a réussi à sauver sa peau, la légendaire Dernière Victime, ne lui ait pas planté son couteau dans les couilles.

« Je ne veux pas porter plainte », déclare-t-il.

Edgar Ball sourit.

« Suis-je surpris ? Non. Hélas, vous n'êtes pas le seul à décider. Wicker ira en prison, mais peut-être pas trop longtemps, compte tenu des circonstances atténuantes. »

Une infirmière passe la tête à l'intérieur de la chambre.

« Monsieur, vous devez laisser mon pote Danny se reposer. De plus, nous devons lui faire des soins auxquels vous n'avez pas envie d'assister.

– L'irrigation, précise Danny d'un ton lugubre. On ne voit jamais ça à la télé, quand quelqu'un se fait tirer dessus.

– Encore cinq minutes, dit Ball. S'il vous plaît.

– Trois », répond l'infirmière, et elle s'en va.

« J'ai eu une discussion avec Don Tishman, l'homme techniquement en charge de l'enquête du KBI. Je lui ai exposé les faits concernant Jalbert, mais j'ai jugé préférable de garder pour moi le nom du policier qui vous a arrêté sur la route pour fouiller votre véhicule.

– Pour un avocat de province spécialisé dans l'immobilier, vous n'avez pas chômé. »

Danny a dit cela sur le ton de la plaisanterie, mais Ball rougit et regarde ses mains.

« J'aurais dû neutraliser ce gamin. C'était faisable, il était totalement concentré sur vous. Au lieu de ça, je me suis jeté à plat ventre dans la boue. »

Danny lui répète qu'ils ne sont pas à la télé.

Ball relève la tête.

« Certes, mais ce n'est pas une consolation. Aucun homme n'a envie de se dire qu'il est lâche, surtout quand il conduit une moto de dur à cuire.

– Je ne dirais pas qu'une Honda Gold Wing est une moto de dur à cuire, Edgar. Une Harley Softail, ça oui.

– Quoi qu'il en soit, nous sommes parvenus à un arrangement. Je pense. Il reste quelques détails à régler, mais… Oui, ça semble bon. En échange de votre silence concernant Jalbert – qui a fait valoir ses droits à la retraite, soit dit en passant –, vos frais d'hospitalisation seront pris en charge par le Sunflower State[1], avec même un petit bonus. Pas énorme, mais correct. Une somme à cinq chiffres. De quoi vous installer dans le Colorado, si vous êtes toujours décidé à partir. »

Cette fois, l'infirmière ne passe pas seulement la tête par la porte. Elle montre Ball du doigt.

« Je ne vous le demande pas, cette fois. Je vous l'ordonne.

– Je m'en vais. » Ball se lève. « Vous pourriez récupérer votre boulot, vous savez. Quand vous serez sur pied.

– C'est bon à savoir. »

Danny n'a aucune intention de rester là. Quelqu'un a lancé une brique sur sa caravane. Quelqu'un a déposé de la merde dans sa boîte aux lettres. Bill Dumfries lui a demandé, en gros, au nom des braves gens d'Oak Grove, de foutre le camp. Face à cela, il n'y a que Darla Jean, assise par terre à côté de sa maison de poupée, les joues mouillées de larmes. Pas de quoi faire pencher la balance. Il a un frère dans le Colorado, et s'il y a un intérêt quelconque à se faire tirer dessus, c'est de vous faire comprendre que le temps à passer avec ceux qu'on aime est compté.

« Tout ça à cause d'un rêve, dit-il d'un ton amer. Qui n'a même pas servi à arrêter le coupable.

– Pensez à l'aventure que vous avez vécue. »

Danny adresse un doigt d'honneur à l'avocat.

« Sur ces mots », dit Ball, et il s'en va.

1. Littéralement, l'« État des tournesols », surnom du Kansas.

61

Tandis qu'Albert Wicker passe son premier après-midi à la prison de Wilder County, à peine conscient de l'acte qu'il a commis (ces derniers jours sont un immense brouillard, dans lequel cette matinée fatidique nage confusément), Franklin Jalbert, assis à sa table de salle à manger, en peignoir, tente de reconstituer un puzzle de mille pièces.

Une fois terminé, celui-ci représentera un montage d'affiches de cinéma – des classiques comme *Casablanca*, *La vie est belle*, *Les Dents de la mer* –, deux douzaines de films en tout. Jalbert compte le nombre de pièces qu'il pose. Après dix pièces, il avance d'un pas (sur place, comme s'il défilait, pour pouvoir se rasseoir). Après vingt pièces, il fait deux pas : un en avant, un en arrière. Il en est à huit cents pièces quand son téléphone sonne. Sur l'écran s'affiche H. Allard. Allard est un ami, capitaine au sein de la Kansas Highway Patrol. Jalbert est partagé entre répondre et effectuer une nouvelle série de pas. En additionnant de un à quatre-vingts.

Il opte finalement pour les pas. Trois mille deux cent quarante, c'est beaucoup ! Il commence à quatre-vingts et compte à rebours. Ses pas le conduisent à l'extérieur, dans le jardinet derrière son petit ranch, puis de nouveau à l'intérieur. Il s'aperçoit que les allers-retours précédents ont tracé un chemin dans l'herbe : une ornière, à vrai dire. Il a conscience que cette manie de compter les pas, et de passer d'un siège à l'autre, est devenue encore plus incontrôlable depuis qu'il a laissé filer Danny Coughlin. Davis a appelé ça arithmomanie. Quand il compte ses pas, en association avec le puzzle, il a souvent l'impression d'être un hamster dans sa roue, qui court et qui court, qui chie en courant, sans jamais arriver nulle part. Mais ce n'est pas grave. Ce que Davis ne peut pas comprendre, c'est que cette folie bénigne le protège d'une folie plus dangereuse, l'empêche de songer à un avenir, privé de son travail. Combien de puzzles pourra-t-il terminer avant de faire face à la vacuité de son existence et d'introduire le canon de son arme de service dans sa bouche ? Boum. Terminé. Dieu sait qu'il ne serait pas le premier. Dieu sait qu'il y a pensé. Qu'il y pense.

Arrivé à cinq, il regagne le perron. À zéro, il est dans la cuisine. Il a encore le temps pour dix pièces de puzzle et il comptera en partant de quatre-vingt-un. En commençant par les nombres impairs peut-être, puis les nombres pairs. Ensuite, ce sera l'heure de passer à table, et de faire une sieste. Il adore ses siestes. Quel oubli apaisant !

Son téléphone est posé à côté du puzzle presque terminé (il est en train de reconstituer l'affiche des *Dix Commandements*, qu'il ne considère absolument pas comme un classique). Hank Allard a laissé un message. Il semble survolté.

« Rappelle-moi, j'ai du nouveau. Ça va te plaire. »

Jalbert ne voit pas quelle nouvelle pourrait le réjouir ; il rappelle Allard malgré tout. Celui-ci répond dès la première sonnerie et va droit au but.

« Ton pote Coughlin s'est fait tirer dessus.

– Quoi ? »

Jalbert se lève d'un bond, heurtant la table et faisant glisser le puzzle jusqu'au bord. Plusieurs pièces dégringolent sur le sol.

Allard éclate de rire.

« Le fils Wicker a flingué cet enfoiré. Tu voulais que justice soit rendue ? C'est fait !

– Il est mort ?

– On peut l'espérer. Le premier policier arrivé sur place a dit qu'il y avait du sang partout et plusieurs impacts de balles dans le pick-up de ce salopard. Ils l'ont emmené directement au Regional en ambulance, au lieu de le soigner dans cet hôpital merdique de Manitou. Preuve que c'est grave. Il est peut-être mort en chemin. »

Jalbert brandit le poing en direction du plafond, en pensant : *Heureux dénouement.*

« Dieu a fait ce que je n'ai pas réussi à faire, dit-il d'une voix tremblante.

– Je suis d'accord.

– Tiens-moi informé. Je suis sur la touche, comme tu le sais.

– C'est bien la preuve que tout déconne dans ce putain de monde. Compte sur moi. »

Ce soir-là, Jalbert se rend au Bullwinkles et se soûle pour la première fois depuis vingt ans. Il ne songe pas à compter les pas, et c'est un soulagement. Compter les pas et faire les chaises, c'est laborieux. Il y a tellement de nombres à mémoriser, on perd facilement le fil. Sans doute que personne ne voudrait le croire, mais c'est la vérité. Si vous perdez le fil, vous devez recommencer du début.

Pendant que Jalbert boit son deuxième whisky soda, Allard le rappelle. Jalbert est obligé de crier, à cause du vacarme combiné de la télé, du jukebox et d'une bande d'étudiants inscrits pour l'été à KU et venus se défouler.

« *Il est mort ?*

– Non ! État critique ! Une balle dans l'estomac ! »

Jalbert ressent tout d'abord de la déception, puis de l'allégresse. N'est-ce pas mieux qu'une vie entière derrière les barreaux, où Coughlin aurait droit à trois repas par jour, une télé dans sa cellule, et des promenades dans la cour ? Une balle dans le bide, ça fait mal. La douleur est insupportable, paraît-il, et c'est le genre de blessure dont Coughlin pourrait – en fonction du calibre de la balle – ne jamais se remettre.

« *C'est peut-être une bonne nouvelle !* crie-t-il.

– Je vois où tu veux en venir, mon pote, dit Allard. Et à en juger par le boucan, je sais où tu es déjà. Bois un verre à ma santé.

– Deux même », répond Jalbert, et il éclate de rire.

C'est le premier rire authentique qui sort de sa bouche depuis très longtemps, et la gueule de bois avec laquelle il se réveille le lendemain matin lui semble tout à fait justifiée. Il fait une longue balade sans compter ses pas, il se contente d'espérer, en priant presque pour que Coughlin survive et attrape une grave infection quelconque. Et qu'il faille lui enlever l'estomac. Pourrait-il continuer à vivre ensuite ? Faudrait-il le nourrir avec un tube ? Dans ce cas, est-ce que le châtiment ne serait pas encore meilleur ?

Jalbert le pense.

À midi, sa gueule de bois a disparu. Il s'offre un copieux déjeuner et ne pense même pas à aller dans le salon pour travailler sur son puzzle des affiches de cinéma. Il envisage d'envoyer des fleurs à Coughlin (accompagnées d'une carte lui souhaitant un *lent et mauvais rétablissement*) lorsque son téléphone sonne. C'est son ex-collègue, Ella.

« Frank, j'ai une super nouvelle.

– Je suis déjà au courant. Notre ami Coughlin s'est pris une balle dans le bide. Il est à l'hôpi…

– Ils l'ont arrêté ! »

Jalbert secoue la tête, il n'est pas certain de la suivre.

« Tu parles du frère d'Yvonne Wicker ? Ou bien tu as découvert des preuves qui accusent Coughlin ? C'est ça ? »

Il n'ose même pas l'espérer. Une balle dans le ventre et la prison. Ce serait magni…

« L'homme qui a assassiné la fille ! Ils l'ont arrêté dans l'Iowa ! Il s'appelle Andrew Iverson ! »

Jalbert fronce les sourcils. Il sent revenir sa migraine.

« Je ne comprends pas de quoi tu parles. C'est *Coughlin* qui a tué cette pauvre Mlle…

– Iverson a essayé d'en tuer une autre ! Elle l'a poignardé et s'est enfuie ! »

Davis lui raconte toute l'histoire en gardant le meilleur pour la fin : deux des breloques provenant du bracelet d'Yvonne Wicker ont été retrouvées parmi les trophées d'Iverson.

« On a traqué un innocent sans raison, conclut-elle. Parce qu'on refusait d'y croire. »

Jalbert se redresse sur sa chaise. Sa migraine se déchaîne. Il faudra qu'il s'en occupe. Il prendra de l'aspirine. Et il fera les chaises.

« Non, nous ne l'avons pas traqué, Ella. Nous l'avons *poursuivi*. Et compte tenu des éléments dont nous disposions, nous en avions le droit. Et même le devoir.

– Arrêtez de dire "nous", Frank. » La voix de l'inspectrice trahit une certaine lassitude. « Je n'ai pas livré son nom à ce journal gratuit et je n'ai pas caché de la drogue dans sa voiture. Vous avez fait tout ça seul. Et ce n'est pas à cause de moi si on lui a tiré dessus.

– Tu n'as pas les idées claires.

– Parlez pour vous. Je lui ai dit que j'étais allée prier pour lui à l'église, et vous savez ce qu'il a répondu ? "Quand on croit, ça, aide." C'est une chose que je garderai présente à l'esprit désormais.

– Dans ce cas, je te conseille de quitter la police et de trouver un boulot de… prêtresse vaudoue.

– Vous n'éprouvez pas le moindre sentiment de culpabilité, Frank ?

– Non. Je vais raccrocher, Ella. Et ne m'appelle plus jamais. »

Il coupe la communication. Et il fait les chaises. Il ajoute dix pièces à son puzzle et additionne ses pas à rebours. De quatre-vingt-un à un. Soit trois mille trois cent vingt et un pas en tout. Un bon nombre. Néanmoins, sa migraine demeure.

62

Le dîner servi à Danny, après la visite d'Edgar Ball, est une sorte de bouillie verdâtre qui ressemble à de la morve liquéfiée, avec un petit goût de V8. Si le V8 avait un (sale) goût. Néanmoins, il mange tout, car pour la première fois depuis qu'il s'est réveillé à l'hôpital il a faim. Pour la première fois depuis ce voyage à Gunnel, à vrai dire. Tout a changé. Il est sauvé.

À vingt et une heures, une infirmière lui apporte deux somnifères. Il n'en a pas besoin, lui dit-il. Pas dans l'immédiat, du moins. Elle hausse les sourcils, surprise.

« Vous êtes sûr ? Vous allez réussir à dormir ?

– Oui, je crois. Laissez-les sur la table de chevet. Au cas où j'en aurais besoin. »

Elle s'exécute, vérifie que ça ne suinte pas sous ses bandages, et lui souhaite une bonne nuit. Danny en fait autant. Son estomac continue à l'élancer, mais c'est une douleur sourde tant qu'il évite les mouvements brusques. Il prend la télécommande, et après avoir passé en revue quelques chaînes, il éteint la télé. Il repense à ce que lui a dit Edgar Ball : il pourrait certainement retrouver son poste s'il le souhaitait. Cette idée est une souffrance. Il y aura toujours à Manitou des gens qui le croiront coupable de *quelque chose*. Les rumeurs sont comme des déchets radioactifs : elles possèdent une longue demi-vie radioactive.

Stevie lui a envoyé un mail avec plusieurs offres de locations à Nederland et à Longmont, en pièces jointes. Il y a une semaine encore, elles auraient été au-dessus ses moyens, mais si Edgar a raison, et s'il touche un petit pactole...

Voilà à quoi il pense quand il sombre dans le premier sommeil digne de ce nom depuis la nuit où il a fait ce rêve inexplicable.

Il se prolonge jusqu'à une heure vingt, quand débute le second rêve.

63

Quand il n'enquête pas sur une affaire (et grâce à Ella, tout cela appartient au passé désormais), Jalbert se couche tous les soirs à vingt et une heures trente. Ce sont les meilleures heures pour dormir, à en croire ce qu'il a lu sur Internet, mais ce soir, impossible de trouver le sommeil.

Ce soir *seulement* ? Hélas, non. C'est tout juste s'il parvient à somnoler depuis qu'il a appris qu'un plombier itinérant nommé Andrew Iverson avait été arrêté pour le meurtre d'Yvonne Wicker et de deux autres filles.

Qui passe pour le méchant dans cette histoire ? Frank Jalbert ! Et qui est le grand perdant dans cette histoire ? Frank Jalbert !

Vingt années de bons et loyaux services, une demi-douzaine de citations... Tout ça jeté aux oubliettes. Tout ce à quoi il consacré sa vie n'existe plus. Son nom est traîné dans la boue. Pendant que Danny dort à poings fermés à Great Bend, lui fait des insomnies à Lawrence. Son esprit s'est retourné contre lui-même, et il ronge, il mord, tel un chien famélique qui s'attaque à ses propres flancs, jusqu'au sang.

Après avoir tourné et viré dans son lit pendant une heure et demie, il repousse les couvertures et se lève. Il a besoin de marcher, il a besoin de compter. Sinon, il va devenir fou. L'idée de s'enfoncer le canon de son arme dans la gorge lui vient à l'esprit, c'est une idée séduisante, mais ne serait-ce pas accorder la victoire ultime à Coughlin ?

Et à Ella ! Ella qui ose dire : « On a traqué un innocent sans raison, parce qu'on refusait d'y croire. » N'importe quoi ! C'est très facile de juger après coup. Auraient-ils dû balancer aux orties des années de procédure policière, basée sur des faits, parce qu'un agent d'entretien avait fait un *rêve* ? Quand le Covid sévissait dans toute l'Amérique, on leur a dit de se fier à la science. Quand vous êtes policier, vous vous fiez à la logique. Ça tombe sous le sens, non ? Ou bien ce monde est-il devenu fou ?

« Ella était convaincue que Coughlin l'avait tuée, dit-il en sortant de chez lui par cette chaude nuit d'été. Elle l'était autant que moi. »

Il marche dans la 6e Rue Ouest, en pantoufles. Il passe devant le Walgreens et le Hy-Vee, devant chez Dillons, Starbucks et Big Biscuit, fermés et plongés dans l'obscurité. Il passe devant le restaurant Six Mile Chop House et la résidence Alvadora, où il a arrêté jadis un meurtrier qui purge à présent sa peine à El Dorado. Il marche ainsi jusqu'à l'échangeur de la Highway 40. En comptant ses pas. Il en est à cent cinquante-quatre, soit un total de onze mille neuf cent trente-cinq en additionnant tous les nombres. Et soudain, une idée – un éclair de logique – illumine son esprit.

Cette fille dans le Wyoming a réussi à échapper à Andrew Iverson ? Andrew Iverson et sa petite camionnette de plombier et chauffagiste ?

D'accord. Il veut bien l'admettre.

Andrew Iverson a assassiné deux autres filles, une dans l'Illinois, l'autre dans le Missouri ?

Ça aussi, il veut bien l'admettre.

Andrew Iverson avait en sa possession deux breloques provenant du bracelet de cette pauvre Mlle Yvonne ?

OK, supposons. Et supposons que ce soit Danny Coughlin qui les ait mises là.

Ça se tient parfaitement, à partir du moment où vous laissez tomber toutes ces conneries new age. Ella croit peut-être à toute cette merde maintenant, mais lui n'y a jamais cru et il n'y croira jamais. Fions-nous à la science, fions-nous à la logique.

Coughlin et Iverson se connaissaient. Il en est convaincu. C'est évident. Jalbert est persuadé également que le travail d'enquête nécessaire pour faire apparaître ce lien entre les deux hommes ne sera jamais entrepris. Pourquoi un inspecteur du KBI se donnerait-il cette peine, alors que l'affaire est joliment ficelée ? Alors que Danny Coughlin va certainement apparaître comme un héros qui a seulement essayé de remplir son devoir civique ? Un héros médium !

La seule question qui occupe l'esprit de Jalbert, alors qu'il regarde passer les voitures sur la Highway 40 en pleine nuit, c'est de savoir si Iverson tenait cette pauvre Mlle Yvonne pendant que Coughlin la violait, ou si Coughlin la tenait pendant qu'Iverson commettait cet acte infâme.

Est-ce le premier duo de meurtriers ? Bien sûr que non. Il y a eu des précédents. Ian Brady et Myra Hindley, Kenneth Bianchi et Angelo Buono. Dick Hickock et Perry Smith, ici même, dans le Kansas, pour ces deux derniers.

Une voiture passe dans la 6e Rue Ouest et une voix jeune lance : « Hé, papa, tu es en *pyjamaaa* ! »

Des rires s'éloignent. Jalbert ne les entend pas. Il assemble dans sa tête les éléments comme il le fait avec les pièces du puzzle des affiches de cinéma, et ils s'emboîtent à merveille.

Iverson a appelé Coughlin de l'endroit où il a enlevé cette pauvre Mlle Yvonne – quelque part près de ce Gas-n-Go, dans le Sud – pour lui demander s'il voulait s'offrir un peu de bon temps. Et une fois leur petite affaire terminée, Coughlin a arraché deux breloques au bracelet de cette pauvre Mlle Yvonne et il a dit à Iverson… Il lui a dit…

« Tiens, prends ça, marmonne Jalbert. Tu pourras les regarder pendant que tu te branles. »

Pas de rêve à la con, uniquement de la pure logique.

Coughlin s'est dit : non seulement je vais prendre mon pied en violant et en tuant cette fille, mais en plus, je retirerai toute la gloire pour l'avoir découverte.

Oui, c'est d'une logique implacable. Divine. Car Coughlin a toujours su qu'ils retrouveraient la provenance de cet appel anonyme ridicule, n'est-ce pas ? Comment pouvait-il ne pas le savoir ?

Jalbert se dit – il rentre chez lui maintenant, en oubliant même de compter – qu'il pourrait enquêter de son côté. Creuser un peu ici et là. Pour découvrir où et quand les vies de Coughlin et d'Iverson se sont croisées. À l'école, peut-être. Ensuite, mails et textos. Iverson a tué d'autres filles, il est probable que Coughlin aussi.

Probable ? *Certain*, oui.

Mais soyons réaliste : il ne dispose pas des ressources nécessaires pour mener ce genre d'enquête, et même si c'était le cas, il attirerait forcément l'attention et ils – le KBI, la presse – l'enverraient sur la touche. Ils tenaient leur explication, avec cette incroyable histoire de vision ; personne ne voudrait croire à la sienne. *Prends ta retraite et ferme-la*, diraient-ils. *Estime-toi heureux de t'en tirer à si bon compte après ce que tu as fait.*

Alors, que lui restait-il ? Où était la justice pour la pauvre Mlle Yvonne ? Qui serait son défenseur ?

Là encore, tout semble parfaitement clair dans son esprit.

Il devra s'occuper lui-même de Danny Coughlin. Dès ce soir. Demain matin, l'hôpital où il est soigné sera plein de gens, mais à cette heure-ci, en pleine nuit, ce sera le calme plat. Coughlin n'est pas surveillé. Pourquoi le serait-il, alors que ces idiots aveugles du KBI croient que le meurtrier de cette pauvre Mlle Yvonne est attaché à son propre lit d'hôpital, dans le Wyoming ? Coughlin, lui, est le *héros* médium !

De retour chez lui, Jalbert enfile un jean et sa veste noire, celle qu'il portait toujours pour enquêter. Il accroche son insigne à sa ceinture. Techniquement parlant, c'est interdit par la loi maintenant qu'il est à la retraite, mais cela lui permettra d'entrer dans l'hôpital si un membre de l'équipe de nuit lui pose des questions.

Puis il prend son arme de service.

64

À deux heures quinze du matin, Charles Beeson, un aide-soignant affecté au deuxième étage du Regional Hospital, joue à Fruit Ninja sur son téléphone.

« Chuck ? Chuck ! »

Il se retourne et découvre avec stupeur Danny Coughlin qui vient vers lui en titubant. Sa chemise de nuit flotte autour de ses genoux. Il est pieds nus. Une main appuie sur son abdomen. Des larmes coulent sur ses joues. Des larmes de douleur, mais aussi de terreur.

« Monsieur Coughlin, vous avez interdiction de quitter votre lit sans l'autorisation du mé…

– Mon téléphone, dit Danny d'une voix rauque, essoufflée. Il est dans ma table de chevet, mais il n'y a plus de batterie. Je dois le recharger, s'il vous plaît. Pour appeler quelqu'un. »

Quand il s'est endormi, la douleur était supportable, mais ces quelques pas dans le couloir l'ont réveillée. Il grimace et manque de tomber. Chuck le retient par la taille. Ce n'est pas suffisant. Il le prend à bras-le-corps et le porte ainsi jusqu'à sa chambre. Une fois Danny recouché, Chuck lui tend son propre téléphone.

« Tenez. Si c'est important, prenez le mien. »

Danny secoue la tête. Ses cheveux sont collés à son front. La sueur coule sur son visage.

« J'ai besoin de mes contacts. J'ai rentré son numéro dans mes contacts. Même deux pour cent, ça suffira. Il faut que je l'appelle. »

65

Pendant que le téléphone de Danny est en charge dans le bureau des infirmières, Jalbert roule sur la 56, en direction de Great Bend. L'autoroute serait plus rapide, mais il risque moins de croiser la police sur la 56 et il fonce. D'après son GPS, le trajet depuis Lawrence devrait lui prendre environ trois heures trente, en respectant les limitations de vitesse, mais la route étant quasiment déserte à cette heure, il dépasse les cent trente-cinq kilomètres-heure. Il était presque minuit et demi quand il est parti. Il espère arriver sur place à trois heures au plus tard. Cent cinquante minutes, c'est-à-dire de un à dix-sept en additionnant tous les nombres. Évidemment, il reste trois, mais quelle importance ?

Il est crucial qu'il inflige à Coughlin le châtiment auquel il échappera sans cela. Et rien ne doit lui faire obstacle. Ce sera le sacrifice ultime, pour sauver toutes les filles, toutes les femmes, qui auraient pu croiser le chemin de Coughlin.

Le *burner* avec lequel il a appelé Andersson se trouve dans la console centrale de la voiture. Avant de partir de chez lui pour la dernière fois, il a enregistré le numéro de la police de Great Bend. Il passe l'appel à deux heures quinze, sans quitter des yeux le cône de ses phares. Il n'a pas l'appareil servant à modifier la voix qu'il a utilisé avec Andersson, et par conséquent, quand le dispatcher de nuit répond – « Police de Great Bend, que puis-je pour vous ? » –, Jalbert adopte un timbre un peu plus aigu. Il espère se faire passer pour un adolescent, mais peu importe, en réalité : ils réagiront forcément. Ils ne peuvent *pas* ignorer ce genre d'appels.

« Une explosion va se produire au lycée. Une grosse. Au moment où les élèves commenceront à arriver… Trois. »

Ça lui a échappé.

« D'où appelez-vous, mons…

– Trois bombes, improvise-t-il. Trois. Ils veulent détruire tout le lycée.

– Monsieur… »

Jalbert coupe la communication. Il lance le téléphone par la vitre, sans ralentir. Ils le retrouveront peut-être, et ils trouveront ses empreintes dessus s'ils le passent au détecteur, mais peu importe. Il ne reviendra pas de cette mission, et ce sera un soulagement.

66

Quand Chuck, l'aide-soignant, apporte son téléphone à Danny, il est chargé à cinq pour cent. Ça devrait suffire.

« Écoutez-moi bien, Chuck. Je veux que vous alliez chercher les infirmières de nuit – Karen et l'autre, la blonde dont j'ai oublié le nom – et que vous descendiez tous au premier étage.

– Hein ? Pourquoi ?

– Faites-moi confiance. Le temps presse. » Danny regarde le réveil posé sur sa table de chevet : deux heures dix. Chuck reste planté sur le seuil de la chambre, perplexe. « Allez-y ! C'est une question de vie ou de mort. Je ne plaisante pas.

– Vous ne faites pas une réaction aux antalgiques, hein ? »

La croyance, pense Danny. *Tout est une question de croyance, n'est-ce pas ?*

« Non. Descendez tous au premier. Dans une heure, ce sera terminé, d'une manière ou d'une autre. D'ici là, fichez le camp. Mettez-vous à l'abri. »

Il ouvre la liste de ses contacts. Pendant un moment d'effroi, il craint de ne pas avoir enregistré le numéro de Davis, d'avoir *cru* le faire, quand elle lui a donné sa carte… Ouf, le numéro est bien là. Il l'appelle, en priant pour qu'elle n'ait pas éteint son téléphone.

Celui-ci sonne quatre fois, puis cinq. Au moment où Danny commence à désespérer, elle répond. À moitié endormie, elle paraît encore plus humaine.

« 'llô ? Qui est…

– Danny Coughlin. Réveillez-vous, inspectrice Davis. Et écoutez-moi. J'ai fait un autre rêve. Prémonitoire, celui-là. Vous comprenez ? »

Un silence. Elle semble plus réveillée quand elle demande :

« Vous voulez dire…

– Il va venir s'en prendre à moi. Et si personne n'intervient, une fusillade va éclater dans le couloir. Au bureau des infirmières, je crois. Quelqu'un va crier. Et il sera là. Habillé comme la première fois où vous êtes venus au lycée. Veste noire et blue-jean. Mais contrairement à ce jour-là, il sera armé.

– Je vais appeler la police. S'il s'agit d'une plaisanterie de mauvais goût…

– Est-ce que j'ai l'air de plaisanter ? » Il a presque crié ces mots. « La police ne viendra pas, il les a envoyés sur une fausse piste. Ne me demandez pas comment je le sais, ce n'était pas dans mon rêve, mais je…

– Oui, c'est exactement ce qu'il ferait, dit Davis. S'il a réellement l'intention de s'en prendre à vous, c'est ce qu'il ferait. » Elle est bien réveillée à présent. « Je vais appeler les brigades de Dundee et de

Pawnee Rock et je vais venir en personne. Je suis chez ma sœur, à dix kilomètres seulement de l'hôpital. »

Ce second rêve est aussi net dans sa mémoire que celui de County Road F avec la station-service Texaco, les prix de l'essence qui cognent *ding-ding-ding* contre le poteau rouillé. Aussi net que le chien errant et la main déterrée. Des coups de feu vont retentir dans le bureau des infirmières, puis un cri. Un cri d'homme. Probablement Chuck, l'aide-soignant. Puis l'homme à la veste noire et au jean apparaîtra sur le seuil de la chambre. Sa silhouette se découpera dans l'encadrement de la porte. Cette étrange péninsule capillaire bordée de peau blanche et ces yeux profondément enfoncés, usés.

Pauvre Mlle Yvonne, dira-t-il en levant son arme. Et juste au moment où il tire, Danny tourne la tête sur l'oreiller. Il regarde le réveil sur la table de chevet.

« J'ai ordonné à l'aide-soignant d'emmener tout le monde au premier étage, mais ils ne m'ont pas écouté. Je les entends dans le couloir. Ils ne me croient pas. Exactement comme lui. Comme vous. »

Il regarde le réveil qu'il regardait dans son rêve.

« Laissez tomber Dundee et Pawnee Rock, inspectrice. C'est trop loin. Il va ouvrir le feu à trois heures moins une. Il vous reste trente-neuf minutes pour intervenir. »

67

Regina, la sœur d'Ella, est seule dans la grande chambre. Son mari s'est absenté pour un de ses nombreux voyages d'affaires. Ella nourrit quelques soupçons au sujet de ces déplacements, et sans doute que Regina aussi, mais il faudra régler ça plus tard. Le réveil digital sur la table de chevet indique 2 h 24.

« Reg ! Reggie ! Réveille-toi ! »

Regina remue et ouvre les yeux. Sa sœur a enfilé un jean, des baskets sans chaussettes, un T-shirt Kansas University, sans soutien-gorge manifestement. Mais c'est en voyant l'arme à sa ceinture et le badge plastifié qui pend autour de son cou qu'elle finit de se réveiller.

« Qu'est-ce que…

– Il faut que je sorte. Immédiatement. Je serai de retour avant que Laurie se réveille. » Elle l'espère du moins. « Il y a un problème.

– Quel problème ?

– Je ne peux pas t'expliquer, Reg. Peut-être que ce n'est rien. » Mais elle n'y croit pas. Car elle croit Coughlin à présent. Sur toute la ligne. Elle peut juste prier pour qu'il ne soit pas trop tard. « Je t'appelle dès que c'est terminé. »

Regina continue à poser des questions quand sa sœur ressort de la chambre. Ella dévale l'escalier et récupère au passage ses clés dans le petit panier près de la porte. Sa voiture est garée dans l'allée et… nom de Dieu, Regina s'est garée juste derrière elle. Davis avance jusqu'à ce que le système d'avertissement de collision se mette à brailler et que son pare-chocs heurte le portail. Elle braque à fond et recule en contournant la Subaru de Regina, dont elle percute le pare-chocs, suffisamment fort pour faire tanguer le véhicule sur ses amortisseurs. Elle loupe la boîte aux lettres de quelques centimètres en débouchant dans la rue en marche arrière. Elle jette un coup d'œil au tableau de bord. 2 h 28.

Les rues sont désertes et elle ignore les panneaux stop, ne ralentissant que pour guetter d'éventuels phares venant dans un sens ou dans l'autre. Elle prend la 7e, et c'est une erreur. Il y a un chantier, et des balises lumineuses entourent un gros trou au centre de la chaussée, sans doute destiné à accueillir une buse. Les balises émettent des halos orangés dans la nuit. Elle s'engage dans l'allée d'une maison pour faire demi-tour et prend la 8e, en pestant contre cette perte de temps. Elle sort son téléphone de sa poche et en arrivant à un feu rouge au croisement de McKinley Street, elle demande à Siri d'appeler la police de Great Bend.

Après s'être identifiée, elle informe le dispatcher qu'un homme probablement armé se dirige vers le Regional Hospital. Il faut envoyer sur place tous les officiers disponibles. Le dispatcher lui répond qu'il n'a plus personne sous la main. Quelqu'un les a appelés pour les informer qu'une bombe – trois bombes, en fait – allait exploser au lycée et tous les agents de l'équipe de nuit sont partis bloquer l'accès aux rues qui mènent à l'établissement. Une équipe de démineurs arrive de Wichita.

« Il n'y a pas de bombe, dit Davis. Ce type veut éloigner tous vos hommes le temps de terminer ce qu'il est venu faire.

– Madame… inspectrice… comment vous le savez ? »

L'horloge du tableau de bord indique 2 h 39. Ella songe que le manque de foi est le fléau de l'intelligence. Elle lance son téléphone sur le siège passager sans même mettre fin à cet appel et tourne dans McKinley. À toute allure. Elle freine des deux pieds en voyant un sans-abri pousser son caddie sur la chaussée. Elle klaxonne furieusement. L'homme lui adresse un doigt d'honneur, au ralenti, et poursuit son chemin. Davis le contourne et met les gaz, en laissant vingt mètres de gomme sur l'asphalte.

Elle atteint enfin Cleveland Street, elle aperçoit l'hôpital. Le panneau rouge lumineux URGENCES lui sert de balise. Il est 2 h 46. *Je l'ai devancé*, se dit-elle. *Si Danny a raison au sujet de l'heure, je l'ai…*

Soudain, un SUV rouge surgit dans son rétroviseur. Il déboîte, manquant de l'envoyer dans le décor, et accélère. Davis a juste eu le temps d'entrapercevoir le conducteur, mais c'est assez. Ces cheveux laineux où pointent des oreilles de chat sont faciles à reconnaître. Les deux feux stop s'illuminent lorsque le SUV s'arrête devant l'entrée principale de l'hôpital. Jalbert en descend : veste noire, jean large. En dépit de la terreur qu'elle ressent, et de l'impression de vivre elle aussi un rêve (moins d'une heure s'est écoulée depuis que son téléphone l'a arrachée à un sommeil profond), Davis a presque l'impression d'assister à un miracle. Car Danny avait raison de A à Z. Et elle sait maintenant ce qu'il a dû ressentir, derrière cette station-service Texaco, en voyant son rêve devenir réalité.

Au lieu de ralentir et de s'arrêter, elle percute l'arrière du véhicule de Jalbert. Celui-ci se retourne brusquement, les yeux écarquillés. Il se saisit de son arme. Ella klaxonne de la main droite – *réveillez-vous ! réveillez-vous !* –, tandis qu'elle ouvre sa portière de la main gauche.

Elle dégaine son arme en descendant de voiture. Elle espère deux choses : qu'elle ne sera pas obligée de tirer sur son ex-équipier et que son ex-équipier ne va pas lui tirer dessus. Une petite fille l'attend à la maison.

« Frank ! Arrêtez ! N'entrez pas !

– Ella ? Qu'est-ce que tu fais ici ? »

Il semble exténué, se dit-elle. *Totalement perdu. Et terriblement dangereux.*

« Rangez votre arme, Frank. »

Des gens sortent de l'hôpital. Des infirmières avec leurs blouses en rayonne, roses et bleues, deux aides-soignants en blanc, un médecin en blouse verte, deux patients qui viennent des urgences, dont un avec le bras dans une attelle.

« Il ment, Ella. C'est évident. Es-tu aveugle ? »

Chacun pointe son Glock sur l'autre. On croirait assister à un duel à la fin d'un western. À cette distance, les balles S&W .40 que tirent ces pistolets sont mortelles. Si des coups de feu éclatent, l'un ou l'autre ou les deux y laisseront leur vie.

« Non, Frank. Ils ont arrêté le coupable dans le Wyoming. Il s'appelle Andrew…

– Iverson, je sais. Et je le crois. Mais ils étaient complices. Tu ne comprends donc pas ? Suis la logique, Ella. Ils formaient un duo de tueurs ! Sers-toi de ton cerveau. Comment peux-tu croire à son histoire ? Tu es trop intelligente pour ça ! Seize fois trop intelligente ! Dix-huit fois trop intelligente ! »

D'autres personnes sont sorties de l'hôpital. Rassemblées sur le perron. Davis voudrait leur crier de retourner à l'intérieur, mais elle n'ose pas détacher son regard de Jalbert. Elle entend une sirène. Le bruit se rapproche, hélas elle est encore loin, trop loin.

« Frank, pourquoi suis-je ici, à votre avis ? Comment ai-je appris ce qui se passait ? »

Pour la première fois, il semble hésiter.

« Je… ne sais pas.

– Danny m'a appelée. Il savait que vous alliez venir. Il l'a rêvé.

– C'est ridicule ! Encore un mensonge ! Une fable pour enfants !

– Pourtant, je suis là. Comment l'expliquez-vous, alors ? »

Une infirmière, une femme imposante en tenue bleue, est sortie des urgences, elle s'approche maintenant de Jalbert, par-derrière. Ella a envie de lui dire que c'est une mauvaise idée, la plus mauvaise qui soit, mais elle n'ose pas. Jalbert va croire qu'elle tente de faire diversion, et il va tirer.

« Je ne peux pas l'expliquer, admet-il. Tu ne devrais pas être ici. D'ailleurs, je pense que tu n'es pas vraiment là. Tu es une halluci… »

L'infirmière costaude ceinture Jalbert, l'empêchant de bouger les bras. Elle pèse au moins vingt-cinq kilos de plus que lui, mais il réagit instantanément. D'un coup de talon, il lui écrase le pied. Elle hurle. Et relâche son étreinte. Il dégage un bras et lui assène un violent coup de coude dans la gorge. L'infirmière recule en titubant, le souffle coupé. Jalbert fait volte-face, tournant le dos à Davis.

« Posez votre arme, Frank ! LÂCHEZ-LA LÂCHEZ-LA LÂCHEZ-LA ! »

Il ne l'entend pas. L'infirmière se tient la gorge à deux mains, pliée en deux. Jalbert lève son arme. Très lentement. Davis a le temps de repenser à tous les kilomètres qu'ils ont parcourus sur les routes du Kansas, à tous ces repas dans des *diners*. À ces heures passées à se coacher mutuellement avant de témoigner, à écouter des briefings interminables. Elle a le temps de tirer, pourtant elle ne le fait pas. Elle ne peut pas. Elle peut juste regarder Jalbert lever le canon de son arme. Mais il ne le pointe pas sur l'infirmière. Il le pointe sur sa propre tête.

« Non, Frank, arrêtez. Par pitié.

– J'ai fait tout ça pour la pauvre Mlle Yvonne. Trois, deux, un. »

Et il presse la détente.

68

Presque une heure s'écoule avant qu'Ella soit finalement autorisée à entrer dans la chambre de Danny Coughlin. Deux policiers en uniforme montent la garde devant la porte. C'est ce qu'on appelle arriver après la bataille. Chuck, l'aide-soignant, est là, et un médecin. Ella pense que c'est celui qu'elle a vu sur les marches lors de l'affrontement final, mais elle peut se tromper. Ils se ressemblent tous avec leurs blouses vertes. Dans sa chemise de nuit, Danny semble avoir perdu vingt kilos. Il a l'air aussi exténué que Jalbert, mais son visage est empreint d'une forme de lucidité.

Sans une seconde d'hésitation, Ella marche vers lui pour le serrer dans ses bras.

« Je suis désolée. Je suis désolée pour tout.

– Ce n'est rien », dit Danny.

Il lui caresse les cheveux. Un geste sans doute déplacé. Et pourtant naturel.

Ella s'écarte de lui.

« Madame, dit le médecin, cet homme a eu assez d'émotions pour ce soir. Il a besoin de repos.

– Oui, je sais. Je reviendrai plus tard. Danny… Pourquoi avez-vous fait ce rêve ? *Pourquoi ?* Vous avez une idée ? »

Il émet un rire sans joie.

« Pourquoi un homme est-il frappé deux fois par la foudre ? »

Elle secoue la tête.

« Je ne sais pas.

– Moi non plus. » Il tend le doigt. « Je vois que vous portez votre croix. »

Elle la caresse.

« Toujours.

– Oui, bien sûr. Mais il n'est pas facile de croire, n'est-ce pas ? » Il laisse retomber sa tête sur l'oreiller et met ses mains devant ses yeux, comme s'il voulait faire disparaître les deux mondes, le monde visible et celui qui se cache derrière, rarement dévoilé. Et il répète : « Il n'est pas facile de croire. »

Il retire ses mains. Ils se regardent, sans un mot. Il n'y a rien à dire.

FINN

Pour Finn, dès le début, ça n'avait pas été simple. Une sage-femme qui avait effectué des centaines d'accouchements auparavant l'avait laissé tomber, et il avait poussé son premier cri en heurtant le sol. Quand il avait cinq ans, une fête avait été organisée dans la maison d'en face. On l'avait autorisé à rester dehors pour écouter la musique (The Pogues braillaient dans des enceintes portatives sur trépied) provenant de l'autre côté de la rue. C'était l'été, il marchait pieds nus, et un gros pétard envoyé par une fêtarde survoltée s'était envolé et était retombé en décrivant un arc de cercle, alors qu'un bout de mèche brûlait encore, et lui avait arraché le petit orteil du pied gauche.

« Cela n'aurait pas pu se reproduire en mille ans », nota sa grand-mère.

À sept ans, il jouait avec ses sœurs à Pettingill Park pendant que Grand-Mère, assise sur un banc à proximité, tricotait ou s'attaquait à une grille de mots mystères. Finn se désintéressait des balançoires, il se fichait des tape-culs et les tourniquets le laissaient indifférent. Ce qu'il aimait, c'était le Twisty, un séduisant toboggan en colimaçon en plastique bleu d'environ sept mètres de haut. Il y avait des marches, mais Finn préférait escalader le toboggan lui-même, à quatre pattes. Arrivé en haut, il s'asseyait et glissait jusqu'au sol en terre. Il ne lui était jamais rien arrivé sur le Twisty.

« Arrête un peu avec ça, lui dit sa grand-mère, un jour. Tu passes tout ton temps sur ce vieux Twisty. Essaie donc autre chose, pour changer. Essaie la cage à poules. Montre-moi ce que tu sais faire. »

Alors, pour contenter sa grand-mère, Finn rejoignit ses sœurs, Colleen et Marie, qui grimpaient et se balançaient dans la cage à poules comme des… singes. En voulant faire le cochon pendu, il tomba et se cassa le bras.

Son institutrice cette année-là, la jolie Miss Monahan, aimait conclure chaque journée en demandant : *Qu'avons-nous appris aujourd'hui, les enfants ?* Aux urgences, pendant qu'on remettait son bras d'aplomb (la sucette qu'on lui offrit ensuite ne compensait pas la douleur), Finn se dit qu'il avait appris une chose ce jour-là : *s'en tenir au Twisty.*

À quatorze ans, alors qu'il sortait de chez son copain Patrick et rentrait chez lui en courant sous un violent orage, un éclair s'abattit dans la rue, juste derrière lui, suffisamment près pour lui hérisser les cheveux et laisser une traînée noire, carbonisée, dans le dos de son blouson. Finn bascula vers l'avant et sa tête heurta le trottoir. Victime d'une commotion cérébrale, il demeura inconscient dans son lit pendant deux jours, avant de revenir à lui et de demander ce qui s'était passé. C'était Deidre Hanlon, qui habitait en face (elle faisait partie des fêtards qui écoutaient The Pogues ce fameux jour, bien que ce ne soit pas elle qui ait lancé le gros pétard), qui l'avait sorti du caniveau, évanoui. « J'ai bien cru que ce pauvre Finn était mort », commenta-t-elle.

Son regretté père disait que Finn était né sous une mauvaise étoile. Grand-Mère (qui ne s'était jamais excusée au sujet de la cage à poules) voyait les choses différemment. Elle expliqua à Finn que pour chaque mauvais coup du sort dispensé par Dieu, Il distribuait deux coups de chance. Après réflexion, Finn déclara qu'il n'avait jamais eu de véritable coup de chance, à moins de considérer comme tel le fait qu'il n'ait pas été directement frappé par la foudre.

« Tu devrais plutôt te réjouir de ne pas avoir eu de chance, répondit Grand-Mère. Peut-être qu'elle va arriver d'un coup, et ce jour-là, tu gagneras à la loterie. Ou bien une personne riche dans ta famille va mourir et te léguer toute sa fortune.

– Il n'y a personne de riche dans ma famille.

– Qu'est-ce que tu en sais ? » Grand-Mère était le genre de femme qui avait toujours le dernier mot. « Quand rien ne va, rappelle-toi ceci : "Dieu m'est redevable." Et Dieu paie toujours Ses dettes. »

Un peu trop tard pour Finn, hélas. Car le pire était à venir.

Un soir, il avait alors dix-neuf ans, Finn rentrait en courant de chez sa petite amie, non pas parce qu'il pleuvait, mais parce que, même s'il avait mal aux couilles, cette séance de tripotage et de bécotage l'avait plongé dans un état d'intense exaltation. Et il sentait qu'il devait courir s'il ne voulait pas exploser. Il portait un blouson en cuir, un jean, une casquette Cabinteely et un T-shirt vintage frappé du logo d'un vieux groupe : Nazareth. Alors qu'il tournait dans Peeke Street, il percuta un jeune type qui courait en sens inverse. Ils tombèrent tous les deux. Finn se releva et voulut s'excuser, mais l'autre était déjà reparti à toutes jambes, en regardant par-dessus son épaule. Lui aussi portait un jean, une casquette à visière et un T-shirt, ce qui n'étonna pas particulièrement Finn : dans cette ville, c'était l'uniforme de tous les jeunes, garçons et filles.

Finn se remit à courir dans Peeke en frottant son coude éraflé. Une camionnette commerciale noire roulait vers lui, toutes lumières éteintes. Finn n'y prêta pas attention, jusqu'à ce qu'elle s'arrête à sa hauteur. Plusieurs hommes – au moins quatre – en jaillirent, par-derrière, avant même que la camionnette soit totalement arrêtée.

Deux d'entre eux l'agrippèrent par les bras.

Finn parvint à s'écrier : « Hé ! »

Un troisième homme répondit : « Hé, toi-même » avant de lui enfiler un sac sur la tête.

Il sentit une piqûre dans le bras, juste au-dessus de son coude éraflé. Il eut conscience qu'on l'emmenait, sans que ses pieds touchent le sol, puis le monde disparut.

Quand Finn revint à lui, il était allongé sur un lit de camp dans une petite pièce haute de plafond. Dans un coin, il y avait une lampe de table, sans table dessous. Dans un autre coin, des WC. En plastique bleu, exactement de la même couleur que le Twisty de Pettingill Park. Et c'était tout. Au plafond, il y avait un Velux, mais on avait peint la vitre en noir, à grands coups de pinceau bâclés.

Finn se redressa et grimaça. Il n'avait pas vraiment mal à la tête, mais sa nuque était affreusement raide et son bras l'élançait comme après l'injection du vaccin anti-Covid. Il constata que quelqu'un avait collé un sparadrap sur son coude éraflé. Il l'arracha et découvrit un trou minuscule entouré d'un petit cercle rouge.

Il essaya d'ouvrir la porte. Verrouillée. Il frappa, puis tambourina. En guise de réponse, AC/DC se mit à hurler « Dirty Deeds Done Dirt Cheap », à deux mille décibels au moins. Finn se boucha les oreilles. Cela dura vingt ou trente secondes. Levant les yeux, il découvrit trois enceintes fixées en hauteur. Il crut reconnaître des Bose. On ne se refusait rien. Dans le coin, au-dessus de la lampe de table sans table, une caméra le toisait.

Contrairement à la fois où il avait failli être foudroyé, Finn se souvenait de ce qui s'était passé avant qu'il tombe dans les pommes, et il devinait ce que ça voulait dire. C'était absurde, mais pas surprenant. Être kidnappé n'était qu'une illustration supplémentaire de la malchance de Finn Murrie.

Il retourna tambouriner à la porte, en hurlant pour que quelqu'un vienne. Comme personne n'arrivait, il recula et leva les yeux vers la caméra.

« Y a quelqu'un ? Vous me surveillez, hein ? Dans ce cas, venez m'ouvrir, s'il vous plaît. Je crois que vous vous êtes gourés en beauté. C'est l'autre gars que vous cherchez. »

Il n'y eut aucune réaction pendant une bonne minute. Finn regagnait le lit de camp, ayant décidé de s'allonger en attendant que quelqu'un vienne corriger ce qui, de toute évidence, était une erreur, lorsque les enceintes rugirent de nouveau. Finn aimait bien les Ramones, mais pas à un tel volume apocalyptique, dans une pièce fermée de surcroît. Cette fois, l'agression sonore dura environ deux minutes, avant de cesser de manière tout aussi soudaine.

Allongé sur le lit de camp, il commençait à s'endormir quand Cheap

Trick rugit dans les enceintes. Vingt minutes plus tard, ce fut au tour de Dexys Midnight Runners.

Cela dura ainsi un certain temps. Des heures probablement. Finn n'avait aucun moyen de le savoir. Ses ravisseurs lui avaient pris sa montre pendant qu'il était évanoui.

Il somnolait quand la porte s'ouvrit. Deux hommes entrèrent. Finn n'était pas certain que c'étaient ceux qui l'avaient kidnappé, mais presque. L'un des deux avait une paupière tombante. Il demanda :

« Tu vas faire des histoires, Bobby-O ?

– Non, pas si vous arrangez les choses », répondit Finn.

Peu lui importait qu'on l'appelle Bobby-O, c'était juste un surnom, comme Daddy-O, ou comme ce que disait son père quand il voyait un ivrogne tituber dans la rue : « Tiens, voilà Paddy O'Reilly. »

« Ça dépend de toi », répondit l'autre homme.

Il avait un visage étroit et des petits yeux noirs de fouine.

Ils franchirent la porte, Finn coincé entre les deux hommes, qui portaient l'un et l'autre un chino et une chemise blanche. Ils n'étaient pas armés, ce qui était plutôt rassurant, mais Finn savait qu'ils n'auraient aucun mal à le maîtriser s'il faisait des siennes. Ils paraissaient en forme. Finn était grand, mais fluet.

Ils entrèrent dans une pièce aux murs couverts d'étagères. Vides. Pour Finn, ça ressemblait à un garde-manger ou peut-être, compte tenu des dimensions, à ce que sa grand-mère aurait appelé un cellier. Dans sa jeunesse, elle avait été « employée de maison ».

Du cellier, ils passèrent dans la plus grande cuisine qu'ait jamais vue Finn. Sur le comptoir traînaient des bols vides, avec des cuillères à l'intérieur. À en juger par le dépôt au fond, ils avaient contenu de la soupe. Son estomac grogna. Il n'aurait pas su dire depuis combien de temps il n'avait rien mangé. Ellie lui avait fait des œufs brouillés avant que le pelotage commence, mais il devinait qu'ils avaient été digérés depuis belle lurette. En supposant que la digestion continue quand on était évanoui, bien entendu. Certainement, pensait-il. Le corps vaquait à ses occupations.

Venait ensuite une salle à manger avec une table en acajou brillante, si longue qu'on aurait pu y jouer au palet. D'épais rideaux couleur prune étaient tirés tout du long. Finn tendit l'oreille pour guetter des bruits de circulation. En vain.

Ils empruntèrent un couloir et l'homme à la paupière tombante ouvrit une porte sur sa droite. La fouine poussa légèrement Finn pour le faire avancer. Cette pièce accueillait un très beau bureau. Les murs étaient couverts de livres et de dossiers. Des rideaux d'un rouge profond masquaient une fenêtre derrière le bureau. Auquel était assis un homme aux cheveux blancs coiffés en arrière comme le Cliff Richard des débuts. Des rides sillonnaient son visage bronzé. Il semblait à peine plus âgé que le père de Finn quand il était mort.

« Asseyez-vous. »

Finn prit place en face de l'homme aux cheveux blancs. M. Paupière Tombante se tenait dans un coin. M. Fouine dans le coin opposé. Ils croisaient les mains devant les boucles de leurs ceintures.

Il y avait un classeur devant l'homme aux cheveux blancs, moins épais que ceux qui s'entassaient n'importe comment sur les étagères. Il l'ouvrit, souleva une feuille, la survola et soupira.

« Les choses peuvent bien se passer ou mal se passer, monsieur Feeney. Cela dépend uniquement de vous. »

Finn se pencha en avant.

« En fait, ce n'est pas mon nom. Vous vous êtes trompé de personne. »

L'homme aux cheveux blancs parut intéressé. Il remit la feuille dans le classeur et le referma.

« Vous n'êtes pas Bobby Feeney ? Vraiment ?

– Je m'appelle Finn Murrie. Avec *ie* à la fin, pas *ay*. »

Il estimait que ce détail à lui seul devrait suffire à convaincre l'homme aux cheveux blancs. C'était très précis.

« Sans blague ? dit celui-ci. Le monde ne cessera jamais de m'étonner.

– Je vais vous dire ce qui s'est passé. À mon avis, hein. En tournant au coin de Peeke Street, je suis rentré dans un type qui courait en sens inverse. On est tombés tous les deux. Il s'est relevé et il est reparti. Et moi aussi. Ces gars-là… » Il montra les deux hommes dans les coins. « … je pense qu'ils voulaient l'autre type, ce Bobby Feeney. On était habillés pareil.

– Pareil ? Avec une casquette Cabinteely ? Un T-shirt Nazareth ? Et un blouson en cuir ?

– Euh, je ne sais pas ce qu'il y avait sur son T-shirt, mais je me souviens de la casquette, oui. Tout s'est passé très vite, mais c'est lui que vous cherchez, c'est sûr. Ça m'arrive tout le temps. »

L'homme aux cheveux blancs se pencha en avant, les mains (couvertes de cicatrices, remarqua Finn, ou bien brûlées) jointes sur le mince classeur. Il semblait plus intéressé que jamais.

« Ça vous arrive tout le temps de vous faire arrêter ?

– Non, je parle de la malchance. Elle ne me quitte jamais. » Il expliqua à l'homme aux cheveux blancs qu'on l'avait laissé tomber à la naissance, il lui parla du gros pétard, du bras cassé parce que sa grand-mère l'avait convaincu d'oublier un peu le Twisty, et de la foudre. Il aurait pu ajouter un tas d'autres exemples, mais il estimait que la foudre et la commotion cérébrale qui en avait résulté offraient une bonne conclusion. Comme le point d'orgue d'un conte de fées.

« Vous voyez bien que je ne suis pas le type que vous cherchez.

– Hmmm. »

L'homme aux cheveux blancs se renversa dans son fauteuil et pressa son estomac d'une main, comme s'il souffrait. Il soupira de nouveau.

Finn fut frappé d'une inspiration.

« Réfléchissez, monsieur. Si j'avais couru en tournant le dos à vos gars, ça aurait voulu dire que je m'enfuyais. Mais c'est pas le cas, hein ? Je me suis jeté dans leurs bras, si je puis dire. C'est l'autre, c'est ce Bobby Feeney, qui s'enfuyait.

– Vous n'êtes pas Bobby Feeney ?

– Non, monsieur.

– Vous êtes Finn Donovan.

– Finn *Murrie*. Avec *ie* à la fin. »

Cet élément aurait dû être acquis à présent. Que cela ne semble pas être le cas emplissait Finn d'un mauvais pressentiment.

« Auriez-vous une pièce d'identité ? Car si vous aviez un portefeuille sur vous, vous vous l'êtes fourré dans le cul. C'est le seul endroit où nous n'avons pas cherché. »

Finn glissa la main dans sa poche arrière, avant que ça lui revienne…

« Je l'ai laissé chez ma copine. On était assis dans le canapé… » Enfin, *allongés* plus exactement, Ellie au-dessus… « … et comme il me rentrait dans les fesses, je l'ai sorti et je l'ai posé sur la table basse, avec nos canettes de bière. J'ai dû l'oublier.

– Il l'a oublié, répéta M. Fouine, tout sourire.

– Logique, ajouta M. Paupière Tombante, en souriant lui aussi.

– Voyez-vous, nous avons déjà un problème à ce niveau-là », dit l'homme aux cheveux blancs.

Finn eut une autre inspiration. La situation désagréable dans laquelle il se trouvait – la situation invraisemblable, même s'il était bien obligé d'y croire – semblait générer des inspirations à la pelle.

« J'avais ma carte de ciné dans ma poche, je l'avais sortie au cas où Ellie aurait voulu aller au Royale… »

Il chercha sa carte. Elle n'y était pas.

L'homme aux cheveux blancs rouvrit son classeur, feuilleta les quelques documents qu'il contenait et produisit une carte de couleur orange.

« C'est cette carte ?

– Oui, voilà ! Vous voyez mon nom ? »

Il voulut la prendre. L'homme aux cheveux blancs recula. M. Fouine et M. Paupière Tombante décroisèrent leurs mains, prêts à bondir en cas de besoin.

L'homme aux cheveux blancs approcha la carte de son visage, à la manière d'un myope.

« Il est écrit Finn Murray. Avec *ay* à la fin. »

Finn sentit son cœur monter dans ses joues, comme s'il avait été pris en flagrant délit de mensonge. Il n'en était rien, mais c'était ce qu'il ressentait.

« Les gens se trompent toujours en écrivant les noms. Par exemple, mon père s'appelait Stephen, et tout le monde l'écrivait avec un *v* ou même un *f*, comme dans Stefan. »

L'homme aux cheveux blancs remit la carte Odeon dans le classeur.

« Vous avez aimé la musique qu'on a diffusée dans votre chambre ?

– Je sais pourquoi vous faites ça. Je l'ai vu à la télé. C'est un genre de tactique. Pour rendre les gens nerveux.

– Ah, c'est pour ça qu'on fait ça ? Pando, tu le savais ?

– Difficile à dire, répondit M. Fouine en haussant les épaules. Il paraît que la musique calme les bêtes sauvages, mais je ne suis pas sûr que cela réponde à votre question.

– On peut vous trouver du Nazareth, si vous voulez, proposa l'homme aux cheveux blancs. Puisque vous êtes fan. » Et avec une fierté qui confinait au grotesque : « Nous avons Spotify !

– Je veux rentrer chez moi. » Finn n'aimait pas le tremblement qu'il entendait dans sa voix, mais il n'y pouvait rien. « Vous avez commis une erreur et je veux rentrer chez moi. Je dirai que dalle. »

Il regretta aussitôt ces paroles. Les victimes d'enlèvement disaient toujours ça, et ça ne marchait jamais. Il l'avait vu à la télé, là encore.

« Si vous voulez rentrer chez vous, ça peut s'arranger. Très facilement. Mais avant cela, vous devez répondre à une question. Qu'avez-vous fait de la mallette, Bobby ? Celle qui contient les documents ? Car vous ne l'aviez pas avec vous quand on vous a amené ici, c'est certain. »

Finn sentit des larmes lui picoter le coin des yeux.

« Cher monsieur, je...

– Appelez-moi M. Ludlum, si vous voulez. Avant, je me faisais appeler M. Deighton, mais je m'en suis lassé.

– Monsieur Ludlum, je ne suis pas Bobby Feeney, et je n'avais aucune mallette. Je n'en ai jamais eu. Je ne suis pas celui que vous cherchez, et pendant que vous me gardez ici, le gars que vous cherchez pour de bon est en train de foutre le camp.

– Donc, vous vous appelez Bobby Murrie. Avec un *ie*.

– Oui. Enfin, non. Je m'appelle Finn Murrie. *Finn*.

– Doc. » L'homme aux cheveux blancs – M. Ludlum – adressa un signe de tête au type à la paupière tombante. « Aide ce jeune homme à se souvenir de son nom. »

Doc s'avança. Pando, alias M. Fouine, agrippa Finn par les épaules.

Doc retira une grosse bague, la glissa dans la poche de son chino et gifla Finn, de bon cœur. Idem dans l'autre sens. De la salive jaillit du coin de la bouche de Finn. Ça faisait un mal de chien, mais ce qu'il ressentait à cet instant, c'était surtout de la stupéfaction. Et de la honte. Il n'y avait pas de quoi avoir honte, mais il avait honte quand même.

« Eh bien, dit M. Ludlum en se renversant dans son siège, les mains jointes sur le ventre, comment vous vous appelez ?

– Finn ! Finn Mur... »

M. Ludlum adressa un signe de tête au dénommé Doc, qui administra à Finn un nouvel aller-retour, vite fait. Finn avait les oreilles qui bourdonnaient. Les joues en feu. Les larmes montèrent.

« Vous n'avez pas le droit de faire ça ! *Pourquoi* vous faites ça ? *Il y a erreur !*

– J'en ai le droit. » M. Ludlum ouvrit le classeur et lança une brochure sur le bureau. « Les gifles sont une technique d'interrogatoire poussé approuvée dans le monde entier. Vous devriez lire ça attentivement avant qu'on se reparle. Pour savoir quelles autres techniques nous pourrions appliquer. Vous deux, ramenez-le. M. Bobby Donovan a des devoirs à faire.

– Vous ne savez même pas à qui... »

On le leva de force. Pando d'un côté, Doc de l'autre. Pando prit la brochure et la fourra dans la ceinture du jean de Finn.

« En route, Bobby-O.

– À plus, dit M. Ludlum. Soyez ami avec tout le monde et tout le monde sera ami avec vous. »

Sur ce, ils entraînèrent Finn hors du bureau, les joues brûlantes, en larmes.

De retour dans sa chambre – sa *cellule* –, Finn sortit la brochure de son jean. Il n'y avait pas de reliure, pas même une agrafe. Juste quelques feuilles de papier pliées ensemble. Sur le dessus, en caractères mal imprimés, légèrement de travers, on pouvait lire : TEQNIQUES APPROUVÉES DANS LE MONDE ANTIER POUR LES INTEROGATOIRES POUSSÉS.

« Vous vous foutez de moi ? » demanda Finn. Il parlait tout bas pour que les micros (car il y avait certainement des micros, en plus des caméras qui le toisaient) ne l'entendent pas. Il pensa tout d'abord que cette « brochure » était une blague. Mais les gifles, elles, n'étaient pas une blague. Son visage le brûlait encore.

Première page : GIFLES **OK** !

Deuxième page : TEQNIQUES DE PRIVASSION DE SOMMEIL (MUSIQUE FORTE, EFFET SONORES, ETC) **OK** !

Troisième page : MENACES (FAMILLE, PLANS CUL, ETC) **OK** !

Quatrième page : LAVEMENTS, **OK** !

Cinquième page : POSTURES DE STRESS, **OK** !

Sixième page : SIMULASSION DE NOYADE, **OK** !

Septième page : COUPS DE POING, COUPS SOUS LES PIEDS, BRÛLURES (AVEC CIGARETTES OU BRIQUETS), VIOLS ET VIOLANCES SEXUELLES **PAS OK** !

Huitième page : SAUF MENTION PARTICULIÈRE, **PROBABLEMENT OK** !

Les autres pages étaient blanches.

« Putain, ils savent même pas écrire », murmura Finn. Mais s'il ne s'agissait pas d'une erreur, ni d'une plaisanterie macabre, cela pouvait signifier qu'il était entre les mains d'une bande de psychopathes. Une hypothèse plus terrifiante qu'une histoire d'erreur d'identité. Ça, au moins, ça pouvait s'arranger.

Un des aphorismes de sa grand-mère (elle en avait plein) lui vint à l'esprit : *La plupart des gens se montrent raisonnables si on leur parle calmement et si on leur laisse une chance.*

À défaut d'une meilleure idée, il laissa tomber la brochure par terre, se leva et fit face à la caméra. Il parla calmement :

« Je m'appelle Finn Murrie. J'habite au 19 Rowan Tree Road avec ma grand-mère et mes deux sœurs, Colleen et Marie. Ma mère est en déplacement, mais on peut la joindre sur son portable au… » Il récita le numéro. « Elles vous diront que je suis bien celui que je dis que je suis. Et… »

Et quoi ?

Soudain, une inspiration. Ou une pensée logique. Ou les deux.

« Vous pourrez me mettre un sac sur la tête, ou même m'endormir encore une fois si vous pensez que c'est nécessaire, et me larguer quelque part au coin d'une rue. Vous pouvez me libérer parce que je ne sais pas qui vous êtes, et je ne sais pas où on est. Je n'ai pas de mallette et je n'ai pas de documents. Alors… soyez raisonnables. S'il vous plaît. »

Combien de fois avait-il répété « s'il vous plaît » ? Il avait perdu le compte, mais un paquet, c'est sûr.

Il retourna s'allonger sur le lit de camp. Et commença à sombrer. Juste au moment où il s'endormait, Anthrax jaillit des enceintes. « Madhouse ».

Finn faillit tomber du lit de camp. Il se boucha les oreilles. Après deux minutes qui semblèrent beaucoup plus longues, la musique s'arrêta. Il n'avait plus sommeil, mais il avait une faim de loup. Allaient-ils lui donner à manger ? Peut-être pas. Affamer un prisonnier ne faisait pas partie des « mentions particulières », alors c'était PROBABLEMENT OK !

Il s'endormit.

Ils lui accordèrent quatre heures de repos.

Avant de venir le chercher.

Finn n'eut pas l'occasion de voir si c'était Doc et Pando ou d'autres types. Avant de comprendre ce qui lui arrivait, il fut levé de force, encore à moitié endormi. On lui enfila sur la tête un sac qui sentait vaguement le poulailler. On le poussa en avant et il heurta le côté de la porte.

« Oups, désolé ! dit quelqu'un. Erreur de trajectoire, Bobby. »

On le tira en arrière, brutalement, et on le poussa de nouveau vers l'avant. Son nez saignait, il était peut-être cassé. Il renifla, avala du sang, s'étrangla et se mit à tousser. Ils le faisaient avancer à une vitesse suicidaire, ses pieds pédalaient dans le vide. Ils atteignirent un escalier, qu'il dévala comme un porc sur le tapis roulant à l'abattoir. Ils le lâchèrent avant d'arriver en bas et un des hommes le poussa avec vigueur. Finn hurla à l'intérieur du sac, imaginant une chute de trente, soixante-dix, cent mètres et un atterrissage mortel, le corps fracassé.

En réalité, il ne restait que deux ou trois marches. Mais il trébucha sur celle du bas et s'affala. On le releva encore une fois. À chaque respiration, le sac entrait dans sa bouche et il avait le goût de son sang, frais et encore chaud, accompagné d'un soupçon de fiente de poulet.

« Arrêtez ! hurla-t-il. Arrêtez, je peux plus respirer !

– Arrête ton char, Bobby, dit un des hommes. L'étouffement, c'est plus tard. »

Ses genoux heurtèrent un obstacle dur. Il reçut une taloche sur la nuque et bascula vers l'avant, sur ce qui ressemblait à un banc.

« Faut retourner l'omelette pour pas qu'elle brûle », plaisanta quelqu'un d'un ton enjoué, et on le mit sur le ventre.

Il agitait les mains dans tous les sens, l'une d'elles heurta quelque chose de mou.

« Pas touche à mon matos, pédale, dit une autre voix, et il reçut une gifle à travers le sac. C'est strictement réservé à ma copine.

– S'il vous plaît », supplia Finn. Il pleurait, il essayait de ne pas s'étouffer avec le sang qui coulait dans sa gorge. Son nez l'élançait comme une rage de dents. « Par pitié, non. Arrêtez. C'est pas moi que vous cherchez. Je suis pas Bobby Donovan… »

Quelqu'un lui asséna une terrible claque sur le côté du visage.

« Bobby Feeney, abruti. »

Un linge recouvrit le sac. La première voix dit :

« C'est parti, Bobby ! *Splash !* »

De l'eau tiède imbiba le linge, puis le sac, puis le visage de Finn. Il en avala et la recracha. Il retint son souffle. L'eau continua à se déverser. Il fut obligé de respirer. Mais au lieu d'aspirer de l'air, il aspira de l'eau. Il émit des gargouillis, s'étouffa, la recracha, en avala davantage. Il n'y avait plus d'air. L'air avait disparu. L'air était un trésor perdu, un souffle du passé. Il se noyait.

Il se débattit. L'eau continuait à couler à travers le sac. Il n'y avait aucune sensation de perte de connaissance, de sérénité, uniquement l'horreur de cette cascade ininterrompue. Il cherchait l'évanouissement, sans le trouver. Uniquement de l'eau, encore et toujours de l'eau.

Ça s'arrêta enfin. Ils le firent rouler sur le côté. Il vomit dans le sac. Un des hommes le tapota délicatement sur tout le corps.

« Un facial au vomi ! s'exclama-t-il. Et on te fait même pas payer ! »

Ils le retournèrent sur le dos et arrachèrent le sac. On lui laissa une main libre pour s'essuyer le visage. Il toussa plusieurs fois. Finalement, sa vision s'éclaircit et il découvrit M. Ludlum qui le dominait. Comme il était au bout du banc, il regardait à l'envers.

« Alors, vous êtes Bobby Feeney ou Finn Murrie ? » demanda M. Ludlum.

Une violente quinte de toux l'empêcha de répondre tout de suite. Quand elle se calma un peu, il dit :

« Je suis qui vous voulez. Je peux même le jurer. Mais recommencez pas. Par pitié.

– Disons que notre enquête a confirmé que vous étiez Murrie, et non pas Feeney. Où est-il ?

– Qui ? »

M. Ludlum hocha la tête. Un des hommes – pas Doc, ni Pando, absents l'un et l'autre – lui décocha une gifle magistrale. Faisant gicler un mélange de vomi et d'eau.

« Feeney, Feeney, *Feeney* ! Où est-il ?

– Je ne sais pas !

– Où est l'usine de bombes ? Dernière chance, mon gars, avant qu'on vous offre un nouveau baptême. »

Finn toussa, s'étrangla, tourna la tête sur le côté, eut un haut-le-cœur et cracha.

« Vous parliez de… documents. Dans une mallette.

– On s'en fout des documents. Où est l'usine de bombes ?

– Jamais entendu parler d'une… »

M. Ludlum hocha la tête. Le linge mouillé recouvrit le visage de Finn. L'eau se remit à couler. Très vite, il eut envie de mourir. C'était son vœu le plus cher. Hélas, non. Finalement, à demi évanoui, aveuglé par le sac maculé de vomi, on le ramena dans sa cellule. Il n'avait plus faim. C'était déjà ça.

Avant de fermer la porte, M. Ludlum dit :

« Ça pourrait se passer autrement, Finn. Dites-nous ce que Feeney a fait des plans et on en restera là. »

Il n'y eut pas de nouvelle déflagration musicale. Toutefois, Finn eut du mal à trouver le sommeil. Chaque fois qu'il sombrait, une quinte de toux le réveillait en sursaut. La dernière fut si furieuse qu'il crut qu'il allait s'évanouir, ce qui aurait été une bonne chose. Un moyen d'échapper à ce cauchemar. Le Velux peint en noir laissait passer quelques traits de lumière tamisée entre les coups de pinceau bâclés. Dehors, dans un monde qui n'était plus le sien, il faisait jour. Il était peut-être tôt, ou tard. Quoi qu'il en soit, il y avait là, tout près, des gens qui vaquaient à leurs occupations sans savoir que dans une cellule, un jeune gars qui n'avait jamais eu de chance essayait d'expulser l'eau contenue dans ses poumons.

Pour chaque mauvais coup du sort dispensé par Dieu, disait sa grand-mère, *Il distribue deux coups de chance*

« Je n'y crois pas », dit Finn d'une voix enrouée, et il s'endormit enfin.

Il rêva de Pettingill Park. Colleen était sur le tourniquet. Marie faisait le cochon pendu dans la cage à poules en se curant le nez, une manie dont elle n'arrivait pas à se débarrasser. Grand-Mère disait que même sur son lit de mort, elle se curerait le nez. La vieille dame était assise sur un banc à proximité, son tricot sur les genoux, concentrée sur sa grille de mots mystères. Finn escaladait à quatre pattes la structure en colimaçon du Twisty, puis s'asseyait en haut et se laissait glisser, encore et encore.

Aucun interlude musical ne vint interrompre ce rêve agréable, qui repartit finalement sur la pointe des pieds, comme la plupart des rêves. Il fut réveillé par Doc et un autre homme, beaucoup plus âgé que les autres. Impossible de déterminer combien de temps s'était écoulé. Ils l'arrachèrent à son lit de camp et l'entraînèrent sans ménagement à travers la cuisine et la salle à manger jusque dans le bureau où attendait M. Ludlum aux cheveux blancs. Celui-ci paraissait un peu contrarié ce matin (pour Finn, en tout cas, c'était le matin), il avait les yeux rougis et ce qui ressemblait à une tache de moutarde sur sa chemise. Ses mains étaient jointes sur son bureau, comme la fois précédente, et Finn remarqua que ses jointures couvertes de cicatrices paraissaient enflées. Et tachées également. Du sang ?

M. Ludlum l'observait. Finn faisait de même, en repensant à un autre programme qu'il avait vu à la télé. Un de ces débats rasoirs et interminables sur la BBC que sa mère adorait, pour des raisons que ses sœurs et Grand-Mère (qui aimait *Coronation Street*, *EastEnders* et *Doctor Who*) n'avaient jamais comprises. Ce débat était consacré aux techniques d'interrogatoire poussées (également appelées torture) et un des participants, un type avec des bajoues qui aurait ressemblé au prince Andrew si celui-ci avait passé un an dans une pièce sans lumière à boire des milkshakes et à manger des doubles burgers, affirmait que ça ne fonctionnait jamais.

« Si le pauvre homme ne sait pas ce que ses… euh… *interlocuteurs* veulent savoir, il va… euh… inventer quelque chose. C'est logique ! »

En effet, c'était logique, et Finn ne manquait pas d'imagination. Ce qui lui avait permis, d'ailleurs, de se tirer de quelques mauvais pas, chez lui, à l'école ou dans le quartier. Mais malgré ce talent, il ne voyait pas quelle histoire pourrait satisfaire M. Ludlum et lui éviter un nouveau simulacre de noyade. Il aurait pu inventer une histoire autour de la mallette disparue, il aurait même pu ajouter les plans, mais était-il censé expliquer que les plans étaient cachés dans une mallette dans l'usine de bombes ? On se serait cru dans une partie de Cluedo. Et ce serait quoi ensuite ? Des pièces de sous-marin volées ? Des mots de passe piratés de comptes en banque d'oligarques russes ?

Pendant ce temps, M. Ludlum continuait à le dévisager.

« J'ai faim, lâcha Finn. Est-ce que je pourrais avoir quelque chose à manger, monsieur ? »

M. Ludlum ne le quittait pas des yeux. Et juste au moment où Finn pensait qu'il allait rester muet, plongé dans une sorte de transe, M. Ludlum demanda :

« Qu'est-ce que vous diriez d'un petit déjeuner à l'irlandaise, monsieur Herlihy ? »

Finn demeura bouche bée. M. Ludlum s'esclaffa.

« Je te taquine, Finn. Finn un jour, Finn toujours. La totale, ça vous plairait ? Œufs, bacon, champimignons et une belle saucisse dodue. Avec une tomate pour faire joli ! »

L'estomac de Finn gargouilla. Ce qui arracha un nouvel éclat de rire à M. Ludlum.

« J'ai ma réponse, il me semble. Par les poils de ma narine-rine-rine. Sans parler de mon Finny-Finn-Finn. Hein ? Hein ?

– Tout va bien, monsieur Ludlum ? »

Question incongrue compte tenu des circonstances, mais cet homme semblait *avoir perdido les pédalos*, comme disait Grand-Mère quand un candidat d'un jeu télévisé ne trouvait pas la bonne réponse et que le temps défilait.

« *Ça va super*, répondit M. Ludlum. Ça va superbement bien pour moi. Vous aurez votre petit déjeuner, Finn. Si vous pouvez me citer trois chansons du regretté Elvis Presley. »

Finn ne prit pas la peine de demander pourquoi (ce type était manifestement fou). Il repensa à l'impressionnante collection de disques de sa grand-mère. Un de ses préférés, écouté si souvent que les sillons avaient pris une étrange couleur blanchâtre, comme si on l'avait saupoudré de craie, s'appelait *50 000 000 Elvis Fans Can't Be Wrong*. Colleen et Marie estimaient pour leur part que ces millions de fans pouvaient, au contraire, se tromper. Elles faisaient des grimaces et se bouchaient les oreilles dès que leur grand-mère le mettait. Est-ce que celle-ci s'en souciait ? Non.

Il demanda :

« Vous me donnerez réellement un petit déjeuner ? »

M. Ludlum plaqua sa main sur son cœur. Oui, il n'y avait presque plus de doute : c'était bien du sang séché sur ses jointures.

« Vous avez ma parole.

– OK. "I Got Stung", ça fait une. "One Night of Sin", ça fait deux. Et "A Bigga-Bigga-Hunka Love", ça fait trois.

– Excellent ! » Le vieux bonhomme se tenait dans un coin, les mains jointes devant son chino. M. Ludlum se tourna vers lui et dit : « Marm, un petit déjeuner pour notre ami Finn ! Il a fait sonner la cloche ! »

Marm s'en alla. Doc resta. Finn songea que Doc paraissait fatigué et… peut-être… triste.

« Vous connaissez les chansons d'Elvis », dit M. Ludlum. Il se pencha en avant pour dévisager Finn avec ses yeux injectés de sang, et rougis tout autour. « Mais est-ce que vous connaissez *Elvis* ? Connaissez-vous le King of Rock and Roll ? »

Finn secoua la tête. Il savait seulement qu'Elvis était un vieux ringard mort sur ses chiottes. Et que Grand-Mère l'adorait. Sans doute qu'elle avait hurlé en le voyant quand elle était jeune.

« Elvis était un *jumeau*, dit M. Ludlum dans un souffle, et des relents d'alcool – du scotch peut-être, ou du whisky – flottèrent jusqu'à Finn, par-dessus le bureau. « Un jumeau, mais aussi un fils unique. Comment expliquez-vous ce paradoxe ?

– Je ne sais pas.

– Alors, je vais vous le dire. Le futur King of Rock and Roll a absorbé son frère jumeau in utero. Il l'a mangé. Un acte de cannibalisme fœtal ! »

Effaré, Finn en oublia momentanément ses ennuis. Il était certain (*presque certain*) que le frère jumeau d'Elvis était aussi inventé que la mallette pleine de documents volés ou la prétendue usine de bombes, mais cette idée de cannibalisme fœtal avait quelque chose de fascinant.

« Ça peut arriver, ça ?

– Oui, et c'est arrivé, confirma M. Ludlum. Ma chère vieille mère, une femme guindée et convenable au demeurant, racontait une plaisanterie vulgaire au sujet de M. Presley. Elle l'appelait Elvis le Pelvis et disait que son frère jumeau aurait été Enos le Pénis. Vous saisissez, Finn ? »

Celui-ci hocha la tête; en pensant : *Je suis retenu prisonnier et torturé par un homme qui pense que je sais où se trouve une usine de bombes et qu'Elvis Presley a avalé son frère jumeau dans le ventre de sa mère.*

« J'ai toujours trouvé qu'Elvis faisait un peu homo, ajouta M. Ludlum d'un air pensif. Il y a certaines chansons… “Teddy

Bear", par exemple. Ou "Wooden Heart". Où il susurre d'une voix de fausset. On peut presque l'imaginer se *pavanant* dans le studio en gazouillant, les bras écartés, agitant délicatement les doigts, avec des chaussures en cuir verni peut-être. Je n'ai jamais cru à cette histoire avec Nick Adams, c'est n'importe quoi, mais les tenues à strass qu'il portait vers la fin... Et les écharpes... Des rumeurs évoquaient un corset... Oui, il y avait un truc, quelque chose qu'on pourrait qualifier de *latent* et... » Il se tut, soupira et se couvrit brièvement le visage des deux mains. Quand il les retira, il dit : « Deux de mes hommes m'ont quitté, Finn. Ils ont fichu le camp. Ils ont décampé. Ils se sont tirés. J'ai essayé de les convaincre de rester, mais ils sentent que nos ennemis se rapprochent. Les *putains de bougnoules**, si je puis dire. »

Il ferma brièvement un œil injecté de sang.

« Par conséquent, le temps presse. Je vais vous renvoyer dans vos appartements pour prendre votre petit déjeuner, mais réfléchissez bien. Je suis certain que vous ne souhaitez plus subir de nouveaux désagréments. Nous voulons seulement savoir où vous avez mis la traduction. Et connaître la clé du code, évidemment. Voilà ce que nous voulons. Doc, tu veux bien raccompagner notre jeune ami ? »

Doc se dirigea vers la porte du bureau et fit signe à Finn, qui se leva pour le rejoindre.

« Vous allez être sage ? » demanda Doc.

Finn, qui pensait aux œufs au bacon, aux champimignons et à la saucisse dodue, hocha la tête pour dire qu'il serait sage. Absolument. Il suivit Doc dans la cuisine, où le vieil homme – Marm – déposait à l'aide d'une pince deux saucisses qui semblaient parfaitement grillées dans une assiette contenant déjà deux œufs sur le plat (bien cuits, comme il les aimait), quatre tranches de bacon, des champignons qui grésillaient encore dans le beurre, et une tranche de tomate. Finn bifurqua vers l'assiette telle l'aiguille d'une boussole attirée par le nord magnétique. Doc le ramena vers lui.

« Patience, dit-il. On ne se jette pas sur la nourriture, mon garçon. » Il s'adressa à Marm. « Je prends la relève. Il va avoir besoin de toi. »

Marm hocha la tête, fit un clin d'œil à Finn et se dirigea vers le bureau de M. Ludlum.

Doc prit l'assiette chargée d'une bonne dose de cholestérol, mais dès que Marm eut disparu, il la reposa et entraîna Finn vers la droite, à l'écart du cellier et de la pièce située derrière.

« Hé ! protesta Finn. Mon petit déj ! »

La main de Doc se referma sur son coude, au point de lui faire mal. Il l'obligea à le suivre jusqu'à une porte coincée entre l'évier et le réfrigérateur. Ils débouchèrent dans une ruelle. Finn avala une bouffée d'air frais aux relents d'essence. La camionnette commerciale noire était là, moteur allumé. M. Fouine était au volant. En les voyant, il se faufila entre les sièges pour passer derrière. Les portes arrière s'ouvrirent en grand.

« Magnez-vous ! dit Pando.

– T'inquiète, il est aux gogues, répondit Doc.

– Ouais, mais il n'y reste pas longtemps en ce moment, et il n'est pas totalement idiot. Allez, monte, fiston. »

Finn put jeter un regard stupéfait en direction d'une fine bande de ciel bleu au-dessus de la ruelle avant de monter à l'arrière de la camionnette en trébuchant. Il avait les jambes ankylosées et il s'affala, à moitié à l'intérieur, à moitié à l'extérieur. Pando l'attrapa et le hissa à bord. De sa poche arrière, il sortit une cagoule noire.

« Enfile ça sur ta tête. Sans discuter. On n'a pas le temps. »

Finn fit glisser le sac sur sa tête. Ses mains tremblaient. Un des hommes – Doc, supposa-t-il – lui décocha un coup d'épaule et il tomba sur le cul, sa tête heurta la paroi de la camionnette, si violemment qu'il vit des étoiles à l'intérieur du sac. Les portes claquèrent.

« Démarre, grogna Doc. Et fais gaffe à c'qu'on n'ait pas un assident. »

Finn entendit Pando regagner le siège du conducteur et les ressorts grincer quand il s'assit. La camionnette s'ébranla. Elle s'arrêta au bout de la ruelle, avant de tourner brutalement à droite.

Doc se laissa tomber à côté de Finn, dans un soupir.

« Il me prend pour un criminel. »

Comment est-ce que vous vous définiriez ? songea Finn.

« Vous m'emmenez quelque part pour me tuer ? »

Cette idée ne lui paraissait pas si déplaisante, en fait. Comparée à la perspective de se retrouver avec une serviette trempée collée sur le visage, en train de suffoquer.

Doc émit un bref grognement qui était peut-être un rire.

« Si j'avais voulu te tuer, j't'aurais laissé bouffer ton petit déj. Les champignons étaient toxiques.

– Qu'est-ce...

– Toxiques ! Tu sais pas ce que ça veut dire, abruti ?

– Où est-ce que...

– La ferme. »

Ils tournèrent à gauche, puis à droite, puis un peu à droite et un peu à gauche autour de deux ronds-points au moins. Il y eut un long arrêt ensuite – un feu rouge, supposa Finn – et Pando klaxonna lorsque les véhicules de devant ne redémarrèrent pas assez vite à son goût.

« Arrête ça, andouille ! » lança Doc.

Ils repartirent. Encore des virages à gauche et à droite. Puis la camionnette accéléra, ce qui voulait dire qu'ils se trouvaient sur une voie plus rapide. Toutefois, Finn n'entendait pas assez de bruit pour penser qu'ils roulaient sur une autoroute. Le temps passa. Soudain, le cliquetis d'un briquet, et une odeur de fumée de cigarette.

« Il veut pas qu'on fume pendant le boulot », dit Doc.

Finn ne dit rien. Il songeait aux champignons toxiques. À supposer que ce soit vrai.

Un peu plus tard – quinze minutes, peut-être vingt –, Doc s'offrit une autre cigarette et dit :

« Il croit qu'il en a perdu seulement deux, mais le reste a foutu le camp cette nuit. Y avait plus que Pando et moi. Avec Marm évidemment. Marm le quittera jamais. »

À l'avant, Pando ajouta :

« Marm est aussi cinglé que lui.

– On a risqué notre vie pour te sauver, Finn, dit Doc. J'attends pas des remerciements, mais c'est la vérité. »

Finn le remercia quand même. Sa voix tremblait et ses jambes tremblotaient. *Shake, shake, shake, sugar, but you'll never shake me.* C'était du Elvis. « Stuck on You ». Il se demanda si sa grand-mère savait qu'Elvis avait avalé son frère jumeau, Enos.

« Merci infiniment.

– Je sais pas si tu vaux tripette pour quelqu'un, mais tu mérites pas d'mourir uniquement parce qu'il est devenu comme ça. T'as vu cette brochure dont il est tellement fier ? Il l'a écrite lui-même. Mais il a pas toujours été comme ça. Non. On a fait du bon boulot dans le temps. Pas vrai, Pando ?

– On a sauvé ce putain de monde en 17, dit Pando. Et y a pas plus d'une douzaine de personnes qui l'ont su. Mais *nous*, on sait, petit. Parce qu'on l'a fait.

– Feeney mijote un truc, dit Doc. J'en ai jamais douté. T'étais pas dans le coup, mais il voulait pas en démordre. Alors qu'il se souvient de *que dalle*.

– C'est…

– La ferme. Sois un gentil petit gars et ferme ta gueule. Sauf si tu veux te foutre encore plus dans le pétrin. »

À l'avant, Pando dit :

« Non, il a pas toujours été comme ça. Je me souviens… Bah, laisse tomber, va. Pour une demi-couronne, je te flanquerais moi-même une balle dans ton putain de crâne. »

Deux heures plus tard – au minimum –, ils atteignirent une autre ville, plus grande à en juger par le bruit des voitures, des camions et des voix que Finn entendait aux feux rouges. Des voix et des rires, un son qui lui était étranger.

Enfin, la camionnette s'arrêta et Doc arracha le sac qui couvrait la tête de Finn.

« Te voilà arrivé, fiston. Et ça, c'est pour tout ce que tu as subi. » Il fourra quelque chose dans la poche du jean de Finn. Et soudain, en donnant l'impression de ne pas savoir comment s'y prendre, il l'embrassa sur le front. « Pense à moi dans tes prières. J'en aurai foutrement besoin. »

Il ouvrit les portes arrière. Finn descendit d'un pas mal assuré. La camionnette repartit avant même que Doc ait fini de refermer les portes. Finn regarda autour de lui, tel un homme qui s'éveille d'un rêve d'un réalisme saisissant. Un cycliste donna des coups de sonnette et lui cria : « Rcgarde à gauche ! »

Finn monta sur le trottoir pour éviter d'être percuté par un vieux type avec une moustache blanche et un nez semblable à la proue d'un destroyer. Sur sa droite se trouvait le kiosque à journaux de Randolph Street, où il achetait les magazines de mots mystères de sa grand-mère et parfois, quand il était d'humeur généreuse, un *OK !* ou un *Heat* pour ses sœurs. À côté, il y avait la friterie Yor Best où Finn avait dépensé une petite fortune au cours de ces dix dernières années. Il était à environ cinq cents mètres de chez lui.

Il parcourut le chemin lentement, jetant des coups d'œil autour de lui, croisant les regards des autres passants (qui détournaient la tête, convaincus sans doute d'avoir affaire à un de ces cinglés qui errent dans les rues), regardant le ciel et chaque fenêtre. *Je suis vivant*, pensait-il. *Vivant, vivant, vivant.* Il regarda également plusieurs fois par-dessus son épaule, pour s'assurer qu'il ne voyait pas la camionnette noire.

Il s'arrêta au coin de Peeke Street et prit soin de vérifier que Bobby Feeney ne fonçait pas droit sur lui en emportant les documents secrets, ou les plans, pour essayer d'atteindre l'usine de bombes. Il n'y avait personne. Il glissa la main dans sa poche et en sortit une petite liasse de billets : des euros verts, une quarantaine au moins. Il les remit dans sa poche.

Pour chaque mauvais coup du sort dispensé par Dieu, Il distribue deux coups de chance, disait Grand-Mère. Eh bien, il avait au moins quatre mille euros, voilà pour le premier coup de chance. Et il était vivant, deuxième coup de chance.

Sa maison n'était plus qu'à deux rues. Sa grand-mère devait s'inquiéter pour lui, et si ça se trouve, sa mère était rentrée plus tôt de son voyage d'affaires super important, mais elles devraient attendre encore un peu. Il bifurqua dans Peeke Street, jusqu'à Emery, et de là, il continua jusqu'à Jane Street. Au milieu de laquelle se trouvait Pettingill Park. On devait être en début d'après-midi, un jour d'école, car le terrain de jeux était désert, à l'exception de deux bambins qui tournaient très lentement sur le tourniquet, poussés par leur mère ou leur nounou. Finn s'assit sur un banc.

En regardant le Twisty, un terrible souvenir lui revint. La dernière année de lycée, M. Edgerton leur avait fait lire une nouvelle d'Ambrose Bierce. Quand ils l'eurent tous lue (a priori, car tous les élèves de la classe de Finn n'étaient pas de gros lecteurs), M. Edgerton leur avait montré un court-métrage inspiré de cette nouvelle, qui racontait la pendaison d'un propriétaire d'esclaves durant la guerre de Sécession. L'homme est poussé dans le vide, du haut d'un pont, mais la corde se brise et il peut s'échapper à la nage. Seulement, il y a un retournement à la fin : en vérité, cette évasion fortuite n'a eu lieu que dans son esprit, une sorte de mini-rêve, avant qu'on le pousse *pour de bon* dans le vide et qu'il meure pendu.

La même chose pourrait m'arriver, songea Finn. *Ils sont allés trop loin avec le waterboarding, et je suis en train de me noyer. Seulement, au lieu de voir défiler toute ma vie devant mes yeux, comme ça se passe normalement, j'imagine que Doc m'a fait sortir, que Pando nous a emmenés, et que je me retrouve ici, dans ce parc que j'adorais quand j'étais môme. Car franchement, cette évasion est-elle vraisemblable ? Réaliste ? On pourrait y croire dans un livre, mais dans la vraie vie ?*

Était-ce la vraie vie, alors ? Hein ?

Finn pinça sa joue, encore endolorie à cause des claques administrées par Doc avant l'improbable revirement de celui-ci. Et il la tordit violemment. Ça faisait mal, et l'espace d'un instant, Pettingill Park parut vaciller comme un mirage. Un effet dû aux larmes de douleur.

Ou pas ?

Le revirement de Doc n'était pas la seule chose bizarre, d'ailleurs. M. Ludlum, anciennement M. Deighton… La brochure mal imprimée (et truffée de fautes d'orthographe, ne l'oublions pas)… Cette histoire du frère jumeau d'Elvis… Tout cela, n'était-ce pas la matière dont sont faits les rêves ? Et si Bobby Feeney ne l'avait pas seulement envoyé valdinguer sur le cul mais aussi sur la caboche ? Et si Finn s'était cogné ladite caboche à l'endroit exact où elle s'était fissurée en ce jour mémorable (même s'il ne s'en souvenait pas) où la foudre l'avait frôlé ? Ne serait-ce pas typique de la malchance de Finn Murrie ?

Et s'il était allongé dans un lit d'hôpital, dans un coma profond, pendant que son cerveau endommagé créait une réalité alternative complètement dingue ?

Finn se leva et marcha lentement jusqu'au Twisty. Il ne l'avait pas escaladé depuis des années, depuis qu'il était *haut comme trois pommes*, aurait dit Grand-Mère. Il l'escalada de nouveau, en se hissant sur les côtés. C'était un peu étroit, mais il y parvint.

La mère ou la nounou avait cessé de faire tourner les deux bambins sur le tourniquet. Elle plaça ses mains en visière et s'exclama :

« Qu'est-ce que vous fabriquez, nom d'un chien ! Vous allez le casser, espèce de gros balourd ! »

Finn ne répondit pas, et le toboggan tint bon. Parvenu au sommet, il pivota et s'assit, les jambes tendues devant lui dans le premier coude. Il pensa : *Soit je serai toujours là en arrivant en bas, soit je n'y serai plus. C'est aussi simple que ça.*

Il se tourna vers la femme et lui dit :

« Elvis a quitté les lieux. »

Avant de s'élancer.

SLIDE INN ROAD

La Buick de Grand-Père, sorte de dinosaure, se traîne sur le chemin de terre à trente kilomètres-heure. Au volant, Frank Brown a les yeux plissés et sa bouche pincée n'est plus qu'un trait blanc. Corinne, sa bonne femme, voyage à la place du mort, son iPad sur les genoux, et quand Frank lui demande si elle est sûre qu'ils ne sont pas perdus, elle lui répond qu'il n'y a pas de problème, c'est tout droit. Dans dix kilomètres, douze au maximum, ils vont rejoindre la route principale, et à partir de là, l'autoroute ne sera plus qu'à un jet de pierre. Elle ne veut pas lui avouer que le point bleu qui clignotait sur l'écran pour indiquer leur position a disparu il y a cinq minutes, et que la carte s'est figée. Ils sont mariés depuis quatorze ans et Corinne sait ce que signifie cette bouche pincée. Son mari est au bord de l'explosion.

Sur la large banquette arrière, Billy Brown et Mary Brown flanquent Grand-Père, qui a planté ses vieilles chaussures noires de part et d'autre de l'arbre de transmission. Billy a onze ans. Mary neuf. Grand-Père en a soixante-quinze, et aux yeux de son fils, c'est un emmerdeur de première, trop vieux pour avoir des petits-enfants aussi jeunes, mais c'est comme ça.

Depuis qu'ils ont quitté Falmouth pour rendre visite à sa sœur mourante, à Derry, Grand-Père n'a pas cessé de parler, essentiellement du sac de voyage sur le siège arrière. Celui-ci renferme tous les souvenirs de baseball de Nan. Sa sœur était folle de baseball, explique-t-il. Il y a dans ce sac des cartes de baseball qui valent une fortune (*Mon cul !*

se dit Frank Brown), son gant de softball de la fac, dédicacé par Dom DiMaggio et, trophée des trophées : une Slugger Louisville dédicacée par Ted Williams. Nan l'avait gagnée lors d'une tombola caritative organisée par le Jimmy Fund, un an avant que le Splendid Splinter, comme on le surnommait, prenne sa retraite.

« Teddy Ballgame est parti se battre en Corée, dit Grand-Père aux enfants. Pour mettre la pâtée aux bridés.

– Ne parlez pas comme ça devant les enfants », dit Corinne, à l'avant, sans grand espoir.

Son beau-père a grandi à une époque politiquement incorrecte et il ne l'a pas quittée. Elle a envie de lui demander ce qu'une octogénaire mourante, à demi comateuse, est censée faire avec un gant et une batte de baseball, mais elle s'abstient. Donald Brown n'a jamais beaucoup parlé de sa sœur, en bien ou en mal, mais sans doute a-t-il de l'affection pour elle puisqu'il a tenu à entreprendre ce voyage. Et il a insisté pour prendre sa vieille Buick. Parce qu'elle est spacieuse et parce qu'il connaissait un raccourci qui risquait de secouer un peu. Il avait doublement raison.

Il a également fourré dans le sac une pile de vieilles bandes dessinées. « De la lecture pour les gosses pendant le trajet », a-t-il dit. Billy se contrefiche de ces vieilles BD, il joue sur son téléphone, mais Mary s'est agenouillée pour ouvrir le sac de Grand-Père et prendre quelques albums. Si la plupart sont nuls, certains sont plutôt bons. Dans celui qu'elle est en train de lire, Betty et Veronica se battent pour Archie, en se tirant par les cheveux et ainsi de suite.

« Vous savez quoi ? dit Grand-Père. Dans le temps, on pouvait aller à Fenway Park pour seulement trois dollars d'essence. On pouvait voir le match, se payer un hot-dog, une bière et…

– Il restait de la monnaie sur dix dollars, marmonne Frank au volant.

– Exact ! s'exclame Grand-Père. Vous pouvez me croire ! Le premier match que j'ai vu avec ma sœur, c'était Ellis Kinder le lanceur, et Hoot Evers jouait champ centre. Ah, la vache, il savait taper dans la balle ! Un jour, il en a balancé une par-dessus le grillage du champ droit, et Nan en a renversé tous ses pop-corns en applaudissant. »

Billy Brown se contrefiche également du baseball.

« Dis, Grand-Père, pourquoi tu aimes t'asseoir au milieu ? Tu es obligé d'écarter les jambes.

– C'est pour aérer mes boules.

– Quelles boules ? » demande Mary.

Elle fronce les sourcils en voyant son frère ricaner.

Corinne regarde par-dessus son épaule.

« Ça suffit, Grand-Père ! On vous emmène voir votre sœur et on a pris votre vieille voiture, comme vous l'avez demandé, alors…

– Et elle engloutit l'essence comme un puits sans fond », ajoute Frank.

Corinne ne relève pas cette remarque, elle ne veut pas se laisser détourner de son objectif.

« C'est un service qu'on vous rend. Alors rendez-moi la pareille : gardez vos grossièretés pour vous. »

Grand-Père promet de faire attention, il s'excuse, mais le sourire qui dévoile son dentier indique qu'il a bien l'intention de faire ce qu'il veut. Et puis merde.

« Quelles boules ? insiste Mary.

– De billard, dit Billy. Grand-Père ne pense qu'à jouer. Lis ta BD et ferme-la. Arrête de me distraire, je viens d'atteindre le niveau cinq.

– Si Nan était née avec des boules, elle aurait pu jouer chez les pros, dit Grand-Père. Elle était douée, cette garce.

– Donald ! Stop ! »

Corinne a presque hurlé.

« C'est la vérité, dit le vieil homme d'un ton renfrogné. Elle jouait dans l'équipe de l'Université du Maine et elle a participé aux World Series féminines. Elle est allée jusqu'à Oklahoma City, où elle a failli se faire aspirer par une tornade ! »

Frank ne participe pas à la conversation. Il garde les yeux fixés sur cette route qu'il n'aurait jamais dû emprunter et remercie le ciel de ne pas avoir ignoré les desiderata de son père et pris la Volvo. La route rétrécit-elle ? Il en a bien l'impression. Devient-elle de plus en plus accidentée ? Assurément. Même le nom a quelque chose d'inquiétant. Qui peut appeler une route, si merdique soit-elle, Slide Inn Road ?

Grand-Père affirmait que c'était un raccourci qui conduisait à l'autoroute 196, ce que Corinne a confirmé après avoir consulté son iPad, et si Frank n'était pas très fan des raccourcis (en tant que banquier, il sait qu'ils débouchent généralement sur des ennuis), il s'est laissé séduire au départ par le revêtement goudronné bien lisse. Très vite, cependant, le goudron a laissé place à un chemin de terre et, trois ou quatre kilomètres plus loin, à de l'argile compacte, creusée d'ornières, et bordée de chaque côté d'un écran de mauvaises herbes, de gerbes d'or et de tournesols qui les observent. Ils franchissent une étendue de tôle ondulée qui secoue la vieille Buick comme un chien mouillé qui s'ébroue. Il ne serait pas fâché de voir cette incongruité née à Detroit, gourmande en essence et arrogante, au kilométrage ahurissant, se disloquer et rendre l'âme, s'il ne craignait pas de tomber en panne ici, au milieu de nulle part.

Pour couronner le tout, une buse sans doute bouchée a inondé le milieu de la route, et M. Brown est obligé de faire un écart sur la gauche, frôlant le fossé de son côté. S'il avait eu assez de place pour effectuer un demi-tour, il aurait tout envoyé balader et aurait rebroussé chemin. Mais c'est impossible.

Ils réussissent à passer. Tout juste.

« On est encore loin ? demande-t-il à sa femme.

– Huit kilomètres environ. »

MapQuest ayant planté, elle répond au hasard. Mais elle est d'une nature optimiste. Et tant mieux. Elle a découvert, quelques années plus tôt, qu'être l'épouse de Frank et la mère de Billy et de Mary ne ressemblait pas à ce qu'elle avait espéré, et voilà que, cerise merdique sur le gâteau, ils doivent héberger ce vieil homme désagréable chez eux car ils n'ont pas les moyens de l'envoyer dans une maison de retraite. C'est l'espoir qui l'aide à tenir.

Ils vont rendre visite à une vieille femme qui se meurt d'un cancer, et pourtant, Corinne Brown rêve de partir un jour en croisière et de boire un cocktail avec une petite ombrelle en papier dans le verre. Elle espère mener une existence plus riche, plus intense, quand les enfants seront grands et pourront enfin sortir seuls. Elle aimerait bien aussi s'envoyer en l'air avec un maître-nageur musclé, bronzé, au sourire d'une blancheur aveuglante. Mais elle sait faire la différence entre espoir et fantasme.

Mary interrompt le fil de ses pensées.

« Grand-Père, pourquoi ça s'appelle Slide In Road ? Qui a glissé ?

– C'est Slide Inn, avec deux *n*, corrige Grand-Père. Parce qu'il y avait une belle auberge par ici, dans le temps, avec un golf, même. Mais elle a brûlé. La route s'est dégradée depuis la dernière fois que je l'ai prise. Avant, elle était lisse comme des fesses de bébé.

– C'était quand, papa ? demande Frank. Quand Ted Williams jouait encore pour les Red Sox ? Parce que franchement, il n'en reste plus grand-chose de ta route. » Au même moment, ils passent sur un énorme nid-de-poule. La Buick rebondit. Frank serre les dents.

« Mazette ! » s'exclame Grand-Père, et quand Bill lui demande ce que ça signifie, il lui explique que c'est ce qu'on dit quand ça secoue. « Pas vrai, Frank ? On le disait tout le temps, pas vrai ? »

M. Brown ne répond pas.

« Pas vrai ? »

Pas de réponse. Frank a les doigts blancs à force de serrer le volant.

« Pas vrai ?

– Oui, papa. Mazette de mes deux.

– Frank ! » proteste Corinne.

Mary pouffe. Billy ricane. Grand-Père dévoile son dentier dans un nouveau sourire.

Qu'est-ce qu'on s'amuse, songe Frank. *Ah, si seulement ce voyage pouvait durer plus longtemps. S'il pouvait durer toute la vie.*

Le problème avec ce vieil emmerdeur, songe Corinne, *c'est qu'il est toujours heureux de vivre, et les gens qui sont heureux de vivre tardent à casser leur pipe. Ils l'aiment, cette vieille pipe.*

Billy replonge dans son jeu. Il a atteint le niveau six. Il doit encore atteindre le niveau sept.

« Billy, lui demande son père, tu as des barres sur son téléphone ? »

Billy met le jeu sur pause pour vérifier.

« Une seule. Et elle n'arrête pas de disparaître et de réapparaître.

– Super. Génial. »

Ils roulent de nouveau sur de la tôle ondulée, qui ébranle la Buick et oblige Frank à ralentir encore. Il se demande s'il pourrait changer de nom, abandonner sa famille, et se faire engager dans une petite banque quelque part dans un bled en Australie. Où il apprendrait à appeler les gens « mon vieux » et à dire « b'jour ».

« Hé, regardez, les enfants ! » braille Grand-Père.

Il s'est penché en avant, entre les sièges, et dans cette position, il peut briser le tympan droit de son fils et le tympan gauche de sa belle-fille. L'un et l'autre tournent la tête dans la direction opposée en grimaçant. À cause des décibels, mais aussi de son haleine. À croire qu'un petit animal est mort dans sa bouche, et qu'il a rendu l'âme en déféquant. Tous les matins, au lever, il rote de la bile et fait claquer ses lèvres ensuite, comme s'il se régalait. Ce qui se passe dans son corps ne doit pas être reluisant, et pourtant, il dégage cette effroyable vitalité. Parfois, Corinne se dit : *Je serais capable de le tuer. Sincèrement. Mais je crois que les enfants l'aiment bien. Dieu seul sait pourquoi, mais ils l'aiment bien.*

« Regardez ! Là-bas ! » Un doigt déformé par l'arthrite jaillit entre M. et Mme Brown. La griffe épaisse à l'extrémité manque d'entailler la joue de Mme Brown. « C'est la vieille auberge ! Ce qu'il en reste ! Juste là ! J'y ai dormi une fois. Avec ma sœur Nan et nos parents. On a pris le petit déjeuner dans nos chambres ! »

Pour lui faire plaisir, les enfants regardent les vestiges de l'auberge : quelques poutres calcinées et un grand trou, là où se trouvait la cave. Mme Brown remarque une vieille camionnette, au milieu des mauvaises herbes et des tournesols. Elle paraît encore plus vieille que la Buick de Grand-Père. Les côtés sont rongés par la rouille.

« Cool, Grand-Père, dit Billy avant de replonger dans son jeu.

– Cool, Grand-Père », dit Mary avant de reprendre la lecture de sa bande dessinée.

Les ruines de l'auberge s'éloignent derrière eux. Frank se demande si les propriétaires l'ont incendiée volontairement. Pour toucher l'argent de l'assurance. Car franchement, qui voudrait venir passer un week-end ici ou, pire encore, une lune de miel ? Le Maine compte un tas de sites d'une beauté remarquable, mais celui-ci n'en fait pas partie. Ce n'est même pas un endroit que l'on traverse pour se rendre ailleurs, à moins d'y être obligé. Et ils auraient pu l'éviter, se dit Frank. C'est ce qui le rend dingue.

« Et si Tatie Nan meurt avant qu'on arrive, Grand-Père ? » demande Mary. Elle a fini sa bande dessinée. Elle a attaqué *Petite Lulu*, qui ne l'intéresse pas. La Petite Lulu en question ressemble à un étron en robe.

« Dans ce cas, on fera demi-tour, répond Grand-Père. Après les obsèques, évidemment. »

Les obsèques. Oh, nom de Dieu, les obsèques. Frank n'a pas pensé qu'elle pouvait être déjà morte. Elle pourrait même clamser devant eux, et ils seraient contraints de rester pour enterrer cette vieille chouette. Il n'a pris qu'un seul change et…

« Attention ! s'écrie Corinne. Stop ! »

Frank pile. Juste à temps. Une autre buse bouchée a provoqué une nouvelle inondation en haut de la colline. Mais cette fois, la ravine a envahi toute la largeur de la route, sur plus d'un mètre. Et comment évaluer la profondeur ?

« Qu'est-ce qui se passe, papa ? demande Billy en arrêtant son jeu.

– Qu'est-ce qui se passe, papa ? demande Mary en interrompant ses recherches pour dénicher un autre album d'Archie.

– Qu'est-ce qui se passe, Frankie ? » demande Grand-Père.

L'espace d'un instant, Frank Brown demeure immobile, les mains à dix heures dix sur le volant, le regard fixé au-delà du long capot de la Buick. *Ils savaient faire des voitures dans le temps*, aime à répéter son père. Il parle bien évidemment du temps où une femme respectable ne partait pas faire des courses sans être sanglée dans un corset et sans avoir accroché ses bas à un porte-jarretelles, le temps où les homosexuels craignaient pour leur vie et où on pouvait acheter dans tous les *five-and-dime* des bonbons à un penny appelés des « négrillons ». Rien de tel que le bon vieux temps, oui môssieur !

« Toi et ton putain de raccourci ! Regarde où ça nous a menés.

– Frank… », dit Corinne, mais avant qu'elle achève sa phrase, il descend de voiture pour examiner la crevasse au milieu de la route.

Billy se penche au-dessus de Grand-Père pour murmurer à l'oreille de sa sœur : « Toi et ton putain de raccourci. » La fillette pouffe derrière sa main. Tant mieux. Grand-Père rigole lui aussi. Encore mieux. Ce n'est pas pour rien que les enfants l'aiment.

Corinne descend de voiture à son tour et rejoint son mari devant la calandre ricanante de la Buick. Elle examine la tranchée qui barre la route, et ce qu'elle voit ne lui dit rien qui vaille.

« Qu'est-ce qu'il faut faire, à ton avis ? »

Les enfants les rejoignent. Mary vient se placer à côté de sa mère, Billy à côté de son père. Puis Grand-Père arrive lui aussi, traînant les pieds dans ses grosses chaussures noires, l'air joyeux.

« Je ne sais pas, avoue Frank. Une chose est sûre : on ne peut pas continuer.

– Faut reculer, dit Grand-Père. En marche arrière jusqu'à cette vieille auberge. Tu pourras faire demi-tour dans l'allée. Y a pas de chaîne.

– Nom de Dieu, souffle Frank, en passant sa main dans ses cheveux clairsemés. Bon, OK. Quand on aura retrouvé la route principale, on décidera si on continue jusqu'à Derry ou si on rentre à la maison. »

La perspective de battre en retraite semble scandaliser Grand-Père, mais après avoir étudié le visage de son fils, notamment les marbrures sur ses joues et la profonde ride rouge qui barre son front, il choisit de la boucler.

« Allez, tout le monde en voiture, dit Frank. Mais cette fois, papa, tu t'assois d'un côté ou de l'autre, que je puisse voir où je vais sans avoir ta tête juste devant. »

Si on avait pris la Volvo, songe-t-il, *j'aurais pu me servir de la caméra de recul. Au lieu de ça, je vais devoir manœuvrer ce paquebot incongru.*

« Je finis à pied, déclare Grand-Père. C'est à moins de deux cents mètres.

– Moi aussi, déclare Mary, aussitôt imitée par Billy.

– Entendu, dit Frank. Papa, évite de tomber et de te casser la jambe. Ce serait le point d'orgue de cette magnifique journée. »

Grand-Père et les enfants commencent à redescendre vers l'allée de l'auberge calcinée. Mary et Billy tiennent le vieil homme par la main.

Frank a l'impression de contempler un tableau de Norman Rockwell. *Et un vieil emmerdeur puant les conduira.*

Il se rassoit au volant de la Buick. Corinne reprend sa place. Elle pose la main sur le bras de son mari et lui adresse un sourire plein de tendresse, celui qui dit : *Je t'aime, mon homme grand et fort.* Frank n'est pas grand, ni particulièrement fort, et il ne reste plus grand-chose de leur bouquet de mariage (la rose est un peu fanée et les pétales brunissent sur les bords), mais elle sait qu'elle doit l'apaiser pour le faire sortir de la zone rouge, et une longue expérience lui a appris comment faire.

Il soupire et enclenche la marche arrière.

« Essaie de ne pas les écraser, dit Corinne en regardant par-dessus son épaule.

– Ne me tente pas. »

Frank commence à reculer, très lentement. Les fossés sont profonds de chaque côté de ce chemin étroit, et si une des roues arrière bascule dans le vide, sauve qui peut !

Grand-Père et les enfants atteignent l'allée de l'ancienne auberge avant que Frank soit arrivé au milieu de la pente. Le vieil homme remarque des traces de pneus dans les mauvaises herbes. La camionnette semble garée là depuis des années, mais il devine que ce n'est pas le cas. Quelqu'un a peut-être décidé de camper ici quelques jours. Il ne voit pas d'autre explication. Il n'y a plus rien à récupérer dans ces ruines, n'importe quel imbécile peut s'en apercevoir.

Donald Brown adore son fils et sait bien que Frankie est capable de faire un tas de choses bien (même s'il serait incapable d'en citer une seule, là à cet instant), mais pour ce qui est d'effectuer une marche arrière avec la Buick Estate Wagon, Frank ne vaut pas un pet de lapin. L'arrière du véhicule se balance de droite à gauche, telle la queue d'un vieux chien fatigué. Frank manque de basculer dans le fossé gauche, il contrebraque trop brutalement, manque de basculer dans le fossé droit et contrebraque de nouveau, trop brutalement là encore.

« Ah, la vache, il n'est pas très doué, commente Billy.

– Tais-toi, dit Grand-Père. Il se débrouille très bien.

– On peut aller voir la vieille auberge Slip Inn, Mary et moi ?

– Slide Inn, corrige Grand-Père. D'accord, mais pas longtemps. Dépêchez-vous et tenez-vous prêts à revenir. Votre père est de mauvaise humeur. »

Les enfants remontent en courant l'allée envahie par la végétation.

« Ne tombez pas dans la cave ! » leur crie Grand-Père, et avant qu'il leur demande de ne pas trop s'éloigner il se produit un bruit de tôle, suivi d'un bref coup de klaxon et d'un chapelet de jurons. Ah, voilà un des domaines dans lesquels son fils excelle : les jurons.

Grand-père détourne son regard des enfants qui détalent et découvre qu'après avoir réussi à redescendre la colline sans quitter le chemin, Frank a envoyé la voiture dans le fossé en faisant un demi-tour.

« Ferme-la, Frank ! crie-t-il. Arrête donc de jurer et coupe le moteur avant de le noyer ! »

Il a certainement arraché la moitié du pot d'échappement, mais inutile de le mentionner.

Frank coupe le moteur et descend de voiture. Corinne l'imite, non sans mal. Elle doit arracher un paquet de mauvaises herbes avant de pouvoir ouvrir la portière. L'arrière de la Buick est enfoncé jusqu'au pare-chocs du côté droit, et l'avant gauche se cabre.

Frank marche vers son père.

« Le sol a cédé pendant que je faisais le créneau !

– Tu n'as pas assez braqué. Voilà pourquoi il n'y a que ta roue arrière droite qui a plongé.

– Le sol a cédé, je te dis !

– Tu n'as pas assez braqué.

– Le sol a cédé, nom de Dieu ! »

En voyant le père et le fils ainsi côte à côte, Corinne est frappée par leur ressemblance. Et même si elle l'avait déjà remarquée, en cette matinée d'été pourrie, c'est comme une révélation. Elle comprend que son mari avance sur le tapis roulant du temps, et qu'avant d'être balancé au cimetière, il deviendra comme son père, sans le sens de l'humour acerbe mais parfois charmeur de celui-ci. Certains jours, elle en a marre. De Frank, bien sûr, mais d'elle-même aussi. Car vaut-elle mieux que lui ? Elle aimerait le penser, mais elle n'y croit pas vraiment.

Elle se retourne vers l'endroit où se trouvaient Billy et Mary un peu plus tôt, puis vers Grand-Père.

« Donald ? Où sont les enfants ? »

Les enfants examinent la camionnette garée à l'extrémité du chemin, près de l'endroit où se tenait l'auberge autrefois. Le pneu côté conducteur est à plat. Pendant que Mary la contourne par-devant pour aller voir la plaque d'immatriculation (elle en cherche toujours de nouvelles, un jeu que lui a appris Grand-Père), Billy s'approche du grand trou dans le sol : la cave de l'ancienne auberge. En regardant au fond, il s'aperçoit qu'il est rempli d'une eau noire. Dont dépassent des poutres calcinées. Et une jambe de femme. Le pied est chaussé d'une basket d'un bleu éclatant. Pétrifié tout d'abord, le garçon recule ensuite.

« Billy ! s'écrie Mary. C'est une plaque du Delaware ! Ma première !

– Exact, ma jolie, dit quelqu'un. C'est bien le Delaware. »

Billy lève la tête. Deux hommes contournent l'autre extrémité du trou des fondations. Ils sont jeunes. L'un est grand, il a des cheveux roux, gras et emmêlés. Et énormément de taches de rousseur. L'autre est petit et gros. Il tient dans une main un sac qui ressemble au vieux sac de bowling de Grand-Père avec marqué ROLLING THUNDER sur le côté en lettres bleues à moitié effacées. Il n'y a rien de marqué sur celui-ci. Les deux hommes sourient.

Billy essaie de les imiter. Il ne sait pas si ça ressemble à un sourire ou à la grimace d'un gamin qui se retient pour ne pas hurler. Il ne veut pas que ces deux hommes sachent qu'il a regardé au fond du trou.

Mary sort de derrière la petite camionnette blanche au pneu à plat. Son sourire, lui, semble parfaitement naturel. Et pourquoi pas ? C'est une petite fille, et tout le monde aime les petites filles, non ?

« Bonjour, dit-elle. Je m'appelle Mary. Lui, c'est mon frère, Billy. Notre voiture est tombée dans le fossé. »

Elle montre, tout en bas de l'allée, son père et Grand-Père qui examinent l'arrière de la Buick, tandis que sa mère regarde dans leur direction.

« Eh bien, bonjour, Mary, dit le rouquin. Enchanté.

– Bonjour à toi aussi, Billy. »

Le petit gros pose la main sur l'épaule du garçon. Surpris, il est trop effrayé pour sursauter. Il s'accroche à son sourire de toutes ses forces.

« Ah oui, y a un léger problème », confirme le petit gros en regardant en bas, et quand Corinne les salue d'un geste – timide –, il répond de la même manière. « Tu crois qu'on peut faire quelque chose, Galen ?

– Je parie que oui, répond le rouquin. Nous aussi on a un petit problème, comme vous pouvez le voir. » Il montre le pneu à plat. « On n'a pas de roue de secours. » Il se penche vers Billy. Ses yeux d'un bleu éclatant semblent vides. « Tu as regardé dans ce trou, Billy ? Un sacré gros trou, hein ?

– Non », répond le garçon. Il essaie de paraître détendu, indifférent, mais il ne sait pas s'il parvient à trouver le ton qui convient. Il croit qu'il va s'évanouir. Il regrette – Dieu comme il regrette – d'avoir regardé dans ce trou. La basket bleue. « J'avais peur de tomber dedans.

– Voilà un gamin futé, dit Galen. Pas vrai, Pete ?

– Oui, très futé », confirme le petit gros, et il adresse un autre signe de la main à Corinne.

Grand-Père scrute le bout du chemin lui aussi à présent. Pendant que Frank, découragé, examine l'arrière de la Buick enfoncé dans le fossé.

« Ce type maigrelet, c'est ton père ? demande Galen le rouquin à Mary.

– Ouais. Avec notre papy. Il est vieux.

– Sans blague », ricane Pete.

Sa main est toujours posée sur l'épaule de Billy. En la regardant, le garçon croit voir du sang sous l'ongle du majeur.

« Tu sais quoi ? » dit Galen. Penché en avant, il s'adresse à Mary, qui lève vers lui son visage souriant. « Je suis sûr qu'on peut réussir à sortir cette vieille caisse de là. Et peut-être que ton papa pourra nous conduire jusqu'à un garage. Pour qu'on trouve une roue de secours pour notre camionnette.

– Vous êtes du Delaware ? demande la fillette.

– Disons qu'on y est passés », répond Peter.

Les deux hommes échangent un regard et éclatent de rire.

« On va aller jeter un coup d'œil à votre voiture, dit Galen. Tu veux que je te porte, trésor ?

– Non, ça ira, répond Mary, dont le sourire devient hésitant. Je peux marcher.

– Ton frangin n'est pas très causant, hein ? » dit Pete.

Sa main, celle qui ne tient pas le sac de bowling (si c'en est un), est toujours posée sur l'épaule de Billy.

« D'habitude, y a pas moyen de le faire taire, dit Mary. Grand-Père dit que c'est un vrai moulin à paroles.

– Il a peut-être vu un truc qui lui a coupé le sifflet, dit Galen. Une marmotte ou un renard. Ou autre chose.

– Non, j'ai rien vu du tout », affirme Billy.

Il sent qu'il va peut-être se mettre à pleurer, et il se dit qu'il ne peut pas, vraiment pas.

« Bon, allons-y », déclare Galen.

Il prend la main de Mary (ça, elle veut bien) et ils descendent l'allée envahie par la végétation. Pete marche à côté de Billy, la main toujours posée sur son épaule. Sans serrer, mais Billy devine que s'il essayait de fuir, elle se refermerait aussitôt. Il est quasiment certain que ces deux hommes l'ont vu en train de regarder dans le trou rempli d'eau. Et il comprend qu'ils sont dans de sales draps.

« Salut, messieurs ! Bonjour, madame ! » Galen paraît aussi joyeux qu'une journée de juillet. « Vous avez un petit problème, on dirait. Vous voulez un coup de main ?

– Oh, ce serait formidable, dit Corinne.

– Génial, dit Frank. Ce foutu chemin a cédé sous mes roues pendant que je faisais demi-tour.

– Il n'a pas assez braqué », explique Grand-Père.

Frank lui lance un regard mauvais, se retourne vers les nouveaux venus et parvient à sourire.

« Je suis sûr qu'avec votre aide, on va pouvoir la sortir de là.

– Pour sûr », dit Pete.

Frank lui tend la main.

« Frank Brown. Ma femme, Corinne. Et mon père, Donald.

– Pete Smith, dit le jeune obèse.

– Galen Prentice », dit le rouquin.

On échange des poignées de main.

« 'chanté », marmonne Grand-Père en regardant à peine les deux hommes.

Il observe Billy.

« Prenez le volant, m'dame, dit Galen. Pete, moi et votre gentil petit mari, on va pousser pendant que vous braquez.

– Oh, je ne suis pas sûre de…

– Je peux le faire, dit Grand-Père. C'est ma voiture. Je la conduisais dans le temps. On savait fabriquer des voitures à l'époque. »

Il paraît maussade, et Billy sent ses derniers espoirs s'envoler. Il pensait que Grand-Père saurait quelle attitude adopter avec ces deux hommes, mais il s'aperçoit que non.

« Papy, je compte sur vous pour superviser. Je suis sûr que la bourgeoise de Frank est capable de tenir le volant. Pas vrai, m'dame ?

– Euh… oui, je suppose », répond Corinne.

Galen lui fait signe, pouces levés.

« Bien sûr que vous pouvez ! Les gamins, restez sur le côté avec votre papy.

– C'est Grand-Père, pas Papy », s'offusque Mary.

Galen sourit.

« OK. Grand-Père rien pour attendre. »

Corinne s'assoit au volant et avance le siège. Billy ne cesse de repenser à cette jambe qui dépassait de l'eau boueuse dans la cave. La basket bleue.

Galen et Pete se placent à gauche et à droite de l'arrière du véhicule incliné. Frank est au milieu.

« Mettez le contact, m'dame ! » crie Galen, et dès que la voiture démarre, les trois hommes se penchent en avant, pieds plantés dans le sol, mains posées sur le coffre du break. « OK ! Accélérez maintenant ! Mais pas trop ! »

Le moteur rugit. Grand-Père se penche vers Billy. Il a toujours sa mauvaise haleine, mais Billy s'en fiche, c'est l'haleine de son grand-père.

« Qu'est-ce qui se passe, fiston ?

– Y a une dame morte, répond Billy tout bas, et cette fois il ne peut retenir ses larmes. Dans le trou, là-bas.

– Mettez les gaz ! crie le gros Pete. Faites-la gueuler ! »

Corinne accélère, et les trois hommes poussent de plus belle. Les pneus arrière de la Buick tournoient dans le vide, avant de mordre la terre. La Buick Estate Wagon remonte sur le chemin.

« Stop ! Stop ! Stop ! » braille Galen.

Billy songe alors, confusément, qu'il voudrait que sa mère continue à rouler sans s'arrêter et les laisse là pour trouver un endroit sûr. Hélas, elle s'arrête, met la Buick au point mort et descend, en retenant le bas de sa robe avec sa paume.

« Les doigts dans le nez ! s'exclame Galen. Prête à repartir ! Sauf que nous, on a toujours notre petit problème. Pas vrai, Pete ?

– Exact. On a un pneu à plat et pas de roue de secours. Faut croire qu'on a roulé sur un clou en venant ici. » Il gonfle ses joues mal rasées, luisantes de sueur à présent, et imite le bruit d'un pneu qui se dégonfle. « *Pffffff.* »

Il avait posé son sac pour pousser la voiture. Il le reprend et ouvre la fermeture éclair.

« Merde, alors, dit Frank. Pas de roue de secours ?

– Ça craint, hein ? dit Galen.

– Qu'est-ce que vous veniez faire par ici ? » interroge Corinne.

Elle a laissé tourner le moteur de la Buick, et la portière est ouverte. Elle regarde son mari, qui affiche son large sourire de banquier, puis ses deux enfants. Si sa fille semble sereine, son fils est pâle comme un linge.

« Du camping », répond Pete.

Sa main a disparu à l'intérieur du sac qui n'est pas un sac de bowling.

« Euh, dit Frank. C'est… »

Il n'achève pas sa phrase, peut-être qu'il ne sait pas quoi dire, et personne, apparemment, ne sait comment relancer la conversation. Des oiseaux chantent dans les arbres. Des grillons frottent leurs fines pattes dans les hautes herbes. Tel est l'univers qu'ils connaissent. Les sept personnes forment un cercle imparfait autour de la Buick qui tourne au ralenti. Frank et Corinne échangent un regard qui demande : qu'est-ce qui se passe ici ?

Grand-Père sait. Il a connu ce genre de types au Vietnam. Des charognards et des lâches. Un de ses hommes avait collé l'un d'eux contre une palissade et l'avait abattu, quand l'offensive du Têt s'était calmée. Un vrai merdier dont ne parleront sans doute pas les livres d'histoire de ses petits-enfants trop jeunes pour lui.

De son côté, Frank s'anime comme un jouet à ressort qu'on a remonté. Son sourire, celui qui annonce « votre demande de prêt a été acceptée », est réapparu. Il sort son portefeuille de sa poche arrière.

« J'aimerais pouvoir vous conduire jusqu'à un garage, mais comme vous le voyez, on est complets…

– Ta bourgeoise peut s'asseoir sur mes genoux », répond Pete en agitant ses sourcils.

Frank décide d'ignorer cette remarque.

« Vous savez ce qu'on va faire ? Dès qu'on arrive dans un bled, on s'arrête et on vous envoie quelqu'un. En attendant, est-ce que dix dollars chacun, ça vous irait ? Pour nous avoir aidés. »

Il ouvre son portefeuille. Très délicatement, Galen le lui prend. Frank n'essaie pas de l'en empêcher. Il regarde ses mains, les yeux écarquillés, comme s'il sentait encore le poids de son portefeuille. Invisible à présent.

« Et si je prenais tout ? dit Galen.

– Lâchez ça ! » dit Corinne. Elle sent la main de Mary se glisser dans la sienne et elle referme ses doigts autour. « Ce n'est pas à vous !

– Maintenant, si. » La voix de Galen est aussi douce que la main qui a pris le portefeuille. « Voyons voir ce qu'il y a là-dedans. »

Il ouvre le portefeuille. Frank avance d'un pas. Peter sort la main du sac de bowling qui n'en est pas un. Elle tient un revolver. Grand-Père croit reconnaître un .38.

« Recule, Frankie-l'Abruti, ordonne Pete. On parle affaires. »

Galen sort du portefeuille une mince liasse de billets. Il les plie en deux, les fourre dans la poche de son jean et lance le portefeuille à Pete, qui le dépose dans le sac.

« File-nous le tien, Papy.

– Des hors-la-loi, dit Grand-Père, voilà ce que vous êtes.

– Exact, confirme Galen de sa voix douce, et si tu ne veux pas que je m'occupe de ce gamin, file-moi ton larfeuille. »

C'en est trop pour Billy. Sa vessie lâche et la chaleur se répand dans son entrejambe. Il se met à pleurer, de honte et de peur.

Grand-Père sort son vieux Lord Buxton éraflé de la poche avant de son jean large et le tend au rouquin. Il est bien rempli, mais surtout de cartes, de photos et de tickets de caisse pour certains vieux de cinq ans. Galen en extrait un billet de vingt et quelques billets d'un dollar, qu'il fourre dans sa poche. Et il lance le portefeuille à Pete. Hop, dans le sac.

« Faudrait faire un peu de rangement de temps en temps, Papy, dit Galen. Ça fait négligé.

– Dit celui qui ne s'est pas lavé les cheveux depuis le dernier Thanksgiving », rétorque Grand-Père, et aussitôt, vif comme un serpent qui jaillit d'un buisson, Galen lui balance une gifle.

Mary éclate en sanglots et colle son visage contre la hanche de sa mère.

« Arrêtez ! » s'exclame Frank, comme si le mal n'était pas déjà fait, alors que son père saigne de la lèvre et d'une narine. Et dans le même élan : « Ferme-la, papa !

– Je me laisse pas insulter, dit Galen, même par les vioques. Ils devraient savoir à quoi s'en tenir. Maintenant, à toi, Corinne. Allons chercher ton sac dans la bagnole. Ta gamine peut venir avec nous. »

Il attrape Mary par le bras. Ses doigts s'enfoncent dans le peu de chair.

« Laissez-la tranquille, ordonne Corinne.

– C'est pas toi qui décides. Si tu me dis encore ce que je dois faire, je te refais le portrait. Pete, dis à Frank et à son père de se rapprocher l'un de l'autre. Épaule contre épaule. Et si l'un des deux bouge… »

Pete agite le canon de son revolver. Grand-Père vient se placer près de son fils en traînant les pieds. Frank inspire de petites bouffées d'air par le nez. Grand-Père ne serait pas surpris qu'il tourne de l'œil.

« Tu as vu, hein ? demande Pete à Billy. Crache le morceau.

– J'ai rien vu du tout », répond le garçon entre deux sanglots.

Il pleure comme une Madeleine, impossible de se retenir. La basket bleue.

« Menteur, ton nez s'allonge ! »

Pete s'esclaffe et ébouriffe les cheveux de Billy.

Galen revient en fourrant d'autres billets dans sa poche. Il a lâché Mary. La fillette s'accroche à sa mère, qui semble abasourdie.

Grand-Père ne perd pas son temps à observer sa famille. Il regarde Galen rejoindre Pete. Il a besoin de savoir ce qu'ils se disent sans se parler, et il voit exactement ce à quoi il s'attendait, inutile de se cacher la vérité. Ils ont le choix entre prendre la Buick et abandonner la famille Brown, ou prendre la Buick et tuer la famille Brown. S'ils se font prendre, ils finiront leur vie en taule, dans un cas comme dans l'autre.

« Je n'ai pas que ça, dit Grand-Père.

– Qu'est-ce que tu racontes ? » demande Galen.

C'est toujours lui qui parle. Son complice est du genre gros et silencieux.

« J'ai de l'argent. Un bon paquet. Il est à vous si vous nous laissez vivre. Prenez le break et fichez le camp.

– Combien ? veut savoir Galen.

– Je ne sais pas exactement, mais je dirais dans les trois mille trois cents dollars. Ils sont dans mon sac de voyage.

– Qu'est-ce qu'un vieux schnock comme toi fait en pleine cambrousse avec trois mille dollars et quelques ?

– C'est à cause de ma sœur, Nan. On va la voir à Derry avant qu'elle meure. Ça ne va pas tarder, si ce n'est pas déjà fait. Elle a un cancer. Généralisé. »

Pete n'a pas reposé son sac de bowling qui n'en est pas un. Il frotte deux doigts l'un contre l'autre et dit :

« C'est le plus petit violon du monde qui joue “Ça m'en touche une sans faire bouger l'autre”. »

Grand-Père ne relève pas.

« J'ai liquidé presque tout mon plan épargne retraite pour payer les obsèques. Nan est fauchée et ils vous font une ristourne si vous payez cash. » Il tapote l'épaule de Billy. « Ce gamin a fait toutes les recherches pour moi sur Internet. »

Billy n'a rien fait du tout, mais à l'exception d'un ou deux sanglots qui secouent sa poitrine, il garde le silence. Il se dit que Mary et lui n'auraient jamais dû approcher de cette vieille auberge, et en regardant son père à travers ses yeux embués de larmes, il éprouve, brièvement, une haine aveuglante. *C'est ta faute, papa. Tu as envoyé la voiture dans le fossé, ces hommes ont volé notre argent et maintenant, ils vont nous tuer. Grand-Père le sait. Je le vois bien.*

« Où est ton sac de voyage ? demande Galen.

– Dans le coffre, avec les autres bagages.

– Va le chercher. »

Grand-Père retourne à la Buick. Il émet un grognement en soulevant le hayon, à cause de son dos qui fait des siennes. Son père disait : *Le dos flanche en premier, la bite en dernier, et entre les deux, tout le reste.*

Le sac possède une fermeture éclair sur le dessus, comme celui de Pete, mais il est plus long, il ressemble davantage à un sac de sport classique qu'à un sac de bowling. Grand-Père l'ouvre et écarte les bords.

« Y a pas un flingue là-dedans, hein, Papy ? lance Galen.

– Non, non, c'est bon pour les gamins dans votre genre. Mais regardez-moi ça. » Grand-Père sort du sac un vieux gant de softball usé. « La sœur dont je vous parlais, ce gant était à elle. Je le lui apporte pour qu'elle puisse le voir une dernière fois, si elle n'est pas déjà morte. Ou dans le coma. Elle le portait pour les World Series féminines, à Okie City. C'est du softball. Elle jouait arrêt-court. Avant la Seconde Guerre. Incroyable, hein ? Et regardez ça ! »

Il retourne le gant.

« Papy, dit Galen, avec tout mon respect, j'en ai rien à foutre.

– Oui, mais là, derrière, insiste le vieil homme. Vous voyez ? Il est dédicacé par Dom DiMaggio. Le frère de Joltin Joe ! »

Il met le gant de côté et recommence à fouiller dans le sac.

« J'ai aussi deux cents cartes de baseball environ, dont certaines signées, qui valent… »

Pete attrape le bras de Billy et le tord. Le garçon hurle.

« Arrêtez ! hurle Corinne. Ne faites pas de mal à mon fils !

– C'est à cause de lui que vous êtes dans ce pétrin, dit Pete. Sale petit fouineur. » Il se tourne vers Grand-Père. « On n'en veut pas de tes putains de cartes de baseball ! »

Mary pleure, Corinne pleure, Billy voit que son père est sur le point de s'évanouir, mais Grand-Père semble indifférent. Il s'est réfugié dans son monde.

« Et les bandes dessinées ? » Il en sort quelques-unes du sac et les brandit à bout de bras. « Les Archie et les Casper, ça vaut rien, mais il y a quelques vieux Superman… Et un Batman ou deux, dont celui où il se bat contre le Joker…

– Arrête de chercher à gagner du temps ou je crois que je vais demander à Pete de buter ton fils, dit Galen. Il y a du fric dans ce sac, oui ou non ?

– Oui, oui. Tout au fond. Mais j'ai autre chose qui pourrait vous intéresser.

– Ça ne m'intéresse plus, dit Galen en s'avançant. Je vais sortir le fric moi-même. S'il existe. Barre-toi de mon chemin.

– Oh, réfléchis un peu, dit Grand-Père. Ce truc vaut deux fois plus que l'argent qui est dans ce sac. » Il sort la Louisville Slugger. « Dédicacée par Ted Williams, le Splendid Splinter en personne. Sur eBay, ça peut valoir dans les sept mille. Au moins.

– Comment ça se fait que ta sœur avait ça ? » demande Galen, dont la curiosité a été éveillée.

Il voit la signature, en effet, un peu effacée mais encore lisible sur la batte.

« Elle lui a fait un sourire et un clin d'œil pendant qu'il traversait la zone des supporters », explique Grand-Père en exécutant un swing avec la batte.

Elle vient heurter la tempe de Galen. Son cuir chevelu s'ouvre en deux. Le sang jaillit. Ses yeux se plissent sous l'effet de la douleur et de la surprise. Il titube en agitant une main devant lui pour essayer de retrouver son équilibre.

« Occupe-toi de l'autre, Frankie ! crie Grand-Père. Démolis-le ! »

Frank ne bouge pas, il reste planté où il est, bouche bée.

Pete regarde son complice avec des yeux comme des soucoupes, abasourdi pendant de précieuses secondes, trop brèves. Il pointe son arme sur Grand-Père. Billy se jette sur lui.

« Non ! hurle sa mère. Non, Billy ! »

Le garçon oblige Pete à baisser le bras, et quand celui-ci presse la détente, la balle s'enfonce dans le sol, entre ses pieds. Galen se redresse en prenant appui d'une main sur le hayon du coffre resté levé. Grand-Père pivote en ignorant les cris de protestation de son dos et frappe le rouquin dans les côtes avec neuf cents grammes de frêne du Kentucky. Les genoux de Galen se dérobent et son ordre – « Pete, bute ce salopard ! » – n'est qu'un murmure. Grand-Père lève la batte. Un nouveau coup de feu retentit, mais il n'est pas touché (du moins, il ne le croit pas), et il abat la batte sur la tête baissée de Galen. Celui-ci s'écroule dans les traces de pneus de la Buick, face contre terre.

De son côté, Pete tente de se débarrasser de Billy, mais le garçon s'accroche à lui comme un furet, les yeux exorbités, les dents plantées dans sa lèvre inférieure. Le canon du .38 danse dans tous les sens et tire une troisième balle qui part droit vers le ciel.

« À toi maintenant, fils de pute », grogne Grand-Père.

Pete parvient enfin à envoyer valdinguer Billy, mais avant qu'il puisse lever son arme, Grand-Père assène un grand coup de batte sur son poignet, qui se brise. Le revolver tombe sur le sol. Pete décampe en abandonnant son sac de bowling qui n'en est pas un.

Les deux enfants se jettent sur Grand-Père pour l'étreindre et manquent de le faire tomber. Il les repousse. Son vieux cœur cogne dans sa poitrine, et s'il cédait à cet instant, il ne serait pas surpris.

« Billy, va chercher le sac du petit gros. Nos portefeuilles sont dedans, et je crois que je ne peux pas me baisser. »

Le garçon ne réagit pas, peut-être est-il un peu assourdi par les détonations, mais sa sœur s'en charge. Elle lance le sac dans le coffre de la Buick et essuie ses mains sur son T-shirt licorne.

« Frank, demande Grand-Père, est-ce que le rouquin est mort ? »

Frank reste immobile, mais c'est Corinne qui va s'agenouiller à côté de Galen. Après plusieurs secondes, elle se relève. Ses yeux sont très bleus sous son front pâle.

« Il ne respire plus.

– Ce n'est pas une grosse perte pour l'humanité. Billy, ramasse le revolver. Fais attention de ne pas presser la détente. »

Billy récupère l'arme sur le sol et la tend à son père, qui se contente de la regarder. Grand-Père la prend et la met dans sa poche, là où se trouvait son portefeuille. Frank reste immobile, contemplant Galen allongé à plat ventre dans les mauvaises herbes, le sommet du crâne enfoncé.

« Grand-Père, Grand-Père ! » dit Billy en tirant le vieil homme par le bras. Sa bouche tremble, des larmes coulent sur ses joues, de la morve fait briller sa lèvre supérieure. « Et si le gros a une autre arme dans leur camionnette ?

– Et si on foutait le camp d'ici ? répond Grand-Père. Corinne, tu prends le volant. Moi, je ne peux pas. Les enfants, montez derrière. »

Il n'est même pas certain de pouvoir s'asseoir : il s'est sérieusement flingué le dos, mais il faudra bien, tant pis si ça fait un mal de chien.

Corinne ferme le coffre. Les enfants jettent un dernier regard vers le haut du chemin envahi par la végétation pour voir si Pete revient, puis se précipitent vers le break.

Grand-Père s'approche de son fils.

« Tu avais une occasion et tu n'as pas bougé. Tu aurais pu me faire tuer. Tu aurais pu tous nous faire tuer. » Il gifle son fils, comme lui-même a été giflé par cet homme qui gît à leurs pieds désormais, mort. « Allez, monte en voiture. Peut-être que tu es trop vieux pour changer, je n'en sais rien. »

Frank marche vers le siège passager tel un homme qui évolue dans un rêve et s'y assoit. Grand-Père ouvre la portière arrière et s'aperçoit qu'il ne peut pas se baisser. Alors, il se laisse tomber à la renverse sur le siège et ramène ses jambes ensuite, des deux mains, avec un petit gémissement de douleur. Mary rampe sur lui pour fermer la portière, et ça aussi ça fait mal. Pas seulement dans le dos, il a l'impression d'avoir les tripes en feu.

« Ça va, Grand-Père ? » demande Corinne.

Elle se retourne. Frank, lui, regarde droit devant, à travers le pare-brise. Les mains sur les genoux.

« Oui, ça va », répond Grand-Père, mais c'est un mensonge. Il aimerait avaler une poignée de ces antalgiques que sa sœur obtient sans doute grâce à son oncologue, mais Nan est à cent cinquante kilomètres d'ici, et il se dit qu'ils ne la verront pas aujourd'hui. « Roule.

– Tu avais vraiment tout cet argent, Grand-Père ? » demande Billy, tandis que sa mère repart dans la direction d'où ils sont venus, en roulant beaucoup plus vite que Frank. Pressée de laisser derrière eux l'auberge Slide Inn. Et Slide Inn Road. Évidemment.

« Bien sûr que non. »

Il essuie les larmes sur le visage de sa petite-fille et la serre contre lui. Ça fait mal, mais tant pis.

« Grand-Père, dit-elle, tu as oublié la batte de baseball de tante Nan.

– Ce n'est pas grave, dit-il en caressant les cheveux de la fillette, emmêlés par la transpiration. Peut-être qu'on ira la rechercher plus tard. »

Frank s'exprime enfin :

« On est passés devant un petit commerce sur la 196, avant de quitter la route. On s'arrêtera et j'appellerai la police. » Il se retourne vers le vieil homme. La gifle a laissé une marque rouge sur sa joue. « Tout ça, c'est ta faute, papa. C'est à cause de toi. Il fallait absolument qu'on prenne ta putain de bagnole, hein ? Si on avait pris la Volvo…

– Ferme-la, Frank, dit Corinne. S'il te plaît. Juste une fois. »

Frank se tait.

En pensant à Flannery O'Connor

ÉCRAN ROUGE

Wilson passe une sale matinée. Il se coupe en se rasant et il est en train d'essuyer un mince filet de sang sur son menton avec un Kleenex quand Sandi glisse la tête dans la salle de bains pour le réprimander parce qu'il n'a pas rabattu la lunette des toilettes et n'a pas rebouché le tube de dentifrice. Il renverse du jus d'orange sur sa cravate et doit en changer. Et avant de s'enfuir au travail, il a droit à d'autres réprimandes : elle a trouvé des bouteilles de bière dans la poubelle, et non dans le bac de recyclage, et il a oublié de rincer son bol de glace avant de le mettre au lave-vaisselle. Il y a un dernier reproche, mais il entre par une oreille et ressort par l'autre sans rien rencontrer au milieu. Bref, c'est pas la joie. Est-il plus distrait et négligent ces derniers temps ou Sandi est-elle devenue plus irritable depuis six ou huit mois ? Il l'ignore, et il est trop tôt pour se poser ce genre de questions.

Toutefois, dès qu'il se retrouve au volant de sa voiture, alors qu'il recule dans l'allée, une idée lui traverse l'esprit et lui remonte le moral. Si le mauvais karma existe, il a peut-être fait le plein pour la journée, et à partir de maintenant…

« La voie est libre ! » s'exclame-t-il, et pour fêter ça, il s'offre une cigarette en prenant le paquet qui se trouve dans la boîte à gants.

Cet optimisme dure un quart d'heure. Jusqu'à ce qu'il reçoive un appel qui le redirige vers la 34e Avenue, dans le Queens. On lui dit de se mettre en rapport avec les officiers, ce qui n'est jamais un bon karma.

Cinq heures plus tard, alors qu'il devrait envisager d'aller déjeuner, Wilson regarde à travers la vitre sans tain d'une petite salle d'interrogatoire. S'y trouvent une table et deux chaises. Sur l'une d'elles est assis un certain Leonard Crocker. Il est menotté à un anneau fixé à son côté de la table. Il porte un débardeur et un pantalon cargo kaki. Sa chemise, à présent dans un sac plastique scellé, est en route pour le labo de la police scientifique. Quand son tour viendra (pas tout de suite car il y a toujours du retard accumulé), les taches de sang qui sont dessus seront analysées pour déterminer le groupe sanguin et comparer l'ADN. Simple formalité. Crocker a déjà avoué le meurtre. Bientôt, il troquera son débardeur et son pantalon kaki contre l'uniforme beige de la prison.

Wilson passe son badge autour de son cou. En entrant dans la pièce, il plaque un sourire sur son visage.

« Bonjour, monsieur Crocker. Vous vous souvenez de moi ? »

Menottes ou pas, Leonard Crocker semble parfaitement à l'aise.

« Vous êtes l'inspecteur.

– Bravo ! » Wilson s'assoit. « On vous appelle Len, Lennie ou Leonard ?

– Lennie, généralement. C'est comme ça que disent les collègues à l'atelier.

– Allons-y pour Lennie, alors. On est là pour avoir une sorte de conversation préliminaire, si vous en êtes d'accord. On vous a lu vos droits, n'est-ce pas ? »

Le sourire de Lennie est celui de quelqu'un qui flaire une question piège.

« Oui. D'abord les agents sur place, et vous ensuite. C'est moi qui les ai appelés, vous savez. Les agents.

– Formidable. En résumé : tout ce que vous direz…

– Pourra être utilisé contre moi. »

Le sourire de Wilson s'élargit.

« Bingo ! Concernant le fait d'être représenté par un avocat… Vous vous souvenez de ce qu'on vous a dit ? Je vous demande ça car nous sommes enregistrés.

– Je peux réclamer un avocat à tout moment. Et si j'ai pas les moyens, vous m'en fournirez un. C'est la loi.

– Exactamento. Alors, vous en voulez un ? Il n'y a qu'un mot à dire. »

Et je pourrai aller déjeuner, songe Wilson.

« J'aime bien parler avec vous, inspecteur. Mais il me faudra un avocat au procès, non ?

– Sauf si vous voulez assurer vous-même votre défense. Mais un accusé qui se défend seul… »

Lennie lève un doigt et penche la tête sur le côté. Un geste d'intellectuel, plus que de plombier…

« … a un imbécile pour client. »

Wilson hoche la tête en riant.

« Le gros lot pour ce monsieur ! » Redevenant sérieux, il joint les mains sous son menton et regarde Lennie droit dans les yeux. « Si on en venait au fait ? Vous avez tué votre femme ce matin, c'est bien ça ? Vous lui avez porté trois coups de couteau à l'abdomen, après quoi elle s'est vidée de son sang. C'est ce que vous avez raconté aux agents, n'est-ce pas ? Et à moi. »

Lennie secoue la tête.

« Si vous vous souvenez bien, j'ai juste dit : *Je l'ai tuée.*

– En parlant de votre femme : Arlene Crocker.

– C'était pas ma femme. »

Wilson sort son calepin de la poche intérieure de sa veste et le consulte.

« Ce n'est pas Arlene Crocker, votre femme ?

– Plus maintenant. Plus depuis un an. » Il réfléchit. « Peut-être même plus. Difficile à dire.

– Vous êtes en train de me raconter que vous avez tué une inconnue ? Quelqu'un qui ressemble à celle qui a été votre épouse pendant neuf ans ?

– Oui. »

Sans perdre patience, Lennie regarde Wilson et son expression semble dire : *Tôt ou tard, vous finirez par poser les bonnes questions, mais je ne veux pas vous aider.*

« Donc... quand on aura analysé le sang retrouvé sur le sol de la cuisine et sur votre chemise, il ne correspondra pas à celui de la femme assassinée ?

– Oh, si, probablement. » Lennie hoche la tête d'un air pénétré. « J'en suis presque sûr. Cela étant, j'espère que vos scientifiques rechercheront... » Il a du mal à trouver le mot qui convient. « ... des *éléments* particuliers. Je pense que vous ferez chou blanc, mais ce serait préférable de vérifier malgré tout. Même si je m'attends à aller en prison pour le meurtre de cette chose, j'aimerais l'éviter, si possible. »

Wilson comprend maintenant : Crocker envisage de plaider la démence.

« Qu'est-ce que vous me chantez là, Lennie ? Votre femme était possédée ? Expliquez-moi. »

Lennie réfléchit.

« Je ne crois pas qu'on puisse employer ce terme, réellement. Quand une personne est possédée, corrigez-moi si je me trompe, inspecteur, un esprit, ou bien un démon, entre en elle et la domine, mais cette personne est toujours là, à l'intérieur. Prisonnière. C'est bien ça ? »

Wilson a vu *L'Exorciste* et plusieurs autres films semblables. Il acquiesce.

« En gros, oui. Mais ce n'est pas ce qui est arrivé à votre femme ?

– Non. Elle est morte au moment où il est entré en elle. Comme tous les autres.

– Les autres ? Qui ça ?

– Ils ne sont pas très nombreux pour le moment, par rapport à la population mondiale, qui est maintenant de huit milliards – vous pouvez vérifier sur Google –, mais il y en a de plus en plus. Ils prennent le contrôle, inspecteur. C'est le déguisement parfait. *Nous sommes* le déguisement parfait. »

Wilson fait semblant de réfléchir à ce qu'il vient d'entendre. En réalité, il songe que cet interrogatoire ne sera d'aucune utilité au procureur. Ça va être le cirque, avec d'un côté les experts de la partie civile et de l'autre, le psy de Crocker. D'ailleurs, Wilson ne serait pas surpris que celui-ci ait déjà enregistré son numéro dans ses favoris.

« Des extraterrestres ? »

L'expression de Crocker indique : *Ça y est, ça fait tilt.*

« Exactement. Des extraterrestres. J'ignore s'ils viennent de l'espace ou d'un monde parallèle. Les sites Internet sont partagés à ce sujet. Personnellement, je penche pour l'espace. C'est logique, à cause de... » Il se penche en avant avec gravité. « La vitesse de la lumière.

– Quel rapport ? » demande Wilson.

Mais il s'en fiche à présent. Ce qu'il voudrait, c'est aller manger un club sandwich jambon-dinde au deli du coin. Et fumer une Marlboro pour finir.

« Les vaisseaux spatiaux ne peuvent pas la dépasser, sinon ils sont projetés en arrière dans le temps, ou bien ils se désintègrent. C'est scientifique. Par contre, un pur *esprit,* inspecteur... Il peut effectuer ce saut. Seulement, une fois arrivés ici, ils ont besoin d'un corps. Sans doute qu'ils mourraient sinon. On en est encore au stade préliminaire de l'invasion, mais si le gouvernement n'ouvre pas les yeux, ils vont arriver par milliers, par centaines de milliers, par millions même. »

Crocker s'est penché par-dessus ses mains menottées et enchaînées. Il se renverse contre le dossier de sa chaise pour ajouter :

« Tout ça, c'est sur Internet.

– J'en suis sûr, Lennie. Je suis sûr aussi que Kamala Harris fait partie de ces envahisseurs, et qu'elle attend qu'Amtrak Joe[1] claque pour s'emparer des leviers du pouvoir. » Wilson se lève. « Je crois que vous devriez retourner dans votre cellule pour réfléchir à tout ça, avant de comparaître devant le juge. Et si vous voulez un conseil : choisissez un bon avocat. Car seul un ténor du barreau pourra vendre ça à un jury.

– Asseyez-vous, répond Lennie calmement. Ça va vous intéresser. »

Wilson jette un coup d'œil à sa montre et décide d'accorder cinq minutes supplémentaires à Leonard Crocker, voire dix. Ça lui permettra peut-être de déterminer si ce type est véritablement fou ou

1. Surnom de Joe Biden. L'Amtrack est le train qu'il a pris pendant trente ans quand il était sénateur du Delaware.

s'il essaie de le manipuler. Il devrait y arriver, il est inspecteur de police, non ?

« Il y a cinq ou six ans, quelqu'un a compris ce qui se passait. C'est sur le dark web, inspecteur, et ça se répand. Comme de l'encre dans l'eau.

– Je n'en doute pas. » Wilson ne sourit plus. « Avec les démocrates buveurs de sang, les lavements à l'eau de Javel pour combattre le Covid, les vidéos d'animaux torturés et la pornographie enfantine. Vous avez assassiné votre femme, Lennie. Alors arrêtez votre baratin et réfléchissez à votre geste. Vous l'avez poignardée avec un couteau de boucher et vous l'avez regardée mourir.

– Ils changent avec le temps. Ils deviennent colériques et intransigeants. Ils ne se contentent plus seulement d'être là, ils veulent dominer. Mais il nous reste une chance, car un petit génie de l'informatique a trouvé le moyen de les effacer. Si on survit, il aura sa statue dans tous les pays du monde. Les aliens déclenchent un mécanisme, pigé ? Automatique. Infaillible. Seules quelques personnes sont au courant, mais l'info se propage. Internet, c'est parfait pour ça, diffuser les informations. »

Sans parler des maladies mentales, songe Wilson.

« Ça va être la course, dit Lennie, les yeux écarquillés. Une course contre la montre.

– Holà, holà, revenez un peu en arrière. Vous avez tué votre femme parce qu'elle devenait colérique et intransigeante ? »

Lennie sourit.

« Ne soyez pas idiot, inspecteur. Beaucoup de femmes passent leur temps à critiquer, je le sais bien. Les hommes aussi. C'est tellement facile d'ignorer les signes avant-coureurs. » Il écarte les mains autant que le lui permettent ses menottes. C'est-à-dire très peu.

« Je suppose, dit Wilson, qu'avec un mari tel que vous, Arlene avait un tas de raisons d'être colérique et intransigeante.

– Elle a commencé à me faire des réflexions, ça n'arrêtait pas. Au début, ça m'a déprimé…

– Votre image de vous-même en a pris un coup ?

– Et puis, j'ai fini par avoir des soupçons.

– Ma femme aussi me fait des réflexions. Elle dit que ma voiture est une porcherie ambulante, elle pique une crise quand j'oublie de baisser la lunette des toilettes. Ce n'est pas pour ça que je vais la poignarder avec un couteau de boucher.

– J'ai vu l'écran rouge. Ça ne dure qu'une seconde ou deux, pour qu'*eux* ne le voient pas. Mais quand je l'ai vu, j'ai compris.

– Moi, je comprends que cet interrogatoire est terminé. »

Wilson se tourne vers la glace sans tain sur le mur de gauche et fait glisser le tranchant de sa main sur sa gorge : coupez.

« Ça ne se remarque pas, poursuit Lennie en posant sur Wilson un regard chargé à la fois de pitié et de condescendance. Comme cette histoire de la grenouille qu'on fait bouillir en augmentant petit à petit la température de l'eau. Ils vous prennent tout. Ils s'emparent de votre amour-propre, et quand vous êtes affaibli… » Il porte ses mains à son cou en tendant la chaîne au maximum pour faire semblant de s'étrangler. « … ils prennent votre vie.

– Les femmes, c'est ça ?

– Les femmes ou les hommes. C'est pas un truc sexiste, n'allez pas croire ça.

– Ce n'est pas *L'Exorciste*, plutôt *L'Invasion des profanateurs de sépultures*. »

Un large sourire éclaire le visage du tueur d'épouse.

« *Exactement !*

– Ne changez rien à votre histoire, Lennie. On verra bien ce que ça donne. »

Wilson rentre chez lui à dix-huit heures quarante-cinq. Sandi est dans le salon, elle regarde les infos du soir. Sur la table de la cuisine est dressé un seul couvert. Solitaire.

« Bonsoir, chérie ! lance-t-il.

– Ton dîner est dans le four. Le poulet a dû sécher. Tu avais dit que tu rentrerais à cinq heures.

– Des imprévus.

– Comme toujours. »

A-t-il vraiment dit à Sandi qu'il rentrerait à cinq heures ? Sincèrement, il ne s'en souvient pas. En revanche, il se souvient des paroles de Crocker (en train de poireauter au centre de détention en ce moment même) : *Ça ne se remarque pas.*

Il sort le poulet et les pommes de terre du four et prend des haricots verts dans le cuiseur vapeur. Les patates, ça peut aller, se dit-il, mais le poulet et les haricots verts, tout fripés, n'ont plus rien d'appétissant.

« Tu es passé chercher le linge au pressing ? »

Il se fige alors qu'il est en train de couper – de scier – un blanc de poulet.

« Quel linge ? »

Sandi se lève et se plante sur le seuil de la cuisine.

« *Notre* linge. Je t'en ai parlé hier soir, Frank. Nom d'un chien !

– Je… » Son portable sonne. Il le décroche de sa ceinture et jette un coup d'œil à l'écran. Si c'était son équipier, il ne le prendrait pas. Mais c'est le capitaine Alvarez. « Il faut que je réponde.

– Forcément. » Elle lui tourne le dos et regagne le salon pour ne pas manquer le dernier décompte des morts du Covid. « Non mais franchement ! »

Wilson envisage un instant de rattraper sa femme pour essayer d'arrondir les angles, mais c'est un appel de son supérieur, alors il appuie sur « Accepter ». Après avoir écouté ce qu'Alvarez a à lui dire, il se laisse tomber sur sa chaise.

« Vous me faites marcher ? *Comment ?* »

Cette exclamation fait revenir Sandi dans la cuisine. La posture de son mari – portable collé à l'oreille, tête baissée, un coude appuyé sur la cuisse – l'incite à s'approcher de la table.

Après avoir écouté la suite, Wilson coupe la communication. Il se dirige vers l'évier avec son assiette et vide le contenu dans le broyeur.

« Une putain de journée de merde qui se termine de manière merdique.

– Qu'est-ce qui se passe ? »

Sandi pose sa main sur son bras. Un simple geste, qui lui fait du bien.

« On a arrêté un type qui a tué sa femme. Je suis allé sur place, un vrai carnage. Il y avait du sang partout dans la cuisine, et elle était allongée dedans. De retour au poste, j'ai procédé à l'interrogatoire préliminaire du type. Complètement cinglé. Il affirmait que sa femme était une extraterrestre, qui faisait partie d'un plan d'invasion.

– Oh, Seigneur.

– Il s'est suicidé. Pendant l'admission au centre de détention. Il a pris un stylo en arrachant la chaînette à laquelle il était attaché, et il se l'est planté dans la jugulaire. Alvarez pense que c'était peut-être le hasard, mais l'agent des admissions dit que le type donnait l'impression de savoir ce qu'il faisait.

– Il avait peut-être une formation médicale.

– Il était *plombier*, Sandi. »

Cette remarque la fait rire, et lui aussi. Il appuie son front contre celui de sa femme.

« Ce n'est pas drôle, reconnaît-elle, mais la manière dont tu as dit *plombier*... »

Elle rit de nouveau.

« Il leur a résisté, d'après Alvarez. Pendant que le sang coulait – *jaillissait* –, il leur a résisté. Quand il s'est évanoui, ils l'ont conduit à l'hôpital, mais c'était trop tard. Il avait perdu trop de sang.

– Va éteindre la télé, dit Sandi. Je vais te faire des œufs brouillés.

– Avec du bacon ?

– C'est mauvais pour ton cholestérol, mais pour une fois... D'accord. »

Ce soir-là, ils font l'amour pour la première fois depuis... Des semaines ? Non, plus longtemps que ça. Au moins un mois. Ça fait du bien. Ensuite, Sandi demande :

« Tu fumes toujours ? »

Il envisage de mentir. Il repense aux paroles du défunt plombier : *Elle a commencé à me faire des réflexions, ça n'arrêtait pas.* Il songe à cette bonne soirée qu'ils viennent de passer. Quel changement par rapport à ces six ou huit derniers mois.

Ils changent, a dit Lennie. *Ils deviennent colériques et intransigeants.*

Alors, il ne ment pas. Il avoue qu'il fume toujours, mais très peu. Un demi-paquet par jour, au maximum. En s'attendant à ce qu'elle réponde : *C'est suffisant pour te tuer.*

Mais non. Au lieu de cela, elle demande :

« Tu as une cigarette à portée de main ? Si oui, donne-m'en une, s'il te plaît.

– Tu n'as pas fumé depuis…

– J'ai quelque chose à te dire. Je remets sans cesse à plus tard. »

Oh, bon sang, se dit Wilson.

Il allume la lampe de chevet. Ses clés, son portefeuille, son téléphone et quelques pièces de monnaie sont éparpillés sur la table de nuit. Il a rangé son arme de service dans le tiroir. Comme toujours. Au fond sont cachés un paquet de Marlboro et un briquet Bic. Il donne une cigarette à Sandi en songeant : *Après toutes ces années sans fumer, la première bouffée va l'assommer.*

« Prends-en une toi aussi, dit-elle.

– Je n'ai pas de cendrier, en revanche. Quand je veux fumer, je vais dans la salle de bains des invités.

– Mon verre d'eau fera l'affaire. »

Il allume la cigarette de sa femme, puis la sienne. Ils fument au lit, comme au début de leur mariage quand ils se voyaient avoir des enfants et vivre un bonheur éternel. Douze ans plus tard, ils n'ont pas d'enfants et Wilson se sent terriblement mortel.

« Tu ne vas pas me dire que tu veux divorcer, hein ? »

Il plaisante. Il ne plaisante pas.

« Pas du tout. Je veux t'expliquer pourquoi je suis aussi grognon et difficile à vivre depuis le printemps.

– OK… »

Elle tire sur sa cigarette, sans avaler la fumée.

« J'ai les hormones en vrac.

– Je ne comprends pas ce que ça veut dire, Sandi.

– Ça veut dire que je suis en préménopause, Frank. Et bientôt, ce sera méno-*stop*.

– Tu es sûre ? »

Elle lui jette un regard acerbe, puis laisse échapper un petit rire.

« Je suis bien placée pour le savoir, non ?

– Trésor… Tu n'as que trente-neuf ans.

– Dans ma famille, ça commence tôt et ça s'arrête tôt. Ma sœur Pat, ça lui est arrivé à trente-six ans. Au niveau émotionnel, c'est un peu les montagnes russes. Comme tu as pu le constater.

– Pourquoi tu ne m'en as pas parlé avant ?

– Parce que ça voulait dire me l'avouer à moi-même. » Elle soupire. « Mes dernières règles remontent à il y a quatre mois, et depuis, seulement quelques saignements. Comme les dernières gouttes qui s'échappent d'un robinet fermé. » Une larme coule sur sa joue, unique. Elle laisse tomber sa cigarette dans le verre d'eau et met sa main devant ses yeux. « Je me sens *sèche*, Frank. Vieille, usée et repoussante. J'ai été infernale avec toi et j'en suis désolée. »

Il noie son mégot lui aussi. Repose le verre sur la table de chevet et prend sa femme dans ses bras.

« Je t'aime, Sandi. Depuis toujours, et pour toujours.

– Merci, mon chéri. »

Elle se penche au-dessus de lui pour éteindre la lumière, ses seins appuient contre sa joue. Pendant un bref instant, pas plus d'une seconde, l'écran de son téléphone devient rouge.

Dans l'obscurité, Sandi Wilson sourit.

LE SPÉCIALISTE DES TURBULENCES

1

Assis dans le salon d'une suite junior d'un Four Seasons, Craig Dixon profitait des plats aux prix prohibitifs du room service, devant un film en VOD, quand le téléphone sonna. Son rythme cardiaque, tranquille jusque-là, perdit son mojo et s'emballa. Célibataire, Dixon était la parfaite incarnation du type qui ne tient pas en place, et une seule personne savait qu'il se trouvait dans cet hôtel chic, situé en face du grand parc de Boston. Il envisagea de ne pas répondre, mais il savait que celui qu'il surnommait le facilitateur rappellerait, et il continuerait à appeler jusqu'à ce que Dixon réponde. Et s'il refusait de décrocher, cela entraînerait des conséquences.

Ce n'est pas vraiment l'enfer, se dit-il, *je suis trop bien logé, mais ça ressemble au purgatoire. Et la retraite est encore loin.*

Il coupa le son de la télé et prit le téléphone. Sans même un *Allô ?*, il déclara :

« Ce n'est pas juste. Je suis rentré de Seattle il y a deux jours seulement. Je suis toujours en mode récupération.

– Je comprends, et je suis affreusement désolé, mais ça vient de tomber et personne d'autre n'est disponible. »

Désolé prononcé *déssolé.*

Le facilitateur possédait la voix apaisante, anesthésiante, d'un animateur de radio FM, à peine gâchée par un léger zézaiement. Dixon ne l'avait jamais rencontré, mais il imaginait un type grand et mince, avec des yeux bleus et un visage sans rides et sans âge. En réalité, il était sans doute obèse, chauve et basané, mais Dixon savait que cette vision ne serait jamais contredite par la réalité car il ne s'attendait pas à rencontrer le facilitateur. Il avait connu un certain nombre de spécialistes des turbulences depuis des années qu'il travaillait pour cette société (s'il s'agissait bien d'une société), et aucun d'eux n'avait jamais vu le grand chef. En tout cas, tous les experts placés sous ses ordres avaient des rides ; même ceux âgés d'une vingtaine ou d'une trentaine d'années ressemblaient à des hommes mûrs. Ce n'était pas à cause de leur profession, où il leur arrivait de finir tard mais qui ne nécessitait pas de porter des charges lourdes. Non, c'était à cause de ce qui leur permettait de *faire* ce travail.

« Je vous écoute, dit Dixon.

– Allied Airlines vol 19. Boston-Sarasota direct. Décollage à vingt heures dix ce soir. Ça vous laisse juste le temps.

– Il n'y avait vraiment personne d'autre ? » Dixon s'aperçut qu'il avait pris un ton presque suppliant. « Je suis fatigué. Vanné. Le vol de Seattle était épouvantable.

– Votre *sièze* habituel », dit le facilitateur avant de raccrocher.

Dixon regarda l'espadon dont il ne voulait plus. Il regarda la série avec Kate Winslet dont il ne verrait pas la fin, du moins pas à Boston. Il envisagea – et ce n'était pas la première fois – de faire sa valise, de louer une voiture et de rouler vers le nord en traversant d'abord le New Hampshire puis le Maine, avant de franchir la frontière canadienne. Mais ils le rattraperaient. Il le savait. Et des rumeurs circulaient à propos des SDT qui désertaient : ils finissaient électrocutés, éviscérés et ébouillantés vifs. Dixon ne croyait pas à ces rumeurs… Enfin, quand même un peu.

Il prépara ses affaires. Ce fut vite fait. Les spécialistes des turbulences voyagent léger.

2

Son billet l'attendait au comptoir. Pour toutes ses missions, il voyageait en classe éco, juste après l'aile droite, siège du milieu. Comment ce siège était toujours disponible, c'était un mystère, au même titre que l'identité du facilitateur, l'endroit d'où il appelait et le type d'organisation qui l'employait. Comme son billet, ce siège l'attendait à tous les coups.

Dixon déposa son sac dans le compartiment à bagages et balaya du regard ses voisins et compagnons de voyage du soir : un homme d'affaires aux yeux rougis et à l'haleine parfumée au gin côté allée et une femme d'un certain âge qui ressemblait à une bibliothécaire côté hublot. L'homme d'affaires marmonna quelques paroles incompréhensibles quand Dixon se faufila pour atteindre son siège en murmurant des excuses. Il lisait un livre au titre charmant : *Ne vous laissez pas b… par votre patron*. La « bibliothécaire » regardait par le hublot le matériel en tout genre qui passait dans un sens et dans l'autre comme si elle n'avait jamais rien vu d'aussi fascinant. Un ouvrage de tricot était posé sur ses genoux. Un futur pull, devinait Dixon.

Elle se tourna vers lui, sourit et tendit la main.

« Bonsoir. Mary Worth. Comme la fille des bandes dessinées. »

Dixon ne connaissait aucun personnage de bande dessinée nommé Mary Worth, mais il serra la main tendue.

« Craig Dixon. Enchanté. »

L'homme d'affaires poussa un grognement et tourna une page de son livre.

« Je suis folle d'impatience, confia Mary Worth. Je n'ai pas pris de véritables vacances depuis douze ans. J'ai loué une petite maison à Siesta Key avec deux copines.

– Copines », grogna l'homme d'affaires.

Apparemment, le grognement était son mode de fonctionnement par défaut.

« Oui ! On a la maison pour trois semaines. » Le regard de Mary Worth pétillait. « On ne s'est jamais rencontrées, et pourtant ce sont de vraies copines. On est veuves toutes les trois. On s'est connues sur un forum sur Internet. C'est formidable, Internet. Quand j'étais jeune, on n'avait pas ça.

– Les pédophiles trouvent ça formidable eux aussi », dit l'homme d'affaires, et il tourna une autre page de son livre.

Le sourire de Mme Worth se lézarda, avant de réapparaître de plus belle.

« Ravie de vous rencontrer, monsieur Dixon. Vous voyagez pour votre travail ou pour le plaisir ?

– Pour mon travail. »

Ding-dong, firent les haut-parleurs.

« Bonsoir, mesdames et messieurs. Je suis le capitaine Stuart, votre commandant de bord. Nous allons quitter l'aire de stationnement pour nous diriger vers la piste numéro 3, où nous serons en troisième position pour décoller. Notre durée de vol jusqu'à l'aéroport de Sarasota est estimée à deux heures et quarante minutes, et par conséquent vous devriez arriver au pays des palmiers et des plages de sable blanc un peu avant vingt-trois heures. Le ciel est dégagé et aucune perturbation n'est prévue sur le trajet. Je vous demande d'attacher vos ceintures et de relever vos tablettes…

– Comme si on avait quelque chose à mettre dessus, grogna l'homme d'affaires.

– … et de ranger toutes vos affaires dans les compartiments prévus à cet effet. Je vous remercie d'avoir choisi de voyager avec Allied. Nous savons que vous avez l'embarras du choix.

– Mon cul, grogna l'homme d'affaires.

– Occupez-vous de lui justement, et lisez votre livre », dit Dixon.

L'homme d'affaires lui jeta un regard hébété.

Le cœur de Dixon cognait déjà dans sa poitrine, il avait le ventre noué et la gorge sèche, par avance. Il aurait pu se dire que tout se passerait bien, que ça se passait toujours bien, mais ça ne servait à rien. Il redoutait l'abîme qui allait bientôt s'ouvrir sous lui.

Le vol Allied 19 décolla à 20 h 13, avec seulement trois minutes de retard sur l'horaire prévu.

3

Quelque part au-dessus du Maryland, une hôtesse apparut dans l'allée en poussant un chariot de boissons et d'en-cas. L'homme d'affaires posa son livre et attendit impatiemment qu'elle parvienne à sa hauteur. À ce moment-là, il prit un Schweppes, deux mignonnettes de gin et un sachet de Fritos. Sa carte Mastercard ne fonctionna pas quand l'hôtesse l'introduisit dans le lecteur, alors il lui tendit son American Express en la foudroyant du regard comme si elle était responsable de l'échec de la première tentative. Dixon se demanda si la Mastercard avait atteint le plafond autorisé et si M. Businessman gardait l'Amex pour les cas d'extrême urgence. Possible. Il aurait eu besoin d'une coupe de cheveux et il semblait avoir connu des jours meilleurs. En vérité, Dixon s'en fichait, cela lui permettait juste de ne pas penser à sa terreur sourde et permanente. Dans l'attente du pire. Ils volaient à dix mille mètres d'altitude. Une sacrée chute.

Mary Worth réclama du vin blanc, qu'elle versa délicatement dans son petit verre en plastique.

« Vous ne prenez rien, monsieur Dixon ?

– Non. Je ne bois pas et je ne mange pas en vol. »

M. Businessman grogna. Il avait déjà bu son premier gin tonic et il s'attaquait au second.

« Vous faites partie de ces gens qui ont peur en avion, hein ? demanda Mary Worth d'un ton compatissant.

– Oui, je l'avoue. »

Pourquoi le cacher ?

« Y a aucune raison », dit M. Businessman. Revigoré par l'alcool, il prononçait de véritables mots au lieu d'émettre de simples grognements. « C'est le moyen de transport le plus sûr qu'on ait jamais inventé. Y a pas eu un seul accident d'avion de ligne depuis un bail. Dans ce pays, du moins.

– Moi, je m'en fiche », dit Mary Worth. Elle avait bu la moitié de sa petite bouteille de vin blanc et ses joues avaient pris des couleurs. Ses yeux brillaient. « Je ne suis pas montée dans un avion depuis la mort de mon mari, il y a cinq ans, mais de son vivant, on le prenait trois ou quatre fois par an. En avion, je me sens plus près de Dieu. »

Un bébé choisit cet instant pour se mettre à pleurer.

« Si le paradis est aussi bondé et bruyant, commenta M. Businessman en englobant du regard la classe éco du 737, ce sera sans moi.

– On dit que l'avion est cinquante fois plus sûr que la voiture, ajouta Mary Worth. Peut-être même plus. Cent fois.

– Dites plutôt cinq cents fois. » M. Businessman se pencha devant Dixon pour tendre la main à Mary Worth. Le gin avait accompli son miracle temporaire en transformant un individu renfrogné en homme affable. « Frank Freeman. »

Elle lui serra la main et sourit. Craig Dixon était coincé entre eux, droit comme un I et désespéré, mais il serra la main que lui tendait Freeman.

« Ouah, fit celui-ci en riant. Vous avez *vraiment* la trouille. Mais vous savez ce qu'on dit, hein ? Mains froides, cœur chaud. »

Il finit son verre d'un trait.

Les cartes de crédit de Dixon n'étaient jamais bloquées. Il logeait dans des hôtels de luxe et mangeait des mets de choix. Parfois, il passait la nuit en compagnie d'une jolie femme, en payant un supplément pour s'offrir des bizarreries, qui n'en étaient pas réellement à en croire certains sites que Mary Worth ne visitait sans doute pas. Il comptait quelques amis parmi d'autres spécialistes des turbulences. Ils formaient un groupe très soudé, réunis par leur profession, évidemment, mais surtout par leurs peurs. Le salaire était plus que confortable, et puis il y avait tous les bénéfices annexes… Toutefois, dans des moments comme celui-ci, tout cela ne comptait plus. Dans des moments comme celui-ci ne demeurait que la peur.

Tout allait bien se passer. Tout se passait *toujours* bien.

Mais alors qu'il s'attendait à voir l'enfer s'abattre sur lui, cette pensée n'avait aucun effet. Ce qui, bien entendu, faisait de lui un excellent spécialiste.

Dix mille mètres. Une sacrée chute.

4

TAC pour « turbulences en air clair ».

Dixon connaissait bien ce phénomène, mais il n'y était jamais préparé. Le vol Allied 19 survolait la Caroline du Sud lorsqu'il se produisit cette fois-ci. Une femme se dirigeait vers les toilettes à l'arrière de l'appareil. Un jeune homme en jean, avec une barbe de trois jours à la mode, s'était penché dans l'allée pour bavarder avec une femme assise à gauche, et tous les deux riaient. Mary Worth somnolait, la tête appuyée contre le hublot. Frank Freeman en était à son troisième gin tonic et à son deuxième sachet de Fritos.

Soudain, l'avion vira sur l'aile et s'éleva dans les airs, d'un bond, dans un concert de bruits sourds et de craquements. La femme qui se rendait aux toilettes fut projetée sur la dernière rangée de sièges à bâbord. Le jeune homme à la barbe naissante monta au plafond, mais il eut le temps de lever la main pour amortir le choc. Plusieurs passagers qui avaient détaché leurs ceintures décollèrent de leurs sièges, comme en lévitation. Des cris retentirent.

L'avion chuta, telle une pierre qui tombe dans un puits, puis remonta, avant de pencher du côté opposé. Surpris au moment où il portait son verre à sa bouche, Freeman en avait partout.

« Fait chier ! » pesta-t-il.

Dixon ferma les yeux et se prépara à mourir. Il savait que cela n'arriverait pas s'il faisait son travail, car il était là pour ça, mais c'était toujours la même chose. Il s'attendait à mourir.

Ding-dong.

« Ici le commandant de bord… » La voix du capitaine Stuart était, pour reprendre la célèbre formule d'un commentateur sportif, *aussi agréable que le côté frais de l'oreiller.* « Nous rencontrons apparemment des turbulences inattendues. C'est pourquoi… »

L'avion fit de nouveau un bond terrifiant : soixante tonnes de métal projetées vers le haut comme une boule de papier carbonisée dans une cheminée, puis il retomba en chute libre, avec le même fracas. Il y eut de nouveaux cris. La femme qui voulait se rendre aux toilettes, et avait réussi à se relever, tituba à reculons en agitant les bras, et s'affala sur la rangée de sièges à tribord. M. Barbe Chic était accroupi dans l'allée, accroché aux accoudoirs de chaque côté. Deux ou trois coffres s'ouvrirent et plusieurs bagages dégringolèrent.

« Fait chier ! répéta Freeman.

– C'est pourquoi je vous demande d'attacher vos ceintures, reprit le commandant de bord. Désolé pour ces désagréments. Nous allons retrouver des conditions normales... »

L'avion subit une série de soubresauts, comme une pierre qui ricoche sur l'eau.

« ... dans quelques instants. Alors, accrochez-vous. »

L'appareil plongea de nouveau, avant de remonter en flèche. Les bagages tombés dans l'allée décollèrent, retombèrent et valdinguèrent. Craig Dixon gardait les yeux fermés. Son cœur cognait si fort que les battements semblaient n'en former plus qu'un. L'adrénaline répandait un goût aigre dans sa bouche. Sentant une main se glisser dans la sienne, il ouvrit les yeux. Mary Worth le regardait avec des yeux exorbités. Elle était pâle comme un linge.

« Est-ce qu'on va mourir, monsieur Dixon ? »

Oui, pensa-t-il. *Cette fois, on va mourir.*

« Non, répondit-il. Tout va b... »

L'avion sembla heurter un mur de brique et tous les passagers furent projetés vers l'avant contre leur ceinture. Il pencha à bâbord : trente degrés, quarante, cinquante. Juste au moment où Dixon était certain que l'appareil allait se retourner, il parvint à redresser sa course. Dixon entendit des passagers crier. Le bébé braillait. Un homme disait : « Tout va bien, Julie. C'est normal, tout va bien ! »

Dixon ferma les yeux de nouveau et laissa la terreur s'emparer de lui. C'était épouvantable, c'était l'unique solution.

Il vit l'avion se cabrer de nouveau, mais cette fois, il se retourna entièrement. Il vit l'énorme appareil quitter le mystère thermodynamique qui l'avait maintenu en l'air jusqu'alors. Il vit le nez se dresser à toute allure, puis ralentir et basculer vers le bas, tel un wagon de montagnes russes qui s'apprête à plonger. Il vit l'avion entamer sa dernière chute : les passagers non attachés étaient collés au plafond, les masques à oxygène jaunes dansaient une tarentelle frénétique dans les airs. Il vit le bébé s'envoler vers l'avant et disparaître en classe affaires, sans cesser de brailler. Il vit l'avion s'écraser, le cockpit et la première classe n'étaient plus qu'un bouquet d'acier broyé qui se déployait jusqu'à la classe éco, et d'où germaient des fils électriques, du plastique, des membres sectionnés. Juste avant l'explosion, Dixon avala une ultime bouffée d'air qui enflamma ses poumons.

Tout cela en l'espace de quelques secondes – une trentaine peut-être, pas plus de quarante – et de manière aussi réaliste que si le drame s'était réellement produit. Après un dernier petit bond facétieux, l'appareil se stabilisa et Dixon rouvrit les yeux. Mary Worth fixait toujours sur lui ses yeux embués de larmes.

« J'ai cru qu'on allait mourir, dit-elle. J'étais *sûre* qu'on allait mourir. Je l'ai *vu.* »

Moi aussi, se dit Dixon.

« C'est ridicule ! » Freeman disait cela d'un ton plein d'assurance, mais il n'avait pas très bonne mine. « Ces avions sont conçus pour affronter un ouragan. Ils… »

Un renvoi liquide interrompit son laïus. Il se jeta sur le sac en papier glissé dans la poche du siège de devant, l'ouvrit et le colla à sa bouche. Le bruit qui suivit évoquait pour Dixon un moulin à café, petit mais efficace. Il s'arrêta, puis recommença.

Ding-dong.

« Désolé, mesdames et messieurs », dit le capitaine Stuart. De sa voix toujours aussi agréable que le côté frais de l'oreiller. « Cela se produit parfois. Il s'agit d'un phénomène météorologique appelé turbulences en air clair. La bonne nouvelle, c'est que je l'ai signalé, et les autres appareils seront détournés de cette zone perturbée. Autre bonne nouvelle : nous allons atterrir dans quarante minutes et je vous garantis un vol paisible jusqu'à l'arrivée. »

Mary Worth émit un petit rire nerveux.

« Il nous a déjà dit ça. »

Frank Freeman repliait son sac en papier avec les gestes d'un homme d'expérience.

« Rien à voir avec la peur, n'allez pas croire ça. C'est juste un bon vieux mal des transports. Je ne peux même pas voyager à l'arrière d'une voiture sans avoir envie de vomir.

– Pour rentrer à Boston, je prendrai le train, déclara Mary Worth. Plus jamais *ça*, merci bien. »

Dixon regarda le personnel de bord s'assurer que les passagers détachés n'étaient pas blessés, puis ramasser les bagages éparpillés dans l'allée. Des bavardages et des rires nerveux envahirent la cabine. Dixon observait et écoutait, tandis que son rythme cardiaque redevenait normal. Il était épuisé. Comme toujours après avoir sauvé un avion rempli de passagers.

Le vol s'acheva sans incident, comme l'avait promis le commandant de bord.

5

Mary Worth s'empressa d'aller récupérer ses bagages, livrés sur le tapis 2. Dixon, qui voyageait seulement avec un petit sac, s'arrêta au Dewar's Lounge pour boire un verre. Il proposa à M. Businessman de se joindre à lui, mais Freeman secoua la tête.

« J'ai vomi ma gueule de bois de demain quelque part entre la Caroline du Sud et la Géorgie, et je préfère conserver mon avance. Bonne chance pour vos affaires à Sarasota, monsieur Dixon. »

Dixon, qui avait déjà fait tout ce qu'on lui demandait au cours de ce même survol de la Caroline du Sud et de la Géorgie, hocha la tête et le remercia. Il reçut un texto alors qu'il terminait son whisky soda. Il émanait du facilitateur et ne comportait que deux mots : « beau travail ».

Il prit l'escalator pour descendre au rez-de-chaussée. Un homme en costume sombre, coiffé d'une casquette de chauffeur, l'attendait en bas, en brandissant une pancarte avec son nom.

« C'est moi, dit Dixon. Où suis-je logé ?

– Au Ritz-Carlton, répondit le chauffeur. Un très bel hôtel. »

Évidemment, et là, on lui aurait réservé une superbe suite, sans doute avec vue sur la baie. De même, une voiture de location l'attendrait dans le parking de l'hôtel s'il souhaitait se rendre à la plage ou visiter une des attractions locales. Dans la chambre, il trouverait une enveloppe contenant une liste de divers services de charme, dont il n'avait pas envie de profiter ce soir. Il ne voulait qu'une seule chose : dormir.

En sortant sur le trottoir avec le chauffeur, il aperçut Mary Worth, seule et visiblement un peu perdue. Deux valises étaient posées à ses pieds (assorties et, évidemment, à motif écossais). Elle tenait son téléphone à la main.

« Madame Worth », dit Dixon.

Elle leva la tête et lui sourit.

« Bonsoir, monsieur Dixon. Nous avons survécu, n'est-ce pas ?

– Oui. Vous attendez quelqu'un ? Une de vos copines ?

– Mme Yeager – Claudette – devait venir me chercher, mais sa voiture refuse de démarrer. Je m'apprêtais à appeler un Uber. »

Il repensa à ce qu'elle avait dit lorsque les turbulences – quarante secondes qui avaient paru durer quatre heures – s'étaient enfin calmées : *J'étais* sûre *qu'on allait mourir. Je l'ai* vu.

« Pas la peine. Nous pouvons vous conduire à Siesta Key. » Il montra la limousine garée un peu plus loin le long du trottoir, puis se tourna vers le chauffeur. « N'est-ce pas ?

– Certainement, monsieur. »

Elle le regarda d'un air sceptique.

« Vous êtes sûr ? Il est affreusement tard.

– Ça me fait plaisir. Allons-y. »

6

« Oooh, formidable, s'extasia Mary Worth en s'asseyant dans le siège en cuir et en étendant ses jambes. J'ignore ce que vous faites dans la vie, mais je suis certaine que vos affaires marchent bien, monsieur Dixon.

– Appelez-moi Craig. Vous, c'est Mary, et moi c'est Craig. J'ai quelque chose à vous dire, et je préfère que nous nous appelions par nos prénoms. »

Il appuya sur un bouton et la vitre de séparation se leva.

Mary Worth vit cela d'un œil inquiet. Elle se tourna avers Dixon.

« Vous n'avez pas l'intention de me faire des avances, comme on dit ? »

Il sourit.

« Non, vous ne craignez rien. Vous avez dit que vous vouliez rentrer par le train. Vous le pensiez vraiment ?

– Oh que oui. Vous vous souvenez de m'avoir entendue dire également que je me sentais plus proche de Dieu quand je prenais l'avion ?

– Oui.

– Eh bien, pendant qu'on était secoués dans tous les sens à dix kilomètres au-dessus du sol, je me sentais plutôt proche de la mort.

– Vous ne prendrez plus jamais l'avion ? »

Elle réfléchit en regardant défiler les palmiers, les concessions automobiles et les enseignes de fast-foods franchisés, alors qu'ils roulaient sur la Tamiami Trail, en direction du sud. « Peut-être que si. Si quelqu'un était sur son lit de mort et que je devais faire vite. Mais je n'ai pas beaucoup de famille, alors je ne vois pas qui ça pourrait être. Mon regretté mari et moi, nous n'avons pas eu d'enfants et mes parents sont décédés. Il ne me reste qu'une poignée de cousins, avec qui j'ai peu de contacts, et que je vois encore moins souvent. »

De mieux en mieux, songea Dixon.

« Mais vous auriez peur.

– Oui. » Elle posa sur lui des yeux écarquillés. « Je nous ai vraiment vus mourir. Soit l'avion se disloquait dans le ciel, soit on s'écrasait au sol. Il ne restait plus de nous que des petits morceaux calcinés.

– Laissez-moi vous soumettre une hypothèse, dit Dixon. Ne riez pas. Réfléchissez sérieusement.

– D'accord…

– Supposons qu'il existe une organisation dont l'objectif est d'assurer la sécurité des avions. »

Mary Worth lui sourit.

« Ça existe. Ça s'appelle l'AAC, je crois.

– Je ne parle pas de ça. Supposons que cette organisation puisse prédire quels sont les avions qui vont rencontrer de graves turbulences, inattendues, durant tel ou tel trajet. »

Mary Worth tapa dans ses mains, en souriant de plus belle. Elle était à fond dedans.

« Une organisation qui emploie des précogs ? Ce sont…

– Des personnes qui prédisent l'avenir », dit Dixon. N'était-ce pas une chose possible ? Probable même ? D'où le facilitateur tenait-il ses informations, sinon ? « Mais supposons que leur capacité à voir l'avenir se limite à ce seul domaine.

– Pourquoi donc ? Pourquoi ils ne pourraient pas aussi prédire les résultats des élections ?... des matchs de football ?... du Kentucky Derby ?...

– Je ne sais pas », répondit Dixon en songeant qu'ils le pouvaient peut-être. Peut-être que ces précogs réunis quelque part dans une salle hypothétique pouvaient prédire toutes sortes de choses. Oui, peut-être. Ce n'était pas son problème. « Allons un peu plus loin. Supposons que M. Freeman ait tort, et que les turbulences que nous avons traversées ce soir soient beaucoup plus fortes que tout le monde – y compris les compagnies aériennes – le croit, ou accepte de le reconnaître. Supposons qu'il soit possible de survivre à ces turbulences seulement s'il y a à bord de chaque avion au moins un passager terrorisé pourvu d'un certain don. » Il marqua une pause. « Et supposons que ce soir, ce passager terrorisé, doté d'un don, ç'ait été moi. »

Mary Worth laissa éclater un rire joyeux, qui prit fin seulement quand elle s'aperçut que Dixon ne l'imitait pas.

« Et les avions qui traversent des ouragans, Craig ? Je crois que M. Freeman en a parlé, juste avant d'avoir besoin du sachet en papier. Ces avions résistent à des turbulences certainement beaucoup plus fortes que celles qu'on a connues ce soir.

– Oui, mais ceux qui sont aux commandes savent à quoi s'attendre, répondit Dixon. Ils sont préparés mentalement. Idem pour un grand nombre de vols commerciaux. Avant même le décollage, le commandant de bord annonce : “Mesdames et messieurs, je suis désolé, mais le vol risque d'être un peu agité, alors gardez vos ceintures attachées.”

– Oui, je comprends. Des passagers mentalement préparés pourraient utiliser... une force télépathique commune, disons, pour maintenir l'avion en l'air. Seules les turbulences imprévues nécessiteraient la présence à bord d'une personne déjà préparée. Une personne terrifiée, un... Je ne sais pas comment on pourrait l'appeler.

– Un spécialiste des turbulences, dit Dixon. Voilà comment on les appelle. Et comment on m'appelle.

– Vous vous moquez de moi.

– Non. Et je parie qu'à cet instant, vous vous dites que vous voyagez en compagnie d'un homme complètement délirant et vous avez hâte de descendre de cette voiture. Pourtant, c'est réellement mon métier. Pour lequel je suis très bien payé…

– Par qui ?

– Je l'ignore. Un homme me téléphone. Entre spécialistes des turbulences, on le surnomme le facilitateur. Parfois, il s'écoule plusieurs semaines entre deux appels. Et même deux mois, une fois. Là, c'était seulement deux jours. J'ai atterri à Boston en venant de Seattle, et au-dessus des Rocheuses… » Il passa sa main sur sa bouche. Il aurait voulu effacer ce souvenir, mais il était bien là. « Disons que c'était du sérieux. Il y a eu plusieurs bras cassés. »

La limousine prit un virage. Dixon regarda par la vitre et vit un panneau qui indiquait : SIESTA KEY 3 KM.

« Si c'est vrai, dit Mary Worth, pourquoi diable est-ce que vous acceptez de faire ça ?

– C'est bien payé, je vous l'ai dit. Il y a de bons côtés. J'aime voyager… Du moins, j'aimais ça. Au bout de cinq ou dix ans, tout finit par se ressembler. Mais surtout… » Il se pencha en avant et prit la main de Mary Worth dans les siennes. Il crut qu'elle allait la retirer, mais elle n'en fit rien. Elle le regardait, fascinée. « Ça sauve des vies. Il y avait plus de cent cinquante passagers dans cet avion ce soir. Les compagnies n'emploient pas le mot “passagers”, elles disent “âmes”, et c'est le mot qui convient. Ce soir, j'ai sauvé cent cinquante âmes. Et depuis que j'exerce ce métier, j'en ai sauvé des milliers… Non, des dizaines de milliers.

– Pourtant, vous êtes terrorisé à chaque fois. Je l'ai bien vu ce soir, Craig. Vous étiez mort de peur. Comme moi. Contrairement à M. Freeman, qui a vomi seulement à cause du mal de l'air.

– M. Freeman ne pourrait pas exercer ce métier. Pour cela, vous devez être convaincu que vous allez mourir chaque fois que débutent les turbulences. Tout en sachant que cela n'arrivera pas… Grâce à vous, justement. »

La voix douce du chauffeur sortit de l'interphone.

« Arrivée dans cinq minutes, monsieur Dixon.

– J'avoue que j'ai trouvé cette discussion fascinante, dit Mary Worth. Puis-je vous demander comment vous avez déniché ce travail unique en son genre ?

– On m'a recruté. Comme je le fais avec vous en ce moment même. »

Elle sourit, mais cette fois, elle ne rit pas.

« Très bien, j'accepte de jouer le jeu. Supposons que vous ayez réussi à me recruter. Qu'est-ce que ça vous rapporterait ? Un bonus ?

– Oui », dit Dixon.

Deux ans de service en moins, voilà quel était le bonus. Deux ans de moins avant la retraite. Il avait dit la vérité en parlant de motivations altruistes – sauver des vies, sauver des âmes –, mais il avait dit la vérité également en avouant que voyager devenait lassant. Idem pour le sauvetage des âmes, quand le prix à payer était d'interminables moments de terreur, en plein ciel.

Devrait-il l'informer qu'une fois entré dans cette profession, vous ne pouviez plus en sortir ? Qu'il s'agissait en quelque sorte d'un contrat passé avec le diable ? Oui, il devrait. Mais il ne le ferait pas.

La limousine s'engagea dans l'allée circulaire d'une résidence située en bord de mer. Deux dames (très certainement les copines de Mary Worth) attendaient là.

« Vous voulez bien me donner votre numéro de téléphone ? demanda-t-il.

– Pour quoi faire ? Pour m'appeler ? Ou pour le donner à votre patron ? À votre… facilitateur ?

– Réponse numéro deux. »

Mary Worth hésita, elle réfléchissait. Les deux dames piaffaient d'excitation. Elle ouvrit son sac et en sortit une carte de visite qu'elle tendit à Dixon.

« Voici mon portable. Vous pouvez également me joindre à la bibliothèque municipale de Boston. »

Dixon ne put retenir un éclat de rire.

« Je *savais* que vous étiez bibliothécaire.

– Tout le monde le devine. C'est un travail un peu ennuyeux, mais ça paie le loyer, comme on dit. »

Elle ouvrit la portière. Ses copines poussèrent des cris hystériques dignes de fans de rock stars en la voyant descendre de la limousine.

« Il existe des professions plus excitantes », dit Dixon.

Mary le regarda avec gravité.

« Il y a une grosse différence entre l'excitation temporaire et la terreur, Craig. Nous le savons bien. »

Il ne pouvait pas dire le contraire. En même temps, elle ne lui opposait pas une fin de non-recevoir. Il descendit à son tour pour aider le chauffeur à porter les bagages, pendant que Mary Worth étreignait les deux veuves qu'elle avait rencontrées sur un forum Internet.

7

De retour à Boston, Mary avait presque oublié Craig Dixon quand, un soir, son téléphone sonna. Son correspondant parlait avec un léger zézaiement. Ils bavardèrent un long moment.

Le lendemain, Mary Worth se trouvait à bord du vol Jetway 694 qui reliait Boston à Dallas sans escale, en classe éco, juste après l'aile droite. Siège du milieu. Elle refusa de boire ou de manger quoi que ce soit.

Les turbulences se produisirent au-dessus de l'Oklahoma.

LAURIE

1

Six mois après la mort de celle qui avait été sa femme depuis quarante ans, Lloyd Sunderland reçut la visite de sa sœur, qui fit le trajet entre Boca Raton et Rattlesnake Key. Elle amena dans ses bagages un chiot gris foncé qu'elle présenta comme un border collie croisé avec un mudi. Lloyd ignorait ce qu'était un mudi, et il s'en fichait.

« Je ne veux pas d'un chien, Beth. C'est même la dernière chose dont j'aie envie. J'ai déjà du mal à m'occuper de moi-même.

– Ça se voit, répondit sa sœur en ôtant au chien qui ressemblait à un jouet sa petite laisse. Combien de kilos tu as perdus ?

– J'en sais rien. »

Elle le jaugea.

« Sept ou huit, je dirais. Tu pouvais te le permettre, mais pas plus. Je vais te préparer un *sausage scramble*[1]. Avec des toasts. Tu as des œufs ?

– J'ai pas envie d'un *sausage scramble* », répondit Lloyd en observant le chiot, qui était une chienne. Elle était assise sur le tapis blanc à poils longs et Lloyd se demanda combien de temps allait s'écouler avant qu'elle laisse sa carte de visite. Ce tapis avait besoin d'un bon coup d'aspirateur, et peut-être même d'un shampoing, mais au moins,

1. Œufs brouillés avec des saucisses et du fromage.

personne n'avait jamais fait pipi dessus. La chienne le regardait avec ses yeux couleur d'ambre. On aurait pu croire qu'elle l'étudiait.

« Alors, tu as des œufs, oui ou non ? demanda Beth.

– Oui, mais…

– Et des saucisses ? Non, évidemment. Je parie que tu te nourris de gaufres surgelées et de soupe Campbell. J'irai en acheter au Publix. Mais avant, je vais faire l'inventaire de ton frigo, pour voir de quoi tu as besoin. »

De cinq ans son aînée, Beth avait quasiment élevé Lloyd après la mort de leur mère et, enfant, il n'avait jamais été capable de s'opposer à elle. Aujourd'hui qu'ils étaient vieux l'un et l'autre, il n'en était toujours pas capable, et encore moins depuis la disparition de Marian. Lloyd avait l'impression d'avoir perdu ses tripes, il n'y avait plus qu'un trou à la place. Elles reviendraient peut-être, peut-être pas. Soixante-cinq ans, c'était un peu trop tard pour une régénération d'organes. Mais un chien… Ça, il s'y opposerait. Quelle mouche avait donc piqué Bethie ?

« Je ne la garde pas, déclara-t-il en s'adressant au dos de sa sœur qui marchait vers la cuisine sur ses longues jambes de cigogne. Tu l'as achetée, tu la remportes avec toi.

– Je ne l'ai pas achetée. Sa mère est une vraie border collie qui s'est échappée et s'est accouplée avec le chien du voisin. Un mudi. La propriétaire de la chienne a réussi à donner les trois autres chiots, mais celui-ci, l'avorton, personne n'en a voulu. Le mari, un petit maraîcher, s'apprêtait à l'emmener au refuge quand j'ai vu la pancarte clouée à un poteau téléphonique en passant : QUI VEUT UN CHIEN ?

– Et tu as pensé à moi. »

Lloyd continuait à observer la chienne, qui l'observait elle aussi. Ses oreilles dressées semblaient être ce qu'il y avait de plus grand chez elle.

« Oui.

– Je suis en deuil, Beth. »

Elle était la seule personne à qui il pouvait faire cet aveu brutal, et c'était un soulagement.

« Je sais. »

Des bouteilles s'entrechoquèrent dans la porte du réfrigérateur.

Lloyd vit l'ombre de sa sœur s'étendre sur le mur quand elle se pencha pour remettre de l'ordre. Elle ressemble vraiment à une cigogne, pensa-t-il alors. Une cigogne humaine, sans doute immortelle.

« Une personne en deuil a besoin de s'occuper l'esprit. Et de s'occuper de quelque chose. Voilà ce que je me suis dit en voyant cette pancarte. La question n'est pas de savoir qui veut un chien, mais qui a *besoin* d'un chien. Et c'est toi. Ah, bon sang, ce frigo est une vraie culture de moisissures. Tu fais des expériences ou quoi ? C'est dégueu. »

Le chiot se leva, fit un pas timide vers Lloyd, puis changea d'avis (si tant est qu'il puisse en avoir un) et se rassit.

« Garde-le, toi, dit Lloyd.

– Pas question. Jim est allergique.

– Tu as deux chats, Bethie. Il n'est pas allergique aux chats ?

– Si. Et deux chats, ça suffit. Mais si tu le prends comme ça, je la ramènerai au refuge de Pompano Beach. Ils leur donnent trois semaines avant de les euthanasier. Elle est adorable avec son pelage gris. Peut-être que quelqu'un l'adoptera avant la fin de ce délai. »

Lloyd leva les yeux au plafond, bien que sa sœur ne puisse pas le voir. Il avait souvent eu la même réaction, à huit ans, quand Beth menaçait de lui donner cinq fessées avec sa raquette de badminton s'il ne rangeait pas sa chambre. Certaines choses ne changent jamais.

« Mesdames et messieurs, s'exclama-t-il, admirez Beth Young dans son grand numéro de culpabilisation. »

Elle ferma le réfrigérateur et revint dans le salon. Le chiot lui jeta un bref regard, avant de continuer à observer Lloyd.

« Je vais au Publix, où j'en aurai certainement pour plus de cent dollars. Je te rapporterai le ticket de caisse pour que tu me rembourses.

– Et qu'est-ce que je suis censé faire pendant ce temps ?

– Si tu faisais connaissance avec ce petit chiot sans défense que tu vas envoyer à la chambre à gaz ? » Elle se baissa pour tapoter la tête de l'animal. « Regarde ces yeux pleins d'espoir. »

Ce que Lloyd voyait dans ces yeux ambrés, c'était uniquement une grande concentration. Un jugement.

« Et si elle pisse sur le tapis, je fais quoi ? Marian venait de l'acheter quand elle est tombée malade. »

Beth montra la laisse minuscule sur le tabouret bas.

« Va la promener. Présente-lui les massifs de Marian, qui ont besoin d'être taillés, soit dit en passant. Et puis, franchement, un petit pipi ne changera pas grand-chose : ce tapis est sale. »

Elle prit son sac à main et se dirigea vers la porte. Ses jambes maigres fendaient l'air avec leur prétention d'autrefois.

« Un animal est le pire cadeau qu'on puisse faire à quelqu'un, lança Lloyd. Je l'ai lu sur Internet.

– Où tout est vrai, j'imagine. »

Beth se retourna vers son frère avant de sortir. La lumière crue de septembre sur la côte ouest de la Floride tomba sur son visage, soulignant le rouge à lèvres qui avait coulé dans les ridules autour de sa bouche, ses paupières qui commençaient à s'affaisser sous les yeux et le fragile réseau de veines qui palpitait au creux de sa tempe. Elle aurait bientôt soixante-dix ans, songea-t-il. Sa sœur dynamique, athlétique, aux idées bien arrêtées, et qui ne faisait jamais aucune concession, était vieille maintenant. Et lui aussi. Ils apportaient la preuve que la vie n'est rien d'autre qu'un rêve furtif, par un après-midi d'été. Mais Bethie avait encore son mari, deux enfants adultes et quatre petits-enfants : la belle multiplication de la nature. Lui, il avait eu Marian, mais Marian n'était plus là, et il n'avait pas d'enfants. Devait-il remplacer son épouse défunte par une chienne bâtarde ? Une idée aussi cucul et stupide qu'une carte d'anniversaire de chez Hallmark, et aussi peu réaliste.

« Je ne la garde pas. »

Sa sœur lui adressa le même regard qu'à treize ans, celui qui indiquait que la raquette de badminton n'allait pas tarder à faire son apparition s'il ne s'activait pas.

« Si, répliqua-t-elle. Au moins jusqu'à ce que je rentre du Publix. J'ai d'autres courses à faire, et les chiens meurent dans les voitures quand il fait trop chaud. Surtout les petits chiens. »

Elle ferma la porte. Lloyd Sunderland, retraité, veuf depuis six mois, qui avait perdu tout intérêt pour les plaisirs de la table (et tous les autres plaisirs de la vie), resta assis face à cette visiteuse indésirable sur son tapis à poils longs. La chienne l'observait elle aussi.

« Qu'est-ce que tu regardes comme ça, idiote ? »

La chienne se leva et marcha vers lui. Elle se dandina plus exactement, comme si elle avançait entre des hautes herbes. Elle se rassit, près du pied gauche de Lloyd, et leva la tête. Lloyd avança la main, timidement, craignant de se faire mordre. Mais au lieu de cela, le chiot la lécha. Lloyd prit la laisse miniature et l'attacha au petit collier rose.

« Allez, viens. Lève-toi de ce tapis avant qu'il soit trop tard. »

Il tira sur la laisse. La chienne resta assise, sans cesser de le regarder. Lloyd soupira et la prit dans ses bras. Elle lui lécha la main de nouveau. Il l'emporta dehors et la posa dans l'herbe, qui avait besoin d'être tondue ; à tel point que la petite chienne disparaissait presque. Beth avait raison au sujet des fleurs également. Elles faisaient peine à voir ; la moitié étaient aussi mortes que Marian. Cette pensée le fit sourire, même s'il avait honte de sourire d'une telle comparaison.

La chienne se dandinait de plus belle dans l'herbe. Après une dizaine de pas, elle baissa l'arrière-train pour faire pipi.

« C'est bien, mais je ne te garderai pas pour autant. »

Pourtant, il soupçonnait déjà que, lorsque Beth repartirait à Boca, la chienne ne serait pas du voyage. Non. Cette visiteuse indésirable serait encore ici, avec lui, sous son toit, à moins d'un kilomètre du pont à bascule qui reliait le récif au continent. Ça ne marcherait pas ; il n'avait jamais eu de chien, mais en attendant de trouver quelqu'un à qui la donner, cela lui ferait peut-être une occupation, au lieu de regarder la télé ou de rester assis devant son ordinateur pour jouer au solitaire ou surfer sur des sites qui lui avaient paru intéressants quand il avait pris sa retraite, et qui maintenant l'ennuyaient à mourir.

Quand Beth revint, presque deux heures plus tard, Lloyd avait regagné son fauteuil, et la chienne dormait sur le tapis. Sa sœur, qu'il adorait mais qui l'avait agacé toute sa vie, l'agaça encore un peu plus ce jour-là en rapportant beaucoup plus de choses que prévu. Elle avait acheté un énorme sac d'aliments pour chien (bio, évidemment) et un gros pot de yaourt nature (ajouté à ceux-ci, c'était censé renforcer le cartilage des oreilles du chiot, lesquelles ressemblaient à des paraboles). Lui étaient également destinés des alèses spéciales, un coussin, trois jouets à mâchonner (dont deux produisaient un couinement exaspérant) et un parc à bébé. Pour l'empêcher de se promener partout la nuit, expliqua Beth.

« Bon sang, Bethie, combien ça a coûté ?

– C'était en solde chez Target, répondit-elle, esquivant la question d'une manière qu'il connaissait bien. Et c'est un cadeau. Alors, maintenant que j'ai acheté tout ça, tu veux encore que je la reprenne ? Dans ce cas, tu te débrouilleras pour tout rapporter au magasin. »

Lloyd avait l'habitude de se laisser dominer par sa sœur.

« Je veux bien faire un essai, mais sache que je n'apprécie pas qu'on m'impose cette responsabilité. Tu as toujours été très autoritaire.

– Oui. Avec une mère décédée et un père présent mais foncièrement alcoolique, je n'avais pas le choix. Alors, ce *scramble* ?

– Allons-y.

– Elle a fait pipi sur le tapis ?

– Non.

– Ça va venir. » Cette perspective semblait réjouir Beth. « Et ça ne sera pas une grande perte. Comment vas-tu l'appeler ? »

Si je lui donne un nom, ça deviendra ma chienne, pensa Lloyd, mais il devinait que c'était déjà le cas. Depuis ce premier coup de langue hésitant. Tout comme Marian était devenue sa femme depuis leur premier baiser. Encore une comparaison stupide, mais pouvait-on contrôler le cheminement de son esprit ? Pas plus qu'on ne pouvait contrôler ses rêves.

« Laurie, dit-il.

– Pourquoi Laurie ?

– Je ne sais pas. Ça m'est venu comme ça.

– Très bien. »

Laurie les suivit dans la cuisine. En se dandinant.

2

Lloyd recouvrit le tapis blanc à poils longs des alèses pour chiot et installa le parc dans sa chambre (non sans se coincer les doigts), après quoi il se rendit dans son bureau, alluma son ordinateur et se lança dans la lecture d'un article intitulé « Vous voilà avec un chiot à la maison ! ». Arrivé au milieu de l'article, il prit conscience que Laurie était assise à côté de son pied et le regardait. Il décida alors de lui donner à manger et découvrit une flaque de pipi sous l'ouverture voûtée qui séparait le salon de la cuisine, à moins de vingt centimètres de l'alèse la plus proche. Il prit la chienne dans ses bras, la posa à côté du pipi et dit : « Pas ici. » Il la déposa ensuite sur l'alèse immaculée. « Tu fais ici. »

Laurie leva les yeux vers lui et retourna dans la cuisine, de sa démarche chaloupée caractéristique. Elle s'allongea devant la cuisinière, la truffe posée sur une patte, pour observer Lloyd. Celui-ci prit une poignée de feuilles de papier absorbant. Il devinait qu'il allait en utiliser une grande quantité au cours des jours à venir.

Une fois la flaque de pipi nettoyée (une toute petite flaque, il faut le préciser), il versa un quart de tasse de nourriture pour chien (la dose recommandée, d'après « Vous voilà avec un chiot à la maison ! ») dans un bol et mélangea avec du yaourt. La chienne ingurgita le tout de bon cœur. Alors que Lloyd la regardait manger, son téléphone sonna. C'était Beth qui l'appelait d'une aire de repos, quelque part dans la cambrousse autour d'Alligator Alley.

« Il faut que tu l'emmènes chez le vétérinaire. J'ai oublié de te le dire.

– Je sais, Bethie. »

C'était dans « Vous voilà avec un chiot à la maison ! ».

Elle continua sur sa lancée comme s'il n'avait rien dit. Encore un trait de caractère qu'il connaissait bien.

« Elle a besoin de vitamines, je pense, et d'un vermifuge, sans aucun doute. Plus quelque chose contre les puces et les tiques. Sûrement un cachet qu'ils avalent avec leur repas. Et puis, il faudra la faire opérer. Stériliser. Mais sans doute pas avant deux ou trois mois.

– Oui. Si je la garde. »

Laurie ayant fini de manger, elle repartit vers le salon. En se dandinant de plus belle maintenant qu'elle avait le ventre plein. Lloyd trouvait qu'elle avait l'air un peu ivre.

« N'oublie pas d'aller la promener.

– Je sais. »

Toutes les trois-quatre heures d'après « Vous voilà avec un chiot à la maison ! ». C'était ridicule. Il n'avait aucune intention de se lever à deux heures du matin pour sortir son invitée indésirable.

Lire dans les pensées était une des autres spécialités de sa sœur.

« Tu te dis certainement que ça va être un calvaire de te lever en pleine nuit.

– Ça m'a traversé l'esprit, oui. »

Beth ignora cette remarque, comme elle seule était capable de le faire.

« Si tu souffres réellement d'insomnies depuis la mort de Marian, comme tu le dis, ça ne devrait pas être si pénible que ça.

– Merci d'être aussi compréhensive et attentionnée.

– Tu verras bien comment ça se passe, je ne dis rien d'autre. Accorde-lui une chance, à cette pauvre petite. » Après un silence, Beth ajouta : « Accorde-toi une chance à toi aussi par la même occasion. Tu m'inquiètes, Lloyd. J'ai travaillé dans une compagnie d'assurances pendant presque quarante ans, et je peux te dire que les hommes de ton âge ont beaucoup plus de risques de tomber malades après la mort de leur épouse. Et de mourir, évidemment. »

Cette fois, il ne dit rien.

« Alors ? demanda Beth.

– Alors quoi ? » répondit-il.

Il le savait bien.

« Tu vas lui donner une chance ? »

Beth réclamait un engagement auquel Lloyd se montrait réticent. Il regarda autour de lui, comme s'il cherchait l'inspiration, et découvrit une crotte – une unique petite saucisse – à l'endroit exact où il avait trouvé la flaque d'urine, à moins de vingt centimètres de l'alèse la plus proche.

« Maintenant qu'elle est là », répondit-il. Il ne pouvait pas faire mieux. « Sois prudente sur la route.

– Je ne dépasse jamais le quatre-vingt-dix. Tout le monde me double, certaines personnes me klaxonnent, mais quand je roule plus vite, je n'ai plus confiance dans mes réflexes. »

Après avoir dit au revoir à sa sœur, Lloyd alla rechercher des feuilles d'essuie-tout pour ramasser la saucisse. Laurie l'observait de ses yeux couleur d'ambre. Il la sortit de nouveau, mais elle ne fit rien. Vingt minutes plus tard, quand il eut fini de lire un autre article sur le dressage des chiots, il découvrit une deuxième flaque de pipi sur le seuil du salon.

À moins de vingt centimètres d'une alèse.

Il se pencha en avant, les mains sur les genoux, et sentit son dos lui adresser la mise en garde habituelle.

« Tu es en sursis, ma petite. »

Laurie le regarda.

3

Plus tard dans la journée – après deux autres petits oublis, dont un sur l'alèse placée près de la cuisine –, Lloyd attacha la mini-laisse au collier et emmena Laurie se promener, la tenant au creux de son bras, comme un ballon de football américain. Il la déposa par terre et l'incita à avancer sur le chemin qui longeait l'arrière du petit lotissement. Il menait à un canal peu profond qui, plus loin, passait sous le pont à bascule. Pour l'heure, la circulation automobile était arrêtée pour permettre à un sloop motorisé de gagner le large en passant d'Oscar's Bay au golfe du Mexique. La jeune chienne avançait avec son dandinement habituel, s'arrêtant de temps à autre pour renifler des touffes de mauvaises herbes qui, à ses yeux, devaient ressembler à une jungle impénétrable.

Une promenade de planches délabrée connue sous le nom de chemin des Dix Kilomètres (pour une raison que Lloyd n'avait jamais comprise étant donné qu'il n'en faisait même pas deux) bordait le canal, et Lloyd aperçut son voisin d'à côté, arrêté entre deux panneaux : INTERDICTION DE DÉPOSER DES ORDURES et PÊCHE INTERDITE. Un peu plus loin, un troisième panneau indiquait autrefois ATTENTION AUX ALLIGATORS, mais le mot ALLIGATORS avait été recouvert à la bombe et remplacé par EXTRATERRESTRES.

Le spectacle de Don Pitcher appuyé sur sa canne en acajou très chic et remontant son bandage herniaire provoquait toujours chez Lloyd un frisson de satisfaction cruelle, discret mais indéniable. Cet homme était un véritable moulin à opinions politiques déplorables, doublé d'un charognard sans vergogne. Si une personne du quartier mourait, Don était le premier informé. Idem si quelqu'un rencontrait des difficultés financières. Lloyd avait des problèmes de dos, lui aussi ; ses yeux et ses oreilles n'étaient plus ce qu'ils avaient été, mais des années le séparaient encore de la canne et de la hernie. Du moins, il l'espérait.

« Regardez-moi ce bateau », dit Don lorsque Lloyd le rejoignit sur les planches (Laurie, qui avait peut-être peur de l'eau, demeura en retrait à l'extrémité de sa laisse). « Combien de pauvres on pourrait nourrir en Afrique avec ça, à votre avis ?

– Je ne pense pas que les gens qui meurent de faim pourraient manger un bateau, Don.

– Vous avez compris ce que… Hé, qu'est-ce que vous avez là ? Un chiot ? Il est adorable !

– C'est une chienne, précisa Lloyd. Je la garde pour rendre service à ma sœur.

– Hello, ma jolie. »

Don se pencha en avant, main tendue. Laurie recula et aboya, pour la première fois depuis que Beth l'avait apportée : deux jappements aigus, puis plus rien. Don se redressa.

« Pas très sympathique, hein ?

– Elle ne vous connaît pas.

– Elle chie partout ?

– Ça peut aller », répondit Lloyd, et les deux hommes regardèrent passer le bateau, qui appartenait sans doute à quelque M. Plein Aux As du nord de Rattlesnake Key.

Laurie, assise au bord des planches pleines d'esquilles, observait toujours Lloyd.

« Ma femme ne veut pas avoir de chien, dit Don. Elle dit que c'est juste bon à faire des saletés et des ennuis. J'en avais un quand j'étais gamin, une brave vieille chienne colley. Elle est tombée dans un puits. Le couvercle était tout pourri et elle est passée à travers. Il a fallu la remonter avec un engin quelconque.

– Ah bon ?

– Oui. Alors, faites bien attention près de la route. Si jamais elle s'échappe, c'est fini. Regardez la taille de ce putain de bateau ! Dix contre un qu'il s'échoue. »

Le sloop ne s'échoua pas.

Pendant que le pont à bascule redescendait pour permettre à la circulation de reprendre, Lloyd se retourna vers la chienne et constata qu'elle dormait, couchée sur le côté. Il la prit dans ses bras. Elle ouvrit les yeux, lui lécha la main et se rendormit.

« Faut que j'aille faire cramer mon dîner, dit-il. Allez-y mollo, Don.

– Vous aussi. Et surveillez bien ce chiot, ou sinon il va tout mâchonner chez vous.

– J'ai des jouets exprès. »

Don sourit, dévoilant une dentition irrégulière qui fit frissonner Lloyd.

« Il préférera vos meubles. Vous verrez. »

4

Alors qu'il regardait le journal télévisé ce soir-là, Laurie s'approcha de son fauteuil et émit les deux mêmes jappements aigus. Lloyd contempla ses yeux brillants, pesa le pour et le contre, puis la souleva de terre pour la poser sur ses genoux.

« Si tu fais pipi sur moi, je te tue. »

Elle ne fit pas pipi sur lui. Elle s'endormit, la truffe sous la queue. Lloyd la caressa distraitement en regardant les images d'une attaque terroriste en Belgique, filmées par un téléphone. Les infos terminées, il sortit Laurie, en la prenant encore une fois à la manière d'un ballon. Après lui avoir mis sa laisse, il la promena jusqu'au bord d'Oscar Road, où elle s'accroupit pour faire ce qu'elle avait à faire.

« Très bonne idée, dit Lloyd. Continue comme ça. »

À vingt et une heures, il tapissa le fond du parc d'une double épaisseur d'alèses – il s'aperçut qu'il devrait en acheter d'autres le lendemain, ainsi que de l'essuie-tout – et déposa la chienne à l'intérieur. Elle s'assit et l'observa. Quand il lui apporta de l'eau dans une tasse, elle en lapa un peu, puis s'allongea, en l'observant toujours.

Lloyd se déshabilla et, en caleçon et maillot de corps, il se coucha à son tour, sans prendre la peine de retirer le couvre-lit. Il savait d'expérience qu'il le retrouverait par terre au matin, victime de ses mouvements nocturnes. Mais ce soir-là, il s'endormit presque immédiatement et ne se réveilla qu'à deux heures du matin, alerté par de petits cris aigus.

Laurie avait passé sa truffe entre les barreaux du parc, tel un détenu placé au mitard. Plusieurs saucisses étaient éparpillées sur les alèses. Estimant qu'à cette heure-ci il y aurait peu de passants, voire aucun, dans Oscar Road pour s'offusquer du spectacle d'un homme en caleçon et débardeur, Lloyd enfila ses pantoufles et transporta sa visiteuse (c'est ainsi qu'il considérait encore Laurie) dehors. Il la déposa dans l'allée de gravier. Elle se dandina un instant, renifla une fiente et fit pipi dessus. Lloyd lui répéta que c'était très bien. La chienne s'assit et regarda la route déserte. Lloyd leva les yeux vers le ciel. Il songea qu'il n'avait jamais vu autant d'étoiles, puis se ravisa. Pas dernièrement, voilà tout. Il essaya de se remémorer la dernière fois où il s'était trouvé dehors à deux heures du matin. En vain. Il contempla la Voie lactée, presque hypnotisé, jusqu'à ce qu'il s'aperçoive qu'il s'endormait debout. Il ramena la chienne à l'intérieur.

Laurie l'observa en silence pendant qu'il changeait les alèses sur lesquelles elle avait déféqué (il y avait aussi des petites traces jaunes sur deux d'entre elles), mais les gémissements reprirent dès qu'il la remit dans le parc. Il envisagea de la prendre avec lui dans son lit, mais c'était une très mauvaise idée, à en croire « Vous voilà avec un chiot à la maison ! ». L'auteure de l'article (une certaine Suzanne Morris, vétérinaire) l'affirmait catégoriquement : « Si vous vous engagez sur cette voie, vous aurez le plus grand mal à faire demi-tour. » En outre, l'idée de découvrir à son réveil une de ces petites saucisses marron à la place où avait dormi sa femme ne lui plaisait pas du tout. Non seulement ce serait symboliquement irrespectueux, mais cela voudrait dire également changer les draps, une corvée qu'il détestait.

Il entra dans la pièce que Marian appelait son antre. La plupart de ses affaires s'y trouvaient encore, car en dépit des exhortations de sa sœur Lloyd n'avait toujours pas eu le courage de faire le vide. En vérité, il évitait cette pièce depuis le décès de Marian. Le simple fait de regarder les photos fixées au mur était douloureux, surtout à deux heures du matin. Il songea qu'on avait le cuir moins épais à cette heure-là. Il ne commençait à s'endurcir que sur le coup de cinq heures, quand les premières lueurs du jour apparaissaient à l'est.

Marian n'avait jamais adopté l'iPod, mais le lecteur de CD portable qu'elle emportait à son cours de gym bihebdomadaire était encore sur l'étagère, au-dessus de sa petite collection de disques. Lloyd ouvrit le compartiment des piles et ne vit aucune trace de corrosion. Il fit glisser son index sur les CD, s'arrêta sur Hall et Oates, puis opta finalement pour *Greatest Hits*, de Joan Baez. Il l'inséra dans le lecteur et le CD se mit à tourner quand il referma le couvercle. Satisfait, il emporta l'appareil dans la chambre. Laurie cessa de geindre en le voyant. Lloyd appuya sur « Play » et Joan Baez se mit à chanter « The Night They Drove Old Dixie Down ». Il déposa le lecteur sur une des alèses pour chiots, propre. La chienne le renifla, puis s'allongea à côté, sa truffe reposait presque sur l'étiquette Dymo : CECI APPARTIENT À MARIAN SUNDERLAND.

« Est-ce que ça va marcher ? demanda Lloyd à voix haute. J'espère, nom de Dieu. »

Il retourna se coucher, sur le ventre, et glissa les mains sous l'oreiller, au frais. Il écouta la musique. Quand Baez attaqua « Forever Young », il se lamenta un peu. C'était tellement prévisible. Vous parlez d'un cliché. Puis il s'endormit.

5

Septembre céda la place à octobre, le meilleur mois de l'année dans le nord de l'État de New York, où Marian et lui avaient vécu jusqu'à ce qu'il prenne sa retraite et, de l'avis de Lloyd, le meilleur mois ici aussi, sur la côte ouest de la Floride. Les grosses chaleurs étaient passées, mais les journées restaient douces, et les nuits froides de janvier et février attendraient le prochain calendrier. Comme la plupart des oiseaux migrateurs[1]. Chaque jour, au lieu de se soulever et de s'abaisser cinquante fois, le pont à bascule d'Oscar Bay ne bloquait la circulation qu'une dizaine de fois. Et il y avait beaucoup moins de circulation à bloquer.

Le Rattle Fish House réouvrit après sa fermeture annuelle de trois mois, et les chiens y étaient admis, dans ce qu'on appelait le Patio des chiots. Lloyd y emmenait souvent Laurie. Tous les deux déambulaient sur le chemin des Dix Kilomètres, le long du canal. Il soulevait la chienne dans ses bras pour franchir les endroits où les planches étaient envahies par les carex, alors qu'elle trottinait aisément sous les branches de palmier nain à travers lesquelles Lloyd devait se frayer un chemin, tête baissée, bras en avant, craignant toujours qu'un rat palmiste dégringole dans ses cheveux, bien que cela ne lui soit jamais arrivé. Quand ils atteignaient le restaurant, Laurie s'asseyait sagement à ses pieds, au soleil, et parfois, elle était récompensée de sa bonne conduite par une frite provenant du panier de *fish and chips* de Lloyd. Toutes les serveuses se pâmaient devant la chienne et se baissaient pour caresser son poil gris.

Bernadette, l'hôtesse d'accueil, était particulièrement éprise de Laurie. « Oh, cette tête », disait-elle, comme si cela expliquait tout. Elle s'accroupissait à côté d'elle, offrant ainsi à Lloyd une vue imprenable, et toujours appréciée, sur son décolleté. « Oooh, cette tête ! »

Laurie acceptait ces marques d'attention, sans toutefois donner l'impression de les rechercher. Elle restait assise et jetait un regard à sa nouvelle admiratrice avant de reporter son attention sur Lloyd. Une attention peut-être due aux frites, mais pas uniquement. Elle l'observait avec la même intensité quand il regardait la télé. Jusqu'à ce qu'elle s'endorme, s'entend.

Elle fut propre très vite et, en dépit des prédictions de Don, elle ne grignota pas les meubles. En revanche, elle s'acharnait sur ses

1. Surnom donné aux personnes qui vont du nord au sud en hiver.

jouets, qui passèrent de trois à six, puis à douze. Lloyd dénicha une vieille caisse pour les ranger. Le matin, Laurie se dirigeait vers la caisse, posait ses pattes avant sur le bord et en examinait le contenu, comme un client au supermarché devant un étalage. Finalement, elle en choisissait un, l'emportait dans un coin et le mâchonnait jusqu'à ce qu'elle s'en lasse. Elle retournait alors vers la caisse pour en choisir un autre. À la fin de la journée, les jouets étaient éparpillés dans la chambre, le salon et la cuisine. La dernière tâche de Lloyd, avant de se coucher, consistait à les rassembler pour les ranger dans la caisse. Non pas à cause du bazar, mais parce que la chienne semblait prendre un immense plaisir à contempler son butin chaque matin.

Beth lui téléphonait souvent, pour savoir ce qu'il avait mangé, lui rappeler les anniversaires de vieux amis et de vieux parents, pour l'informer de qui avait passé l'arme à gauche. Et elle concluait toujours en lui demandant si Laurie était encore en période d'essai. Oui, répondait Lloyd. Jusqu'à un jour de la mi-octobre. Ils revenaient du Fish House et la chienne dormait sur le dos, au milieu du salon, les pattes écartées en direction des quatre points cardinaux. Le souffle de la climatisation ébouriffait les poils de son ventre, et Lloyd se rendit compte qu'elle était belle. Ce n'était pas une vision sentimentale, mais une réalité de la nature. Il ressentait la même chose en regardant les étoiles quand il la sortait pour son dernier pipi du soir.

« Non, dit-il ce jour-là. Je crois qu'on a passé le stade de la période d'essai. Par contre, si elle me survit, Bethie, tu devras la récupérer – au diable les allergies de Jim – ou lui trouver un bon foyer.

– Reçu cinq sur cinq, Rubber Duck[1]. » C'était un surnom qu'elle avait entendu dans une chanson de routier des années 1970 et gardé en tête. Encore une chose que Lloyd trouvait à la fois charmante et exaspérante chez Beth. « Je suis ravie que ça marche entre vous. » Elle baissa la voix pour ajouter : « À dire vrai, je n'y croyais pas.

– Pourquoi tu me l'as amenée alors ?

– J'ai tenté le coup. Je savais que tu avais besoin d'une occupation plus prenante qu'un poisson rouge. Elle sait aboyer ?

1. Canard en plastique.

– Ça ressemble plutôt à un jappement. Elle le fait avec le facteur ou les livreurs de chez UPS, ou quand Don vient boire une bière. Juste deux petits *ouah ouah*, c'est tout. Quand est-ce que tu reviens dans la région ?

– C'est moi qui suis venue la dernière fois. À ton tour.

– Il faudra que j'emmène Laurie. Pas question de la laisser à Don et Evelyn Pitcher. »

En regardant la chienne, il comprit que jamais il ne pourrait la confier à qui que ce soit. Un simple saut au supermarché l'inquiétait, et en rentrant, il était soulagé de voir qu'elle l'attendait à la porte.

« Amène-la, dans ce cas. Ça me fera plaisir de voir comme elle a grandi.

– Et les allergies de Jim ?

– Au diable ses allergies », répondit Beth, et elle raccrocha en riant.

6

Après s'être pâmée devant Laurie, qui, hormis un arrêt pour soulager sa vessie, avait dormi à l'arrière de la voiture durant tout le trajet jusqu'à Boca, Beth retrouva ses responsabilités de grande sœur. Bien qu'elle soit capable de le harceler sur de nombreux sujets (elle était virtuose en la matière), sa principale préoccupation, cette fois-ci, concernait le Dr Albright, que Lloyd devait absolument consulter pour faire un check-up qui n'avait que trop tardé.

« Même si, je dois l'avouer, dit-elle, tu sembles plutôt en forme. Tu as même l'air bronzé. À moins que tu fasses une jaunisse.

– C'est grâce au soleil, tout simplement. Je promène Laurie trois fois par jour. Sur la plage quand on se lève, sur le chemin de Dix Kilomètres jusqu'au Fish House pour déjeuner, et retour sur la plage le soir. Pour admirer le coucher de soleil. Elle s'en fiche, les chiens n'ont aucun sens esthétique, mais moi, ça me plaît.

– Tu la promènes sur les planches au bord du canal ? Bon sang, Lloyd, elles sont complètement pourries. Un jour, elles vont s'écrouler et tu vas tomber dans le canal, avec cette petite princesse. »

Elle frotta la tête de Laurie.

« Cette promenade est là depuis quarante ans au moins. Je parie qu'elle me survivra.

– Tu as pris rendez-vous chez le médecin ?

– Non, mais je vais le faire. »

Elle lui tendit le téléphone.

« Vas-y. Je te regarde. »

Lloyd vit dans le regard de sa sœur qu'elle ne s'attendait pas à ce qu'il la prenne au mot, c'est pourquoi il le fit. Mais ce n'était pas la seule raison. Depuis quelques années, il craignait d'aller chez le médecin, il redoutait (probablement conditionné par un abus de séries télé) le moment où celui-ci poserait sur lui un regard grave et dirait : « J'ai une mauvaise nouvelle à vous annoncer. »

Mais maintenant, il se sentait bien. Certes, ses jambes étaient ankylosées le matin quand il se levait, sans doute d'avoir trop marché la veille, et son dos craquait plus que jamais, mais quand il faisait le bilan, il ne trouvait rien d'inquiétant. Il savait que des saloperies pouvaient se développer pendant un certain temps dans le corps d'un vieil homme sans se faire remarquer ; elles avançaient en rampant jusqu'au moment de passer à l'attaque, mais aucune n'avait progressé au point de provoquer des symptômes : pas de sang dans les selles ni dans les crachats, pas de douleurs abdominales, pas de difficulté à déglutir, pas de sensation de brûlure en urinant. Il songea qu'il était beaucoup plus facile d'aller chez le médecin quand votre corps vous disait que vous n'aviez aucune raison d'y aller.

« Qu'est-ce qui te fait sourire ? demanda Beth, soupçonneuse.

– Rien. Passe-moi le téléphone. »

Il tendit la main vers l'appareil. Elle refusa de le lui donner.

« Si tu veux vraiment l'appeler, prends le tien. »

7

Quinze jours après son check-up, le Dr Albright demanda à Lloyd de revenir le voir pour les résultats. Ils étaient bons.

« Votre poids se situe dans la bonne moyenne, votre tension est parfaite, idem pour vos réflexes. Votre taux de cholestérol a baissé par rapport à la dernière fois où vous avez bien voulu nous confier un peu de sang...

– Oui, je sais, ça remonte à loin. Trop loin probablement.

– Vous pouvez enlever le “probablement”. Quoi qu'il en soit, inutile de vous prescrire des lipides pour l'instant. Vous pouvez considérer cela comme une victoire. La moitié de mes patients en prennent à votre âge.

– Je marche beaucoup. Ma sœur m'a offert un chien. Un chiot.

– Les chiots, c'est ce que Dieu a trouvé de mieux comme entraînement physique. Comment ça va, à part ça ? Vous tenez le coup ? »

Le Dr Albright n'avait pas besoin d'être plus précis. Marian avait été sa patiente, elle aussi, une patiente beaucoup plus sérieuse que son mari en ce qui concernait les check-up bisannuels (Marian était une femme très prévoyante dans tous les domaines), mais la tumeur qui l'avait d'abord dépouillée de son intelligence, avant de la tuer, dépassait sa capacité d'anticipation. Elle avait éclos trop profondément en elle. Un glioblastome, se disait Lloyd, c'était ce que Dieu avait trouvé de mieux comme équivalent d'une balle dans la tête.

« Plutôt bien, répondit-il. Je dors mieux. Généralement, je me couche fatigué, ça aide.

– À cause du chien ?

– Oui. Essentiellement.

– Vous devriez appeler votre sœur pour la remercier. »

Lloyd trouva que c'était une bonne idée. Il appela Beth le soir même afin de lui dire merci. Pas de quoi, c'était un plaisir, dit-elle. Lloyd emmena Laurie se promener sur la plage. Il contempla le coucher de soleil. La chienne dénicha un poisson mort, sur lequel elle se soulagea. Ils rentrèrent à la maison, satisfaits l'un et l'autre.

8

Le 6 décembre de cette année-là débuta normalement, par une promenade sur la plage, suivie du petit déjeuner : croquettes pour

Laurie, œufs brouillés et toast pour Lloyd. Rien ne permettait de deviner que Dieu avait armé son Colt 45.

Après avoir regardé la première heure de *Today*, Lloyd se rendit dans l'antre de Marian. Il avait dégoté un petit boulot de comptable pour le Fish House et un concessionnaire automobile de Sarasota. Une activité sans stress ni pression et, bien qu'il ne soit pas dans le besoin, c'était chouette de recommencer à travailler. En outre, il s'aperçut qu'il préférait le bureau de Marian au sien. Il aimait bien sa musique également. Depuis toujours. Il se disait que sa femme aurait été heureuse de savoir que son espace était utilisé.

Assise par terre à côté de la chaise, Laurie mâchonna son lapin en caoutchouc d'un air songeur, avant de faire un somme. À dix heures trente, Lloyd sauvegarda son travail sur l'ordinateur et se leva.

« C'est l'heure du casse-croûte, ma belle. »

La chienne le suivit dans la cuisine et accepta un bâtonnet de viande séchée. Lloyd accompagna son verre de lait de deux biscuits faits maison provenant d'un colis envoyé par Beth. Ils étaient brûlés dessous (les cookies de Noël brûlés étaient une autre spécialité de sa sœur), mais mangeables.

Il lut un peu – il s'était attaqué à l'*œuvre* imposante de John Sanford –, avant d'être réveillé par un tintement familier. Laurie s'était postée devant la porte d'entrée et elle donnait des coups de truffe dans la laisse suspendue à la poignée. Lloyd consulta sa montre : midi moins le quart.

« Bon, d'accord. »

Il accrocha la laisse au collier, tapota sa poche gauche de veste pour s'assurer qu'il avait son portefeuille et suivit Laurie dans la lumière éclatante de la mi-journée. Alors qu'ils empruntaient le chemin, il constata que Don avait sorti son horrible collection de décorations de Noël en plastique : une Nativité (sacré), un gros Père Noël (profane) et un ensemble de nains de jardin maquillés pour ressembler à des elfes (surréaliste). Bientôt, Don risquerait sa vie en grimpant sur une échelle pour suspendre des guirlandes clignotantes qui donneraient à la maison des Pitcher l'aspect du plus petit casino flottant au monde, et aussi le plus kitsch. Les années précédentes, les décorations de Don avaient rempli Lloyd de tristesse, mais ce jour-là, il eut envie de rire. Il fallait reconnaître un certain mérite à ce vieux salopard. Il avait de l'arthrite, des problèmes de vue et de dos, et malgré cela, il ne renonçait pas. Pour Don, c'était : fêter Noël ou mourir.

Evelyn sortit sur la terrasse en bois derrière la maison. Mal fagotée dans un peignoir rose, elle avait une sorte de crème jaunâtre sur les joues et les cheveux en bataille. Don avait confié à Lloyd que son épouse commençait à perdre un peu la boule, et aujourd'hui, c'était visible.

« Vous l'avez vu ? » lança-t-elle.

Laurie leva la tête et la salua de son *ouah, ouah* caractéristique.

« Qui ça ? Don ?

– Non, John Wayne ! Don, évidemment ! Qui d'autre ?

– Non.

– Si vous le voyez, dites-lui d'arrêter de glander et de finir d'installer ces foutues décorations. Les guirlandes pendouillent et les rois Mages sont encore dans le garage ! Ce bonhomme est cinglé !

– Si je le croise, je lui ferai la commission. »

Evelyne se pencha par-dessus la rambarde, dangereusement.

« Vous en avez, un beau chien ! Comment il s'appelle déjà ?

– Laurie, répondit Lloyd pour la énième fois.

– Oh, une chienne, une chienne, une chienne ! s'exclama Evelyn avec une ferveur shakespearienne ponctuée par un gloussement. Je serai bien contente quand Noël sera passé, vous pouvez lui dire ça aussi ! »

Elle se redressa (au grand soulagement de Lloyd : il craignait de ne pas pouvoir la retenir si elle basculait dans le vide) et rentra dans la maison. Laurie se releva et trotta jusqu'à la promenade, la truffe dressée en direction des odeurs de friture qui s'échappaient du Fish House. Lloyd la suivait, salivant déjà à l'idée d'un pavé de saumon grillé sur du riz. Les aliments frits ne lui réussissaient plus très bien.

Le canal serpentait et la promenade suivait ses méandres, paresseusement, accrochée à la rive envahie par la végétation. Ici et là, il manquait une planche. Laurie s'arrêta pour regarder un pélican plonger dans l'eau et en ressortir avec un poisson qui s'agitait dans son grand bec, et ils repartirent. Elle effectua un nouvel arrêt devant une touffe de carex qui poussait entre deux planches gauchies. Lloyd l'aida à franchir l'obstacle en la soulevant sous le ventre (elle était trop grande maintenant pour la prise ballon). Un peu plus loin, juste avant le tournant suivant, un palmier nain avait empiété sur la promenade, formant une arche basse. Laurie était suffisamment petite pour passer dessous, pourtant elle s'arrêta encore une fois afin de renifler une odeur. Lloyd la rejoignit et se pencha, curieux de voir ce qu'elle avait trouvé. C'était la canne de Don. Bien que taillée dans un solide morceau d'acajou, elle était à moitié fendue dans la longueur, en partant de l'embout en caoutchouc.

Lloyd la ramassa et examina les trois ou quatre gouttes de sang qui tachetaient le bois.

« Mauvais signe. Je crois qu'on ferait mieux de… »

Laurie s'élança brusquement, lui arrachant la laisse des mains. Elle disparut sous l'arche de verdure. La poignée de la laisse virevoltait bruyamment dans son sillage. Elle se mit à aboyer. Pas son double jappement habituel, mais une salve de sons plus rauques dont Lloyd l'aurait crue incapable. Inquiet, il se faufila sous les palmes, en se servant de la canne pour les repousser. Les branches revenaient lui égratigner les joues et le front. Certaines feuilles s'ornaient de gouttes et même de traînées de sang. Il y en avait également sur les planches.

De l'autre côté du palmier nain, Laurie campait sur ses quatre pattes, le dos arqué, la truffe au ras du sol. Elle aboyait après un alligator. Un animal adulte d'au moins trois mètres de long, à la peau d'un vert terne taché de noir. Ses yeux sans éclat regardaient la chienne. Il était vautré sur le corps de Don Pitcher et sa gueule recourbée reposait sur le cou brûlé par le soleil du vieil homme, alors que ses courtes pattes écailleuses enserraient les épaules décharnées dans un geste possessif. C'était le premier alligator que voyait Lloyd depuis une excursion au Jungle Garden à Sarasota avec Marian, il y avait bien longtemps. La partie supérieure de la tête de Don avait quasiment disparu. On distinguait des éclats d'os au milieu de ce qui restait des cheveux de son voisin. Sur la joue, du sang commençait à sécher, constellé d'une sorte de gruau d'avoine. Lloyd comprit que ce qu'il contemplait, c'était de la bouillie de cervelle. Se dire que Don réfléchissait encore avec cette matière grise quelques minutes plus tôt rendait l'univers complètement absurde.

L'extrémité de la laisse de Laurie était tombée dans le canal. La chienne continuait à aboyer. L'alligator l'observait, sans bouger. Il avait l'air particulièrement idiot.

« Tais-toi, Laurie ! Ferme-la ! »

Lloyd pensa à Evelyn Pitcher, postée sur sa terrasse telle une actrice à l'avant-scène, déclamant : *Oh, une chienne, une chienne, une chienne !*

Laurie cessa d'aboyer pour émettre un grognement rauque venu du fond de sa gorge. Elle semblait avoir doublé de volume car son poil gris se hérissait, pas uniquement dans le cou mais sur tout le corps. Lloyd posa un genou à terre, le regard fixé sur l'alligator, et plongea la main gauche dans le canal pour chercher la laisse à tâtons. L'ayant enfin trouvée, il la sortit de l'eau d'un coup sec, saisit la poignée et se releva, toujours sans quitter des yeux la créature vert et noir couchée sur le cadavre de Don. Il tira sur la laisse. Tout d'abord, il eut l'impression de vouloir arracher un piquet planté dans le sol – Laurie refusant de bouger –, mais finalement, elle revint vers lui. À ce moment-là, l'alligator frappa la surface du canal d'un violent coup de queue qui produisit un claquement sec, projeta une gerbe d'eau et fit trembler les planches. Laurie tressaillit et sauta sur les baskets de son maître. Lloyd se baissa pour la prendre dans ses bras, sans jamais perdre de vue le reptile. Le corps de la chienne vibrait, comme parcouru d'un courant électrique. Ses yeux écarquillés laissaient voir le blanc autour des iris. Abasourdi par le spectacle de l'alligator chevauchant le cadavre de son voisin, Lloyd n'avait pas eu le temps d'avoir peur, et quand il put de nouveau éprouver quelque chose, ce fut une sorte de fureur protectrice. Il détacha la laisse du collier et la laissa tomber par terre.

« Rentre à la maison. Tu entends ? Rentre à la maison. J'arrive tout de suite. »

Penché en avant, il observait l'alligator (qui l'observait également). Très souvent, il avait porté Laurie comme un ballon quand elle était plus petite. Aujourd'hui, il la lança de la même manière, à deux mains, entre ses jambes, sous l'arche du palmier nain.

Il n'eut pas le temps de voir si elle obéissait. L'alligator fonçait vers lui. Avec une rapidité stupéfiante, totalement inattendue, il projeta le corps de Don à un mètre derrière lui en poussant sur ses épaisses pattes arrière. Gueule ouverte, il dévoila des dents semblables à une palissade crasseuse. Lloyd aperçut sur sa langue craquelée, rose et noir, des lambeaux de la chemise de Don.

Il frappa l'animal avec la canne en exécutant un swing de golfeur. La canne l'atteignit à la tête, sous un des yeux inexpressifs, et se brisa net, à l'endroit où l'acajou était déjà fendu. Le morceau de bois tournoya dans les airs et retomba dans l'eau. L'alligator se figea un instant, comme surpris, avant d'avancer de nouveau. Lloyd entendait le raclement de ses griffes. Sa mâchoire inférieure glissait sur les planches, arrachant des échardes grises.

Lloyd ne réfléchissait plus. Une partie de son être, profondément enfouie, prit le dessus. Utilisant à la manière d'un poignard ce qui restait de la canne de Don, il en planta l'extrémité déchiquetée dans la chair blanchâtre sur le côté de la tête du reptile. Tenant la poignée à deux mains, il se pencha en avant et appuya de tout son poids, de toutes ses forces. L'alligator battit en retraite latéralement. Avant qu'il puisse se ressaisir des craquements se succédèrent, coup sur coup, semblables aux détonations d'un pistolet de starter. Une partie de la vieille promenade s'effondra, entraînant le haut du corps de l'alligator dans le canal. La queue suivit, frappant les planches déformées et faisant sursauter le corps de Don. L'eau bouillonna. Déséquilibré, Lloyd parvint à reculer malgré tout, juste au moment où réapparaissait la tête de l'alligator. Il faisait claquer ses dents. Lloyd frappa de nouveau avec la canne, sans viser. Cette fois, le bout de bois brisé s'enfonça dans l'œil. L'animal se rejeta en arrière, et si Lloyd n'avait pas lâché la poignée de la canne, il aurait été entraîné dans l'eau.

Il fit demi-tour et décampa en se faufilant sous le palmier nain, les bras tendus devant lui, s'attendant à chaque instant à se faire happer par-derrière ou projeter vers l'avant, tandis que l'alligator nageait sous les planches, se hissait sur le fond boueux et s'élançait à sa poursuite en labourant le sol. Lloyd ressortit de l'autre côté des frondaisons maculé du sang de Don et du sien, provenant d'une dizaine d'égratignures.

Laurie n'était pas rentrée à la maison. Elle se tenait à trois ou quatre mètres de là et, en voyant Lloyd, elle se précipita à sa rencontre, se ramassa sur son arrière-train et bondit. Lloyd la saisit au vol (comme un ballon, véritablement) et se remit à courir, sans même s'apercevoir que Laurie gigotait dans ses bras, gémissait et couvrait son visage de grands coups de langue. Mais plus tard, cette image lui reviendrait en mémoire.

De retour sur le chemin, il se retourna et s'attendit à voir l'alligator foncer derrière eux sur la promenade, déployant sa vitesse inquiétante, inattendue. Lloyd eut le temps d'atteindre le milieu de l'allée qui menait chez lui avant que ses jambes se dérobent, l'obligeant à s'asseoir. Secoué de sanglots et tremblant de tous ses membres, il ne cessait de jeter des coups d'œil en arrière pour guetter l'alligator. Laurie continuait à lui lécher le visage, mais elle tremblait moins violemment. Quand Lloyd se sentit capable de marcher, il la porta jusqu'à la maison. Deux fois, il dut s'arrêter, pris de vertige.

Evelyn ressortit sur sa terrasse au moment où il se traînait jusqu'à la porte de derrière.

« Vous savez que si vous portez un chien comme ça, ensuite il vous le réclamera tout le temps. Alors, vous avez croisé Don ? Il faut qu'il finisse d'installer les décorations de Noël. »

Ne voyait-elle pas le sang ? se demandait Lloyd. Ou ne voulait-elle pas le voir ?

« Il y a eu un accident.

– Quel genre d'accident ? Quelqu'un a encore percuté ce foutu pont ?

– Rentrez chez vous. »

Lui-même rentra chez lui, sans attendre de voir si Evelyn obtempérait. Il donna un bol d'eau fraîche à Laurie. Et pendant qu'elle lapait avec enthousiasme, il appela la police.

9

La police avait dû se rendre chez les Pitcher aussitôt après avoir récupéré le corps de Don car Lloyd entendit les hurlements d'Evelyn.

Sans doute ne durèrent-ils pas longtemps, mais ils lui parurent interminables. Devait-il y aller pour tenter de la réconforter ? Il n'en avait pas la force. Il ne se souvenait pas d'avoir été aussi fatigué, même après un entraînement de football au lycée par un après-midi caniculaire du mois d'août. Il n'aspirait qu'à une seule chose : s'asseoir dans son fauteuil avec Laurie sur les genoux. La chienne s'était endormie, roulée en boule.

La police vint interroger Lloyd. Il avait eu énormément de chance, lui dirent-ils après avoir écouté son récit.

« Chance mise à part, ajouta l'un d'eux, vous avez fait preuve d'une sacrée présence d'esprit en utilisant la canne de M. Pitcher de cette façon.

– N'empêche, dit Lloyd, il m'aurait quand même eu si une partie de la promenade ne s'était pas écroulée sous son poids. »

Sans doute l'alligator aurait-il eu Laurie également. Car elle n'avait pas voulu rentrer à la maison. Elle avait attendu.

Ce soir-là, il la prit dans son lit. Elle dormit du côté de Marian. Lui-même dormit peu. Chaque fois qu'il commençait à sombrer, il revoyait l'image de l'alligator vautré sur le cadavre de Don dans cette position possessive, grotesque. Avec ses yeux noirs et morts. Donnant l'impression de sourire. La vitesse stupéfiante à laquelle il avait foncé sur lui. Alors il caressait la chienne endormie à côté de lui.

Beth fit le trajet depuis Boca dès le lendemain. Elle réprimanda son frère, mais seulement après l'avoir serré dans ses bras et embrassé à plusieurs reprises. Et Lloyd ne put s'empêcher de repenser à la façon dont Laurie lui avait léché le visage, frénétiquement, quand il était ressorti de sous le palmier nain.

« Je t'aime, espèce de vieil emmerdeur, dit Beth. Dieu soit loué, tu es vivant. »

Elle prit Laurie dans ses bras et l'étreignit elle aussi. Laurie se laissa faire, patiemment, mais dès que Beth la reposa, elle fonça chercher son lapin en caoutchouc. Elle l'emporta dans un coin, où elle le fit couiner inlassablement. Lloyd se demanda si elle s'imaginait en train de déchiqueter l'alligator, puis il se traita d'idiot. Il ne fallait pas faire des animaux ce qu'ils n'étaient pas. Ça, il ne l'avait pas lu dans « Vous voilà avec un chiot à la maison ! ». Cela faisait partie des choses qu'on découvrait par soi-même.

10

Le lendemain de la visite de Beth, un membre de l'Office des eaux et forêts rendit visite à Lloyd. Ils s'installèrent dans la cuisine et l'homme, nommé Gibson, accepta un verre de thé glacé. Laurie prit plaisir à renifler ses bottes et ses revers de pantalon, avant de se coucher en boule sous la table.

« On a capturé l'alligator, annonça Gibson. Vous avez de la chance d'être en vie, monsieur Sunderland. C'était une sacrée bête.

– Je sais. Vous l'avez euthanasié ?

– Pas encore. Il y a un débat à ce sujet. Quand il a attaqué M. Pitcher, c'était pour protéger une couvée.

– Des œufs ?

– Exactement. »

Lloyd appela Laurie. Qui obéit. Il la prit dans ses bras pour la caresser.

« Depuis quand ce monstre était-il caché là ? Dire que j'ai emprunté cette fichue promenade presque tous les jours avec mon chien jusqu'au Fish House.

– La période d'incubation est de soixante-cinq jours.

– Et il était là pendant tout ce temps ? »

Gibson hocha la tête.

« Quasiment, oui. Dans les hautes herbes.

– Et il nous regardait passer ?

– Vous et toutes les personnes qui empruntaient ce chemin. M. Pitcher a dû faire sans le vouloir quelque chose qui a éveillé... » Gibson haussa les épaules. « Non pas son instinct maternel, on ne peut pas dire ça, mais ces animaux sont programmés pour protéger leur nid.

– Il a sans doute agité sa canne dans sa direction, dit Lloyd. C'était un tic chez lui. Peut-être même qu'il l'a frappé. Ou bien il a tapé sur le nid. »

Gibson finit son thé glacé et se leva.

« Je voulais juste vous tenir informé.

– Merci.

– De rien. C'est une jolie petite chienne que vous avez. Un mélange border collie et quoi d'autre ?

– Mudi.

– Ah, oui. Maintenant que vous le dites. Et elle était avec vous ce jour-là ?

– Elle marchait devant. C'est elle qui a vu l'alligator en premier.

– Elle a de la chance d'être encore en vie, elle aussi.

– Oui. »

Lloyd caressait Laurie, qui levait vers lui ses yeux ambrés. Il se demandait, comme souvent, ce qu'elle voyait dans ce visage penché au-dessus d'elle. À l'instar des étoiles qu'il admirait la nuit, c'était un mystère. Et c'était bien comme ça. Un peu de mystère ne faisait pas de mal, surtout quand les années s'accumulaient.

Gibson le remercia pour le thé glacé et s'en alla. Lloyd resta assis un instant, la main enfouie dans cette fourrure grise. Finalement, il reposa la chienne pour qu'elle vaque à ses occupations.

SERPENTS À SONNETTE

Juillet-août 2020

Je ne fus pas surpris en voyant la vieille femme manœuvrer la double poussette. On m'avait prévenu. C'était dans Rattlesnake Road, qui serpente sur les six kilomètres de l'île de Rattlesnake Key, dans la baie de Floride. Maisons et résidences au sud, quelques McMansions[1] à l'extrémité nord.

Il y a un virage aveugle à un peu moins d'un kilomètre de la demeure de Greg Ackerman, chez qui je logeais cet été-là en vadrouillant ici et là comme le dernier petit pois dans une boîte de conserve trop grande. Un enchevêtrement de fourrés plus hauts que moi (je mesure pourtant un mètre quatre-vingt-quinze) flanquait la route et donnait l'impression de l'étouffer et de rendre encore plus étroit ce qui l'était déjà. Le virage était signalé des deux côtés par des gamins en plastique vert fluo lumineux qui brandissaient une pancarte sur laquelle était écrit RALENTISSEZ ! DES ENFANTS JOUENT. J'allais à pied, et je peux vous dire qu'à soixante-douze ans, dans la fournaise d'une matinée de juillet, je n'avais pas besoin de ralentir. Mon objectif était de marcher jusqu'au portillon qui sépare le chemin privé de la route entretenue par le comté, et de revenir chez Greg. Je

1. Terme péjoratif pour qualifier de grandes maisons modernes au style architectural souvent ostentatoire et construites en série.

commençais déjà à me demander si je n'avais pas eu les yeux plus gros que le ventre.

Je n'étais pas certain, jusqu'alors, que Greg ne se foute pas de moi au sujet de Mme Bell, mais elle était bien là, et elle avançait vers moi en poussant cette poussette géante. Une des roues grinçait, elle aurait eu besoin d'un peu d'huile. La vieille femme portait un short ample, des sandales et des mi-bas, et un grand chapeau bleu pour se protéger du soleil. Elle s'arrêta, et je me souvins que Greg m'avait demandé si son problème (c'était ainsi qu'il l'appelait) en serait un pour moi. Non, avais-je répondu, mais à présent, je m'interrogeais.

« Bonjour. Vous devez être Mme Bell. Je m'appelle Vic Trenton. J'habite chez Greg pendant quelque temps.

– Vous êtes un ami de Greg ? Formidable. Depuis longtemps ?

– On travaillait dans la même agence de pub à Boston. J'étais rédacteur et lui…

– Il s'occupait des photos et de la mise en page, oui je sais. Avant de toucher le pactole. » Elle rapprocha la double poussette, mais pas trop. « Tous les amis de Greg, etc. Ravie de vous rencontrer. Et puisque nous allons être voisins durant votre séjour ici, appelez-moi Alita, je vous en prie. Ou Allie, si vous préférez. Vous allez bien ? Aucun symptôme de cette nouvelle grippe ?

– Tout va bien. Je ne tousse pas, je n'ai pas de fièvre. Vous non plus, je suppose ?

– Non, rien. Et tant mieux, vu mon âge et mes petits problèmes médicaux comme tous les vieux. Un des avantages de rester ici l'été, c'est que la plupart des gens fichent le camp. Ce matin, aux infos, j'ai entendu le Dr Fauci dire qu'il pourrait y avoir cent mille nouveaux cas chaque jour. Vous vous rendez compte ? »

Je lui dis que j'avais regardé la même émission.

« Vous êtes venu ici pour échapper à tout ça ?

– Non. J'avais besoin de décompresser et on m'a proposé cette maison, alors j'en ai profité. »

On était loin de la vérité.

« Je crois que vous êtes un peu dingue de venir passer vos vacances dans cette partie du monde en été, monsieur Trenton. »

D'après Greg, c'est vous qui êtes dingue, pensai-je. *Et à en juger par cette poussette que vous promenez partout, il n'a pas tort.*

« Appelez-moi Vic. Puisque nous sommes voisins.

– Vous voulez dire bonjour aux jumeaux ? »

Elle montra l'intérieur de la poussette. D'un côté, il y avait un short bleu, et de l'autre un short vert. Sur les dossiers étaient posés des T-shirts humoristiques. Sur le premier était écrit VILAIN et sur l'autre ENCORE PLUS VILAIN.

« Lui, c'est Jacob, dit-elle en montrant le short bleu. Et lui, c'est Joseph. »

Elle caressa le T-shirt qui disait ENCORE PLUS VILAIN. Un geste furtif, mais affectueux. Elle paraissait calme, et cependant méfiante ; elle guettait ma réaction.

Cinglée ? En effet, et pourtant je ne me sentais pas affreusement mal à l'aise. Pour deux raisons. Premièrement, Greg m'avait mis au courant : ce « problème » excepté, Mme Bell était totalement saine d'esprit, ancrée dans la réalité. Deuxièmement, quand on consacre toute sa vie professionnelle à la publicité, on en rencontre un paquet, des cinglés. S'ils ne l'étaient pas en arrivant, ils finissent toujours par le devenir.

Sois aimable avec elle, c'est tout, m'avait dit Greg. *Elle est inoffensive, et elle fait les meilleurs cookies aux flocons d'avoine et aux raisins secs que j'aie jamais mangés.* Concernant les cookies, j'avais des doutes – les publicitaires ont tendance à user de superlatifs, même ceux qui ne sont plus dans le métier –, mais j'étais tout à fait disposé à me montrer aimable.

« Bonjour, les garçons, dis-je. Enchanté. »

N'étant pas là, Jacob et Joseph ne répondirent pas. Et n'étant pas là, ils n'étaient pas sensibles à la fournaise, et ils n'avaient pas à s'inquiéter du Covid ou du cancer de la peau.

« Ils viennent d'avoir quatre ans », précisa Allie Bell. Si cette femme avait eu des jumeaux de quatre ans, ç'aurait été une sacrée prouesse, étant donné qu'elle semblait avoir dans les soixante-cinq ans. « Ils sont assez grands pour marcher, bien sûr, mais ils préfèrent se laisser conduire, ces paresseux. Je leur mets des shorts de couleurs différentes car parfois, moi-même je les confonds. » Elle rit. « Je vous laisse poursuivre votre promenade, monsieur Trenton...

– Vic. S'il vous plaît.

– Entendu, Vic. À dix heures, il fera plus de trente degrés, et je ne vous parle pas de l'humidité. Dites au revoir, les garçons. »

Je suppose qu'ils obéirent à leur mère. Je leur souhaitai une bonne journée et dis à Allie que j'avais été ravi de la rencontrer.

« Moi de même. Et les jumeaux vous trouvent gentil. Pas vrai, les garçons ?

– Vous avez raison, les garçons », confirmai-je en m'adressant à la double poussette vide.

Allie Bell était aux anges. C'était un test. Apparemment, je l'avais réussi.

« Vous aimez les cookies, Vic ?

– Oui. Greg m'a dit que ceux aux flocons d'avoine et aux raisins secs étaient votre spécialité.

– *Spécialité de la maison, oui, oui* * », dit-elle avec un petit rire perlé. Il y avait quelque chose d'un peu inquiétant dans tout ça. À cause du contexte sans doute. Ce n'est pas tous les jours qu'on vous présente des jumeaux morts depuis longtemps. « Je vous en apporterai un de ces jours. Si ça ne vous gêne pas que je vous rende visite.

– Absolument pas.

– En soirée. Quand il fait un peu plus frais. J'ai tendance à m'étouffer dans la journée, mais heureusement, ça ne gêne pas Jake et Joe. Et je prends toujours ma perche.

– Votre perche ?

– Pour les serpents. À plus tard. Ravie de vous avoir rencontré. » Elle passa devant moi en poussant la poussette, puis se retourna. « Même si ce n'est pas la bonne période de l'année pour profiter de la Gulf Coast. Le mieux, c'est en octobre et en novembre.

– Noté. »

Au début, je croyais que l'île devait son nom à sa forme, car vu du ciel, elle ressemble étonnamment à un serpent qui ondule et s'enroule sur lui-même, mais Greg m'avait expliqué qu'il y avait effectivement des serpents à sonnette dans la région, une véritable invasion, jusqu'au début des années 1980. Quand le boum de l'immobilier avait atteint les Keys, au sud de Siesta et de Casey. Avant cette date, toute cette zone était en sommeil.

« Ces serpents étaient une sorte d'anomalie écologique, dit Greg. Sans doute qu'au début, certains ont traversé l'océan en venant du continent… Ça sait nager, les serpents ?

– Oui, ça nage, dis-je.

– Ou peut-être qu'ils ont fait du stop dans l'eau de cale d'un bateau de ravitaillement ou un truc comme ça. Ou peut-être même dans la cale du yacht d'un type riche. Ils se sont reproduits dans les broussailles, où les oiseaux avaient du mal à s'en prendre à leurs petits. Les serpents à sonnette ne pondent pas d'œufs, tu sais ? Les mères expulsent huit ou dix petits d'un coup, et ça fait une sacrée quantité de bottes en peau de serpent, crois-moi. Il y en avait partout, de ces salopards. Des centaines, peut-être même des milliers. Ils ont été chassés vers le nord quand tout le sud du Key s'est construit. Et lorsque les riches ont débarqué…

– Comme toi, dis-je.

– Euh, oui, concéda-t-il avec une modestie de bon aloi. La Bourse a été généreuse avec ton serviteur, surtout Apple.

– Et Tesla.

– Exact. Je t'avais refilé le tuyau, mais en bon gars prudent de la Nouvelle-Angleterre que tu es…

– Stop.

– Bref, lorsque les riches ont débarqué et ont commencé à faire construire leurs McMansions…

– Comme la tienne.

– S'il te plaît, Vic. Contrairement à certaines horreurs en stuc et en ciment de cette partie de la Floride, ma maison est une réussite architecturale.

– Si tu le dis.

– Quand les riches ont commencé à faire construire, les promoteurs ont découvert des serpents partout. Ils pullulaient littéralement. Les ouvriers ont tué ceux qui se trouvaient sur les chantiers – côté golfe et côté baie –, mais il n'y a jamais eu de chasse aux serpents *organisée*, jusqu'à l'histoire des jumeaux Bell. Et même à ce moment-là, le comté n'a rien voulu faire, en prétextant que la pointe nord du récif était occupée par des propriétés privées, alors les promoteurs ont créé une petite armée pour exterminer les serpents. Je bossais encore chez MassAds à l'époque, et je boursicotais en parallèle. Je ne vivais pas encore ici, mais on m'a raconté qu'une centaine d'hommes et de femmes au moins, équipés de gants et de cuissardes, ont participé à des battues, en commençant là où se trouve le portillon maintenant, pour tuer tous les serpents qu'ils trouvaient. Des crotales essentiellement, mais aussi des serpents noirs, des couleuvres rayées et quelques mocassins à tête cuivrée et même, si incroyable que cela puisse paraître, un putain de python !

– Ils ont tué également les serpents non venimeux, en plus des autres ?

– Ils les ont tous tués. Depuis, personne n'a plus vu un seul serpent dans la région. »

Ce soir-là, Greg me téléphona. Assis au bord de la piscine, je sirotais un gin tonic en admirant les étoiles. Il voulait savoir si je profitais bien de la maison. Je lui répondis que j'en profitais au maximum et le remerciai encore une fois de m'accueillir chez lui.

« Hélas, ce n'est pas la meilleure période, dit-il. D'autant que la plupart des attractions pour touristes ont fermé à cause du Covid. Les bons mois, c'est…

– Octobre et novembre. Mme Bell m'a expliqué. Allie.

– Tu l'as rencontrée ?

– Oui. Avec les jumeaux. Jacob et Joseph. Du moins, j'ai rencontré leurs shorts et leurs T-shirts. »

Un silence. Puis Greg demanda :

« Ce n'est pas un souci pour toi ? Je songeais à Donna quand je t'ai proposé la maison. Sans penser que ça pourrait te rappeler… »

Je ne voulais pas aborder ce sujet, même après toutes ces années.

« Non, ça va. Tu avais raison : Allie Bell semble très gentille, à part ça. Elle a promis de m'apporter des cookies.

– Tu vas les adorer. »

Je repensai aux petites taches rouges sur ses joues.

« Elle m'a assuré qu'elle n'avait pas le Covid – qu'elle appelle “la nouvelle grippe” –, et elle ne tousse pas, mais elle ne m'a pas paru en très bonne santé. » Je revis la double poussette, avec ses shorts et ses T-shirts vides. « Physiquement, je veux dire. Elle m'a parlé de problèmes médicaux.

– Elle a dans les soixante-dix ans…

– Tant que ça ? J'aurais dit dans les soixante.

– Son mari et elle ont été les premiers à faire construire à la pointe nord, à l'époque où Carter était président. Et quand tu arrives à cet âge-là, le matériel n'est plus sous garantie.

– Je n'ai croisé personne d'autre, mais je ne suis ici que depuis trois jours. Je n'ai même pas déballé mes affaires. »

Je n'avais pas apporté grand-chose, de toute façon. J'avais surtout rattrapé mon retard dans mes lectures, comme je m'étais promis de le faire une fois à la retraite. Quand je regardais la télé, je coupais le son pendant les pubs. Je serais heureux de ne plus en voir une seule jusqu'à la fin de mes jours.

« C'est *l'été*, mon pote. L'été du Covid, par-dessus le marché. Une fois que tu franchis le portillon, il n'y a plus que toi et Alita. Et… »

Il s'interrompit.

« Et les jumeaux, dis-je à sa place. Jacob et Joseph.

– Tu es vraiment sûr que ça ne te gêne pas ? Compte tenu de ce qui s'est passé…

– Je t'assure. Parfois, il arrive des trucs moches à des enfants. Ça nous est arrivé, à Donna et à moi, comme c'est arrivé à Allie Bell. L'histoire de notre fils, ça remonte à loin. Tad. Je n'y pense plus. » Je mentais. Il y a certaines choses qu'on n'oublie jamais. « Mais j'ai une question.

– Et j'ai la réponse. »

Cette réplique me fit rire. Greg Ackerman, plus vieux et plus riche, mais toujours aussi futé. Quand on gérait le compte de la Brite

Company, le fabricant de sodas, il avait débarqué un jour dans une réunion avec une bouteille de Brite Cola dont le long col, reconnaissable, dépassait de la braguette ouverte de son pantalon.

« Elle sait ?

– Je ne suis pas sûr de comprendre. »

J'étais sûr que si.

« Elle sait que la poussette est vide ? Elle sait que ses petits garçons sont morts il y a trente ans ?

– Quarante, corrigea-t-il. Peut-être même un peu plus. Et oui, elle sait.

– Tu en es certain ou presque sûr ?

– Sûr et certain. » Une pause. « Presque. »

Du Greg tout craché. Il se ménageait toujours une porte de sortie.

Je finis mon verre en continuant à regarder les étoiles. Le tonnerre bourdonnait et grondait au-dessus du golfe, accompagné d'éclairs flous, mais ce n'étaient que des menaces en l'air.

Je finis de vider ma deuxième valise, chose que j'aurais dû faire deux jours plus tôt. Quand j'eus terminé (ça m'avait pris cinq minutes), j'allai me coucher. On était le 10 juillet. Dans le monde extérieur, les cas de Covid avaient dépassé les trois millions rien qu'aux États-Unis. Greg m'avait dit que je pouvais rester dans la maison jusqu'à la fin septembre si je le souhaitais. Je lui avais répondu que six semaines me semblaient suffisantes pour remettre de l'ordre dans mes pensées, mais maintenant qu'il faisait plus frais, j'envisageais de rester un peu plus longtemps. Jusqu'à la fin de cette effroyable épidémie.

Le silence, brisé uniquement par le murmure assoupi des vagues qui mouraient sur la plage de galets de Greg, était exquis. Je pouvais me lever avec le soleil et faire mes promenades quotidiennes plus tôt qu'aujourd'hui... et échapper à Allie Bell. Elle n'était pas si désagréable, et Greg avait sans doute raison : elle avait au moins trois roues sur la route, mais cette double poussette avec les shorts de différentes couleurs... Ça flanquait la frousse.

« Vilain et Encore Plus Vilain », murmurai-je. La porte coulissante de la chambre principale était ouverte et la brise soulevait les fins rideaux blancs, transformés en bras.

Je comprenais l'inquiétude de Greg vis-à-vis des jumeaux fantômes et leur rapport avec moi. J'avais mis du temps. Mais la sagesse populaire ne dit-elle pas : mieux vaut tard que jamais ? La première fois qu'il m'avait parlé de l'excentricité d'Alita Bell, je n'avais pas fait le rapprochement avec ma propre vie. Ce rapprochement concernait mon fils, mort à peu près au même âge que Jacob et Joseph. Mais ce n'était pas à cause de Tad que j'éprouvais le besoin de m'éloigner de la Nouvelle-Angleterre pendant quelque temps. Ce chagrin était déjà ancien. Dans cette maison ridiculement trop grande, durant ces semaines estivales caniculaires, je devais en affronter un autre.

Je rêvai de Donna, comme souvent. Assis sur le canapé, dans notre vieux salon, on se tenait par la main. On était jeunes. On ne se parlait pas. Et c'était tout, le rêve s'arrêtait là. Pourtant, je me réveillai le visage mouillé de larmes. Le vent soufflait plus fort, un vent moins chaud, et les rideaux ressemblaient plus que jamais à des bras tendus. Je me levai avec l'intention de fermer la porte coulissante, mais au lieu de cela, je sortis sur le balcon. Dans la journée, on avait vue sur l'ensemble du golfe depuis les fenêtres des chambres du haut (Greg m'avait autorisé à m'installer dans la chambre principale, ce que j'avais fait), mais au petit matin, on ne voyait que l'obscurité. Et parfois quelques éclairs, de plus en plus proches. De même que les grondements de tonnerre s'amplifiaient. L'orage était réellement menaçant à présent.

J'étais accoudé à la balustrade, au-dessus du patio dallé et de la piscine ; mon T-shirt et mon caleçon claquaient au vent. Je pouvais me dire que j'avais été réveillé par le tonnerre, ou le vent plus frais, mais évidemment, c'était le rêve. Elle et moi sur le canapé, main dans la main, incapables d'évoquer ce qui se dressait entre nous. Cette disparition était trop envahissante, trop permanente, trop *là*.

Ce n'étaient pas des serpents à sonnette qui avaient tué notre fils. Il était mort de déshydratation dans une voiture aux vitres fermées.

Je ne pouvais rejeter la faute sur ma femme puisqu'elle avait failli mourir avec lui. Je n'avais même pas accusé le chien, un saint-bernard nommé Cujo, qui avait tourné autour de notre Ford Pinto en panne, encore et encore, pendant trois jours, sous un soleil d'été écrasant.

Un livre de Lemony Snicket, *Les Désastreuses Aventures des orphelins Baudelaire*, décrit à la perfection ce qui est arrivé à ma femme et à mon fils. La maison devant laquelle notre voiture avait rendu l'âme (à cause d'un pointeau de carburateur obstrué qu'un mécanicien aurait réparé en cinq minutes) se trouvait en pleine campagne. Le chien était enragé. Si Tad avait un ange gardien, lui aussi était en vacances en ce mois de juillet.

Tout cela s'était produit il y a longtemps. Des décennies.

Je rentrai dans la chambre, fermai la porte coulissante et abaissai le loquet pour faire bonne mesure. Je me recouchai, et je dormais presque quand je perçus un léger grincement. Je me redressai d'un bond, aux aguets.

Parfois, on a des pensées bizarres, qui paraîtraient grotesques en plein jour mais semblent plausibles au petit matin. Je ne me souvenais plus si j'avais verrouillé la porte d'entrée, et il était facile d'imaginer Allie, bien plus folle que ne le croyait Greg, rôdant en bas. Elle poussait sa double poussette à la roue grinçante à travers le grand salon, vers la cuisine, pour y déposer un Tupperware contenant des cookies aux flocons d'avoine et aux raisins secs. Elle poussait la poussette, convaincue que ses jumeaux, morts depuis quarante ans, étaient à l'intérieur.

Criiic. Silence. *Criiic.* Silence…

Je me la représentais. Je me représentais même Jacob et Joseph – car elle aussi les voyait. Mais parce que je n'étais pas elle, je voyais qu'ils étaient morts. La peau livide. Les yeux vitreux. Les jambes et les chevilles enflées là où les serpents les avaient mordus.

C'était ridicule, débile. Assis dans le lit, le dos droit, le drap remonté sur les genoux, je le savais bien. Et pourtant :

Criiic. Silence. *Criiic.*

J'allumai la lampe de chevet, me levai et traversai la chambre, me répétant que je n'avais pas peur. J'allumai le plafonnier et tendis la main par la porte ouverte pour allumer le couloir du premier étage en me disant que personne n'allait refermer sa main sur mon poignet, et que je n'allais pas hurler si jamais cela se produisait.

Je m'aventurai jusqu'au milieu du couloir et me penchai par-dessus la rampe. Il n'y avait personne dans le salon, évidemment, mais j'entendis les premières gouttes de pluie s'écraser sur les fenêtres du rez-de-chaussée. Et autre chose...

Criiic. Silence. *Criiic.* Silence.

J'avais oublié d'éteindre le ventilateur au plafond. Le grincement venait de là. En plein jour, je n'y avais pas fait attention. L'interrupteur se trouvait en haut de l'escalier. Je l'abaissai. Le ventilateur s'arrêta petit à petit et émit un ultime grincement. Je retournai me coucher, mais laissai la lampe de chevet allumée, réglée au plus bas. Si je fis un autre rêve, je ne m'en souvenais pas au matin.

Je me réveillai tard, sans doute à cause de ma frayeur nocturne, et renonçai à ma promenade, mais les trois jours suivants, je me levai tôt, quand le fond de l'air était encore frais et les oiseaux muets. Je fis l'aller-retour jusqu'au portillon, et vis une grande quantité de lapins, mais aucun humain. Je passai devant la boîte aux lettres des Bell au début de l'allée bordée de rhododendrons, mais entrevis à peine la maison, qui se trouvait du côté de la baie, cachée par des arbres et d'autres rhododendrons.

En semaine, aux horaires de travail, j'entendis des souffleurs à feuilles, et en allant à l'épicerie je vis deux camionnettes de paysagiste garées dans l'allée d'Allie. À part ça, je devinais qu'elle vivait seule. Comme moi. En outre, nous étions deux célibataires qui avaient survécu à leurs conjointe et conjoint. Cela aurait pu faire une bonne comédie romantique (si tant est qu'on réalise des *romcoms* sur des vieux, les *Golden Girls* étant l'exception qui confirme la règle), mais l'idée de la draguer ne me serait pas venue à l'esprit. Pas même une seconde. Pour quoi faire ? Pour pousser ensemble les jumeaux invisibles, chacun d'un côté de la poussette ? Pour faire semblant de les nourrir avec des spaghettis en boîte ?

Greg avait un gardien, mais il m'avait chargé d'arroser les fleurs dans les gros pots qui flanquaient la porte au bout de l'allée et au bord de la piscine. Tâche que j'étais en train d'accomplir un soir, au crépuscule, une dizaine de jours après mon arrivée, quand j'entendis de nouveau le grincement. Je coupai l'eau. Allie poussait la poussette dans l'allée. Elle avait une sorte de sacoche à bandoulière dans laquelle était coincée une perche en acier qui se terminait par un crochet en forme de U. Elle me demanda si je me sentais toujours bien. Je répondis par l'affirmative.

« Moi aussi. Je vous apporte des cookies.

– C'est très gentil », dis-je, mais si elle avait oublié, cela ne m'aurait pas dérangé.

Ce soir-là, un short rouge et un short blanc étaient étendus côte à côte dans la poussette. Et deux T-shirts étaient posés à cheval sur les dossiers. L'un proclamait À PLUS TARD, BALTHAZAR et l'autre À LA REVOYURE, ARTHUR. S'il y avait eu réellement des enfants à l'intérieur, ces T-shirts les auraient rendus adorables. Là… non.

Mais c'était ma voisine, et une femme inoffensive. Alors je dis :

« Bonjour, Jacob. Bonjour, Joseph. Comment va ? »

Allie émit son rire perlé.

« Oh, vous êtes gentil. » Elle me regarda droit dans les yeux et ajouta : « Je sais bien qu'ils ne sont pas là. »

Je ne savais pas comment réagir. Mais apparemment Allie s'en fichait.

« Et pourtant, parfois ils sont là. »

Je me souvins que Donna m'avait dit une chose semblable, un jour. Plusieurs mois après le décès de Tad, et peu de temps avant notre divorce. *Parfois, je le vois.* Et quand je lui avais répondu que c'était stupide (à cette époque, on avait retrouvé assez de forces pour échanger des méchancetés), elle avait rétorqué : *Non, c'est nécessaire.*

La sacoche d'Allie possédait une poche sur le côté. Elle en sortit un sac de congélation qui contenait des cookies. Je les pris et la remerciai.

« Entrez donc et venez en manger un avec moi. » Après une pause, j'ajoutai : « Avec les garçons, bien sûr.

– Bien sûr », répéta-t-elle comme si c'était une évidence.

Un escalier intérieur reliait le garage au rez-de-chaussée. Elle arrêta la poussette au pied des marches et dit :

« On descend, les garçons. Dépêchez-vous de monter, nous sommes invités. »

Elle suivit du regard leur progression dans l'escalier, puis déposa sa sacoche dans la poussette.

Voyant que je regardais sa perche à serpents, elle sourit.

« Essayez-la si vous voulez. Vous serez surpris par sa légèreté. »

Je la sortis de la sacoche et la soupesai. Elle pesait moins de deux kilos.

« L'acier est creux. Les pointes au bout du crochet, c'est pour les embrocher, mais ils sont trop rapides pour moi. » Elle tendit la main et je lui remis la perche. « Généralement, on arrive à les repousser, mais s'ils refusent de filer… » Elle appuya l'extrémité de la perche contre le sol et la releva d'un coup sec. « On peut les expédier dans les fourrés. À condition de faire vite. »

Je voulus lui demander si elle s'en était déjà servie, mais je pensais connaître la réponse. S'il existait des jumeaux invisibles, il existait également des serpents invisibles. CQFD. Je me contentai de souligner que ça semblait très utile.

« Non, nécessaire. »

Arrivée au milieu de l'escalier, Allie s'arrêta, tapota sa poitrine et prit quelques profondes inspirations. Les taches rouges sur ses joues étaient réapparues.

« Ça ne va pas ?

– C'est mon vieux palpitant qui saute des mesures. Rien de grave. J'ai des pilules pour ça. Je crois que je devrais en avaler une ou deux. Je pourrais avoir un verre d'eau ?

– Pourquoi pas un verre de lait plutôt ? Il n'y a rien de meilleur avec les cookies.

– Lait et cookies : un régal. »

Arrivée en haut de l'escalier, elle s'assit à la table de la cuisine avec un léger grognement. Je nous servis deux petits verres de lait et déposai une demi-douzaine de cookies aux raisins secs sur une assiette. Trois pour elle, trois pour moi, me disais-je, mais je finis par en manger quatre. Ils étaient vraiment excellents.

Au bout d'un moment, elle se leva et dit :

« Les enfants, on est sages ! Et on se tient bien !

– Je suis sûr qu'ils seront gentils. Vous vous sentez mieux ?

– Oui, merci.

– Vous avez une petite… »

Je tapotai ma lèvre supérieure.

« Une moustache de lait ? »

Elle gloussa comme une adolescente. C'était charmant.

Quand je pris une serviette en papier dans la boîte posée sur le plateau tournant et la lui tendis, je vis qu'elle regardait ma main.

« Votre femme n'est pas ici avec vous, Vic ? »

Je touchai mon alliance.

« Non. Elle est morte. »

Elle ouvrit de grands yeux.

« Oh ! Toutes mes condoléances. Récemment ?

– Assez. Voulez-vous un autre cookie ? »

Si la vieille femme débloquait un peu avec ses jumeaux, elle savait reconnaître un panneau « Entrée interdite » quand elle en voyait un… ou l'entendait.

« Bon, d'accord, mais pas un mot à mon médecin. »

On bavarda encore un peu, sans qu'il soit question des serpents à sonnette, des enfants invisibles ou des épouses mortes. Elle parla du coronavirus. Elle parla des politiciens de Floride, qu'elle soupçonnait de détruire l'environnement. Elle affirmait que les lamantins mouraient à cause des engrais qui se déversaient dans l'eau, et m'encouragea à visiter l'aquarium Mote Marine de City Island à Sarasota pour en voir.

« Si c'est toujours ouvert. »

Je lui demandai si elle voulait encore un peu de lait. Elle sourit, secoua la tête, se leva en titubant légèrement, puis se stabilisa.

« Il faut que je rentre à la maison. Les garçons devraient être couchés depuis longtemps. Jacob ! Joseph ! Allons-y. » Une pause. « Ah, les voici. Qu'est-ce que vous mijotiez ? » S'adressant à moi : « Ils étaient dans cette pièce au bout du couloir. J'espère qu'ils n'ont pas tout dérangé. »

La pièce en question était le bureau de Greg, où je m'installais le soir pour lire.

« Je suis sûr que non.

– Les petits garçons ont tendance à mettre le bazar. Je les laisserai peut-être aux commandes de la poussette pour rentrer. Je me fatigue vite ces temps-ci. Ça vous dit, les garçons ? »

Je l'accompagnai jusqu'au pied de l'escalier, prêt à la retenir si elle trébuchait, mais le lait et les cookies semblaient l'avoir requinquée.

« C'est moi qui vais la pousser pour commencer, dit-elle aux jumeaux en faisant faire un demi-tour à la poussette. On ne voudrait pas abîmer la voiture de M. Trenton, n'est-ce pas ?

– Allez-y franchement, dis-je. C'est une voiture de location. »

Elle gloussa de nouveau.

« Venez, les enfants. Je vous raconterai une histoire avant de dormir. »

Elle guida la poussette hors du garage. Les premières étoiles faisaient leur apparition et l'air était plus frais. En juillet, les journées étaient éprouvantes sur la Gulf Coast, comme j'avais pu le constater, mais les soirées pouvaient être douces. Ceux qui s'exilaient dans le Nord manquaient ça.

Je l'accompagnai jusqu'à la boîte aux lettres.

« Oh, regardez-les courir ! » Elle haussa la voix. « Pas trop loin, les garçons ! Et attention aux serpents !

– Vous allez devoir vous charger de la poussette vous-même, je crois.

– Oui, on dirait bien. »

Elle sourit, mais ses yeux étaient tristes, pensai-je. C'était peut-être la lumière.

« Vous devez me prendre pour une vraie cinglée.

– Non. Chacun affronte le chagrin à sa manière. Ma femme…

– Oui ?

– Peu importe. »

Je ne voulais pas lui avouer que ma femme avait dit, au cours des derniers mois de notre mariage (notre *premier* mariage), si durs : *Parfois, je le vois.* C'était une boîte de Pandore que je ne voulais pas ouvrir. Je la suivis du regard, et quand elle disparut dans la pénombre du crépuscule, qui glissait vers la nuit, j'entendis grincer la roue de la poussette, et je songeai que j'aurais dû l'huiler. C'était l'affaire d'une minute.

Je retournai dans la maison, verrouillai la porte et rinçai nos assiettes sous l'eau. Après quoi, je pris le livre que j'avais commencé, un volume de la série Joe Pickett, et me rendis dans le bureau de Greg. Je ne m'intéressais pas à son ordinateur, je ne l'avais même pas allumé, mais il possédait un sacré fauteuil relax, juste à côté d'un lampadaire. L'idéal pour lire un bon roman pendant une heure ou deux, avant d'aller se coucher.

Il avait également un chat, nommé Buttons, qui avait sans doute migré dans la baraque de Greg à East Hampton, avec sa petite amie du moment (qui avait certainement vingt ans de moins que lui, voire trente). Buttons avait des jouets, rangés dans un panier en osier avec un couvercle. Renversé sur le côté à présent, et ouvert. Deux balles, une souris contenant de l'herbe à chat, copieusement mâchonnée, et un poisson en caoutchouc coloré étaient éparpillés sur le sol. Je les regardai longuement, songeant que j'avais dû renverser le panier sans m'en rendre compte, dans la journée. Car franchement, comment l'expliquer, sinon ? Je rangeai les jouets et remis le couvercle.

Le jardinier de Greg se nommait M. Ito. Il venait deux fois par semaine. Il portait toujours des chemises marron, des bermudas marron aux plis bien marqués, des chaussettes marron et des chaussures de toile marron. Et un casque colonial marron enfoncé sur ses très grandes oreilles. Sa posture était parfaite, et son âge… indéfinissable. Il me rappelait le sadique colonel Saito dans *Le Pont de la rivière Kwaï*, et je m'attendais à l'entendre prononcer la devise que le colonel transmettait à son fils indolent : « Sois heureux dans ton travail. »

Mais M. Ito – Peter de son prénom – n'avait rien d'un sadique, au contraire. Il était né en Floride, à Tampa, il avait grandi à Port Charlotte et habitait de l'autre côté du pont à Palm Village. Greg était son seul client à Rattlesnake Key, mais il s'occupait d'un grand nombre de demeures à Pardee, à Siesta et à Boca Chita. Sur les côtés de ses deux camionnettes (il conduisait l'une, son fils l'autre) était écrit AH SO GREEN. Un slogan qui aurait pu être jugé raciste s'il avait eu un patronyme irlandais, comme McSweeney.

On approchait du mois d'août quand je le surpris, un jour, en train de faire une pause à l'ombre, buvant au goulot de sa gourde (oui, il avait une gourde !). Il observait son fils qui faisait le tour du court de tennis de Greg sur une tondeuse. Je sortis sur le patio et m'arrêtai à côté de lui.

« Je fais juste une petite pause, monsieur Trenton, dit-il en mettant son masque. J'y retourne dans une minute. Je supporte moins bien la chaleur qu'avant.

– Attendez d'avoir mon âge. J'ai une question à vous poser. Vous vous souvenez des jumeaux Bell ? Jacob et Joseph ?

– Oh, mon Dieu, oui. Comment oublier ça ? 1982 ou 83, je dirais. Une horreur. J'avais l'âge de cet idiot quand c'est arrivé. » Il montra son fils, Eddie, qui semblait communier avec son téléphone pendant qu'il tondait l'herbe autour du court de tennis. Je m'attendais presque à le voir traverser le court sur sa tondeuse. Vous imaginez le désastre.

« J'ai rencontré Allie, dis-je, et… et… »

Il hocha la tête.

« Une dame bien triste. Très, très triste. Toujours à pousser sa poussette. Je ne sais pas si elle croit vraiment que les enfants sont à l'intérieur.

– Les deux, peut-être.

– Vous voulez dire : parfois oui, parfois non ? »

Je haussai les épaules.

« Ce qui leur est arrivé, c'est une putain de tragédie, dit-il. Pardonnez mon langage. Elle était encore jeune. Trente ans ? Ou peut-être un peu plus. Son mari, lui, était beaucoup plus âgé. Il s'appelait Henry.

– C'est vrai qu'ils ont été tués par des serpents ? »

M. Ito abaissa son masque, porta sa gourde à sa bouche et remit son masque. J'avais laissé le mien dans la maison.

« Oui, des serpents. À sonnette. Il y a eu une enquête. Verdict : homicide par imprudence. Les journaux respectaient beaucoup plus la vie privée dans le temps, et il n'y avait pas les réseaux sociaux... Mais les gens parlent, et c'est une sorte de réseau social, non ? »

Je dis que j'étais d'accord.

« M. Bell était dans son bureau à l'étage, il passait des coups de téléphone. C'était une sorte de grand manitou dans le domaine de l'investissement. Comme votre ami, M. Ackerman. Sa femme prenait une douche. Les garçons jouaient dans le jardin derrière la maison. Il y avait un grand portail, fermé à clé normalement. Sauf qu'il l'était pas, c'était une fausse impression. L'inspecteur de la police du comté a expliqué que le portail avait été repeint plusieurs fois, pour lutter contre la rouille, et à cause de ça, il ne fermait plus très bien. Et les garçons se sont enfuis. Leur mère les promenait toujours en poussette – peut-être la même qu'aujourd'hui – mais ils savaient marcher et ils ont sans doute décidé d'aller à la plage.

– Ils n'ont pas suivi la promenade ? »

M. Ito secoua la tête.

« Non. Ne me demandez pas pourquoi. Personne ne le sait. Les secours ont repéré l'endroit où ils étaient entrés dans les bois. Il y avait quelques branches brisées et un petit morceau de T-shirt accroché à l'une d'elles.

À PLUS TARD, BALTHAZAR, songeai-je.

« Il y avait environ quatre cents mètres entre Rattlesnake Road et la plage, envahis par la végétation. Les gamins ont fait la moitié du chemin. L'un des deux était mort quand les secours l'ont retrouvé. L'autre a succombé avant qu'ils puissent le ramener sur la route. Mon oncle Devin faisait partie de l'équipe de recherche, et il racontait que les pauvres gamins avaient été mordus plus de cent fois. J'ai du mal à y croire, mais c'était sûrement énorme. La plupart des morsures – des plaies – étaient sur les jambes, mais ils en avaient aussi dans le cou et sur le visage.

– Parce qu'ils sont tombés ?

– Ouais. Quand le venin a commencé à faire effet, ils ont dû tomber. Lorsque l'équipe de recherche les a retrouvés, il ne restait qu'un seul crotale. Un des hommes l'a tué avec une perche à serpents. C'est un machin avec un crochet...

– Oui, je connais. Allie en a toujours une avec elle quand elle se promène à la tombée du jour. »

M. Ito acquiesça.

« Même s'il n'y a plus beaucoup de serpents de nos jours. En tout cas, pas des crotales. Ils ont organisé une grande chasse deux jours plus tard. Une véritable expédition militaire. Dans le lot, il y avait pas mal de promoteurs immobiliers et leurs collaborateurs, les autres venaient de Palm Village. Oncle Devin était parmi eux. Ils ont marché vers le nord en battant les fourrés, et ils ont tué plus de deux cents serpents à sonnette, à ce qu'il paraît, sans compter tous les autres. Ils ont fini sur la pointe de terre entre Daylight Pass et Duma Key… Enfin, là où se trouvait Duma Key à l'époque. Aujourd'hui, c'est sous l'eau. Des serpents se sont enfuis à la nage, et sûrement qu'ils se sont noyés. Les autres ont été tués sur-le-champ. Oncle Devin parlait de quatre ou cinq cents, mais c'est sûrement des conneries, à mon avis. Pardonnez mon langage. En tout cas, y en avait un paquet. Henry Bell faisait partie de ce groupe, mais pas jusqu'à la fin. Il s'est évanoui à cause de la chaleur et de l'émotion. Du chagrin aussi, évidemment. Mme Bell n'a jamais vu ses deux petits garçons morts, sauf après, quand les pompes funèbres les avaient un peu arrangés. Mais leur père était dans la battue qui les a découverts. Ils l'ont emmené à l'hôpital. Il est mort d'une crise cardiaque peu de temps après. Sans doute qu'il ne s'en était jamais remis. Forcément. »

J'étais bien placé pour comprendre. Il y a des choses dont on ne se remet pas.

« Comment ils ont pu tuer autant de serpents ? »

Je m'étais promené jusqu'à l'extrémité du récif, ce petit triangle de plage de coquillages entre la passe et le sommet de verdure, dernier vestige de Duma Key, et j'avais du mal à imaginer autant de serpents à cet endroit.

Avant que M. Ito puisse répondre, il se produisit un bruit assourdissant. Eddie avait finalement roulé sur le court de tennis avec la tondeuse.

« Oy, oy, oy ! » s'exclama son père en se précipitant vers lui avec des gestes furieux.

Surpris, Eddie leva les yeux et enclencha la marche arrière pour ramener la tondeuse sur le gazon avant qu'elle provoque de sérieux dégâts sur la surface du court. Mais il y aurait pas mal de mottes de terre et de gazon à balayer. Par conséquent, je ne sus jamais la fin de l'histoire des serpents.

Donna et moi avions enterré notre fils au cimetière de Harmony Hill, mais une infime partie de lui seulement. Comme nous le découvrîmes au cours des mois qui suivirent. Il était toujours là, entre nous. Nous essayâmes de le contourner pour nous retrouver en tête à tête. Peine perdue. Donna s'était repliée sur elle-même, elle souffrait de stress post-traumatique, elle prenait des médicaments et buvait trop. Je ne pouvais pas lui reprocher d'être tombée en panne devant la ferme des Camber, alors je lui reprochais sa liaison avec un minable nommé Steve Kemp. Une passade qui n'avait aucun rapport avec ce foutu pointeau de carburateur bouché, mais plus je grattais cette plaie, plus elle s'infectait.

Un jour, elle m'avait dit : « Tu rejettes la faute sur moi car tu ne peux pas en vouloir à l'univers tout entier. »

C'était peut-être vrai, mais ça ne faisait pas avancer les choses. Le divorce, quand il survint, fut un divorce sans litige. Je pourrais dire « à l'amiable », mais ce n'était pas le cas. Simplement, nous étions trop épuisés émotionnellement pour éprouver de la colère l'un envers l'autre.

Ce soir-là, après avoir écouté la version de la mort des jumeaux par M. Ito, peu crédible, mais peut-être pas très éloignée de la vérité, j'eus du mal à trouver le sommeil. Et quand il survint, il était léger. Je rêvai que la double poussette descendait lentement l'allée, depuis la route. Tout d'abord, je croyais qu'elle roulait toute seule, une poussette fantôme, mais quand les lampes LED de sécurité s'allumaient, je voyais qu'elle était poussée par les jumeaux. Ils se ressemblaient trait pour trait, et je songeai : *Pas étonnant qu'Allie Bell leur mette des shorts et des T-shirts différents*. Mais sous les tignasses blondes, les visages clochaient. Ou peut-être que ça ne venait pas des visages. Mais plutôt de leurs cous qui paraissaient enflés. Comme s'ils avaient attrapé les oreillons. Ou le Covid. Quand ils s'approchaient, je remarquais que leurs bras étaient enflés eux aussi, et constellés de points enflammés semblables à des éclats de poivre rouge.

Criiiic, silence. *Criiiic*, silence. *Criiiic*, silence.

Ils s'approchaient encore et je découvrais, côte à côte dans la poussette, deux serpents à sonnette qui se tortillaient et s'enroulaient sur eux-mêmes. Ils m'apportaient ces reptiles en guise de cadeau, peut-être. Ou de châtiment. Après tout, j'étais absent quand mon fils était mort. Mon voyage à Boston, afin de régler un problème avec un de nos clients, était partiellement un prétexte. En vérité, j'étais en colère à cause de l'infidélité de Donna. Non, j'étais *furieux*. J'avais besoin de me calmer.

Je n'ai jamais souhaité sa mort, essayais-je d'expliquer à ces deux petits enfants aux regards vides, mais peut-être que ce n'était pas entièrement vrai. L'amour et la haine sont jumeaux eux aussi.

Je me réveillai dans un état comateux, mais je crus tout d'abord que je dormais encore car j'entendais toujours ce grincement régulier. C'était le ventilateur du grand salon – forcément –, alors je me levai pour aller l'arrêter. Je n'avais pas atteint la porte de la chambre que je m'aperçus que le grincement avait cessé. Toujours plus endormi qu'éveillé, j'avançai dans le couloir, et je n'eus pas besoin d'allumer la lumière pour constater que les pales du ventilateur étaient immobiles.

C'était un rêve, pensai-je. *Il m'a suivi dans un état de demi-sommeil, voilà tout.*

Je retournai me coucher et plongeai dans un authentique sommeil presque immédiatement. Sans rêves cette fois.

Je fis la grasse matinée car je m'étais réveillé en pleine nuit. Du moins, je le croyais. Cette sortie dans le couloir pour éteindre le ventilateur faisait peut-être partie de mon rêve. J'en doutais, mais je ne pouvais pas être catégorique.

Je ne serais pas allé me promener s'il avait fait chaud, mais le légendaire front froid de la Gulf Coast avait fait son apparition du jour au lendemain. Enfin, froid, tout est relatif : il faut vivre un hiver dans le Maine pour faire l'expérience d'un authentique front froid, mais on approchait des vingt degrés et le vent était rafraîchissant. Je me fis griller un muffin anglais, que je beurrai copieusement, après quoi je pris la direction du portillon.

Je n'avais pas parcouru cinq cents mètres que je vis des rapaces tournoyer dans le ciel, des buses noires et des urubus à tête rouge. Des oiseaux laids et disgracieux, si grands qu'ils ont du mal à voler. Greg m'avait expliqué qu'ils arrivaient par centaines quand il se produisait une marée rouge, pour engloutir les poissons morts qui s'échouaient sur le rivage. Mais il n'y avait pas eu de marée rouge cette année-là – ce picotement dans vos poumons n'est comparable à rien d'autre – et de plus, ces oiseaux semblaient voler non pas au-dessus de la plage, mais au-dessus de la route.

Je m'attendais à découvrir un lapin ou un tatou écrasé sur l'asphalte. Ou bien un chien ou un chat qui s'était échappé de chez ses maîtres. Mais ce n'était pas un animal. C'était Allie. Allongée sur le dos près de sa boîte aux lettres. La double poussette était renversée au bout de l'allée. Les shorts et les T-shirts gisaient sur les brisures de coquillages. Une demi-douzaine de rapaces se disputaient autour d'elle. Ils sautillaient, se volaient dans les plumes et picoraient les bras, les jambes et le visage de la pauvre femme. Mais *picorer* est un euphémisme. En réalité, ils arrachaient des morceaux de chair avec leurs grands becs. Je vis l'un d'eux – un urubu à tête rouge pesant plus de deux kilos – s'attaquer à un biceps, soulever le bras et faire gigoter la main en secouant la tête. Comme si Allie me faisait signe.

La stupeur passée, je me ruai sur ces bestioles en agitant les bras et en braillant. Plusieurs s'envolèrent maladroitement. La plupart des autres reculèrent sur la route en faisant de grands bonds grotesques. Mais pas le rapace qui avait planté son bec dans le bras d'Allie, et continuait à secouer la tête en espérant arracher un lambeau de chair. J'aurais bien aimé avoir sous la main sa perche à serpents, mais vous connaissez le dicton : si les souhaits étaient des chevaux, les mendiants n'iraient pas à pied. J'avisai une palme tombée sur le sol. Je la ramassai et l'agitai devant le rapace.

« Fous le camp ! Fous le camp, saloperie. »

Quand elles sont sèches, ces feuilles ne pèsent presque rien, mais elles font du boucan. L'urubu tira encore une fois sur le bras, d'un coup sec, puis il prit son envol et passa devant moi avec un bout du biceps d'Allie dans le bec. Ses yeux noirs semblaient me regarder en disant : *Ton tour viendra.* Je voulus lui balancer un coup de poing, mais frappai dans le vide.

Elle était morte, aucun doute là-dessus. Je m'agenouillai cependant à côté d'elle pour m'en assurer. Je me fais vieux, et on me dit que les capacités intellectuelles diminuent avec l'âge, même si vous ne souffrez pas d'Alzheimer ou de démence sénile (pantalon et pantoufles et ainsi de suite), mais je crois que je n'oublierai jamais ce que ces charognards avaient fait à cette charmante dame qui éprouvait le besoin de faire croire que ses enfants étaient toujours vivants. Cette dame qui m'avait apporté des cookies aux flocons d'avoine et aux raisins secs. Elle avait la bouche ouverte et, sa lèvre inférieure ayant disparu, on aurait dit qu'elle émettait un ultime grognement. Les rapaces avaient dévoré la moitié de son nez et ses deux yeux. Ses orbites vides, bordées de sang, me regardaient avec effroi.

Je marchai jusqu'au bas-côté pour vomir mon muffin et mon café du matin. Puis je retournai auprès d'Allie. Je n'en avais pas envie. Ce que je voulais, c'était courir chez Greg aussi vite que me le permettaient mes vieilles jambes pleines d'arthrite. Mais si je fuyais, les rapaces reviendraient pour poursuivre leur repas. Certains tournoyaient toujours au-dessus de nous. La plupart s'étaient perchés dans les pins australiens et les palmiers nains, tels des vautours dans un film d'horreur des années 1970 revu par un caricaturiste du *New Yorker.* J'avais mon téléphone et j'appelai la police. Je rapportai ce qui s'était passé et ajoutai que je resterais sur place jusqu'à leur arrivée. Ils viendraient sans doute avec une ambulance, qui ne servirait à rien.

J'aurais aimé disposer de quelque chose pour cacher son visage mutilé, et je m'aperçus que j'avais de quoi le faire. Je redressai la poussette, la poussai jusqu'à l'épaisse haie de rhododendrons et de raisiniers, le long de l'allée, et pris un des T-shirts étendus à l'intérieur. Pour l'étaler sur ce qui restait du visage d'Allie Bell. Elle avait les jambes écartées et sa jupe était remontée jusqu'à mi-cuisse. Je sais, grâce à la télé, qu'on ne doit pas toucher un corps avant l'arrivée de la police, mais je n'en avais rien à foutre. Je réunis ses jambes. Elles aussi avaient été becquetées, et je songeai que ces marques rouges ressemblaient à des morsures de serpents. J'allai chercher l'autre T-shirt pour couvrir le bas de ses jambes. Un T-shirt était noir, l'autre blanc, mais les deux proclamaient la même chose : JE SUIS UN JUMEAU UNIQUE !

Je m'assis par terre à côté d'Allie en attendant la police et en regrettant de tout mon cœur d'être venu à Rattlesnake Key. Le récif que l'on disait hanté était Duma – à en croire M. Ito –, mais d'après mon expérience, Rattlesnake était bien plus effrayant. Ne serait-ce que pour une seule raison : contrairement à Duma, il était toujours là.

L'allée de la maison des Bell était bordée de coquillages plus gros. J'en ramassai plusieurs et chaque fois qu'un de ces rapaces s'approchait, je le visais avec. Je n'en atteignis qu'un seul, mais il émit un cri strident qui me réjouit.

Je guettais les sirènes. En m'efforçant de ne pas regarder la morte dont le visage et les jambes étaient cachés par les T-shirts. Je repensais aux cookies aux flocons d'avoine et aux raisins, et à un voyage à Providence dix ans plus tôt. J'avais alors soixante-deux ans et j'envisageais de prendre ma retraite. J'ignorais ce que je ferais de mes « vieux jours », comme on dit, mais le plaisir que j'avais toujours éprouvé en travaillant dans la pub – inventer le slogan parfait pour accompagner le concept parfait – n'était plus souvent au rendez-vous.

J'étais parti là-bas avec deux autres gros pontes de l'agence de Boston pour discuter avec d'éminents avocats du cabinet Debbin & Debbin, rien que ça. Leur siège se trouvait à Providence, mais ils possédaient des bureaux dans tous les États de la Nouvelle-Angleterre et étaient spécialisés dans les demandes d'indemnisations, les incapacités temporaires ou permanentes, et les dommages et intérêts en tout genre. Ils voulaient lancer une campagne publicitaire agressive qui serait diffusée sur toutes les chaînes de télé, de Cranston à Caribou. *Un truc qui envoie. Qui incitera les gens à appeler ce numéro vert.* Je redoutais cette entrevue, qui promettait d'être longue et pleine de chicaneries. Les avocats sont persuadés de tout savoir.

La veille, assis dans le hall du Hilton, j'attendais que mes compatriotes, Jim Woolsy et Andre Dubose, descendent de leurs chambres. Le plan, c'était d'aller à Olive Garden pour brainstormer, afin de trouver deux bons pitchs. Pas plus. Les avocats sont persuadés de tout savoir, mais ils sont vite largués. J'avais sur moi un calepin, dans lequel je notai : « POURQUOI SE FAIRE BAISER QUAND ON PEUT BAISER LES AUTRES ? APPELEZ DEBBIN & DEBBIN ! »

Une idée foireuse probablement. Je refermai le calepin, le rangeai dans ma poche de veste et regardai en direction du bar. Rien de plus. J'y repense parfois et je me dis que j'aurais pu regarder dehors, ou les ascenseurs pour guetter Jim et Andre. Mais non. Je regardai le bar.

Une femme était assise sur un tabouret. Vêtue d'un tailleur-pantalon bleu foncé. Ses cheveux noirs, striés de blanc, courts (ce que les coiffeurs appelaient peut-être une coupe au carré dégradée), caressaient sa nuque. Un quart seulement de son visage était tourné vers moi quand elle porta son verre à ses lèvres, mais je n'avais pas besoin d'en voir davantage. Il y a des choses que l'on sait, non ? Le port de tête. L'angle de la mâchoire. Une épaule légèrement plus haute que l'autre, dans une posture ironique. La manière dont une main repousse une mèche, avec deux doigts, les autres repliés contre la paume. Le temps nous réserve toujours des surprises, n'est-ce pas ? Le temps et l'amour.

Non, ce n'est pas elle, pensais-je. *Impossible.*

Tout en sachant que c'était bien elle. Que ça ne pouvait pas être quelqu'un d'autre. Je ne l'avais pas revue depuis plus de vingt ans, nous avions complètement coupé les ponts, pas même une carte de vœux, depuis au moins douze ans, mais je la reconnus aussitôt.

Je me levai, mes jambes flageolaient. J'entrai dans le bar et m'assis à côté d'elle, à côté de cette inconnue qui avait été autrefois mon amie la plus proche, l'objet de mon désir et de mon amour. La femme qui un jour avait tué un chien enragé pour défendre son fils, mais trop tard. Trop tard.

« Salut, vous, dis-je. Je peux vous offrir un verre ? »

Surprise, elle se retourna, prête à répondre je ne sais quoi : merci, mais j'attends quelqu'un ; merci, mais je préfère rester seule… Et elle me reconnut. Sa bouche forma un O parfait. Elle bascula vers l'arrière sur son tabouret et je la retins par l'épaule. Ses yeux étaient fixés sur moi. Ses yeux bleu foncé.

« Vic ? C'est bien toi ?

– Ce siège est occupé ? »

Finalement, Jim et Andre firent la séance de brainstorming à deux, et les avocats donnèrent leur feu vert pour une campagne de pub véritablement épouvantable, avec une star du western sur le retour. J'invitai mon ex-femme à dîner. Et pas à l'Olive Garden. Notre premier repas ensemble depuis le dernier, trois mois après le divorce. Qui s'était terminé par une dispute. Elle m'avait lancé sa salade au visage, et nous avions été flanqués à la porte. « Je ne veux plus jamais te revoir, avait-elle déclaré. Si tu as quelque chose à me dire, écris-moi. »

Elle était partie sans se retourner. Reagan était président. On pensait être vieux, mais on ne savait pas encore ce qu'était réellement la vieillesse.

Ce soir-là, à Providence, il n'y eut pas de dispute. Il y eut beaucoup de choses à raconter pour rattraper le temps perdu et beaucoup d'alcool. Elle m'accompagna dans ma chambre. On y passa la nuit. Et trois mois plus tard, le temps de nous assurer qu'il ne s'agissait pas d'une sorte de mirage pour se raccrocher au passé, on se remaria.

Trois voitures de police arrivèrent sur les lieux : c'était peut-être un peu excessif pour une vieille femme morte. Avec une ambulance, en effet. Les secouristes ôtèrent les T-shirts pour examiner le corps d'Allie Bell, et après quelques photos *in situ*, que personne n'avait envie de regarder, ma voisine fut enfermée dans une housse mortuaire.

Le policier qui prit ma déposition se nommait P. ZANE. Celui qui prit les photos et filma ma déposition se nommait D. CANAVAN. Ce dernier était plus jeune, et intrigué par la poussette et les vêtements d'enfant. Avant que je puisse lui fournir une explication, Zane déclara :

« Cette femme était une sorte de célébrité. Maboule, mais gentille. Tu connais cette chanson "Delta Dawn" ? »

Canavan fit non de la tête, mais en bon fan de country en général, et de Tanya Tucker en particulier, je savais de quoi parlait Zane. La ressemblance n'était pas totale, mais il y avait un petit quelque chose.

« Cette chanson parle d'une femme qui cherche son amant disparu depuis longtemps, précisai-je. Et Mme Bell aimait promener ses jumeaux dans leur poussette, alors qu'ils ont disparu eux aussi. Ils sont morts il y a longtemps. »

Après réflexion, Canavan lâcha :

« C'est n'importe quoi. »

Je songeai : *Peut-être qu'il faut perdre un enfant pour comprendre.*

Un des secouristes vint nous annoncer :

« Il va y avoir une autopsie, mais pour moi, elle a fait un AVC ou un infarctus.

– Je mise sur l'infarctus, dis-je. Elle prenait des médicaments contre l'arythmie. Ils sont peut-être dans la poche de sa robe. Ou… »

J'allai fouiller dans la double poche à l'arrière de la poussette. L'une d'elles contenait deux petites casquettes de baseball des Tampa Rays et un tube de crème solaire. L'autre, un flacon de pilules. L'urgentiste le prit et regarda l'étiquette.

« Du sotalol. Contre les troubles du rythme cardiaque. »

Elle avait peut-être renversé la poussette en voulant prendre le flacon. Y avait-il une autre explication ? Elle n'avait certainement pas vu un serpent à sonnette.

« Je suppose que vous serez amené à témoigner au cours de l'enquête, me dit l'agent Zane. Vous avez l'intention de rester dans les parages, monsieur Trenton ?

– Oui. D'ailleurs, on dirait que personne ne bouge cet été.

– Exact, dit-il en ajustant son masque par automatisme. Accompagnez-nous. Nous allons voir si elle a laissé sa porte ouverte. Auquel cas, il faudra la fermer. »

Je poussai la poussette, essentiellement parce que personne ne m'en empêcha. Zane avait glissé les pilules dans une enveloppe.

« Ah, la vache, dit Canavan, cette roue qui grince a de quoi vous rendre dingue. » Prenant conscience de ce qu'il venait de dire, il ajouta : « Mais j'ai cru comprendre que c'était le cas.

– Elle m'a apporté des cookies, dis-je. Et ce soir-là, je voulais lubrifier la roue, mais j'ai oublié. »

La maison cachée par les rhododendrons et les palmiers nains n'était pas une McMansion. En réalité, c'était le genre de maison de vacances qu'au milieu du vingtième siècle, bien avant que les gens très riches découvrent les Gulf Coast Keys, un couple de pêcheurs ou une famille auraient pu louer à des vacanciers pour cinquante ou soixante-dix dollars la semaine.

Derrière, on avait ajouté une partie plus récente, mais pas assez grande (ou vulgaire) pour mériter le qualificatif de McMansion. Un passage couvert reliait le garage à la maison. En collant mon nez au carreau, les mains de chaque côté, je vis une vieille et banale Chevy Cruze. La lumière qui entrait par les fenêtres latérales permettait d'apercevoir, à l'arrière, les deux sièges enfant.

L'agent Zane frappa à la porte – pure formalité – et tourna la poignée. La porte s'ouvrit. Il ordonna à Canavan de l'accompagner à l'intérieur et de filmer, sans doute pour montrer à ses supérieurs, parmi lesquels le procureur du comté, qu'ils n'avaient rien fauché. Zane me demanda si je voulais entrer moi aussi. Je déclinai la proposition, mais dès qu'ils eurent disparu dans la maison, j'essayai d'ouvrir la porte du garage. Elle n'était pas verrouillée elle non plus. Je fis entrer la poussette à l'intérieur et la garai à côté de la voiture. La météo prévoyait des orages en fin de journée et je ne voulais pas qu'elle soit mouillée.

« Soyez sages. »

Ces paroles m'avaient échappé.

Zane et Canavan ressortirent dix minutes plus tard. Canavan continuait à filmer Zane en train de se débattre avec un gros trousseau de clés qu'il essayait l'une après l'autre, jusqu'à ce qu'il trouve celle de la porte d'entrée.

« La maison était ouverte à tous les vents, me dit-il. Les fenêtres et tout. J'ai fermé de l'intérieur les portes de derrière et du patio. Elle n'était pas d'un naturel méfiant. »

Elle avait ses enfants avec elle, songeai-je, *et c'était peut-être la seule chose qui lui importait vraiment.*

Après plusieurs autres tentatives avec le trousseau de clés de la défunte, Zane verrouilla le garage. Canavan avait éteint sa caméra. On regagna la route tous les trois. Les deux policiers baissèrent leur masque sous leur menton. J'avais encore oublié le mien. Je ne m'attendais pas à rencontrer quelqu'un.

« Ito travaille pour vous, n'est-ce pas ? me demanda Zane. L'Américano-Japonais de Palm Village ? »

Je confirmai.

« Et pour Mme Bell également ?

– Non, juste pour moi. Pour son jardin, elle faisait appel à Plant World. Je voyais leurs camionnettes de temps en temps. Deux fois par semaine, je dirais.

– Mais elle n'employait pas d'homme à tout faire ? Quelqu'un qui sait déboucher une canalisation ou réparer le toit ?

– Pas que je sache. Peut-être que M. Ito en serait capable. »

Zane gratta son menton.

« Faut croire qu'elle était bricoleuse. Comme certaines femmes. Ce n'est pas parce que vous croyez que vos enfants sont toujours vivants quarante ans après leur mort que vous ne pouvez pas remplacer un lave-linge ou changer un carreau.

– Pas assez bricoleuse pour lubrifier la roue de la poussette, souligna Canavan.

– Peut-être qu'elle aimait ce bruit, dis-je. Ou…

– Ou rien, ricana Canavan. Personne n'aime entendre une roue qui grince. Ne dit-on pas que c'est toujours la roue qui grince qui reçoit de l'huile ? »

Zane ne répondit pas. Moi non plus, mais je songeai que peut-être les *enfants* aimaient ce bruit. Peut-être qu'il les berçait et les endormait après une longue journée de jeux et de baignade. *Criiic*… silence… *criiic*… silence… *criiic*…

L'ambulance et deux des voitures de police étaient reparties quand on retourna à l'endroit où j'avais découvert le corps. Avant de quitter les lieux, les autres policiers avaient tendu une rubalise jaune ACCÈS INTERDIT entre deux palmiers, en travers de l'allée. On passa dessous.

Je demandai à l'agent Zane ce qu'allait devenir la maison, et qui allait payer les frais d'obsèques d'Allie Bell.

Il me répondit qu'il n'en avait aucune idée.

« Elle a sûrement laissé un testament. Il faudra que quelqu'un fouille la maison pour le trouver, ainsi que son téléphone et différents papiers. Son mari et ses enfants sont morts, mais elle a forcément de la famille quelque part. En attendant qu'on règle cette affaire, vous pourriez peut-être nous filer un coup de main, monsieur Trenton. Est-ce que M. Ito et vous seriez d'accord pour surveiller la maison ? Ça risque de prendre un certain temps. À cause de toute la paperasse. Mais surtout, nous n'avons que trois inspecteurs. Deux sont en vacances et le dernier est malade.

– Covid, précisa Canavan. Tris a morflé, à ce qu'il paraît.

– Je peux m'en occuper, dis-je. Vous voulez vous assurer que personne ne découvre que la maison est vide et en profite, je suppose ?

– Exact. Même si les hyènes qui pillent la maison d'une personne décédée ont généralement lu l'avis de décès dans le journal. Et qui va rédiger l'avis de décès de Mme Bell ? Elle était seule.

– Et si je publiais son nom et ce que je sais d'elle sur Facebook ?

– OK. De notre côté, on va transmettre ça aux infos.

– Et Super Papy ? suggéra Canavan. Il pourrait peut-être fouiller la maison pour chercher le testament ou même un carnet d'adresses ?

– Tu sais quoi ? C'est une bonne idée, répondit Zane.

– Qui est ce Super Papy ? demandai-je.

– Andy Pelley. Un semi-retraité. Il refuse de laisser tomber complètement. Il nous aide quand on a besoin d'un coup de main.

– Membre fondateur du Club 10-42[1] », ricana Canavan, ce qui lui valut un regard noir de Zane.

« C'est quoi, ça ?

– Les flics qui ne peuvent pas se résoudre à raccrocher, dit Zane. Mais Pelley est un bon flic, avec de l'expérience, et il va à la pêche avec un des juges du coin. Je suis sûr qu'il pourrait obtenir un mandat de perquisition accéléré ou je ne sais quoi.

1. Code employé par la police pour désigner la fin de service.

– Donc, je ne serai pas obligé d'entrer dans la maison…

– Non, non, vous ne pouvez pas. C'est Pelley qui s'en chargera, s'il accepte de nous aider. Mais merci de nous avoir appelés. Et d'avoir chassé ces foutus rapaces. Ils l'ont amochée, mais ça aurait pu être pire. Désolé pour votre promenade matinale.

– Ce sont des choses qui arrivent. Dixit Confucius, je crois. »

Canavan fronça les sourcils, mais Zane éclata de rire.

« Quand vous verrez M. Ito, demandez-lui s'il sait quelque chose sur la famille de Mme Bell.

– Je n'y manquerai pas. »

Je les regardai monter en voiture et leur adressai un signe de la main avant qu'ils disparaissent dans le premier virage. Je pensai à Donna. Je pensai à Tad, notre petit garçon disparu qui, sans ce pointeau bouché, aurait eu une quarantaine d'années aujourd'hui et commencerait à grisonner. Je pensai à Allie Bell, qui faisait de bons cookies aux flocons d'avoine et qui disait : *Je sais bien qu'ils ne sont pas là. Mais parfois, ils sont là.*

Je pensai à la double poussette rangée dans ce garage sombre, à côté de la Chevy Cruze, avec ses pneus noirs sévères. Je pensai à ces paroles qui m'avaient échappé : *Soyez sages…* alors que la poussette était vide.

C'était injuste. Ce constat s'appliquait aux jumeaux Bell, à mon fils, à la femme que j'avais épousée deux fois. Le monde est rempli de serpents à sonnette. Parfois, quand on marche dessus, ils ne mordent pas. Parfois, on les enjambe, et ils vous mordent quand même.

Le temps de rentrer, j'avais faim. Non, j'étais affamé. J'avalai quatre œufs brouillés et toastai un autre muffin. Donna aurait dit que cette faim était une réaction saine, une manière d'affirmer ma soif de vivre, de cracher au visage de la mort, mais peut-être que c'était seulement de la faim. Trouver une femme morte au bout de son allée et repousser les rapaces qui voulaient la déchiqueter, cela avait sans doute brûlé une grande quantité de calories. Impossible d'effacer l'image de son visage ravagé. Cependant, je finis mon assiette, et cette fois, je gardai tout.

Comme la journée était agréable et non pas étouffante (« Plus chaude que de la morve de chien », disait M. Ito), je décidai d'aller me promener malgré tout. Mais pas jusqu'au portillon, car cela m'aurait obligé à repasser devant l'endroit où j'avais découvert Allie. Au lieu de cela, je suivis les planches sur la propriété de Greg, qui menaient à la plage. Le début était bordé de palmiers nains et d'autres arbustes, qui prenaient ensuite l'apparence d'un tunnel vert. Très apprécié des ratons laveurs, apparemment. Et je devais faire attention à éviter leurs petites crottes. À l'extrémité des planches se dressait un kiosque. À partir duquel les arbres laissaient la place à une vaste étendue d'ammophiles et de roseaux des sables. Le bruit des vagues, étouffé, produisait un effet apaisant. Des mouettes et des sternes tournoyaient, portées par les courants du golfe. Il y avait d'autres oiseaux, des gros et des petits. Greg, ornithologue amateur, aurait pu citer leurs noms. Pas moi.

Je regardai les vastes entrelacs de végétation au sud, d'où dépassaient quelques palmiers. Ils paraissaient en piteux état, malades, sans doute à cause de la prolifération des déchets qui absorbaient la majeure partie de la nappe phréatique riche en nutriments. C'était probablement là que Jacob et Joseph avaient connu leur triste fin. J'apercevais les planches de la propriété des Bell. Si seulement ils étaient descendus par là au lieu de jouer les explorateurs dans la jungle, ils auraient eux aussi eu une quarantaine d'années aujourd'hui, et peut-être qu'ils auraient baladé leurs propres enfants dans cette vieille poussette. Mais les *si seulement* sont des serpents à sonnette. Venimeux.

Je laissai le kiosque derrière moi et longeai la plage en direction du nord, large, mouillée et éclatante au soleil. Il y aurait beaucoup moins de plage l'après-midi et presque plus le soir, à marée haute. M. Ito affirmait que ce n'était pas ainsi autrefois. La faute au réchauffement climatique. Et quand Eddie aurait son âge, disait-il, il n'y aurait plus de plage.

C'était une promenade agréable, avec le golfe sur ma gauche et les dunes sur ma droite. La maison de Greg Ackerman était la dernière de l'île. Au nord de sa propriété, les terres appartenaient au comté et les enchevêtrements de broussailles et d'arbustes reprenaient leurs droits, si près de la plage que je devais parfois écarter des branches de palmiers nains et enjamber des gros amas de naupakas. Puis la végétation prenait fin et la plage s'élargissait en un triangle asymétrique recouvert d'une épaisse couche de coquillages. J'apercevais ici et là des dents de requin, certaines aussi grosses que mon index. J'en ramassai quelques-unes et les glissai dans ma poche, pour les offrir à Donna. Puis je me rappelai. *Oh, c'est vrai, ma femme est morte.*

Encore une morsure.

Le triangle était asymétrique car Daylight Pass avait coupé la plage en deux. L'eau coulait de Calypso Bay à contre-courant, obligée tout d'abord de combattre les vagues du golfe, clémentes, et de former un tourbillon, avant de les rejoindre. La passe, fermée quatre-vingt-dix ans plus tôt, avait été ouverte par un ouragan. Je l'avais lu dans *Une histoire illustrée des South Keys*, livre que j'avais trouvé sur la table basse dans le salon de Greg quand je m'étais installé. En face, une parcelle de végétation flottante était tout ce qui restait de Duma Key, inondé par ce même ouragan qui avait ouvert la passe.

Je cessai de ramasser les dents de requin (une réaction typique quand vous vous rappelez soudain que votre femme est morte) et, les mains dans les poches, je me contentai de regarder la plage de coquillages qui marquait la fin de Rattlesnake Key. Le cul-de-sac où la battue avait acculé l'invasion de serpents. Les avocats forment « le barreau » ; un groupe de serpents à sonnette, ça forme une *rumba.* Je ne savais pas comment je le savais, mais je le savais. L'esprit humain n'est pas uniquement un reptile venimeux qui parfois se mord lui-même, c'est aussi un ramasseur de déchets enthousiaste. Freddy Cannon a sorti ses 45-tours sous le label Swan, qui affichait ce message : N'ARRÊTEZ PAS L'ÉCOLE. Le deuxième prénom de James Garfield était Abram. Ce sont également des choses que je sais sans le savoir.

Le vent faisait onduler ma chemise, les oiseaux voltigeaient au-dessus de moi et la tignasse verte de végétation qui symbolisait ce qui restait de Duma Key se soulevait et retombait au gré des vagues, comme si elle respirait. Comment avaient-ils fait pour repousser les serpents jusqu'ici ? Voilà une chose que je ne savais *pas*. Et après les avoir repoussés jusqu'ici, comment avaient-ils tué ceux qui n'essayaient pas de s'enfuir à la nage ? Là encore, je l'ignorais.

J'entendis un grincement derrière moi. Puis un autre. La sueur sur ma nuque se glaça. Je ne voulais pas me retourner car j'étais certain de découvrir la double poussette avec les jumeaux morts à l'intérieur, boursouflés par les morsures de serpent. Mais n'ayant nulle part où aller (comme les crotales) et ne croyant pas aux fantômes, je me retournai. Il y avait là deux mouettes, têtes blanches et corps noirs, dont les petits yeux perçants demandaient ce que je foutais là, sur leur territoire.

Parce que j'avais peur, je les visai avec quelques dents de requin. Elles étaient moins grosses que les coquillages que j'avais lancés sur les rapaces, mais elles firent l'affaire. Les deux mouettes s'envolèrent en poussant des braillements indignés.

Des braillements.

Ce que j'avais entendu dans mon dos, c'était un *grincement*, comme celui de la roue qui avait besoin d'être lubrifiée. *C'est des conneries*, me dis-je, et j'arrivai presque à m'en persuader. Le vent charriait une odeur qui était peut-être celle du kérosène ou de l'essence. Je n'étais pas surpris. Les politiciens de Floride, du gouverneur jusqu'aux maires et aux conseillers municipaux, s'intéressent plus au business qu'à la protection du fragile écosystème de la Gulf Coast. Ils le maltraitent et ils finiront par le détruire.

J'essayai d'apercevoir l'arc-en-ciel d'essence ou d'huile, caractéristique, à la surface de l'eau, ou au bord de ce tourbillon permanent, en vain. Je pris une profonde inspiration : plus rien. Je rentrai à la maison – c'était ainsi que je considérais la demeure de Greg Ackerman désormais.

J'ignore si les remariages fonctionnent, en règle générale. S'il existe des statistiques, je ne les ai pas vues. Le nôtre a fonctionné. Grâce à cette longue séparation ? À toutes ces années durant lesquelles nous ne nous sommes pas vus, avant de perdre totalement le contact ?

Grâce au choc des retrouvailles ? Peut-être, en partie. Ou parce que la blessure de la mort de notre fils avait eu le temps de cicatriser ? Peut-être. Mais je me demande si un couple peut se remettre véritablement d'un tel drame.

Personnellement, je pensais moins souvent à Tad, mais quand j'y pensais, la douleur était aussi forte qu'au premier jour. Une fois, à l'agence, je m'étais soudain souvenu que je lui lisais les *Monster Words* avant de dormir (un catéchisme censé chasser sa peur du noir), et j'avais dû aller m'asseoir sur la cuvette des toilettes pour pleurer. Cela ne s'était pas passé un ou deux ans plus tôt, pourtant, ni même dix. J'avais une cinquantaine d'années à l'époque, j'en ai plus de soixante-dix maintenant, et je ne peux toujours pas regarder des photos de lui, même si, à une époque, j'en stockais beaucoup sur mon téléphone. Donna disait qu'elle en regardait, mais seulement à la date de ce qui aurait été son anniversaire : une sorte de rituel. Elle a toujours été plus solide que moi. C'était une guerrière.

Je pense que les premiers mariages sont souvent une affaire sentimentale. Il existe certainement des exceptions, des gens qui se marient pour l'argent ou pour accroître leur statut social d'une autre façon, mais l'immense majorité de ces unions sont motivées par cette sensation enivrante et planante dont parlent les chansons. « The Wind Beneath My Wings » en est un parfait exemple, en raison des sentiments qu'elle évoque, mais aussi du corollaire, dont elle ne parle pas : tôt ou tard, le vent cesse. Alors, il faut battre des ailes pour éviter de vous écraser au sol. Certains couples découvrent un amour plus résistant qui subsiste quand l'idylle s'estompe. Certains couples découvrent que cet amour plus résistant n'est pas fait pour eux. Les questions d'argent deviennent des sujets de dispute. La méfiance remplace la confiance. Des secrets fleurissent dans le noir.

Et certains mariages se défont parce qu'un enfant meurt. Celui d'Allie Bell avait tenu, mais peut-être se serait-il lézardé lui aussi, si son mari n'était pas mort peu de temps après le drame. Pas d'infarctus pour moi, uniquement des crises d'angoisse. J'avais toujours dans ma mallette un sac en papier pour respirer lorsqu'elles survenaient. Puis elles avaient fini par disparaître.

Quand on s'était remariés, Donna et moi, notre amour était plus ancien, plus bienveillant et réservé. Pas de disputes au sujet de l'argent, malédiction des jeunes couples qui débutent dans la vie. J'avais réussi dans la pub et Donna était directrice d'un des plus importants secteurs scolaires du sud du Maine. Le soir où je l'avais revue dans ce bar de Providence, elle était en ville pour une conférence des administrateurs scolaires de Nouvelle-Angleterre. Sans être aussi élevé que le mien, son salaire annuel n'était pas négligeable. À nous deux, on avait un compte en banque bien rempli. De quoi subvenir largement à nos besoins.

Le sexe était satisfaisant, sans que ce soit un feu d'artifice (sauf peut-être ce premier soir après notre longue abstinence). Elle avait sa maison, j'avais la mienne, et on vivait de cette manière. Les trajets n'étaient pas un problème : on avait découvert que durant toutes ces années de séparation, on avait vécu sans le savoir à cent dix kilomètres l'un de l'autre. On ne vivait pas ensemble tout le temps, et c'était très bien comme ça. Ça ne s'imposait pas. Quand on se voyait, c'était comme retrouver un bon ami ou une bonne amie, avec qui il vous arrivait par ailleurs de coucher. On travaillait sur notre relation, ce que les jeunes couples n'ont pas besoin de faire car ils ont « ce vent sous leurs ailes » dont parle la chanson. Les couples plus anciens, surtout ceux frappés par une tragédie passée qu'ils doivent absolument éviter, sont obligés de battre des ailes. Ce qu'on faisait.

Donna prit sa retraite prématurément et en 2010, on devint un couple vivant sous le même toit, le mien, à Newburyport. La décision venait d'elle. Au début, je croyais qu'elle voulait simplement que l'on passe plus de temps ensemble, et j'avais vu juste. Mais j'ignorais pour quelle raison elle estimait que c'était devenu nécessaire. Son installation chez moi prit toute une semaine, et puis, par une belle journée ensoleillée d'octobre, un samedi, elle me demanda de l'accompagner jusqu'au mur de pierre qui sépare ma propriété de la Merrimack River. On se tenait par la main et on marchait en donnant des coups de pied dans les feuilles mortes, on écoutait leurs craquements et on respirait cette délicieuse odeur de cannelle qu'elles dégagent avant de se ramollir et de commencer à se décomposer. C'était un magnifique après-midi, avec de gros nuages blancs qui flottaient dans un ciel bleu. Je lui fis remarquer qu'elle semblait avoir maigri. C'était vrai, dit-elle. À cause du cancer, ajouta-t-elle.

Je craignais que la vision des rapaces en train de déchiqueter Allie m'empêche de dormir, c'est pourquoi je fouillai dans l'imposante armoire à pharmacie de Greg (il avait toujours été un peu hypocondriaque, mon vieux pote) et je dénichai un flacon de zolpidem, délivré sur ordonnance, dans lequel il restait quatre comprimés. À en croire l'étiquette, ces somnifères étaient périmés depuis mai 2018. *On s'en fout*, me dis-je, et j'en avalai deux. Peut-être furent-ils efficaces, peut-être était-ce simplement l'effet placebo, mais je dormis toute la nuit, sans faire de rêves.

Je me réveillai frais et dispos et décidai de faire ma promenade habituelle, en me disant que je ne pouvais pas éviter jusqu'à la fin de mon séjour l'endroit où était morte Allie. J'enfilai un short et des baskets et descendis pour allumer la cafetière Keurig. L'allée de Greg s'ouvre sur une vaste cour, sur le côté de la maison. Une fenêtre au pied de l'escalier donne sur cette cour. Presque arrivé au pied des marches, je me pétrifiai.

La poussette était là.

Je n'en croyais pas mes yeux. Je ne comprenais pas. Sûrement un jeu d'ombres, mais dans cette lumière matinale, il n'y avait aucune ombre – sauf celle que projetait la poussette. Elle était bien là. Bien réelle. Plus que l'objet lui-même, c'était son ombre qui le prouvait. Les ombres existent seulement s'il y a quelque chose pour les créer.

Au choc initial succéda la peur. Quelqu'un, une personne malintentionnée, était venu la déposer devant la maison pour me flanquer la trouille. Et c'était réussi. Mais je ne voyais pas qui avait pu faire ça. Certainement pas les agents Zane ou Canavan. M. Ito avait dû apprendre la nouvelle du décès de Mme Bell (les nouvelles vont vite dans les petites communautés), mais il n'était pas du genre farceur. Quant à son fils, il passait la majeure partie de son temps au pays imaginaire d'Internet. Aucun suspect en vue, et peu importait, en un sens. Ce qui comptait, c'était que quelqu'un était venu chez moi, au cœur de la nuit, comme disent les auteurs de romans populaires.

Avais-je verrouillé la porte ? Sous l'effet de la stupeur et de la peur (je n'étais même pas en colère tout d'abord), impossible de m'en souvenir. Je crois qu'à cet instant, je n'aurais même pas été capable de me souvenir du deuxième prénom de ma défunte épouse. Je me précipitai vers la porte : verrouillée. J'allai vérifier celle qui donne sur la piscine et le patio : verrouillée. J'allai vérifier la porte de derrière, qui permet d'accéder au garage : idem. Au moins, personne n'était venu rôder à l'intérieur de la maison. J'aurais dû éprouver du soulagement, mais non.

C'est forcément *un des deux flics qui a apporté ce truc*, me disais-je. *Zane a verrouillé le garage et il a emporté les clés.*

Il y avait là une certaine logique, mais je n'y croyais pas. Zane m'avait donné l'impression d'être un type solide, fiable, loin d'être idiot. Et puis, était-il vraiment nécessaire d'avoir la clé du garage des Bell ? Sans doute pas. Un cintre ou une carte de crédit aurait suffi à forcer la serrure.

Je sortis pour examiner la poussette. En me disant qu'il y avait peut-être un mot, comme dans un film d'horreur à petit budget. Je pensai à quelque chose du style : *Tu es le suivant*, ou : *Retourne d'où tu viens.*

Il n'y avait pas de mot. Mais il y avait pire. Un short jaune d'un côté, un short rouge de l'autre. Différents de ceux de la veille. Les T-shirts étalés sur les dossiers étaient différents eux aussi. Je n'avais pas envie d'y toucher. Pas besoin, de toute façon, pour lire ce qui était écrit dessus : TWEEDLEDUM et TWEEDLEDEE. Des T-shirts de jumeaux, assurément, mais les jumeaux qui les avaient portés étaient morts depuis longtemps.

Que faire de cette foutue poussette, telle était la question. Et une bonne. Maintenant que la réalité de sa présence s'imposait à moi, le choc initial, suivi de près par la peur, cédait la place à la curiosité et à la colère. Quel début de journée pourri. Mon portable était dans la poche de mon short. J'appelai le bureau du shérif et demandai à parler à l'agent P. Zane. La standardiste me mit en attente et reprit la communication pour m'informer que l'agent Zane était en congé jusqu'au lundi suivant. Je savais qu'il était vain de demander le numéro privé d'un policier, alors je priai la standardiste de lui dire que Victor Trenton avait tenté de le joindre. Est-ce qu'il pourrait me rappeler ?

« Je verrai ce que je peux faire, dit la femme, une non-réponse qui ne fit rien pour améliorer cette matinée merdique.

– C'est ça, faites », dis-je, et je coupai la communication.

M. Ito ne viendrait pas avant le lundi suivant, lui non plus, et je n'attendais aucune autre visite, mais pas question de laisser cette poussette dans la cour. Je décidai de l'emmener jusque chez Mme Bell et de la remettre dans le garage. C'était sur le trajet de ma promenade quotidienne, après tout, et cela me permettrait peut-être de savoir si quelqu'un – un plaisantin ou une personne malintentionnée – avait forcé la serrure. Mais avant cela, je pris des photos de la voiture d'enfant *in situ* pour les montrer à Zane. À supposer que ça l'intéresse, évidemment. Il serait peut-être furieux que j'aie déplacé la poussette, mais s'agissait-il d'une pièce à conviction ? Allie Bell avait-elle été battue à mort par une voiture d'enfant ? Non. Je la rapportais là où on l'avait laissée. Tout simplement.

Je poussai la poussette dans la montée, sous un soleil déjà brûlant. Peut-être subsistait-il dans mon organisme quelques effets résiduels du zolpidem, car une fois la peur dissipée grâce à l'aspect ordinaire de la poussette (les shorts et les T-shirts eux aussi étaient on ne peut plus banals : c'était le genre de vêtements que l'on trouve dans les Walmart ou sur Amazon), je plongeai dans une sorte d'état second. Sans doute, si j'avais été dans mon lit, ou allongé sur un canapé, aurais-je sombré dans le sommeil. Mais parce que je marchais sur Rattlesnake Road, je laissai mon esprit dériver à sa guise.

Malgré sa roue grinçante (*il faut vraiment mettre de l'huile*, pensai-je), la poussette avançait sans peine, d'autant plus qu'elle n'était pas lesté par deux garçons de quatre ans. Je la poussai de la main gauche. Caressant de la main droite les T-shirts étalés sur les dossiers. L'un après l'autre. Sans m'en apercevoir tout de suite.

J'imaginais les deux garçons traversant la route et se frayant un passage à travers les fourrés pour atteindre la plage. Sans se mettre en colère, sans employer leurs gros mots de petits garçons quand une feuille de palmier leur revenait en plein visage, ou quand une branche leur égratignait le bras. Ils n'étaient ni en colère, ni impatients, ils ne regrettaient pas de ne pas être passés par les planches. Ils étaient absorbés par leur imaginaire commun : ils étaient deux explorateurs dans la jungle, coiffés des chapeaux en papier que leur père avait confectionnés avec les pages des bandes dessinées en couleurs dans le *Tribune* du dimanche. Quelque part devant eux se trouvait peut-être un coffre au trésor abandonné par des pirates ou un singe géant, comme King Kong, un film qu'ils avaient vu un après-midi dans le programme *Tampa Matinee*, assis en tailleur devant la télé, jusqu'à ce que leur mère décide de regarder les *Nightly News* avec Tom Brokaw.

Ils entendent le bruit de crécelle, discret tout d'abord, puis de plus en plus fort à mesure qu'ils continuent d'avancer héroïquement. Au début, ils n'y font pas attention, puis ils commettent l'erreur fatale de l'ignorer. Joseph pense que ce sont peut-être des abeilles et qu'ils vont trouver du miel. Jacob lui demande s'il aimerait se faire piquer, et le traite d'idiot. Ils sont à la recherche d'un trésor. Du miel, ce n'est pas un trésor. Le bruit de crécelle vient de la droite et de la gauche. Pas grave ! La plage, c'est tout droit. Ils entendent déjà les vagues, ils barboteront dans l'eau avant de creuser dans le sable pour trouver de l'or (et si la chasse au trésor est infructueuse, ils construiront un château). Ils veulent barboter dans l'eau car c'est une journée très chaude, comme celle qu'a dû affronter mon petit garçon. Mais lui n'avait pas d'eau pour y tremper les pieds, il était prisonnier dans la fournaise d'une voiture avec sa maman car il y avait un monstre dehors. Le monstre refusait de partir et la voiture refusait de démarrer.

Ils ne voient pas la pente car elle est cachée par un entrelacs de fourrés. Ces mêmes fourrés qui cachent un nid de serpents – une rumba de crotales – installé à l'ombre. Jacob et Joseph, côte à côte, pourraient contourner cet amas de végétation, mais ce n'est pas digne de véritables et courageux explorateurs. Les vrais explorateurs marchent droit devant eux en progressant à coups de machettes invisibles.

C'est ce qu'ils font, et comme ils avancent côte à côte, ils tombent ensemble dans le fossé. Au milieu des serpents. Il y en a des dizaines.

Certains sont encore jeunes – des serpenteaux –, et même s'ils peuvent mordre, ils ne peuvent pas (contrairement à la croyance populaire) injecter du venin. Mais leurs morsures sont douloureuses et la plupart des autres crotales sont des adultes en mode défense. Ils projettent leurs têtes en forme de losange et plantent leurs crocs.

Les garçons crient : *Aïe ! Arrêtez ! C'est quoi ? Ça fait mal !*

Ils se font mordre d'innombrables fois, aux chevilles et aux mollets. Joseph met un genou à terre. Un serpent frappe sa cuisse et s'enroule autour de son genou tel un garrot. Jacob se débat pour s'arracher au fossé rempli de serpents qui lui font comme des bracelets de cheville. Le bruit de crécelle a envahi le monde. Il tente d'aider son frère à se relever, et un crotale enfonce ses crocs dans la paume de sa petite main, en un éclair. Joseph se retrouve à plat ventre, les serpents rampent sur lui. Il essaie de protéger son visage, au moins, en vain. Il est mordu dans le cou, sur les joues et, dans un ultime et futile effort pour s'enfuir, au nez et à la bouche. Son visage commence à enfler.

Jacob fait demi-tour et retourne en titubant vers la route, et vers la maison des Bell au-delà, en portant toujours deux serpents autour des chevilles. Un des deux tombe. L'autre monte vers le short du garçon en s'entortillant autour de sa cuisse : on dirait une vieille enseigne de barbier. Pourquoi Jacob s'enfuit-il, alors qu'ils ont toujours tout fait à deux ? Parce qu'il sait déjà qu'il ne peut plus rien pour son frère ? Non. Parce qu'il est pris de panique ? Non plus. Même une panique aveugle ne pourrait pas l'obliger à abandonner son frère. Il veut prévenir son papa s'il est encore à la maison, ou sa maman si son papa n'est pas là. Ce n'est pas de la panique, c'est une mission de sauvetage. Jacob arrache le serpent de sa cuisse et il a le temps d'entrapercevoir ses petits yeux perçants avant que le reptile plante ses crocs dans son poignet. Il l'envoie valdinguer et tente de courir, mais il ne peut pas, le venin circule dans ses veines, et les battements de son cœur s'emballent, il a du mal à respirer.

Joseph ne hurle plus.

Jacob voit double, puis triple. Il ne peut même plus marcher, alors il essaie de ramper. Ses mains enflées ressemblent à des gants de personnage de dessin animé. Il veut prononcer le prénom de son frère, mais impossible, car sa gorge…

Je fus arraché à mes visions par le déclic et le gémissement du portail qui se levait. La poussette était passée devant le faisceau photoélectrique qui commandait le mécanisme. Dans mon état zombiesque, j'avais largement dépassé l'allée des Bell. Je remarquai que ma main droite continuait à caresser un T-shirt (TWEEDLEDEE) puis l'autre (TWEEDLEDUM). Je la retirai vivement, comme si je m'étais brûlé. La température était encore relativement fraîche ; néanmoins, de la sueur coulait sur mon visage et assombrissait mon T-shirt. Je m'étais contenté de marcher (du moins, le pensais-je, car impossible de l'affirmer avec certitude) et pourtant, je haletais comme après un sprint de deux cents mètres.

Je reculai la poussette et le portail s'abaissa. Je me demandais ce qui venait de se passer, mais je croyais le savoir. Mes anciens collègues de l'agence auraient bien ri – sauf peut-être Cathy Wilkin, dont l'imagination allait bien au-delà des slogans destinés à vendre du produit WC –, mais je n'avais pas d'autre explication. J'avais vu des films et au moins un documentaire télé sur de prétendus voyants utilisés par la police afin de localiser les cadavres de personnes supposées mortes. De même que l'on fait renifler aux limiers un vêtement imprégné de l'odeur qu'ils doivent suivre à la trace, on donnait à ces médiums des objets que l'on croyait importants aux yeux de la personne qu'ils devaient retrouver. Dans l'ensemble, les résultats étaient nuls, mais dans quelques rares cas, cela avait marché. Apparemment.

C'étaient les T-shirts. Le fait de les toucher. Et le passage concernant Tad ? C'étaient mes propres souvenirs qui s'insinuaient dans les vibrations transmises par ces T-shirts. Que mon fils ait réussi à s'immiscer dans mon état second, cela n'avait rien de surprenant. Il était mort à peu près au même âge que les jumeaux Bell, et à peu près au même moment. Des triplés, et non des jumeaux. La tragédie appelait la tragédie.

Alors que je rebroussais chemin avec la poussette, ma vision perdit de son intensité. Je commençai à douter de la réalité de cette expérience psychique. Après tout, je savais précisément ce qui était arrivé aux jumeaux Bell, et peut-être que mon esprit avait juste ajouté quelques détails, comme le fossé caché dans lequel ils étaient tombés. Peut-être que cela ne s'était pas du tout passé de cette manière. En outre, on ne pouvait nier que j'étais extrêmement impressionnable depuis l'apparition de la poussette.

Que je ne pouvais *pas* expliquer.

Je me faufilai sous la rubalise jaune et poussai la poussette dans l'allée en courbe qui menait à la maison des Bell. *Criiic, criiic, criiic.* Une légère brise faisait pivoter la porte latérale du garage, ouverte. Aucune éraflure autour de la serrure. Elle avait peut-être été ouverte avec une carte de crédit, mais pas forcée.

J'examinai la poignée. Il y avait un trou de serrure à l'extérieur, dont s'était servi l'agent Zane pour verrouiller la porte. Pour la fermer de l'intérieur, il suffisait d'appuyer sur un bouton au centre de la poignée.

La solution est simple, pensai-je. *C'est les jumeaux. Jacob et Joseph. Ils ont actionné la poignée de l'intérieur, tout simplement. Ce qui éjecte le bouton et déverrouille la porte. Un jeu d'enfant. Ensuite, ils ont poussé la poussette jusque chez moi, Jacob d'un côté, Joseph de l'autre.*

Mais oui, bien sûr. Si vous étiez capable de croire ça, vous pouviez croire qu'on avait gagné au Vietnam, que l'alunissage d'Apollo 11 était une mise en scène, que les parents horrifiés à Sandy Hook étaient les figurants d'un film catastrophe et que le 11 Septembre était un coup monté.

Pourtant, la porte du garage était bel et bien ouverte.

Et la poussette s'était retrouvée dans ma cour, à cinq cents mètres d'ici.

La sonnerie de mon téléphone me fit sursauter. C'était l'agent P. Zane. La standardiste du poste de police avait fait la commission, finalement.

« Bonjour, monsieur Trenton. Que puis-je pour vous ? »

Il paraissait plus détendu, un véritable habitant du Sud. Sans doute parce que c'était son jour de congé et qu'il était en mode civil.

« Je suis chez les Bell. »

Je lui expliquai pour quelle raison. Inutile de vous préciser que je laissai de côté mes visions, notamment l'image des jumeaux qui tombaient dans ce nid de serpents camouflé.

Un silence suivit mon récit. Finalement, il dit :

« Allez-y, remettez la poussette à sa place. » Il ne paraissait pas étonné, ni très inquiet. Forcément, ce n'était pas lui qui avait vu tous ces serpents ramper sur le corps du pauvre Joseph Bell qui hurlait. « Quelqu'un vous a fait une mauvaise blague. Des adolescents probablement, qui sont allés voir en douce l'endroit où la folle est morte. Elle traînait cette réputation à Palm Village.

– Vous y croyez vraiment ?

– Qu'est-ce que ça pourrait être d'autre ? »

Des fantômes, pensai-je. *Des fantômes d'enfants.* Mais pas question de le dire. Je ne voulais même pas le penser.

« Oui, vous avez sûrement raison. Ils ont crocheté la serrure avec une carte de crédit ou un permis de conduire. Rien n'a été endommagé.

– Pas étonnant. C'est facile de crocheter ce genre de serrure.

– Un jeu d'enfant. »

Zane ricana.

« Exact. Remettez la poussette dans le garage et fermez la porte. Les clés de la défunte sont au poste. Andy Pelley va passer les chercher. Vous vous souvenez de qui je parle ?

– Oui. Super Papy. »

Nouveau rire.

« Lui-même. Mais ne l'appelez pas comme ça devant lui. Bref, il a convaincu son pote le juge de signer ce machin express qui l'autorise à pénétrer dans la maison afin de rechercher des parents ou d'éventuelles relations locales. Andy a l'œil. Si quelqu'un est entré dans cette maison, il le saura. Il faut qu'on trouve une personne pour prendre en charge la dépouille de cette pauvre femme. »

La dépouille, songeai-je en regardant la porte s'ouvrir et se fermer sous l'effet de la brise. Quel mot affreux.

« J'imagine qu'elle ne peut pas simplement rester à la morgue ?

– On n'en a même pas. Elle est aux pompes funèbres Perdomo à Tamiami. Dites, puisque vous êtes sur place et que le garage est ouvert, ça ne vous ennuie pas d'aller voir si sa voiture a été vandalisée ? Vitres brisées, pare-brise fêlé ? Auquel cas il faudrait prendre ça un peu plus au sérieux.

– Avec plaisir. Désolé de vous avoir dérangé pendant votre jour de repos.

– Y a pas de mal. Je viens de finir mon petit déjeuner, et je suis dans le jardin, en train de lire le journal. Rappelez-moi s'il y a un souci avec la voiture. Dans ce cas, j'en informerai Andy. Oh, monsieur Trenton…

– Appelez-moi Vic.

– OK, Vic. Si vous avez l'impression que les gamins qui ont trimbalé la poussette jusque chez M. Ackerman sont susceptibles de recommencer – les gamins capables de faire ça n'ont pas beaucoup d'imagination généralement –, vous pouvez la rapporter dans votre garage.

– Je vais plutôt le laisser ici.

– Je comprends. Bonne journée. »

En faisant entrer la poussette dans le garage, obligé de soulever les roues avant pour lui faire franchir le rebord, je m'aperçus que je n'avais pas parlé à Zane des shorts et des T-shirts non plus.

Le garage n'était pas climatisé et je me mis à transpirer presque aussitôt après avoir franchi la porte. La Chevy Cruze d'Allie avait besoin de faire un tour à la station de lavage la plus proche – la carrosserie et le pare-brise étaient incrustés de sel, mais à part ça, elle était impeccable. Je me surpris à contempler la banquette arrière vide (évidemment qu'elle était vide) et m'obligeai à détourner le regard. Un certain nombre de cartons étaient empilés contre le mur du fond. Soigneusement marqués au feutre : LES J.

Ma mère avait un dicton : *Il n'y a rien de pire que les commères, sauf les fouineurs.* Mais mon père aimait rétorquer, pour l'embêter : *La curiosité a tué le chat, mais la satisfaction l'a ressuscité.*

J'ouvris un des cartons. Il contenait des puzzles, ceux avec des grosses pièces en forme d'animaux. Dans un autre, je découvris des livres illustrés : Dr Seuss, Richard Scarry, *La Famille Berenstain.* Plusieurs autres renfermaient des vêtements, dont des shorts et des T-shirts assortis affichant d'adorables aphorismes sur les jumeaux. Voilà donc d'où provenaient ces vêtements. Une question se posait : un farceur pouvait-il savoir qu'Allie étendait ces vêtements dans la poussette, comme une enfant qui habille des poupées invisibles ? L'agent Zane aurait dit : *Ouais, tout le monde en parlait.* J'avais des doutes.

Le chagrin dort, mais ne meurt jamais. Du moins, tant que celui qui souffre reste en vie. Une leçon que je réappris en ouvrant le dernier carton. Rempli de jouets. Petites voitures Matchbox, maquettes Playstix, figurines Star Wars, un plateau de jeu Candy Land et une douzaine de dinosaures en plastique.

Notre fils avait des Matchbox et des dinosaures. Il les adorait.

Les yeux me piquaient et mes mains tremblaient quand je refermai le carton. Je voulais foutre le camp de ce garage étouffant et silencieux. Et peut-être de Rattlesnake Key également. J'étais venu ci pour mettre fin au deuil de ma femme et de toutes ces années que nous avions gâchées bêtement, séparés l'un de l'autre, et non pas pour rouvrir la cicatrice, depuis longtemps refermée, de la terrible mort de mon fils. Et certainement pas pour avoir des flashs de médium du style *Inside View.* Je décidai de m'accorder encore deux ou trois jours de réflexion pour être sûr, et si j'étais toujours dans le même état d'esprit, j'appellerais Greg pour le remercier et je demanderais à M. Ito de jeter un coup d'œil sur la maison. Et je retournerais dans le Massachusetts, où il fait chaud au mois d'août, mais pas *incroyablement* chaud.

Avant de sortir du garage, je remarquai des outils – un marteau, un tournevis et deux clés – sur une étagère à gauche de la porte. Il y avait également une burette à huile à l'ancienne, avec une base en métal que l'on pompe manuellement et un long bec qui me rappelait la perche d'Allie Bell pour combattre les serpents. Même si je n'avais pas l'intention de pousser la poussette jusque chez Greg, je me dis que je pouvais au moins lubrifier la roue qui grinçait. S'il restait de l'huile dans la burette, évidemment.

En la prenant, je découvris autre chose sur l'étagère : une chemise cartonnée portant l'inscription JACOB ET JOSEPH. Et, en lettres plus grosses : À CONSERVER !

À l'intérieur, je découvris deux chapeaux en papier journal fabriqués avec les pages des bandes dessinées en couleurs du dimanche. J'en oubliai de lubrifier la roue de la poussette. Je ne voulais pas toucher à ces chapeaux. De peur de provoquer une nouvelle vision. Dans ce garage étouffant, cette idée ne paraissait pas folle, mais très plausible, au contraire.

Je refermai la porte du garage et rentrai à la maison. En arrivant, j'allumai mon téléphone et cherchai *Tampa Matinee*. J'avais voulu éviter ça, mais j'avais découvert les chapeaux, alors je le fis. Siri m'envoya sur un site nostalgique créé par un ancien employé de WTVT, filiale de CBS à Tampa depuis toujours. Y figurait une liste de programmes locaux des années 1950 aux années 1990. Une émission avec des marionnettes le matin. Une boum pour adolescents le samedi après-midi. Et *Tampa Matinee*, qui passait un film tous les après-midis de la semaine, entre seize heures et dix-huit heures, jusqu'en 1988. Un jour, trois ans seulement après la mort de mon fils, Joseph et Jacob s'étaient assis en tailleur devant la télé pour regarder King Kong accroché au sommet de l'Empire State Building.

Cela ne faisait pas l'ombre d'un doute.

Nous eûmes droit à dix années après notre remariage. Dont neuf de bonheur, avant le retour du cancer. La dernière année – on essaya de la rendre heureuse, et pendant les six premiers mois, on y parvint presque. Puis la douleur augmenta, passant de forte à très forte, puis si insupportable que vous ne pouvez plus penser à autre chose. Donna se montra courageuse. Cette femme ne manquait pas de cran. Un jour, elle avait affronté un saint-bernard enragé avec une simple batte de baseball. Face au cancer qui la dévorait, elle avait pour seule arme sa volonté, et pendant longtemps, cela suffit. Vers la fin, elle n'était plus que l'ombre de la femme que j'avais mise dans mon lit ce soir-là à Providence, mais à mes yeux, sa beauté demeurait.

Elle souhaitait mourir à la maison, et j'ai exaucé son souhait. On avait une infirmière de jour et une infirmière de nuit à mi-temps, mais c'était surtout moi qui m'occupais d'elle. Je la nourrissais. Et quand elle ne fut plus en état d'aller aux toilettes, je la changeais. Je tenais à faire toutes ces choses à cause des années perdues. Il y avait derrière notre maison un arbre qui s'était fendu, peut-être à cause d'un éclair, et qui s'était « recollé » ensuite, en laissant un trou en forme de cœur. Si la métaphore vous semble exagérément sentimentale, je ne peux rien pour vous. Je décris la vérité telle que je la comprends. Telle que je la sens.

Pour certaines personnes, c'est pire encore. On a fait de notre mieux avec ce qu'on nous a donné.

Allongé sur le lit, je regardais les pales du ventilateur qui tournaient lentement au plafond. Je pensais à la poussette à la roue qui grince, aux chapeaux faits avec du papier journal et aux figurines de dinosaures. Mais surtout, je pensais à la nuit où Donna était morte ; un souvenir que j'avais toujours évité. À présent, c'était devenu nécessaire, me semblait-il. Un vent violent du nord-est charriait des rafales de neige qui dépassaient les soixante kilomètres-heure. L'infirmière de nuit avait appelé de Lewiston à quinze heures pour annoncer qu'elle ne viendrait pas : les routes étaient impraticables. Les lumières de la maison donnèrent plusieurs signes de faiblesse, sans s'éteindre toutefois. Tant mieux. Je ne sais pas ce que j'aurais fait dans ce cas. En décembre, Donna était passée des comprimés d'OxyContin à une pompe à morphine. Je montai la garde à côté de son lit médicalisé, qui fonctionnait à l'électricité. Donna dormait. Il faisait froid dans notre chambre (la chaudière ne pouvait rivaliser avec le vent mugissant de janvier), pourtant ses joues creuses luisaient de sueur et ce qui restait de ses épais cheveux d'autrefois était collé sur le dôme fragile de son crâne.

Je savais qu'elle approchait de la fin, et son oncologue le savait également : il avait supprimé le limitateur de la pompe à morphine, dont le petit voyant lumineux restait vert en permanence à présent. Il m'avait mis en garde, comme son rôle l'exigeait, en m'expliquant qu'une trop forte dose pouvait la tuer. Sans paraître excessivement inquiet cependant. Pourquoi l'aurait-il été ? Le cancer avait déjà presque entièrement dévoré Donna ; il s'attaquait aux restes maintenant. J'étais assis à côté d'elle, comme je l'avais fait presque en permanence au cours de ces trois dernières semaines. Je regardais ses yeux aller et venir sous ses paupières tuméfiées, tandis qu'elle rêvait de sa mort. Il y avait un sac à l'intérieur de la pompe, et s'il y avait une coupure de courant, raisonnais-je, je pourrais aller chercher un tournevis au sous-sol et…

Elle ouvrit les yeux. Je lui demandai comment elle allait, si la douleur était supportable.

« Presque. » Puis elle ajouta : « Il voulait voir les canards.

– Qui ça, ma chérie ?

– Tad. Il disait qu'il voulait voir les canards. Je crois que c'est la dernière chose qu'il m'a dite. De quels canards parlait-il, à ton avis ?

– Je l'ignore.

– Tu ne te souviens pas de canards ? La fois où on l'a emmené à la ferme pédagogique de Rumford, peut-être ? »

Je ne me souvenais pas de l'avoir emmené là-bas.

« Oui, certainement, dis-je. Je pense… »

Elle regarda quelque chose derrière moi. Son visage s'illumina.

« Oh, bon sang, comme tu as grandi ! Regarde-moi ça ! »

Je tournai la tête. Il n'y avait personne, évidemment. Mais je savais qui elle voyait. Une bourrasque siffla sous l'avant-toit et projeta des flocons de neige contre les volets de la fenêtre de la chambre, avec une telle violence qu'on aurait dit du gravier. Les lumières faiblirent, puis se rallumèrent. Quelque part, une porte s'ouvrit et claqua contre le mur.

« *Tu ne pouvais plus RESPIRER !* » hurla Donna.

J'en eus la chair de poule, de la tête aux pieds. Je crois même que mes cheveux se dressèrent sur ma tête. Je n'en suis pas certain, mais presque. Je n'aurais pas cru que Donna avait encore la force de crier, mais elle m'avait toujours surpris. Et jusqu'à la fin, elle y parvint. Le vent s'était engouffré dans la maison : un cambrioleur impatient de tout saccager. Je le sentais qui se faufilait sous la porte de la chambre. Dans le salon, quelque chose tomba et se brisa.

« *RESPIRE, Tad ! RESPIRE !* »

Un autre objet bascula. Une chaise, peut-être.

Donna était parvenue à se dresser sur ses coudes, alors que ses bras n'étaient pas plus épais que des crayons à papier. Elle sourit et se rallongea.

« D'accord, dit-elle. Je le ferai. Oui. »

J'avais l'impression d'écouter une conversation téléphonique d'un seul côté.

« Oui. OK. Bien. Dieu soit loué. Quoi ? » Elle hocha la tête. « Promis. »

Elle ferma les yeux, sans cesser de sourire. Je quittai la chambre pour aller fermer la porte de dehors, qui avait déjà laissé entrer un éventail de neige de deux centimètres d'épaisseur. Quand je revins, ma femme était morte. Si l'idée que notre fils était revenu pour l'accompagner hors de cette existence vous fait rire, ne vous gênez pas. Moi, j'ai entendu la voix de mon petit garçon sortir de son placard, alors qu'il était en train d'agoniser à vingt kilomètres de là.

Je n'en ai jamais parlé à personne, pas même à Donna.

Ces souvenirs tournaient en boucle. C'étaient des buses, des serpents à sonnette. Ils picoraient, ils mordaient, ils me harcelaient. Sur le coup de minuit, j'avalai deux autres des zolpidem périmés de Greg, me recouchai et attendis qu'ils fassent effet. En songeant encore à Donna qui avait vu Tad devenu adulte au moment de quitter ce monde. Savoir que son existence avait pris fin de cette manière aurait dû m'apaiser. Ce n'était pas le cas. Le souvenir de son lit de mort me renvoyait sans cesse à la vision que j'avais eue des deux jumeaux tombant dans le nid de serpents et à l'image de ma main qui, quand j'avais repris mes esprits, caressait tour à tour TWEEDLEDUM et TWEEDLEDEE. Je sentais leur départ. Leurs *dépouilles.*

Et je songeais : *Et si je les voyais comme Donna a vu Tad à la fin ? Si je les* voyais *pour de bon. Allie les voyait, je le sais.*

Revoir Tad avait réconforté Donna au moment où elle franchissait la frontière entre la vie et la mort. Ces jumeaux me réconforteraient-ils ? Rien n'était moins sûr. Leur pouvoir réconfortant avait disparu. J'étais un étranger. J'étais – quoi donc, au juste ? Qu'étais-je pour eux ?

Je ne voulais pas le savoir. Je ne voulais pas être *hanté* par eux, et l'idée que cela pourrait se produire – voilà ce qui m'empêchait de dormir.

Je commençais juste à sombrer quand j'entendis les grincements réguliers. Subitement. Impossible de faire comme si c'était le ventilateur au plafond du salon de Greg. Cela provenait de la salle de bains attenante à la chambre.

Criiic... criiic... criiic...

J'étais terrorisé comme seule peut l'être une personne isolée dans une maison située à l'extrémité d'une route quasiment déserte. Mais si Donna avait tenu tête à un saint-bernard enragé munie d'une simple batte de baseball pour défendre son fils, je pouvais bien aller voir ce qu'il y avait dans la salle de bains. Alors que j'allumais la lampe de chevet et me levais, je songeai un bref instant que ce bruit était imaginaire. N'avais-je pas lu quelque part que le zolpidem pouvait provoquer des hallucinations ?

Je me postai à gauche de la porte de la salle de bains, plaqué au mur. Je me mordillais la lèvre. Je tournai la poignée et ouvris la porte. Le grincement était plus fort que jamais. C'était une grande salle de bains. Quelqu'un faisait rouler la poussette d'avant en arrière, d'avant en arrière.

Je tâtonnai le long du mur, à l'intérieur – terrorisé (comme n'importe qui dans une telle situation, je pense) en songeant qu'une main allait se refermer sur la mienne. Je trouvai l'interrupteur, avec lequel je me débattis pendant un temps interminable, deux ou trois secondes sans doute, et l'abaissai. Les néons au plafond dispensaient un bel éclairage éclatant. Généralement, on peut compter sur la lumière pour chasser les terreurs nocturnes. Pas cette fois-là. De là où je me trouvais, je n'apercevais toujours pas l'intérieur de la salle de bains, mais je voyais une ombre imposante aller et venir sur le mur d'en face. Elle était trop indistincte pour que je puisse affirmer que c'était celle de cette foutue poussette, mais j'en étais convaincu. Était-elle poussée par les deux garçons ?

Comment serait-elle arrivée jusqu'ici, sinon ?

Les garçons, voulus-je dire, mais un murmure rauque sortit de ma bouche. Je me raclai la gorge et fis une nouvelle tentative. « Les garçons, vous n'êtes pas les bienvenus ici. Vous n'êtes pas les bienvenus. »

Je m'aperçus que je plagiais médiocrement les *Monster Words* avec lesquels j'avais réconforté mon petit garçon jadis.

« C'est ma salle de bains, pas la vôtre. C'est ma maison, pas la vôtre. Retournez d'où vous venez. »

Et d'où venaient-ils ? De petits cercueils d'enfants sous la terre du Palmetto Grove Cemetery ? Étaient-ce leurs corps en décomposition – leurs dépouilles pourrissantes – qui poussaient cette poussette d'avant en arrière comme des possédés ? Des lambeaux de leur chair morte tombaient-ils sur le sol ?

Criiic… criiic… criiic…

L'ombre sur le mur.

Rassemblant tout mon courage, je me décollai du mur et entrai dans la salle de bains. Les grincements cessèrent. La poussette était devant la cabine de douche vitrée. Il y avait maintenant deux pantalons noirs à cheval sur les sièges et deux manteaux noirs posés sur les dossiers. Des costumes de deuil, destinés à être portés éternellement.

Pendant que je regardais fixement la poussette, pétrifié par cette chose horrifique qui ne pouvait en aucune façon se retrouver là, un bruit de crécelle remplaça le grincement de la roue. Étouffé tout d'abord, comme s'il venait de loin, puis de plus en plus fort, jusqu'à évoquer des os que l'on agite dans une dizaine de calebasses. Mon regard glissa de la cabine de douche à la magnifique baignoire à pattes de lion, longue et profonde. Remplie à ras bord de serpents à sonnette. Sous mes yeux, une petite main suppliante émergea de cette masse grouillante, cette rumba dans une baignoire, et se tendit vers moi.

Je m'enfuis.

Ce fut la poussette qui m'aida à reprendre mes esprits.

Elle était au centre de la cour dallée, comme la fois précédente… Mais à présent, son ombre était projetée non pas par le soleil matinal, mais par une lune aux trois quarts pleine. Je ne me souviens pas d'avoir dévalé l'escalier vêtu uniquement du short de sport avec lequel je dors, ni d'avoir franchi la porte du patio. Si je pense que je suis sorti par là, c'est qu'elle était ouverte quand je suis retourné dans la maison.

Je laissai la poussette là où elle était.

Je remontai à l'étage en redoutant chaque marche, me disant que j'avais rêvé. (Mais la poussette était bien là, dehors. Présence indéniable.) Ce n'était pas non plus une vision. Il s'agissait d'une *visitation*. Si je ne passai pas la nuit dans ma voiture de location, portières verrouillées, c'est parce que j'avais le sentiment très net que cette visitation était terminée. J'étais de nouveau seul dans la maison. Bientôt, me disais-je, elle serait totalement vide. Je n'avais aucune intention de rester à Rattlesnake Key alors qu'une jolie maison m'attendait à Newburyport. Là-bas, le seul fantôme était le souvenir de ma femme décédée.

La salle de bains était vide, bien évidemment. Il n'y avait pas de serpents à sonnette dans la baignoire, ni de traces de roues sur le sol en faux marbre. Je marchai jusqu'au bout du couloir pour regarder le patio par la fenêtre, en espérant que la poussette aurait disparu. Hélas, non. Elle était toujours là, au clair de lune, aussi réelle qu'il est possible de l'être.

Mais au moins, elle était dehors.

Je retournai me coucher et, croyez-le si vous voulez, je dormis.

Le lendemain matin, la poussette était toujours là, cette fois avec deux shorts blancs identiques sur les sièges. Néanmoins, en m'approchant, je m'aperçus qu'ils n'étaient pas *absolument* identiques. L'un avait des bandes rouges sur les côtés et l'autre des bandes bleues. Les T-shirts s'ornaient du même corbeau : l'un prénommé HECKLE, l'autre JEKYLL. Je n'avais nullement l'intention de ramener la poussette chez Allie Bell une fois de plus. Après toute une vie passée dans la pub, je savais reconnaître une entreprise vouée à l'échec. Alors, je la remisai dans le garage.

Vous pourriez me demander si tout ressemblait à un rêve dans la lumière vive du matin ; à l'exception de la poussette baladeuse, évidemment. La réponse est simple : non. J'avais entendu les grincements, j'avais vu l'ombre bouger quand les jumeaux poussaient furieusement leur poussette d'avant en arrière dans cette salle de bains presque aussi grande que le salon d'un appartement modeste. J'avais vu la baignoire remplie de serpents.

J'attendis neuf heures pour appeler Delta Airlines. Une voix enregistrée m'informa que tous les agents étaient actuellement occupés et m'invita à patienter. Ce que je fis, jusqu'à ce qu'ils diffusent une version de « Stairway to Heaven » par l'orchestre des Cent Violons Comateux. À ce moment-là, je renonçai et appelai American Airlines, même chose. JetBlue, idem. Southwest proposait un vol pour Cleveland le jeudi suivant, mais pas de correspondance pour Boston. Toutefois, cela pouvait encore changer, m'informa l'employé. Difficile à dire. À cause du coronavirus, c'était la folie généralisée.

Je réservai une place sur le vol de Cleveland en me disant que si aucune correspondance pour Boston ne se concrétisait jusque-là, je pourrais louer une voiture, rouler jusqu'à Boston et prendre un Uber jusqu'à Newburyport. Il était maintenant neuf heures trente. J'avais conscience de la présence de la poussette dans le garage. Comme d'une pierre chaude dans ma poche.

Avec mon téléphone, je me connectai au site de Hertz où je dus patienter là encore. Idem chez Avis et Enterprise. Chez Budget, un agent prit mon appel, interrogea son ordinateur et me répondit qu'ils n'avaient pas de véhicules disponibles pour un trajet simple à Cleveland. Restaient le train et le car, mais j'en avais marre de tenir le téléphone contre mon oreille et je bouillonnais. Je n'arrêtais pas de penser à la poussette, aux shorts, aux costumes de deuil pour enfants. La lumière d'une chaude journée d'août aurait dû me faire du bien. Eh bien, non. Plus mes options se réduisaient, plus j'éprouvais l'envie – le besoin – de partir de chez Greg et de m'éloigner de la maison d'Allie Bell un peu plus loin sur la route. Cet endroit qui m'avait paru idéal pour remonter la pente, à proximité de la sérénité du golfe, ressemblait désormais à une prison.

Je me fis un café et marchai de long en large dans la cuisine en essayant de réfléchir à ce que j'allais faire, mais pas facile de penser à autre chose qu'à la poussette (*criiic*), aux T-shirts assortis (*criiic*) et aux costumes de deuil. Les cercueils eux aussi étaient assortis : blancs, avec des poignées dorées. Je le savais.

Je bus mon café noir et eus un nouveau déclic : si la visitation nocturne était terminée, l'obsession continuait.

Jeudi. Je me concentrai là-dessus. J'avais un avion pour Cleveland le jeudi. Trois jours plus tard.

Fiche le camp d'ici en attendant. Tu peux faire ça, au moins. Non ?

Tout d'abord, je crus que j'en étais capable. Un jeu d'enfant. Je repris mon téléphone, trouvai le numéro du Barry's Resort Hotel à Palm Village et les appelai. Ils avaient forcément une chambre pour trois nuits. J'avais entendu aux infos que peu de gens avaient choisi de voyager cet été-là. Ils m'accueilleraient certainement (*criiic*) à bras ouverts !

Je tombai sur un message enregistré, concis : « Merci d'avoir appelé le Barry's Resort Hotel. Nous sommes fermés jusqu'à nouvel ordre. »

J'appelai le Holiday Inn Express à Venice. Eux étaient ouverts, mais n'acceptaient pas de nouveaux clients. Le Motel 6 à Sarasota ne répondit même pas. En désespoir de cause (*criiic* !), j'appelai le Days Inn à Bradenton. Oui, me dit-on, ils avaient des chambres disponibles. Et oui, je pouvais réserver, à condition de faire contrôler ma température et de porter un masque. Je réservai, bien que Bradenton soit à plus de soixante kilomètres et à deux comtés de là. Après quoi, je sortis pour remettre un peu d'ordre dans mes pensées avant de faire ma valise. J'aurais pu passer par le garage, mais je choisis la porte du patio. Je ne voulais pas voir la poussette, et encore moins lubrifier la roue qui grinçait. Cela aurait pu déplaire aux jumeaux.

J'étais près de la piscine quand un pick-up F-150, aveuglant sous le soleil d'été, emprunta l'allée et s'arrêta dans la cour, à l'endroit même où j'avais découvert cette foutue poussette les deux fois. L'homme qui en sortit portait une chemise tropicale décorée de perroquets, un short kaki très large et un de ces chapeaux de paille que seuls peuvent se permettre les habitants de la Gulf Coast depuis toujours. Son visage bronzé et raviné s'ornait d'une énorme moustache de morse. Me voyant, il me salua d'un geste.

Je descendis les quelques marches reliant le patio à la cour, tendant déjà la main. J'étais heureux de voir cet homme qui brisait l'incessante ritournelle de mes pensées. Je crois que n'importe qui aurait produit le même effet, mais j'étais quasiment certain de savoir qui était ce visiteur : Super Papy.

Au lieu de me serrer la main, il m'offrit son coude. Je fis de même, en me disant que c'était la nouvelle norme.

« Andy Pelley. Vous devez être monsieur Trenton.

– Exact.

– Vous n'avez pas le Covid, monsieur Trenton ?

– Non. Et vous ?

– En pleine forme, à ma connaissance. »

Je souriais comme un idiot. Pour quelle raison ? Parce que j'étais heureux de le voir. Heureux de ne plus penser à des costumes noirs, à des cercueils blancs et à des roues qui grincent.

« Vous savez à qui vous ressemblez ?

– Oh, grand Dieu, oui. J'y ai droit à tous les coups. » Avec un sourire sous sa grosse moustache et un pétillement dans les yeux, il m'offrit une imitation correcte de Wilford Brimley. « Quaker Oats ! C'est le bon choix ! »

Je ris bêtement.

« Impec ! C'est exactement ça ! » Je jacassais, je ne pouvais pas m'en empêcher. « C'était une sacrément bonne campagne. Je le sais car…

– Car vous avez bossé dans la pub. » Il souriait toujours, mais je m'étais trompé à propos de l'étincelle dans ses yeux bleus. C'était un regard évaluateur. Un regard de flic. « Vous vous occupiez du dossier Sharps Cereals, hein ?

– C'est vieux », dis-je, en songeant : *Il s'est renseigné sur moi en allant sur Internet. Il a enquêté. Pourquoi ? Je l'ignore. Sauf s'il pense que…*

« J'ai quelques questions à vous poser, monsieur Trenton. On pourrait peut-être aller à l'intérieur ? Il fait sacrément chaud dehors. Faut croire que le front froid s'est fait la malle, comme les chaussures en daim bleu.

– Oui, oui, bien sûr. Je vous en prie, appelez-moi Vic. J'insiste.

– OK, Vic. »

Je voulus le conduire dans le patio, mais il se dirigeait déjà vers le garage. Il s'arrêta en voyant la poussette.

« Oh. Preston Zane m'a dit que vous l'aviez rapportée chez Mme Bell.

– Exact. Mais quelqu'un l'a rapportée ici. Encore une fois. »

J'avais envie de recommencer à jacasser, de lui dire que je ne comprenais pas, que je ne savais pas pourquoi cette poussette me suivait, comme une mauvaise odeur (si tant est qu'une mauvaise odeur puisse grincer), mais le regard scrutateur était réapparu dans ses yeux aux paupières plissées par le soleil et je m'obligeai à me taire.

« Hmmm. Deux nuits de suite. Ouah. »

Ses yeux disaient que c'était improbable, ils me demandaient si je mentais, si j'avais une raison de mentir, quelque chose à cacher. Je ne mentais pas, mais j'avais quelque chose à cacher, oui. Car je ne voulais pas passer pour un fou. Ni être considéré comme quelqu'un susceptible d'être impliqué dans la mort d'Allie Bell, le célèbre « suspect potentiel ». Mais c'était ridicule. Non ?

« Si on rentrait pour profiter de la clim, Vic ?

– Bonne idée. J'ai fait du café, si…

– Non. Ça me réussit pas trop ces temps-ci. Mais j'ai rien contre un verre d'eau. Peut-être même avec un glaçon. Vous êtes sûr que vous n'êtes pas malade ? Vous êtes un peu pâle.

– Non. »

Pas dans le sens où il l'entendait.

Pelley ne prit aucun risque. Il sortit un masque d'une poche de son short trop large et s'en couvrit la bouche et le nez dès qu'on fut à l'intérieur. Je lui servis un verre d'eau glacée et repris du café. J'envisageai de mettre un masque moi aussi, puis m'abstins. Je voulais qu'il voie mon visage en entier. On s'assit à la table de la cuisine. Chaque fois qu'il buvait une gorgée d'eau, il abaissait son masque, puis le remettait en place. La moustache formait une bosse dessous.

« Je crois savoir que c'est vous qui avez découvert Mme Bell. Un sacré choc, j'imagine.

– En effet. »

Le soulagement d'avoir de la compagnie – un autre humain dans la Maison Hantée – avait été remplacé par la méfiance. Ce type faisait peut-être partie de ce que Canavan avait appelé le Club 10-42, mais Zane avait raison : il était vif d'esprit. Je sentais que j'étais bon pour un interrogatoire, et non pas une simple visite de courtoisie.

« Je me ferai un plaisir de vous raconter ce qui s'est passé, comment je l'ai découverte, et tout ça, mais puisque je vous tiens, il y a un truc qui me tracasse.

– Ah oui ? »

Ses yeux scrutaient les miens. Des rides d'expression les encadraient, mais à cet instant, elles n'exprimaient rien.

« D'après l'agent Zane, vous êtes dans le métier depuis un bail.

– Oui, des lustres. »

Il but une gorgée d'eau, essuya sa moustache d'une main de fermier, épaisse, et remit son masque.

« Je sais que ce sont des serpents à sonnette qui ont tué les jumeaux de Mme Bell. Ce que j'aimerais savoir, c'est comment le petit détachement armé les a fait disparaître. Vous le savez ?

– Un peu, mon neveu. » Il parut se détendre pour la première fois. « Vu que j'ai participé à cette chasse aux serpents. Avec tous les flics du comté qui n'étaient pas en service, plus un tas d'autres types, et même quelques nanas. On devait être une centaine en tout. Peut-être plus. Une vraie fiesta tropicale, sauf que personne n'avait envie de s'amuser. Il faisait chaud, sacrément plus qu'aujourd'hui, et malgré ça, on portait tous des bottes, des pantalons et des chemises à manches longues, des gants et des masques comme celui que je porte là. Et des voiles.

– Des voiles ?

– Certains, c'étaient des voiles d'apiculteur, et d'autres avaient été fabriqués avec ce machin… du tulle ?… que mettent les femmes sur leur chapeau pour aller à la messe. Dans le temps, du moins. Parce que voyez-vous… » Il se pencha vers moi et me regarda droit dans les yeux, plus Wilford Brimley que jamais. « … un serpent, ça peut se redresser des fois. Quand il a vraiment peur. Et au lieu d'injecter le venin, il le crache. Et si vous en recevez dans l'œil… » Il agita la main. « Direct au cerveau. Bonne nuit et bonne chance. » Et sans transition : « Je vois que votre visiteur nocturne a rapporté également la perche à serpents de Mme Bell. »

Il avait voulu me prendre au dépourvu, et il avait réussi.

« Quoi ?

– Je l'ai vue dans le garage, appuyée contre le mur. »

Son regard ne quittait pas le mien, il attendait que je tourne la tête ou que je me trahisse d'une autre manière. Je soutins son regard. Hélas, je battis des paupières. Je n'avais pas pu m'en empêcher.

« Ça a dû vous échapper.

– Je… oui… sûrement… »

Je ne savais pas quoi ajouter, alors je haussai les épaules.

« Je l'ai reconnue immédiatement, grâce au petit anneau argenté sur le manche. Elle l'emportait presque partout. Un tas d'habitants de Rattlesnake Road, et même au-delà du pont tournant, à Palm Village, connaissaient bien cette perche.

– Et la poussette, dis-je.

– Oui, elle adorait la pousser. Parfois, elle lui parlait. Elle s'adressait à ses deux gamins morts. Je l'ai vue faire.

– Moi aussi. »

Il attendit la suite. Je faillis ajouter : *Cette poussette était dans ma salle de bains la nuit dernière, et les jumeaux s'amusaient à la pousser.*

« Vous m'avez posé une question au sujet des serpents. » Il but une gorgée d'eau, essuya sa moustache avec sa paume et releva son masque. « La Grande Chasse aux Serpents de 82 – ou 83. Faudrait que je vérifie pour être sûr. Ou peut-être que vous l'avez déjà fait, Vic ? »

Je secouai la tête.

« Ceux d'entre nous qui n'avaient pas de perches avaient des battes de baseball, des raquettes à tapis ou de tennis. Toutes sortes de trucs. Pour battre les fourrés. Des filets de pêche aussi. C'est pas ce qui manque dans le golfe. Tous les récifs à l'ouest sont étroits, et celui-ci encore plus, entre le golfe d'un côté, et Calypso Bay de l'autre. Seulement cinq cents mètres de large au maximum, au niveau du pont tournant. Et à l'endroit où tous ces crotales ont migré quand ça a commencé à construire dans le Sud, c'est deux fois moins large. De là, on voit à la fois le golfe et la baie, pas vrai ?

– Du jardin sur le côté, oui.

– Cette baraque n'existait même pas à l'époque. Il n'y avait que des palmiers nains, des naupakas – les serpents en raffolaient – et des arbustes. Plus un tas de buissons dont je ne connais même pas les noms. On a formé une ligne, du golfe à Calypso, et on a marché vers le nord en battant les fourrés, en traînant les filets et en piétinant le sol. Les serpents sont presque sourds, mais ils sentent les vibrations. Ils savaient qu'on arrivait. Ça faisait trembler la végétation, surtout les naupakas. Pour eux, ça devait ressembler à un tremblement de terre. Et en arrivant vers l'extrémité du récif, là où il n'y a plus de végétation, on les a vus. Il y en avait *partout*, de ces salopards. On aurait dit que *le sol* remuait. On n'en croyait pas nos yeux. Et ce bruit de crécelle. Je l'entends encore.

– Comme des os dans une calebasse. »

Il me dévisagea.

« Exact. Comment vous le savez ?

– J'en ai vu au zoo de Franklin Park, mentis-je sans me démonter. À Boston. Et aussi dans des émissions animalières.

– C'est une bonne description. Mais il faut imaginer des dizaines de calebasses, peut-être des centaines, et tout un cimetière d'ossements. »

Je repensai à l'immense baignoire de Greg. Et à la main qui sortait de cette masse grouillante.

« Vous êtes déjà allé à la pointe nord du récif, Vic ?

– J'ai marché jusque là-bas l'autre jour.

– Moi, je n'y suis pas retourné à pied depuis cette chasse aux serpents, mais je l'ai revue plein de fois en allant pêcher. Le récif a énormément changé depuis une quarantaine d'années, ça s'est construit de manière épouvantable. Pourtant, l'extrémité nord est restée comme avant. Une plage de coquillages qui ressemble à un immense triangle tordu, pas vrai ?

– Exactement. »

Il acquiesça. Baissa son masque. But une gorgée d'eau. Remonta son masque.

« C'est là que se sont retrouvés tous les serpents. Ils ne pouvaient pas aller ailleurs, sauf à Daylight Pass. Le dos au mur – ou à l'eau, on pourrait dire. Mais les serpents n'ont pas de dos, hein ? Ils couvraient entièrement ces deux mille cinq cents mètres carrés de plage. On ne voyait plus les coquillages, sauf par endroits, pendant une fraction de seconde, quand ils se déplaçaient en agitant leurs queues. Ils rampaient les uns sur les autres. On avait l'impression qu'il y avait assez de venin dans tous ces serpents pour tuer la moitié des habitants de Tampa.

« On avait avec nous un groupe de pompiers de la caserne de Palm Village, et d'autres de la Highway 41 à Nokomis. Des costauds. Obligé, pour trimbaler leur citerne de quatre-vingts litres sur leur dos. Ce qu'on appelait des pompes indiennes dans le temps. Ces trucs sont plutôt faits pour combattre les feux de broussailles, fréquents par ici, mais ce jour-là, ils n'étaient pas remplis de flotte. Ils contenaient de l'essence ! Quand on a eu coincé tous ces serpents – *presque* tous, car des gens ont continué à retrouver des égarés pendant des mois – tout au bout du récif, ces gars les ont aspergés bien comme il faut. Ensuite, mon vieux copain Jerry Grand, chef des pompiers de Palm Village, disparu depuis longtemps, a allumé une torche Bernzomatic et il l'a balancée. Tous ces crotales se sont transformés en un rideau de flammes, et l'odeur… Oh, mon Dieu, c'était affreux. Je n'ai jamais pu la faire disparaître de mes fringues. Les autres non plus. On a eu beau les nettoyer, rien à faire. Il a fallu les faire cramer, comme les serpents. »

Il s'est tu un instant, les yeux fixés sur le verre d'eau. Il allait en revenir au motif de sa visite, mais pour le moment, il était ailleurs. Il revoyait ces serpents brûler et il sentait leur puanteur alors qu'ils se tortillaient dans les flammes.

« Duma existait encore en ce temps-là, et des serpents ont voulu l'atteindre à la nage. Peut-être même que certains ont réussi, mais la plupart se sont noyés. Je ne sais pas si vous avez remarqué : il y a un tourbillon là où l'eau de la baie rencontre celle du golfe…

– Oui, j'ai vu.

– Ce tourbillon, il était plus puissant quand Duma Key était toujours là car l'eau rentrait avec beaucoup plus de force. Je parie qu'il y a au moins cinq mètres de profondeur à cet endroit, peut-être même plus. Le tourbillon a creusé le lit du canal. Et puis, c'était marée basse ce jour-là, ce qui augmente l'écoulement des eaux de la baie. On a vu des serpents emportés par le courant, certains encore en feu.

« Ça, Vic, c'était la Grande Chasse aux Serpents de quatre-vingt-je-sais-plus-quoi, conclut Pelley.

– Sacrée histoire.

– À vous de m'en raconter une maintenant. Comment vous avez connu Alita Bell, et comment vous l'avez découverte morte ?

– Je ne la connaissais pas, en réalité. Je ne l'ai vue que deux fois. Vivante, je veux dire. La deuxième fois, elle m'a apporté des cookies aux flocons d'avoine et aux raisins secs. On en a mangé quelques-uns, assis à cette même table. Avec du lait. J'ai dit bonjour aux jumeaux.

– Ah oui ?

– Je sais, ça semble complètement fou, mais sur le coup, ça ne donnait pas cette impression. C'était plus de la politesse. Car pour le reste, cette femme me semblait complètement normale. En fait… » J'essayais de me souvenir, front plissé. « Elle m'a avoué qu'elle savait bien qu'ils n'étaient pas vraiment là.

– Oh. »

N'avait-elle pas dit également : *Mais parfois, ils sont là* ? Je ne me souvenais plus très bien. Si elle l'avait dit, elle avait raison. Je parlais d'expérience maintenant.

« Et quelqu'un a rapporté cette poussette. Deux fois.

– Oui.

– Mais vous n'avez vu personne.

– Non.

– Vous n'avez rien entendu.

– Non.

– Vous n'avez pas vu les détecteurs de mouvement s'allumer ? Je sais qu'Ackerman en a fait installer.

– Non.

– Vous n'aviez pas non plus rapporté la perche à serpents ?

– Non.

– Racontez-moi comment vous avez découvert Mme Bell. »

Je m'exécutai, sans oublier de préciser que j'avais lancé un coquillage (plusieurs peut-être, car j'étais dans tous mes états et je ne savais plus trop) pour chasser les charognards.

« J'ai déjà raconté tout ça aux agents Zane et Canavan.

– Oui, je sais. C'est dans le rapport. Sauf le deuxième retour de la poussette. Ce qu'on peut appeler une nouvelle info.

– Je ne peux pas vous aider. Je dormais.

– Hmmm. »

Bas le masque. Il finit son verre d'eau. Retour du masque.

« Pete Ito dit que vous avez l'intention de rester ici jusqu'en septembre, monsieur Trenton. »

Je notai qu'il avait déjà interrogé M. Ito. Et qu'il recommençait à m'appeler par mon nom de famille.

« Il arrive qu'on change d'avis. Découvrir des rapaces en train de déchiqueter une vieille femme morte, ça peut provoquer ce genre de réaction. J'ai réservé une chambre au Days Inn de Bradenton pour ce soir et un billet d'avion de Tampa à Cleveland pour jeudi. La fin du trajet, jusque chez moi dans le Massachusetts, reste à déterminer. C'est un peu la folie en Amérique, en ce moment. »

Folie. Ce mot sortit de ma bouche avec un peu trop de force.

« C'est la folie partout dans le monde, répondit Pelley. D'ailleurs, pourquoi venir passer l'été ici ? La plupart des gens évitent cet endroit, sauf quand ils ont des billets gratuits pour Disney World. »

S'il avait discuté avec Pete Ito, j'étais certain qu'il savait. Aucun doute, c'était bien un interrogatoire.

« Ma femme est décédée récemment. J'essaie de remonter la pente.

– Et alors ? Vous avez le sentiment d'avancer ? »

Je le regardai sans ciller. Il ne ressemblait plus à Wilford Brimley. Il ressemblait davantage à un problème.

« Où voulez-vous en venir, agent Pelley ? Ou devrais-je vous appeler M. Pelley, tout simplement ? Je crois savoir que vous êtes à la retraite.

– Semi-retraite. Je ne suis plus inspecteur, mais adjoint à mi-temps, en bonne et due forme. Et vous devez renoncer à votre projet de vous envoler. » Avait-il insisté légèrement sur le mot *envoler* ? « Je suis sûr qu'ils vous rembourseront. Idem pour la chambre d'hôtel. Vous pourriez peut-être aller chez Barry's à Palm Village, mais…

– Ils sont fermés, j'ai essayé. Qu'est-ce…

– À vrai dire, je me sentirais plus rassuré si vous restiez ici jusqu'à l'autopsie de Mme Bell. Autrement dit, monsieur Trenton, le bureau du shérif serait plus rassuré.

– Je ne suis pas sûr que vous puissiez m'interdire de partir.

– Je ne m'y risquerais pas, si j'étais vous. Petit conseil d'ami. »

Je l'entendis alors, faible, mais audible : *Criiic… criiic… criiic.*

Je me dis que je me faisais des idées. Que c'était ridicule. Que je n'étais pas dans une histoire intitulée « La poussette révélatrice ».

« Une fois de plus, monsieur Pelley – *adjoint* Pelley –, où voulez-vous en venir ? À vous entendre, cette femme a été assassinée et je suis suspect. »

Pelley demeura impassible.

« L'autopsie nous dira très certainement comment elle est morte. Et il est fort probable que vous serez blanchi.

– J'ignorais que j'avais besoin de l'être.

– Quant à savoir où je veux en venir… Disons qu'il y a une petite complication. J'ai trouvé ceci sur la table de la cuisine en pénétrant à son domicile ce matin à six heures. »

Il tripota son téléphone, puis me le tendit. Il avait photographié une enveloppe rectangulaire blanche. Sur laquelle était écrit, en cursive : *À ouvrir en cas de décès. Alita Marie Bell.*

« L'enveloppe n'était pas scellée, alors je l'ai ouverte. Passez à la photo suivante. »

J'obéis. Le mot à l'intérieur de l'enveloppe était rédigé de la même écriture. Et la date qui figurait en haut…

« C'est le lendemain du jour où on a bu du lait et mangé des cookies ! »

Les grincements venaient d'en bas, du garage. Et comme la police dans la nouvelle de Poe, Pelley semblait ne pas les entendre. Mais c'était un homme âgé, un peu dur de la feuille peut-être.

« Ah oui ?

– Nous avons eu une conversation agréable. »

Je n'allais quand même pas lui raconter qu'Allie avait envoyé Jacob et Joseph jouer dans le bureau de Greg, où j'avais retrouvé le panier des jouets du chat renversé. C'était bien la dernière chose que j'aurais confiée à cet homme à la vue perçante (mais à l'ouïe peut-être défaillante). De même, jamais je ne lui aurais dit que j'avais bavardé moi aussi, plus ou moins, avec les jumeaux. *Salut, Jacob. Salut, Joseph. Ça alors !*

C'était un simple clin d'œil inoffensif au fantasme mélancolique d'une vieille femme. C'est ce que je m'étais dit. Mais comment savoir à quel moment vous ouvrez la porte à une obsession ? Et de quelle façon ?

« Allez-y, lisez la suite. »

Ce que je fis. La lettre était brève et simple.

Ce testament annule et remplace les précédents. Formule idiote puisque, dans mon cas, il n'y en a pas d'autres. Je suis saine d'esprit, même si je le suis un peu moins de corps. Je lègue mon compte en banque à la First Sun Trust et mon portefeuille boursier chez Building the Future LLC, et tous mes autres biens, à VICTOR TRENTON.

résidant actuellement au 1567 Rattlesnake Road. Mon avocat, que je n'ai pas consulté avant de rédiger cette lettre, est Nathan Rutherford, à Palm Village.

Alita Marie Bell

Il y avait une autre signature dessous, d'une écriture différente : *Roberto M. Garcia, témoin.*

J'en oubliai les grincements provenant du garage (ils avaient peut-être cessé). Je lus une deuxième fois sa lettre d'adieu – comment appeler ça autrement ? –, puis une troisième. Et je fis glisser le téléphone de Pelley sur la table, un peu trop brutalement sans doute. Il l'arrêta tel un puck de hockey, de sa main bronzée et ridée.

« C'est dingue, dis-je.

– Oui, on pourrait le croire, hein ?

– Je ne l'ai vue que deux fois. Trois, en comptant la fois où je l'ai découverte morte.

– Vous ne savez pas pourquoi elle aurait décidé de tout vous léguer ?

– Non. Mais attendez voir… Cette… Ce mot n'a aucune valeur juridique. Ses proches vont protester violemment, mais ce ne sera pas nécessaire car je ne demande rien.

– Roberto Garcia est le patron de Plant Word. Ils s'occupaient de son jardin.

– Oui, je sais. J'ai vu leurs camionnettes dans son allée.

– Bobby G. vit dans le coin depuis belle lurette. S'il dit qu'il a vu Mme Bell rédiger ce testament – je lui ai parlé et il me l'a confirmé, même si au moment de le faire signer, elle a caché avec sa main ce qu'elle avait écrit –, je suis obligé de le croire.

– Ça ne change rien. » Mon élocution était parfaite, mais j'avais le visage tout engourdi, comme si on m'avait injecté de la novocaïne. Une sensation très bizarre. « Cet avocat va entrer en relation avec sa famille et…

– J'ai également parlé avec Nate Rutherford. Je le connais depuis…

– Belle lurette, je parie. Vous n'avez pas chômé, adjoint Pelley.

– Je n'ai pas les deux pieds dans le même sabot, répondit-il, non sans une certaine satisfaction. Nate est l'avocat de Mme Bell depuis… » Il réfléchit et décida finalement de ne pas employer l'expression *belle lurette*. « … des décennies. C'est lui qui a repris, plus ou moins, la gestion de ses affaires après le décès de M. Bell et des enfants. Elle était prostrée de chagrin, comme on dit. Et vous savez quoi ? Il affirme qu'elle n'a aucune famille.

– Tout le monde a de la famille. Donna – mon épouse décédée – prétendait que la sienne remontait à Marie Stuart, également appelée Marie reine d…

– Reine d'Écosse. Figurez-vous, monsieur Trenton, que je suis allé à l'école dans le temps. À une époque où les téléphones avaient des cadrans et les voitures pas de ceintures de sécurité. J'ai demandé à Nate à combien s'élevait la totalité des biens de Mme Bell et il a refusé de répondre. Mais rien que la propriété – entre la baie et le golfe –, je dirais que ça vaut un beau paquet de pognon. »

Je me levai, rinçai ma tasse de café et la remplis d'eau. Pour me donner le temps de réfléchir. Et de guetter le grincement de la poussette. Tout était calme.

Je revins m'asseoir à la table.

« Vous suggérez sérieusement que j'aurais, d'une manière quelconque, obligé cette femme à rédiger un testament frauduleux… Et ensuite ? Je l'aurais tuée, c'est ça ? »

Son regard transperça le mien.

« C'est vous qui venez de le suggérer, monsieur Trenton. Et puisque vous en parlez… Est-ce le cas ?

– Bon Dieu, non ! Je lui ai parlé seulement deux fois. Et je suis entré dans son jeu. Ensuite, je l'ai trouvée morte ! D'une crise cardiaque probablement… Elle m'a confié qu'elle souffrait d'arythmie.

– Non, je ne vous accuse pas, et je ne suis pas ici pour vous demander de remplir une déposition officielle. Mais vous comprenez dans quelle situation je me trouve, hein ? Et la police également ? Cette dame rédige ce qu'on appelle un testament olographe juste avant de mourir, elle le fait contresigner par un témoin, et l'homme – l'inconnu – qui découvre son corps est également le bénéficiaire.

– Sans doute que sa folie ne se limitait pas à ses enfants », murmurai-je, et je me surpris à repenser à cette chanson citée par l'agent Zane : « Delta Dawn ».

« Peut-être que oui, peut-être que non. Quoi qu'il en soit, l'autopsie doit avoir lieu en ce moment même. Ça nous renseignera. Et bien entendu, vous devrez témoigner durant l'enquête. De manière officielle, cette fois. »

Je sentis mon ventre se nouer.

« Quand ?

– Pas avant une quinzaine de jours. Et ça se fera en vidéo. Sur FaceTime, Zoom ou je ne sais quoi. J'ai déjà du mal à me débrouiller avec ce téléphone. »

Je n'y croyais pas un instant.

« Quoi qu'il en soit, il serait bon que vous restiez dans les parages, Vic. » L'emploi de mon prénom ressemblait à un piège à présent. « En fait, je suis obligé d'insister. Et puis, vu tout ce qui se passe, avec le Covid qui se propage à vitesse grand V, c'est plus prudent de rester ici, enfermé, et masqué en ville. Vous ne croyez pas ? »

C'est peut-être à cet instant que je commençai à comprendre ce qu'Alita Bell avait fait, même si tous les éléments ne s'amalgameraient pas avant le soir.

Mais peut-être que ce n'était pas elle. Je revis Donna l'ultime soir. La façon dont elle avait regardé derrière moi. Ses yeux mourants s'étaient animés une dernière fois. *Oh, bon sang,* avait-elle dit, *comme tu as grandi ! Regarde-moi ça !*

Les enfants n'étaient pas capables de comploter et de bâtir des plans. Les adultes, en revanche…

« Vic ?

– Hmmm ? »

Les rides d'expression aux coins de ses yeux se plissèrent.

« Pendant un instant, j'ai cru que je vous avais perdu.

– Non, je suis là. J'essaie… d'examiner les faits.

– Et il y a de quoi faire, hein ? Pour moi aussi. Un vrai roman policier. Je pense que vous devriez vous en tenir à votre première idée. Restez jusqu'en septembre. Allez vous promener le matin ou le soir à la fraîche. Profitez de la piscine. Il faut qu'on essaie de comprendre ce qui s'est passé, si c'est possible.

– Je vais y réfléchir. »

Les rides de sourire disparurent.

« Oui, réfléchissez bien, et pendant ce temps, restez dans le coin. » Il se leva en remontant son short. « Bon, je crois que j'ai suffisamment abusé de votre temps.

– Je vous raccompagne.

– Inutile, je trouverai.

– Je vous raccompagne », répétai-je, et il haussa les épaules, comme pour dire : *Libre à vous.*

On descendit l'escalier qui menait au garage. Il s'arrêta au milieu et me demanda, avec le parfait dosage de curiosité et de compassion :

« De quoi est morte votre épouse, Vic ? »

Une question naturelle, somme toute. Je n'avais aucune raison de penser qu'il essayait de savoir si ce décès avait eu lieu dans des conditions suspectes, pourtant, je devinais qu'il avait cette idée dans un coin de la tête. Et pas seulement dans un coin.

« Cancer. »

Il descendit jusqu'en bas des marches.

« Toutes mes condoléances.

– Merci. Vous allez rapporter la poussette chez les Bell ? Vous pourriez la charger à l'arrière de votre pick-up. »

J'avais hâte de m'en débarrasser.

« Oui, je pourrais, reconnut-il. Mais à quoi bon ? Elle risque fort de revenir si ce… plaisantin est décidé à vous faire tourner en bourrique. Une patrouille passe dans Rattlesnake Road une ou deux fois par nuit, mais ça laisse beaucoup de temps sans surveillance. De plus, on a pas mal de collègues sur le flanc, à cause du Covid. Alors, autant la laisser ici. »

Il ne croit pas à l'existence d'un plaisantin, me dis-je. *Il pense que c'est moi. Les deux fois. Il ne sait pas pourquoi, mais c'est sa théorie.*

« Et les empreintes ? »

Il gratta sa nuque très bronzée et très ridée.

« Ouais, pourquoi pas ? J'ai un kit de prélèvement dans ma bagnole. Mais ça voudrait dire faire des transferts de toutes les empreintes que j'ai relevées et je risque de tout bousiller. Mes mains ne sont plus aussi fiables qu'avant. »

Je n'avais pas remarqué.

Son visage s'éclaira.

« Vous savez quoi ? Je pourrais au moins passer de la poudre sur les parties chromées et prendre des photos avec mon téléphone, si je trouve quelque chose. Inutile d'essayer sur les poignées, elles sont en caoutchouc, et les petits accoudoirs à côté des sièges sont en plastique. En revanche, la barre métallique, y a pas mieux pour les empreintes. Zane ou Canavan y ont touché ?

– Je n'en suis pas sûr. Il n'y a que moi, je crois. Et Allie Bell, évidemment. »

Pelley hocha la tête. On était toujours au pied de l'escalier.

« Donc, je pourrais trouver deux séries d'empreintes : les vôtres et celles de Mme Bell. Mais c'est peu probable. La plupart des gens se serviraient des poignées en plastique.

– Je crois que je l'ai prise plus bas, quand j'ai soulevé l'avant pour franchir l'encadrement de la porte du garage. Dans ce cas, il se peut que j'aie agrippé les barres, juste sous les poignées. Du coup, vous allez peut-être trouver non pas des empreintes digitales, mais des empreintes de paume. »

Il hocha la tête de nouveau et on entra dans le garage. Pelley ressortit pour aller chercher son kit de prélèvement, mais je le retins par le coude.

« Regardez, dis-je en montrant la poussette.

– Eh bien quoi ?

– On l'a déplacée. Quand je l'ai glissée à côté de la voiture, je l'ai mise du côté conducteur. Maintenant, elle est du côté passager. »

J'avais donc bien entendu les grincements.

« Je ne pourrais pas dire. »

Son froncement de sourcils – ce trait vertical si profond qu'il faisait presque disparaître son front – m'indiquait qu'il s'en souvenait très bien, mais refusait d'y croire.

« Allons, Andy. » J'avais employé son prénom délibérément : un vieux truc de pro auquel j'avais recours quand une discussion s'enflammait. Je voulais qu'on soit tous les deux dans le même camp, si possible. « Vous avez été officier de police pendant assez longtemps pour développer vos dons d'observation. La poussette était dans l'ombre. Maintenant, elle est de l'autre côté de ma voiture, au soleil. »

Il réfléchit et secoua la tête.

« Je ne pourrais pas l'affirmer. »

Je voulais l'obliger à le reconnaître, je voulais lui dire que j'avais entendu la roue grincer quand on avait déplacé la poussette, même si lui ne l'avait pas entendue, je voulais secouer ce bras que je tenais dans ma main. Pourtant, je le lâchai. Au prix d'un gros effort. Car je ne voulais pas qu'il me prenne pour un fou… Et s'il croyait que c'était moi qui déplaçais la poussette, la nuit, entre la maison de Greg et celle d'Allie Bell, il n'était pas loin de parvenir à cette conclusion. Et puis, il devait réfléchir à l'étrange testament olographe d'Allie Bell. Croyait-il vraiment qu'elle et moi n'étions que de vagues connaissances qui s'étaient vues seulement deux fois ? Moi-même, l'aurais-je cru ?

J'avais le sentiment que la liste des questions allait s'allonger.

« Bon, je vais chercher mon kit, déclara Pelley. Mais je n'y crois pas trop. »

Il repartit au volant de son pick-up une dizaine de minutes plus tard, après m'avoir encore rappelé que je ne devais pas quitter la région, *une très mauvaise idée* selon lui. Il ajouta que lui-même ou un des inspecteurs à temps plein me contacterait après l'autopsie.

La journée fut longue. J'essayai de faire une sieste, sans y parvenir. Plusieurs fois, je crus entendre la roue grincer et je descendis au garage. La poussette n'avait pas bougé. Ce qui ne m'étonnait pas. Je l'avais entendue *pour de bon* quand Pelley était assis à la table de la cuisine. Plus tard, c'était autre chose. Mon *imagination*, diriez-vous. Mais non. Pas exactement. J'y voyais une forme de provocation. Vous pouvez y croire ou pas, moi j'en étais sûr.

Non : *je le savais.*

À un moment donné, j'entendis le grincement (pas pour de vrai, mais pour de vrai dans ma tête) et je redescendis au garage. Je crus voir alors des ombres de serpents sur le mur. Je fermai les yeux avec force et les rouvris. Les ombres avaient disparu. Elles n'avaient jamais existé, et en même temps, si. Il ne restait que la poussette, sur le sol en ciment, au soleil, projetant son ombre inoffensive.

Vers midi, alors que je mangeais un sandwich poulet-salade, je songeai une fois de plus à lubrifier la roue qui grinçait (il y avait un bidon de 3-en-Un sur l'établi dans l'autre moitié du garage), puis me ravisai. L'idée de toucher la poussette me déplaisait, mais j'aurais pu le faire. Je n'étais ni hystérique, ni phobique. Seulement, je me souvenais de la fable d'Ésope avec les souris qui mettent une clochette autour du cou du chat. Pour quelle raison ? Pour l'entendre arriver.

Eh bien, j'avais la même attitude vis-à-vis de la poussette. Surtout depuis que Pelley n'avait relevé aucune empreinte sur les barres chromées, pas même les vagues marques de doigts ou les traces de poussière auxquelles il s'attendait.

« Je pense que tout a été effacé. Par votre *plaisantin.* »

Avait-il dit en me regardant.

Ce soir-là, je parcourus Rattlesnake Road tout du long, jusqu'au pont tournant. Une longue promenade pour un homme de mon âge, mais je devais réfléchir à un tas de choses. Je commençai par me demander si j'étais fou. La réponse était un non catégorique. Les serpents dans la baignoire et la main qui en sortait étaient peut-être une hallucination due au stress (je n'y croyais pas, mais je voulais bien l'admettre). En revanche, la poussette était bien dans la salle de bains. J'avais seulement vu son ombre, mais le grincement de la roue ne laissait aucune place au doute. Et dans le garage, elle avait bel et bien été déplacée. Je l'avais entendu. Pelley, lui, ne l'avait pas entendu, mais il savait que la poussette avait changé de place, même s'il refusait de le reconnaître devant moi (et en son for intérieur sans doute).

Le pont tournant fonctionnait vingt-quatre heures sur vingt-quatre et sept jours sur sept. Ce soir-là, l'opérateur était Jim Morrison

(« Pas celui des Doors », aimait-il à répéter), un type sans doute plus âgé que Pelley ou moi. On échangea quelques mots, sur la météo, les élections à venir, le Covid qui avait vidé les stades de baseball de leurs spectateurs, remplacés par des silhouettes en carton. Puis je l'interrogeai sur Mme Bell.

« C'est vous qui l'avez découverte, hein ? » demanda Jim.

On était devant sa petite cabine, dans laquelle il avait installé un téléviseur, un fauteuil défoncé et un WC chimique. Il portait son habituel gilet jaune fluo et sa casquette rouge avec RATTLESNAKE KEY sur la visière. Un cure-dents dépassait d'un coin de sa bouche.

« Oui.

– Pauvre femme. Pauvre vieille. Elle ne s'est jamais remise d'avoir perdu ses garçons. On la voyait pousser sa poussette. »

Parfaite introduction à la question que je voulais réellement lui poser.

« Selon vous, elle croyait vraiment que ses fils étaient à l'intérieur ? »

Il gratta son menton à la barbe naissante pendant qu'il réfléchissait.

« Je pourrais pas l'affirmer, mais je crois que oui. De temps en temps, du moins. Ou même la plupart du temps. Je crois qu'elle s'obligeait à y croire. Ce qui est très dangereux, à mon avis.

– Qu'est-ce qui vous fait dire ça ?

– Mieux vaut accepter la mort, porter la cicatrice et aller de l'avant. »

J'attendis qu'il ajoute quelque chose, en vain.

« Vous avez participé à la grande chasse aux serpents après la mort des garçons ? Andy Pelley me l'a racontée.

– Oh, ouais, j'y étais. Aujourd'hui encore, je sens l'odeur de ces crotales en train de brûler. Et vous savez quoi ? Des fois, j'ai l'impression de les voir, surtout vers cette heure-là. » Il se pencha par-dessus le garde-fou pour cracher son cure-dents dans le golfe du Mexique. « Au crépuscule, vous voyez. La réalité paraît plus floue. Pour moi, en tout cas. Ma femme disait que j'aurais dû être poète, avec des idées comme ça. Une fois que les étoiles apparaissent, ça va mieux. Je vais en voir un paquet ce soir. Je bosse jusqu'à minuit. C'est Patricia qui prend la relève.

– Je ne pense pas qu'il y ait beaucoup de bateaux qui passent à cette époque de l'année, surtout la nuit.

– Oh, vous seriez surpris. Regardez là-bas. » Il me montra la lune qui se levait et peignait la surface de l'eau en argent. « Les gens adorent s'offrir une petite balade au clair de lune. Ça les rend romantiques. Les soirs où on voit pas la lune, c'est différent, en été du moins. Là, y a surtout des gardes-côtes. Ou les Stups. Ces gars-là sont toujours pressés. Comme si ce vieux pont allait s'ouvrir plus vite parce qu'ils klaxonnent. »

On bavarda encore un peu, puis je lui dis que je ferais bien de rentrer.

« Oui, approuva Jim. Ça fait une trotte pour un homme plus très jeune. Mais la lune sera là pour vous guider. »

Je lui souhaitai une bonne soirée et m'apprêtai à traverser le pont en sens inverse.

« Vic ? »

Je me retournai. Il était adossé à sa cabine, les bras croisés sur son gilet fluo.

« Quinze jours après la mort de ma femme, en descendant en pleine nuit pour boire un verre d'eau, je l'ai vue assise à la table de la cuisine, dans sa chemise de nuit préférée. La lumière était éteinte et il faisait sombre dans la pièce, mais c'était bien elle, je le jurerais devant le Seigneur Tout-Puissant. Quand j'ai allumé la lumière… » Il leva la main, poing fermé, et l'ouvrit. « Disparue.

– J'ai entendu mon fils après sa mort. » Il me semblait tout naturel de faire cet aveu, après ce que venait de dire Jim. « Il parlait depuis l'intérieur de l'armoire. Ça aussi, je pourrais le jurer. »

Il répondit par un simple hochement de tête, accompagné d'un « Bonne nuit » et regagna sa cabine.

Pendant les deux premiers kilomètres environ, il y avait beaucoup de maisons, de plus en plus grandes et chics à mesure que j'avançais. Certaines étaient éclairées, des voitures stationnaient dans les allées de coquillages, mais la plupart étaient plongées dans l'obscurité. Leurs occupants reviendraient après Noël et repartiraient avant Pâques. En fonction de l'évolution de la pandémie, évidemment.

Une fois passé le portillon à l'extrémité nord du récif, les quelques McMansions situées dans cette partie de l'île disparaissaient derrière les rhododendrons et les palmiers nains qui enserraient la route. Je n'entendais que les grillons, les vagues qui se brisaient sur la plage du côté du golfe, un engoulevent et le bruit de mes pas. Le temps que j'atteigne la rubalise jaune qui barrait l'entrée de l'allée de Mme Bell, il faisait presque nuit noire. La lune aux trois quarts pleine était suffisamment haute à présent pour éclairer mon chemin, mais elle demeurait cachée en grande partie par la végétation qui pousse dans le climat de serre de la Floride. Dès que j'eus franchi l'allée d'Allie, les grincements débutèrent. Une dizaine ou une quinzaine de mètres derrière moi. Les poils de mes bras se hérissèrent. Ma langue demeura collée à mon palais desséché. Je me figeai, incapable de marcher, et encore plus de courir (mission impossible de toute façon avec mes hanches grippées). Je savais ce qui se passait. Ils me guettaient dans l'allée. Ils m'avaient attendu pour me suivre jusque chez Greg. Mon souvenir le plus marquant de cet instant, c'est cette impression que mes yeux gonflaient à l'intérieur de leurs orbites. J'ai pensé alors que s'ils explosaient, je deviendrais aveugle.

Les grincements cessèrent.

J'entendis un nouveau bruit : les battements de mon cœur. Comme un tambour au son étouffé. L'engoulevent s'était tu. Les grillons également. Une goutte de sueur glacée roula lentement du creux de ma tempe jusqu'à l'angle de ma mâchoire. J'avançai d'un pas. Au prix d'un terrible effort. Puis d'un autre. C'était déjà un peu plus facile. Idem pour le troisième. Je me remis en marche, mais c'était comme si j'étais juché sur des échasses. J'avais progressé d'une vingtaine de mètres quand les grincements reprirent. Je m'arrêtai et ils s'arrêtèrent aussi. Dès que je repartis sur mes échasses invisibles, ils reprirent. C'était la poussette. Poussée par les jumeaux. Ils s'arrêtaient quand je m'arrêtais et repartaient quand je repartais. En affichant de grands sourires, j'en étais sûr. Car c'était une bonne blague pour tourmenter leur nouveau… leur nouveau quoi ? Qu'étais-je pour eux, au juste ?

J'avais peur de le savoir. Allie Bell m'avait laissé sa maison, son argent et ses placements. Mais elle ne m'avait pas laissé que ça, hein ?

« Les garçons. » Ma voix n'était plus la mienne. Je regardais toujours devant moi, et ma voix n'était plus la mienne. « Rentrez chez vous, les garçons. Vous devriez être couchés depuis longtemps. »

Rien. Je m'attendais à sentir des mains glacées. Ou à voir des dizaines de serpents ramper vers moi sur la route éclairée par la lune. Eux aussi seraient froids. Jusqu'à ce qu'ils mordent, bien entendu. Une fois le venin injecté, la chaleur se répandrait. Jusqu'à mon cœur.

Non, il n'y a plus de serpents. Si tu en vois, ils ne sont pas réels.

Je repartis. La poussette aussi. *Criiic... criiic... criiic...*

Je m'arrêtai. La poussette aussi. Je n'étais plus très loin de chez Greg. Je voyais la silhouette massive de la maison se découper dans le ciel, sans éprouver le moindre soulagement. Car ils pouvaient entrer. Ils étaient *déjà* entrés.

Vois-nous. Vois-nous. Vois-nous.

Promène-nous. Promène-nous. Promène-nous.

Habille-nous. Habille-nous. Habille-nous.

Ces pensées me rendaient fou, comme ces rengaines qui vous rentrent dans la tête et n'en sortent plus. « Delta Dawn », par exemple. Mais je pouvais y mettre fin. Je savais ce qui les ferait disparaître, temporairement, du moins.

Eux aussi le savaient.

Vois-nous. Promène-nous. Habille-nous.

Je n'osais pas me retourner, mais il y avait une chose que je *pouvais* faire. Si j'en avais le courage. Mon téléphone était dans la poche de mon short. Je le sortis, ouvris l'appareil photo, en mode inversé pour contempler mon visage terrorisé, pâle comme un cadavre au clair de lune. Et je levai l'appareil pour pouvoir regarder derrière moi sans être obligé de tourner la tête. J'ignorais jusqu'à cet instant que ma main tremblait à ce point. J'essayai de la contrôler.

Jacob et Joseph n'étaient pas là, la poussette non plus... En revanche, leurs ombres étaient présentes. Deux silhouettes humaines et celle, anguleuse, de cette double poussette dans laquelle leur mère les promenait partout. Je ne peux pas dire que ces ombres désincarnées étaient plus effroyables que l'aurait été leur présence réelle, mais elles étaient redoutables. J'appuyai sur la touche blanche avec mon pouce pour prendre une photo, certain que ça ne fonctionnerait pas, mais j'entendis le déclic.

Vois-nous. Promène-nous. Pousse-nous.

Je fermai l'appareil photo et enclenchai l'enregistreur vocal.

Vois-nous, promène-nous, pousse-nous.

Je songeai que ces ombres étaient trop grandes pour être celles d'enfants de quatre ans, et une fois encore, je repensai à Donna dans ses derniers instants : *Oh, bon sang, comme tu as grandi ! Regarde-moi ça !*

VOIS-NOUS PROMÈNE-NOUS POUSSE-NOUS !

Je me remis en marche. Les grincements me suivirent, tout proches d'abord, puis perdant peu à peu du terrain. Quand j'atteignis la maison de Greg, ils avaient disparu, mais les pensées hargneuses – pas des voix, des *pensées* – étaient plus fortes que jamais dans ma tête. C'étaient mes pensées, mais on me les imposait.

La poussette était de retour dans la cour. Évidemment, et elle projetait la même ombre anguleuse que sur l'écran de mon téléphone. Les T-shirts étaient toujours soigneusement étalés à l'intérieur. HECKLE et JEKYLL. Je savais comment calmer l'orage dans ma tête. Je touchai les dossiers. Je touchai les T-shirts. Aussitôt, les pensées assourdissantes et répétitives cessèrent. Je poussai la poussette dans le garage, puis reculai et attendis. Les pensées restèrent muettes, mais elles reviendraient, forcément. Et la prochaine fois, elles seraient plus fortes encore, plus insistantes. La prochaine fois, elles exigeraient plus qu'une caresse.

La prochaine fois, elles voudraient se promener.

Je verrouillai les portes (comme si cela servait à quelque chose) et allumai toutes les lumières de la maison. Sur ce, je m'assis à la table de la cuisine et consultai mon téléphone. J'avais manqué un appel de Nathan Rutherford, mais j'avais d'autres préoccupations que l'avocat d'Allie Bell. J'examinai la photo que j'avais prise. Elle était un peu floue, à cause des tremblements de ma main, mais on voyait bien les ombres des garçons et de la poussette. Des ombres que rien ne projetait. La route était déserte. J'ouvris l'enregistreur vocal et appuyai sur « Play ». Pendant vingt secondes, j'entendis les grincements réguliers de la roue de la poussette. Puis ils s'estompèrent.

J'envisageai d'appeler Andy Pelley, car j'étais certain qu'il avait remarqué le changement de place de la poussette après notre conversation. Il m'avait donné sa carte. Je pouvais lui envoyer par mail la photo et l'enregistrement, mais il les rejetterait l'un et l'autre. Il affirmerait que c'étaient les ombres des palmiers nains. Même s'il n'était pas dupe. Et la roue qui grinçait ? Il penserait que j'avais moi-même fait rouler la poussette d'avant en arrière à l'intérieur du garage pendant que j'enregistrais. Même s'il ne le disait pas ouvertement, il le penserait. C'était un flic, pas un chasseur de fantômes.

Mais peut-être que ça n'avait pas d'importance. Je disposais de preuves empiriques. Je savais déjà que tout ce qui arrivait était réel ; toutefois, l'idée que tout cela existait uniquement dans ma tête demeurait à l'arrière-plan.

Assis à la table de la cuisine, les paumes plaquées contre mon front, je réfléchissais. *C'est mon vieux palpitant qui saute des mesures*, avait dit Allie quand je lui avais demandé si ça allait, mais supposons qu'elle ait été plus gravement malade qu'elle ne l'affirmait ? Et qu'elle l'ait su ? Supposons qu'elle n'ait pas seulement souffert d'arythmie, mais d'insuffisance cardiaque ? Ou d'un cancer ? Un de ces glioblastomes qui signent votre arrêt de mort ?

Supposons qu'elle se soit résignée à sa propre mort, mais pas à celle de ses petits garçons ? Ils étaient déjà morts une fois, certes, mais ils étaient revenus. Ou plutôt, elle les avait ressuscités. Et puis…

« Supposons qu'elle ait fait ma connaissance », dis-je.

Oui, supposons.

Finalement, j'appelai Nathan Rutherford, me présentai et allai droit au but : je n'avais que faire de l'héritage d'Allie Bell.

Je pense que son rire trahissait plus de cynisme que d'étonnement.

« Quoi qu'il en soit, monsieur Trenton, il semblerait qu'il vous revienne.

– C'est ridicule. Trouvez sa famille.

– Elle affirmait n'en avoir aucune. Après la mort de son mari et des petits J, comme elle les appelait, elle était la dernière branche de l'arbre généalogique. C'est l'unique raison pour laquelle cette parodie de testament a une chance d'être validée. Cet héritage représente une somme importante. À sept chiffres, peut-être même huit. Il faut croire qu'elle était tombée sous votre charme, monsieur. »

Non, pensai-je, *c'est plutôt l'inverse. Mais j'ai bien l'intention d'y remédier.*

« Je me retrouve dans le pétrin, monsieur Rutherford. C'est moi qui l'ai découverte et en attendant le résultat de l'autopsie, j'apparais comme celui qui avait un mobile pour la tuer. Vous comprenez ?

– Aviez-vous des raisons de penser que vous aviez une bonne chance d'hériter ? Aviez-vous vu cette feuille de papier avant le décès de Mme Bell ?

– Non. Mais l'adjoint Pelley m'a dit qu'elle était dans une enveloppe non scellée. Un procureur qui chercherait à m'inculper pourrait affirmer que j'y avais accès.

– Le temps réglera tout ça », répondit Rutherford. Ce qui ne voulait rien dire. Il avait adopté ce ton apaisant qu'il utilisait sans doute avec tous ses clients bouleversés. Ceux qui avaient de l'argent, du moins, et apparemment, le solde de mon compte en banque venait d'augmenter sérieusement. « Si le testament n'est pas contesté et est certifié, vous serez libre de disposer de l'héritage à votre guise. Vous pourrez vendre la maison. Et verser l'argent à des œuvres caritatives, si tel est votre souhait. »

Il n'alla pas jusqu'à ajouter : « Charité bien ordonnée commence par soi-même », mais son ton le suggérait. J'en avais suffisamment entendu. Il voulait évoquer les méandres juridiques qui m'attendaient, mais question méandres, j'avais suffisamment à faire avec mes serpents. Dehors, la nuit était tombée, et j'avais peur. Je le remerciai et raccrochai.

Allie Bell avait-elle rédigé son testament, puis s'était-elle suicidée, avec une overdose de digoxine ou de sotalol ?

Non, pensai-je. *Les petits J n'aimeraient pas ça. Et je risquerais de me retrouver derrière les barreaux, où les* vois-nous promène-nous habille-nous *demeureront lettre morte. L'enquête conclura à une mort accidentelle, mais en attendant, je serai ici – et* eux *aussi.*

« Parce qu'ils veulent que je reste », murmurai-je.

Je pris une douche, enfilai un short de sport, fermai la porte de la salle de bains et m'allongeai sur le grand lit de Greg Ackerman. Célibataire plus ou moins désinhibé, sans doute l'avait-il partagé avec un grand nombre de ses chéries. La mienne était partie. Enterrée. Comme mon fils.

Je croisai les bras sur ma poitrine, dans un geste inconscient de protection, et contemplai le plafond. Ce n'était pas elle, c'étaient eux. *Eux* qui voulaient que je reste. Qui voulaient faire pression sur moi. Ils voulaient que je remplace leur mère, pour ne pas être obligés d'aller là où vont les revenants précaires. Ils se plaisaient ici, à Rattlesnake Key. Où – si je ne voulais pas que ma tête soit remplie d'une cascade de pensées répétitives, si je ne voulais pas entendre en permanence dans mon dos le grincement de la roue de la poussette – je devrais vivre moi aussi, dans la maison d'Allie. Je mangerais dans la cuisine d'Allie et je dormirais dans le lit d'Allie. Et je les pousserais dans leur poussette.

Et je finirais par les voir.

Je ne suis pas obligé de rester ici, me dis-je. *J'ai une voiture de location avec un réservoir plein. Je peux m'en aller. Loin d'eux. Je ne pense pas que le shérif du comté émettra un mandat d'arrêt contre moi, même si un juge pourrait délivrer un mandat d'amener pour m'obliger à revenir pendant la durée de l'enquête – Rutherford le saurait, et je suppose que c'est mon avocat à présent – mais je m'y opposerais. Et pendant que les avocats s'affronteraient, Jacob et Joseph faibliraient. Parce que leur mère est partie et qu'ils n'ont plus que moi.*

Oui. Tout cela était exact. Et j'étais mort de peur, vous pouvez me croire. Il y a dans *Mean Streets*, le film de Scorsese, une réplique qui a toujours fait écho en moi. « On ne déconne pas avec l'infini. » Mais j'étais également en colère. J'avais été enfermé dans une boîte avec interdiction de m'échapper. Pas par leur mère – au fond de moi, j'étais convaincu qu'Allie Bell n'était au courant de rien –, mais par *deux gamins*. Des gamins morts, qui plus est.

Je ne disposais d'aucune arme secrète pour les combattre ; je n'avais ni croix ni ail pour repousser les vampires (ce qu'ils étaient, d'une certaine manière), ni rite d'exorcisme, mais j'avais ma volonté, et j'étais foutrement trop vieux pour me laisser maltraiter par Vilain et Encore Plus Vilain.

Si Allie n'avait pas construit la boîte dans laquelle je me trouvais, comment avaient-ils fait ? La plupart des gamins de leur âge (j'en avais eu un, ne l'oubliez pas) ont déjà du mal à trouver le chemin des toilettes.

Je m'endormis en pensant à Donna à quelques minutes de la fin : *Oh, bon sang, comme tu as grandi ! Regarde-moi ça !*

Criiic. Criiic. Criiic

Je ne me réveillai pas dans le noir, au moins, car je n'avais pas éteint les lumières. Cette fois, le grincement de la roue ne venait pas de la salle de bains attenante, mais de plus loin. De cette partie de la maison que Greg nommait pompeusement les « appartements des invités ». Des appartements qui se composaient d'un petit salon au rez-de-chaussée et d'un escalier en colimaçon qui menait à une chambre et à sa salle de bains, au premier.

La poussette se trouvait dans la chambre d'amis. La véritable poussette était peut-être toujours dans le garage, mais son fantôme était tout aussi réel, à l'image des jumeaux qui le poussaient frénétiquement d'avant en arrière.

Les pensées revinrent s'insinuer dans mon esprit. En sourdine tout d'abord, puis plus bruyamment, comme si une main invisible tournait le bouton du son. *Vois-nous, promène-nous, habille-nous. Vois-nous, promène-nous, habille-nous. VOIS-NOUS, PROMÈNE-NOUS, HABILLE-NOUS !*

Allongé sur le dos, les mains jointes sur la poitrine, je me mordis la lèvre, en essayant d'arrêter le flot de ces pensées. De *leurs* pensées, de *mes* pensées. Autant se battre pour que le soleil ne se couche pas.

Je pouvais encore formuler d'autres pensées (pendant combien de temps, je l'ignorais), et apparemment, je n'avais que trois options à ma disposition : rester couché là et devenir fou une fois que ces rengaines auraient tout dévoré ; descendre dans le garage pour toucher la poussette, ce qui les ferait taire temporairement ; ou affronter les jumeaux. Ce que je décidai de faire.

En pensant : *Je refuse que des enfants me rendent fou.*

En pensant : *Promène-nous, promène-nous, pousse-nous, pousse-nous. Nous sommes à toi, tu es à nous.*

Je me levai du lit et suivis le couloir du premier étage jusqu'aux appartements des invités. À mi-chemin, les grincements s'arrêtèrent. Pas moi. Les pensées – *promène-nous, pousse-nous, habille-nous, nous sommes à toi, tu es à nous* – non plus. Je n'hésitai pas en arrivant devant la porte entrouverte. Si j'avais pris le temps de réfléchir en utilisant cette partie de mon esprit encore capable de raisonner librement, j'aurais décampé. Que ferais-je une fois à l'intérieur ? Aucune idée. Leur ordonner de rentrer chez eux en les menaçant d'une fessée ne marcherait sûrement pas.

Ce que je découvris me pétrifia. La poussette était échouée au milieu du plancher. Jacob et Joseph étaient couchés dans le lit des invités. Ce n'étaient plus des enfants… et en même temps, si. Sous les couvertures, les corps étaient ceux de deux adultes, mais les têtes, bien qu'enflées de manière grotesque, demeuraient des têtes d'enfants. Boursouflées par le venin des serpents à sonnette, elles avaient pris l'apparence de visages d'Halloween taillés dans des citrouilles. Leurs lèvres avaient noirci. Leurs fronts, leurs joues et leurs cous étaient mouchetés de morsures. Leurs yeux, bien qu'enfoncés dans leurs orbites, brillaient d'une lumière et d'une lucidité infernales. Ils me souriaient.

Une histoire avant de dormir ! Une histoire avant de dormir ! Une his…

Puis ils disparurent. La poussette aussi. Les jumeaux étaient là, ils réclamaient une histoire, et une seconde plus tard, la chambre était vide. Le couvre-lit, ouvert des deux côtés, formait des triangles parfaits, pourtant ce lit n'était pas défait quand j'avais débarqué du Massachusetts. Je l'avais vu de mes propres yeux.

Perché sur des échasses de nouveau, j'entrai dans la chambre et toisai le lit dans lequel se trouvaient les jumeaux un instant plus tôt. Je m'y laissai tomber, sans en avoir l'intention mais parce que mes jambes se dérobèrent. Mon cœur cognait et je m'entendais haleter, de loin.

Voilà comment meurent les vieux, pensai-je. *Quand quelqu'un me retrouvera – Pete Ito, sans doute –, le médecin légiste conclura à une crise cardiaque. Ils ne pourront pas savoir que je suis mort de peur à cause de deux morts avec des têtes d'enfants.*

Seuls les jumeaux n'aimeraient pas que je meure, n'est-ce pas ? Maintenant que leur mère les avait quittés. J'étais leur unique lien avec le monde dans lequel ils voulaient rester.

Je palpai des deux mains un triangle du couvre-lit et compris qu'ils n'avaient pas aimé ce lit. Ils avaient chacun le leur dans la maison au bout du chemin. Des bons lits. Leur mère avait conservé leur chambre telle qu'elle était le jour de leur mort, une quarantaine d'années plus tôt. C'étaient ces lits qu'ils aimaient, et quand je vivrais là-bas, je les borderais chaque soir et je leur lirais *Winnie l'ourson*, comme je l'avais fait avec Tad. Mais certainement pas les *Monster Words*, car les monstres, c'étaient *eux*.

Quand je pus me lever, je regagnai lentement ma chambre au bout du couloir. J'aurais peut-être du mal à dormir, mais je savais que je n'entendrais plus la roue grincer cette nuit-là. La visitation était terminée.

Il n'avait jamais été question de conserver la voiture dans laquelle mon fils était mort. Nous ne l'aurions pas gardée, même si elle n'avait pas été cabossée à une dizaine d'endroits par le chien qui essayait à tout prix d'entrer pour s'en prendre à ma femme et à mon fils. Une dépanneuse l'avait rapportée à la maison. Donna avait carrément refusé de la regarder, et comment lui en vouloir ?

Il n'y avait pas de casse automobile à Castle Rock. La plus proche était celle d'Andretti, à Gates Falls. Je les appelai. Ils vinrent chercher la Pinto – la voiture de la mort – et la passèrent au broyeur. Il en ressortit un cube parsemé d'éclats de verre brillants : vitres, feux arrière, phares, pare-brise. Je pris une photo. Que Donna refusa de regarder.

À cette époque, les disputes avaient commencé. Elle voulait que je l'accompagne lors de ses pèlerinages hebdomadaires à Harmony Hill, où était enterré Tad. Je refusais, comme elle avait refusé de regarder le cube de la voiture de la mort compressée. Je répondais que pour moi, Tad était toujours dans la maison et le serait toujours. Elle rétorquait que c'étaient des belles paroles, mais que c'était faux. Elle m'accusait d'avoir peur d'y aller. Peur de craquer, et bien évidemment, elle avait raison. Je suppose qu'elle le voyait sur mon visage chaque fois qu'elle me regardait.

Finalement, c'est elle qui partit. Au retour d'un voyage d'affaires à Boston, je découvris qu'elle n'était plus là. Elle avait laissé un mot. Des banalités que vous pouvez sans doute deviner : *On ne peut pas continuer comme ça… commencer une nouvelle vie… tourner la page…* bla-bla-bla. La seule chose vraiment originale, c'était ce qu'elle avait griffonné sous son nom, après coup peut-être. *Je t'aime toujours et je te hais. Je pars avant que la haine prenne le dessus.*

Inutile de préciser, sans doute, que je ressentais la même chose envers elle.

L'agent Zane m'appela le lendemain matin pendant que j'avalais des Rice Chex sans y prendre aucun plaisir, juste pour faire le plein de calories. L'autopsie était terminée, m'annonça-t-il. Alita Bell, épouse de Henry, mère de Jacob et de Joseph, avait succombé à une crise cardiaque.

« D'après le légiste, c'est tout bonnement incroyable qu'elle ait vécu si longtemps. Quatre-vingt-dix pour cent de ses vaisseaux étaient obstrués. Mais ce n'est pas tout. Elle avait également des cicatrisations myocardiques, ce qui veut dire qu'elle avait déjà fait plusieurs attaques. Légères. Il a dit également… Non, laissez tomber.

– Si, si, allez-y. S'il vous plaît. »

Zane se racla la gorge.

« Même les petites attaques, qu'on ne sent pas toujours, affectent les facultés intellectuelles. Ce qui pourrait expliquer pourquoi elle croyait parfois que ses enfants étaient toujours vivants. »

Je faillis lui dire que je *savais* que ses enfants étaient vivants, ou à moitié vivants, et pourtant, je n'avais pas eu d'attaque. Je *faillis*.

« Monsieur Trenton ? Vic ?

– Je réfléchissais. Ça veut dire que je ne suis plus concerné par l'enquête ?

– Hélas, si. Vous devez rester ici. C'est vous qui avez découvert le corps.

– Si c'était une simple crise cardiaque...

– Oui, mais on ne recevra le rapport de toxicologie que dans deux ou trois jours. On a besoin de savoir ce qu'il y avait dans son estomac. Pour ne rien laisser passer, vous comprenez ? »

Je devinais qu'il n'y avait pas que ça. Je soupçonnais Andy Pelley de vouloir s'assurer que l'héritier surprise d'Allie Bell ne lui avait pas fait avaler un truc louche. De la digitaline dans ses œufs brouillés au petit déjeuner, par exemple. Zane avait continué à parler pendant ce temps, et je dus lui demander de rembobiner.

« Je disais qu'il y avait un problème. Assez unique en son genre. On a un corps, mais pas d'instructions pour les obsèques. Andy Pelley pense que vous pourriez peut-être vous en occuper ?

– Hein ? Quoi ? Vous voulez que j'organise des obsèques ?

– Pas forcément des obsèques... » Zane paraissait un peu gêné. « À part les employés du pont et Lloyd Sunderland, qui vit de l'autre côté du pont justement, je ne vois pas qui y assisterait. »

Ses enfants, pensai-je. *Mais personne ne les verrait. Sauf, peut-être, leur père de substitution.*

« Vic ? Monsieur Trenton ? Je vous ai encore perdu ?

– Je suis là. Je connais le nom de son avocat. C'est aussi le mien maintenant, je suppose. Tant que tout ça n'est pas réglé, du moins. Je crois que je ferais bien de l'appeler dès qu'il arrivera à son cabinet.

– Très bonne idée. Allez-y. Je vous souhaite une bonne journée. »

Tu parles.

Je ne voulais plus de mes céréales. Je ne les aimais pas, de toute façon. Je rinçai le bol dans l'évier (*vois-nous*), le mis dans le lave-vaisselle (*habille-nous*) et me demandai ce que j'allais faire maintenant. Comme si je ne le savais pas.

Emmène-nous faire une promenade !

Je résistai à ces pensées (qui étaient partiellement *les miennes*, ce qui était pire que tout) jusqu'à ce que je m'habille, puis je finis par céder. J'allai dans le garage et agrippai les poignées de la poussette. Ce qui provoqua un soupir de soulagement. Le mien, le leur ou le nôtre, je l'ignorais. La bousculade à l'intérieur de ma tête cessa. J'envisageai de pousser la poussette jusqu'au portillon, en sachant que c'était une mauvaise idée. Jacob et Joseph s'étaient déjà introduits dans ma conscience. Et plus je leur obéissais, plus il leur serait facile de me contrôler.

Ce que j'avais découvert dans la chambre d'amis ne me quittait pas : deux corps d'hommes avec des têtes d'enfants gonflées par le venin. Ils avaient beau être morts, ils avaient grandi ; ils n'avaient pas changé. Ils possédaient une volonté d'adulte et des désirs simples, égoïstes, d'enfants. Ils étaient puissants, et c'était une mauvaise chose. Mais ils étaient également psychotiques.

Cela étant dit, et *accepté*, je continuais à éprouver une certaine compassion. Ils étaient tombés dans un nid de serpents à sonnette. Des crotales les avaient mordus à mort. Qui ne deviendrait pas fou face à une telle fin ? Et qui ne voudrait pas revenir afin de connaître l'enfance dont il avait été privé, quitte à transformer quelqu'un en prisonnier ?

Je fis aller et venir plusieurs fois la poussette sur le sol du garage, comme si j'essayais d'endormir des bébés grognons qui avaient la colique. Je me demandais si cela aurait pu être quelqu'un d'autre. Sans doute pas. J'étais le candidat parfait. Un homme seul, accablé par son propre chagrin.

Je lâchai la poussette et attendis le retour des *vois-nous promène-nous habille-nous*. Rien. Je ressortis du garage. J'avais envie de sentir la chaleur du soleil matinal sur mon visage vivant. Je renversai la tête et fermai les yeux. Tout devint rouge lorsque le sang de mes paupières s'illumina. Je demeurai dans cette position, comme en prière ou en méditation, espérant trouver la solution à un problème plus qu'existentiel. Et dont je ne pouvais parler à personne.

Je suis censé enterrer Allie car elle n'a personne d'autre – de ce côté-ci du voile, du moins. Mais ne suis-je pas dans le même cas ? Mes parents sont morts, mon frère aîné est mort, ma femme est morte. Qui m'enterrera ? Et que feront ces jumeaux sortis de l'enfer – à supposer qu'ils parviennent à leurs fins et que je reste ici, version masculine de Delta Dawn – quand je mourrai ? Compte tenu de mon âge et des tables actuarielles, ça ne va pas trop tarder. Est-ce qu'ils disparaîtront dans un tremblement ? Je peux enterrer Allie, mais qui m'enterrera ?

Ouvrant les yeux, je vis la perche à serpents posée sur les dalles de la cour au même endroit que la poussette chaque fois qu'elle était réapparue. Un instant, je songeai qu'il s'agissait peut-être d'une illusion, comme la baignoire remplie de serpents, mais je savais que non. Ce n'était ni une vision ni une visitation. Et ce n'étaient pas les jumeaux qui l'avaient placée là. Leur truc, c'était la poussette.

Je la ramassai. Elle était bien réelle. L'acier était chaud dans ma main. Si la perche était restée là plus longtemps, sur les dalles sans ombre, il aurait été presque impossible de la toucher. Personne n'était venu, alors qui l'avait prise dans le garage ?

Cette perche dans la main, je m'aperçus que mes parents, mon frère et ma femme n'étaient pas les seuls êtres chers qui étaient morts. Il y en avait un autre. Mort lui aussi dans des circonstances atroces, et très jeune.

« Tad ? »

Cela aurait dû paraître pathétique, au mieux ; dément, au pire : un vieil homme qui prononce le nom de son fils mort depuis longtemps dans la cour vide d'une maison démesurément grande, sur un récif de Floride. Mais ça ne l'était pas, alors je le répétai :

« Tad, tu es là ? »

Rien. Uniquement la perche, indéniablement réelle.

« Tu peux m'aider ? »

Il y avait à l'extrémité de la promenade en planches de Greg un kiosque délabré. Je m'y rendis, la perche à serpents sur l'épaule, à la manière d'un soldat d'autrefois portant son fusil… Et si la perche n'avait pas de baïonnette, elle avait ce méchant crochet à son extrémité. Sur le sol du kiosque étaient éparpillés quelques gilets de sauvetage qui de toute évidence n'avaient jamais sauvé la vie de personne, et un vieux bodyboard orné de merdes de ratons laveurs. Je m'assis sur le banc. Il craqua sous mon poids. Pas besoin de s'appeler Hercule Poirot pour deviner que Greg ne venait pas souvent par ici, près de la plage. Il possédait une maison de six ou huit millions sur la Gulf Coast, et cet avant-poste ressemblait à des chiottes extérieures oubliées quelque part au fin fond de Bossier Parish, en Louisiane. Mais je n'étais pas venu ici pour apprécier l'architecture. J'étais venu pour réfléchir.

Allons, assez de baratin. J'étais venu ici pour essayer de communiquer avec mon fils mort.

Il existe différentes méthodes pour communiquer avec les morts, en supposant qu'ils n'aient pas fichu le camp là où ils s'en vont quand ils se désintéressent de ce monde. J'avais effectué quelques recherches sur Internet avant de venir au kiosque. On peut utiliser une planche ouija, que je n'avais pas. On peut utiliser un miroir ou des bougies – j'avais les deux, mais après ce que j'avais vu sur l'écran de mon téléphone la veille au soir, je n'osais pas essayer. Il y avait bel et bien des esprits dans la maison de Greg, mais ceux dont je connaissais l'existence n'étaient pas très sympathiques. Finalement, j'avais marché vers le kiosque abandonné les mains vides. Assis sur le banc, je contemplais la plage vierge de toute trace et la baie débarrassée de toutes les voiles. En février ou en mars, la plage et la mer auraient été bondées. En août, il n'y avait que moi.

Jusqu'à ce que je sente sa présence.

Ou celle de quelqu'un d'autre.

À moins que je prenne mes désirs pour des réalités.

« Tad ? »

Rien.

« Si tu es là, mon petit gars, j'aurais besoin d'un coup de main. »

Mais ce n'était plus un petit gars. Quatre décennies s'étaient écoulées depuis que Tad Trenton était mort dans cette voiture surchauffée pendant que le saint-bernard enragé surveillait la porte d'une ferme aussi déserte que l'extrémité nord de Rattlesnake Key. Les morts pouvaient vieillir. Je n'avais jamais envisagé cette possibilité. Maintenant, je le savais.

Mais seulement s'ils le désiraient. S'ils s'y autorisaient. Apparemment, il était possible de grandir ou de ne pas grandir, un paradoxe qui avait produit les hybrides repoussants que j'avais découverts dans le grand lit de la chambre d'amis : des corps d'hommes surmontés de têtes boursouflées d'enfants empoisonnés.

« Tu ne me dois rien. Je suis arrivé trop tard. Je le sais. Je l'avoue. Seulement… »

Je me tus. Vous pourriez penser qu'un homme peut dire tout ce qu'il veut quand il est seul, n'est-ce pas ? Oui, mais voilà : seul, je n'étais pas totalement sûr de l'être. Et je n'étais pas sûr non plus de ce que je voulais dire, jusqu'à ce que je le dise.

« Je t'ai pleuré, Tad, mais je t'ai laissé partir. Avec le temps, Donna aussi. Ce n'est pas grave, hein ? Ce qui serait grave, ce serait d'oublier. De s'accrocher trop fort… C'est ça qui fabrique des monstres, il me semble. »

J'avais posé la perche sur mes genoux.

« Si c'est toi qui m'as laissé ça, j'aurais vraiment besoin d'un petit coup de main. »

J'attendis. Aucune réponse. Mais il y avait autre chose, une présence ou l'espoir d'un vieil homme qui avait failli mourir de peur et avait été obligé de se remémorer ses vieilles blessures. Tous les serpents qui l'avaient mordu.

Puis les pensées réapparurent, chassant cette chose fragile qui peut-être venait me rendre visite.

Habille-nous, promène-nous, vois-nous. Vois-nous, habille-nous, promène-nous !

Les enfants me réclamaient. Les enfants voulaient être *mes* enfants. Et ils étaient également *mes* pensées, c'était ça le plus horrible. Quand votre propre esprit se retourne contre vous, c'est une invitation à la folie, dorée sur tranche.

Ils furent interrompus – partiellement – par un coup de klaxon.

Je me retournai et vis quelqu'un me faire des signes de la main. Une silhouette dans la cour, mais les jambes grêles sous le short large suffirent à me renseigner sur l'identité de mon visiteur. Je le saluai à mon tour, calai la perche contre la rambarde du kiosque et rebroussai chemin sur la promenade. Andy Pelley me rejoignit à mi-distance.

« Bonjour, monsieur Trenton.

– Vic, souvenez-vous.

– Oui, exact. Vic. J'étais dans le coin et j'ai eu envie de passer vous voir. »

Mon cul, pensai-je. *Promène-nous, habille-nous, vois-nous, on t'attend.*

« Que puis-je faire pour vous ?

– Je voulais vous informer des conclusions de l'autopsie.

– L'agent Zane m'a déjà appelé à ce sujet. »

Je ne saurais dire s'il grimaça car sa moustache broussailleuse éloignait son masque de son visage, mais à en juger par le froncement de ses sourcils, broussailleux eux aussi, je pense que oui.

« Bien. Parfait. »

Parfait, mon cul, pensai-je. *Promène-nous promène-nous tu te sentiras mieux tu le sais bien.*

On regagna la maison. Les planches étaient trop étroites pour nous permettre de marcher de front, alors je passai devant. Ces pensées – *les miennes*, que je n'arrivais pas à chasser – me filaient la migraine.

« On attend toujours le rapport de toxicologie, évidemment. »

Arrivés à l'extrémité des planches, on traversa la cour en passant devant son pick-up. J'ouvrais toujours la marche. Il n'était pas venu uniquement pour me parler de l'autopsie. Je le savais, et je savais que j'avais besoin d'avoir les idées claires pour l'affronter.

« Oui, c'est aussi ce que m'a dit l'agent Zane. Et je dois rester ici durant l'enquête. Vous avez quelque chose pour moi, adjoint Pelley ? Parce que j'étais assis tranquillement là-bas, à réfléchir, au calme. Pour méditer, pourrait-on dire.

– Et vous pourrez y retourner. Juste quelques questions, c'est tout. »

On entra dans le garage, où il faisait un peu plus frais. Je me dirigeai vers la poussette. Lorsque j'en approchai, les pensées montèrent en puissance : *HABILLE-NOUS ! PROMÈNE-NOUS ! VOIS-NOUS !*

L'espace d'un instant, il me sembla les voir, non pas comme des monstruosités, mais comme les enfants qu'ils étaient au moment de leur mort. Un court instant. Quand j'agrippai une des poignées de la poussette, ils disparurent – si du moins ils étaient là. Et la litanie exaspérante dans ma tête cessa. Je fis rouler la poussette d'avant en arrière.

C'est juste pour m'occuper les mains, Andy. N'allez pas vous faire des idées.

« Je me suis un peu renseigné sur vous, dit-il.

– Je sais.

– C'est affreux, ce qui est arrivé à votre petit garçon. Affreux.

– C'était il y a longtemps. Vous enquêtez sur cette affaire, Andy ? Y a-t-il une affaire, d'abord ? On vous l'a confiée ? Je ne sais pas pourquoi, mais j'en doute.

– Non, non, répondit-il en levant les mains comme pour dire : *Dieu m'en préserve.* Mais vous savez ce que c'est : flic un jour, flic toujours. C'est sûrement pareil dans votre branche. La pub, c'est ça ?

– Vous le savez bien, et la réponse est non. Les rares fois où je regarde la télé en direct et non pas des programmes en streaming, je coupe le son pendant les pubs. En vérité, vous n'avez rien à faire ici, hein ?

– Je n'irais pas jusque-là. C'est juste que… ça m'intrigue. C'est une drôle d'histoire. Drôle dans le sens étrange, pas dans le sens ha-ha je rigole. Vous le voyez bien. »

La poussette allait et venait, quelques dizaines de centimètres en avant, quelques dizaines de centimètres en arrière. Pour apaiser les enfants, pour les faire taire.

« Pourquoi vous aurait-elle tout légué ? C'est ça qui me tracasse. Et je parie que vous le savez. »

En effet, je le savais.

« Non.

– Et pourquoi est-ce que vous ramenez sans cesse cette poussette de chez elle ? Parce que c'est forcément vous, hein ? Il n'y a personne d'autre dans le coin à cette époque de l'année.

– Non, ce n'est pas moi. »

Il soupira.

« Expliquez-moi, Vic. Qu'est-ce qui vous en empêche ? Si le rapport de toxicologie est négatif, vous serez tiré d'affaire, quoi que vous ayez pu faire. »

Nous y voilà. Il pensait que je l'avais tuée.

« Filez un coup de main à un vieil idiot. On est entre nous. »

Je n'aimais pas ce sosie de Wilford Brimley qui m'avait dérangé pendant que je tentais une opération délicate. Sans doute que ça n'aurait pas marché, mais ça ne changeait rien à ce que je pensais de lui, aussi fis-je mine de réfléchir à sa proposition. Et je dis :

« Montrez-moi votre téléphone. »

La bosse de sa moustache ne put masquer son sourire. Je ne pouvais juger de la nature exacte de ce sourire, mais j'étais prêt à parier qu'il appartenait à la catégorie : *Tu m'as bien eu, mon pote*. Le téléphone sortit de la poche de son short XXL, et en effet, il enregistrait.

« J'ai dû appuyer sans le vouloir.

– J'en suis sûr. Éteignez-le. »

Il s'exécuta sans protester.

« Maintenant, on n'est vraiment que tous les deux, dit-il. Alors vous pouvez satisfaire ma curiosité.

– Très bien. » Je marquai une pause théâtrale, comme quand je voulais bluffer des clients avant de leur dévoiler la campagne qu'ils venaient découvrir. Puis j'enchaînai avec deux mensonges, suivis de la vérité brute.

« Je ne sais pas qui rapporte sans cesse cette poussette. C'est la première chose. Je ne sais pas pourquoi Allie a rédigé ce testament invraisemblable. C'est la deuxième chose. Troisième et dernière chose, adjoint Pelley : je ne l'ai pas tuée. L'autopsie indique qu'elle est morte de cause naturelle. Le rapport de toxicologie en apportera la preuve. »

Je l'espérais. J'espérais que les jumeaux fantômes n'étaient pas entrés dans la tête de leur mère pour l'obliger à avaler une poignée de ses médocs pour le cœur afin de pouvoir s'accrocher à un hôte un peu mieux portant. Vous pourriez supposer qu'un rapport toxicologique montrant qu'elle avait ingéré trop de pilules irait à l'encontre de leurs intérêts, et vous auriez raison – mais c'étaient des enfants.

« Maintenant, je pense que vous devriez vous en aller. » Je cessai de pousser la poussette. « Et emportez ça avec vous.

– Je n'en veux pas ! » Il parut lui-même surpris par la véhémence de sa réaction. Il savait qu'un truc clochait avec cette poussette, oh oui. Il fit mine de sortir, puis revint vers moi.

« J'en ai pas terminé avec vous.

– Oh, pour l'amour du ciel, Andy, passez à autre chose. Allez à la pêche. Profitez de votre retraite. »

Il regagna son pick-up, monta à bord, fit rugir le moteur et démarra si violemment qu'il laissa un tatouage de gomme sur les dalles de la cour. Je songeai que je ferais bien de retourner au kiosque… jusqu'à ce que la rengaine reprenne.

Les Canadiens appellent ça des « vers d'oreille », mais dans mon cas, c'étaient plutôt des serpents. Des serpents dans ma tête. Deux. Et si je ne faisais pas ce qu'ils voulaient, ils m'injecteraient leur venin contenu dans des glandes qui n'étaient jamais vides.

En un sens, je ne reprochais pas à Pelley ses soupçons. L'avocat d'Allie, Rutherford, devait en nourrir quelques-uns lui aussi. Rien ne tenait debout dans cette histoire. Le pire, c'était la position pitoyable dans laquelle je me trouvais. Ce qui était désagréable aujourd'hui serait épouvantable ce soir. Car la nuit, ils étaient plus forts. Qu'avait donc dit Jim, l'homme du pont ? *Au crépuscule, la réalité paraît plus floue.*

C'était vrai. Et quand vient la nuit, le mur entre le réel et un tout autre plan de l'existence peut disparaître totalement. Une seule chose semblait certaine : si j'avais eu une chance d'entrer en contact avec mon fils mort, elle s'était envolée. Le vieux flic avait brisé le charme. Mieux valait me contenter de rester assis un moment face à la baie. Et essayer de chasser Pelley – *Je n'en ai pas terminé avec vous* – de mon esprit. Réfléchir à ce que j'allais faire, pendant que je le pouvais encore.

De retour au kiosque, je m'arrêtai net. Pelley n'était pas le seul, apparemment, qui n'en avait pas terminé avec moi. Tad – ou quelqu'un d'autre – avait établi le contact, finalement. La perche à serpents n'était plus calée contre la rambarde, mais posée sur le sol du kiosque. Les vieux gilets de sauvetage avaient été poussés sur les côtés. Sur une des planches, on avait gravé – avec la pointe aiguisée du crochet à l'extrémité de la perche, j'en étais convaincu – deux lettres. Une troisième était restée inachevée.

En regardant ces lettres, je compris ce que je devais faire. Ça sautait aux yeux depuis le début. Jacob et Joseph – Heckle et Jekyll, Vilain et Encore Plus Vilain – n'étaient pas aussi puissants qu'il y paraissait. En définitive, maintenant que leur mère n'était plus, ils n'avaient qu'un seul lien avec le monde des vivants.

Les deux lettres gravées dans le bois étaient L et A. La troisième, commencée, puis abandonnée, était le début d'un N.

Landau.

Si une fois fait, c'était fini, il serait bon que ce fût vite fait.

Voilà ce que pensait Macbeth à propos de ce genre de choses, et c'était un gars qui savait réfléchir. Je me disais que je pouvais peut-être – peut-être – régler le problème des deux harpies hybrides en agissant vite. Si j'attendais, et si ces pensées-serpents s'ancraient plus profondément dans mon cerveau, je risquais de me retrouver face à une seule alternative : me suicider ou jouer toute ma vie le rôle de leur père de substitution. D'esclave.

Je regagnai la maison et le garage d'un pas nonchalant : *regardez-moi, l'insouciance même.*

Les pensées réapparurent aussitôt. Je n'ai plus besoin de vous dire lesquelles. Je saisis les poignées de la poussette et la fis rouler d'avant en arrière, en écoutant ce grincement infernal. Si je n'arrivais pas à me débarrasser d'eux, je lubrifierais cette foutue roue. Évidemment ! Et ce n'était pas tout ! J'étendrais des T-shirts différents à l'intérieur ! Idem pour les shorts ! Quand je me serais installé dans la maison des Bell (devenue la maison Trenton), je leur parlerais. Le soir, je préparerais leurs lits et je leur lirais des histoires comme *Cuisine de nuit, Sylvestre et le caillou magique, Corduroy*. Je leur montrerais les illustrations !

« Comment ça va, les garçons ? »

Bien. Bien.

« Vous voulez aller vous promener ? »

Oui. Oui.

« Parfait, allons-y alors ! J'ai juste deux choses à régler. Je reviens tout de suite. »

J'entrai dans la maison et récupérai mon téléphone sur la table de la cuisine. Je consultai les horaires des marées, et ce que je vis me réjouit. La mer avait commencé à se retirer et elle serait totalement basse peu après onze heures. Bientôt, donc.

Je portais toujours mon short de sport et un T-shirt sans manches. Je les retirai, les laissai tomber par terre et me débarrassai de mes sandales d'un coup de pied, après quoi je m'empressai de monter. J'enfilai un jean et un sweat-shirt. Je vissai une casquette des Red Sox sur mon crâne. Je n'avais pas de bottes, mais je dénichai dans le placard du rez-de-chaussée une paire de surchaussures en caoutchouc. Elles étaient à Greg, et donc trop grandes, ce qui m'obligea à remonter pour enfiler trois autres paires de chaussettes. Quand je redescendis, je transpirais, malgré la clim. Dehors, dans la chaleur d'août, je suerais encore plus.

Andy Pelley m'avait raconté qu'ils avaient repoussé les serpents jusqu'à la pointe nord du récif, où ceux qui n'étaient pas morts brûlés s'étaient noyés, mais il avait dit également que l'alignement de rabatteurs en avait sans doute laissé passer. J'ignorais si les deux J pouvaient appeler ceux qui restaient. Peut-être pas, ou peut-être qu'il n'en restait plus, après quarante ans. Je m'étais quand même habillé en conséquence. Dans tous les cas, la Floride est un environnement propice aux reptiles.

Sous l'évier, je trouvai une paire de gants en caoutchouc. Je les enfilai et retournai dans le garage en plaquant un large sourire sur mon visage. Nul doute que si quelqu'un m'avait vu parler à cette poussette vide, il m'aurait cru aussi cinglé que feu Allie Bell. Mais il n'y avait que moi. Et eux, évidemment.

« Vous préférez marcher ? » J'essayais de les appâter. De *vendre le concept*, comme on disait à l'époque. « Des grands garçons comme vous sont capables de marcher, hein ? »

Non ! Promène-nous, promène-nous !

« Vous serez sages si je vous emmène à la plage ? »

Oui ! Promène-nous, promène-nous !

Et d'ajouter ces mots qui me glacèrent jusqu'au sang :

Emmène-nous à la plage, papa !

« OK », dis-je en pensant : *Un seul petit garçon avait le droit de m'appeler comme ça, sales petites merdes.* « C'est parti. »

On traversa la cour sous le soleil brûlant d'août. *Criiic criiic criiic.* Je transpirais déjà comme un porc dans mon sweat-shirt. Je sentais la sueur couler sur mes flancs, jusqu'à la ceinture de mon jean. Je poussai la poussette sur les planches, qui grondaient sous les roues. Jusqu'à présent, pas de problème. Sur la plage, ce serait plus compliqué. Je risquais de m'embourber. Il faudrait que je reste près de l'eau, où le sable est plus dur. Ça pouvait marcher. Ou pas.

Je traversai le kiosque, toujours en poussant la poussette. Au passage, je ramassai la perche à serpents et la posai à l'horizontale entre les larges poignées.

« Vous vous amusez bien, les enfants ? »

Oui ! Oui !

« Vous êtes sûrs que vous ne voulez pas descendre et marcher ? »

Par pitié, faites que non.

Promène-nous, promène-nous !

« Bon, d'accord. Mais accrochez-vous. Ça secoue un peu par ici. »

Je négociai en douceur l'unique marche, affaissée, entre le kiosque et la première rangée de naupakas et d'herbes des dunes. Et on se retrouva sur le sable. Heureusement, la pente m'aidait à descendre vers le sable mouillé. Les boucles des caoutchoucs tintaient.

« Youpi ! » Mon visage ruisselait de sueur, mais ma bouche était sèche. « On s'amuse bien, les garçons ? »

Oui ! Promène-nous !

Je commençais à les différencier. Lui, c'était Joseph. Jacob ne disait rien. Je n'aimais pas ça.

« Jacob ? Tu ne t'amuses pas, mon grand ? »

Si…

Je n'aimais pas non plus cette pointe d'hésitation. Autre chose qui ne me plaisait pas : ils s'éloignaient de moi. Ils devenaient plus forts. Plus présents. En partie à cause de la poussette, mais aussi à cause de moi. Je m'étais confié à eux. Il le fallait. Je n'avais pas le choix.

Je bifurquai vers le nord. Des petits oiseaux – que j'appelais des bécassines – sautillèrent devant nous, puis s'envolèrent. Les caoutchoucs tintaient et clapotaient. Les roues de la poussette projetaient de minuscules arcs-en-ciel dans la fine couche d'eau, là où la baie cédait la place à la terre. Malgré le sable dur, c'était plus difficile d'avancer que sur les planches. Bientôt, ma respiration devint rauque. J'étais plutôt en forme, je ne buvais jamais avec excès et je ne fumais pas, mais j'avais dépassé les soixante-dix ans.

Jacob : *Où tu nous emmènes ?*

« Oh, on fait juste une petite promenade. » J'avais envie de m'arrêter, mais je craignais que les roues s'enlisent, ne serait-ce que si je ralentissais. « Vous vouliez faire une balade, je vous emmène faire une balade. »

Jacob : *Je veux rentrer.*

Il y avait plus qu'une simple hésitation. Il y avait du doute. Et Joseph se laissa contaminer par son frère, comme, supposais-je, il attrapait tous ses rhumes.

Joseph : *Moi aussi ! Je suis fatigué ! Le soleil est trop chaud ! On aurait dû mettre nos chapeaux !*

« On est presque ar… »

C'est à cet instant que les serpents commencèrent à apparaître, au milieu des naupakas et des palmiers nains. Énormes. Par dizaines. Ils se déversaient sur la plage. J'hésitai. Juste une seconde. Plus longtemps, la poussette se serait embourbée. Je les poussai au milieu des serpents. Qui disparurent. Comme ceux de la baignoire.

Jacob : *Ramène-nous ! RAMÈNE-NOUS !*

Joseph : *J'aime paaaas ici !* Il se mit à pleurer. *J'aime pas les serpents !*

« On est des chasseurs de trésor. » J'étais essoufflé. « Peut-être même qu'on verra King Kong, comme dans le film. Qu'est-ce que vous dites de ça, petits chenapans ? »

Droit devant, j'aperçus le triangle formé par l'amas de coquillages où prenait fin Rattlesnake Key. Au-delà, c'était Daylight Pass, avec son éternel tourbillon. Dont Pelley affirmait qu'il avait creusé en profondeur le lit de la passe. J'avais oublié la profondeur exacte. Cinq ou six mètres peut-être. Mais cet amas entre moi et la mer posait un problème. La poussette allait s'y enliser, sans aucun doute. Et je voyais ramper deux serpents dont j'étais prêt à parier que ce n'étaient pas des illusions, ni des fantômes. Ils paraissaient trop *présents*. Des survivants de la grande chasse ? Des nouveaux venus ? Qu'importe.

Jacob ne suppliait plus, il ordonnait : *Ramène-nous ! Ramène-nous ou tu vas le regretter !*

Je le regrette déjà, pensai-je. Je ne pouvais pas le dire à voix haute : je manquais de souffle. Mon cœur s'emballait. Je m'attendais à ce qu'il explose d'une seconde à l'autre, comme un ballon de baudruche trop gonflé.

Je découvris avec effroi que les jumeaux prenaient forme. Leurs corps d'adultes étaient trop grands pour la double poussette, mais ils tenaient quand même à l'intérieur. Ils tournèrent vers moi leurs têtes d'enfants boursouflées, leurs yeux noirs et malveillants, les grains de poivre rouge des morsures mouchetaient leurs joues et leurs fronts. On les aurait dits victimes d'une poussée de varicelle apocalyptique.

Le couple de serpents était bien réel, en effet. Leurs corps ondulants faisaient un bruissement sec en se contorsionnant au milieu des coquillages. Leurs queues produisaient ce bruit d'ossements dans une calebasse.

Jacob : *Mordez-le, mordez-le fort !*

Joseph : *Mordez-le pour qu'il s'arrête ! Et qu'il nous ramène !*

Quand ils attaquèrent, ce fut comme une rafale de pistolet à plombs sur les caoutchoucs. Ou une pluie de grêlons. Les roues de la poussette finirent par s'enliser dans les coquillages. Les hommes-enfants entortillés à l'intérieur me regardaient. On aurait dit qu'ils ne pouvaient pas sortir. Pas dans l'immédiat, en tout cas. Un des serpents à sonnette agrippait mon pied droit à travers le caoutchouc et sa tête montait en s'entortillant. La poussette étant embourbée – échouée, pourrais-je dire –, je la lâchai pour m'emparer de la perche. Je l'abattis d'un coup sec, en espérant que je n'allais pas m'estropier méchamment, mais je savais que je ne pouvais pas me permettre d'hésiter. Je coinçai le serpent entre les dents du crochet et l'envoyai valdinguer en direction de la mer. L'autre planta ses crocs dans mon caoutchouc gauche. J'eus le temps d'entrevoir ses yeux noirs levés vers moi, et de penser qu'ils ressemblaient à ceux qui me regardaient à l'intérieur de la poussette. Je levai la perche et la plantai juste derrière sa tête triangulaire. Quand je levai le manche, je sentis sa queue frapper mon épaule, à la recherche d'une prise peut-être. En vain. Je le balançai à son tour. L'espace d'un instant, il forma une écriture tarabiscotée dans le ciel, avant de tomber dans l'eau.

La poussette s'agitait d'avant en arrière car les créatures à l'intérieur – visibles, mais éphémères – se débattaient pour sortir. Toujours sans succès. La poussette était leur lien avec le monde, et avec moi. Ne pouvant pas la pousser plus loin, je lâchai la perche et la renversai. J'entendis leurs cris quand ils heurtèrent les coquillages. Et puis, plus rien. Je veux dire par là que je ne

(vois-nous, vois-nous)

les voyais plus, et pourtant ils étaient toujours là. J'entendais les cris stridents de Jacob et les pleurs de Joseph. Les sanglots, plutôt, comme il avait dû sangloter en constatant qu'il était couvert de serpents à sonnette et que sa vie trop courte s'achevait. Entendre ça me rendait triste (car j'étais certain que mon fils avait pleuré aussi pendant que Donna et lui cuisaient à petit feu à l'intérieur de la Pinto), mais cela ne suffit pas à m'arrêter. Je devais terminer ce que j'avais commencé, si c'était possible.

Le souffle court, je traînai la poussette vers la passe. Vers le tourbillon.

Jacob : *Non ! Non ! Tu es là pour nous protéger ! Pour nous promener ! Nous pousser ! Nous habiller ! Non !*

Son frère, lui, hurlait de terreur.

J'étais à moins de dix mètres du bord de l'eau quand des flammes jaillirent autour de moi. Elles n'étaient pas réelles, elles ne dégageaient aucune chaleur, mais je sentais l'odeur du kérosène. La puanteur me fit tousser. Une quinte de toux qui se transforma en haut-le-cœur. L'amas de coquillages d'une blancheur aveuglante avait disparu, remplacé par un tapis de serpents en feu. Eux non plus n'étaient pas réels, et pourtant j'entendais les bruits de pop-corn de leurs cascabelles qui éclataient. Ils s'attaquaient à moi avec des têtes qui n'existaient pas.

J'atteignis l'eau. Je pouvais y plonger la poussette, mais cela ne suffirait pas. Ils seraient peut-être capables de ressortir de cette saloperie hantée comme ils avaient réussi, je ne sais comment, à la transporter de la maison des Bell jusque chez Greg. Mais on raconte que des hommes et même des femmes – des *petites* femmes – peuvent parfois soulever une voiture pour sauver leur enfant prisonnier. Il est même arrivé qu'une certaine Donna Trenton affronte un saint-bernard de plus de soixante-dix kilos armée d'une simple batte de baseball… et l'emporte. Si elle l'avait fait, je pouvais en faire autant.

Cette poussette n'était pas aussi lourde que ce chien, mais elle faisait peut-être dans les quinze kilos. Si les créatures étaient restées à l'intérieur, et si elles avaient eu des véritables corps pesants, jamais je n'aurais pu la soulever. Heureusement, ce n'était pas le cas. Je la saisis par les barres de soutien, au-dessus des roues arrière, fis pivoter mes hanches vers la droite, ce qui provoqua un craquement audible dans mon dos, et me tournai de l'autre côté pour la balancer, tel le discobole le plus maladroit du monde. Elle retomba dans l'eau à moins de deux mètres seulement du bord de la plage. Ce n'était pas suffisant, mais à marée descendante, le courant venu de Calypso Bay était fort. Et la poussette, en penchant d'un côté et de l'autre, fut entraînée vers le tourbillon. Ses occupants étaient retournés à l'intérieur. Peut-être était-ce nécessaire. Je regardai une dernière fois ces visages effroyables avant qu'ils soient emportés. Et je vis la poussette tournoyer avant de plonger. Ses occupants avaient disparu. Une des chemises flotta à la surface, puis l'autre. J'entendis dans ma tête un ultime hurlement de rage. C'était Jacob Bell, le plus fort des deux. Quand la poussette tournoya de nouveau sur son manège aquatique, seules les poignées dépassaient encore de l'eau. Au tour suivant, il ne resta qu'un reflet métallique à un mètre de profondeur.

Les flammes avaient disparu elles aussi. Comme les serpents en train de brûler. Seule demeurait la puanteur du kérosène. Deux shorts bleus flottèrent vers moi. Je ramassai la perche pour les récupérer avec le crochet, et les expédiai dans la baie.

Mon dos craqua une nouvelle fois. Je me penchai en avant pour essayer de soulager la douleur. Quand je me redressai et contemplai Daylight Pass, je vis bien plus que quelques masses vertes flottantes. Duma Key était là, devant moi. Le récif paraissait aussi réel que cette main qui avait émergé de la baignoire remplie de serpents, ou ces deux êtres hydrides repoussants dans le grand lit de la chambre d'amis. Je distinguai des palmiers et une maison rose sur pilotis. Et un homme. Grand. Vêtu d'un jean et d'une chemise blanche en coton. Il m'adressa un signe de la main.

Oh, bon sang, comme tu as grandi ! s'était exclamée Donna quelques secondes avant de mourir. *Regarde-moi ça !*

Je le saluai à mon tour. Je crois qu'il me sourit, sans pouvoir l'affirmer car j'avais les yeux embués de larmes, comme autant de prismes liquides qui quadruplaient l'éclat du soleil. Quand je les séchai, Duma Key avait disparu, et l'homme aussi.

Il m'avait fallu dix minutes pour pousser la poussette jusqu'à la pointe du récif. Un quart d'heure peut-être. J'étais un peu trop occupé pour regarder ma montre. Regagner le kiosque et les planches me prit trois quarts d'heure, à cause de mon dos qui se coinçait. Je me déshabillai en chemin. J'ôtai les gants de ménage, le sweat-shirt, les caoutchoucs, les chaussettes, et m'assis dans le sable le temps d'enlever mon jean. C'était moins douloureux que marcher, mais ça faisait quand même un mal de chien. Surtout quand je dus me relever après avoir enlevé mon jean. Je me sentais quand même plus léger. Et l'horrible bousculade des pensées dans ma tête avait cessé. Comparé à mon mal de dos (qui dura toute la journée), j'étais gagnant. Je finis le chemin en short.

De retour dans la maison, je trouvai du Tylenol dans l'armoire à pharmacie de Greg et en avalai trois. Les comprimés ne firent pas disparaître la douleur, mais l'atténuèrent. Je dormis quatre heures, d'un sommeil sans rêves, béni. Au réveil, mon dos était tellement raide que je dus établir un plan – étape A, étape B, étape C – pour me redresser, balancer mes pieds sur le sol et me lever. Une douche brûlante me fit du bien. Utiliser une serviette me semblait impossible, alors j'eus recours au sèche-cheveux.

Après être descendu au rez-de-chaussée – une marche grinçante après l'autre – j'envisageai d'appeler Pelley, mais je n'avais pas envie de lui parler. *Rien à foutre de ce type*, aurait dit Donna.

Au lieu de ça, j'appelai Zane. Il me demanda ce qu'il pouvait faire pour moi et je lui dis que je voulais signaler la disparition d'une poussette.

« Quelqu'un de votre service – Pelley, peut-être – a-t-il décidé finalement de venir la chercher ?

– Euh, non, je ne crois pas. Je me renseigne et je vous rappelle. »

Ce qu'il fit, pour m'annoncer que personne au sein du bureau du shérif du comté n'était venu chercher la poussette. Il n'y avait aucune raison.

« Alors, celui qui l'a rapportée ici deux fois est allé la remettre à sa place », dis-je.

Il était d'accord. Ainsi se termina l'histoire de la poussette hantée.

Mai 2023

Tout cela s'est déroulé il y a presque trois ans. Me voici revenu à Newburyport, sans aucune envie de remettre les pieds dans le Sunshine State. Même la Géorgie est encore trop près.

Le bilan toxicologique d'Alita Bell ne fit rien apparaître de louche. J'étais tiré d'affaire. Nathan Rutherford se chargea des obsèques. Lui et moi assistâmes à l'enterrement. Avec Zane et Canavan, un vieux type nommé Lloyd Sunderland (accompagné de son chien) et une demi-douzaine d'opérateurs du pont.

Sans oublier Andy Pelley. Au cours de la réception qui suivit, il s'approcha de moi alors que je faisais la queue pour un gobelet de punch. Une odeur de whisky s'échappait de sous sa moustache. Il n'y avait pas de masque pour la cacher.

« Je continue à penser que vous avez magouillé un truc, mon pote », dit-il, et il se dirigea vers la porte d'un pas titubant avant que je puisse répondre.

Dans le cadre de l'enquête, je témoignai par Zoom interposé, de chez Greg. Il n'y eut pas de questions pièges. Au contraire, le légiste me félicita chaleureusement d'avoir fait mon possible pour protéger la défunte des rapaces jusqu'à l'arrivée des autorités compétentes.

Aucun parent, proche ou éloigné, ne sortit du bois pour contester le testament d'Allie Bell, rédigé sur un bout de papier. Bout de papier qui mit longtemps à être authentifié, et enfin, en juin 2022, tout ce qui avait été à elle fut à moi. Incroyable, mais vrai.

Je mis la propriété en vente, tout en sachant que personne ne voudrait de cette maison assez délabrée, même si Allie avait une réputation de bricoleuse hors-pair. Le terrain, en revanche, c'était autre chose. Il fut acheté en octobre 2022 pour un peu moins de sept millions de dollars. Entre la baie et le golfe, forcément. De l'immobilier haut de gamme. Une nouvelle McMansion s'y dressera bientôt. Les autres biens d'Allie s'élevaient à six millions. Une fois retirées les taxes et autres barnaches qui s'accrochent à toutes ces grandes propriétés, ces treize millions se trouvèrent réduits à quatre et demi. Une chouette aubaine quand même, si on faisait abstraction des effroyables enfants qui étaient censés aller avec.

Je versai un million et demi sur mon fonds de retraite, pour services rendus, dirons-nous, et un dos qui me fera sans doute souffrir jusqu'à ma mort. Le reste, j'en fis don à la banque alimentaire All Faiths de Sarasota, qui se fit un plaisir (*une putain de joie*, aurait dit Donna) d'accepter cet argent. Seule autre exception : les huit mille dollars que je versai à maître Rutherford.

Pour les frais d'obsèques d'Allie.

Je restai chez Greg jusqu'à la fin de l'enquête, quand l'affaire Alita Bell fut définitivement classée. Durant ce temps, aucune vision ni aucune roue grinçante ne vint me tourmenter. Évidemment, je continuais à vérifier chaque matin que la poussette n'était pas revenue dans la cour ou dans le garage, avant même d'allumer la cafetière. Il n'y a pas que le chagrin qui laisse des cicatrices. La terreur aussi. Surtout la terreur surnaturelle.

Mais les jumeaux étaient partis.

Un jour, je demandai à M. Ito de me montrer le fossé dans lequel Jacob et Joseph avaient connu une triste fin, le jour de leur escapade fatale à travers les buissons pour atteindre la plage. Il ne se fit pas prier, et après avoir cherché un peu, on le trouva. En vérité, M. Ito faillit tomber dedans. C'était difficile à dire car il était rempli de naupakas et d'un entrelacs de marguerites communes, si grosses qu'elles ressemblaient à des plantes mutantes, mais ce fossé me parut aussi grand que la somptueuse baignoire dans la salle de bains attenante à la chambre principale de Greg, et presque aussi profond.

J'avais les clés de la maison des Bell, alors je m'y rendis une fois, une seule. J'étais intrigué par la dernière… vision ? hallucination ? (je vous laisse choisir) que j'avais eue sur la plage de coquillages, alors que je traînais la poussette vers la mer : des flammes, un tapis de serpents, la puanteur du kérosène. Les jumeaux étaient morts *avant* la grande chasse, alors comment pouvaient-ils connaître son existence ?

La maison était comme Allie l'avait laissée quand elle avait emmené les jumeaux fantômes faire leur dernière promenade (avec elle, du moins). Il y avait une assiette dans l'évier, avec un couteau et une fourchette posés dessus. Sur le comptoir traînait un paquet de Wheaties, dont le fond avait été mâchonné par quelques petites bestioles en quête de nourriture. Je m'obligeai à aller regarder dans la chambre des garçons. J'avais supposé qu'Allie l'avait laissée telle qu'elle était durant la courte vie de Jacob et de Joseph, et j'avais raison. Il y avait des lits jumeaux. Les draps et les taies d'oreillers étaient ornés de dinosaures de dessins animés. Tad avait exactement la même parure. Cette constatation m'horrifia et me réconforta en même temps, d'une certaine manière.

Je refermai la porte. Dessus, des lettres autocollantes colorées indiquaient ROYAUME DES JUMEAUX.

Je ne savais pas ce que je cherchais, mais je le sus quand je le trouvai. Rien n'avait changé dans le bureau de Henry non plus, pendant toutes ces années. Des blocs-notes à feuilles jaunes étaient soigneusement empilés à droite de sa machine à écrire IBM Selectric. À gauche : des chemises. Et sur chaque pile, tels des presse-papiers, des photos encadrées. Joseph sur les blocs-notes, Jacob sur les chemises. Une photo d'Allie, incroyablement jeune et belle, était accrochée sur un des murs.

Sur un autre : trois photos en noir et blanc, encadrées elles aussi, représentaient la grande chasse aux serpents. Sur la première, des hommes déchargeaient des pick-up, hissaient sur leur dos des citernes, appelées pompes indiennes en ces temps d'obscurantisme, et enfilaient des vêtements protecteurs. Sur la deuxième, une rangée de volontaires battaient les buissons pour repousser les serpents vers le nord. La troisième photo montrait le triangle de plage où des milliers de serpents périssaient dans les flammes. Je savais que Jacob et Joseph avaient hanté cette maison bien avant de hanter la mienne. Peut-être même qu'Allie les avait conduits dans ce bureau, pour leur montrer les photos.

Vous voyez, les garçons ? Voilà ce qui est arrivé aux méchants serpents qui vous ont fait du mal !

Je repartis. Avec joie. Et je ne retournai plus jamais dans cette maison.

Une dernière chose.

Will Rogers disait que la terre est la seule chose qu'on ne fabrique plus, et en Floride, la terre vaut de l'or, surtout depuis la pandémie. Et même si on n'en fabrique plus, une réhabilitation n'est pas inenvisageable.

De fait, le comté envisage de réaménager Duma Key.

Un consortium d'agents immobiliers (dont celui qui a vendu la maison des Bell) a chargé une société spécialisée de travailler sur cette hypothèse. Au cours d'une réunion des délégués du comté, présidée par l'administrateur du comté, plusieurs experts de Land Gold Inc.

ont fait une présentation PowerPoint, accompagnée d'une illustration artistique idéalisée de Duma Key émergeant des profondeurs. Opération relativement simple et bon marché, ont-ils affirmé : il suffirait de reboucher Daylight Pass, afin de bloquer le débit de l'eau. Un an ou deux de dragage, et on n'en parlait plus.

Des discussions sont en cours alors que j'écris ces lignes. Les écologistes sont vent debout et chaque mois, je verse de l'argent à l'organisation Sauvez Daylight Pass qui s'est créée, mais en définitive, cela finira par se faire car en Floride – surtout dans les zones où gravitent les riches –, l'argent triomphe toujours. Ils vont reboucher la passe, et ce faisant, ils découvriront sans doute une poussette rouillée. Je suis sûr que d'ici là, les choses effroyables qui l'habitaient auront disparu.

Presque sûr.

Dans le cas contraire, j'espère qu'elles ne s'intéresseront plus à moi. Car si une nuit j'entends cette poussette à la roue grinçante s'approcher, que Dieu me garde.

Que Dieu me garde !

En pensant à John D. MacDonald

LES RÊVEURS

J'ignore quel est le sens de l'univers. J'ai peut-être une petite idée. Peut-être que vous aussi. Ou pas. Tout ce que je peux vous dire, c'est : méfiez-vous des rêves. Ils sont dangereux. J'ai pu m'en apercevoir.

J'ai servi par deux fois au Vietnam. J'en suis parti en juin 1971. Quand je suis descendu de l'avion à New York, personne ne m'a craché dessus, et personne ne m'a traité de tueur d'enfants. Évidemment, personne ne m'a remercié non plus. Alors, on pourrait dire que ça s'équilibre. Cette histoire – ces mémoires ? ces confessions ? – n'a aucun rapport avec le Vietnam, quoique. Quoique. Si je n'avais pas crapahuté dans la jungle pendant vingt-six mois, j'aurais peut-être essayé d'arrêter Elgin quand on a vu les dents. Même si j'avais peu de chances de réussir. Le Scientifique Indépendant était bien décidé à aller jusqu'au bout, et en un sens, il a réussi. Mais j'aurais pu foutre le camp au moins. Je ne l'ai pas fait car le jeune gars qui était revenu du Vietnam n'était plus le même qu'en partant. Ce jeune gars était vidé. Dépourvu de toute émotion. Alors, il est arrivé ce qui est arrivé. Je ne me considère pas comme responsable. Il aurait continué quoi qu'il en soit. Simplement, je suis resté tout en sachant qu'on commençait à dépasser les limites de la raison. Sans doute que je voulais me réveiller de nouveau. On dirait que j'ai réussi.

De retour dans le Maine, j'ai habité avec ma mère pendant quelque temps, à Skowhegan. Elle gagnait bien sa vie. Directrice adjointe de George's Banana Stand. Oui, je sais, ça fait penser à un étal au bord de la route, mais c'est une vraie épicerie. Elle m'a dit que j'avais changé, et je lui ai répondu que je le savais. Elle m'a demandé ce que j'avais l'intention de faire de ma vie, et je lui ai répondu que j'allais chercher un boulot à Portland. En me servant de ce que m'avait appris Sissy, et elle trouvait ça bien. Je crois qu'elle était contente de me voir partir. Je crois que je la mettais mal à l'aise. Je lui ai demandé si mon père ou mon beau-père lui manquaient. Elle a répondu oui, pour mon père. Concernant Lester, elle a dit bon débarras.

J'ai acheté une voiture d'occasion, j'ai roulé jusqu'à Portland et j'ai postulé dans une boîte d'intérim baptisée Temp-O. La femme qui a pris mon formulaire de candidature m'a dit :

« Je ne vois pas où vous êtes allé à l'école. »

Elle s'appelait Mme Frobisher.

« Je n'y suis pas allé.

– Où ça ?

– À l'école.

– Vous ne comprenez pas, jeune homme. Ici, nous recrutons des sténographes pour remplacer des gens qui tombent malades ou démissionnent. Certains de nos intérimaires travaillent au tribunal.

– Faites-moi passer un test.

– Vous connaissez la méthode Gregg ?

– Oui. Je l'ai apprise avec ma sœur. Je l'aidais à faire ses devoirs, et j'ai fini par devenir meilleur qu'elle.

– Où travaille votre sœur ?

– Elle est morte.

– Je suis désolée. » Mme Frobisher ne semblait pas désolée, mais je ne lui en voulais pas. Chacun a suffisamment à faire avec ses propres drames, sans se soucier en plus de ceux des autres. « Combien de mots à la minute ?

– Cent quatre-vingts. »

Elle sourit.

« Vraiment ?

– Oui.

– Ça m'étonnerait. »

Je ne dis rien. Elle me tendit un bloc sténo et un Eberhard Faber n° 2.

« Je suis curieuse de voir un cent quatre-vingts en action. Quel bonheur. »

J'ouvris le bloc sténo. Je nous revis, Sissy et moi, dans sa chambre, elle assise à son bureau, dans la lumière d'une lampe, moi sur le lit. Elle disait que j'étais meilleur qu'elle. Que j'avais appris sans faire d'efforts, ce qui était vrai. Comme j'avais appris le vietnamien ou le tày ou le muong. Ce n'est pas un don, plutôt un truc. Je voyais les mots se transformer en crémaillères et en portemanteaux. Des petites touches, des touches épaisses, des boucles. Qui marchaient de concert dans mon esprit. Vous m'auriez demandé si j'aimais ça, j'aurais répondu « parfois ». Comme quelqu'un qui prend plaisir à respirer parfois. La plupart du temps, c'était juste une habitude.

« Vous êtes prêt ?

– Depuis toujours.

– On va voir ça. » Et très vite : « Le caractère de la clémence est de n'être point forcée elle tombe comme la douce pluie du ciel sur le lieu placé au-dessous d'elle vous ne pouvez pas débarquer en affirmant être capable de transcrire cent quatre-vingts mots deux fois bénie elle est bonne à celui qui donne et à celui qui reçoit. Relisez-moi ce que vous avez écrit. »

Je m'exécutai, en omettant de préciser qu'elle avait commis quelques erreurs dans la tirade de Portia. Elle me dévisagea pendant plusieurs secondes, avant de lâcher un « Ça alors ».

J'ai travaillé chez Temp-O pendant une dizaine de mois. On était en train de perdre au Vietnam. Pas besoin d'être grand clerc pour s'en apercevoir. Parfois, les gens ne savent pas s'arrêter quand il le faudrait. En écrivant cela, je repense à Elgin. Le Scientifique Indépendant.

On était quatre quand j'ai commencé, puis six, puis notre nombre est tombé à trois, avant de remonter à six. Il y a un fort turnover dans l'intérim. Mes collègues étaient toutes des femmes, à l'exception de Pearson, un type dégingandé avec une calvitie qu'il essayait de masquer et de l'eczéma autour du nez et aux coins de la bouche. Où ça ressemblait à de la salive séchée. Pearson était déjà là quand je suis arrivé et il était encore là quand je suis parti. Il transcrivait une soixantaine de mots à la minute. Les jours fastes. Si vous alliez trop vite, il vous demandait de ralentir, et de ralentir encore. Je le sais car certains jours, quand c'était calme, on s'amusait tous à faire la course. Deux minutes de pub à la télé. Liquide lave-vaisselle. Dentifrice. Papier-toilette. Des trucs qu'achètent les femmes qui regardent la télé dans la journée. Je gagnais à tous les coups. Au bout d'un moment, Pearson n'essayait même plus. Il disait que c'était un jeu de gamins. Je ne sais pas pourquoi Mme Frobisher le gardait. Elle ne couchait pas avec lui ni rien. Il était peut-être un de ces trucs auxquels on ne fait plus attention : une pile de cartes de Noël sur la table dans l'entrée, toujours là à la Saint-Valentin. Il ne m'aimait pas. Pour ma part, je n'avais aucun sentiment envers lui, ni dans un sens ni dans l'autre. Je fonctionnais comme ça dans les années 1971 et 1972. Mais c'est Pearson qui m'a présenté à Elgin. En quelque sorte. Sans le vouloir.

Le matin, on arrivait vers huit heures trente ou neuf heures et on s'asseyait dans l'arrière-salle, dans les locaux d'Exchange Street, et là, on buvait du café, on mangeait des donuts en regardant la téloche sur un petit appareil portatif ou on lisait. Parfois, on faisait une course. Il y avait toujours deux ou trois exemplaires du *Press Herald* qui traînaient. Pearson en prenait un et on l'entendait lire les articles en marmonnant et en grattant les croûtes de son eczéma, qui tombaient comme des flocons de neige. S'il s'agissait d'un travail ordinaire, Mme Frobisher appelait Anne, Diane ou Stella. Moi, on me confiait surtout les remplacements au tribunal. J'avais dû apprendre la sténo et je devais porter un sténomasque, mais ça ne me gênait pas. De temps à autre, on m'envoyait dans des réunions ultra importantes où tous les appareils d'enregistrement étaient *verboten*. Là, il n'y avait que moi et mon bloc sténo. Si tant est que je puisse aimer un boulot quelconque, j'aimais bien faire ça. Parfois, après avoir terminé ma transcription, je devais leur remettre mon bloc sténo. Pas de problème. Il arrivait qu'on me file un pourboire.

Quand Pearson avait fini de lire telle ou telle partie du journal, il avait l'habitude de la jeter sur le sol. Un jour, Diane lui fit remarquer que c'était un signe de négligence, et Pearson lui répondit que si ça ne lui plaisait pas, elle pouvait rouler les feuilles bien serrées et se les coller dans le cul. Une semaine ou deux plus tard, Diane démissionna. Certains jours, je ramassais les pages que Pearson avait balancées pour y jeter un œil. Quand il n'y avait pas de travail, on s'ennuyait ferme dans l'arrière-salle, qu'on appelait l'arène. Les jeux télévisés et les talk-shows m'énervaient. J'avais toujours un livre de poche sur moi, mais ce jour-là, le jour où j'ai découvert l'existence d'Elgin (même si je ne connaissais pas encore son nom car il ne figurait pas dans l'annonce), le bouquin que j'étais en train de lire ne me passionnait pas. C'était un récit de guerre écrit par un type qui ne connaissait rien à la guerre.

J'avais pris sans le savoir la page des petites annonces. Voitures d'occasion vendues par leurs propriétaires d'un côté, offres d'emploi de l'autre. Je survolais ces dernières, même si je ne cherchais pas particulièrement un boulot. J'étais bien chez Temp-O. C'était juste pour m'occuper. Ces deux mots en gras, *Scientifique Indépendant*, attirèrent mon regard. Ainsi que l'adjectif *flegmatique*. Que l'on rencontrait rarement dans les petites annonces.

> **SCIENTIFIQUE INDÉPENDANT** cherche assistant pour l'aider dans une série d'expériences. Maîtrise de la sténographie indispensable. (60-80 mots/minute ou plus). Excellente rémunération si excellentes références. Discrétion et tempérament flegmatique exigés.

Il y avait un numéro de téléphone. Curieux de savoir qui recherchait un assistant flegmatique, j'ai appelé. Pour tuer le temps, là encore. On était jeudi midi. Le samedi, je me suis tapé plus de cent kilomètres au volant de ma vieille Ford, jusqu'à Castle Rock, et j'ai suivi Lake

Road, qui s'achève à Dark Score Lake. Sur la rive se dressait une grande maison de pierre avec une allée fermée par un portail et, juste derrière, une autre maison, plus petite, en pierre elle aussi, où j'ai vécu pendant que j'étais au service d'Elgin, le fameux Scientifique Indépendant. La maison principale n'était pas un manoir, mais presque. Il y avait une Coccinelle et une Mercedes dans l'allée. La Coccinelle avait des plaques du Maine, une décalcomanie représentant une fleur sur la trappe à carburant et sur le pare-chocs un autocollant STOP À LA GUERRE. Je l'ai reconnue. La Mercedes était immatriculée dans le Massachusetts. Je devinais qu'elle appartenait au Scientifique Indépendant, et j'avais raison. Je n'ai jamais su d'où venait l'argent d'Elgin. Peut-être que les scientifiques indépendants, autrefois appelés *gentlemen scientists* ne parlent pas de ces choses-là. Je pensais qu'il avait fait un héritage car, pour autant que je pouvais en juger, il n'exerçait aucune profession, hormis celle de scientifique indépendant, et qualifiait ce pseudo-manoir de résidence d'été. J'ignore où se trouvait sa résidence d'hiver. Sans doute à Boston ou dans une des banlieues environnantes, où les seuls visages noirs et asiatiques que vous voyez poussent des tondeuses ou servent à manger. J'aurais pu enquêter, j'aurais pu poser des questions au bourg, car dans ces endroits-là, les gens savent des choses, et si vous savez les interroger, ils vous diront tout, car ils ne demandent que ça. Rien de tel que les rumeurs pour passer le temps. Et je savais m'y prendre car j'avais grandi dans un endroit semblable à celui-ci, et en bon Yankee, j'élidais mes *r*, mais ce n'était pas mon truc, comme on disait dans le temps. Je me fichais que ce soit Weston ou Brookline ou Back Bay. Je me fichais de décrocher ce boulot ou pas. Je n'étais pas malade, ni quoi que ce soit, mais je n'allais pas très bien. Vous comprenez peut-être, ou pas. La nuit, je ne dormais généralement pas beaucoup, et l'obscurité recèle de longues heures. La nuit, je faisais la guerre, et je la perdais. C'est une vieille histoire, je sais. On la voit à la télé une fois par semaine.

Je me garai à côté de la Coccinelle. Une jeune femme sortit de la maison, avec une mallette dans une main et un bloc sténo dans l'autre. Elle portait un tailleur. Je reconnus Diane, l'ancienne de chez Temp-O.

« Bonjour, belle inconnue.

– Bonjour à vous. Vous devez être le suivant. J'espère que vous aurez plus de chance.

– Ça n'a pas marché ?

– Il a dit qu'il me rappellerait. Je sais ce que ça veut dire. Pearson travaille toujours là-bas ?

– Oui.

– Ce connard. »

Elle monta dans la Coccinelle et repartit tranquillement. Je sonnai à la porte. Elgin vint ouvrir. Il était grand et mince, avec une épaisse chevelure blanche coiffée en arrière, à la manière d'un pianiste concertiste. Il portait une chemise blanche et un pantalon de toile kaki qui flottait à l'entrejambe comme s'il avait perdu du poids. Je lui donnais quarante-cinq ans. Il me demanda si j'étais William Davis. Oui, dis-je. Il me demanda si j'avais un bloc sténo. Je répondis que j'en avais une demi-douzaine à l'arrière de ma voiture.

« Vous devriez aller en chercher un. »

Je m'exécutai, en pensant qu'il allait me faire le coup de Mme Frobisher. Il me conduisit dans le salon, où semblait encore rôder le fantôme de l'hiver, quand la maison était vide et le lac gelé. Il me demanda si j'avais apporté mon CV. Je sortis mon portefeuille et lui montrai le document indiquant que j'avais été libéré avec les honneurs, en disant que c'était mon seul CV. Je pensais qu'il s'en foutait de savoir que j'avais été pompiste ou serveur à La Femme sans Tête après le lycée.

« Depuis que j'ai quitté l'armée, je travaille dans une agence d'intérim de Portland. Temp-O. La candidate précédente y travaillait aussi. Vous pouvez les appeler si vous le souhaitez. Demandez Mme Frobisher. Peut-être qu'elle me laissera garder ma place, même en apprenant que j'en cherche une autre.

– Pourquoi donc ?

– Parce que je suis son meilleur intérimaire.

– Vous voulez vraiment ce travail ? Je vous trouve un peu… comment dire ?… indolent.

– Je n'aurais rien contre un peu de changement. »

C'était la vérité.

« Et le salaire ? Vous voulez le connaître ? Et savoir combien de temps va durer ce travail ? »

J'ai haussé les épaules.

« Vous êtes un bourlingueur, hein ?

– Je ne sais pas. »

Ça aussi, c'était la vérité.

« Savez-vous écrire le mot *flegmatique*, monsieur Davis ? »

Je l'ai épelé.

Il a hoché la tête.

« La fille qui vous a précédé n'a pas su, alors qu'elle a dû le lire dans ma petite annonce. Je doute même qu'elle sache ce que ça signifie. Elle m'a paru frivole. L'était-elle quand vous travailliez ensemble ?

– Je ne saurais le dire. »

Il sourit. Il avait des lèvres fines. Des rides encadraient sa bouche, comme on en voit sur les poupées des ventriloques. Des lunettes en corne. Pour moi, il ne ressemblait pas à un scientifique. Il ressemblait à quelqu'un qui veut ressembler à un scientifique.

« Où avez-vous servi ? Au Vietnam ?

– Principalement.

– Vous avez tué des gens ?

– Je ne parle pas de ça.

– Vous avez été décoré ?

– Je ne parle pas de ça non plus.

– Je comprends. Quand vous affirmez être le meilleur chez Temp-O… J'ai reçu deux autres personnes de là-bas, pas uniquement Diane Bissonette… On parle de combien de mots à la minute ? »

Je le lui dis.

« Je vais vous faire passer un test. Je suis obligé. Si vous êtes le meilleur, vous êtes l'homme qu'il me faut. La sténographie sera le seul enregistrement. Presque le seul. Il n'y aura aucun enregistrement audio de mes expériences. Aucun film. Je prendrai des Polaroid, que je conserverai en cas de publication, et que je détruirai sinon. »

Il attendait que je me montre curieux, et je l'étais, mais pas assez pour le montrer. Libre à lui de m'en dire plus ou pas. Plusieurs livres étaient empilés sur la table basse. Il prit celui du dessus pour me tester. Le livre s'intitulait *L'Homme et ses symboles*. Il lisait à un rythme soutenu, sans foncer comme l'avait fait Mme Frobisher. Il y avait un peu de jargon technique, comme *activation-synthèse*, et quelques noms propres compliqués : Aniela Jaffé ou Université de Brescia, mais je les voyais tels qu'ils s'écrivaient. Car j'ai l'impression de voir les mots, et je ne fis aucune erreur, même si lui s'était trompé, en prononçant Jaff au lieu de Jaffé. Je relus tout à voix haute.

« Vous perdez votre temps chez Temp-O. »

Je n'avais rien à répondre à cela.

« Vous habiterez ici pendant toute la durée de mes expériences. Dans la dépendance derrière. Vous aurez des jours de congé. Et beaucoup de temps libre. Avez-vous acquis des connaissances médicales à l'armée ?

– Quelques-unes. Je peux remettre un os en place et réanimer quelqu'un. Si on l'a sorti de l'eau à temps, évidemment. Et je suppose que vous n'aurez pas besoin de sachets de sulfamides ici.

– Quel âge avez-vous ?

– Vingt-quatre ans.

– Vous faites plus.

– Je sais.

– Est-ce que vous étiez à My Lai, par hasard ?

– Je suis arrivé après. »

Il prit un autre livre sur la pile : *Les Archétypes et l'inconscient collectif*. Puis un autre intitulé : *Souvenirs, rêves et pensées*. Il les soupesa, chacun dans une main, comme sur les plateaux d'une balance.

« Savez-vous ce que ces deux livres ont en commun ?

– Ils sont tous les deux de Carl Jung. »

Il dressa les sourcils.

« Vous prononcez son nom correctement. »

Contrairement à vous avec Aniela Jaffé, pensai-je, sans le dire.

« Vous ne parlez pas allemand, je suppose ?

– *Ein wenig* », dis-je en écartant légèrement mon pouce et mon index.

Il choisit un autre ouvrage sur la pile. Celui-ci s'intitulait *Gegenwart und Zukunft*.

« C'est mon trésor. Une édition originale très rare. *Présent et avenir*. Je ne peux pas le lire, mais je peux regarder les illustrations et j'ai étudié les diagrammes. Les mathématiques sont un langage universel, vous le savez sans doute. »

Non, je ne le savais pas, car aucun langage n'est universel. Comme avec les chiens, on peut apprendre aux chiffres à faire des tours. En outre, le titre de l'édition originale était *Présence et avenir*. Il y a un monde d'écart entre présent et présence. Un gouffre. Je m'en fichais. En revanche, le livre du dessous m'intéressait. *Par-delà le mur du sommeil*, de H.P. Lovecraft. Un type que j'avais connu là-bas dans la jungle, un mitrailleur dans un hélico, en avait un exemplaire. Il avait fini cramé, et le type aussi.

On continua à parler encore un peu. Le salaire qu'il me proposait était suffisamment élevé pour m'inciter à me demander si ses expériences étaient totalement légales. Il m'offrit plusieurs occasions de l'interroger à ce sujet, mais je ne le fis pas. Finalement, il cessa de me lancer des perches et me demanda de but en blanc si je voulais essayer de deviner sur quoi portaient ses expériences. Les rêves, très probablement, répondis-je.

« Oui, mais je crois que dans l'immédiat, je préfère garder pour moi la nature exacte, *l'objet*, dirons-nous, de mes recherches. »

Je ne l'avais pas interrogé sur cet *objet*, mais là encore je m'abstins de le faire remarquer. Il prit un Polaroid de mes papiers militaires, et m'offrit le poste.

« Bien sûr, vous pourriez continuer à travailler chez Temp-O, mais ici vous m'aideriez à explorer des mondes qu'aucun psychologue, pas même Jung, n'a jamais visités. Un territoire vierge. »

Entendu, dis-je. On commencerait à la mi-juillet, précisa-t-il. Entendu, dis-je. Il me demanda mon numéro de téléphone et je le lui donnai. C'était le numéro d'une pension, expliquai-je. L'appareil était au bout du couloir. Il voulut savoir si j'avais une petite amie. Non, dis-je. Il ne portait pas d'alliance. Je n'ai jamais vu de domestique. Une fois installé dans la petite dépendance, je me faisais la cuisine ou j'allais manger dans un des restaus du bourg. J'ignore qui faisait à bouffer à Elgin. Il y avait chez lui quelque chose d'intemporel, comme s'il n'avait ni passé ni avenir. Il avait un présent, mais pas de présence. Il fumait, mais je ne l'ai jamais vu boire. Il était obsédé par les rêves, rien d'autre.

En repartant, je dis :

« Vous voulez aller par-delà le mur du sommeil, n'est-ce pas ? »

Il éclata de rire.

« Non. Je veux passer dessous. »

Il m'appela le 1er juillet pour que je donne mes quinze jours de préavis. Ce que je fis. Je devinais que Mme Frobisher ne me dirait pas : « Laissez tomber les quinze jours, fichez le camp » (ou « Vous pouvez vous les coller quelque part »), et j'avais vu juste. J'étais son meilleur élément et elle voulait tirer de moi tout ce qu'elle pouvait. Elgin me rappela le 8 juillet pour m'annoncer que je pourrais emménager dès que j'aurais fini mon préavis, le 14. Puisque je logeais dans une pension, ajouta-t-il, je n'avais sans doute pas beaucoup d'affaires. Il avait raison. Il avait déjà un travail, pas grand-chose, à me confier.

Avant de quitter Temp-O, j'eus un dernier échange avec Pearson. Au cours duquel je le traitai de connard. Il ne répondit pas. Peut-être était-il d'accord avec cette affirmation. Ou bien il avait peur que je le frappe. Je ne sais pas. Je roulai directement jusqu'à la dépendance, où je découvris une clé dans la serrure, et deux autres accrochées à l'anneau. Quatre pièces. Propre. Moins froide que la grande maison, sans doute parce qu'elle avait été construite plus tard, quand l'isolation des murs était devenue à la mode. Il y avait une cheminée dans le salon et une grande quantité de bûches sèches empilées dehors, sous une bâche. J'aime les feux de cheminée, j'ai toujours aimé ça. Je n'allai pas frapper à la porte de la grande maison. Elgin verrait ma voiture et il saurait que j'étais arrivé. Il y avait un interphone dans le coin cuisine et un télécopieur juste à côté. Je n'avais jamais vu de télécopieur chez un particulier, mais pour en avoir vu plusieurs dans les QG au Vietnam, je savais ce que c'était. Sur la table de la cuisine était posé ce qui ressemblait à un album photo. Un mot était scotché dessus : *Familiarisez-vous avec ceci. Vous voudrez peut-être prendre des notes.*

Je feuilletai l'album. Sans prendre de notes. J'ai une excellente mémoire. Il y avait douze pages et douze photos sous cellophane, à moins que ce soient des paillettes de mica. Il y avait deux photos de permis de conduire. Deux portraits. Six hommes et six femmes. De tous les âges. Le plus jeune avait une tête de lycéen. Sous les photos figuraient les noms et les professions. Il y avait deux étudiants. Deux enseignants, sans doute photographiés durant leurs grandes vacances. Il y avait un retraité. Le reste se composait de « cols bleus », comme les appelaient ceux qui ne connaissaient rien au travail des ouvriers, de serveuses et de vendeuses, d'un charpentier et d'un conducteur de poids lourd.

Je trouvai des œufs et du bacon dans le Frigidaire. Je fis cuire quatre œufs dans le gras du bacon. Sur le côté, une petite terrasse donnait sur le lac. C'est là que je m'installai pour dîner en contemplant le paysage. Quand le soleil glissa entre le mont Washington et le mont Jefferson, projetant son reflet doré à la surface de l'eau, je rentrai et me couchai. Je n'avais pas aussi bien dormi depuis quatre ans. Dix heures d'obscurité sans pensées et sans images. La mort devait ressembler à ça.

Le samedi matin, je descendis jusqu'au lac. Il y avait un banc. Sur lequel Elgin s'était assis pour fumer. Même chemise blanche, même pantalon kaki trop large à l'entrejambe. Ou bien ce n'étaient pas les mêmes. Je ne l'ai jamais vu habillé différemment, c'était comme un uniforme. Il me dit de venir m'asseoir à côté de lui. Ce que je fis.

« Vous êtes bien installé ?

– Oui. »

Il sortit son portefeuille de sa poche de pantalon et me tendit un chèque. À mon nom, tiré sur le compte de la SARL Dream Corporation. Pour un montant de mille dollars.

« Vous pouvez le déposer à la KeyBank de Castle Rock. C'est là que j'ai mes comptes, privé et professionnel. Vous pourrez en ouvrir un à votre nom si vous le souhaitez.

– Je peux juste l'encaisser ?

– Bien sûr. Vous vous souvenez du premier sujet de test dans l'album que je vous ai laissé ?

– Oui. Althea Gibson. Une coiffeuse. Une trentaine d'années, je dirais.

– Très bonne mémoire. C'est eidétique ? Compte tenu de votre rapidité sténographique et de votre connaissance du vietnamien, ça ne m'étonnerait pas. »

Il s'était donc renseigné sur moi. Il avait « passé quelques coups de fil », comme on disait.

« Oui, sans doute. J'ai appris la sténo avec ma sœur. En l'aidant à faire ses devoirs.

– Et vous étiez meilleur qu'elle.

– Possible, mais elle est retombée sur ses pieds. Elle a trouvé un boulot aux ressources humaines chez Eastern Maine Medical. C'était mieux payé. »

Il n'avait pas besoin de savoir qu'elle était morte, et je n'avais pas envie de le lui dire.

« Au Vietnam, vous étiez interprète.

– Parfois.

– Vous ne voulez pas en parler ? Très bien. C'est beau ici, n'est-ce pas ? Paisible. Les pique-niqueurs vont arriver un peu plus tard. Le bruit strident des bateaux est exaspérant. Ça dure du Memorial Day au Labor Day, mais les pique-niqueurs restent plus bas sur le rivage.

– Cette partie est privée.

– Oui. Je tiens à mon intimité. Monsieur Davis, je crois que je vais changer le monde.

– Vous voulez dire la manière dont le monde comprend les rêves.

– Non. *Le monde*. Si je réussis. » Il se leva. « Je vais vous envoyer un fax. Lisez-le. Mme Gibson arrive mardi après-midi à quatorze heures. Je la paie pour qu'elle ferme son salon de coiffure. Vous l'accueillerez et vous la ferez entrer. Je vous montrerai les installations avant. Rendez-vous à midi ? Au cas où elle serait en avance.

– Entendu.

– Lisez le fax. Si vous avez des remarques, utilisez l'interphone. Sinon, vous avez quartier libre jusqu'à mardi. »

Il me tendit la main. Je me levai pour la serrer. Une fois de plus, je fus frappé par son aspect intemporel. Une sorte de sérénité. Il croyait qu'il allait changer le monde. Il le croyait sincèrement.

Le fax arriva en émettant un bruit perçant alors que je faisais du café. C'était un formulaire de décharge de responsabilité pour ses sujets. Une fois de plus je m'interrogeai sur la légalité de toute cette opération. Des espaces étaient prévus pour que la personne indique son nom, son adresse et son numéro de téléphone. En dessous, il était stipulé que la personne soussignée avait accepté qu'un hypnotique léger lui soit administré avant le début de l'expérience. Il était précisé que les effets de cette drogue se dissiperaient au bout de six heures, ou moins, et que le sujet ne ressentirait aucune gêne. Puisque c'était Elgin qui administrerait la drogue et que je ne serais pas inquiété en cas de problème, je n'avais aucune remarque. Cependant, je dois avouer que je commençais à devenir un peu curieux. Je me disais qu'Elgin était peut-être cinglé. Depuis le Vietnam, j'avais du flair pour ça. J'allai faire quelques courses au bourg. La banque était ouverte jusqu'à midi. J'ouvris un compte et déposai le chèque. Je retirai cent dollars en liquide. Sans devoir attendre la validation du chèque. Ils savaient qu'Elgin était solvable. Après avoir déjeuné au Castle Rock Diner, je regagnai la dépendance et je fis une sieste. Sans rêves.

Le mardi venu, je me rendis dans la grande maison à midi. Elgin m'attendait sur le perron. Sur la gauche se trouvait le salon, où il avait examiné mes papiers militaires et m'avait montré ses ouvrages de Jung. Sur la droite se découpait une porte à double battant. Il l'ouvrit. C'était une ancienne salle à manger, dans laquelle il avait l'intention de mener ses expériences. Elle avait été séparée en deux par un mur qui semblait en contreplaqué. Une partie devait accueillir ses sujets. Il y avait un divan incliné, comme chez un psychiatre. À côté, un appareil photo Polaroid monté sur un pied était braqué sur le divan. De l'autre côté, il y avait une petite table sur laquelle on avait posé un bloc de feuilles Blue Horse ouvert à la première page, vierge, et un stylo. Elgin s'attendait donc à ce que ses sujets prennent des notes, ou il pensait qu'ils en auraient peut-être envie, pour décrire leurs rêves pendant que ceux-ci étaient encore frais. Des enceintes Bose étaient fixées au mur. Au milieu de la séparation en contreplaqué, à la hauteur de la tête du divan, se trouvait un miroir, et il fallait n'avoir jamais regardé une série policière à la télé pour ne pas deviner que c'était une glace sans tain. Du côté d'Elgin, il y avait un bureau et un autre appareil Polaroid sur pied, dirigé vers la glace sans tain, et donc vers le divan. Un micro était posé sur le bureau. Près d'une rangée de boutons. Il y avait d'autres haut-parleurs sur les murs. Et une chaîne stéréo Philips avec un disque sur la platine. On avait disposé une chaise face à la glace sans tain.

« C'est pour vous, dit Elgin en me montrant la chaise. C'est là que vous vous installerez pour regarder. Vous avez un bloc-note neuf ?

– Oui.

– Vous noterez tout ce que je dis. Si Mme Gibson dit quelque chose, vous l'entendrez dans les haut-parleurs, et vous le noterez également. Si vous ne comprenez pas ce qu'elle dit, car parfois les gens tiennent des propos inintelligibles dans leur sommeil, dessinez un double trait.

– Si vous aviez un magnétophone… »

Il repoussa cette suggestion d'un geste.

« Je vous ai dit qu'il n'y aurait aucun enregistrement audio ni aucun film. Uniquement des Polaroid. Je contrôle la chaîne hi-fi et les deux appareils photo depuis mon bureau.

– Pas d'enregistrement audio, pas de film, c'est noté. »

Il n'y avait aucun matériel médical, rien pour enregistrer les ondes cérébrales de ses sujets ou les périodes de sommeil paradoxal. Tout cela était fou, mais le chèque n'ayant pas été rejeté, je ne trouvais rien à redire. Je ne perçus aucune excitation sur son visage, je ne décelai aucune nervosité. Toujours cette même sérénité. Il savait qu'il allait changer le monde. Aucun doute.

Althea Gibson arriva un quart d'heure plus tard. C'était une des deux personnes ayant envoyé à Elgin leur portrait, sans doute pris par un professionnel qui avait utilisé un ring light pour la rajeunir. Elle avait environ quarante ans et était du genre replet. J'allai l'accueillir à sa voiture et me présentai comme l'assistant de M. Elgin.

« J'ai un peu peur, avoua-t-elle tandis qu'on marchait vers la maison. J'espère que tout va bien se passer. Ça va bien se passer, monsieur Davis ?

– Bien sûr, dis-je. C'est un jeu d'enfant. »

On dit que la réalité dépasse la fiction. Une femme discutait avec un homme qu'elle n'avait jamais vu au bout d'une route de campagne qui se terminait en cul-de-sac, devant une propriété privée au bord d'un lac. Avait-elle rencontré Elgin ou lui avait-elle seulement parlé au téléphone ? Elle pensait qu'il ne pouvait rien lui arriver de grave, alors qu'on l'avait informée qu'elle allait prendre une drogue qualifiée de « léger hypnotique ». Elle pensait cela car les choses graves n'arrivaient qu'aux autres, aux infos. Était-ce à cause d'un manque d'imagination qu'elle n'avait jamais pensé au viol ou au meurtre, ou à cause de l'horizon limité de sa perception ? Ce qui pose des questions sur ce que sont l'imagination et la perception. Peut-être que je raisonnais ainsi parce que j'avais vu certaines choses de l'autre côté du monde, où il arrivait des choses graves aux gens, en permanence, parfois même aux coiffeuses.

« Pour huit cents dollars, comment pouvais-je refuser ? » Elle baissa la voix pour demander : « Je vais planer, vous croyez ?

– Franchement, je ne sais pas. Vous êtes notre première… »

Quoi donc ? « Cliente » ?

« Vous n'allez pas abuser de moi, hein ? » Elle avait dit cela sur le ton de la plaisanterie, ce qui signifiait qu'elle espérait plaisanter. « Lui non plus ?

– Non, rien à craindre », répondit Elgin en traversant le hall pour l'accueillir sur le perron. À son épaule pendait une petite mallette plate semblable à un porte-cartes d'officier de reconnaissance. « Je suis aussi inoffensif qu'on peut l'être, et Bill également. » Il offrit ses deux mains, emprisonna celles de Gibson et exerça une brève pression. « Vous allez adorer cette expérience. Vous avez ma parole. »

Je lui donnai le formulaire de décharge, sans doute aussi légal qu'un billet de trois dollars. Elle le survola rapidement, remplit les blancs et signa en bas de la feuille. Elle vivait sa vie, sans penser que celle-ci pouvait s'arrêter ou même changer. L'aveuglement face aux possibilités est une bénédiction ou une malédiction. Au choix. Elgin l'entraîna jusqu'au divan, dans l'ancienne salle à manger, et sortit de sa mallette une éprouvette contenant un liquide transparent. Il ôta le bouchon en caoutchouc et la tendit à Gibson. Qui la prit timidement, comme si elle avait peur de se brûler.

« C'est quoi ?

– Un léger hypnotique, comme je vous l'ai dit. Il vous plongera dans un état de sérénité, et peut-être que cela vous fera dormir. Il n'y aura pas d'effets secondaires ni de gueule de bois. C'est totalement sans danger. »

Elle considéra l'éprouvette et me regarda en faisant mine de porter un toast.

« À la bonne vôtre. » La vérité dépassant la fiction, elle la vida d'un trait et se retourna vers Elgin. « Je m'attendais à recevoir un coup de fouet. Vous êtes sûr que c'est pas juste de l'eau ?

– Pas uniquement, répondit-il avec un sourire. Vous pourrez reprendre votre voiture pour rentrer à… Où habitez-vous déjà ? Rafraîchissez-moi la mémoire.

– North Windham.

– Vous pourrez reprendre votre voiture pour rentrer à North Windham dès seize heures, avec un chèque de huit cents dollars en poche. En attendant, détendez-vous. Je vais vous expliquer ce que j'attends de vous. C'est très simple. » Il reprit l'éprouvette, remit le bouchon et la rangea dans la mallette, où elle était retenue par un élastique. Il sortit le seul autre objet qu'elle contenait : la photo d'une petite maison dans les bois. Peinte en rouge. Avec une porte verte en haut de deux marches de pierre et une cheminée de brique. Il la tendit à Gibson.

« Je vais mettre de la musique. Très douce, très apaisante. Je vous demande de l'écouter et de regarder cette photo.

– Oh, ça y est, je le sens, dit-elle. C'est comme si j'avais fumé un joint. Je suis détendue !

– Regardez la photo, madame Gibson, et dites-vous que vous avez envie de voir ce qu'il y a à l'intérieur. »

Je notai tout ça. G pour Gibson. E pour Elgin. Des crémaillères couraient sur la page vierge du bloc sténo. Je faisais ce pour quoi j'étais payé.

« Y a *quoi* à l'intérieur ?

– Ça dépend de vous. Peut-être que vous y entrerez en rêve, et vous verrez par vous-même. Vous voulez bien essayer ?

– Si je ne rêve pas de l'intérieur de la maison, je pourrai quand même garder les huit cents dollars ?

– Bien sûr. Même si vous faites juste un petit somme.

– Si je m'endors, vous me réveillerez à quatre heures ? » Elle commençait à sombrer. « Ma voisine va chercher ma fille à l'école, mais je dois être rentrée à six heures pour la faire… la faire…

– Dîner ?

– Oui, voilà. Oh, regardez cette porte verte ! Jamais je ne peindrais une porte en vert avec une maison rouge. Ça fait trop Noël.

– Regardez la photo.

– C'est ce que je fais.

– Rêvez de la maison. Essayez d'y entrer. »

Une psalmodie d'hypnotiseur.

« D'accord. »

Je me disais qu'elle était déjà « partie ». Si Elgin lui demandait d'aboyer comme un chien, j'étais certain qu'elle essaierait.

« Entrez dans la maison et regardez autour de vous.

– D'accord.

– Allez voir le salon.

– D'accord.

– N'entrez pas. Juste depuis le seuil.

– Vous voulez que je vous dise à quoi ça ressemble ? Les meubles ou le papier peint ? Un truc comme ça ?

– Non. Je veux que vous vous mettiez à genoux pour chercher une fente dans le plancher. À l'entrée du salon.

– Il y a une fente ?

– Je l'ignore, madame Gibson. Althea. C'est votre rêve. Si vous trouvez une fente, introduisez vos doigts à l'intérieur et soulevez le plancher. »

Elle lui sourit, un peu ailleurs.

« Je ne peux pas soulever un *plancher*, idiot.

– Peut-être que vous ne pourrez pas, mais peut-être que si. Dans les rêves, on peut faire des choses qu'on ne pourrait pas faire dans la réalité.

– Comme voler. »

Le sourire lunaire s'élargit.

« Oui, comme voler. »

Elgin semblait un peu agacé par cette idée, alors que pour moi, se voir voler paraissait aussi logique que tout le reste. D'après Jung, les rêves dans lesquels on volait trahissaient le désir du psychisme de se libérer des attentes des autres ou, plus difficile encore, généralement impossible, de ses propres attentes.

« Soulevez le plancher. Regardez ce qu'il y a dessous. Si vous vous en souvenez en vous réveillant, notez-le sur le carnet que j'ai mis à votre disposition. Je vous poserai quelques questions. Si vous ne vous souvenez de rien, ce n'est pas grave. On revient tout de suite, n'est-ce pas, Bill ? »

On laissa le sujet dans l'ancienne salle à manger pour passer dans l'autre moitié de la pièce. Je pris place sur ma chaise devant la glace sans tain, mon bloc sténo sur les genoux. Elgin s'assit à son bureau et appuya sur un des boutons. Le disque se mit à tourner, le bras s'abaissa et la musique se fit entendre. Du Debussy. Elgin appuya sur un autre bouton et la musique s'arrêta de notre côté, mais je l'entendais encore derrière la cloison. Gibson regardait la photo. Elle pouffa. Je le notai, non pas avec la méthode Gregg, mais en toutes lettres. *G rit à 14 h 14.*

Le temps passa. Dix minutes à ma montre. Gibson examinait la photo de la maison avec toute l'intensité dont seules sont capables les personnes complètement défoncées. Peu à peu, la photo glissa entre ses doigts. Le divan étant orienté face à nous, je voyais ses paupières se fermer, puis se rouvrir. Sa bouche aux lèvres rouge vif s'affaissa. Elgin m'avait rejoint, penché en avant, les mains sur les cuisses. Il me rappelait un colonel que j'avais connu là-bas, dans cet autre monde, qui regardait avec ses jumelles les F-100D du 352ᵉ voler en rase-motte au-dessus de Biên Hòa, enceints de l'herbicide qu'ils déverseraient en un rideau orange, provoquant une fausse couche dans le ventre de la végétation, transformant une partie de la canopée en cendres et les palmiers en squelettes. Les hommes et les femmes aussi, qui criaient *Nahn tu, nahn tu*, sans que personne les entende, ou s'en soucie.

La photo de la maison tomba sur son ventre. Elle dormait. Elgin regagna son bureau et arrêta la musique. Sans doute avait-il monté le son des haut-parleurs de notre côté car j'entendais Gibson ronfler faiblement. Il revint vers moi et reprit sa position. Les Polaroid, reliés à des minuteurs, flashaient toutes les trente secondes environ, des deux côtés de la cloison. À chaque éclair, une photo sortait de l'appareil dans une sorte de ronronnement félin caractéristique et tombait par terre. Alors qu'elle dormait depuis trois ou quatre minutes, je remarquai quelque chose qui m'incita à me pencher en avant. Je n'y croyais pas, car on ne croit pas aux choses qui vont à l'encontre de ce à quoi on s'attend. Mais je ne rêvais pas. Je passai ma main devant mes yeux : c'était toujours là.

« Elgin. Sa bouche…

– Je vois. »

Les lèvres de la femme étaient entrouvertes et on voyait ses dents pousser. C'était comme regarder une matière volcanique sortir de l'océan, mais ses dents n'étaient pas pointues, sauf les canines, devinais-je. Ce n'étaient pas des crocs d'animal, juste des dents plus longues et plus grosses. Ses lèvres se retroussèrent, dévoilant la gencive rose. Ses mains tressaillaient, ses doigts se tortillaient. Les Polaroid flashaient et ronronnaient. Encore deux fois de l'autre côté, deux fois du nôtre. Les photos tombaient sur le sol. Jusqu'à ce qu'il n'y ait plus de pellicule. Les dents de Gibson se rétractèrent. Ses mains s'agitèrent une dernière fois, ses doigts semblaient jouer sur un piano invisible. Puis ils s'immobilisèrent à leur tour. Ses lèvres se refermèrent, mais il demeurait une faible marque rouge sur son philtrum, là où la lèvre supérieure avait imprimé un tatouage avec le maquillage.

Je regardai Elgin. Il paraissait serein, mais pas complètement. J'entrevis ce qui se cachait sous sa sérénité, comme un amoncellement de nuages qui s'effilochent en fin de journée pour laisser voir le rougeoiement sanglant du soleil couchant. Si j'avais encore douté que le Scientifique Indépendant était en réalité le Savant Fou, ce n'était plus le cas maintenant.

« Vous saviez ce qui allait se passer ? demandai-je.

– Non. »

Vingt minutes plus tard, à 14 h 58, Gibson commença à remuer. On passa de l'autre côté et Elgin secoua notre cobaye pour finir de la réveiller. Elle émergea sans être vaseuse et écarta les bras en grand, prête à étreindre le monde entier.

G : C'était formidable. Un somme merveilleux.

E : Tant mieux. De quoi avez-vous rêvé ? Vous vous en souvenez ?

G : Oui ! Je suis entrée. C'était la maison de mon grand-père ! Dans le vestibule, il y avait la même pendule Seth Thomas que ma sœur et moi on appelait le tic-tac de Papy.

E : Et le salon ?

G : C'était celui de Papy également. Les mêmes fauteuils, le même canapé, le crin de cheval glissant, le même meuble de télé, avec le vase posé dessus. Je crois pas que je pourrai me souvenir de tout. Mais vous disiez que c'était pas grave.

E : Vous avez essayé de soulever le plancher ?

G (après un long silence) : Oui… Et j'ai un peu réussi.

E : Qu'avez-vous vu ?

G : L'obscurité.

E : La cave, donc.

G (après un long silence) : Je crois pas. Je l'ai reposé. Le plancher. C'était lourd.

E : Vous avez vu autre chose ? Quand vous avez soulevé le plancher ?

G : Il y avait une mauvaise odeur. (Long silence.) Ça puait.

Ce soir-là, je descendis au bord du lac. Elgin était sur le banc. Je m'assis à côté de lui.

« Avez-vous transcrit vos notes, William ? »

Il jouait avec le capuchon de son briquet.

« Je vais le faire ce soir. Qu'est-ce qu'il y avait dans cette éprouvette ?

– Rien d'extraordinaire. Du flurazépam. Même pas une dose clinique. Très diluée.

– Aucune drogue ne peut provoquer ce qu'on a vu.

– Non. Mais ça l'a rendue influençable. Je lui ai dit ce qu'elle devait faire, et elle l'a fait. Elle a pu accéder à la réalité derrière le rêve, en quelque sorte. En supposant qu'une telle chose existe, la réalité étant ce qu'elle est. Ou n'est pas.

– Ce qui s'est passé avec ses dents…

– Oui, remarquable, n'est-ce pas ? » Il avait retrouvé sa sérénité. « C'est la preuve. Les Polaroid le montrent, au cas où vous penseriez que nous avons été victimes d'une hallucination collective.

– Cette idée ne m'a pas traversé l'esprit. Qu'est-ce que vous allez faire ?

– Maintenant, vous voulez dire ?

– Oui. Maintenant.

– Avez-vous réfléchi à l'existence, William ? Réellement ? Car peu de gens le font.

– J'y ai réfléchi et j'ai vu la fin.

– À la guerre, vous voulez dire.

– Oui.

– Les guerres sont des affaires humaines. À l'échelle de l'univers, qui englobe toute l'existence, y compris la marche en avant et en arrière du temps, les guerres humaines ressemblent à ce que vous pourriez observer dans une fourmilière avec une loupe. La terre est notre fourmilière. Les étoiles que nous voyons la nuit ne sont que l'orée de l'univers. Un jour, des télescopes envoyés dans l'espace, aussi loin que la lune ou Mars, nous montreront des galaxies au-delà, des nébuleuses cachées derrière d'autres nébuleuses, des merveilles inimaginables, et ainsi de suite jusqu'au bord de l'univers, derrière lequel attend peut-être un autre univers. Et songez à l'autre extrémité de ce spectre. »

Il posa son Zippo et se baissa pour ramasser une poignée de sable, qu'il laissa couler entre ses doigts.

« Dix mille minuscules particules de la Terre dans mon poing, peut-être vingt mille ou cinquante mille. Chacune composée d'un milliard, de mille milliards, d'un gogolplex d'atomes et de protons, qui tourbillonnent. Qu'est-ce qui les unit ? Quelle force les lie ?

– Vous avez une théorie ?

– Non, mais désormais, je sais comment regarder. Vous l'avez vu aujourd'hui. Et moi aussi. Supposons que nos rêves soient une barrière entre nous et cette matrice de l'existence sans fin. Cette force qui unit. Supposons que ce soit conscient. Supposons qu'il soit possible de franchir cette barrière, non pas en essayant de la traverser, mais en regardant dessous, comme un enfant qui jette un coup d'œil sous la tente d'un cirque pour assister au spectacle.

– Les barrières n'existent pas sans raison, en général. »

Il rit comme si j'avais dit un truc risible.

« Vous voulez voir Dieu ?

– Je veux voir ce qu'il y a là-bas. Je peux échouer, mais ce à quoi nous avons assisté aujourd'hui me fait croire que le succès est possible. Le plancher de ses rêves était trop lourd pour elle. J'ai onze autres sujets. L'un d'eux sera peut-être plus fort. »

J'aurais dû partir à ce moment-là.

On accueillit deux autres sujets en juillet. Le premier était une femme charpentier nommée Melissa Grant. Elle rêva de la maison, sans parvenir à y entrer. La porte était restée fermée, dit-elle. Le second était le propriétaire d'une librairie de New Gloucester. Sa boutique était au bord de la faillite, expliqua-t-il, mais il refusait de baisser les bras. Ces huit cents dollars lui permettraient de payer un mois de loyer supplémentaire et de commander des livres que peu de gens achèteraient. Il dormit pendant deux heures, sur la musique de Debussy, et au réveil, il déclara qu'il n'avait pas rêvé de la maison, mais de son père, mort vingt ans plus tôt. Ils allaient à la pêche. Elgin lui remit son chèque et le renvoya. Il restait un sujet sur notre planning du mois de juillet, un certain Norman Bilson, qui nous fit faux bond.

Le 1er août, un nommé Hiram Gaskill se présenta à la maison située à l'extrémité de Lake Road. C'était un ouvrier du bâtiment au chômage. Il envoya valdinguer ses bottes et s'allongea sur le divan. « Allons-y », dit-il. Il but le contenu de l'éprouvette sans chercher à savoir ce que c'était. Il regarda la photo, et je crus tout d'abord que la drogue ne ferait pas effet car c'était un colosse d'au moins cent vingt kilos, mais il finit par sombrer et se mettre à ronfler. Elgin avait pris sa position habituelle à côté de moi, penché en avant tel un vautour. Son nez touchait presque le miroir, embué par son souffle. Rien ne se passa pendant presque une heure. Puis les ronflements cessèrent et, toujours endormi, Gaskill chercha à tâtons le stylo posé sur le bloc-notes Blue Horse. Il écrivit quelque chose sans ouvrir les yeux.

« Notez ça », me dit Elgin, mais c'était déjà fait, non pas avec la méthode Gregg, mais de manière normale : *À 15 h 17, Gaskill écrit pendant une quinzaine de secondes. Il lâche le stylo. Il s'est rendormi et a recommencé à ronfler.*

À 15 h 33, Gaskill se réveilla de lui-même, se redressa et balança ses jambes sur le sol. On le rejoignit pour lui demander de quoi il avait rêvé.

« Rien du tout. Désolé, monsieur Elgin. Je peux quand même toucher mon argent ?

– Oui. Ce n'est pas grave. Vous ne vous souvenez vraiment de rien ?

– Non, mais j'ai piqué un bon roupillon. »

Je regardai le bloc-note et lui demandai s'il avait fait l'armée.

« Non, monsieur. Quand je suis allé voir le toubib, il a dit que j'avais de la tension. Je prends des cachets maintenant. »

Elgin regarda ce qui était écrit sur le bloc-notes. Quand Gaskill fut reparti au volant de son vieux pick-up, en laissant au vent le soin de dissiper un nuage de fumée bleue, Elgin tapota la ligne unique, tracée d'une écriture presque parfaite, alors que l'homme qui tenait le stylo avait les yeux fermés. Je repérai sur son visage cette expression d'excitation, de *triomphe*.

« Ce n'est pas son écriture. Pas du tout. »

Il posa à côté du bloc le formulaire de décharge de responsabilité rempli par Gaskill. Le nom et l'adresse avaient été notés par une personne qui écrivait rarement, et avec difficulté. On n'avait pas plus de renseignements sur nos sujets qu'Elgin n'avait de matériel scientifique pour mener ses expériences, mais l'écriture laborieuse de Gaskill laissait deviner un homme qui avait arrêté ses études dès que le permettaient les lois en vigueur dans l'État du Maine (et n'avait consenti à suivre des cours de formation professionnelle qu'à contrecœur, peut-être). L'écriture était parfaitement lisible, même s'il manquait des marques diacritiques et s'il y avait des fautes d'orthographe. C'était comme si Gaskill avait écrit ce qu'on lui dictait, tel un sténographe. D'où cette question : qui avait dicté ?

« C'est du vietnamien, n'est-ce pas ? C'est pour ça que vous lui avez demandé s'il avait fait l'armée.

– Exact. »

Évidemment. *Mat trang da day cua ma guy.*

« Qu'est-ce qui est écrit ?

– "La lune est remplie de démons." »

Quand je descendis au lac ce soir-là, Elgin fumait sur son banc, comme d'habitude. L'eau était couleur ardoise. Aucun bateau en vue. Le ciel était envahi de nuages noirs venant de l'ouest. Je m'assis. Sans me regarder, Elgin dit :

« Ce message vous était destiné. »

Évidemment.

« Il savait que vous aviez fait le Vietnam. Mais pas seulement. Il savait que vous parlez cette langue.

– Quelque chose le savait. »

Un éclair frappa le lac, à environ un kilomètre, électrocutant les poissons qui nageaient près de la surface. Ils nourriraient les mouettes. La pluie n'allait pas tarder. À l'autre extrémité de Dark Score, les collines avaient disparu derrière une membrane grise qui s'abattrait bientôt de notre côté.

« Il est peut-être temps de s'arrêter. Il y a quelque chose de l'autre côté de votre barrière qui dit : “Me faites pas chier.” »

Elgin secoua la tête sans quitter des yeux l'arrivée de la pluie.

« Pas question. Nous sommes tout près. Je le sens. » Il se tourna vers moi. « Je vous en prie, ne me quittez pas, William. J'ai besoin de vos talents plus que jamais. Si je publie, j'aurai besoin de vos notes, en plus des photos et des transcriptions. Et vous êtes un témoin. »

Pas uniquement. C'était moi que Gaskill, ou ce qui s'était introduit en lui, avait ciblé. Moi, pas Elgin. Le Scientifique Indépendant jouait avec le feu, et il le savait, mais il ne voulait pas arrêter, ou il ne pouvait pas, mais à l'arrivée, ça revenait au même. Moi, je pouvais arrêter, ce qui voulait dire que j'étais un imbécile si je continuais. Toutefois, un autre facteur entrait en ligne de compte. Il m'arrivait quelque chose. J'étais gagné par la curiosité. Une réaction à la fois bienvenue et terrifiante. C'était un sentiment : une rareté dans mon monde. Quand vous voyez un homme qui n'a plus de jambes et dont le visage se désagrège alors qu'il hurle de douleur, quand vous voyez ses dents sur sa chemise, tel un collier barbare, en sachant qu'une seconde plus tôt vous étiez à l'endroit même où il avait morflé, vos sentiments sont assommés, comme un lapin frappé par un morceau de bois et qui reste étendu au sol : ses flancs se soulèvent, mais son regard est vague. Et quand vous voyez renaître ces sentiments, vous vous apercevez que vous n'avez peut-être pas perdu votre humanité, contrairement à ce que croyiez.

« Je reste.

– Merci, William. » Il pinça mon épaule. « Merci. »

La pluie arriva, mêlée de grêle qui vous cinglait comme des piqûres de guêpes. Il regagna la grande maison, et moi la dépendance. La grêle mitraillait les fenêtres. Le vent soufflait. Cette nuit-là, je rêvai d'une lune creuse remplie de démons qui s'entredévoraient vivants. Comme des serpents ouroboros. Je voyais la maison rouge sous la lune. La porte verte.

On accueillit encore deux sujets avant que tout s'arrête. Le sixième, une femme nommée Annette Crosby, fut réveillé par son hurlement. Une fois calmée, elle raconta qu'elle avait rêvé de la maison rouge, elle avait ouvert la porte verte, et ensuite, elle ne se souvenait de rien, hormis de l'obscurité, du vent, d'une odeur pestilentielle et d'une voix désincarnée qui répétait toujours le même mot : *tantullah* ou *tamtusha.* Qui l'emplissait de terreur. Elle déclara qu'elle ne voulait plus jamais rêver de cette maison, même pour huit cents dollars. Ni même le double. Néanmoins, elle prit le chèque d'Elgin. Et pourquoi pas ? Elle l'avait bien mérité.

Puis ce fut au tour de Burt Devereaux, professeur de mathématiques à la St. Dominic Academy de Lewiston. Il remplit le formulaire, et avant de le signer, il posa plusieurs questions à Elgin, plus que les autres sujets, sur le « léger hypnotique » qu'on allait lui administrer. Il parut satisfait par les réponses. Il signa le formulaire, prit place sur le divan et éclusa le liquide transparent contenu dans l'éprouvette. J'allai m'asseoir sur ma chaise devant la glace sans tain, mon bloc sténo sur les genoux. Elgin s'installa derrière son bureau et mit la musique. Dans la salle de tests, M. Devereaux examinait la photo de la maison rouge à la porte verte. Au bout d'un moment, ses yeux commencèrent à se fermer et la photo faillit lui échapper. Comme avec tous nos autres cobayes, jusqu'à cet instant.

J'étais assis sur ma chaise. Elgin avait repris sa place à côté de moi. Dix minutes s'écoulèrent. Les yeux fermés, Devereaux prit le bloc et le crayon posé sur la feuille vierge, puis laissa retomber sa main. Son poing se serra et se desserra. Son autre main se leva, hésita, jaillit. Je notai, en utilisant l'écriture normale : *15 h 29, Dev lève la main droite, serre le poing et se donne un coup au visage.*

« Il essaie de se réveiller », dis-je.

Devereaux se mit à trembler de tous ses membres comme quelqu'un qui fait une poussée de malaria. Ses jambes tressautaient et se croisaient. Son dos se cambrait. Son abdomen décollait du divan, retombait violemment et décollait de nouveau. Ses pieds faisaient des claquettes, et il se mit à émettre une sorte de *mump-mump-mump* comme s'il essayait d'écarter ses lèvres collées par la salive pour pouvoir parler.

« Il faut le réveiller, dis-je.

– On attend.

– Nom de Dieu, Elgin.

– On attend. »

Les flashs des Polaroid se déclenchaient. Leurs petits moteurs astucieux bourdonnaient. Des photos tombaient sur le sol, des deux côtés de la cloison, et commençaient déjà à se développer. Ses paupières enflaient jusqu'à ce que les yeux, dessous, soient sans doute aussi gros que des balles de golf, comme si on leur avait injecté un fluide hydrostatique. Les paupières ne s'ouvrirent pas de manière naturelle, elles se fendirent. Devereaux avait les yeux gris auparavant. Ceux qui continuaient à enfler dans leurs orbites étaient d'un noir profond. Ils grossissaient sur son visage telles des tumeurs. La main d'Elgin pinçait mon épaule, mais je la sentais à peine. Aucun de nous deux ne demanda ce qui se passait, mais pas parce que nous ne pouvions pas y croire, bien au contraire. C'était comme regarder une locomotive sortir d'une cheminée. Devereaux hurla lorsque ses yeux se fendirent à leur tour, laissant apparaître de fines vrilles dansantes, semblables à des filaments de pissenlit. Mais noirs. Il n'y avait aucun souffle de vent pour les mouvoir, et pourtant elles se tendaient vers la glace sans tain, à croire qu'elles sentaient notre présence.

« Oh, bon sang », lâcha Elgin.

Les Polaroid continuaient à se déclencher. Les vrilles noires s'étaient libérées des orbites pour se diriger vers nous, tout d'abord sous la forme d'un petit nuage, qui fondit et disparut peu à peu.

« Il me les faut ! s'écria Elgin. J'en ai besoin. C'est une preuve ! Une preuve ! »

Il fit un pas vers la porte. Je le retins. Il se débattit, mais j'étais plus fort. Pas question de le laisser passer de l'autre côté, non pas pour le sauver parce que je tenais à lui, mais parce que je ne voulais pas qu'il ouvre cette porte et laisse sortir ces machins.

Les yeux noirs et éclatés commencèrent à se rétracter à l'intérieur du visage de Devereaux, évoquant un film projeté à l'envers. Il émit des *mump-mump-mump*. Son pantalon s'assombrit à l'entrejambe lorsque sa vessie lâcha. Les yeux noirs fendus cicatrisèrent tout seuls. Tout d'abord, il demeura une fente, qui disparut, laissant deux globes lisses qui dépassaient de son visage, semblables à ces petites protubérances que l'on voit parfois sur les troncs des vieux arbres. Puis ils s'enfoncèrent, les paupières se fermèrent, Devereaux se contorsionna sous l'effet d'une décharge galvanique qui le projeta au sol. La chemise blanche d'Elgin se déchira lorsqu'il parvint à se libérer. Il se précipita vers la cloison, ouvrit la porte et passa de l'autre côté. Il s'agenouilla pour enlacer Devereaux.

« Venez m'aider, William ! Aidez-moi ! »

Si Devereaux mourait, je serais partiellement responsable, et malgré mon état de choc, j'en avais conscience. Impossible de prétendre que j'étais un simple témoin, et non un complice. Alors, je passai moi aussi dans la salle voisine et demandai à Elgin si le sujet respirait encore.

Il se pencha en avant et se retourna vers moi en grimaçant.

« Oui, mais son haleine empeste. »

Il n'y avait pas que son haleine qui empestait. Ses sphincters s'étaient relâchés. Les vrilles noires n'avaient pas toutes disparu. Certaines, rapportées par Devereaux de la maison rouge quand il avait soulevé le plancher du salon, et qui, peut-être, avaient jailli de l'obscurité pour l'infecter pendant qu'il inspirait, flottaient encore dans le coin le plus reculé, sous un des haut-parleurs. Je les observais. Si jamais elles venaient vers nous, j'étais bien décidé à filer sans demander mon reste, laissant le Scientifique Indépendant se débrouiller seul. Après tout, c'était son expérience. Pourtant, même durant ces secondes interminables je pensais aux étoiles lointaines, inaccessibles pour n'importe quel télescope, et à l'intérieur fumant de cent mille grains de sable, et je compris que cette expérience était également la mienne. Je n'étais pas parti. J'aurais pu partir, mais je ne l'avais pas fait. J'avais senti renaître les picotements qui me rapprochaient d'un être humain normal, sans que je sache ce que ça signifiait, ni même si ça existait. Comme un membre engourdi sur lequel on a dormi, et qui commence à se réveiller. Pris au piège, on disait dans la jungle. Ou FIDO. *Fuck it, drive on*[1].

« Il faut le sortir d'ici. »

Je montrai les vrilles noires. Elles s'agitaient faiblement. Je pense qu'elles nous observaient.

« Il me faut un échantillon.

– Imaginez plutôt de quoi vous aurez l'air dans un uniforme de prisonnier. Aidez-moi. »

On souleva Devereaux. Elgin prit les chevilles et moi le reste. On le transporta ainsi jusqu'au salon, où on l'allongea sur le sol. De la bave coulait des deux côtés de sa bouche. Je retournai fermer la porte à double battant de l'ancienne salle à manger pour faire obstacle à ces créatures noires venues de *là-bas*, de sous le plancher. À moins qu'elles puissent se faufiler sous la porte. J'espérais qu'elles finiraient par disparaître. Et si Elgin voulait s'amuser à les tripoter, c'était son problème. Pour moi, c'était terminé.

Mais avant cela, il fallait s'occuper de Devereaux. Je demandai à Elgin de m'aider à le redresser, pour éviter qu'il s'étouffe. Placés de chaque côté, on souleva le haut de son corps, en joignant nos mains dans son dos. Des larmes d'un rouge presque noir coulèrent de ses yeux. Du sang mêlé à autre chose. Je le giflai et me penchai à son oreille pour lui ordonner de se réveiller, de revenir à lui, en redoutant de voir à quoi ressemblaient ses yeux.

Ses paupières se soulevèrent. Ses yeux, injectés de sang, étaient redevenus gris, mais ils étaient vides. Elgin claqua des doigts devant son visage, qui demeura impassible. Je fis mine d'enfoncer mes doigts dans ses yeux, et là encore, aucune réaction. C'était une poupée de taille humaine, qui respirait.

1. « Laisse tomber et avance ».

« Oh, bon sang, dit Elgin. Est-ce qu'il va reprendre conscience ?
– J'en sais rien. C'est vous le scientifique. »
Elgin souleva la main droite de Devereaux. Elle retomba dès qu'il la lâcha.
« On va lui laisser une heure », déclara-t-il.
On lui en laissa deux. La plupart des vrilles noires avaient disparu, mais il en restait quelques-unes, alors Elgin enfila des gants en nitrile et un masque provenant d'un des tiroirs de son bureau afin de les rassembler dans un sac en plastique. Je tentai de l'en empêcher, mais il refusa de m'écouter. Je crus qu'elles allaient fondre dans ses mains, mais non. L'une d'elles s'enroula autour de son doigt ganté et il dut la frotter contre l'intérieur du sac pour s'en débarrasser.
« Vous êtes fou de toucher à ces machins.
– C'est une preuve », répéta-t-il.
Ce n'était pas une bonne chose pour moi de rester enchaîné à lui de cette façon. Le professeur de mathématiques n'était plus qu'un mannequin, la bave aux lèvres, qui ne montrait aucun signe de lucidité, et je devais régler ce problème, pas pour Elgin, mais pour moi. Au moins, l'ancien prof transformé en demeuré n'était pas un homme marié avec des enfants.
Je me dis que j'étais pris au piège.
Je me dis : *Fuck it, drive on.*
« Vous lui avez donné le chèque ?
– Quoi ? Non. Je le garde toujours jusqu'à la fin de l'expérience, quand ils sont prêts à rentrer chez eux. Vous le savez bien.
– Brûlez-le. Il ne s'est jamais présenté. Comme l'autre : Bilson. »
Sacrée façon de se réveiller au monde.

Je pris ses clés dans sa poche imbibée de pisse. On le transporta jusqu'à sa voiture comme un sac de linge mouillé et lourd et on le déposa sur le siège du passager. Il bascula vers l'avant, le front appuyé sur le tableau de bord de la Chevy. On aurait dit qu'il priait Allah. Je demandai à Elgin de le caler contre le dossier et j'attachai sa ceinture. Coup de chance, cette voiture était munie d'une ceinture type harnais, qui le maintenait plus ou moins droit. Ça ferait l'affaire, me disais-je. Une personne qui passait penserait qu'il dormait. Un de ces filaments noirs sortit de son nez et flotta vers moi, mais Elgin, qui n'avait pas ôté ses gants en nitrile, s'en saisit et l'envoya valdinguer. Je me demandais s'il y en avait d'autres à l'intérieur de Devereaux.

« Qu'est-ce que vous allez faire de lui ? interrogea Elgin.

– Je ne sais pas. »

Je montai à bord de la Chevy et partis en suivant Lake Road. En jetant un coup d'œil dans le rétroviseur, je vis le Scientifique Indépendant qui me regardait, planté au milieu de l'allée.

Je roulais vitres ouvertes, avec la clim. J'avais enfilé une paire de gants en nitrile d'Elgin en montant dans la voiture. Deux autres machins noirs étaient sortis du nez de Devereaux et un troisième de sa bouche béante, mais le courant d'air les avait projetés à l'extérieur par la vitre passager. Je fonçais en direction de Lewiston-Auburn, mais je n'avais pas l'intention d'aller aussi loin. Je savais où il habitait. Son adresse dans Minor Avenue figurait sur le formulaire de décharge de responsabilité, mais pas question d'entrer dans les Twin Cities avec lui sans l'avoir installé au volant avant. Et pour ce faire, j'avais besoin de trouver un endroit calme.

Je traversais Waterford sur la Route 119 quand j'avisai l'aire de repos de Wolf Claw. À cause de la chaleur, il n'y avait personne. Je me garai à l'ombre des arbres, contournai la voiture, ouvris la portière passager, détachai la ceinture de sécurité, et Devereaux bascula vers l'avant encore une fois, jusqu'à ce que sa tête s'appuie de nouveau contre le tableau de bord. Je regrettais de ne pas avoir réclamé un masque au Scientifique Indépendant, mais à quoi bon couvrir ma bouche et mon nez ? Les filaments noirs étaient sortis des yeux de Devereaux, ils pouvaient tout aussi aisément pénétrer dans les miens. Je pouvais juste espérer qu'ils avaient tous disparu. Je n'en avais pas vu depuis une quinzaine de kilomètres, mais peut-être avaient-ils été aspirés par la vitre pendant que je me concentrais sur la route.

Je l'inclinai vers moi, le ceinturai et l'extirpai de la voiture. On contourna ainsi le capot. Il perdit un de ses mocassins. Ses yeux vides contemplaient goulûment le soleil. Je parvins à l'installer au volant, mais ce ne fut pas facile. Je m'y attendais. Car même s'il respirait, il était mort à l'intérieur, et je savais par expérience, depuis le Vietnam, que les morts pèsent plus lourd. Il n'y a aucune explication, c'est comme ça. La pesanteur, assoiffée de cadavres, veut les attirer sous terre. Ce n'est que mon opinion, mais d'autres personnes la partagent.

Une fois de plus, Devereaux bascula vers l'avant, mais je le retins par les cheveux et le tirai en arrière avant qu'il s'écrase sur le klaxon. Pendant que j'attachais sa ceinture, son menton tomba sur sa poitrine. Pas grave, me dis-je. Je priai simplement pour que personne ne se pointe avant que j'aie foutu le camp d'ici. Je laissai les clés sur le contact, fermai la portière et m'éloignai sur la Route 119. Je n'avais pas fait cinq cents mètres quand je repensai au mocassin et rebroussai chemin. *Quelqu'un se sera arrêté entre-temps*, me disais-je, *quelqu'un se sera penché par la vitre ouverte de la Chevy avec l'autocollant St. Dom sur le pare-chocs en disant : réveillez-vous, monsieur, ça ne va pas, monsieur ? hé, c'est quoi ces machins noirs qui sortent de votre nez ?*

Mais il n'y avait personne. Je ramassai le mocassin et rouvris la portière pour chausser le mort. J'effaçai les traces laissées devant la voiture par ses talons et repartis. Après huit kilomètres de marche, alors que mon ombre commençait à s'étirer derrière moi, j'atteignis une épicerie accolée à une station-service, avec une cabine téléphonique. J'avais assez de pièces dans ma poche pour ne pas être obligé de faire de la monnaie dans l'épicerie où quelqu'un aurait pu me voir et se souvenir de moi. Voilà que je raisonnais comme un voleur ou un meurtrier à présent. J'appelai Elgin pour qu'il vienne me chercher. Il ne répondit pas. J'étais redevenu suffisamment vivant pour avoir peur. J'avais un plan maintenant, un plan capable de nous tirer d'affaire, le Scientifique Indépendant et moi, mais les plans évoluent. Je l'entendais répéter : *Une preuve, une preuve*… Et je ne cessais de penser qu'il était fou. Je le savais depuis le début, mais j'avais dit : *Fuck it, drive on.*

Je repartis en sens inverse. Mon ombre s'allongeait de plus en plus devant moi. Voyant arriver une voiture, je levai le pouce. Elle passa sans s'arrêter. La suivante également. Puis vint un pick-up qui ralentit et s'arrêta. L'homme au volant avait un visage rougi et buriné sous des cheveux gris coupés en brosse.

« Vous allez loin ?

– Castle Rock. Mon père habite là-bas.

– Allez, montez. Vous avez fait l'armée. Ça se voit à votre tête, et puis vous avez l'âge de ceux qu'on envoie dans ce merdier.

– Oui, monsieur. J'ai fait l'armée.

– Moi aussi. Y a dix mille ans environ. *Semper fi*… Que ça vous plaise ou non. »

Il relâcha l'embrayage brutalement. Il me parla de la Corée et me demanda ce que je pensais de ces *peaceniks*[1]. Pas de problème, dis-je. Fallait tous les envoyer là-bas, à Haight-Fucksberry[2], dit-il. Exact, dis-je. Il m'offrit une bière sortie de derrière son siège. Je la pris, et quand il dit : « Prends-en une autre, soldat », j'obéis. Une demi-heure plus tard, il s'arrêta le long du trottoir dans Main Street, à Castle Rock.

« On va leur foutre la pâtée à ces fils de pute.

– Oui, monsieur.

– Prends soin de toi, fiston.

– C'est bien mon intention. »

Il repartit. Le soir était tombé et de nouveaux nuages gris s'amoncelaient à l'ouest. Je parcourus à pied les dix kilomètres jusqu'à Lake Road. Le temps que j'arrive, la pluie se rapprochait du lac encore une fois. Des éclairs illuminaient le ciel. Le tonnerre grondait. L'ozone dégageait une odeur de brûlé. Ma voiture était toujours garée à côté de la Mercedes d'Elgin. J'entrai dans la maison. Il n'avait pas allumé les lumières et le hall d'entrée était une cuvette d'ombre.

« Elgin ? »

Pas de réponse. Le salon était vide, les livres renversés. *Par-delà le mur du sommeil* gisait au sol, couverture visible. Sur la table basse étaient posés un cendrier en verre, un paquet de Winston et son

1. Contraction de *peace* et de *beatniks*. Militants pour la paix au Vietnam.

2. Jeu de mots sur Haight-Ashbury, quartier de San Francisco considéré comme le berceau de la contre-culture.

Zippo. Je glissai le briquet dans ma poche. Je me rendis dans l'ancienne salle à manger, avec l'idée d'entrer dans la pièce au divan, mais fort heureusement, je me ravisai. Au lieu de cela, j'entrai dans celle où se trouvait le bureau et m'assis sur ma chaise pour regarder à travers la glace sans tain. Ce qui restait d'Elgin le Scientifique Indépendant était allongé sur le divan. Au milieu des Polaroid éparpillés et des débris de l'éprouvette. Sa tête était enveloppée d'une sorte d'emballage noir. Certaines photos tombées du bon côté le montraient en train de se former sur son visage. La photo de la maison rouge à la porte verte était par terre elle aussi, tout comme le sac en plastique dans lequel Elgin avait fourré ses échantillons. Vide à présent. L'emballage noir sur sa tête était composé de ces filaments. On les voyait bouger au gré des respirations qui sortaient encore de sa bouche, ou de ce qu'il en restait. Je repensai à ses paroles sur les univers infinis, là-bas, mais également sous nos pieds. Je revis le visage d'un homme qui se liquéfie sur son crâne. Je songeai à un hélicoptère en feu qui s'abîme dans la mer de napalm qu'il a lui-même créée. Je me revis en train de remettre le mocassin de Devereaux. Je pensai à toutes les créatures infernales connues et inconnues qui pouvaient exister sous une barrière de rêves. Et je me dis que, oui, les plans évoluaient. Elgin ne pouvait plus s'échapper, mais moi, peut-être que j'avais encore une chance.

Quelques-uns des filaments noirs me virent. Ils se détachèrent du sac noir et traversèrent la pièce pour se coller sur la glace. Rejoints par d'autres. Puis encore d'autres. Je les regardai se tortiller, jusqu'à ce qu'ils forment mon nom : WILLIAM DAVIS.

Il y avait une cuisinière à gaz dans la cuisine. J'allumai tous les brûleurs et soufflai sur les fleurs bleues l'une après l'autre pour les éteindre. J'allumai le four et ouvris la porte. Une veilleuse s'enclencha. Je l'éteignis également. Je jetais sans cesse des coups d'œil par-dessus mon épaule pour guetter les filaments noirs pendant que je fabriquais cette bombe. J'étais dans *sự kinh hải*. La terreur. J'étais dans *rùng rợn*. L'horreur. Je fermai les fenêtres. Je fermai les portes. Je regagnai la dépendance et rassemblai toutes mes affaires dans mon sac de toile et une valise. Que je déposai dans le coffre de ma voiture. Puis je retournai sur la terrasse de la grande maison et attendis, en jouant avec le capuchon du briquet. Les éclairs faisaient rissoler le lac, le tonnerre grondait. Une dizaine de minutes plus tard, la pluie se mit à tomber, quelques gouttes seulement : les préliminaires de l'orage. J'ouvris la porte. Ça empestait le gaz. Je fis jaillir la flamme du Zippo, le lançai à l'intérieur et fonçai vers ma voiture. Je venais de l'atteindre en me disant que rien n'allait se produire, quand la cuisine explosa. Le déluge s'abattit au moment où je démarrais. Dans mon rétroviseur, je vis la maison brûler comme une bougie sous un ciel noir zébré d'éclairs. Il y avait des maisons et des cottages le long de Lake Road, mais à cause de l'orage, personne n'était dehors, et en regardant par la fenêtre, un habitant n'aurait aperçu qu'une masse ressemblant à une voiture derrière des phares. Je quittai Castle Rock et entrai à Harlow. La pluie faiblit, puis cessa. Dans mon rétroviseur, juste avant que le soleil plonge derrière les montagnes du New Hampshire, je vis un arc-en-ciel. Lorsque le soleil disparut, l'arc-en-ciel s'éteignit comme un néon. Je passai la nuit dans un motel de Gates Falls avant de rouler jusqu'à Portland le lendemain matin, pour regagner la pension où j'avais logé quand je travaillais chez Temp-O. La pancarte « Chambres à louer » était accrochée à la fenêtre. Je sonnai. Mme Blake vint m'ouvrir.

« Vous voilà de retour ?

– Oui. Je vois que vous avez encore des chambres.

– Une seule. Et pas la vôtre. Au deuxième étage, sans climatiseur.

– C'est moins cher que celle du premier ?

– Non.

– Je la prends. »

Le lendemain, je retournai chez Temp-O, où je fus aussitôt réengagé. Je n'avais pas l'intention de travailler très longtemps pour Mme Frobisher, mais je tenais à avoir un boulot quand les flics débarqueraient. Pearson était dans la salle de repos. Avec Diane. La télé diffusait un talk-show. Diane m'adressa un sourire en coin et dit : « Une fois de plus sur la brèche, mes amis. » Pearson lisait le journal, dont les différents cahiers s'étalaient autour de ses chaussures. Il me jeta un regard et releva son journal.

« Alors comme ça, vous êtes revenue, dis-je à Diane.

– Vous aussi. Ça n'a pas marché chez Elgin ?

– Si, pendant quelque temps. Et puis, plus du tout. Il est devenu bizarre en voyant que ses expériences ne marchaient pas.

– Et nous revoilà ici. Tous les chemins mènent chez Temp-O. »

Mme Frobisher fit son entrée.

« Qui veut prendre une déposition chez Brune and Cathcart ? » Sans attendre la réponse, elle montra du doigt une nouvelle intérimaire que je ne connaissais pas. « Vous, Janelle. Allez, on se dépêche. »

Pearson avait fini de lire les pages des infos locales. Je les ramassai. En bas de la page 1B, un article était intitulé CASTLE ROCK. UN HOMME MEURT DANS L'EXPLOSION DE SA MAISON DE DARK SCORE LAKE. L'enquête s'orientait vers un accident ou un éventuel suicide. À cause des fortes pluies, précisait l'article, le feu n'avait pas pu se propager.

« Nom de Dieu, dis-je, mon dernier patron est mort. »

Je montrai l'article à Diane.

« Pas de chance pour lui, un coup de chance pour vous. » Elle lut l'article. « Il était suicidaire ? »

Je dus réfléchir avant de répondre.

« Je ne sais pas. »

Le lendemain, on m'envoya au tribunal. Quand je regagnai ma pension, deux flics m'attendaient dans le salon. L'un portait un uniforme, l'autre était un inspecteur. Ils se présentèrent et me demandèrent combien de temps j'avais travaillé pour Elgin. Un mois environ, répondis-je. Et je leur répétai ce que j'avais dit à Diane : Elgin avait commencé à perdre la boule quand ses expériences n'avaient pas donné les résultats escomptés, alors j'étais parti. Oui, j'avais logé dans la dépendance, mais je l'avais quittée en même temps que mon poste. Non, je n'étais pas là quand la maison avait explosé. Ils me demandèrent si je connaissais un certain Burton Devereaux. De nom, dis-je.

Il figurait sur la liste des sujets d'Elgin. Mais pas personnellement. Je ne l'avais jamais vu. L'inspecteur me remit sa carte, en me disant de l'appeler si quelque chose me revenait. Promis, dis-je. Je lui demandai si, à son avis, Elgin s'était suicidé.

« Ça vous étonnerait, monsieur Davis ?

– Non, pas trop.

– Il a ouvert le gaz et on a découvert un briquet fondu sur ce qui restait du sol de la cuisine. Alors, qu'est-ce que vous en pensez ? »

J'en pensais qu'un inspecteur futé se serait demandé pourquoi ils avaient retrouvé le Zippo dans la cuisine, alors qu'Elgin était allongé sur le divan dans l'ancienne salle à manger. Faut croire que celui-ci n'était pas très futé.

Je travaillai chez Temp-O jusqu'en septembre, puis je démissionnai et partis dans le Nebraska. Sans raison particulière, un peu par hasard. Je me fis engager dans une ferme, une de ces grosses exploitations agro-industrielles qui existent dans le coin. Et le contremaître me garda après les moissons. C'est là que je me trouve à présent. Dehors, c'est le blizzard. La I-80 est fermée. Assis à ce bureau, je pense aux galaxies au-delà des galaxies. Dans un instant, je vais fermer ce carnet, éteindre les lumières et me coucher. Le bruit du vent me bercera. Parfois, je rêve de la jungle et d'hommes en feu qui hurlent. Des femmes aussi. Des enfants. *Nahn tu*, pleurent-ils. *Nahn tu, nahn tu.* Ce sont les meilleurs rêves. Croyez-moi si vous voulez, c'est la vérité. Dans mes rêves les plus affreux, je suis devant une maison rouge à la porte verte. Si j'essayais de tourner la poignée, elle s'ouvrirait. Je le sais. Et je sais qu'un jour, j'entrerai et je m'agenouillerai sur le seuil du salon. *Nahn tu*, pleurerai-je, *nahn tu*, mais quand viendra ce dernier rêve, il n'y aura pas de pitié. Pas pour moi.

En pensant à Cormac McCarthy et à Evangeline Walton

L'HOMME AUX RÉPONSES

1

Phil Parker eut la grande chance – ou le grand malheur – de rencontrer l'Homme aux Réponses trois fois au cours de son existence. La première fois, en 1937, âgé de vingt-cinq ans, il était sur le point de se marier et détenteur d'un diplôme de droit dont l'encre n'avait pas encore eu le temps de sécher. Il se trouvait alors en proie à un dilemme si féroce qu'il ne pouvait y songer sans avoir les larmes aux yeux.

Quoi qu'il en soit, c'était un problème auquel il devait réfléchir, et qu'il devait régler d'une manière ou d'une autre. C'est pour cette raison qu'il quitta son appartement de Boston pour se rendre à Curry, une petite ville du New Hampshire où ses parents possédaient une résidence secondaire. Dans le but de s'offrir un week-end de réflexion. Le vendredi soir, il s'assit sur la terrasse, face au lac, avec un pack de bières. Il réfléchit à son dilemme, laissa passer une nuit, et se réveilla le samedi matin avec une gueule de bois, sans avoir pris de décision.

Le samedi soir, il s'assit sur la terrasse face au lac avec une bouteille de ginger ale Old Tyme. Il se réveilla le dimanche matin sans avoir pris de décision, mais sans gueule de bois. C'était un plus, mais ça ne suffisait pas. Quand il rentrerait à Boston ce soir, Sally Ann l'attendrait pour savoir ce qu'il avait décidé.

Alors, par cette magnifique journée ensoleillée d'octobre, il monta à bord de sa vieille Chevrolet après le petit déjeuner et roula au hasard sur les routes secondaires du New Hampshire. Les arbres flamboyaient, et Phil s'arrêta à plusieurs reprises pour admirer le paysage. Il décréta qu'il n'y avait rien de plus beau que la beauté de la Nouvelle-Angleterre à la fin d'un cycle.

Tandis que la matinée approchait de la mi-journée, il se reprocha ses tergiversations. Se soûler à la bière n'avait pas résolu son problème, siroter du ginger ale non plus, et s'extasier devant le feuillage automnal ne le résoudrait pas davantage. Toutefois, il sentait que la contemplation de ce décor ne se limitait pas à une simple communion avec la nature. Elle faisait partie de la solution, ou des efforts de son esprit pour se libérer d'une décision qui, d'une manière quelconque, déterminerait la trajectoire de son existence et de celle de sa fiancée.

Grandir, c'est aussi ça, se dit-il.

Certes, mais l'idée de choisir entre deux choses le révoltait. Il savait qu'il fallait le faire, mais ça ne voulait pas dire qu'il était obligé de le faire de gaieté de cœur. Ça revenait un peu à choisir la cellule dans laquelle vous vouliez purger votre peine de prison, non ? La vie à laquelle vous vous condamniez à perpétuité. Comparaison idiote et excessive… mais pas tant que ça.

Son dilemme était simple et sans équivoque, à l'instar de la plupart des véritables emmerdements de l'existence : où voulait-il exercer son métier d'avocat ? Chaque choix entraînait son lot de ramifications.

Le père de Phil était associé principal d'un très ancien cabinet de Boston, au parfum aristocratique, Warwick, Lodge, Nestor, Parker, Allburton and Frye. Le père de Sally Ann était associé principal dans le même cabinet. John Parker et Ted Allburton étaient les meilleurs amis qui soient depuis l'université. Ils s'étaient mariés à un an d'intervalle, chacun servant de témoin à l'autre. Phil Parker était né en 1912, Sally Ann en 1914. Ils avaient joué ensemble enfants et étaient restés très proches, même durant cette difficile période de la préadolescence, quand les garçons et les filles ont tendance à exprimer publiquement leur mépris pour le sexe opposé, quoi qu'ils puissent penser en leur for intérieur.

Leurs parents respectifs furent sans doute les personnes les moins surprises au monde quand Phil et Sally Ann commencèrent à « se fréquenter », comme on disait à l'époque, mais aucun des deux couples n'osait espérer que cette affection de longue date survive à quatre années de séparation : Vassar pour Sally Ann, Harvard pour Phil. Mais quand cela se produisit, les quatre parents étaient aux anges, Phil et Sally Ann aussi (évidemment). L'amour n'était donc pas le problème. Enfin, pas directement, même s'il jouait un rôle (comme toujours, ou presque).

Le problème, c'était Curry, cette petite bourgade située à proximité de la frontière entre le Maine et le New Hampshire, où les Parker et les Allburton possédaient des résidences secondaires voisines, au bord du lac.

Phil était amoureux de Curry depuis aussi longtemps qu'il était amoureux de Sally Ann, au moins. Et voilà qu'apparemment, il allait peut-être devoir choisir entre les deux. Il avait envie de visser sa plaque à Curry, même s'il n'y avait que deux mille habitants à l'année. Le « centre-ville », à l'intersection de la Route 23 et de la Route 111, se composait d'un restaurant, de deux stations-service, d'une quincaillerie, d'un supermarché A&P et de la mairie. Il n'y avait ni bar ni cinéma. Pour profiter de ces distractions, il fallait se rendre à North Conway, qui n'était pas la porte à côté. Il y avait une école primaire (« communale », comme on disait dans le temps), mais pas de collège ni de lycée. Les adolescents de Curry devaient endurer un sinistre trajet en car jusqu'à Parten High, à quinze kilomètres de là.

Bien évidemment, il n'y avait aucun avocat. Phil pourrait être le premier. Pour les Parker et les Allburton, c'était une idée insensée. John Parker était vexé et furieux que son fils ne veuille pas intégrer le cabinet dont son grand-père avait été un associé principal à l'époque des voitures à cheval. Par ailleurs, confia-t-il, il avait du mal à croire qu'un jeune homme diplômé *cum laude* de la Harvard Law School puisse envisager de s'installer au fin fond du New Hampshire, dans ce qu'il appelait parfois un « coin paumé » (ou, après un ou deux cocktails, « le trou du cul ») du New Hampshire.

« Tu auras pour clients des fermiers en conflit avec leurs voisins à cause des vaches qui détruisent des clôtures, prédit John Parker. Tes plus grosses affaires, ce seront des histoires de braconnage ou des petits accrochages sur la Route 23. Tu ne parles pas sérieusement. »

Il craignait que si, malheureusement, à voir le désarroi qui se lisait sur son visage.

Ted Allburton était encore plus remonté que son vieil ami. Il avait une bonne raison d'être en colère, en plus de celles déjà mentionnées par John : en agissant ainsi, Phil ne détruirait pas uniquement et délibérément son avenir. Il avait l'intention de prendre un otage, qui n'était autre que sa fille.

Voyant que Phil n'en démordait pas, Allburton avait brandi une terrible menace : « Je m'opposerai à ce mariage. »

« Monsieur, avait répondu Phil en gardant un ton calme et (espérait-il) poli, j'aime Sally Ann. Et c'est réciproque. De plus, elle est majeure.

– Tu veux dire par là qu'elle pourrait t'épouser sans mon consentement. » Ted était un grand type baraqué, qui avait un faible pour les bretelles. Ses yeux bleus pouvaient se montrer chaleureux, mais ce jour-là, ils ressemblaient à deux éclats de silex. « Et tu as raison, elle le pourrait. Je t'aime bien, Phil. Je t'ai toujours bien aimé. Mais si tu faisais ce que tu envisages de faire, ce mariage aurait lieu sans mon consentement. Et je pense que Sally Ann en serait très malheureuse. D'ailleurs, je ne suis pas sûr qu'elle accepterait de se marier. »

En plongeant son regard dans ces yeux durs comme du silex, Phil avait compris que Ted Allburton exprimait un euphémisme. En réalité, il était *certain* que sa fille refuserait de se marier.

Phil ignorait si Sally Ann accepterait de se marier ou pas, surtout si M. Allburton décidait de la priver de dot financière. Mais il savait qu'elle comprenait ce qu'il voulait, bien mieux que leurs parents respectifs, qui ne pouvaient ou ne voulaient pas comprendre, et il savait qu'une partie d'elle-même partageait cette envie. Après tout, elle avait passé ses étés et quelques Noëls enneigés et magiques à Curry.

Elle lui prêtait une oreille bienveillante quand Phil prédisait que Curry et tout le sud du New Hampshire allaient se développer. « Au début, ça démarrera lentement », avait-il expliqué cet été-là, quand il espérait encore obtenir le soutien de ses parents, à défaut de convaincre les Allburton. « La dépression va durer encore six ou sept ans – sauf s'il y a une guerre. Mon père pense qu'elle va avoir lieu, mais pas moi. La reprise débutera dans la région de North Conway et se répandra aux alentours. Dès 1950, il y aura plus d'autoroutes. Plus d'autoroutes, ça veut dire plus de touristes, et plus de touristes, ça veut dire de meilleures affaires. Des gens viendront du Massachusetts et de New York, Sal. Par milliers. Par *dizaines* de milliers ! Pour nager dans des lacs d'eau claire en été, regarder les feuilles changer de couleur à l'automne, et skier en hiver. Ton père est persuadé que je vivrai et mourrai dans la pauvreté. Je pense qu'il se trompe. »

Hélas, nous n'étions pas encore en 1950, ni même en 1945. Nous étions en 1937, et Phil n'avait pas réussi à convaincre son entourage. Il n'avait pas (encore) osé demander à Sally Ann de s'engager, ce qui pourrait signifier tourner le dos à sa famille... ou voir celle-ci lui tourner le dos. Cela lui semblait terriblement injuste, mais lui imposer les affres de son dilemme l'était tout autant. Aussi lui avait-il fait part de son intention de passer le week-end ici afin de prendre une décision. Soit le cabinet dans Commonwealth Avenue, soit le petit bureau en bois derrière la mairie de Curry, à côté de la station-service Sunoco. Boston ou Curry. La femme ou le tigre. Et il avait décidé...

« Absolument rien, grommela-t-il. Ah, nom d'un chien ! »

Il suivait la Route 111 qui le ramenait vers le lac. Son estomac lui suggérait d'aller déjeuner, tout bas, d'un ton plutôt respectueux, comme gêné lui aussi par cette indécision.

Son vœu le plus cher était de faire comprendre à son père et à sa mère que ce cabinet n'était pas fait pour lui. Il serait une cheville carrée dans un trou rond. Que ce cabinet ait été fait pour son père et son grand-père (sans même parler du très honorable Theodore Allburton, Esq[1]., et du père de celui-ci) ne voulait pas dire qu'il était fait pour lui. Il avait tenté par tous les moyens possibles de leur expliquer qu'il serait sans doute capable de faire du bon travail dans le brownstone de Comm Avenue, tout en s'y sentant profondément

1. Pour *Esquire* : « maître ».

malheureux. Ce désespoir rejaillirait-il sur sa vie de famille ? C'était possible, probable même.

« Balivernes, avait répondu son père. Une fois que tu seras débourré, tu adoreras ça. Comme moi. Un nouveau défi à relever chaque jour. Je ne parle pas de procès au tribunal d'instance pour des histoires de charrues cassées ou de vols de carrioles ! »

Débourré. Quelle horrible expression. Elle l'avait hanté durant tout le printemps et tout l'été. C'était ce qu'on faisait avec les chevaux. On les domptait, on les dressait, et quand c'étaient de vieilles carnes, on les envoyait à la fabrique de colle. Métaphore un peu mélodramatique certes, mais réaliste.

Sa mère, consciente elle au moins de sa détresse bien réelle, se montrait plus compréhensive.

« Tu ne peux pas savoir si ce cabinet est fait pour toi ou pas avant d'avoir essayé », lui dit-elle, et ce fut l'argument le plus sensé et le plus convaincant qu'on lui ait présenté en faveur du cabinet. Car il se connaissait.

Il avait été un très bon étudiant en droit. Pas suffisamment pour être brillant, peut-être, mais il n'y avait pas de honte à être très bon. Il ne possédait pas une âme de rebelle, et Sally Ann non plus. Autrement, ils n'auraient pas été si bouleversés à l'idée d'aller à l'encontre des souhaits de leurs parents… Ils n'étaient plus des adolescents, bon sang !

S'il choisissait de travailler pour ce cabinet, Phil craignait en effet de trouver certains aspects stimulants, et il craignait surtout, le temps aidant, de finir par être *débourré*. La perspective de devenir le premier avocat d'une bourgade endormie qui pourrait devenir un jour une ville prospère s'effacerait. Lentement tout d'abord, puis, alors que ses tempes commenceraient à grisonner, plus rapidement. Après cinq ans, cette envie ressemblerait davantage à un rêve. Il y aurait une maison et des enfants dont il faudrait s'occuper, d'autres problèmes en perspective, et chaque année – non, chaque mois, chaque semaine, chaque jour, nom de Dieu – il serait plus difficile de revenir en arrière.

La trajectoire d'une vie.

Il s'imaginait annonçant à Sally Ann qu'il avait choisi Curry. Ses parents les aideraient à démarrer (très *probablement*), même si les Allburton refusaient. Il avait quelques économies, et Sal aussi (maigres). Ce serait dur, mais (peut-être) pas impossible. Il estimait que Ted Allburton avait tort de penser que sa fille refuserait de l'épouser sans son consentement, il osait croire qu'il connaissait Sal mieux que son père, à cet égard, mais à quoi ressemblerait un mariage privé de cette bénédiction ? Serait-ce juste pour l'un et l'autre de commencer avec de l'acrimonie plutôt que du soutien ?

Son esprit faisait la navette – bourg ou grande ville, femme ou tigre – alors qu'il atteignait une des longues montées de la Route 111. Une pancarte jaune vif, peinte à la main, attira son regard. L'HOMME AUX RÉPONSES DANS 2 KILOMÈTRES. Phil sourit, puis éclata de rire. *Ce serait super si un tel type existait pour de bon*, pensa-t-il. *Car j'aurais bien besoin de quelques réponses.*

Il continua à rouler, et bientôt il tomba sur un autre panneau. Bleu électrique celui-ci. L'HOMME AUX RÉPONSES DANS 1 KILOMÈTRE.

Arrivé au sommet d'une autre montée, il découvrit au pied de la descente une tache d'un rouge éclatant sur le côté de la route. En approchant, il constata qu'il s'agissait d'un grand parasol de plage festonné. Qui protégeait une table. Un homme était assis à l'ombre. Phil pensa à ces stands de vente de citronnade devant lesquels on passait parfois l'été. Mais il s'agissait généralement de gamins optimistes qui avaient oublié d'ajouter du sucre dans leur breuvage acide, et nous étions en automne, pas en été.

Intrigué, Phil s'arrêta sur le bas-côté et descendit de sa guimbarde.

« Bonjour !

– Bonjour à vous aussi », dit l'Homme aux Réponses d'un ton calme.

Il avait une cinquantaine d'années, des cheveux poivre et sel clairsemés. Son visage était ridé, mais une lueur d'intérêt brillait dans ses yeux, qui n'avaient pas besoin de lunettes. Il portait une chemise blanche, un pantalon gris et des chaussures noires. Ses mains aux longs doigts étaient croisées sur la table. À ses pieds était posé un sac qui ressemblait à une sacoche de médecin. Il avait l'air d'un homme intelligent, et Phil ne décelait chez lui aucune trace d'excentricité.

En fait, il lui faisait penser à cette dizaine d'avocats d'un certain âge, de niveau intermédiaire, du cabinet : des hommes solides et respectables, à qui il manquait cette petite dose d'aptitude professionnelle qui les propulserait au poste d'associé principal. C'était justement cette impression de normalité réconfortante qui rendait si étrange l'apparition de cet homme en ce lieu, assis sous un parasol rouge vif au milieu de nulle part.

Une chaise pliante en bois était disposée de l'autre côté de la table. Destinée au client potentiel, très certainement. Face auquel on avait aligné trois petites pancartes.

L'HOMME AUX RÉPONSES

indiquait celle du milieu.

25 DOLLARS LES 5 MINUTES

indiquait celle de gauche.

LES DEUX PREMIÈRES RÉPONSES SONT GRATUITES

indiquait celle de droite.

« C'est quoi, au juste ? » demanda Phil.

L'Homme aux Réponses posa sur lui un regard ironique, mais pas inamical.

« Vous me faites l'impression d'être un jeune homme intelligent. Un jeune homme qui est allé à l'université, à en juger par le fanion que je vois sur l'antenne de votre voiture. Harvard, rien que ça ! "Dix mille hommes de Harvard réclament la victoire aujourd'hui !"

– Exact, dit Phil avec un sourire. "Car ils savent que Harvard domine toujours Eli[1]." »

1. Elihu Yale est le fondateur de l'université du même nom.

L'Homme aux Réponses lui rendit son sourire.

« Les jeunes gens tels que vous – et les filles aussi – sont tellement habitués à poser des questions qu'ils ne réfléchissent même pas à ce qu'ils demandent. Et puisque je n'ai pas beaucoup de monde ce matin, je vais vous faire une fleur en ne répondant pas à cette question, fiston. Vous avez donc toujours droit à deux questions gratuites, si vous le souhaitez. »

Phil songea que même si ce type avait une case en moins, ses paroles étaient pleines de bon sens. Il avait posé une question dont la réponse était évidente. Pour vingt-cinq dollars, cet homme répondait à des questions pendant cinq minutes. C'était clair et net.

« Euh… vous ne trouvez pas que vingt-cinq dollars pour cinq minutes de réponses c'est un peu excessif ? Pas étonnant que les clients soient rares.

– Que veut dire "excessif" ? Non, ne répondez pas. Ce n'est pas vous, l'Homme aux Réponses, c'est moi. Mes tarifs varient en fonction de l'emplacement et de mes clients potentiels. Il m'est arrivé de réclamer cent dollars pour cinq minutes, et une fois, en une illustre occasion, j'ai même réclamé mille dollars. Mille balles ! Oui ! Mais il m'est arrivé également de me faire payer dix *cents*. Disons que je réclame le maximum que le client est prêt à payer. Les réponses ne sont pas toujours douloureuses, mais une bonne réponse ne devrait jamais être bon marché, fiston. »

Phil ouvrit la bouche pour demander à ce type s'il était sérieux, mais se ravisa. Il entendait déjà l'Homme aux Réponses dire : *Oui, et c'était votre deuxième question gratuite.*

« Comment je saurai que vos réponses sont vraies et exactes ?

– Vous vous en apercevrez avec le temps. Et ça fait…

– Deux questions », dit Phil, tout sourire. Ce jeu l'amusait. « Au bout de combien de temps ? »

Il plaqua sa main sur sa bouche. Trop tard.

« Comme c'est calme aujourd'hui, je vous accorde une troisième réponse gratuite. La réponse est : ça varie. Ce qui ne vous aide pas du tout à saisir la vérité de ma profession, si c'est la vérité que vous cherchez. Vous comprenez quand je dis qu'il est facile de poser des questions qui n'aident pas à comprendre ? Cela dévalorise le fait même de poser des questions, non ? De *plonger au cœur des choses* ? »

L'Homme aux Réponses se renversa sur sa chaise, croisa ses mains sur sa nuque et considéra Phil.

« Exerçant ce métier depuis longtemps, je ne devrais plus m'étonner de voir que les questions des gens intelligents sont inutiles, et pourtant ça me surprend toujours. C'est si *vague*. C'est si *paresseux*. Je me suis souvent demandé si les gens intelligents savaient réellement quelles réponses ils cherchaient dans l'existence. Peut-être qu'ils se promènent sur le tapis magique de leur ego, en faisant des suppositions souvent fausses. Je ne vois pas d'autre explication à ces questions stériles.

– Stériles ? Carrément ? »

L'Homme aux Réponses poursuivit comme s'il n'avait rien entendu.

« Fiston, vous m'avez demandé comment vous sauriez si mes réponses étaient exactes. "Vraies et exactes", avez-vous dit gentiment. Alors, je vous ai donné une réponse gratuite. Si on était en plein rush de Noël, je vous aurais déjà renvoyé d'où vous venez depuis deux minutes. »

Un coup de vent souleva les festons du parasol rouge et les cheveux poivre et sel de l'Homme aux Réponses. Il regarda l'extrémité de la route déserte avec une expression de profonde mélancolie.

« L'automne est une mauvaise saison pour moi, et octobre est le plus mauvais mois. Je crois que les gens trouvent plus facilement les réponses par eux-mêmes en automne. »

Il continua à contempler le ruban d'asphalte qui serpentait et disparaissait entre les arbres flamboyants. Puis il sembla revenir à lui et se retourna vers Phil.

« Pourquoi ne m'avez-vous pas posé une question spécifique ? »

Phil fut pris par surprise.

« Je ne comprends pas ce que vous voulez dire.

– Ce que vous voulez réellement savoir, c'est si je suis un charlatan. Et si vous m'aviez demandé le nom de jeune fille de votre mère, par exemple, ou le nom de votre instituteur de CM2, une chose que je ne pouvais pas savoir si je n'étais pas ce que je prétends être, vous auriez été fixé. » Il secoua la tête. « Les gens qui n'ont pas vos capacités intellectuelles posent ce genre de questions généralement. Contrairement aux gens dotés de ces capacités, les diplômés de Harvard, disons. Ce qui nous ramène à mon propos. Les gens intelligents souffrent d'un double désavantage : ils ne savent pas de quelles réponses ils ont besoin, et ils ne savent pas quelles questions poser. L'éducation n'inculque pas la discipline mentale. On pourrait penser que si, mais c'est souvent tout le contraire.

– OK, dit Phil (agacé). Quel est le nom de jeune fille de ma mère ?

– Désolé. » L'Homme aux Réponses tapota la pancarte qui indiquait 25 DOLLARS LES 5 MINUTES. « Il faut payer pour ça.

– Vous m'avez escroqué ! » s'exclama Phil avec humour.

Mais il n'avait pas envie de plaisanter, il était furieux. Contre lui et contre ce type.

« Absolument pas, répondit l'Homme aux Réponses, sans se départir de son calme. Vous vous êtes escroqué tout seul. »

Phil faillit protester, puis se ravisa. Il voyait très bien où voulait en venir cet homme. C'était une sorte de bonneteau intellectuel.

« Tout cela était très intéressant, monsieur, mais vingt-cinq dollars, c'est un peu trop pour un gars qui vient de finir ses études et envisage de s'installer à son compte, alors il vaut mieux que je reprenne la route. J'ai passé un agréable moment avec vous. »

En repartant, Phil songea – non, il était certain – que l'homme assis à l'ombre de ce parasol rouge allait dire : *Comme c'est plutôt calme, je pourrais peut-être vous faire les cinq minutes à vingt dollars. Oh, et puis zut, disons quinze. Quinze biffetons et vous serez rassuré au sujet d'un tas de choses.* Et à ce moment-là, Phil déciderait de s'asseoir illico et de payer dans la foulée. Cet homme était manifestement un charlatan, et un cinglé, par-dessus le marché, mais bon… Phil avait un billet de vingt, un de dix et deux de cinq dans son portefeuille. Même s'il s'offrait une folie, c'était plus qu'assez pour faire le plein d'éthyle de sa guimbarde et se payer un bon déjeuner dans un restau au bord de la route. Et il se disait que le simple fait d'entendre ces questions formulées à voix haute au lieu de les laisser se débattre à l'intérieur de sa tête serait un premier pas vers la résolution de son problème.

L'Homme aux Réponses autoproclamé avait raison sur un point :

pour obtenir de bonnes réponses, il fallait avant tout poser de bonnes questions.

Mais il dit simplement :

« Conduisez prudemment. »

Phil regagna sa voiture, contourna le pare-chocs légèrement enfoncé et se retourna. Il attendait encore que l'Homme aux Réponses lui offre une ristourne, mais celui-ci semblait l'avoir chassé de ses pensées. Il regardait en direction du Vermont et fredonnait en se curant les ongles à l'aide d'une brindille.

Il a l'intention de me laisser partir, pensa Phil, agacé de nouveau. *Eh bien, qu'il aille au diable, c'est exactement ce que je vais faire.*

Il ouvrit la portière de sa Chevy, hésita, puis la referma. Il sortit son portefeuille. Il y prit le billet de vingt et un des deux billets de cinq. *Juste pour entendre les questions formulées à voix haute. Et je ne suis pas obligé de raconter que je me suis abaissé à payer un diseur de bonne aventure en pleine période de dépression.*

De plus, ça valait le coup de dépenser vingt-cinq dollars rien que pour voir cet enfoiré imbu de lui-même tâtonner et chercher des excuses quand Phil lui demanderait de deviner le nom de jeune fille de sa mère.

« Vous avez changé d'avis ? »

L'Homme aux Réponses glissa dans sa poche de chemise la brindille qui lui servait à se curer les ongles et prit sa sacoche posée par terre.

Phil sourit et tendit son argent.

« Pendant les cinq prochaines minutes, c'est moi qui pose les questions. »

L'homme pointa le doigt sur Phil en riant.

« Bien joué, fiston. Vous me plaisez. Mais avant que je prenne votre argent. Nous devons établir une règle, une seule. »

Oh, nous y voilà, se dit Phil. *Le trou par lequel il a l'intention de se faufiler.*

L'Homme aux Réponses sortit de sa sacoche ce qui ressemblait à un vieux réveil Big Ben d'une autre époque. Quand il le posa sur la table, Phil constata qu'il s'agissait en réalité d'un chronomètre géant, dont les chiffres allaient de 5 à 0.

« Je ne suis pas un psychiatre ni un thérapeute, ni un diseur de bonne aventure, contrairement à ce que vous pensez, je parie. Bref, la règle est la suivante : n'essayez pas de poser des questions qui commencent par *Est-ce que je devrais*. Pas de *Est-ce que je devrais faire ceci ou faire cela ?*. Je réponds aux questions, mais je ne suis pas là pour résoudre vos problèmes. »

Le premier réflexe de Phil, qui avait justement l'intention de lui demander s'il devait rejoindre le cabinet familial ou créer le sien à Curry, fut de reprendre son argent. Mais il réfléchit : *Si je ne suis pas capable de formuler mes questions en contournant cette interdiction, je ne suis pas digne de plaider au tribunal.*

« Entendu. »

Ses billets disparurent dans la sacoche.

« Je ne peux pas continuer à vous appeler fiston, fiston. Vous pourriez peut-être me donner votre nom.

– Phil.

– Phil comment ? »

Phil sourit avec l'air de celui à qui on ne la fait pas.

« Phil tout court. Vous n'avez pas besoin d'en savoir plus, étant donné qu'on ne va pas passer un long moment ensemble.

– Soit. Phil Tout Court. Je vous demande une minute, le temps de remonter ce machin. Et je vois que vous avez une montre, une très belle Bulova, alors si vous voulez chronométrer de votre côté, n'hésitez pas.

– Comptez sur moi. Je veux en avoir pour mon argent.

– N'ayez crainte. »

L'Homme aux Réponses remonta son chronomètre géant dont le tic-tac rappela à Phil celui du réveil qu'il avait gardé sur sa table de chevet durant toutes ses études.

« Prêt ?

– Oui. » Phil prit place sur la chaise destinée aux clients. « Mais si vous n'êtes pas capable de répondre à ma première question, je récupère mon argent illico. Et si vous refusez de me le rendre, je le prendrai de force.

– Quelle violence ! s'offusqua l'Homme aux Réponses, tout en éclatant de rire. Je vous repose la question : êtes-vous prêt ?

– Oui.

– Alors, allons-y. »

L'homme actionna un levier au dos de son chronomètre et l'aiguille se mit à avancer.

« Puisque vous l'avez suggéré : quel est le nom de jeune fille de ma mère ? »

Aucune hésitation :

« Sporan. »

Phil demeura bouche bée.

« Comment vous savez ça, nom d'un chien ?

– Je ne veux pas gaspiller le temps pour lequel vous avez payé, Phil, mais je vous ferai remarquer que vous venez encore de poser une question dont vous connaissez la réponse. Je le sais car je suis… surprise ! l'Homme aux Réponses. »

Phil avait le sentiment d'avoir été cueilli par un crochet du droit. Il secoua la tête pour reprendre ses esprits. Le tic-tac du chronomètre géant était assourdissant. L'aiguille approchait du 4.

« Comment s'appelle ma fiancée ?

– Sally Ann Allburton. »

Là encore, aucune hésitation.

Phil commençait à prendre peur. Il n'y avait pourtant aucune raison, se disait-il, c'était une belle journée d'octobre et il était plus jeune, et sans doute plus fort, que l'individu assis de l'autre côté de la table. Il y avait un truc, forcément, mais ça ne rendait pas la chose moins inquiétante.

« Le tempus est en train de fugiter, Phil. »

Celui-ci secoua la tête de nouveau.

« J'essaie de décider si je devrais… »

L'Homme aux Réponses le menaça du doigt.

« Qu'est-ce que je vous ai dit à propos de ce mot ? »

Phil tentait de remettre de l'ordre dans ses pensées.

Imagine que c'est une simulation de procès. Ce type incarne le juge.

Ton argumentation a provoqué son objection. Comment fais-tu pour la contourner ?

« Pouvez-vous répondre à des questions concernant l'avenir ? »

L'Homme aux Réponses leva les yeux au ciel.

« Nous avons déjà abordé ce sujet, non ? Je vous ai dit que vous sauriez avec le temps si mes réponses étaient vraies et exactes. Une réponse de ce genre présuppose une connaissance de l'avenir. Pour moi, il n'y a ni avenir ni passé. Tout se passe dans l'instant présent. »

Quel baratin ! On se croirait dans une séance de spiritisme chez une vieille dame.

Pendant ce temps, l'aiguille du gros chronomètre avait presque atteint le chiffre 3.

« Sally Ann acceptera-t-elle de m'épouser quand je ferai ma demande ?

– Oui.

– Est-ce que nous vivrons à Curry ? La petite bourgade un peu plus loin sur la route ?

– Oui. »

La grosse aiguille noire du chronomètre atteignit le 3 et le dépassa.

« Serons-nous heureux ?

– Vaste question, dont vous devriez connaître la réponse une fois de plus, malgré votre jeune âge. Il y aura des hauts et des bas. Il y aura des points d'accord et de désaccord. Mais dans l'ensemble, oui : vous serez heureux tous les deux. »

Il connaissait le nom de jeune fille de ma mère. Et celui de Sally. Le reste, ce sont des conjectures de voyant de fête foraine. Oui, mais pourquoi ? Pour vingt-cinq misérables dollars ?

« *Tempus fugit* toujours. »

Le tic-tac du chronomètre géant paraissait plus fort que jamais. L'aiguille réduisait l'écart qui la séparait du 2. Phil n'avait aucune raison sensée de croire ce que lui disait l'Homme aux Réponses car c'était ce qu'il avait envie d'entendre, non ? Et n'avait-il pas déjà pris sa décision au sujet de Curry ? Toute cette histoire des « affres du dilemme », n'était-ce pas de la dramatisation ? Quant à Sal… Il savait pertinemment qu'elle accepterait de l'épouser, même si cela voulait dire s'installer dans la campagne du New Hampshire, non ? Ce n'était pas absolument certain, pas à cent pour cent, mais à quatre-vingt-dix ?

Brusquement, il changea de direction.

« Dites-moi où est né mon père, si vous en êtes capable. »

Là encore, l'Homme aux Réponses n'hésita pas une seconde.

« Il est né en mer, à bord d'un navire baptisé le *Marybelle.* »

Une fois de plus, Phil eut l'impression d'avoir reçu un uppercut. C'était une vieille histoire familiale, chérie et souvent contée. Grand-Père et Grand-Mère rentraient en Amérique après un pèlerinage à Londres, où leurs parents étaient nés et avaient passé les premières années de leur vie. Grand-Mère avait insisté pour effectuer ce voyage, alors qu'elle était enceinte de huit mois au moment du retour. Une tempête éclata. Grand-Mère fut victime d'un mal de mer si violent qu'il déclencha les contractions. Fort heureusement, il y avait un médecin à bord qui pratiqua l'accouchement. Tout le monde croyait bébé John condamné mais, enveloppé dans du coton et nourri avec un compte-goutte, il survécut. C'est ainsi que Philip Yeager Parker, diplômé de la Harvard Law School, put exister.

Il faillit demander à l'homme assis de l'autre côté de la table – les mains toujours croisées – comment il pouvait connaître cette histoire, mais se retint. La réponse serait toujours la même : *Parce que je suis l'Homme aux Réponses.*

Les questions se bousculaient dans sa tête comme une foule paniquée qui tente de s'échapper d'un immeuble en flammes. L'aiguille du chronomètre avait atteint et dépassé le chiffre 2. Et le tic-tac paraissait encore plus fort.

L'Homme aux Réponses attendait, mains croisées.

« Curry prospérera-t-elle comme je le pense ?

– Oui. »

Quoi d'autre ? Quoi d'autre ?

« Est-ce que le père de Sally… et sa mère… finiront par se laisser convaincre ?

– Oui. Avec le temps.

– Combien de temps ? »

L'Homme aux Réponses sembla effectuer un rapide calcul, au moment où l'aiguille atteignait le 1.

« Sept ans. »

Le cœur de Phil se serra. Sept ans, c'était une éternité. Il pouvait se dire que le « voyant » avait choisi ce chiffre au hasard, mais il n'y croyait plus.

« Vous n'avez plus beaucoup de temps, Phil Tout Court. »

Il le savait bien, mais il ne voyait pas d'autre question à poser, hormis : *Jusqu'à quel âge je vivrai ?* Et la question concomitante : *Jusqu'à quel âge vivra Sally Ann ?* Mais avait-il vraiment envie de le savoir ? Non.

Toutefois, il ne voulait pas gaspiller les quarante ou cinquante secondes restantes, alors il demanda la seule chose qui lui vînt à l'esprit :

« Mon père dit qu'il va y avoir la guerre. Moi, je pense que non. Lequel de nous deux a raison ?

– Lui.

– L'Amérique va y participer ?

– Oui.

– Dans combien de temps ?

– Quatre ans et deux mois. »

Il ne restait que vingt secondes au chronomètre, peut-être un peu plus.

« Et moi, j'y participerai aussi ?

– Oui.

– Je serai blessé ?

– Non. »

Ce n'était pas la bonne question. Elle laissait une part d'incertitude.

« Je serai tué ? »

L'aiguille avait atteint le zéro et le gros chronomètre s'arrêta avec un énorme DRRRRRING. L'Homme aux Réponses le fit taire.

« Vous avez posé la question juste avant la sonnerie, alors je vais y répondre. Non, Phil Tout Court, vous ne serez pas tué. »

Phil se renversa contre le dossier de sa chaise en poussant un soupir.

« Je ne sais pas quel est votre truc, monsieur, mais c'était très intense. Je suis obligé de me dire que c'est une arnaque. Vous saviez que j'allais passer par là et vous vous êtes renseigné sur moi. En tout cas, vous avez mérité vos vingt-cinq dollars. »

L'Homme aux Réponses se contenta de sourire.

« Moi-même je ne savais pas exactement où j'allais, ni quelle route j'allais prendre… Alors, comment vous avez fait ? »

Pas de réponse. Évidemment. Ses cinq minutes étaient écoulées.

« Vous savez quoi ? Je me sens… bizarre. J'ai la tête qui tourne. »

Le monde sembla se dérober. L'Homme aux Réponses était toujours assis devant la table, mais il donnait l'impression de se retirer. Comme s'il glissait sur des rails. Une nappe grise commença à grignoter le champ de vision de Phil. Il frotta ses yeux, puis le gris devint noir.

Quand Phil reprit connaissance, il était au volant de sa Chevrolet, garée sur le bas-côté de la Route 111. Sa montre indiquait treize heures vingt. *Je me suis évanoui. Pour la première fois de ma vie, mais ne dit-on pas qu'il y a un commencement à tout ?*

Oui, il s'était évanoui. Dieu merci, il s'était garé avant, et il avait coupé le moteur. À cause de la faim sans doute. Le vendredi soir, il avait bu six bouteilles de bière, et sans doute que c'était une boisson calorique et nourrissante, mais il n'avait pas mangé grand-chose veille, ni le jour même, alors c'était assez logique. Mais quand vous étiez évanoui, contrairement au sommeil, est-ce que vous rêviez ? Parce qu'il avait fait un sacré rêve. Il se souvenait du moindre détail : le parasol rouge festonné, le gros chronomètre, les cheveux poivre et sel de l'Homme aux Réponses. Il se souvenait de chaque question et de chaque réponse.

Ce n'était pas un rêve.

« Si, dit-il à voix haute. C'était un rêve. Forcément. Il connaissait le nom de jeune fille de maman et le lieu de naissance de papa parce que moi je le sais. »

Il descendit de voiture et marcha lentement jusqu'à l'endroit où se tenait l'Homme aux Réponses dans son rêve. La table avait disparu, les deux chaises également, mais il restait des traces dans le sol meuble. La grisaille refit son apparition. Il se gifla violemment, sur une joue, puis sur l'autre. Et il frotta le sol avec son pied jusqu'à ce que les marques disparaissent.

« Tout cela n'est jamais arrivé », dit-il en s'adressant à la route déserte et aux arbres flamboyants. Et il le répéta : « Tout cela n'est jamais arrivé. »

Il se rassit au volant, mit le contact et repartit. Il décida de ne pas parler de cet évanouissement à Sally Ann. Elle s'inquiéterait et insisterait probablement pour qu'il consulte un médecin. C'était à cause de la faim, voilà tout. La faim et le rêve le plus précis qu'il ait jamais fait. Deux hamburgers, un Coca et une part de tarte aux pommes le remettraient d'aplomb, et il était certain de trouver un boui-boui à Ossipee, à moins de dix kilomètres.

Cet étrange épisode au bord de la route avait eu au moins un mérite. Non, deux, en fait. Il annoncerait à Sally Ann qu'il avait décidé de visser sa plaque dans la petite bourgade de Curry. Accepterait-elle de l'épouser malgré cela ?

Au diable leurs parents.

Phil Parker et Sally Ann Allburton se marièrent dans l'Old South Church de Boston le 29 avril 1938. Ted Allburton conduisit sa fille à l'autel. Grâce aux talents de diplomate de son épouse et aux douces supplications de sa fille qui avaient eu raison de son refus initial. Quand il put réfléchir calmement aux noces imminentes de Sal, M. Allburton comprit qu'il avait une autre raison d'accomplir ce rituel : les affaires. John Parker était un associé principal du cabinet. Ted désapprouvait fortement la décision de Phil de gâcher un brillant avenir en allant chez les péquenauds, mais il fallait penser au cabinet. Au cours des années à venir, il ne devait y avoir aucune friction entre les associés. C'est pourquoi il remplit son devoir, en conservant un visage austère. Tandis qu'il assistait à la cérémonie, deux vieux dictons lui revinrent en mémoire.

Il faut que jeunesse se passe.
Qui se marie promptement s'en repent à loisir.

Il n'y eut pas de lune de miel. Les parents de Phil avaient cassé son compte épargne à contrecœur, trente mille dollars, et il faisait attention à ne pas dilapider cet argent. Une semaine après la cérémonie, il ouvrit son petit cabinet à côté de la station-service Sunoco. Sur la porte, la plaque peinte par sa jeune épouse indiquait : PHILIP Y. PARKER. AVOCAT. Sur son bureau se trouvaient un téléphone et un carnet de rendez-vous rempli de pages blanches. Elles ne le restèrent pas longtemps. L'après-midi même de l'ouverture, un fermier nommé Regis Toomey poussa la porte du cabinet. Il portait une salopette et un chapeau de paille. Parfaite incarnation de tout ce qu'avait prédit le père de Phil. Toomey proposa d'ôter ses bottes boueuses, mais Phil lui répondit de ne pas s'embêter.

« Je pense que vous avez amassé cette boue de manière honorable. Asseyez-vous et dites-moi ce qui vous amène. »

Toomey s'assit. Il enleva son chapeau de paille et le posa sur ses genoux.

« Combien vous prenez ? »

Avec un accent yankee.

« Cinquante pour cent de ce que je vous obtiens. Si je n'obtiens rien, vingt-cinq dollars. »

Il n'avait pas oublié les petites pancartes de l'Homme aux Réponses et il espérait apporter lui aussi des réponses à toutes sortes de gens, en commençant par cet homme.

« Correct, dit Toomey. Alors, voilà… La banque veut saisir ma ferme et la vendre aux enchères. (Toujours cet accent traînant.) Mais j'ai un papier… » Il le sortit de la poche de devant de sa salopette et le fit glisser sur le bureau. « … qui précise que j'ai droit à un délai de trois mois. Le gars de la banque dit que c'est nul et non avenu, vu que j'ai pas payé la dernière traite.

– C'est le cas ?

– Il manquait juste dix dollars. Ma femme est allée à l'épicerie, vous voyez, et du coup, j'étais à sec. »

Phil avait du mal à y croire.

« La banque veut saisir votre ferme parce qu'il manque dix dollars ?

– C'est ce qu'a dit le gars de la banque. Ils prétendent qu'ils ont le droit de la vendre aux enchères, mais à mon avis, ils ont déjà un acheteur sous le coude.

– On va s'occuper de ça, déclara Phil.

– J'ai pas vingt-cinq dollars pour le moment, maître Parker. »

Sally Ann sortit de la pièce voisine avec une cafetière. Elle portait une robe bleu marine et un tablier d'un ton un peu plus clair. Son visage, dépourvu de maquillage, rayonnait. Ses cheveux blonds étaient tirés en arrière. Toomey demeura bouche bée.

« Nous allons nous occuper de votre affaire, monsieur Toomey, déclara-t-elle. Et puisque c'est notre premier dossier, nous ne prendrons aucune commission, quel que soit le résultat. N'est-ce pas, Philip ?

– Absolument », répondit celui-ci, quand bien même il n'aurait pas craché sur ces vingt-cinq dollars. « Comment s'appelle cet employé de banque ?

– M. Lathrop. » Toomey grimaça comme s'il avait mordu dans un fruit acide. « Il est responsable des prêts et des hypothèques à la First Bank. »

Le jour même, Phil se présenta à la First Bank du New Hampshire et demanda à M. Lathrop si ses supérieurs seraient heureux de lire dans l'*Union Leader* qu'une banque sans cœur saisissait la propriété d'un pauvre fermier en pleine dépression pour dix misérables dollars.

Après une discussion, enflammée par moments, M. Lathrop finit par voir la lumière.

« J'ai bien envie malgré tout de vous traîner devant le tribunal, dit Phil d'un ton agréable. Pratiques commerciales abusives… Souffrances physique et morales… Malversations financières…

– C'est scandaleux, s'offusqua M. Lathrop. Vous n'avez aucune chance de gagner.

– Peut-être pas, mais la banque serait forcément perdante. Je pense qu'un versement de cinq cents dollars sur le compte de M. Toomey permettrait de régler cette affaire à la satisfaction des deux parties. »

Lathrop râla, mais l'argent fut versé. Toomey proposa d'en reverser la moitié à Phil, qui refusa. Avec l'accord de Sally Ann. Toutefois, comme Toomey insistait, il accepta les vingt-cinq dollars, en songeant à l'Homme aux Réponses.

La nouvelle se répandit, à Curry et dans les bourgades environnantes. Phil découvrit ainsi que plusieurs banques profitaient de ces versements incomplets pour saisir des fermes. Un exemple : un fermier de Hancock, non loin de Curry, avait été débiteur de vingt dollars trois mois seulement avant le remboursement de son hypothèque. Sa propriété avait été saisie et vendue à un entrepreneur en bâtiment pour douze mille dollars. Phil porta cette affaire devant la justice et obtint que huit mille dollars soient reversés au fermier. Une somme inférieure à la valeur du bien, mais c'était mieux que rien. Et la couverture médiatique valait de l'or.

En 1939, son petit cabinet fut rénové : nouveaux bardeaux et peinture fraîche. À l'instar du visage de Sally Ann, il rayonnait. Quand la station-service Sunoco fit faillite, Phil l'acheta et recruta un associé tout juste sorti de la fac de droit. Sally Ann sélectionna une secrétaire (une femme intelligente, mais d'un certain âge, quelconque), qui servait également de réceptionniste, pour aider Phil à effectuer un tri dans les dossiers.

En 1941, les affaires étaient florissantes. L'avenir s'annonçait radieux. Et puis, quatre ans et deux mois après la rencontre avec l'homme assis sous un parasol rouge au bord de la route, les Japonais attaquèrent Pearl Harbor.

Peu de temps avant leur mariage, Sally Ann Allburton avait pris Phil par la main pour l'entraîner dans le jardin derrière la demeure familiale à Wellesley. Là, ils s'assirent sur un banc, près de la mare aux poissons rouges, couverte encore récemment d'une pellicule de glace. Elle avait le rouge aux joues et fuyait le regard de son fiancé, mais était bien décidée à dire ce qu'elle avait sur le cœur. Phil songeait que jamais elle n'avait autant ressemblé à son père qu'à cet instant.

« Il faut que tu fasses un stock de parapluies, dit-elle en regardant fixement leurs mains jointes. Tu vois de quoi je parle ?

– Oui. » Phil savait qu'on appelait ça aussi des capotes anglaises quand il était étudiant. Il en avait utilisé une seule fois dans sa vie, à l'occasion d'une visite dans une maison close de Providence. Une expédition dont le souvenir le remplissait de honte encore aujourd'hui. « Mais pourquoi ? Tu ne veux pas…

– D'enfants ? Si, bien sûr, mais pas avant d'être certaine que je ne serai pas obligée de revenir supplier mes parents, ou toi les tiens, pour qu'ils nous aident. Mon père serait trop heureux, et il poserait des conditions. Qui t'éloigneraient de ce que tu veux réellement faire. Je ne peux pas accepter ça. Je ne l'accepterai pas. »

Elle lui coula un regard pour évaluer sa température émotionnelle, puis baissa les yeux de nouveau sur leurs mains jointes.

« Il existe aussi un système pour les femmes, ça s'appelle un diaphragme, mais si j'en parle au Dr Grayson, il le dira à mes parents.

– Les médecins sont tenus au secret professionnel.

– Il le ferait quand même. Conclusion… les parapluies. Tu es d'accord ? »

Il faillit lui demander comment elle connaissait ce genre de choses, puis décida qu'il préférait ne pas savoir. Il vaut mieux ne pas poser certaines questions.

« Je suis d'accord. »

Cette fois, elle osa le regarder.

« Il faudra que tu ailles les acheter à Portland, ou à Fryeburg ou à North Conway. Loin de Curry. Parce que les gens parlent. »

Phil éclata de rire.

« Tu es une petite futée !

– Quand il le faut. »

Le cabinet prospérait, et plusieurs fois ils envisagèrent de balancer les capotes, mais durant ces premières années, Phil avait des horaires de fermier : il travaillait de l'aube au crépuscule, souvent au tribunal, souvent sur la route, et l'idée d'ajouter un enfant à la famille ressemblait plus à un fardeau qu'à une bénédiction.

Et puis, le 7 décembre.

« Je vais m'engager », annonça-t-il à Sally Ann ce soir-là.

Ils avaient écouté la radio toute la journée.

« Tu pourrais obtenir un sursis. Tu as presque trente ans.

– Je ne veux pas de sursis.

– Non, je sais bien, dit-elle en lui prenant la main. Et si tu en demandais un, je t'aimerais moins. Ces sales Japs sournois ! Et puis...

– Et puis quoi ? »

La réponse de Sally Ann lui fit comprendre – comme avec les capotes qu'il fallait acheter loin de Curry – qu'elle était réellement la fille de son père.

« Ça ferait mauvaise impression. Et ça rejaillirait sur les affaires. On pourrait te traiter de lâche. Reviens-moi, c'est tout ce que je te demande, Phil. Promets-le-moi. »

Phil repensa alors à ce que lui avait dit l'Homme aux Réponses en ce jour d'octobre, sous le parasol rouge : ni tué ni blessé. Il n'avait aucune raison d'y croire, des années plus tard... Et pourtant, il y croyait.

« Je te le promets. Je te le jure. »

Sally Ann noua ses bras autour de son cou.

« Viens te coucher. Et laisse tomber ces foutues capotes. Je veux te sentir en moi. »

Neuf semaines plus tard, Phil se retrouva assis dans une hutte Quonset à Parris Island, en nage, tous les muscles en feu. Il lisait une lettre de Sally Ann. Elle était enceinte.

Le matin du 18 février 1944, le lieutenant Philip Parker conduisit le débarquement de ses hommes du 22e bataillon de marines sur l'atoll d'Eniwetok. La Navy avait bombardé les Japonais pendant trois jours consécutifs et d'après les services de renseignements, les forces ennemies au sol étaient réduites. Contrairement à la plupart des renseignements fournis par la Navy, ceux-là se révélèrent exacts. En revanche, personne n'avait pris la peine d'informer les troufions qu'ils devraient escalader des dunes de sable abruptes, une fois que les barges Higgins se seraient échouées. Les Japs les attendaient, armés de simples fusils et non de leurs redoutables pistolets-mitrailleurs Nambu. Phil perdit six de ses trente-six hommes, deux tués et quatre blessés, dont un seul grièvement. Le temps qu'ils atteignent le sommet des dunes, les Japs s'étaient fondus dans la végétation épaisse.

Le 22e bataillon de marines se déploya à l'ouest, où il ne rencontra qu'une faible résistance. Un des hommes de Phil reçut une balle dans l'épaule, un autre se cassa la jambe en tombant dans un trou. Ce furent les seules victimes après le débarquement.

« Une promenade de santé », commenta le sergent Myers.

Quand ils atteignirent l'océan, à l'extrémité de l'atoll, Phil reçut par talkie-walkie un message des bras cassés du QG des marines, installé derrière les dunes qui avaient causé leurs plus grosses pertes. Ils entendaient encore, au sud, des coups de feu épars, qui s'amenuisèrent pendant qu'ils déjeunaient. *Un pique-nique en bord de mer*, songea Phil. *Qui pouvait imaginer que la guerre était aussi agréable ?*

« Quelles sont les nouvelles, lieutenant ? demanda Myers quand Phil rengaina le talkie-walkie.

– Johnny Walker affirme que l'île est sécurisée. »

Phil parlait du colonel John T. Walker qui commandait ce petit méli-mélo avec son homologue le colonel Russell Ayers.

« Ça m'a pas l'air très sécurisé », dit le soldat de première classe Molocky avec un mouvement de tête en direction du sud.

Mais à quinze heures, les coups de feu s'étaient réduits à presque rien. Phil attendit des instructions, qui ne vinrent pas, il posta trois hommes à l'orée de la jungle et annonça aux autres qu'ils pouvaient rompre les rangs jusqu'à nouvel ordre. À vingt heures, instruction fut donnée de plier bagage et de retourner vers l'est, où ils opéreraient la liaison avec la principale force de débarquement. Il y eut quelques protestations à l'idée de devoir retraverser cette épaisse végétation alors qu'il ferait bientôt nuit, mais les ordres c'est les ordres, et ils se remirent en selle. Après que le soldat de première classe Frankland s'était cassé la jambe dans un autre trou et que le soldat de première classe Gordon avait failli perdre un œil en heurtant un arbre de plein fouet, Phil contacta le QG pour demander la permission de camper durant la nuit car le terrain était difficile.

« C'est rien de le dire », ajouta le soldat de première classe Molocky.

La permission fut accordée. Ils campèrent sous leurs moustiquaires, mais de nombreux insectes parvinrent à passer dessous.

« Au moins, le sol est sec, commenta Myers. J'ai chopé ce qu'on appelle un pied des tranchées, et croyez-moi, c'est pas pour les mauviettes. »

Phil s'endormit au son des claques de ses hommes qui écrasaient les moustiques et des gémissements de Frankland, le soldat à la jambe cassée. Il se réveilla un peu avant l'aube en voyant des silhouettes se déplacer dans l'obscurité, au nord de leur campement de fortune. Des centaines de silhouettes. Il apprit par la suite qu'Eniwetok était truffé de « trous de renard ». C'était sans doute dans l'un d'eux que Frankland s'était estropié, et un fantassin s'était peut-être caché au fond, pendant que Rangell et le sergent Myers sortaient leur camarade de là.

Ce même Myers qui posa la main sur l'épaule de Phil et murmura :

« Pas un mot, pas un bruit. Peut-être qu'ils ne nous verront pas. Je pense que… »

C'est alors qu'un des marines toussa. Aussitôt, des lumières venues de tous les côtés quadrillèrent l'aube grise – plus grise encore sous la voûte des arbres –, éclairant les corps recroquevillés et enveloppés dans les moustiquaires. La fusillade débuta. Six marines furent abattus dans leur sommeil. Huit autres furent blessés. Un seul parvint à riposter. Myers tenait Phil par les épaules, et réciproquement. Ils écoutèrent les balles hennir au-dessus de leurs têtes. Plusieurs s'enfoncèrent dans le sol autour d'eux. Soudain, un ordre brutal retentit, en japonais – quelque chose comme *zenpo, zenpo* –, et les Jaunes détalèrent dans la jungle.

« Ils contre-attaquent, dit Phil. C'est pour ça qu'ils ne nous ont pas achevés, je ne vois pas d'autre raison.

– Ils visent le QG ?

– Forcément. Allons-y. Vous, moi et tous ceux qui ne sont pas blessés.

– Vous êtes cinglé », dit Myers. Un sourire dévoila ses dents éclatantes. « Ça me plaît. »

Phil dénombra seulement six hommes lancés à la poursuite des Japonais. Peut-être y en avait-il un ou deux de plus. Les tirs reprirent devant eux. Sporadiques tout d'abord, puis ininterrompus. Des grenades explosèrent et Phil reconnut le crépitement du redoutable Nambu. Rejoint par d'autres fusils-mitrailleurs. Trois ? Quatre ?

Les survivants du contingent de Phil jaillirent des fourrés et découvrirent l'arrière des dunes qui leur avait donné du fil à retordre la veille. Couvert de soldats japonais qui se dirigeaient vers le QG faiblement défendu. Mais les hommes de Phil étaient derrière eux.

Un Jap replet (peut-être le seul soldat en surpoids de toute l'armée japonaise, pensa Phil par la suite) s'était laissé légèrement distancer par ses camarades. Il tenait un fusil-mitrailleur Nambu et était bardé de cartouchières. Devant lui marchait un autre mitrailleur, plus svelte.

Phil dégaina son poignard et se rua vers le soldat replet en songeant que s'il parvenait à s'emparer de ce fusil-mitrailleur, il pourrait causer pas mal de dégâts. Il plongea son poignard dans la nuque du Jap. C'était le premier homme qu'il tuait, mais dans le feu de l'action, il s'en aperçut à peine. Le Jap poussa un cri strident et bascula vers l'avant. Le soldat qui le précédait se retourna en levant son arme.

« Lieutenant ! Lâchez ! Lâchez ! » hurla Myers.

Phil ne lâcha pas son arme car à cet instant, il pensa à l'Homme aux Réponses. *Je serai blessé ?* lui avait-il demandé. Son interlocuteur avait dit non, mais Phil s'était aperçu qu'il avait posé la mauvaise question. Et il avait posé la bonne juste avant que ses cinq minutes soient écoulées : *Je serai tué ?* Et la réponse : *Non, Phil Tout Court, vous ne serez pas tué.*

À cet instant, sur l'atoll d'Eniwetok, il y croyait. Peut-être parce que cet homme connaissait le nom de jeune fille de sa mère et le lieu de naissance de son père. Peut-être parce qu'il n'avait pas le choix. Le Japonais maigre ouvrit le feu avec son Nambu. Phil vit confusément Myers reculer dans une gerbe de sang. Destry et Molocky s'écroulèrent, de part et d'autre. Il entendait les balles siffler de chaque côté de sa tête. Il les sentait tirer sur le tissu de son pantalon et de sa chemise, comme si un chiot joueur s'amusait à le mordiller. Par la suite, il compterait plus de douze trous dans ses vêtements, mais pas un seul projectile ne l'atteignit, ni même ne le frôla.

Il ouvrit le feu à son tour en décrivant un arc de cercle de gauche à droite avec le Nambu. Les soldats japonais tombaient comme des poupées Kewpie. D'autres, momentanément hébétés par cette attaque inattendue venue de l'arrière, se retournèrent et le mitraillèrent. Des balles frappèrent le sol devant Phil, aspergeant le bout de ses bottes. D'autres lacérèrent son uniforme. Il s'aperçut que deux de ses hommes au moins ripostaient. Il récupéra une cartouchière sur le Jap mort à ses pieds et continua à canarder, indifférent aux dix kilos du Nambu, sans s'apercevoir que le pistolet-mitrailleur chauffait, sans s'entendre hurler.

À présent, les Américains ripostaient de l'autre versant de la dune. Phil reconnaissait le bruit de leurs carabines. Il avança, sans cesser de tirer. Il enjamba les Japonais morts. Le Nambu s'enraya. Il le balança, et au moment où il se baissait pour ramasser un autre fusil-mitrailleur, une balle heurta bruyamment son casque et rebondit. Phil le remarqua à peine. Il se remit à tirer.

Il s'aperçut que Myers était de nouveau à côté de lui, la moitié du visage ensanglanté, un lambeau de cuir chevelu pendait et se balançait au rythme de ses pas.

« Yaaah, bande d'enfoirés ! brailla-t-il. Bienvenue en Amérique, bande d'enfoirés ! »

C'était tellement insensé que Phil éclata de rire. Il riait encore lorsqu'ils atteignirent la crête de la dune. Il se débarrassa du Nambu et leva les mains en criant : « Marines ! Marines ! Ne tirez pas ! Marines ! »

La contre-attaque – si on peut employer ce terme – était terminée. Le sergent Rick Myers fut décoré de la Silver Star (il déclara qu'il aurait préféré qu'on lui rende son œil droit). Le lieutenant Philip Parker fit partie des quatre cent soixante-treize soldats qui reçurent la Medal of Honor durant la Seconde Guerre mondiale, et bien qu'il n'ait pas été blessé, c'était terminé pour lui. Un photographe vint prendre un cliché de sa chemise d'uniforme criblée de trous à travers lesquels filtrait le soleil, et cette photo fut reprise dans tous les journaux, là-bas au pays, dans ce que les marines sur le front appelaient « le monde ». C'était un véritable héros, et il achèverait son service en Amérique en faisant des discours et en vendant des obligations de guerre.

Ted Allburton l'étreignit et le qualifia de guerrier. Il l'appela *fils*. Phil songea : *Cet homme est ridicule.* Néanmoins, il l'étreignit à son tour, de bonne grâce, car il savait quand quelqu'un enterrait la hache de guerre.

Il fit la connaissance de son fils, âgé de presque trois ans.

Parfois la nuit, allongé et réveillé à côté de sa femme endormie, Phil repensait à ce soldat japonais maigrelet, celui qui avait entendu le cri d'agonie de son camarade. Il le voyait se retourner. Il voyait ses grands yeux marron sous la visière de sa casquette. Il y avait une cicatrice en forme d'hameçon sous l'un d'eux. Elle datait peut-être de son enfance. Il revoyait le soldat maigrelet ouvrir le feu. Il se souvenait du bruit des balles qui chuchotaient à ses oreilles. Certaines s'amusaient à tirer sur le tissu de ses vêtements, comme si elles n'étaient pas des petites boules de mort, ou pire, des porteuses de blessures à vie. Il se souvenait de sa certitude de demeurer en vie, grâce à la prophétie (appelons ça ainsi) de l'Homme aux Réponses. Et dans ces moments-là, il se demandait si l'homme assis sous le parasol rouge avait vu l'avenir… ou s'il l'avait fabriqué. À cette question, Phil ne pouvait apporter aucune réponse.

2

Durant ses tournées dans les États de Nouvelle-Angleterre, et parfois à New York, au cours desquelles il décrivait les combats pour vendre des obligations de guerre, Phil eut l'occasion de discuter avec de nombreux soldats qui s'étaient battus et il entendit de nombreux récits de retours difficiles. Un ex-marine résuma la chose en quelques mots : « Dans les premiers temps, après une séparation de quatre ans, on était deux étrangers dans le même lit. » Phil et Sally n'eurent pas à affronter cette phase délicate, peut-être – probablement – parce qu'ils avaient grandi ensemble depuis l'enfance. Entre eux, l'amour physique s'était imposé naturellement. Un jour, au moment d'un orgasme mutuel, Sally Ann s'était exclamée : « Oh, mon héros », et ils avaient été pris d'un fou rire.

Au début, Jake était intimidé ; il s'accrochait à sa mère et regardait d'un air apeuré ce géant qui avait fait irruption dans leurs vies et qu'il était censé appeler papa. Quand Phil le prenait dans ses bras, l'enfant se débattait pour qu'on le repose, en pleurant parfois.

Un soir, alors que Jake jouait avec ses cubes, assis entre les pieds de sa mère, Phil vint s'asseoir face à lui et fit rouler vers lui une balle de tennis. Il n'attendait rien et fut surpris de voir Jake lui renvoyer la balle. Il la renvoya à son tour, et ainsi de suite. Sally Ann posa son livre pour les observer. Phil fit rebondir la balle et Jake leva les mains pour la rattraper. En voyant son père rire, il rit aussi. À partir de ce jour, tout se passa bien entre eux. Mieux que ça, même. Phil aimait tout chez son fils : ses yeux bleus, ses beaux cheveux châtains, son corps solide. Mais surtout, il aimait le potentiel de son petit garçon. Il ne voyait pas l'homme qu'il pourrait devenir, et il ne le souhaitait pas. Ce serait une surprise.

Et puis, un soir de l'année 1944, Jake refusa que sa mère le prenne dans ses bras pour l'emmener au lit. « Je veux papa », dit-il. Ce n'était peut-être pas le meilleur moment de toute la vie de Phil, mais il n'en voyait pas d'autre.

Curry prospérera-t-elle comme je le pense ? avait-il demandé ce jour-là, fort lointain, qui ressemblait à un rêve (même s'il se souvenait encore de chacune des questions qu'il avait posées et de chacune des réponses qu'il avait reçues). Oui, avait répondu l'homme sous le parasol rouge, et il avait raison, là encore. En partie grâce à sa réputation de marine décoré de la Medal of Honor, mais surtout parce qu'il réclamait un prix équitable en échange de ses services, et parce qu'il connaissait son métier (« Il est futé, ce petit salopard », disaient les gens du coin), Phil Parker vit défiler un flot ininterrompu de clients après-guerre.

L'associé qu'il avait choisi en 1939 ayant été tué lors d'un bombardement au-dessus de Hambourg, Phil en recruta un autre, puis un second, puis – à la demande de Sal – une jeune femme. Ce qui provoqua quelques commentaires acerbes parmi les vieux Yankees de Curry, mais nous étions en 1950 et la ville accueillait de nouveaux habitants, avec des idées nouvelles, et de l'argent. Un centre commercial fut créé dans la commune voisine de Parten. Phil et ses associés s'occupèrent de toute la partie légale, ce qui leur rapporta gros. À Curry, l'école primaire de cinq salles fut remplacée par un établissement flambant neuf de huit salles. Phil racheta la vieille école pour une bouchée de pain, et il y installa son nouveau cabinet : Phil Parker & Associés. Les Allburton rendaient fréquemment visite à leur fille et à leur petit-fils… et, bien évidemment, au héros de guerre. Phil était certain que Ted avait fini par se persuader qu'il avait toujours soutenu la décision prémonitoire de son gendre de s'installer à Curry, une bourgade en plein essor.

Phil réussit à mettre de côté l'animosité qu'il aurait pu ressentir envers son beau-père grâce à l'amour intense et inconditionnel que celui-ci vouait à Jake. Pour ses six ans, il lui offrit un petit gant de baseball et s'amusa à lui lancer la balle dans le jardin derrière la maison, jusqu'à ce que la nuit tombe et que Sally Ann soit obligée de leur demander de venir dîner.

Quelle que soit la masse de travail, Phil s'efforçait toujours de rentrer à la maison avant la nuit pour faire une petite partie avec son fils. Quand Jake eut huit ans, ils se plaçaient à dix mètres l'un de l'autre pour se faire des passes, puis à quinze mètres, et désormais, il ne lançait plus la balle en cloche, mais par-dessus son épaule.

« Vas-y, papa, envoie un boulet de canon ! » s'écriait Jake.

Phil ne lançait pas la balle aussi fort qu'il aurait pu, pas avec un gamin de huit ans, mais il augmentait la puissance de ses passes peu à peu. Au printemps et en été, le week-end, ils s'asseyaient côte à côte près de la radio pour écouter les retransmissions des matchs des Red Sox. Et même tous les trois parfois.

Un jour de novembre, après que le père et le fils s'étaient amusés à se faire des passes dans cinq centimètres de neige, Sally Ann prit Phil à l'écart.

« Tu jouais au baseball quand tu étais enfant ? Je n'en ai pas le souvenir. »

Phil secoua la tête.

« Un peu après l'école, mais pas très souvent. Je savais lancer la balle, mais j'étais nul pour taper dedans. Les autres m'appelaient Parker le Loucheur.

– Je ne pratiquais aucun sport moi non plus, mais Jake… Est-ce qu'il est vraiment doué, ou bien c'est mon imagination, de la fierté maternelle ?

– Il est doué. J'ai hâte de l'emmener voir son premier match des Sox. »

Cela arriva en 1950. Assis dans les gradins entre son père d'un côté et son grand-père de l'autre, le garçon ne quittait pas des yeux l'herbe verte du terrain de Fenway Park, bouche bée. Il en oubliait même le sachet de pop-corn sur ses genoux.

Ted se pencha vers lui et dit :

« Peut-être qu'un jour tu seras sur le terrain à leur place, Jake. »

Celui-ci leva les yeux vers son grand-père et lui sourit.

« Je sais. »

Par une journée d'octobre étonnamment chaude, en 1951, Phil se rendit au magasin Western Auto de North Conway et rentra à la maison par la Route 111 avec un cadeau pour toute la famille dans le coffre : un téléviseur Zenith, le modèle Regent, avec l'écran en forme de hublot. Il avait également acheté une antenne en oreilles de lapin, mais avec une antenne sur le toit, ils pourraient peut-être capter les chaînes de Boston. Il se disait que Jake serait littéralement fou de joie s'il pouvait regarder *Range Rider* au lieu de simplement l'écouter à la radio.

Une autre chose occupait son esprit, potentiellement plus importante que le téléviseur. Ce matin-là, il avait eu une conversation avec un nommé Blaylock Atherton, le sénateur républicain du New Hampshire. Un homme très influent. Une conversation fort intéressante. Phil songeait à la discussion qu'il aurait avec Sally Ann à ce sujet quand il passa devant une pancarte jaune vif plantée sur un bâton au bord de la route. Le message, L'HOMME AUX RÉPONSES DANS 2 KILOMÈTRES, fit ressurgir des souvenirs vivaces.

Ça ne peut pas être lui, après toutes ces années. Mais au fond de lui-même, Phil savait que c'était lui.

Juste après avoir pénétré dans Curry, il passa devant un autre panneau, bleu électrique, annonçant que l'Homme aux Réponses n'était plus qu'à un kilomètre. Phil atteignit le sommet de la colline. À deux cents mètres devant lui, il aperçut le parasol rouge. Cette fois, l'Homme aux Réponses s'était installé dans un vaste terrain vague, non loin de la nouvelle école primaire. Là où, un an plus tard environ, se dresserait la nouvelle caserne des pompiers volontaires.

Le cœur battant, ne pensant plus au téléviseur ni à Blaylock Atherton, Phil s'arrêta sur le bas-côté et descendit de voiture. Sa guimbarde Chevrolet avait été remplacée depuis longtemps par une Buick. Il claqua la portière et demeura immobile un instant, surpris par ce qu'il voyait. Stupéfié, plutôt.

Phil avait vieilli, mais pas l'Homme aux Réponses. Il était exactement comme en ce jour du mois d'octobre quatorze ans plus tôt. Ses cheveux clairsemés ne l'étaient pas davantage. Ses yeux étaient toujours du même bleu éclatant. Chemise blanche, pantalon gris, chaussures noires : exactement comme la première fois. Ses mains aux longs doigts étaient croisées sur la table, comme la première fois. Seules les pancartes qui entouraient celle qui présentait l'Homme aux Réponses avaient changé. Sur celle de gauche on pouvait lire : 50 DOLLARS LES 3 MINUTES. Et sur celle de droite : PREMIÈRE RÉPONSE GRATUITE.

Il faut croire que la magie elle-même n'échappe pas à l'inflation, songea Phil. Pendant ce temps, l'homme sous le parasol rouge l'observait avec un vif intérêt.

« On se connaît ? demanda-t-il, avant de ricaner. Non, ne répondez pas ! Ce n'est pas vous, l'Homme aux Réponses, c'est moi. Laissez-moi réfléchir. » Telle une créature de conte de fées, il appuya son index sur le côté de son nez. « J'y suis. Vous êtes Phil Tout Court. Vous vouliez savoir si votre petite amie accepterait de vous épouser, alors que vous le saviez déjà, et si vous vous installeriez dans ce trou perdu, alors que ça aussi, vous le saviez déjà.

– C'étaient des questions stériles, dit Phil.

– En effet. Asseyez-vous, Phil Tout Court. Si vous voulez qu'on fasse affaire, évidemment. Dans le cas contraire, vous êtes libre de partir. La liberté est ce qui fait la grandeur de l'Amérique, disent-ils. »

Une cloche sonna bruyamment à proximité. Les portes de la toute nouvelle école primaire s'ouvrirent en grand. Des enfants portant des cartables et des lunch-box les franchirent dans un braillement, comme si une explosion venait de se produire. Parmi eux se trouvait forcément son fils, mais impossible de le repérer au milieu de cette cohue. De nombreux garçons arboraient des casquettes des Red Sox. Deux cars de ramassage scolaire attendaient ceux qui habitaient loin de l'école.

Phil s'assit sur la chaise destinée aux clients. Il s'apprêtait à demander si cet étrange bonimenteur installé au bord des routes était un être humain ou quelque créature surnaturelle, mais sans doute avait-il quand même appris certaines choses entre vingt-cinq et trente-neuf ans car il referma la bouche avant de gaspiller sa question gratuite. Évidemment qu'il n'était pas face à un être humain. Personne ne demeurait inchangé après quatorze ans, et personne ne pouvait prédire qu'il survivrait à des rafales de pistolet-mitrailleur tirées à bout portant sur l'atoll d'Eniwetok.

Il fit simplement remarquer :

« Vos prix ont augmenté, il me semble.

– Pour certaines personnes.

– Vous m'attendiez. »

L'Homme aux Réponses sourit.

« Vous tentez d'obtenir des informations par le biais d'affirmations. Je connais bien cette astuce. »

Je n'en doute pas, se dit Phil. *Vous êtes un vrai spécialiste en la matière.*

Des écoliers passèrent devant le site de la future caserne de pompiers, et bien que les enfants soient curieux par nature, les rares qui jetèrent un coup d'œil au terrain vague n'exprimèrent aucun intérêt.

« Ils ne nous voient pas, hein ?

– Encore une question dont vous connaissez la réponse, mon ami. Bien sûr que non. La réalité possède des recoins, et nous nous trouvons présentement dans l'un d'eux. C'était votre question gratuite. Si vous souhaitez en poser d'autres, il faut payer. Et sachez que je ne prends pas les chèques. »

En ayant l'impression d'évoluer dans un rêve, Phil sortit son portefeuille de sa poche arrière. Celui-ci contenait trois billets de vingt dollars et un de dix, il y avait également un billet de cent pour les urgences, glissé derrière son permis de conduire. Il tendit le billet de dix et deux des billets de vingt à l'Homme aux Réponses, qui les fit disparaître. Il prit sa sacoche par terre – toujours la même – et en sortit le même chronomètre. Presque. Désormais, les chiffres allaient de 3 à 0. Mais il produisit le même bruit de crécelle lorsque son propriétaire le remonta.

« J'espère que vous êtes prêt, Phil Tout Court. »

Phil pensait l'être. Pas de dilemme cette fois-ci. Il était parfaitement satisfait du cours de son existence. Mais il supposait que les hommes et les femmes étaient toujours curieux de connaître leur avenir.

« Je suis prêt. Allons-y. »

La réponse de son interlocuteur fut exactement semblable à celle de ce jour de 1937.

« Alors, allons-y. »

Il actionna le levier au dos de son gros chronomètre qui fit entendre son tic-tac, et l'aiguille unique commença son trajet entre le 3 et le 2.

Phil repensa à sa conversation avec Blaylock Atherton : ce n'était pas une proposition, mais une possibilité. Un ballon d'essai.

« Si on me le demande, est-ce que je devrais… »

L'Homme aux Réponses leva l'index en guise d'avertissement.

« Avez-vous oublié ce que je vous ai dit au sujet de ce mot ? Je suis l'Homme aux Réponses, je ne tiens pas la rubrique du courrier du cœur. »

Phil n'avait pas oublié, pas réellement. Mais il avait pris l'habitude de poser des questions qui ne faisaient pas avancer les choses. Des questions stériles.

« Très bien. Voici ma question : vais-je me présenter aux élections sénatoriales ?

– Non.

– Non ?

– La réponse ne sera pas différente parce que vous répétez la question. Et en attendant, *tempus fugit*.

– Parce que Sal m'en empêchera ?

– Non. »

L'aiguille du chronomètre avait atteint le chiffre 2.

« Atherton va choisir quelqu'un d'autre ?

– Oui.

– Le salopard », lâcha Phil.

Mais était-il véritablement déçu ? Oui, mais pas tant que ça. Il était toujours très pris par son cabinet. Et puis, il n'avait pas très envie de quitter le New Hampshire pour Washington. C'était un gars de la campagne, et sans doute qu'il le resterait.

Comme il l'avait fait quatorze ans plus tôt, il changea de direction.

« Cette télé va faire plaisir à Sal et à Jake ?

– Oui. »

Un sourire balaya le visage de l'Homme aux Réponses.

L'image de Jake fit naître une question qui lui échappa avant qu'il comprenne qu'il n'avait peut-être pas envie de connaître la réponse.

« Mon fils va-t-il devenir un joueur de baseball professionnel ?

– Non. »

L'aiguille du chronomètre dépassa le 1 et prit la direction du 0.

« Ni dans aucun autre sport ?

– Non. »

C'était plus décevant que d'apprendre qu'il ne serait jamais sénateur, mais était-ce surprenant ? Non. Le sport était une pyramide, et seuls ceux qui possédaient un talent divin atteignaient le sommet.

« Au niveau universitaire ? »

Voilà qui était dans les cordes de Jake, assurément.

« Non. »

Tel un joueur qui n'est pas en veine et continue malgré tout à miser, Phil demanda :

« Au lycée, alors ? Sans doute que...

– Non. »

Désorienté, Phil regarda son interlocuteur. Il commençait à s'inquiéter. Il commençait même à avoir peur. *Ne pose pas la question*, se dit-il. Et un des dictons préférés de sa mère lui revint en mémoire : *Ne regarde pas par le trou de la serrure si tu ne veux pas le regretter.*

L'aiguille atteignit le 0 sur le cadran du chronomètre, qui émit son *DRIIIIING* assourdissant. Juste avant que Phil pose sa dernière question.

« Mon fils va bien ?

– Je ne peux pas répondre, désolé. C'était un peu trop tard, Phil Tout Court.

– Vraiment ? »

Pas de réponse. Bien entendu. Son temps était écoulé.

« Bon, d'accord. Dans ce cas, je recommence. J'ai le droit, hein ? » Pas de réponse, alors Phil répondit lui-même : « Bien sûr que je peux. La pancarte dit “les trois minutes”. » Il ouvrit son portefeuille pour prendre le billet de cent dollars glissé derrière son permis de conduire. « Juste un instant... Ah, le voilà... »

En relevant la tête, il vit que la pancarte indiquait à présent : 200 DOLLARS LES 3 MINUTES et PAS DE RÉPONSE GRATUITE.

« Hé, attendez voir... Ce n'est pas ce qui était marqué. Vous m'avez arnaqué... »

Comme la première fois, ou presque, l'Homme aux Réponses dit :

« Peut-être que vous vous êtes escroqué tout seul. »

Et, comme la première fois, il sembla se retirer en glissant sur des rails. La grisaille fit son apparition. Phil tenta de la repousser, en vain.

Il revint à lui au volant de sa Buick en entendant quelqu'un taper à la vitre du côté passager.

« Papa ? Réveille-toi, papa ! »

Il regarda autour de lui, sans savoir où il était. Ni quand. Puis il vit son fils qui l'observait. Il était avec son copain Harry Washburn. Les deux garçons portaient la même casquette des Red Sox. Détail qui permit à Phil de se repérer. On n'était pas en 1937 mais en 1951. Il n'était pas un jeune homme fraîchement diplômé, mais un ancien combattant, quelqu'un d'assez important dans cette partie du New Hampshire pour être considéré comme un potentiel candidat au Sénat. Un mari. Un père.

Il se pencha pour ouvrir la portière.

« Salut, fiston. J'ai dû m'endormir. »

Jake s'en fichait.

« On a loupé le car parce qu'on tapait des balles derrière l'école. Tu peux nous ramener ?

– Qu'est-ce que vous auriez fait si je n'avais pas été là ?

– On aurait marché, voilà tout. Ou on aurait demandé à Mme Keene de nous emmener. Elle est gentille.

– Et jolie, ajouta Harry.

– Bon, allez, montez. J'ai acheté à North Conway quelque chose qui pourrait vous plaire.

– C'est vrai ? » Jake monta devant, Harry derrière. « C'est quoi ?

– Vous verrez bien. »

Phil regarda l'endroit qui avait accueilli la table et le parasol de l'Homme aux Réponses. Il ouvrit son portefeuille et vit le billet de cent dollars plié derrière son permis de conduire. À moins que tout cela n'ait été qu'un rêve – il savait que ce n'était pas le cas –, il supposait que l'Homme aux Réponses l'avait remis en place. *Ou peut-être que je l'ai remis moi-même.*

Il rentra chez lui.

Le téléviseur connut un énorme succès. Les oreilles de lapin ne captaient que WMUR, qui émettait de Manchester (et l'image était parfois – souvent – brouillée par des bourrasques de neige), mais dès que Phil eut installé l'antenne extérieure, les Parker purent recevoir deux chaînes de Boston : WNAC et WHDH.

Si Phil et Sal appréciaient des programmes du soir comme *The Red Skelton Hour* et *Schlitz Playhouse*, Jake adulait la télévision avec toute la ferveur d'un premier amour. Chaque jour après l'école, il regardait *Weekday Matinee*, qui repassait le même vieux film toute la semaine. Il regardait *Jack and Pat's Country Jamboree*. Il regardait *Boston Blackie*. Il regardait les publicités pour les cigarettes Camel et le détergent Bab-O. Le samedi, ses camarades et lui se réunissaient, comme on se retrouve à l'église, pour regarder *Crusader Rabbit* et *Les Chenapans*, et des milliers de vieux dessins animés.

Amusée tout d'abord, Sally Ann commença à s'inquiéter.

« Il est complètement dépendant de ce machin, dit-elle, sans se douter que ce cri parental résonnerait durant des générations. Il ne joue plus jamais avec toi quand tu rentres. Tout ce qu'il veut, c'est regarder un vieux film ridicule avec Hopalong Cassidy qu'il a déjà vu quatre fois. »

En fait, Jake avait envie de faire une partie parfois, ou de taper des balles que lui envoyait son père, derrière le garage, mais les occasions étaient plus rares désormais. Avant l'arrivée de la télé, Jake attendait son père sur le perron, avec son gant et sa batte posée à côté de lui.

La vérité, c'était que Phil était moins sensible que Sal au désintérêt de son fils. Quand l'Homme aux Réponses lui avait annoncé que Jake ne jouerait jamais dans une équipe – pas même au lycée –, son esprit (comme celui de n'importe quel parent) avait aussitôt imaginé le pire. À présent, la raison semblait plus prosaïque : Jake ne s'intéressait plus au baseball, comme lui-même, au même âge, avait cessé de jouer du piano.

Inspiré par des programmes comme *The Lone Ranger* et *Wild Bill Hickok*, Jake commença à écrire ses propres histoires de western. Elles portaient des titres du style « Coups de feu à Laramie ! » ou « Fusillade dans le canyon de l'Homme-mort ! », avec toujours un point d'exclamation. C'était un peu macabre, mais pas mauvais. De l'avis du père de l'auteur, du moins. Peut-être qu'un jour il deviendrait écrivain au lieu de jouer pour les Boston Red Sox. Et Phil trouvait ça bien.

Blaylock Atherton appela un soir pour demander à Phil s'il avait réfléchi à cette histoire de course au Sénat, peut-être pas ce coup-ci, mais en 56 ? Phil répondit qu'il y réfléchissait. Il avoua que Sally Ann n'était pas très chaude, mais qu'elle le soutiendrait si telle était sa décision.

« Ne réfléchissez pas trop longtemps, dit Atherton. En politique, il faut savoir anticiper. *Tempus fugit*, vous savez.

– Oui, il paraît. »

Un samedi matin de février 1952, alors que Phil était chez lui en train de relire les dépositions d'un futur procès, Harry Washburn entra dans son minuscule bureau, d'une taille plus proche de celle d'un placard. Phil s'inquiéta en voyant une traînée de sang sur une des joues constellées de taches de rousseur du garçon, et d'autres sur ses mains.

« Tu t'es blessé, Harry ?

– C'est pas moi. Jake saigne du nez et ça s'arrête pas. Il a mis plein de sang sur son T-shirt Roy Rogers. Partout. »

Phil crut que le gamin exagérait, jusqu'à ce qu'il voie la scène de ses propres yeux. Sur l'écran rond du Zenith, Annie Oakley échangeait des coups de feu avec un méchant, mais les quatre ou cinq garçons rassemblés devant la télé n'avaient d'yeux que pour Jake. Son T-shirt préféré – celui qu'il mettait le dimanche matin pour regarder les westerns – était rouge de sang, en effet. Tout comme le haut de son jean.

Il leva les yeux vers son père et dit : « Ça veut pas s'arrêter. » D'une voix encombrée et nasillarde.

Phil dit aux autres enfants de continuer à regarder la télé, tout allait bien. Il s'exprimait d'un ton calme, mais la quantité de sang qu'il voyait lui flanqua la frousse. Il emmena Jake dans la cuisine, le fit asseoir et lui fit pencher la tête en arrière. Il enveloppa des glaçons dans un torchon et l'appuya sur le nez de son fils.

« Tiens-le bien, Jake-O. Ça va s'arrêter. »

Sally Ann, partie faire les courses à l'IGA, débarqua à cet instant. En voyant le T-shirt imbibé de sang de Jake, elle prit une grande inspiration pour hurler. Phil secoua la tête en la regardant dans les yeux et elle se retint. Elle s'agenouilla à côté du garçon et lui demanda ce qui s'était passé.

« Tu as reçu un coup de poing sur le nez pendant que vous jouiez aux cow-boys ?

– Non, ça a coulé tout seul. J'ai mis du sang par terre, mais pas sur ton tapis bleu.

– J'en ai eu sur moi aussi », dit Sammy Dillon. Harry et lui étaient entrés dans la cuisine. Les autres garçons se tenaient derrière eux. « Mais je l'ai nettoyé.

– C'est bien, Sammy, dit Sally Ann. Je pense que vous devriez rentrer chez vous. »

Les garçons s'en allèrent sans protester, après avoir jeté un dernier regard à leur copain éclaboussé de sang. Après leur départ, Sally Ann se pencha à l'oreille de Phil pour murmurer :

« J'ai peur que ça ne s'arrête pas.

– Mais si. »

Mais non. Le flot initial diminua, mais le sang continuait à couler. Le médecin de famille des Parker étant en vacances, ils conduisirent Jake à l'hôpital de North Conway, où le médecin de garde, le Dr Richmond, après avoir examiné les narines de Jake avec une petite lumière, déclara :

« On va arranger ça en un rien de temps, jeune homme. Maman et papa vont attendre dehors pendant qu'on s'occupe de notre petite affaire. »

Sal voulut rester, mais Phil, qui devinait ce qu'impliquait l'expression « petite affaire », la prit par le bras et l'entraîna avec fermeté dans la salle d'attente en prenant soin de refermer la porte. Précaution inutile, car lorsque le médecin lui cautérisa le nez, les hurlements de Jake résonnèrent d'un bout à l'autre du petit hôpital. Phil et Sal s'étreignirent, en larmes, en attendant que ça se termine. Ce qui finit par arriver… encore que.

Le Dr Richmond réapparut avec Jake. Dont le sang avait éclaboussé un revers de sa blouse blanche. Il sourit et dit :

« Tu es un garçon courageux. Ce n'était pas une partie de plaisir. Je peux parler à tes parents une minute, Jake ? »

Il conduisit Phil et Sal dans la salle de consultation.

« Avez-vous remarqué les bleus ?

– Oui, sur les bras, dit Phil. C'est un garçon, docteur. Il a dû se faire ça en grimpant aux arbres ou un truc dans le genre.

– Sur le torse également. Il est du genre bagarreur ?

– Non, pas vraiment. Ses copains et lui chahutent parfois, mais c'est pour rire.

– J'aimerais lui faire faire un examen sanguin. Juste pour être sûr, vous voyez.

– Oh, mon Dieu », dit Sal.

Plus tard, elle confierait à Phil qu'elle avait compris. À cet instant, elle avait su.

« Pour vérifier le taux de globules blancs et les plaquettes. Afin d'éliminer toute cause sérieuse.

– C'était un simple saignement de nez, docteur.

– Va le chercher, Phil », dit Sal.

Elle avait autour des yeux et de la bouche une pâleur que Phil verrait souvent réapparaître au cours de l'année suivante.

Phil ramena Jake dans la salle de consultation, et quand on l'eut convaincu qu'une prise de sang serait une promenade de santé comparée à la cautérisation, il releva sa manche et supporta l'aiguille stoïquement.

Une semaine plus tard, leur médecin de famille les appela. Il était désolé de leur apporter une mauvaise nouvelle, dit-il. Apparemment, Jake était atteint d'une leucémie lymphoblastique aiguë.

À partir de là, leur solide petit garçon déclina rapidement. Huit mois après l'apparition de ce qu'on appelait alors « une maladie débilitante chronique », Jake connut une rémission qui donna à ses parents plusieurs semaines d'espoir cruel. Jusqu'au drame. Jake Theodore Parker mourut au Portsmouth Regional Hospital le 23 mars 1953, à l'âge de dix ans.

Sal posa sa tête sur l'épaule de son mari durant presque toute la cérémonie. Elle pleura. Pas Phil. Il avait épuisé toutes ses larmes lors du dernier séjour de Jake à l'hôpital. Sal avait espéré une nouvelle rémission jusqu'au bout, elle avait prié pour cela, mais Phil savait que la fin approchait. L'Homme aux Réponses le lui avait dit, d'une certaine façon.

Plus tard dans la journée, il se demanda s'il n'avait pas senti l'odeur du gin dans l'haleine de sa femme pendant la cérémonie. Si tel était le cas, cela méritait à peine d'être relevé. Les Parker faisaient partie de la génération Alcool et Cigarettes. Sally Ann buvait des cocktails légers avec ses parents et leurs amis depuis l'âge de seize ans, et quand Phil rentrait à la maison, il y avait toujours un verre qui l'attendait. Deux cocktails avant le dîner, c'était la règle. Parfois, Phil buvait une bière ou deux pendant qu'ils regardaient la télé. Sal, elle, prenait un autre gin tonic. C'est plus tard, rétrospectivement, que Phil s'aperçut que d'un gin tonic, elle était passée à deux, et parfois à trois. Mais cela ne l'empêchait pas de se lever à six heures, de préparer le déjeuner de Jake et leur petit déjeuner à tous les trois. Car c'était également la génération Les Femmes Cuisinent, les Hommes Mangent.

En revanche, il le releva lors de la réception qui suivit l'inhumation. Impossible de faire autrement. Dans la cuisine, Sal racontait à Mme Keene comment Jake avait perdu sa première dent : elle avait attaché une ficelle autour de l'incisive branlante et l'autre extrémité à la poignée de sa porte de chambre.

« Quand j'ai claqué la porte, la ratiche a volé ! » dit Sal. Mais elle avait prononcé *ratiffe*, et Phil vit Mme Keene – la jolie Mme Keene, avait précisé Harry le jour où Phil avait rencontré l'Homme aux Réponses une seconde fois – reculer peu à peu. Pour s'éloigner de l'haleine de Sal. Mais celle-ci la suivait pas à pas, enchaînant sur une autre anecdote. Elle tenait à la main un petit verre à pied, penché, dont le contenu se déversait sur le sol sans qu'elle s'en aperçoive.

Phil la prit par le bras et l'informa que ses parents voulaient lui parler (c'était faux). Sal le suivit sans protester, mais elle regarda par-dessus son épaule et lança : « La *ratiffe* a volé ! Oh, la vache, fallait voir ça ! »

Mme Keene adressa à Phil un sourire compatissant. Le premier d'une longue série.

Il parvint à entraîner sa femme jusqu'à la porte du salon avant que ses genoux se dérobent. Le verre lui échappa. Il le rattrapa à temps. Il se revit alors, souvenir fugace, mais ô combien précis, saisissant au vol une balle lancée par Jake derrière le garage. Il la conduisit au milieu des invités, obligé de soutenir presque tout son poids. Sa mère lui adressa un regard qui disait : *Emmène-la.* Phil répondit par un hochement de tête.

Inutile d'essayer de lui faire monter l'escalier, alors il la traîna jusque dans la chambre d'amis et l'allongea au milieu des manteaux des invités en deuil. Sal se mit à ronfler immédiatement. En revenant dans le salon, il annonça que Sal, submergée par le chagrin, ne pouvait voir personne pour le moment. Il y eut des hochements de tête compatissants et quelques condoléances murmurées (toutes ces foutues condoléances, bon sang ! Phil aurait voulu que quelqu'un raconte une blague salace sur la fille du fermier), mais il était certain que plusieurs personnes (Mme Keene, par exemple, ou sa mère) savaient que ce n'était pas seulement le chagrin qui avait terrassé son épouse.

Ce fut son premier mensonge lié au problème d'alcool de Sal, mais pas le dernier.

Phil suggéra qu'ils pourraient peut-être avoir un autre enfant. Sal acquiesça, avec une sorte d'indifférence apathique qui semblait dire : *À quoi bon ?* Parfois, il avait envie de la saisir par les épaules – suffisamment fort pour lui faire mal, pour laisser des bleus et réussir à l'atteindre – et lui dire qu'elle n'était pas la première qui perdait un enfant. Mais il ne le faisait pas. Il ravalait sa colère car il connaissait la réponse de Sal : *Toi, tu as ton travail. Moi, je n'ai rien.*

Faux. Elle avait son gin Gilbey's et ses cigarettes Kool. Deux paquets par jour. Elle les rangeait dans un petit étui en croco qui ressemblait à un porte-monnaie. Elle tomba enceinte en 1954. Phil lui conseilla alors d'arrêter de fumer. Elle lui conseilla de garder ses conseils pour lui, si bien intentionnés soient-ils. Elle fit une fausse couche au quatrième mois.

« Fini, tout ça, dit-elle à Phil dans son lit à l'hôpital de North Conway. J'ai quarante ans. Trop vieille pour avoir un enfant. »

Retour aux capotes, donc. Le soir du réveillon de 1956, Phil découvrit qu'il en restait trois dans une boîte de douze achetée après Pâques. Sally Ann consentit à relever sa chemise de nuit et à l'accueillir en elle, mais quand, en la regardant, il la vit contempler le plafond, il comprit qu'elle attendait qu'il en finisse. Ce qui ne favorisait pas vraiment les relations intimes.

Une fois seulement, en 1957, Phil aborda avec Sal la question de son alcoolisme. Si elle avait besoin de se rendre dans un de ces centres de sevrage pour arrêter de boire, ou diminuer sa consommation au moins, il en avait trouvé un bon à Boca Raton, suffisamment loin du New Hampshire pour que personne ne le sache. Il expliquerait qu'elle était partie rendre visite à des amis. Il pourrait même dire qu'ils se séparaient, si elle le souhaitait. Mais elle devait arrêter de boire.

Devenue obèse, sa femme à la vilaine peau, aux yeux morts et aux cheveux emmêlés le regarda. Phil était particulièrement fasciné par son regard. Dépourvu de toute profondeur.

« Pourquoi ? » répondit-elle.

En rentrant chez lui le soir du 8 novembre 1960, Phil trouva une maison vide. Un mot l'attendait sur le comptoir de la cuisine : *Le dîner est dans le four. Suis allée au GD pour assister aux résultats des élections. S.*

Elle n'invitait pas Phil à la rejoindre. De toute façon, il n'avait jamais aimé le Green Door à North Conway. Jadis, à l'époque où ils s'étaient mariés, c'était un chouette bar. Devenu un endroit sordide.

D'après le rapport de police, Mme Parker avait quitté le Green Door aux alentours de 0 h 40, le 9 novembre, peu de temps après que Kennedy avait été déclaré vainqueur. Le barman avait cessé de la servir à vingt-trois heures, mais elle était restée pour connaître les résultats définitifs.

Alors qu'elle rentrait chez elle sur la Route 16, en roulant à vive allure, sa petite Renault Dauphine avait fait une embardée et percuté la culée d'un pont. La mort avait été instantanée. L'autopsie avait fait apparaître une alcoolémie très élevée. En apprenant le décès de sa fille, Ted Allburton fut victime d'une crise cardiaque. Après cinq jours en soins intensifs, il succomba. Ces obsèques consécutives firent presque regretter à Phil de ne plus être sur l'atoll d'Eniwetok.

Trois semaines après le décès de sa femme, Phil se rendit à la caserne des pompiers volontaires de Curry, construite sur l'ancien terrain vague. À cette heure tardive, la caserne était plongée dans l'obscurité. Entre les deux portes peintes en rouge on avait installé une crèche : Jésus, Marie, Joseph, les Rois mages, divers animaux. À l'endroit même, dans le souvenir de Phil, où un parasol rouge avait protégé autrefois la petite table de l'Homme aux Réponses.

« Venez me parler », dit Phil en s'adressant à l'obscurité venteuse. Il sortit de la poche de son manteau une liasse de billets. « J'ai là huit cents dollars, mille peut-être. Et j'ai aussi quelques questions. Questions numéro un : était-ce un accident ou s'est-elle suicidée ? »

Aucune réponse. Uniquement le parking désert, la caserne de pompiers vide. Le vent d'est glacial. Un groupe de statues de plâtre ridicules, éclairées par des ampoules cachées.

« Question numéro deux : pourquoi ? Pourquoi moi ? Je sais que ça ressemble à de l'auto-apitoiement, et je suis sûr que c'en est, mais j'aimerais réellement savoir. Le copain de Jake, ce crétin de Harry Washburn, est toujours vivant. Il est apprenti plombier à Somersworth. Sammy Dillon vit toujours lui aussi. Alors, pourquoi pas mon fils ? Si Jake n'était pas mort, Sally Ann vivrait toujours elle aussi, n'est-ce pas ? Alors, expliquez-moi. Non, je crois que, finalement, je n'ai même pas envie de savoir pourquoi moi. Je veux savoir pourquoi, tout simplement. Allez, mon vieux. Montrez-vous, remontez votre chronomètre et prenez mon fric. »

Pas de réponse. Évidemment.

« Vous n'avez jamais existé, hein ? Vous n'étiez que le fruit de ma putain d'imagination, alors merde à vous, merde à moi et merde à ce putain de monde. »

Phil passa les trois années suivantes dans un brouillard de dépression dysthymique. Il continua à exercer son métier cependant, il se présentait toujours en temps et en heure au tribunal, il gagnait des affaires, il en perdait d'autres, et dans un cas comme dans l'autre, il s'en fichait. Parfois, il rêvait de l'Homme aux Réponses, et dans certains de ces rêves, il sautait par-dessus la table, renversait le chronomètre et étranglait l'homme assis face à lui. Mais celui-ci se volatilisait à chaque fois, comme un nuage de fumée. Car en réalité, il n'était que ça, non ? Un nuage de fumée.

Cette période de son existence s'acheva avec l'apparition de la Femme Brûlée. Elle s'appelait Christine Lacasse, mais dans l'esprit de Phil elle était la Femme Brûlée.

Un jour de 1964, au début du printemps, Marie, sa secrétaire, entra dans son bureau le teint pâle et bouleversée. Il crut voir des larmes dans ses yeux, sans pouvoir l'affirmer, jusqu'à ce qu'elle en essuie une avec le talon de sa main. Il lui demanda si tout allait bien.

« Oui. Mais il y a là une femme qui demande à vous voir, et je voulais vous prévenir avant de la faire entrer. Elle a été brûlée. Grièvement. Et son visage… Oh, Phil, c'est affreux.

– Que veut-elle ?

– Elle dit qu'elle veut attaquer la New England Freedom Corporation en justice pour réclamer cinq millions de dollars. »

Phil sourit.

« Ce n'est pas une arnaque, hein ? »

New England Freedom faisait des affaires dans les six États environnants, de Presque Isle à Providence. C'était devenu une des plus grosses sociétés immobilières du Nord durant les années d'après-guerre, dont Phil supposait qu'elles étaient terminées à présent. Elle construisait des lotissements, des centres commerciaux, des zones industrielles, et même des prisons.

« Faites-la entrer, Marie. Et merci de m'avoir préparé. »

Mais rien ne pouvait le préparer à voir la femme qui entra dans son bureau d'un pas traînant, appuyée sur deux cannes. À en juger par le côté gauche de son visage, Phil lui donnait la petite cinquantaine, peut-être moins. Le côté droit avait disparu sous une coulée de chair fondue qui s'était solidifiée. La main qui tenait la canne de ce même côté ressemblait à une serre d'oiseau. Elle remarqua l'expression de

Phil et un sourire retroussa le coin gauche de sa bouche, dévoilant quelques dents restantes.

« Beau spectacle, n'est-ce pas ? »

Sa voix évoquait un croassement. Phil devina qu'elle avait inhalé le feu qui avait calciné ses cordes vocales. Sans doute avait-elle de la chance de pouvoir encore parler.

Il n'avait aucune intention de répondre à cette question purement rhétorique et sarcastique.

« Asseyez-vous, mademoiselle Lacasse, et dites-moi ce que je peux faire pour vous.

– Madame, rectifia-t-elle. Je suis veuve. Et si vous voulez savoir ce que vous pouvez faire pour moi : vous pouvez coller un procès au cul de NEF. » Elle prononçait Neff, en un mot. « Je réclame cinq millions. Pas un penny de plus ni de moins. Même si je sais foutrement bien que vous n'y arriverez pas. Je suis déjà allée voir une demi-douzaine d'avocats, y compris Feld and Pillsbury à Portland. Aucun ne veut s'occuper de mon cas. NEF, c'est un trop gros gibier pour eux. Puis-je avoir un verre d'eau avant que vous me flanquiez à la porte ? »

Phil sonna Marie et la pria d'apporter un verre d'eau à Mme Lacasse. Pendant ce temps, la Femme Brûlée fouillait, de sa main valide, dans une petite sacoche fixée autour de sa taille. Elle en sortit un flacon de pilules, qu'elle lança sur le bureau de Phil.

« Ouvrez-moi ça, vous voulez bien ? J'y arrive toute seule, mais ça fait un mal de chien. J'en veux deux. Non, trois. »

Phil ouvrit le flacon en verre marron, fit glisser trois pilules dans sa paume, les tendit à sa visiteuse et remit le couvercle. Marie revint avec le verre d'eau. Lacasse avala les médicaments.

« C'est de la morphine. Pour la douleur. Parler, ça me fait mal. Tout me fait mal, à vrai dire. Mais parler, c'est le pire. Manger, c'est pas une partie de plaisir non plus. Le médecin dit que ces médocs vont me tuer dans un an ou deux. Je lui ai répondu qu'ils me tueront pas avant que mon affaire soit jugée. Je suis déterminée, maître Parker.

« … Ah, ils commencent à faire effet. Tant mieux. J'aimerais bien m'en enfiler un autre, mais je commencerais à tout mélanger dans ma tête.

– Dites-moi comment je peux vous aider. »

Lacasse rejeta la tête en arrière, avec un ricanement de sorcière. Il remarqua alors qu'une partie de son cou avait fusionné avec son épaule.

« Aidez-moi à avoir la peau de ces salopards au tribunal, voilà comment vous pouvez m'aider. »

Sur ce, elle raconta son histoire.

Christine Lacasse vivait avec son mari et leurs cinq enfants à Morrow Estates, un lotissement construit par NEF dans la ville d'Albany, au sud de North Conway. Les lumières de leur maison n'arrêtaient pas de s'éteindre et de se rallumer en grésillant, et parfois, de la fumée s'échappait des prises électriques. Ronald, son mari, était routier. Il gagnait bien sa vie mais il était souvent absent. Christine, elle, coiffait des clientes à son domicile, et ses sèche-cheveux provoquaient sans cesse des courts-circuits. Un jour, les panneaux électriques installés dans les buanderies de leur groupe de quatre maisons avaient pris feu et tous les habitants avaient été privés de courant pendant presque une semaine. Christine, qui n'était pas encore la Femme Brûlée, s'était plainte auprès du gardien du lotissement, qui avait simplement haussé les épaules en rejetant la faute sur la compagnie d'électricité du New Hampshire.

« J'étais pas dupe, dit-elle en buvant une petite gorgée d'eau. Je suis pas née de la dernière pluie. Une surtension pouvait pas faire cramer les panneaux électriques de quatre maisons. Les fusibles sauteraient d'abord. D'autres maisons de Morrow Estates avaient des problèmes de lumière et de chauffage, mais pas autant que nous. »

Voyant qu'elle n'obtenait pas satisfaction auprès du gardien, elle avait appelé le bureau de NEF à Portsmouth. Là, elle avait parlé avec un rond-de-cuir qui l'avait baladée. Elle s'était rendue à la bibliothèque de North Conway pour se renseigner sur les gros pontes de la boîte. Elle avait déniché le numéro du siège de NEF à Boston et demandé à parler au P-DG. On lui avait répondu qu'il était trop occupé pour discuter avec une ménagère de Perpète-les-Oies dans le New Hampshire. On lui avait passé un autre rond-de-cuir, sans doute avec un meilleur salaire et un plus beau costume que celui de Portsmouth. Elle lui avait expliqué que parfois, quand le courant électrique faisait des siennes, le mur de leur petit salon devenait chaud, et elle entendait une sorte de bourdonnement, comme s'il y avait des guêpes à l'intérieur. Et elle sentait une odeur de friture. Le rond-de-cuir lui avait répondu qu'elle utilisait sans doute un sèche-cheveux et un casque de trop fort voltage. Mme Lacasse lui avait demandé alors si sa mère avait eu des enfants vivants à la naissance, avant de raccrocher.

Cette année-là, pour les fêtes, NEF avait installé des éclairages de Noël dans tout le lotissement.

« C'est la société qui s'est occupée de ça ? demanda Phil. Pas l'association des propriétaires ?

– On n'avait pas d'association de propriétaires. Ni rien de ce genre. Après Thanksgiving, tout le monde a reçu un avis de NEF dans sa boîte aux lettres. Pour nous expliquer qu'ils faisaient ça dans l'esprit de Noël.

– Par pure bonté d'âme », dit Phil en griffonnant sur son bloc.

Lacasse émit son rire de sorcière et pointa sur lui un doigt déformé, à moitié brûlé.

« Vous me plaisez. Vous allez me foutre dehors comme tous les autres, mais vous me plaisez. Et vous êtes le seul qui note ce que je raconte.

– Cet avis, vous l'avez toujours ?

– Le mien a brûlé, mais j'en ai toute une pile de semblables.

– Il m'en faudra un. Non, je les veux tous. Parlez-moi de cet incendie. »

Son mari était rentré pour Noël. Les cadeaux étaient sous le sapin. Deux nuits avant le réveillon, alors que les enfants dormaient à poings fermés dans leur lit (en rêvant peut-être de bonbons), leur maison et celle des Duffy, juste à côté, prirent feu. Christine fut réveillée par des hurlements au-dehors. L'intérieur de la maison était enfumé, mais elle ne voyait aucune flamme. Ce qu'elle vit, en revanche, par la fenêtre de la chambre, ce fut Rosa Duffy, sa voisine, qui se roulait dans la neige pour tenter d'éteindre sa chemise de nuit en feu.

« Leur maison cramait comme une bougie d'anniversaire. J'ai secoué Ronald pour lui dire d'aller réveiller les enfants, mais il n'a pas réagi. J'ai foncé dehors et j'ai balancé de la neige sur Rosa… Elle était morte, ajouta Christine d'un ton détaché. Ses deux enfants étaient à Rutland chez son ex-mari. Un coup de pot. Les miens n'ont pas eu cette chance. Je ne sais pas ce qui leur est arrivé. Je pense que la fumée a asphyxié Ronnie avant qu'il puisse aller les chercher. Quand je suis retournée à l'intérieur pour m'occuper d'eux, la moitié du plafond de ce putain de salon m'est tombée sur la gueule. Cette foutue baraque a été détruite en moins de deux, maître Parker. Je suis ressortie en rampant, dévorée par les flammes. Et vous savez ce qui s'est passé durant l'année que j'ai passée à l'hôpital ?

– Ils se sont renvoyé la balle de la responsabilité, jusqu'à ce qu'elle finisse par disparaître, grâce à un tour de passe-passe. C'est ça ? »

Le doigt tordu se pointa sur lui de nouveau. Accompagné de ce croassement. *Le rire des damnés en enfer*, songea Phil.

« NEF a rejeté la faute sur la société qui avait réalisé les branchements. Cette société a répliqué que les services de l'État avaient inspecté les éclairages de Noël et les plans des installations électriques initiales, c'était donc l'État le responsable. L'État a répliqué que les plans ne correspondaient pas aux installations réalisées dans les maisons encore debout. L'installateur avait donc triché pour faire des économies. L'installateur a rétorqué à son tour qu'il suivait les directives de NEF. Et vous savez ce qu'a répondu NEF ?

– Attaquez-nous en justice si vous n'êtes pas contente.

– C'est exactement ça. Mot pour mot. Une grosse et très ancienne société contre une femme qui ressemble à un poulet qu'on a laissé trop longtemps dans le four. Très bien, j'ai dit. Rendez-vous au tribunal. Ils m'ont proposé un arrangement à l'amiable. Quarante mille dollars. Je les ai envoyés sur les roses. J'exige cinq millions. Un million pour chacun de mes enfants, âgés de trois à quatorze ans. Mon mari, je leur en fais cadeau. Il aurait dû les sauver. C'est maintenant que vous me demandez de sortir ? »

Pour la première fois depuis la mort de Sal – pour la première fois peut-être depuis la mort de Jake –, Phil sentit naître en lui un véritable intérêt. Doublé d'un sentiment d'indignation. L'idée de s'attaquer à un poids lourd lui plaisait. Pas pour l'argent, même si la part qui lui reviendrait sur ces cinq millions serait considérable. Ni pour la publicité : il avait déjà plus de clients qu'il ne pouvait, ou ne voulait, en prendre. Non, c'était autre chose. L'occasion de refermer les mains autour d'un cou qui ne disparaîtrait pas comme un nuage de fumée.

« Non, répondit-il. Ne partez pas tout de suite. »

Phil poursuivit en justice New England Freedom pendant cinq ans, sans relâche. Son père désapprouvait, il accusait Phil d'être victime du syndrome de Don Quichotte et de négliger ses autres dossiers. Phil répondit que c'était sans doute vrai, mais fit remarquer qu'il n'avait plus besoin d'économiser pour envoyer son fils à Harvard. À partir de ce jour, John – devenu le vieux John – n'aborda plus jamais ce sujet. À l'inverse, la veuve de Ted Allburton disait qu'elle comprenait et soutenait Phil à cent pour cent.

« Vous faites ça car vous ne pouvez pas attaquer en justice le cancer qui a tué Jakey », lui dit-elle un jour.

Phil ne la détrompa pas. Il y avait peut-être une part de vérité dans ces paroles. Mais en réalité, s'il faisait tout cela, c'était parce qu'il ne parvenait pas à chasser l'Homme aux Réponses de ses pensées. Parfois, quand il ne trouvait pas le sommeil, il se disait qu'il délirait : cet individu ne pouvait pas être responsable de ses malheurs, ni de ceux de la Femme Brûlée. C'était exact, mais il y avait une autre évidence : quand il avait eu réellement besoin de réponses, le type avait disparu. Et, comme Mme Lacasse, il avait besoin de désigner un responsable.

Il réussit à envoyer NEF devant le tribunal d'instance de Boston peu de temps avant que Mme Lacasse attrape une pneumonie. Il gagna son procès. NEF fit appel, comme Phil et Christine s'y attendaient, mais la Femme Brûlée remporta cette victoire potentielle avant que la pneumonie l'emporte, à l'automne 1967. Phil avait vu son état se dégrader presque de jour en jour et, comme avec Jake, il avait compris que les dés étaient jetés. Il prit contact avec le frère de Ronald Lacasse. Tim Lacasse n'était pas habité par la même soif de vengeance que la Femme Brûlée, ni par la même ferveur. Toutefois, il encouragea Phil à mettre le paquet, à tout donner, et il suivit le procès depuis sa maison de Caroline du Nord. Il refusait de verser des honoraires, mais il serait ravi de toucher du fric s'il tombait du ciel, porté par le vent depuis Boston ou le New Hampshire. La Femme Brûlée n'avait laissé aucun bien. Phil poursuivit le combat malgré tout, en payant les frais de justice de sa poche. Deux fois NEF proposa un règlement à l'amiable. Pour trois cent mille dollars une première fois, huit cent mille la seconde. La publicité qui entourait cette affaire les mettait très mal à l'aise. Tim Lacasse encouragea Phil (par téléphone) à accepter leur offre. Phil refusa. Il voulait obtenir les cinq millions, car tel était le souhait de Mme Lacasse. Un million pour chaque enfant. Il y eut de nouveaux reports. Des ajournements. NEF perdit en appel et se tourna vers la Cour suprême. Lorsque celle-ci rejeta leur demande, ils se retrouvèrent au pied du mur. La facture finale pour les éclairages de Noël – la goutte d'eau qui avait fait déborder le vase – et les branchements électriques merdiques dont Phil parvint à prouver qu'ils étaient la marque de fabrique de NEF (en s'intéressant à d'autres lotissements construits par cette société) se montait à 7,4 millions de dollars, versés au plaignant Tim Lacasse. Auxquels s'ajoutaient les frais de justice. Les dirigeants de NEF, qui avaient refusé d'imaginer qu'ils pouvaient perdre face à un misérable avocat de Trifouillis-les-Oies, auraient pu économiser presque deux millions et demi en laissant tomber.

Tim Lacasse menaça d'attaquer Phil en justice lorsque celui-ci lui annonça qu'ils partageraient en deux la somme versée.

« Allez-y, répondit Phil. Vos trois millions sept fondront comme neige au soleil. »

Tim Lacasse accepta finalement ce partage et un jour de 1970, Phil accrocha une photo encadrée sur le mur de son cabinet, où ce serait la première chose qu'il verrait chaque matin. La photo montrait Ronald et Christine Lacasse le jour de leur mariage. Lui était costaud et souriant. Dans sa robe blanche, Christine était à tomber.

Sous la photo, Phil avait écrit quelques mots, en majuscules :

N'OUBLIE JAMAIS QUE C'EST PIRE POUR D'AUTRES

Après l'ultime verdict dans le procès contre New England Freedom (une affaire qui fit de lui une vedette dans le monde juridique), Phil aurait pu rafler tous les dossiers qu'il souhaitait. Au lieu de cela, il leva le pied et, parce qu'il était à l'aise financièrement à présent, il accepta de plus en plus de traiter des affaires *pro bono*. En 1978, quatorze ans avant la création de l'Innocence Project[1], il obtint un nouveau procès, et la libération d'un homme qui avait passé douze ans dans une prison du New Hampshire.

Jake et Sal avaient laissé un trou dans sa vie. Que son travail d'avocat ne parvenait pas à combler. C'est pourquoi il décida de s'impliquer dans la vie locale. Il faisait office d'administrateur pour la bibliothèque municipale et inaugura la première Fête du Livre de Curry. Il enregistra des messages sur les chaînes de télé du New Hampshire en faveur de la grande collecte de sang nationale annuelle. Un soir par semaine, il travaillait à la banque alimentaire de North Conway (car c'est pire pour d'autres) et un autre soir au refuge pour animaux de Harvest Hills, à Fryeburg, de l'autre côté de la frontière de l'État. C'est là qu'il adopta un chiot beagle en 1979. Frank l'accompagna partout au cours des quatorze années qui suivirent, assis à la place du passager.

Il ne se remaria jamais, mais plus tard, il eut une amie, à Moultonborough, à qui il rendait visite de temps à autre. Elle s'appelait Sarah Coombes. Il s'occupait de ses papiers et payait les traites de la maison. Frank et lui ne passaient pas toujours la nuit sur place, mais elle avait toujours dans son placard un sac de Gaines-Burgers pour chien, au cas où. Toutefois, ces visites se faisaient de plus en plus rares. Sa journée terminée, Phil préférait rentrer chez lui et faire réchauffer au micro-ondes ce que sa femme de ménage ou son aide-ménagère lui avait laissé. Parfois – pas toujours, mais parfois – la maison lui paraissait vide. Alors, il faisait venir Frank près de lui et il le grattait derrière les oreilles en lui expliquant que c'était pire pour d'autres.

La seule activité bénévole qu'il refusait de faire, c'était d'entraîner l'équipe de Little League de baseball. Cela rappelait trop de souvenirs à Phil Tout Court.

Ainsi passait le temps. Du bon temps dans l'ensemble. Certes, il

---

1. Organisme à but non lucratif ayant pour objectif d'innocenter les personnes condamnées à tort.

restait des cicatrices, mais elles ne l'avaient pas défiguré, et que sont donc les cicatrices, sinon des blessures qui se sont refermées ?

Un boitillement l'obligeait à marcher avec une canne désormais. Marie, sa secrétaire, prit sa retraite. Il avait de l'arthrite dans les mains, les pieds, les hanches. Marie mourut. Quand il annonça son départ à la retraite, la municipalité (Curry était en train de devenir une petite ville) organisa une fête en son honneur. Il reçut de nombreux cadeaux, parmi lesquels une plaque qui faisait de lui le CITOYEN D'HONNEUR DE CURRY. Des discours se succédèrent et culminèrent avec celui de Phil devant un public qui remplissait presque tout l'auditorium du nouveau lycée. Un discours modeste, spirituel, et surtout bref. Il avait une sacrée envie de pisser

Frank le beagle mourut paisiblement à l'automne 1993. Phil l'enterra dans le jardin derrière la maison, en creusant la tombe de ses propres mains, malgré les protestations de douleur de ses articulations. Une fois la tombe rebouchée, la terre tassée et réensemencée, il récita une oraison funèbre, brève elle aussi. « Je t'aimais, mon vieux. Et je t'aime encore. »

Cette année-là, Phil eut quatre-vingt-un ans.

En 1995, il commença à souffrir de migraines, pour la première fois de son existence. Il alla consulter le Dr Barlow, qu'il continuait à appeler dans sa tête le Nouveau Médecin, bien qu'il soit allé le voir pour des check-up et son arthrite depuis dix ans. Le Dr Barlow lui demanda si ces maux de tête s'accompagnaient de problèmes de vision. Oui, répondit Phil, et il avoua que parfois, quand les migraines s'atténuaient, il se retrouvait dans une pièce sans savoir comment il était arrivé là. Le Dr Barlow l'envoya passer une IRM à Portsmouth.

« Je n'ai pas de très bonnes nouvelles, dit le Nouveau Médecin après avoir examiné les résultats. C'est une tumeur cérébrale. » Et puis, comme s'il lui adressait des félicitations : « C'est très rare chez un homme de votre âge. »

Le Dr Barlow lui conseilla un neurologue au Massachusetts General Hospital. Phil ne conduisait plus, sauf en ville, alors il engagea un jeune gars nommé Logan Phipps pour lui servir de chauffeur. Logan parla longuement de sa famille, de ses amis, de sa fiancée, de la météo, de son travail à mi-temps, de son envie de reprendre des études. Et d'un tas d'autres choses. Tout cela entrait par une oreille (plus très fine) de Phil et ressortait par l'autre, mais il l'écoutait en hochant la tête. Il lui apparut, au cours de ce trajet, que l'on se détachait peu à peu de la vie. Rien de dramatique. C'était comme découper lentement un bon de réduction de supermarché en suivant les pointillés.

Le neurologue examina Phil et les images de son vieux cerveau. Il lui expliqua qu'il pouvait l'opérer afin de retirer cette vilaine tumeur, et Phil repensa à cette chanson dans laquelle la fille proclamait qu'elle allait se débarrasser de cet homme en se lavant les cheveux. Sal la chantait souvent sous la douche, en se lavant les cheveux parfois. Mais Phil ne se sentait pas visé. Quand Phil demanda quelles étaient ses chances de se réveiller de cette opération – en étant lui-même –, le neurologue répondit : une chance sur deux. Désolé, dit Phil. À son âge, la probabilité était trop faible.

« Les migraines risquent de devenir très fortes avant… »

Le neurologue haussa les épaules. Il n'osait pas dire *avant la fin*.

« C'est pire pour d'autres. »

3

Par une journée d'octobre venteuse, à l'automne 1995, Phil s'assit au volant de sa voiture pour la dernière fois. Ce n'était plus une guimbarde Chevrolet ni une Buick, mais une Cadillac Seville équipée de tout le tralala.

« J'espère que je ne vais tuer personne, Frank », dit-il au chien qui n'était plus là. Il ne souffrait d'aucune migraine à cet instant, mais une sensation de froid – une sorte de distanciation – avait commencé à se répandre dans ses doigts et ses orteils.

Il traversa Curry à trente kilomètres-heure et poussa jusqu'à cinquante une fois sorti de la ville. Plusieurs voitures le doublèrent en klaxonnant. « Va te faire foutre, leur lançait Phil. Aboie si tu es d'accord, Frank. »

Sur la Route 111, la circulation devint fluide puis presque inexistante. Fut-il étonné en passant devant un panneau jaune vif qui annonçait : L'HOMME AUX RÉPONSES DANS 2 KILOMÈTRES ? Non. Pour quelle autre raison aurait-il risqué sa vie et celle des autres en conduisant ? Rien à voir avec le truc noir et pourri qui prenait ses aises dans son cerveau, pensa-t-il, et ce n'était pas ça non plus qui lui envoyait de fausses informations. Peu après, il arriva au panneau suivant, d'un bleu éclatant : L'HOMME AUX RÉPONSES DANS 1 KILOMÈTRE. Et là, juste après une montée à la périphérie de Curry, il y avait la table et le parasol rouge vif. Phil s'arrêta et coupa le moteur. Il prit sa canne et sortit péniblement.

« Tu restes là, Frank. Ce ne sera pas long. »

Fut-il surpris de voir que l'Homme aux Réponses avait exactement la même allure ? Mêmes yeux clairs, mêmes cheveux fins, mêmes vêtements ? Non. Un seul détail avait changé, même s'il était difficile de l'affirmer avec certitude à cause de sa vision qui se troublait et tremblotait parfois. Il n'y avait plus qu'un seul écriteau sur la table de l'Homme aux Réponses. Dessus, on pouvait lire :

TOUTES LES RÉPONSES SONT GRATUITES

Phil s'assit sur la chaise destinée aux clients avec un grognement et une grimace.

« Vous n'avez pas changé.

– Vous non plus, Phil Tout Court. »

Phil rit.

« Vous vous foutez de moi, hein ? »

Une question stupide, supposait-il, mais quelle importance ? Aujourd'hui, toutes les réponses étaient gratuites.

« C'est la vérité. Intérieurement, vous êtes toujours le même.

– Si vous le dites. Mais permettez-moi d'en douter. Vous avez toujours votre gros chronomètre dans votre sac ?

– Oui, mais aujourd'hui, je n'en aurai pas besoin.

– Le vendredi c'est gratuit ? »

L'Homme aux Réponses sourit.

« Nous sommes mardi, Phil Tout Court.

– Je sais bien. C'était une question stérile. Vous connaissez ce genre de questions ?

– Je connais tous les genres de questions. Quelle est la vôtre ? »

Phil décida finalement de ne pas demander *Pourquoi moi ?* ; encore une question stérile, aurait dit l'Homme aux Réponses. C'était lui parce qu'il était lui. Il n'existait pas d'autre raison. De même, il n'avait plus envie de savoir combien de temps il allait vivre. Il verrait peut-être la neige tomber, mais une chose était sûre : il ne serait plus là pour la voir fondre au printemps. Une seule chose l'intriguait.

« Est-ce qu'on continue quand on est mort ? Est-ce qu'on continue à vivre ?

– Oui. »

La grisaille fit son apparition ; elle se refermait sur eux peu à peu. Simultanément, l'Homme aux Réponses commença à s'éloigner. Très lentement, lui aussi. Phil s'en fichait. Les migraines avaient laissé place à un soulagement et le feuillage – ce qu'il en voyait – était magnifique. En automne, les arbres flamboyaient à la fin du cycle. Et puisque toutes les réponses étaient gratuites…

« Est-ce qu'on va au paradis ? Ou en enfer ? On se réincarne ? Est-ce qu'on reste nous-même ? Est-ce qu'on se souvient ? Reverrai-je ma femme et mon fils ? Est-ce que ce sera bien ? Ou affreux ? Est-ce qu'il y a encore des rêves ? De la tristesse, de la joie, des émotions ? »

L'Homme aux Réponses, presque invisible dans la grisaille, répondit :

« Oui. »

Phil revint à lui au volant de sa Cadillac, surpris de constater qu'il n'était pas mort. Il se sentait plutôt bien, au contraire. Très bien, même. Pas de migraine, pas de douleur dans les mains ou les pieds. Il mit le contact.

« Tu crois que je peux nous ramener à la maison sains et saufs, Frank ? Sans tuer quelqu'un ? Aboie une fois pour oui, deux fois pour non. »

Frank aboya une fois, c'était donc oui.

C'était oui.

Pour Jonathan Leonard

Postface

Un jour où je faisais ma promenade matinale en écoutant le Jeff Healey Band jouer « Highway 49 », ne pensant à rien d'autre qu'au génial solo de slide guitar, je vis soudain deux personnages en plastique vert coiffés de casquettes rouges. Postés de part et d'autre de la route, ils brandissaient des pancartes disant RALENTISSEZ ! DES ENFANTS JOUENT. La nouvelle « Serpents à sonnette » me vint aussitôt à l'esprit, entière. La seule chose que j'ignorais à cet instant de la conception, c'était qu'un vieil ami de *Cujo*, un roman que j'avais écrit il y a longtemps, en serait le personnage principal.

Voilà comment ça fonctionne chez moi, parfois : une histoire se présente, finie ou presque. Elle attendait le bon déclencheur pour se montrer. C'est super. Je connais rarement tous les détails (le vieux flic de « Serpents à sonnette », Andy Pelley, est sorti de nulle part), j'ignore comment les histoires sont censées se terminer, et une partie du plaisir, pour moi en tout cas, réside dans cette découverte. Pourquoi ce procédé fonctionne, et comment il fonctionne, c'est un mystère absolu.

« Le mauvais rêve de Danny Coughlin » entre dans cette catégorie. Un jour où j'étais en train de m'habiller, sans penser à rien, si ce n'est à avaler un bol de céréales et à sortir mon chien, je me suis demandé : « Que se passerait-il si un homme avait une vision, une seule ? Un rêve qui lui indiquait où était enterré un corps ? Les gens le croiraient-ils ou penseraient-ils qu'il est le meurtrier ? » Ça, c'était pendant que j'enfilais mon jean. Le temps que j'enfile ma chemise, voilà que je pensais à un policier obsessionnel, une sorte d'inspecteur Javert dans *Les Misérables*, qui traquait mon protagoniste. Et le reste de l'histoire s'est mis en place. À ce stade, j'ignorais que mon flic – devenu Jalbert à la place de Javert – serait obsédé par les nombres. On peut presque dire qu'il a commencé tout seul. Je me suis contenté de dérouler cette pelote. Cela fait-il de moi un romancier ou un sténographe, comme William Davis dans « Les Rêveurs » ? Les deux, peut-être.

Est-ce que je m'intéresse à ce processus ? Étant donné qu'il a joué un grand rôle dans ma vie, la réponse est oui, évidemment. J'ai écrit sur les écrivains dans mes fictions, et j'ai écrit sur l'acte d'écrire dans des textes de non-fiction. Pourtant, je ne comprends toujours pas. Je ne comprends même pas pourquoi les gens ont besoin d'histoires, et pourquoi moi, parmi tant d'autres, j'éprouve le besoin d'en écrire. Je sais seulement que cette joie intense que l'on ressent en laissant derrière soi la vie quotidienne et en tissant des liens avec des personnes imaginaires semble faire partie de l'existence de presque tout le monde. L'imagination est vorace, il faut la nourrir. Et parfois (comme William Davis dans « Les Rêveurs », là encore), je vois les mots avant de les écrire. Les premiers paragraphes d'« Écran rouge » et de « Finn » existaient depuis des semaines, des mois, avant que je les transcrive. Je voyais chaque point, chaque virgule. Est-ce que cela fait de moi une personne atteinte d'un trouble du spectre autistique, comme on dit ? Peut-être, probablement même, mais qu'est-ce que ça peut foutre ? Raconter des histoires me distrait, et d'autres personnes avec moi depuis des années, et ça me rend heureux.

Quant à savoir pourquoi tant de mes histoires sont aussi noires… C'est un autre sujet. Dois-je m'excuser pour mes sujets ? Je ne pense pas. Francisco Goya a réalisé une esquisse le montrant entouré de créatures fantastiques pendant qu'il somnole, et l'a intitulée *Le sommeil de la raison engendre des monstres*. J'ai toujours pensé que ce genre de sommeil et de monstres étaient des éléments indispensables à la santé mentale. (Lisez le début de *La Maison hantée* de Shirley Jackson, elle l'explique très bien.) Ce sont les personnes les plus compatissantes et empathiques qui apprécient le plus les histoires d'horreur.

Un paradoxe, certes, mais une réalité. Je pense que ce sont les gens sans imagination, incapables d'apprécier le côté sombre de la fiction, qui sont responsables des pires fléaux qui frappent le monde. Dans mes histoires qui parlent de surnaturel et de paranormal, je me suis particulièrement attaché à montrer le monde tel qu'il est réellement, et à dire la vérité sur l'Amérique que je connais et que j'aime. Certaines vérités sont laides, mais comme le dit le poème : les cicatrices deviennent des grains de beauté quand l'amour est présent.

La plupart des nouvelles de ce recueil sont inédites, et la plus longue n'a jamais été publiée. Je n'ai pas besoin de m'appesantir sur la genèse de chacune, on obtiendrait une énumération fastidieuse des situations dans lesquelles je me trouvais quand telle ou telle idée s'est présentée. À supposer que je m'en souvienne.

La seule autre nouvelle qui mérite d'être mentionnée, à cet égard, est « L'Homme aux Réponses ». Un jour, mon neveu, Jon Leonard, a fouillé dans mes vieux écrits, la plupart inachevés et oubliés depuis longtemps. Il a photocopié un extrait de six pages, et a ajouté une note disant que c'était trop bien pour être abandonné. J'ai lu cet extrait et j'ai trouvé qu'il avait raison. J'avais écrit ces premières pages à trente ans. J'ai terminé la nouvelle à soixante-quinze. En y travaillant, j'avais la sensation étrange de crier dans un canyon temporel et de guetter l'écho. Est-ce que tout cela a un sens ? Je l'ignore. Je sais simplement que c'était mon ressenti.

Je suis un écrivain prolifique, ce qui plaît aux Fidèles Lecteurs de mon travail et déplaît parfois aux critiques. Ça n'a jamais été un choix de ma part, mais je ne m'y suis jamais opposé. J'ai fait ce qu'on m'a donné à faire, et la plupart du temps, c'était un plaisir. Seul bémol, appelez ça la mouche dans le potage (ou le talon d'Achille, si vous voulez être pompeux), c'est que la réalisation n'a jamais été – pas une seule fois – aussi parfaite que l'idée originale. Les deux seules fois où j'ai failli y parvenir, c'est avec deux histoires de prison : *La Ligne verte* et « Rita Hayworth et la rédemption de Shawshank ». Tout le reste n'a jamais été à la hauteur de mes espérances. Même dans le cas de longs romans comme *Ça*, *Le Fléau* et *Dôme*, j'ai eu le sentiment, à l'arrivée, qu'un meilleur écrivain aurait fait un meilleur travail. Malgré tout, dans une certaine mesure, je suis fier de ce que j'ai accompli. Et je suis fier de mes nouvelles, sans doute parce qu'elles m'ont toujours demandé plus d'efforts.

Je ne pourrais même pas commencer à citer tous les éditeurs qui ont travaillé dessus et les ont améliorées, mais je peux remercier Julie Eugley, qui a déterré, littéralement, des dizaines de vieilles histoires, affreuses pour la plupart, mais quelques-unes suppliaient qu'on les termine. Je peux remercier également Jon Leonard qui, comme je l'ai dit, m'a rappelé l'existence de cet « Homme aux Réponses » depuis longtemps oublié. Je peux remercier mes deux fils qui ont collaboré avec moi et ont exercé leurs talents uniques. Joe a participé à deux novellas : « Pleins gaz » et « Dans les herbes hautes ». Owen, lui, a participé à *Sleeping Beauties*, un de mes romans préférés entre tous. Je peux remercier également mes autres collaborateurs : Stewart O'Nan, Richard Chizmar et le regretté Peter Straub. Travailler avec d'autres écrivains, c'est prendre un risque, mais chaque fois, j'en ai retiré une immense satisfaction.

Je dois remercier, par ailleurs, mon éditrice de longue date, Nan Graham, et mon agente, Liz Dahransoff. En remplaçant le regretté Chuck Verrill, elle m'a soulagé d'un poids énorme. Des remerciements s'imposent également pour Robin Furth, mon infatigable documentaliste et amie. Merci surtout à ma femme, Tabitha, qui me prive de sorties. Elle sait se montrer à la fois douce et acerbe, parfois dans la même phrase, mais elle comprend tout, et très vite. C'est elle qui m'a suggéré de développer le personnage du frère de Danny Coughlin et a souligné que je devrais travailler davantage tout ce qui concernait le Covid dans « Serpents à sonnette ».

Enfin, un immense merci à vous, chères lectrices et chers lecteurs, de me permettre de pénétrer dans votre imagination et vos terminaisons nerveuses. Vous voulez du plus noir encore ? Tant mieux. Moi aussi. Ce qui fait de moi votre frère de sang.

PS : La première ligne de *La Maison hantée* est la suivante : « Aucun organisme vivant ne peut survivre très longtemps de manière raisonnable dans des conditions de normalité absolue ; même les alouettes et les sauterelles rêvent, selon certains. »

PPS : La chanson de Leonard Cohen dont j'ai emprunté le titre pour ce recueil est « You Want it Darker[1] ». Toutes mes excuses pour ce changement de verbe.

23 avril 2023

1. Le titre original de ce recueil est *You Like It Darker*.

Table

OUVRAGES DE STEPHEN KING

Aux Éditions Albin Michel

CUJO
CHRISTINE
CHARLIE
SIMETIERRE
L'ANNÉE DU LOUP-GAROU
UN ÉLÈVE DOUÉ – DIFFÉRENTES SAISONS
BRUME
ÇA, tomes 1 et 2
MISERY
LES TOMMYKNOCKERS
LA PART DES TÉNÈBRES
MINUIT 2
MINUIT 4
BAZAAR
JESSIE
DOLORES CLAIBORNE
CARRIE
RÊVES ET CAUCHEMARS
INSOMNIE
LES YEUX DU DRAGON
DÉSOLATION
ROSE MADDER
LA TEMPÊTE DU SIÈCLE
SAC D'OS
LA PETITE FILLE QUI AIMAIT TOM GORDON
CŒURS PERDUS EN ATLANTIDE
ÉCRITURE
DREAMCATCHER
TOUT EST FATAL
ROADMASTER
CELLULAIRE
HISTOIRE DE LISEY
DUMA KEY

JUSTE AVANT LE CRÉPUSCULE
DÔME, tomes 1 et 2
NUIT NOIRE, ÉTOILES MORTES
22/11/63
DOCTEUR SLEEP
JOYLAND
MR MERCEDES
REVIVAL
CARNETS NOIRS
LE BAZAR DES MAUVAIS RÊVES
FIN DE RONDE
SLEEPING BEAUTIES (avec Owen King)
ANATOMIE DE L'HORREUR
L'OUTSIDER
L'INSTITUT
SI ÇA SAIGNE
APRÈS
BILLY SUMMERS
CONTE DE FÉES
HOLLY
TALISMAN (avec Peter Straub)

SOUS LE NOM DE RICHARD BACHMAN

LA PEAU SUR LES OS
CHANTIER
RUNNING MAN
MARCHE OU CRÈVE
RAGE
LES RÉGULATEURS
BLAZE

Retrouvez toute l'actualité des éditions Albin Michel
sur notre site albin-michel.fr
et suivez-nous sur les réseaux sociaux.
Instagram : editionsalbinmichel
Facebook : Éditions Albin Michel
X : AlbinMichel
YouTube : Editions Albin Michel

Composition : Nord Compo
Impression : CPI Bussière en février 2025
rue Huyghens, 75014 Paris
www.albin-michel.fr
ISBN : 978-2-226-49310-1
N° d'édition : 25859/01 – N° d'impression : 2082656
Dépôt légal : mars 2025
Imprimé en France